ROSAMUNDE
PILCHER

Wilder Thymian

Schneesturm im Frühling

ZWEI ROMANE

Deutsch von
Ingrid Altrichter und
Christiane Buchner

WUNDERLICH TASCHENBUCH

Die Originalausgaben erschienen 1978 und 1972
unter den Titeln «Wild Mountain Thyme» und «Snow in April»
im Verlag St. Martin's Press, New York

Neuausgabe Juli 2005

«Wilder Thymian» / «Schneesturm im Frühling»
veröffentlicht im Rowohlt Taschenbuch Verlag GmbH,
Reinbek bei Hamburg, Januar 1996 / März 1993

Umschlaggestaltung any.way, Barbara Hanke/Cordula Schmidt
(Foto: Corbis)
Gesamtherstellung Clausen & Bosse, Leck
Printed in Germany
ISBN 3 499 26569 9

Rosamunde
Pilcher

Wilder Thymian

Roman

Deutsch von
Ingrid Altrichter

Für Robin
und Kirsty
und Oliver

I

FREITAG

FRÜHER, ALS DIE UMGEHUNGSSTRASSE noch nicht gebaut war, rollte der gesamte Verkehr mitten durch das Dorf; ein endloser Strom von Fahrzeugen, die den anmutigen Queen-Anne-Häusern und den kleinen Läden mit den überquellenden Schaufenstern das Innerste herauszurütteln drohten. Woodbridge war vor noch nicht so langer Zeit ein Ort gewesen, durch den man auf dem Weg in einen anderen Ort einfach durchfuhr.

Aber seit es die Umgehungsstraße gab, hatte sich das geändert. Zum Besseren, sagten die Bewohner. Zum Schlechteren, sagten die Ladenbesitzer und der Inhaber der Autowerkstatt und der Mann, der die Gaststätte für Lastwagenfahrer betrieben hatte.

Jetzt konnten die Leute von Woodbridge einkaufen gehen und die Straße überqueren, ohne ihr Leben zu riskieren oder ihre Hunde an die sichere Leine nehmen zu müssen. Kinder mit braunen, bis auf die Augenbrauen heruntergezogenen Samtkappen trabten an den Wochenenden auf allerlei zottigen Rössern zu den Treffen ihres örtlichen Ponyclubs, und die ersten Veranstaltungen im Freien, Gartenparties und Wohltätigkeitsfeste, trieben bereits üppige Blüten. Aus der Fernfahrerkneipe war ein teures Feinkostgeschäft geworden, den baufälligen Tabakladen hatte ein netter junger Mann aufgekauft, der sich mit Antiquitäten versuchte, und der Pfarrer war schon dabei, für den nächsten Sommer ein Festspiel zu planen, um das dreihundertjährige Bestehen seiner kleinen, spätgotischen Kirche zu feiern.

Woodbridge war wieder zu seinem Recht gekommen.

An einem kühlen Februartag zeigte die Kirchturmuhr gerade zehn Minuten vor zwölf an, als ein großer, schäbiger Volvo beim Sattler um die Ecke bog und zwischen den breiten, kopfsteingepflasterten Bürgersteigen langsam die Hauptstraße entlangfuhr. Der junge Mann am Steuer konnte die ganze, langgezogene Biegung überblicken, denn kein brausender Verkehrsstrom behinderte seine Sicht. Er sah die reizvolle Vielfalt der Häuser und die Geschäfte mit den Schaukästen, die verlockende Aussicht und weidengesäumte Wiesen, die in der Ferne schimmerten. Hoch oben am winterlichen Himmel, über den ein paar Wolken segelten, dröhnte ein Flugzeug Richtung Heathrow. Sonst war es sehr still, und es schien kaum jemand unterwegs zu sein.

Er kam an einem frisch gestrichenen Pub vorbei, vor dessen Tür links und rechts Lorbeerbäume in Kübeln standen, an einem Friseursalon mit der Aufschrift «Carole Coiffures», an der Weinhandlung mit dem Fenster aus grünem Flaschenglas und an einem mit überteuerten Relikten aus besseren Tagen vollgestopften Antiquitätengeschäft.

Dann erreichte er das Haus. Er fuhr dicht an den Bürgersteig heran und stellte den Motor ab. Das Geräusch des Flugzeugs verebbte brummend in der morgendlichen Stille. Ein Hund bellte, ein Vogel zwitscherte hoffnungsvoll von einem Baum herunter, als habe er sich von dem bißchen Sonnenschein vorgaukeln lassen, der Frühling sei schon ausgebrochen. Der junge Mann stieg aus, schlug die Wagentür zu, blieb stehen und betrachtete die glatte, symmetrische Fassade des Hauses mit den gefälligen Proportionen und dem halbkreisförmigen Glaseinsatz in der Haustür. Es stand direkt am Rande des Bürgersteigs, von dem ein paar Stufen zum Eingang hinaufführten, und an seinen hohen Schiebefenstern verwehrten hauchdünne Vorhänge den Einblick.

Ein Haus, so dachte er, das nie etwas preisgegeben hatte.

Er erklomm die Stufen und klingelte. Die Klingelplatte war aus Messing und ebenso auf Hochglanz poliert wie der Türklopfer in der Form eines Löwenkopfes. Der gelbe Anstrich der Tür glänzte wie neu, warf keine Blasen und wies keinen einzigen Kratzer auf. Im Schatten des Hauses, wo die Sonne nicht hinkam, war es kühl. Der junge Mann fröstelte trotz seiner dicken Jacke und klingelte noch einmal. Gleich darauf hörte er Schritte, und im nächsten Augenblick ging die gelbe Tür auf.

Ein Mädchen stand vor ihm und blickte ziemlich mürrisch drein, als habe sein Klingeln sie bei etwas unterbrochen oder gestört und als wollte sie ihn so schnell wie möglich abwimmeln. Sie hatte langes, weißblondes Haar, trug ein T-Shirt, das über ihrem Babyspeck schier aus allen Nähten platzte, eine Kittelschürze, Kniestrümpfe und scharlachrote, lederne Clogs.

«Ja?»

Er lächelte und sagte: «Guten Morgen», und ihre ungeduldige Miene wich augenblicklich einem ganz anderen Ausdruck. Sie hatte gemerkt, daß er weder der Kohlenmann war noch jemand, der für das Rote Kreuz sammelte, sondern ein hochgewachsener, ansehnlicher junger Mann mit langen Beinen in abgewetzten Jeans und einem Bart wie ein Wikinger. «Ist Mrs. Archer zu Hause?»

«Bedaure», und sie sah auch so aus, als bedauerte sie es sehr, «sie ist leider nicht hier. Sie ist heute nach London gefahren. Einkaufen.»

Das Mädchen mochte etwa achtzehn und dem Akzent nach Skandinavierin gewesen sein. Wahrscheinlich Schwedin.

Mit, wie er hoffte, entwaffnender Zerknirschung sagte er: «Was bin ich doch für ein Pechvogel! Ich hätte anrufen sollen, aber ich dachte, ich probier's mal auf gut Glück und treffe sie vielleicht zu Hause an.»

«Sind Sie ein Freund von Mrs. Archer?»

«Na ja, ich hab die Familie früher ganz gut gekannt, vor Jahren. Aber wir haben uns ... irgendwie aus den Augen verloren. Jetzt kam ich gerade hier vorbei, auf dem Weg vom Westen drüben nach London, und da dachte ich mir, es wäre nett, mal reinzuschaun und guten Tag zu sagen. War mir nur so in den Sinn gekommen. Ist nicht weiter wichtig.»

Zögernd schickte er sich an, wieder zu gehen. Wie er gehofft hatte, hielt das Mädchen ihn zurück.

«Wenn sie nach Hause kommt, kann ich ihr ja erzählen, daß Sie da waren. Sie wird rechtzeitig zum Tee wieder hier sein.»

Er hätte es nicht besser planen können, denn genau in diesem Moment begann die Kirchturmuhr zur Mittagsstunde zu schlagen.

«Es ist erst zwölf», sagte er. «Ich kann kaum so lange hier herumlungern. Aber macht nichts, ich bin vielleicht wieder mal in der Gegend.» Er blickte die Straße hinauf und hinunter. «Hier war doch früher mal ein kleines Restaurant ...»

«Das gibt es nicht mehr. Es ist jetzt ein Feinkostgeschäft.»

«Na ja, vielleicht kriege ich im Pub ein Sandwich. Anscheinend ist es lange her, daß ich gefrühstückt habe.» Er lächelte auf sie hinunter. «Also dann, auf Wiedersehen. War nett, Sie kennengelernt zu haben.» Er wandte sich um, als wollte er weggehen. Da spürte er so deutlich, als wären es seine eigenen Gedanken, wie sie überlegte, sich zu einer Entscheidung durchrang. Schließlich sagte sie: «Ich könnte...»

Einen Fuß schon auf der obersten Stufe, drehte er sich noch einmal um.

«Was könnten Sie?»

«Sind Sie wirklich ein alter Freund der Familie?» Sie wartete nur darauf, von ihrem Zweifel befreit zu werden.

«Ja, das bin ich wirklich. Aber ich habe keine Möglichkeit, es Ihnen zu beweisen.»

«Hören Sie, ich bin gerade dabei, das Mittagessen für mich und den Kleinen zu richten. Wenn Sie wollen, können Sie mitessen.»

Er sah sie tadelnd an, und sie wurde rot. «Jetzt sind Sie aber sehr verwegen. Man hat Sie doch sicher ein ums andere Mal vor fremden Männern an der Tür gewarnt.»

Sie machte ein unglückliches Gesicht. Offenbar hatte man sie gewarnt. «Es ist bloß so, wenn Sie ein Freund von Mrs. Archer sind, dann würde Mrs. Archer wollen, daß ich Sie hereinbitte.» Sie fühlte sich einsam, und wahrscheinlich langweilte sie sich. Anscheinend fühlten sich alle Au-pair-Mädchen einsam und gelangweilt. Das war ein Berufsrisiko.

«Sie brauchen sich meinetwegen keine Scherereien aufzuhalsen», sagte er.

Unwillkürlich begann sie zu lächeln. «Ich glaube nicht, daß ich mir welche aufhalse.»

«Und wenn ich nun das Silber stehle? Oder wenn ich plötzlich versuche, zudringlich zu werden?»

Aus unerfindlichen Gründen erschreckte sie diese Möglichkeit nicht im geringsten. Sie schien sie für einen Scherz zu halten, der sie eher beruhigte. Sie kicherte sogar leise und fast verschwörerisch. «Wenn Sie das tun, dann schreie ich, und dann kommt mir das ganze Dorf zu Hilfe. In Woodbridge weiß jeder, was jeder tut. Hier wird unablässig getratscht. Quassel, quassel. Keiner hat ein Geheimnis.» Sie trat zurück und öffnete die gelbe Tür weit. Der lange, hübsche Flur lag einladend vor ihm.

Er zögerte gerade lange genug, daß es echt wirkte, dann zuckte er mit den Schultern, sagte: «Na gut», und folgte ihr über die Schwelle, mit der Miene eines Mannes, der sich letzten Endes widerstrebend hatte überreden lassen. Sie schloß die Tür. Er schaute ihr ins Gesicht. «Aber Sie müssen vielleicht die Folgen tragen.»

Von dem kleinen Abenteuer ein wenig aufgekratzt, lachte sie wieder. Ganz Gastgeberin, fragte sie: «Wollen Sie nicht ablegen?»

Er zog die Jacke aus, und sie hängte sie auf.

«Kommen Sie mit in die Küche! Möchten Sie vielleicht ein Bier?»

«Ja gern, danke.»

Sie führte ihn durch den Korridor in den hinteren Teil des Hauses, in die moderne Küche, die in den nach Süden gelegenen Garten hinausging und jetzt von bleichem Sonnenlicht durchflutet war. Alles strahlte Sauberkeit und Ordnung aus; glänzende Flächen, ein funkelnder Herd, fleckenloser Stahl und poliertes Teakholz. Der Fußboden war mit blauen und weißen Fliesen ausgelegt, die portugiesisch anmuteten. Auf dem Fensterbrett standen Topfpflanzen, und vor dem Fenster war ein Tisch für das Mittagessen gedeckt. Der junge Mann sah den Hochstuhl, das glänzende Plastikset, den kleinen Löffel und den Becher mit einem Motiv von Beatrix Potter.

«Haben Sie hier ein Baby zu versorgen?» fragte er.

Sie stand am Kühlschrank und nahm eine Dose Bier für ihn heraus. «Ja.» Dann schloß sie die Kühlschranktür und griff nach einem Zinnkrug, der an einem Haken an der blankgescheuerten Anrichte aus Kiefernholz hing. «Mrs. Archers Enkel.»

«Wie heißt er denn?»

«Thomas. Er wird aber Tom gerufen.»

«Und wo ist er jetzt?»

«In seinem Bettchen. Er hält seinen Vormittagsschlaf. Ich gehe aber gleich hinauf und hole ihn, denn er wird bald sein Essen haben wollen.»

«Wie alt ist er?»

«Zwei.» Sie reichte ihm die Bierdose und den Krug. Er machte die Dose auf und goß vorsichtig ein, ohne daß sich eine Schaumkrone bildete.

«Er ist wohl nur vorübergehend hier, nicht wahr? Seine Eltern sind sicher verreist oder was.»

«Nein, er lebt ständig hier.» Ihr lächelndes Gesicht mit den Grübchen nahm einen bekümmerten Zug an. «Es ist sehr traurig. Seine Mutter ist tot.» Sie runzelte die Stirn. «Komisch, daß Sie das nicht wissen.»

«Ich hab's Ihnen ja gesagt, ich war mit den Archers nicht mehr in Verbindung, seit ich sie zuletzt gesehen habe. Ich hatte keine Ahnung. Tut mir leid.»

«Sie kam bei einem Flugzeugabsturz ums Leben. Auf dem Rückweg von einem Urlaub in Jugoslawien. Sie war ihr einziges Kind.»

«Ach, deshalb kümmern sie sich um das Enkelkind?»

«Ja.»

Er nahm einen Schluck Bier, kühl und köstlich. «Was ist mit dem Vater?»

Das Mädchen hatte ihm den runden Rücken zugewandt und beugte sich hinunter, um im Backofen nach etwas zu schauen. Ein herrlicher Duft erfüllte die Küche, und ihm lief das Wasser im Munde zusammen. Er hatte nicht gemerkt, wie hungrig er war.

«Die beiden lebten getrennt», erzählte sie. «Ich weiß nichts über ihn.» Sie schloß den Backofen und richtete sich wieder auf. Erneut warf sie ihm einen forschenden Blick zu. «Ich dachte, das wüßten Sie.»

«Nein. Ich weiß überhaupt nichts. Ich war eine Weile im Ausland. Ich war in Spanien und in Amerika.»

«Ach so.» Sie schaute auf die Uhr. «Kann ich Sie einen Moment allein lassen? Ich muß raufgehen und Thomas holen.»

«Wenn Sie sicher sind, daß Sie mir trauen können und ich mich nicht an den silbernen Löffeln vergreife», neckte er sie, und sie lächelte wieder fröhlich. «Ich glaube nicht, daß Sie das tun werden», sagte sie in ihrer erfrischenden Art.

«Wie heißen Sie?» fragte er.

«Helga.»

«Sind Sie Schwedin?»

«Ja.»

«Die Archers haben Glück, daß sie jemanden wie Sie haben.»

«Ich habe auch Glück. Es ist ein guter Job, und sie sind sehr freundlich zu mir. Manche Mädchen erwischen schreckliche Stellen. Ich könnte Ihnen da Geschichten erzählen.»

«Besuchen Sie nachmittags noch Kurse?»

«Ja. Englisch und Geschichte.»

«Ihr Englisch hört sich für mich perfekt an.»

«Ich studiere Literatur. Jane Austen.»

Sie sah so zufrieden mit sich selbst aus, daß er lachen mußte. «Sausen Sie los, Helga, und holen Sie den Kleinen. Auch wenn er nicht hungrig ist, ich bin am Verhungern.» Aus irgendeinem Grund wurde sie wieder rot, dann ging sie hinaus und ließ ihn in der blitzblanken, sonnigen Küche allein.

Er wartete, hörte ihre Schritte auf der Treppe und auf dem Fußboden im Raum über ihm. Dann hörte er sie mit ruhiger Stimme sprechen und Vorhänge aufziehen. Sofort setzte er sein Bier ab, schlich auf leisen Sohlen wieder den Korridor entlang und öffnete die Tür am Fuße der Treppe. Er trat ein. Da waren sie, die Chintzbezüge, das Klavier, die ordentlichen Bücherregale, die bescheidenen Aquarelle. Im alten, offenen Kamin aus dem vorigen Jahrhundert war Holz aufgeschichtet, aber noch nicht angezündet. Dennoch war der Raum warm, zentralgeheizt, und duftete intensiv nach Hyazinthen.

Die Sauberkeit, die Ordnung, die Atmosphäre wohlerzogener, wohlhabender Spießigkeit machten ihn rasend wie eh und je. Sehnsüchtig hielt er Ausschau nach verheddertem Strickzeug, nach herumliegenden Zeitungen, nach einem Hund oder einer Katze auf ihrem angestammten Kissen. Aber da war nichts dergleichen. Nur das langsame Ticken der Uhr auf dem Kaminsims zeugte davon, daß sich hier überhaupt etwas bewegte.

Leise schlich er durch den Raum. Auf dem Klavier stand eine ganze Sammlung von Fotografien. Mr. Archer mit Zylinder, einen unbedeutenden Orden, den ihm die Königin im Buckingham-Palast verliehen hatte, auf der stolzgeschwellten Brust; sein Schnurrbart glich einer Zahnbürste, und der Cut spannte über dem vorstehenden Bauch. Mrs. Archer als verschleierte Braut. Das Baby auf einem Bärenfell. Und Jeannette.

Der junge Mann nahm das retuschierte Porträt in die Hand und schaute darauf hinunter. Hübsch, denn sie war immer hübsch gewesen. Sogar verführerisch, auf ihre besondere, anspruchsvolle Art. Er erinnerte sich an ihre Beine, die umwerfend gewesen waren, und an die Form ihrer sorgfältig manikürten Hände. Aber an viel mehr auch nicht. Nicht an ihre Stimme, nicht an ihr Lächeln.

Er hatte sie geheiratet, weil die Archers nicht wollten, daß ihre Tochter ein uneheliches Kind bekam. Als man ihnen schonend die niederschmetternde Nachricht beigebracht hatte, daß ihr kostbares, einziges Kind eine Affäre mit diesem gräßlichen Oliver Dobbs hatte, ja sogar mit ihm zusammenlebte, da stürzte ihre heile, kleine Welt ein. Mrs. Archer erlitt eine *crise de nerfs,* die sie ins Bett zwang, doch Mr. Archer besann sich auf die kurzen Jahre seines Soldatenlebens, richtete Krawatte und Rücken gerade und führte Oliver zum Lunch in seinem Londoner Club aus.

Oliver, dem das keinerlei Eindruck und nicht den geringsten Spaß machte, nahm die anschließende Unterredung mit der Gleichgültigkeit eines vollkommen unbeteiligten Beobachters auf. Schon damals kam sie ihm so unwirklich wie eine Szene aus einem altmodischen Theaterstück vor.

Mr. Archer murmelte etwas von einziger Tochter und ging hastig zum Angriff über. Er hatte immer Großes mit ihr vorgehabt. Nicht, daß er jemanden anklagen wollte, zu späte Einsichten halfen einem schließlich nie weiter, doch es erhob sich immerhin die Frage, was Oliver wegen des Kindes zu tun gedachte.

Oliver erklärte ihm, daß er seiner Meinung nach überhaupt nichts tun könne. Er arbeite in einer Fisch-und-Fritten-Bude und könne es sich nicht leisten, irgendwen zu heiraten, geschweige denn Jeannette.

Mr. Archer räusperte sich und versicherte, er wollte ihm weder zu nahe treten noch neugierig erscheinen, aber ihm wäre nicht entgangen, daß Oliver aus einer guten Familie stammte, und er wüßte, daß Oliver eine renommierte Schule besucht hätte. Gab es denn einen Grund, warum er in einer Frittenbude arbeiten mußte?

Oliver erklärte ihm, ja, es gäbe einen Grund. Er wäre Schriftsteller, und der Job in der Frittenbude wäre genau die Art anspruchsloser Tätigkeit, die er brauchte, um den Lebensunterhalt zu verdienen und dabei schreiben zu können.

Da räusperte Mr. Archer sich erneut und kam auf Olivers Eltern zu sprechen, und Oliver erzählte ihm, daß seine Eltern, die in Dorset lebten, nicht nur mittellos, sondern auch unversöhnlich wären. Da sie von einer Pension leben mußten, die sein Vater von der Armee bezog, hatten sie sich selbst nichts gegönnt, um genügend Geld zusammenzukratzen, damit sie ihn auf diese exklusive Schule schicken konnten. Als er ihr schließlich mit siebzehn den Rücken gekehrt hatte, waren sie untröstlich gewesen und hatten versucht ihn zu überreden, wenigstens eine vernünftige, solide Laufbahn einzuschlagen. Er sollte zur Armee gehen, vielleicht zur Marine, oder Bilanzbuchhalter, Banker oder Anwalt werden. Doch er konnte nur Schriftsteller sein, denn damals war er bereits ein Schriftsteller. Letzten Endes hatten sie sich geschlagen gegeben, wollten mit ihrem Sohn nichts mehr zu tun haben, hatten ihn mit den sprichwörtlich leeren Händen an die Luft gesetzt und lehnten seither beharrlich schmollend jeden Umgang mit ihm ab.

Nachdem Olivers Eltern offensichtlich abgehakt waren, schlug Mr. Archer eine andere Richtung ein. Liebte Oliver Jeannette? Würde er ihr ein guter Ehemann sein?

Nein, sagte Oliver, er glaubte nicht, daß er einen guten Ehemann für sie abgäbe, weil er so furchtbar arm sei.

Daraufhin räusperte Mr. Archer sich zum dritten- und letztenmal und kam zur Sache. Falls Oliver bereit wäre, Jeannette zu heiraten, und dem Baby zu einem rechtmäßigen Vater verhalf, dann würde er, Mr. Archer, dafür sorgen, daß es ... hm ... finanziell gesehen, dem jungen Paar gutginge.

Wie gut, fragte Oliver. Und Mr. Archer deckte seine Karten auf, wobei er Oliver über den Tisch hinweg beharrlich in die

Augen sah, während seine rastlosen Hände das Weinglas hin und her schoben, eine Gabel geraderückten und ein Brötchen zerkrümelten. Als er fertig war, sah sein Gedeck wie ein Trümmerfeld aus, aber Oliver hatte begriffen, daß er einen guten Fang machte.

Da er in Jeannettes Wohnung in London leben und regelmäßige Einkünfte beziehen würde, die jeden Monat auf seinem Bankkonto eingingen, konnte er den Job in der Frittenbude aufgeben und endlich sein Theaterstück zu Ende schreiben. Er hatte bereits ein Buch zustande gebracht, doch das lag noch bei einem Agenten. Das Theaterstück war etwas anderes, etwas, das er aufs Papier bannen mußte, bevor es ihm die Seele aus dem Leib fraß wie ein scheußlicher Krebs. So war das eben mit dem Schreiben. Oliver war nie glücklich, wenn er kein Doppelleben führte. Ein wirkliches Leben, mit Frauen und mit Essen und Trinken unter Freunden in Pubs, und jenes andere Leben, in dem es von seinen eigenen Figuren wimmelte, die lebendiger und verständnisvoller waren als irgend jemand, dem er normalerweise begegnete. Und, so dachte er, gewiß interessanter als die Archers.

Bei Tisch waren sich die beiden Männer einig geworden. Später wurde diese Einigung mit Brief und Siegel beim Anwalt bekräftigt. Oliver und Jeannette wurden ordnungsgemäß auf einem Standesamt getraut, und das war anscheinend das einzige, was für die Archers zählte. Die Ehe hatte nicht länger als ein paar Monate gehalten. Noch ehe das Baby zur Welt kam, war Jeannette zu ihren Eltern zurückgekehrt. Langeweile könnte sie ertragen, hatte sie gesagt, auch Einsamkeit, aber Beschimpfungen und körperliche Gewalt, das war mehr, als sie zu erdulden bereit gewesen war.

Oliver hatte kaum gemerkt, daß sie gegangen war. Er blieb in ihrer Wohnung und schrieb, nun völlig ungestört, in aller

Ruhe sein Stück zu Ende. Als es fertig war, verließ er die Wohnung, schloß die Tür ab und schickte Jeannette per Post den Schlüssel. Dann fuhr er nach Spanien. Er hielt sich in Spanien auf, als das Baby geboren wurde, und war noch immer dort, als er in irgendeiner schon Wochen alten Zeitung las, daß seine Frau bei der Flugzeugkatastrophe in Jugoslawien ums Leben gekommen war. Inzwischen war Jeannette für Oliver nur noch eine Frau gewesen, der er vor langer Zeit zufällig begegnet war, und er hatte festgestellt, daß ihn der tragische Unfall kaum berührte. Jeannette gehörte der Vergangenheit an.

Außerdem saß er damals längst an seinem zweiten Roman. Also hatte er vielleicht fünf Minuten an sie gedacht, dann war er dankbar in die Gesellschaft der weitaus spannenderen Figuren zurückgekehrt, die ausschließlich in seinem Kopf ihr Wesen trieben.

Als Helga herunterkam, saß er, die Sonne im Rücken, wieder auf der Sitzbank unter dem Küchenfenster und ließ sich sein Bier schmecken. Die Tür ging auf, und das Mädchen erschien mit dem Kind auf dem Arm. Der Junge war größer, als Oliver ihn sich vorgestellt hatte. Er trug eine rote Latzhose und einen weißen Pullover. Sein Haar leuchtete in einem rötlichen Goldton, wie ein neuer Penny, doch Oliver konnte sein Gesicht nicht sehen, weil er es in Helgas reizendem Hals vergrub.

Helga lächelte Oliver über Thomas' Schulter hinweg zu.

«Er ist schüchtern. Ich hab ihm erzählt, daß Besuch da ist, und er mag Sie nicht ansehen.» Sie neigte den Kopf nach hinten und sagte zu dem Kind: «Schau doch mal, du Dummerchen! Es ist ein netter Mann. Er ist hergekommen, um mit uns Mittag zu essen.»

Der Kleine wehrte sich greinend und vergrub sein Gesicht noch tiefer. Helga lachte, trug ihn zu seinem Hochstuhl und setzte ihn hinein, so daß er sie schließlich loslassen mußte. Er und Oliver sahen einander an. Das Kind hatte blaue Augen und machte einen kräftigen Eindruck. Oliver wußte nicht viel über Kinder. Genaugenommen gar nichts. Er sagte: «Hallo.»

«Sag hallo, Thomas!» forderte Helga ihn auf. «Er spricht nicht gern», fügte sie hinzu.

Thomas starrte den Fremden an. Die Seite seines Gesichts, mit der er auf dem Kissen gelegen hatte, war rot. Er roch nach Seife. Helga legte ihm ein Lätzchen aus Plastik um, doch er wandte die Augen nicht von Oliver ab.

Helga ging zum Herd, um das Essen zu holen. Sie zog einen Kartoffelauflauf mit Hackfleisch und eine Schüssel Rosenkohl aus dem Backofen. Dann schöpfte sie von allem ein wenig in eine runde Schale, zerquetschte es mit einer Gabel und stellte es auf die kleine Tischplatte an Thomas' Hochstuhl. «Jetzt iß mal schön!» sagte sie und drückte ihm seinen Löffel in die Hand.

«Wird er nicht gefüttert?» fragte Oliver.

«Aber nein. Er ist schon zwei, er ist doch kein Baby mehr. Nicht wahr, Thomas? Zeig dem Mann, wie schön du allein essen kannst!» Prompt legte Thomas den Löffel wieder hin. Ohne zu blinzeln, fixierten seine blauen Augen Oliver, und Oliver fing an, sich unsicher zu fühlen.

«Na, komm», sagte er, setzte seinen Bierkrug ab, griff nach dem Löffel, tat etwas Fleisch und Kartoffeln drauf und hielt ihn Thomas vor den Mund. Der Mund öffnete sich, und schon war der Löffel leer. Während Thomas kaute, starrte er unverwandt Oliver an. Der gab ihm den Löffel zurück. Thomas schluckte, und dann lächelte er. Das Lächeln bestand zum größten Teil aus Auflauf, doch es ließ auch zwei hübsche Perlreihen kleiner Zähne erkennen.

Helga stellte Olivers Teller vor ihn hin und bekam das Lächeln mit.

«Na bitte, er hat sich schon mit Ihnen angefreundet.» Sie brachte noch einen Teller und setzte sich an den Kopf des Tisches, so daß sie Thomas helfen konnte. «Er ist ein freundlicher Junge.»

«Was macht er denn den ganzen Tag?»

«Er spielt, und er schläft, und am Nachmittag wird er in seinem Sportwagen spazierengefahren. Für gewöhnlich geht Mrs. Archer mit ihm raus, aber heute mache ich es.»

«Schaut er schon Bücher an?»

«Ja, er mag Bilderbücher, aber manchmal zerreißt er sie auch.»

«Hat er Spielsachen?»

«Er spielt gern mit kleinen Autos und mit Bausteinen. Teddybären oder Plüschhasen und solche Sachen mag er allerdings nicht. Wissen Sie, ich glaube, er faßt nicht gern etwas Pelziges an.»

Oliver machte sich über den Auflauf her, der sehr heiß war und köstlich schmeckte. Er fragte: «Verstehen Sie viel von Kindern?»

«Zu Hause, in Schweden, da habe ich jüngere Geschwister.»

«Haben Sie Thomas gern?»

«Ja, er ist ein lieber Junge.» Sie strahlte Thomas an: «Du bist ganz lieb, nicht wahr, Thomas? Und er schreit nicht dauernd wie manche Kinder.»

«Es muß ziemlich ... langweilig für ihn sein, von den Großeltern aufgezogen zu werden.»

«Er ist noch zu klein, um schon zu wissen, ob es langweilig ist oder nicht.»

«Aber es wird langweilig werden, wenn er älter ist.»

«Als Einzelkind aufzuwachsen ist immer traurig. Aber es gibt ja noch mehr Kinder im Dorf. Er wird Freunde finden.»

«Und Sie? Haben Sie Freunde gefunden?»

«Es ist noch ein anderes Au-pair-Mädchen hier. Wir gehen miteinander in die Schule.»

«Haben Sie keinen Freund?»

Auf ihren Wangen zeigten sich Grübchen. «Mein Freund ist zu Hause in Schweden.»

«Er wird Sie vermissen.»

«Wir schreiben uns. Und es ist ja nur für sechs Monate. Wenn die sechs Monate um sind, fahre ich nach Schweden zurück.»

«Was geschieht dann mit Thomas?»

«Ich nehme an, Mrs. Archer wird ein anderes Au-pair-Mädchen einstellen. Möchten Sie noch was von dem Auflauf?»

Das Essen ging weiter. Zum Nachtisch gab es dann Obst, Joghurt oder Käse. Thomas mampfte ein Joghurt, während Oliver eine Orange schälte. Helga stand am Herd und brühte Kaffee auf.

«Leben Sie in London?» fragte sie Oliver.

«Ja, ich habe eine Kellerwohnung in der Nähe der Fulham Road.»

«Fahren Sie da jetzt hin?»

«Ja. Ich war für eine Woche in Bristol.»

«Auf Urlaub?»

«Wer würde schon im Februar auf Urlaub nach Bristol fahren? Nein, im Fortune Theatre studieren sie ein Stück von mir ein. Ich war dort, um es noch ein bißchen zu überarbeiten. Die Schauspieler haben sich beklagt, daß sie sich an meinem Text die Zunge brechen würden.»

«Ein Schriftsteller?» Sie machte große Augen. «Sie schreiben *Theaterstücke*? Und die werden auch *aufgeführt*? Sie müssen sehr gut sein.»

«Ganz meine Meinung.» Er stopfte sich Orangenstücke in

den Mund. Ihr Geschmack und das bittere Aroma der Schale erinnerten ihn an Spanien. «Aber worauf es wirklich ankommt, ist das, was andere davon halten, die Kritiker und die Leute, die dafür bezahlen, wenn sie ins Theater gehen.»

«Wie heißt das Stück?»

«*Das falsche Spiel.* Fragen Sie mich bloß nicht, wovon es handelt, denn ich habe nicht genug Zeit, es Ihnen zu erzählen.»

«Mein Freund schreibt auch. Er schreibt Artikel über Psychologie für die Unizeitung.»

«Die sind sicher hochinteressant.»

«Aber es ist nicht dasselbe wie Theaterstücke schreiben.»

«Nein, nicht ganz.»

Thomas war mit seinem Joghurt fertig. Helga wischte ihm das Gesicht sauber, nahm ihm das Lätzchen ab und hob ihn aus dem Hochstuhl. Schließlich stand er neben Oliver und stützte sich auf dessen Knie, um das Gleichgewicht nicht zu verlieren. Durch die abgewetzten Jeans konnte Oliver spüren, wie warm seine Hände waren und wie fest die kleinen Finger zupackten. Thomas schaute zu Oliver auf und lächelte wieder, daß er Grübchen bekam und die kleinen Zähne aufblitzten. Er streckte einen Arm nach Olivers Bart aus, und Oliver bückte sich, damit er ihn erreichen konnte. Thomas lachte. Oliver hob ihn hoch und setzte ihn auf sein Knie. Er fühlte sich fest und warm an.

Helga freute sich anscheinend riesig darüber, daß die beiden sich so schnell angefreundet hatten. «Jetzt hat er wirklich Freundschaft mit Ihnen geschlossen. Wenn ich ein Buch hole, können Sie ihm die Bilder zeigen, während ich das Geschirr in die Spülmaschine räume. Danach muß ich mit ihm spazierengehen.»

Eigentlich wollte Oliver schon aufbrechen, sagte aber: «Na

schön.» Also ging Helga hinaus, um ein Buch zu suchen, und er und Thomas blieben allein.

Der kleine Junge war von seinem Bart hellauf begeistert. Oliver zog Tom hoch, so daß er auf seinen Knien stand und ihre Augen auf gleicher Höhe waren. Thomas zerrte am Bart. Oliver schrie auf. Thomas lachte. Er versuchte, wieder daran zu ziehen, doch Oliver griff nach seiner Hand und hielt sie fest. «Das tut weh, du Biest.» Thomas sah ihm unverwandt in die Augen. Leise fragte Oliver: «Weißt du, wer ich bin?», und Thomas lachte wieder, als wäre diese Frage ein großartiger Witz.

Helga kam mit dem Buch zurück und legte es auf den Tisch, ein großes Buch mit leuchtendbunten Haustieren auf dem Hochglanzeinband. Oliver schlug es irgendwo auf, und Thomas, der inzwischen wieder auf seinem Knie saß, beugte sich vor und betrachtete die Bilder. Während Helga ihre Arbeit tat, die Teller wegräumte und die Auflaufform auskratzte, blätterte Oliver die Seiten um, nannte dabei die Namen der Tiere und zeigte auf das Bauernhaus, das Gatter, den Baum und auf den hohen Heuhaufen. Beim Bild eines Hundes rief Thomas «Wau, wau», und der Anblick einer Kuh entlockte ihm ein langgezogenes «Muuh». All das verlief äußerst freundschaftlich.

Dann erklärte Helga, es sei nun an der Zeit, Thomas nach oben zu bringen und für den Spaziergang umzuziehen. Sie nahm ihn auf den Arm und trug ihn fort. Oliver blieb sitzen und wartete darauf, daß sie wieder herunterkamen. Sein Blick schweifte durch die mustergültige Küche und hinaus in den ebenso mustergültigen Garten, und er dachte darüber nach, daß Helga in ein paar Monaten das Haus verließ und dann das nächste Au-pair-Mädchen kam. Und das würde immer so weitergehen, bis Thomas acht Jahre und damit alt genug war, um in irgendeine angesehene und wahrscheinlich nutzlose Schule geschickt und auf ein Studium vorbereitet zu werden. Er stellte sich seinen Sohn dort vor, eingesperrt, etikettiert, dem Fließbandbetrieb konventioneller Erziehung ausgeliefert, in dem man von ihm erwartete, daß er sich die richtigen Freunde aussuchte, die allgemein anerkannten Spiele spielte und nie die Tyrannei sinnloser Traditionen hinterfragte.

Oliver war ausgebrochen. Mit siebzehn war er abgehauen, allerdings nur, weil er zweierlei Waffen einsetzen konnte, das Schreiben und die unbeirrbare, rebellische Entschlossenheit, seinen eigenen Weg zu gehen.

Aber wie würde sich Thomas schlagen?

Die Frage bereitete ihm Unbehagen, und er verwarf sie als rein hypothetisch. Ihn ging es schließlich nichts an, welche Schule Thomas besuchte, das war ihm sowieso egal. Er zündete sich eine Zigarette an und schlug völlig gedankenlos wieder Thomas' Bilderbuch auf; diesmal klappte er den Buchdeckel auf. Mit schwarzer Tinte stand auf dem weißen Vorsatzblatt in Mrs. Archers gestochener Handschrift:

Thomas Archer
Zu seinem zweiten Geburtstag
von Granny.

Und das war ihm ganz plötzlich doch nicht egal. Wut stieg in ihm auf, so daß er, wenn Jeannettes Mutter jetzt neben ihm gestanden hätte, auf sie losgegangen wäre, mit Worten, wie nur er sie zu benutzen verstand, notfalls auch mit Fäusten.

Er ist nicht Thomas Archer, du bigottes Miststück. Er ist Thomas Dobbs. Er ist mein Sohn.

Als Helga mit Thomas herunterkam, dem sie eine Art Skioverall angezogen und eine Wollmütze mit Bommel aufgesetzt hatte, erwartete Oliver sie bereits in der Diele. Er hatte den Mantel schon an und sagte: «Ich muß jetzt gehen. Ich muß nach London zurück.»

«Ja, natürlich.»

«Es war sehr freundlich von Ihnen, daß Sie mich zum Essen eingeladen haben.»

«Ich werde Mrs. Archer erzählen, daß Sie da waren.»

Er begann zu grinsen. «Ja, tun Sie das.»

«Aber... Ich weiß ja gar nicht, wie Sie heißen. Um es ihr auszurichten, meine ich.»

«Sagen Sie bloß Oliver Dobbs.»

«Ja, Mr. Dobbs.» Sie stand am Fuß der Treppe, zögerte einen Moment und sagte dann: «Ich muß noch den Kinderwagen aus der Abstellkammer holen und meinen Mantel. Würden Sie Thomas einen Augenblick halten?»

«Natürlich.»

Er hob das Kind aus ihren Armen und drückte es an seine Schulter.

«Ich bin gleich wieder da, Thomas», versprach Helga, wandte sich um und verschwand unter der geschwungenen Treppe hinter einer halbhoch verglasten Tür.

Ein hübsches, vertrauensseliges, dummes Mädchen. Oliver hoffte, daß sie nicht zu streng zu ihr sein würden. *Du kannst bleiben, solange du willst, mein Schatz.* Mit seinem Sohn auf dem Arm schritt er durch die Diele, machte die gelbe Haustür auf, ging die Stufen hinunter und stieg in sein Auto ein.

Helga hörte ihn wegfahren, merkte aber nicht, daß es Olivers Auto war. Als sie mit dem Kinderwagen zurückkam, war von dem Mann und von dem kleinen Jungen nichts mehr zu sehen.

«Mr. Dobbs?»

Er hatte die Eingangstür offengelassen, und die bittere Kälte des Nachmittags strömte ins Haus.

«Thomas?»

Doch draußen war nur noch der leere Bürgersteig, die stille Straße.

2

Freitag

NICHTS AUF DER WELT ist so anstrengend, fand Victoria Bradshaw, wie nicht genug zu tun zu haben. Es ist unendlich viel anstrengender als zuviel zu tun zu haben, und dieser Tag war ein klassisches Beispiel dafür.

Der Februar war eine schlechte Zeit, um Kleider zu verkaufen. Vermutlich eine schlechte Zeit, um überhaupt etwas zu verkaufen. Weihnachten war vergessen und der Winterschlußverkauf nur noch eine grausige Erinnerung. Dabei hatte der Morgen so vielversprechend mit ein bißchen Sonnenschein und einer dünnen Schicht Rauhreif begonnen, doch bis zum frühen Nachmittag waren Wolken aufgezogen, und inzwischen war es so naßkalt, daß alle, die nur einen Funken Verstand besaßen, zu Hause am Kamin oder in der zentralgeheizten Wohnung blieben und die Zeit mit Kreuzworträtseln, Kuchenbacken oder Fernsehen verbrachten. Das Wetter ermutigte sie nicht im geringsten dazu, ihre Frühjahrsgarderobe zu planen.

Die Zeiger der Uhr rückten auf fünf vor, und draußen ging der trübe Nachmittag rasch in nächtliches Dunkel über. Auf der gewölbten Schaufensterscheibe des Modegeschäfts stand

SALLY SHARMAN, in großen Buchstaben, die, von drinnen betrachtet, seitenverkehrt aussahen, wie Spiegelschrift, und jenseits dieser Hieroglyphen lag der regenverhangene Beauchamp Place. Passanten kämpften mit ihren Schirmen gegen den böigen Wind an und mühten sich mit Paketen ab. Eine lange Autoschlange wartete darauf, daß die Verkehrsampel an der Brompton Road auf Grün schaltete. Da kam eine wetterfest vermummte Gestalt im Laufschritt die Stufen von der Straße zum Eingang herauf und hastete durch die Glastür, als wäre sie auf der Flucht. Bevor sie die Tür zuschlagen konnte, strömte ein Schwall kalter Luft herein.

Es war Sally in ihrem schwarzen Regenmantel und mit einem riesigen Hut aus Rotfuchspelz. «O Gott, was für ein Tag!» rief sie aus, klappte ihren Schirm zu, streifte die Handschuhe ab und begann den Mantel aufzuknöpfen.

«Wie war's?» fragte Victoria.

Sally hatte den Nachmittag in Gesellschaft eines jungen Designers verbracht, der beschlossen hatte, mit seiner Kollektion in den Großhandel einzusteigen.

«Nicht schlecht», berichtete sie, während sie ihren Mantel zum Abtropfen über den Schirmständer hängte. «Gar nicht schlecht. Eine Menge neue Ideen, gute Farben. Eher Kleider für reifere Semester. Ich war überrascht. Weil er noch so jung ist, habe ich gedacht, er hätte nur Jeans und derbe Hemden, aber nein, ganz und gar nicht.»

Sie nahm ihren Hut ab, schüttelte die Regentropfen aus dem Pelz und entpuppte sich letzten Endes als die hoch aufgeschossene, elegante Erscheinung, die sie für gewöhnlich war. Enge Hosen, die in hohen Stiefeln steckten, und ein weitmaschiger Pullover, der an jeder anderen wie ein alter Scheuerlappen ausgesehen hätte, an Sally aber hinreißend wirkte.

Sie hatte ihre Laufbahn als Mannequin begonnen und sich

seither sowohl die Figur einer Bohnenstange als auch die eigentlich häßlichen, vorstehenden, aber sehr fotogenen Wangenknochen bewahrt. Vom Mannequin hatte sie den Sprung auf die Titelseiten einer Modezeitschrift geschafft und dann unter Einsatz all ihres erworbenen Wissens, ihrer zahlreichen Beziehungen und eines angeborenen Geschäftssinns einen eigenen Laden eröffnet. Sie war beinahe vierzig, geschieden und gab sich sehr sachlich, war aber dabei viel weichherziger, als sie sich gern von irgend jemandem anmerken ließ. Victoria arbeitete schon seit fast zwei Jahren bei ihr und hatte sie sehr gern.

Jetzt gähnte Sally. «Eigentlich hasse ich Arbeitsessen. Da fühle ich mich immer schon am hellichten Nachmittag verkatert, und irgendwie schafft mich das für den Rest des Tages.»

Sie griff in ihre übergroße Handtasche und holte Zigaretten und eine Abendzeitung heraus, die sie auf den gläsernen Ladentisch legte. «Und was war hier los?»

«Praktisch nichts. Ich habe das beigefarbene Hängekleid verkauft, und dann kam noch so 'ne Tante rein, die eine halbe Stunde lang sinnlos für den Paisley-Mantel geschwärmt hat, aber wieder abzog und meinte, sie würde es sich noch einmal überlegen. Der Nerzkragen hat sie gestört, weil sie angeblich Tierschützerin ist.»

«Sagen Sie ihr, wir trennen ihn ab und nähen ihr statt dessen einen Kunstpelz drauf!»

Sally ging nach hinten in das kleine Büro, das durch einen Vorhang vom Laden abgeteilt war, setzte sich an ihren Schreibtisch und begann die Post zu öffnen.

«Hören Sie, Victoria, ich habe mir überlegt, daß das eine ausgezeichnete Zeit für Sie wäre, ein paar Wochen frei zu nehmen. Das Geschäft wird bald wieder in Schwung kommen, und dann kann ich Sie nicht weglassen. Außerdem haben Sie

Gott weiß wie lange keinen Urlaub mehr gehabt. Nur, im Februar ist es halt nirgendwo sehr spannend. Vielleicht könnten Sie Ski laufen gehen oder zu Ihrer Mutter nach Sotogrande fahren. Wie ist es im Februar in Sotogrande?»

«Windig und naß, glaube ich.»

Sally blickte von ihrer Post auf. «Sie haben also keine Lust, im Februar zwei Wochen frei zu nehmen», stellte sie resigniert fest. «Ich höre es Ihnen an.» Victoria widersprach ihr nicht. Sally seufzte. «Wenn ich eine Mutter mit einem Traumhaus in Sotogrande hätte, würde ich sie jeden Monat besuchen, wenn ich könnte. Außerdem sehen Sie so aus, als brauchten Sie mal Urlaub. Ganz blaß und dünn. Ich kriege ein schlechtes Gewissen, wenn ich Sie um mich habe, als würde ich Sie ausbeuten.» Sie schlitzte den nächsten Brief auf. «Ich dachte, wir haben die Stromrechnung bezahlt. Ich bin sogar sicher, daß wir sie bezahlt haben. Da muß sich der Computer geirrt haben. Der muß verrückt geworden sein. Das kommt bei Computern ja manchmal vor.»

Zu Victorias Erleichterung war die Frage, ob sie nun aus heiterem Himmel Ende Februar Urlaub machte oder nicht, für den Augenblick vergessen. Sie griff nach der Zeitung, die Sally hingelegt hatte, und weil sie nichts Besseres zu tun hatte, blätterte sie müßig darin herum und überflog die üblichen Katastrophenmeldungen, große wie kleine. In Essex gab es eine Überschwemmung, in Afrika drohte wieder einmal ein gewaltiger Steppenbrand, ein Earl in mittleren Jahren heiratete zum drittenmal, und in Bristol hatten im Fortune Theatre die Proben zu Oliver Dobbs' neuem Stück *Das falsche Spiel* begonnen.

Es gab keinen Grund, warum Victoria ausgerechnet diese winzige Meldung bemerkte. Sie stand unauffällig am Ende der letzten Spalte auf der Unterhaltungsseite. Keine Schlagzeile.

Kein Foto. Nur Olivers Name, der ihr aus dem kleinen Druck entgegensprang wie der Schrei eines alten Bekannten, den man zufällig wiedertrifft.

«...es ist eine letzte Mahnung. So eine Frechheit, uns eine letzte Mahnung zu schicken! Ich weiß genau, daß ich vorigen Monat einen Scheck ausgestellt habe.» Victoria schwieg, und Sally schaute zu ihr hinüber. «Victoria...? Was starren Sie denn so an?»

«Nichts. Nur eine Notiz in der Zeitung über einen Mann, den ich von früher kenne.»

«Ich hoffe, er ist nicht im Gefängnis gelandet.»

«Nein, er schreibt Theaterstücke. Haben Sie schon mal was von Oliver Dobbs gehört?»

«Ja, natürlich. Der schreibt doch fürs Fernsehen. Ich habe neulich abends einen seiner Kurzfilme gesehen. Und er hat das Drehbuch für diese fabelhafte Dokumentation über Sevilla verfaßt. Was hat er angestellt, daß er in die Zeitung kommt?»

«In Bristol wird ein neues Stück vom ihm inszeniert.»

«Wie ist er denn?» fragte Sally geistesabwesend, mit den Gedanken noch halb bei der Unverschämtheit der Londoner Elektrizitätsgesellschaft.

«Attraktiv.»

Da horchte Sally auf, denn sie hatte viel übrig für attraktive Männer. «So attraktiv, daß es Sie erwischt hat?»

«Ich war damals achtzehn und leicht zu beeindrucken.»

«Waren wir das nicht alle, Schätzchen, in der grauen Vorzeit unserer Jugend? Nicht, daß das etwa auf Sie zuträfe. Sie sind ja noch ein blühendes Kind, Sie glückliches Geschöpf.» Mit einemmal verlor sie das Interesse an Oliver Dobbs, an der letzten Mahnung und an dem ganzen Tag, der schon viel zu lange gedauert hatte. Sie lehnte sich zurück und gähnte. «Hol's der Teufel! Machen wir den Laden zu, und gehen wir nach Hause!

Dem Himmel sei Dank, daß es ein Wochenende gibt! Die Aussicht auf zwei Tage Nichtstun erscheint mir plötzlich absolut paradiesisch. Ich werde mich heute abend in die Badewanne legen und dabei fernsehen.»

«Ich dachte, Sie gehen aus.»

Sallys Privatleben war ebenso munter wie kompliziert. Sie hatte gleich mehrere Freunde, von denen keiner etwas von der Existenz der anderen zu wissen schien. Wie ein geschickter Jongleur hielt sie alle in Bewegung, und um sich die Peinlichkeit zu ersparen, ungewollt ihre Namen zu verwechseln, nannte sie jeden «Darling».

«Nein, Gott sei Dank nicht. Und Sie?»

«Ich soll auf einen Drink bei Freunden meiner Mutter reinschauen. Das wird wohl nicht besonders aufregend werden.»

«Na ja», sagte Sally, «man kann nie wissen. Das Leben steckt voller Überraschungen.»

Am Beauchamp Place zu arbeiten hatte unter anderem den Vorteil, daß man von hier aus zu Fuß in die Pendleton Mews gehen konnte. Das Apartment dort gehörte Victorias Mutter, aber Victoria bewohnte es allein. Meistens genoß sie den Fußmarsch. Wenn sie Abkürzungen und schmale Seitenstraßen benutzte, brauchte sie nur eine halbe Stunde, und das verschaffte ihr am Anfang und am Ende eines Tages etwas Bewegung und frische Luft.

An diesem Abend war es allerdings so kalt und naß, daß ihr der bloße Gedanke daran, durch Wind und Regen zu stapfen, ein Greuel war; also wurde sie ihrem Vorsatz, nie ein Taxi zu nehmen, untreu, gab ohne großen Widerstand der Versuchung nach, lief bis zur Brompton Road und hielt schließlich einen Wagen an.

Wegen der Einbahnstraßen und des chaotischen Verkehrs dauerte die Fahrt bis zur Pendleton Mews etwa zehn Minuten länger, als Victoria zu Fuß für die Strecke gebraucht hätte, und sie kostete so viel, daß Victoria dem Fahrer einfach eine Pfundnote in die Hand drückte und ihn das bißchen Wechselgeld abzählen ließ. Er setzte sie an dem Torbogen ab, der die kleine Gasse von der Straße trennte, so daß sie immer noch ein Stückchen zwischen Pfützen und über naßglänzendes Kopfsteinpflaster gehen mußte, bevor sie endlich ihre heißersehnte blaue Haustür erreichte. Sie schloß auf, tastete nach dem Schalter und knipste das Licht an; dann stieg sie die steile, schmale, mit einem abgetretenen beigefarbenen Teppich belegte Treppe hinauf und kam oben direkt in dem kleinen Wohnzimmer an.

Kaum hatte sie Schirm und Einkaufskorb abgestellt, da zog sie die Chintzvorhänge zu, um die Nacht auszusperren. Der Raum strahlte sogleich Schutz und Geborgenheit aus. Sie zündete den gasbeheizten Kamin an, betrat die winzige Küche und setzte Kaffeewasser auf; dann schaltete sie den Fernseher ein und gleich wieder aus, legte eine Rossini-Ouvertüre auf den Plattenteller und ging in ihr Schlafzimmer, um den Regenmantel und die Stiefel auszuziehen.

Der Wasserkessel heischte im Wettstreit mit Rossini pfeifend um Aufmerksamkeit. Victoria machte sich einen Becher Instantkaffee, kehrte zum Kamin zurück, fischte Sallys Abendzeitung aus dem Einkaufskorb und schlug den Bericht über Oliver Dobbs und sein Stück in Bristol auf.

Ich war damals achtzehn und leicht zu beeindrucken, hatte sie zu Sally gesagt, aber sie wußte jetzt, daß sie damals auch einsam und wehrlos gewesen war, eine reife Frucht, die zitternd an ihrem Stengel hing und nur darauf wartete, daß sie hinunterfiel.

Und ausgerechnet Oliver hatte lauernd unter dem Baum gestanden, um sie aufzufangen.

Achtzehn und in ihrem ersten Semester an der Kunstakademie. Ohne jemanden zu kennen, äußerst schüchtern und unsicher, hatte Victoria sich sowohl geschmeichelt gefühlt als auch davor gefürchtet, als ein älteres Mädchen sie vielleicht aus Mitleid halbherzig aufgefordert hatte, zu einer Party zu kommen.

«Weiß der Himmel, wie's wird, mir ist nur gesagt worden, ich kann einladen, wen ich will. Man soll irgendwas zu trinken mitbringen, aber es macht wahrscheinlich auch nichts, wenn du mit leeren Händen kommst. Jedenfalls ist es eine gute Gelegenheit, ein paar Leute kennenzulernen. Ich schreib dir die Adresse auf. Der Kerl heißt Sebastian, aber das spielt keine Rolle. Schnei einfach rein, wenn dir danach ist. Wann immer du magst, auch das spielt keine Rolle.»

Auf diese Weise war Victoria in ihrem ganzen Leben noch nie eingeladen worden. Sie beschloß, nicht hinzugehen. Dann besann sie sich anders. Und dann bekam sie wieder kalte Füße. Letzten Endes zog sie doch saubere Jeans an, stibitzte eine Flasche vom besten Rotwein ihrer Mutter und machte sich auf den Weg.

Sie landete in einer Dachwohnung in West Kensington, klammerte sich an ihrer Flasche Bordeaux fest und kannte niemanden. Noch keine zwei Minuten war sie dort, als jemand sagte: «Das ist aber unheimlich nett von dir!» und ihr die Weinflasche abnahm, doch sonst redete niemand auch nur ein einziges Wort mit ihr. Der Raum war verraucht, und es wimmelte vor ernst aussehenden Männern und Mädchen mit aschfahlen Gesichtern und langen Haaren, die an Seetang erinnerten. Sogar ein oder zwei schmuddelige Babies krabbelten herum. Es gab nichts zu essen, und sobald sie sich erst einmal von ihrem Bordeaux getrennt hatte, war auch weit und breit nichts Trinkbares mehr zu sehen. Victoria konnte das Mädchen nicht finden, das ihr vorgeschlagen hatte, hierher zu kommen, und sie war zu schüchtern, sich zu irgendeiner der Gruppen dazuzusetzen, die dicht gedrängt und ins Gespräch vertieft auf dem blanken Boden hockten, auf Kissen oder auf dem einzigen, durchgesessenen Sofa, aus dem auf der Sitzfläche die Sprungfedern herausschauten. Doch sie scheute sich auch davor, einfach ihren Mantel zu holen und wieder zu gehen. Ihr stieg der süßliche, heimtückische Geruch von Marihuana in die Nase, während sie an einem Erkerfenster stand und sich in nervenaufreibenden Visionen von einer drohenden Razzia verlor, als plötzlich jemand sagte: «Dich kenne ich noch nicht, oder?»

Erschrocken fuhr Victoria herum, so ungeschickt, daß sie dem Mann beinahe das Glas aus der Hand geschlagen hätte.

«Oh, tut mir leid...»

«Macht nichts. Hab's ja nicht verschüttet. Wenigstens nicht sehr viel», fügte er großmütig hinzu.

Er lächelte, als sei das ein Witz gewesen, und sie lächelte zurück, dankbar für jeden freundlichen Annäherungsversuch. Dankbar auch dafür, daß der einzige Mann, der sie in dieser verwahrlosten Gesellschaft angesprochen hatte, weder schmutzig noch verschwitzt oder betrunken war. Im Gegenteil, er konnte sich durchaus sehen lassen. Er war sogar attraktiv. Sehr groß, sehr schlank, mit rötlichem Haar, das bis zum Kragen seines Pullovers reichte, und mit einem überaus gepflegten Vollbart.

«Du hast ja gar nichts zu trinken», stellte er fest.

«Nein.»

«Willst du nichts?»

Sie sagte wieder nein, weil sie wirklich nichts wollte und auch deshalb, weil sie befürchtete, er könnte sonst weggehen, um ihr etwas zu holen, und dann nie mehr wiederkommen.

Er schien sich zu amüsieren. «Magst du das nicht?»

Victoria betrachtete sein Glas. «Ich weiß nicht genau, was das ist.»

«Wahrscheinlich weiß das keiner. Aber es schmeckt wie...»

Er nahm einen Schluck, nachdenklich wie ein berufsmäßiger Vorkoster, rollte ihn im Mund herum und ließ ihn schließlich durch die Kehle laufen. «...wie rote Tinte mit Anisbonbons.»

«Und wie bekommt es deinem Magen?»

«Darüber zerbrechen wir uns den Kopf erst morgen früh.» Er sah auf sie hinunter, überlegte angestrengt und runzelte die Stirn. «Ich kenne dich wirklich nicht, oder?»

«Nein. Vermutlich nicht. Ich bin Victoria Bradshaw.» Es machte sie sogar verlegen, ihren eigenen Namen zu nennen, doch der junge Mann schien nichts dabei zu finden.

«Und was treibst du so?»

«Ich habe gerade in der Kunsthochschule angefangen.»

«Das erklärt, wieso du in diese Fete geraten bist. Gefällt es dir?»

Sie sah sich um. «Nicht besonders.»

«Ich habe zwar die Kunsthochschule gemeint, aber wenn es dir hier nicht gefällt, warum gehst du dann nicht nach Hause?»

«Ich dachte, das sei nicht sehr höflich.»

Er lachte sie aus. «Weißt du, in dieser Art von Gesellschaft zählt Höflichkeit nicht soviel.»

«Ich bin erst zehn Minuten da.»

«Und ich erst fünf.» Er trank aus. Dabei beugte er seinen imposanten Kopf nach hinten und kippte sich den Rest des üblen Gebräus so mühelos in die Kehle, als wäre es ein kühles Bier. Dann stellte er das Glas auf das Fensterbrett. «Los, wir hauen ab!» Er schob eine Hand unter ihren Ellbogen und drängte Victoria geschickt zur Tür. Ohne sich auch nur andeutungsweise zu entschuldigen oder von jemandem zu verabschieden, gingen sie weg.

Draußen auf dem schäbigen Treppenabsatz wandte sie sich zu ihm um.

«So habe ich das nicht gemeint.»

«Was hast du nicht gemeint?»

«Das heißt, ich habe nicht gewollt, daß *du* gehst. *Ich* wollte gehen.»

«Woher weißt du denn, daß ich nicht auch gehen wollte?»

«Aber es war doch eine Party.»

«Aus dieser Art von Parties bin ich seit Ewigkeiten rausgewachsen. Los, beeil dich, machen wir, daß wir an die frische Luft kommen!»

Auf dem Bürgersteig, im sanften Dämmerlicht einer Spätsommernacht blieb sie erneut stehen und sagte: «So, jetzt geht's schon.»

«Und was soll das heißen?»

«Daß ich mir hier ein Taxi nehmen und nach Hause fahren kann.»

Er begann zu lächeln. «Hast du Angst?»

Victoria wurde wieder ganz verlegen. «Nein, natürlich nicht.»

«Wovor läufst du dann weg?»

«Ich laufe vor gar nichts weg. Bloß ...»

«Willst du nach Hause?»

«Ja.»

«Kannst du aber nicht.»

«Warum nicht?»

«Weil wir uns jetzt eine Kneipe suchen, in der wir Spaghetti oder so was Ähnliches kriegen. Dort bestellen wir eine anständige Flasche Wein, und dann erzählst du mir deine Lebensgeschichte.»

Ein freies Taxi tauchte auf. Der junge Mann winkte es heran, und es hielt. Er verfrachtete sie hinein. Nachdem er dem Fahrer eine Adresse genannt hatte, fuhren sie etwa fünf Minuten schweigend dahin. Dann hielt das Taxi. Er scheuchte sie wieder hinaus, bezahlte die Fahrt und führte sie in ein kleines, schlichtes Restaurant, in dem an den Wänden ein paar Tische standen. Schwaden von Zigarettenrauch hingen in der Luft, und es roch nach gutem Essen. Sie bekamen einen Tisch in der Ecke, wo nicht genug Platz für seine langen Beine war, aber irgendwie schaffte er es doch, sie so zu verstauen, daß die vorbeieilenden Kellner nicht darüber stolperten. Er bestellte eine Flasche Wein, bat um die Speisekarte und zündete sich eine Zigarette an. Dann wandte er sich ihr zu und sagte: «Also!»

«Also was?»

«Erzähl schon! Deine Lebensgeschichte.»

Sie merkte, daß sie lächelte. «Ich kenne dich ja überhaupt nicht. Ich weiß nicht einmal, wie du heißt.»

«Oliver Dobbs.» Ziemlich freundlich fuhr er fort: «Du mußt mir alles erzählen, weil ich ein Schriftsteller bin. Ein waschechter Schriftsteller, der auch gedruckt wird, mit einem Agenten, einem haushoch überzogenen Bankkonto und einem zwanghaften Hang zum Zuhören. Weißt du, niemand hört richtig zu. Die Leute geben sich die größte Mühe, anderen etwas zu erzählen, und keiner hört ihnen zu. Hast du das gewußt?»

Victoria dachte an ihre Eltern. «Ja, ich glaube schon.»

«Siehst du, du glaubst es. Aber du bist dir nicht sicher. Keiner ist sich jemals irgendeiner Sache sicher. Sie sollten mehr zuhören. Wie alt bist du?»

«Achtzehn.»

«Als ich dich vorhin gesehen habe, dachte ich, du wärst jünger. Wie du da in der miesen Haschischhöhle am Fenster gestanden hast, hab ich dich für fünfzehn gehalten. Ich war nahe daran, die Fürsorge anzurufen und ihnen zu erzählen, daß sich ein klitzekleines Schulmädchen nachts auf der Straße rumtreibt.»

Der Wein kam, eine schon entkorkte Literflasche, die einfach auf den Tisch geknallt wurde. Oliver griff danach und füllte die Gläser. «Wo wohnst du?» fragte er.

«In der Pendleton Mews.»

«Wo ist das?»

Sie erklärte es ihm, und er pfiff durch die Zähne: «Wie schick! Ein Mädchen, das leibhaftig aus Knightsbridge kommt. Ich wußte gar nicht, daß die auf die Kunstakademie gehen. Du mußt unheimlich reich sein.»

«Natürlich bin ich nicht reich.»

«Warum wohnst du dann in dieser teuren Gegend?»

«Weil das Haus meiner Mutter gehört. Nur, sie lebt gerade in Spanien, deshalb bin ich drin.»

«Seltsam, seltsam! Und warum lebt Mrs. Bradshaw in Spanien?»

«Sie heißt nicht Mrs. Bradshaw, sie heißt Mrs. Paley. Meine Eltern haben sich vor sechs Monaten scheiden lassen. Meine Mutter hat wieder geheiratet, einen gewissen Henry Paley, und der hat ein Haus in Sotogrande, weil er gern die ganze Zeit Golf spielt.» Victoria beschloß, alles auf einmal hinter sich zu bringen. «Und mein Vater ist zu einem Cousin gezogen, der ein halb verrottetes Gut in Südirland besitzt. Er hat angedroht, Polopferde zu züchten, doch er war schon immer ein Mann mit großen Plänen, aber nur wenig Tatkraft, also nehme ich nicht an, daß er es wirklich tut.»

«Und die kleine Victoria ist in London zurückgeblieben.»

«Victoria ist achtzehn.»

«Ja, ich weiß, alt und erfahren. Lebst du allein?»

«Ja.»

«Fühlst du dich nicht einsam?»

«Ich lebe lieber allein als mit Leuten, die einander nicht leiden können.»

Er schnitt eine Grimasse. «Eltern sind etwas Schreckliches, nicht wahr? Meine Eltern sind auch schrecklich, aber sie haben nie etwas so Endgültiges unternommen, wie sich scheiden zu lassen. Sie modern einfach im finstersten Dorset vor sich hin, und alles – ihre beschränkten Verhältnisse, den Preis einer Flasche Gin und die Tatsache, daß die Hennen nicht legen wollen – lasten sie entweder mir oder der Regierung an.»

«Ich mag meine Eltern», wandte Victoria ein. «Sie haben nur aufgehört, einander zu mögen.»

«Hast du Geschwister?»

«Nein.»

«Keinen, der sich um dich kümmert?»

«Ich kann mich sehr gut um mich selbst kümmern.»

Er machte ein ungläubiges Gesicht. «*Ich* werde mich um dich kümmern», verkündete er großspurig.

Nach diesem Abend sah Victoria Oliver Dobbs zwei Wochen lang nicht mehr und war schon überzeugt, daß sie ihn nie mehr wiedersehen würde. Und dann kam ein Freitag, an dem sie sich so elend fühlte, daß sie wie unter einem inneren Zwang einen völlig überflüssigen Großputz in der Wohnung veranstaltete und danach beschloß, sich die Haare zu waschen.

Während sie, den Kopf unter dem Duschstrahl, vor der Badewanne kniete, hörte sie es klingeln. Sie wickelte sich ein Handtuch um und ging an die Tür. Da stand Oliver. Victoria brach vor Freude in Tränen aus, und er kam herein, schloß die Tür und nahm sie in die Arme. Noch auf der Stelle, am Fuße der Treppe, trocknete er ihr mit einem Handtuchzipfel das Gesicht ab. Dann gingen sie hinauf. Er zog eine Flasche Wein aus der Jackentasche, und sie holte Gläser. Sie saßen vor dem Kamin und tranken Wein. Als die Flasche leer war, ging Victoria in ihr Schlafzimmer, um sich anzuziehen und ihre langen, blonden und noch feuchten Haare auszukämmen. Oliver saß am Fußende des Bettes und schaute ihr zu. Danach führte er sie zum Abendessen aus. Keine Entschuldigung, keine Erklärungen, warum er sich zwei Wochen lang nicht gemeldet hatte. Er sei in Birmingham gewesen, erzählte er ihr, und das war alles. Es kam Victoria nie in den Sinn, ihn zu fragen, was er dort gemacht hatte.

Und das erwies sich als das Grundmuster ihrer Beziehung. Er tauchte auf und verschwand wieder, brach in ihr Leben ein, wann es ihm paßte, unberechenbar und doch seltsam beständig. Kehrte er zurück, wußte sie nie, wo er gewesen war. Vielleicht auf Ibiza, vielleicht hatte er auch nur jemanden kennengelernt, der ein Cottage in Wales besaß. Er war nicht nur unberechenbar, sondern er gab sich auch seltsam geheimnisvoll. Er sprach nie über seine Arbeit, und sie kannte nicht einmal seine Adresse, sie wußte nur, daß er in einer Kellerwohnung in irgendeiner Seitenstraße der Fulham Road hauste. Obendrein war er launenhaft. Hin und wieder verlor er sogar die Beherrschung und tobte fürchterlich. Doch all das schien tragbar, wenn man bedachte, daß er Schriftsteller war, ein echter Künstler. Es war nur die Kehrseite der Medaille, denn er war auch lustig und liebevoll, und sie fühlte sich in seiner Gesellschaft unheimlich wohl. Er war für sie wie ein älterer Bruder, wie einer von der angenehmsten Sorte, und zugleich unwiderstehlich attraktiv.

Wenn sie nicht zusammen waren, redete sie sich ein, daß er arbeitete. Sie malte sich aus, wie er an seiner Schreibmaschine saß, etwas schrieb, es umschrieb, das Blatt zerriß und von vorn anfing, weil er nie die Perfektion erreichte, die er sich selbst auferlegt hatte. Mal hatte er ein bißchen Geld, das er für sie ausgab, mal hatte er überhaupt keins. Dann besorgte Victoria die Lebensmittel, kochte für ihn in ihrer Wohnung und kaufte ihm eine Flasche Wein und die kleinen Zigarren, von denen sie wußte, daß er sie gern rauchte.

Es gab auch eine üble Zeit, in der er durch den Sumpf der Verzweiflung watete. Nichts lief so, wie es sollte, und anscheinend wollte niemand seine Stücke kaufen. Damals nahm er den Job in einer kleinen Kneipe an und räumte nachts schmutzige Teller in die Spülmaschine. Danach verbesserte sich die Lage ein wenig, und er verkaufte ein Stück an das kommerzielle Fernsehen, wusch aber weiterhin Teller, um wenigstens seine Miete bezahlen zu können.

Victoria hatte keinen anderen Freund, sie wollte auch keinen. Aus irgendeinem Grund hatte sie sich Oliver nie mit anderen Frauen vorgestellt. Sie sah keinen Anlaß zur Eifersucht. Es war nicht viel, was sie von Oliver hatte, aber es reichte ihr.

Von Jeannette Archer hörte sie zum erstenmal, als Oliver ihr erzählte, daß er demnächst heiraten würde.

Es war im Frühsommer gewesen. Die Fenster von Victorias Wohnung, die auf die kleine Gasse hinausgingen, standen offen. Unten bepflanzte Mrs. Tingley von Nummer vierzehn ihre dekorativen Blumenkübel mit Geranien, und der Mann, der zwei Türen weiter wohnte, putzte sein Auto. Tauben gurrten auf den Dächern, und das entfernte Brummen des Verkehrs wurde durch das dichte Laub der Bäume gedämpft. Victoria und Oliver saßen am Fenster, und sie nähte an seiner Jacke einen Knopf an. Er war zwar noch nicht abgegangen, hing aber lose, und sie hatte angeboten, ihn festzunähen, bevor er ganz abfiel. Sie hatte Nadel und Faden geholt, einen Knoten in den Faden gemacht und stach gerade in den abgewetzten Kordsamt, als Oliver fragte: «Was würdest du sagen, wenn ich dir erzählte, daß ich demnächst heirate?»

Victoria stach prompt in ihren Daumen. Sie spürte einen kurzen, aber schauderhaften Schmerz. Behutsam zog sie die Nadel heraus und sah zu, wie sich ein Blutstropfen bildete und anschwoll. «Leck's ab, schnell, sonst tropft es noch auf meine Jacke!» rief Oliver, und als sie es nicht tat, packte er sie am Handgelenk und steckte ihren Daumen in seinen Mund. Ihre Blicke trafen sich. «Schau mich doch nicht so an!» sagte er.

Victoria betrachtete wieder ihren Daumen. Es pochte in ihm, als ob jemand mit einem Hammer draufgeschlagen hätte. «Ich kann nicht anders schauen.»

«Na, sag schon was! Starr mich doch nicht so entgeistert an!»

«Ich weiß nicht, was ich sagen soll.»

«Du könntest mir Glück wünschen.»

«Ich wußte nicht... daß du... ich meine, ich hatte keine Ahnung, daß du...» Selbst in diesem gräßlichen Augenblick versuchte sie noch vernünftig, höflich, taktvoll zu sein. Aber Oliver hielt beschönigendes Drumherumreden für seiner unwürdig und fiel ihr brutal ins Wort:

«Du meinst, du hast nie gemerkt, daß es da noch eine andere gab? Das klingt, mit Verlaub gesagt, wie eine Zeile aus einem verstaubten Roman. Aus einem von der Sorte, die meine Mutter liest.»

«Wer ist es?»

«Sie heißt Jeannette Archer. Sie ist vierundzwanzig, ein wohlerzogenes Mädchen mit einer hübschen Wohnung, einem hübschen kleinen Auto und einem guten Job. Wir wohnen seit vier Monaten zusammen.»

«Ich dachte, du wohnst in Fulham.»

«Manchmal schon, aber in letzter Zeit nicht.»

«Liebst du sie?» fragte Victoria, weil sie es einfach wissen mußte.

«Victoria, sie kriegt ein Kind! Ihre Eltern möchten, daß ich sie heirate, damit das Kind einen Vater hat. Es scheint ihnen sehr viel daran zu liegen.»

«Ich dachte, du kümmerst dich nicht darum, was Eltern wollen.»

«Nicht, wenn sie so sind wie meine, die immer nörgeln und es zu nichts gebracht haben. Aber diese Eltern haben zufällig einen Haufen Geld. Und ich brauche Geld. Ich brauche Geld, um mir die Zeit zum Schreiben zu verschaffen.»

Sie wußte, daß sie ihm das nicht bieten konnte. Ihr Daumen tat immer noch weh. Tränen stiegen ihr in die Augen, und damit er sie nicht sah, senkte sie den Kopf und versuchte den Knopf anzunähen, doch die Tränen quollen über, rollten ihr über die Wangen und fielen in dicken Tropfen auf den Kordsamt seiner Jacke. Er entdeckte sie und sagte: «Wein doch nicht!» Dann schob er eine Hand unter ihr Kinn und hob ihr tränennasses Gesicht an.

«Ich liebe dich», sagte Victoria.

Er beugte sich vor und küßte sie auf die Wange. «Aber du bist nun einmal nicht schwanger.»

Die Uhr auf dem Kaminsims überraschte sie mit sieben silberhellen Schlägen. Ungläubig stierte Victoria sie an, dann schaute sie auf ihre Armbanduhr. Schon sieben! Der Rossini war lange zu Ende, der Rest in ihrem Kaffeebecher eiskalt, draußen regnete es noch immer, und in einer halben Stunde sollte sie auf einer Party in Campden Hill sein.

Sie wurde von der üblichen Panik ergriffen, die einen befällt, der gerade merkt, daß er jegliches Zeitgefühl verloren hat, und für den Augenblick waren alle Gedanken an Oliver Dobbs vergessen. Victoria sprang auf und erledigte rasch hintereinander eine Reihe von Dingen. Sie trug den Kaffeebecher in die Küche zurück, ließ Badewasser einlaufen, eilte in ihr Schlafzimmer, öffnete den Schrank und nahm verschiedene Kleidungsstücke heraus, von denen ihr keins angemessen erschien. Sie zog sich aus und suchte nach Strümpfen. Dabei überlegte sie, ob sie ein Taxi bestellen sollte. Dann fragte sie sich, ob sie nicht Mrs. Fairburn anrufen und Kopfschmerzen vorschützen könnte, besann sich aber anders, weil die Fairburns Freunde ihrer Mutter waren, die Einladung schon seit langem bestand und sie einen Horror davor hatte, jemanden zu kränken. Also lief sie in das dampfende Badezimmer, drehte den Wasserhahn zu und träufelte etwas Badeöl in die Wanne. Der Dampf begann zu duften. Sie stopfte ihr langes Haar unter eine Duschhaube, rieb sich Feuchtigkeitscreme ins Gesicht und wischte sie mit einem Tuch wieder ab. Schließlich stieg sie in das kochendheiße Wasser.

Eine Viertelstunde später war sie wieder draußen und zog sich an. Schwarzer Rollkragenpulli aus Seide, darüber ein lose geschnittenes Trägerkleid mit Bauernstickerei, schwarze Strümpfe und schwarze Schuhe mit sehr hohen Absätzen. Sie tuschte sich die langen Wimpern mit Mascara, klemmte sich Ohrringe an und besprühte sich mit einem Hauch Parfum.

Jetzt noch einen Mantel. Sie zog die Vorhänge zurück, öffnete das Fenster und lehnte sich hinaus, um nach dem Wetter zu sehen. Es war sehr dunkel und immer noch windig, der Regen schien aber aufgehört zu haben. Unten in der Gasse war es sehr still. Die Pflastersteine schimmerten wie Fischschuppen, und dunkle Pfützen spiegelten das Licht der altmodischen Straßenlaternen wider. Von der Straße her bog ein Auto unter dem Torbogen in die Pendleton Mews ein. Es tastete sich wie eine schleichende Katze die Gasse entlang. Victoria zog den

Kopf zurück und schloß das Fenster und die Vorhänge wieder. Sie griff nach einem alten Pelzmantel, der an der Rückseite der Tür hing, verkroch sich in seiner vertrauten Behaglichkeit, sah nach, ob sie ihre Schlüssel und die Brieftasche eingesteckt hatte, drehte den Gaskamin ab, löschte alle Lichter im Obergeschoß und machte sich auf den Weg nach unten.

Kaum war sie einen Schritt gegangen, da klingelte es an der Eingangstür.

«Verdammt», fluchte Victoria. Wahrscheinlich war das Mrs. Tingley, die kam, um sich Milch zu borgen. Ihr ging immer die Milch aus, und dann stand sie hier herum und wollte schwatzen. Victoria rannte die Treppe hinunter und riß die Tür auf.

Doch da war niemand. Nur auf der anderen Seite der Gasse, unter der Straßenlampe, stand jetzt die schleichende Katze, ein großer, alter Volvo Kombi. Von seinem Fahrer fehlte indes jede Spur. Verdutzt überlegte Victoria, was sie tun sollte, und war nahe daran, hinüberzugehen und nachzusehen, als aus dem Schatten neben der Tür eine Gestalt so lautlos neben ihr auftauchte, daß ihr vor Schreck der Atem stockte. Die Gestalt nannte ihren Namen, und sie fühlte sich plötzlich wie in einem sehr schnellen Fahrstuhl, in dem sie dreiundzwanzig Stockwerke hinuntersauste.

«Ich wußte nicht, ob du noch hier wohnst.»

Sie hatte immer geglaubt, solche Dinge passieren nicht. Nicht bei gewöhnlichen Menschen. So etwas gibt es nur in Büchern.

«Ich dachte, du könntest umgezogen sein. Ich war sicher, daß du umgezogen bist.»

Sie schüttelte den Kopf.

«Es ist lange her.»

Victoria hatte einen trockenen Mund, als sie sagte: «Ja.»

Oliver Dobbs! Sie sah ihn forschend an, suchte nach Veränderungen in seinem Äußeren, konnte aber keine entdecken. Sein Haar war noch genauso wie früher, ebenso sein Bart, die hellen Augen und die tiefe, sanfte Stimme. Er war sogar noch genauso gekleidet, lässig und ein bißchen schäbig, nur an seiner hochgewachsenen, schlanken Gestalt wirkten die Sachen überhaupt nicht schäbig, sondern irgendwie kunstvoll und für ihn typisch.

Er sagte: «Du siehst aus, als wolltest du gerade weggehen.»

«Ja, stimmt. Ich bin eigentlich schon spät dran. Aber» – sie trat einen Schritt zurück – «komm doch lieber rein, es ist so kalt draußen.»

«Darf ich?»

«Ja.» Doch dann wiederholte sie: «Ich muß allerdings weg», und es klang, als witterte sie darin ein Schlupfloch, durch das sie einer möglicherweise unmöglichen Situation entfliehen könnte. Sie wandte sich um und stieg vor ihm die Treppe hinauf. Er war im Begriff, ihr zu folgen, zögerte aber noch und sagte: «Ich habe meine Zigaretten im Wagen gelassen.»

Und schon stürzte er wieder hinaus. Auf halber Treppe wartete sie auf ihn. Gleich darauf kam er zurück und schloß hinter sich die Tür. Victoria ging hinauf, schaltete oben das Licht ein und blieb, mit dem Rücken an den erloschenen Kamin gelehnt, stehen.

Oliver folgte ihr. Sein wachsamer Blick wanderte sofort durch den hübschen Raum, über die hellen Wände, die Chintzvorhänge mit dem Muster aus Frühlingsblumen, den Eckschrank aus Kiefernholz, den Victoria in einem Trödlerladen entdeckt und selbst abgebeizt hatte, über ihre Bilder, ihre Bücher.

Zufrieden lächelte er. «Du hast nichts verändert. Es ist noch genauso, wie ich es in Erinnerung habe. Wie herrlich, etwas wiederzufinden, was sich nicht verändert hat.» Sein Blick ruhte nun auf ihrem Gesicht. «Ich dachte, du könntest fort sein, du könntest irgendeinen Kerl geheiratet haben und fortgezogen sein. Ich war mir so sicher, daß ein wildfremder Mensch die Tür aufmachen würde. Und da standst du vor mir. Wie ein Wunder.»

Victoria stellte fest, daß ihr absolut nichts einfiel, was sie darauf sagen könnte. Es hatte ihr die Sprache verschlagen. Während sie noch nach Worten suchte, sah sie sich im Raum um, und ihr Blick blieb an dem Schränkchen unter dem Bücherregal hängen, in dem sie ein paar armselige Flaschen aufbewahrte. Schließlich fragte sie: «Willst du was trinken?»

«Ja, sehr gern.»

Sie legte ihre Handtasche weg und ging vor dem Schrank in die Hocke. Es war noch Sherry da, eine halbe Flasche Wein und eine fast leere Whiskyflasche. Sie griff nach der Whiskyflasche. «Es ist nicht viel da, tut mir leid.»

«Das tut's hervorragend.» Er kam auf sie zu und nahm ihr die Flasche ab. «Ich mach das schon.» Daraufhin verschwand er in der Küche. Anscheinend fühlte er sich in ihrer Wohnung so heimisch, als wäre er erst gestern hinausspaziert. Sie hörte Gläser klirren und dann Wasser laufen.

«Willst du auch einen?» rief er.

«Nein, danke.»

Mit dem Whisky in der Hand tauchte er wieder aus der Küche auf. «Wo ist die Party, zu der du gehst?»

«In Campden Hill. Bei Freunden meiner Mutter.»

«Wird es lange dauern?»

«Das nehme ich nicht an.»

«Kommst du zum Abendessen zurück?»

Beinahe hätte Victoria darüber gelacht, denn das war typisch Oliver Dobbs, daß er sie offenbar zum Abendessen mit ihm in ihrer eigenen Wohnung einlud.

«Ich denke schon.»

«Dann geh du jetzt zu deiner Party, und ich warte hier.» Er bemerkte ihr verdutztes Gesicht und fügte rasch hinzu: «Es ist wichtig. Ich möchte mit dir reden. Und ich möchte in Ruhe mit dir reden.»

Das hörte sich nach Unheil an, als wäre jemand hinter ihm her, vielleicht die Polizei oder irgendein Schlägertyp aus Soho mit einem Klappmesser.

«Da ist doch nicht irgend etwas faul, oder?»

«Wie ängstlich du dreinschaust. Nein, da ist nichts faul.» Ganz sachlich fragte er: «Hast du was zu essen im Haus?»

«Es ist Suppe da. Und ein bißchen Schinken und Eier. Ich könnte einen Salat machen. Oder wenn du willst, könnten wir auch essen gehen. Um die Ecke gibt es ein griechisches Restaurant, das vor kurzem aufgemacht hat.»

«Nein, wir können nicht weggehen.» Das klang so entschieden, daß Victoria es wieder mit der Angst zu tun bekam. Da fuhr Oliver fort: «Ich wollte es dir nicht gleich sagen, ich wollte erst wissen, wie ich mit dir dran bin. Die Sache ist die, es ist noch jemand im Auto. Wir sind zu zweit.»

«Zu zweit?» Sie stellte sich eine Freundin vor, einen Betrunkenen oder sogar einen Hund.

Anstatt zu antworten, stellte Oliver sein Glas ab und verschwand erneut im Treppenhaus. Sie hörte die Haustür aufgehen und dann seine Schritte auf dem Straßenpflaster. Sie trat auf den Treppenabsatz hinaus und erwartete ihn dort. Er hatte die Tür offengelassen, und als er wieder hereinkam, schob er sie behutsam mit einem Fuß zu. Mit dem Fuß deshalb, weil seine Arme mit etwas anderem beschäftigt waren. Sie trugen ein großes, selig schlafendes Baby, einen kleinen Jungen.

3

Freitag

Es war Viertel nach sieben, am Abend eines zermürbenden Tages, als John Dunbeath endlich in den verhältnismäßig ruhigen Cadogan Place einbiegen konnte, sich durch die schmale Gasse zwischen dicht hintereinander geparkten Autos tastete und seinen Wagen in eine knappe, nicht allzu weit von seiner Haustür entfernte Lücke zwängte. Er stellte den Motor ab, schaltete die Scheinwerfer aus und griff nach hinten, um seinen prallen Aktenkoffer und den Regenmantel vom Rücksitz zu holen. Dann stieg er aus und schloß das Auto zu.

In prasselndem Regen hatte er das Büro verlassen und die tägliche Tortur der Heimfahrt angetreten, doch nun, eine halbe Stunde später, klarte es anscheinend ein wenig auf. Aber es war dunkel, immer noch windig, und dicke Wolken, die nichts Gutes verhießen, jagten im rötlichen Widerschein der Großstadtlichter über den Himmel. Nach zehn Stunden, die John in überheizten Räumen zugebracht hatte, empfand er die kühle Nachtluft als wohltuend. Während er langsam den Bürgersteig entlangging und der Aktenkoffer bei jedem Schritt gegen sein Bein schlug, atmete er ein paarmal ganz bewußt tief ein und fühlte sich von dem kalten Wind erfrischt.

Mit dem Schlüsselbund in der Hand stieg er die Stufen zur Eingangstür hinauf. Sie war schwarz und hatte einen Messingknauf und einen Briefkasten, den der Portier jeden Morgen polierte. Das hohe, alte Londoner Stadthaus war vor einiger Zeit in mehrere Apartments aufgeteilt worden, und obwohl man die Halle und das Treppenhaus mit Teppichböden ausgelegt hatte und peinlich sauber hielt, roch die abgestandene Zentralheizungsluft immer so dumpf und muffig, daß man Platzangst bekam. Dieser Mief schlug ihm nun wie an jedem Abend entgegen. John drückte die Tür mit dem Hosenboden zu, angelte seine Post aus dem Fach und machte sich auf den Weg nach oben.

Er wohnte im zweiten Stock, in einem möblierten Apartment, das aus den ehemaligen Schlafzimmern des Hauses entstanden war. Ein Kollege hatte es für ihn ausfindig gemacht, bevor John von New York nach London gekommen war, um in der europäischen Zentrale der Warburg Investment Corporation zu arbeiten. Gleich nach seiner Ankunft in Heathrow war er hier eingezogen. Jetzt, sechs Monate später, hatte er sich an die Wohnung gewöhnt. Nicht, daß er sich in ihr zu Hause fühlte, aber sie war ihm vertraut. Eine angemessene Bleibe für einen Mann, der allein lebte.

Er schloß auf, ging hinein, schaltete das Licht ein und entdeckte auf dem Tisch in der Diele eine Nachricht von Mrs. Robbins, der Aufwartefrau, die der Portier ihm empfohlen hatte und die jeden Morgen herkam, um in der Wohnung sauberzumachen. John hatte sie nur ein einziges Mal gesehen, ganz am Anfang, als er ihr einen Schlüssel gab und ihr in groben Zügen erklärte, was er von ihr erwartete. Mrs. Robbins hatte ihm deutlich zu verstehen gegeben, daß das ziemlich überflüssig sei. Sie war eine stattliche Person, die damals einen bombastischen Hut aufgehabt und ihre Ehrbarkeit wie einen

Panzer getragen hatte. Am Ende dieser Unterredung war John sich völlig darüber im klaren gewesen, daß nicht er sie befragt, sondern Mrs. Robbins ihn begutachtet hatte. Wie dem auch sei, anscheinend hatte er ihren Anforderungen genügt, und sie hatte ihn, neben ein oder zwei anderen Privilegierten, die im selben Haus wohnten, regelrecht unter ihre Fittiche genommen. Seither hatte er sie nie mehr zu Gesicht bekommen, aber sie schrieben einander Zettel, die sie auf dem Tisch liegen ließen, und in gleicher Weise bezahlte er sie auch wöchentlich.

John stellte seinen Aktenkoffer ab, warf den Regenmantel über einen Stuhl, griff nach Mrs. Robbins' Brief und trug ihn samt der übrigen Post ins Wohnzimmer. Es war ganz in Beige und Braun gehalten und vollkommen unpersönlich. Bilder, die nicht ihm gehörten, hingen an der Wand, Bücher, die nicht ihm gehörten, standen in den Regalen links und rechts vom Kamin, und John wünschte sich nicht einmal, daß es anders wäre.

Bisweilen, ohne besonderen Grund, machte ihm die Leere in seinem Privatleben zu schaffen, dann sehnte er sich danach, von jemandem begrüßt, von jemandem geliebt zu werden, und das brachte die Schutzwälle, die er mühsam um sich aufgebaut hatte, ins Wanken. In solchen Momenten holte ihn die Vergangenheit ein. Er erinnerte sich daran, wie er in New York nach Hause gekommen war, in das strahlende Apartment mit den weißen Fußböden und den weißen Teppichen und einer gewissen Perfektion, die Lisa mit ihrem Blick für Farben, ihrer Liebe zum Detail und ihrer völligen Gleichgültigkeit gegenüber dem Kontostand ihres Mannes geschaffen hatte. Dann sah er – denn diese Erinnerungen stammten aus der ersten Zeit ihrer Ehe – unweigerlich auch Lisa vor sich, die ihn erwartete. Sie war atemberaubend schön, trug irgendein hauchdünnes Gewand von de la Renta und duftete unwiderstehlich exotisch. Für gewöhnlich hatte sie ihn mit einem Kuß begrüßt, ihm einen Martini in die Hand gedrückt und sich gefreut, ihn zu sehen.

Aber meistens war er, wie an diesem Abend auch, dankbar für die Ruhe, für den Frieden und für die Muße, seine Post zu lesen, etwas zu trinken und nach einem arbeitsreichen Tag ein wenig zu verschnaufen. Er wanderte durch den Raum, knipste Lichter an und schaltete den elektrischen Kamin ein, der augenblicklich zu flackern begann, als loderten tatsächlich dicke Holzscheite auf dem imitierten Rost. John zog die braunen Samtvorhänge zu und goß sich einen Scotch ein, dann las er den Zettel von Mrs. Robbins. Ihre Botschaften waren immer knapp formuliert und manche Wörter noch abgekürzt, weshalb sie sich so wichtig wie Telegramme anhörten.

Bei Wäsche fehlen 1 P. Str. und 2 Tatü.
Tel. Miss Mansell, bittet um Rückruf heute abd.

Er überflog den Rest seiner Post. Ein Kontoauszug, ein Geschäftsbericht, einige Einladungen und ein Luftpostbrief seiner Mutter. Er sparte sich die Lektüre für später auf, setzte sich auf die Armlehne des Sofas, griff nach dem Telefon und wählte eine Nummer.

Tania meldete sich sofort und klang atemlos wie immer, als hätte sie es ständig furchtbar eilig.

«Hallo?»

«Tania.»

«Oh, Schatz, ich hab schon gedacht, du rufst überhaupt nicht mehr an.»

«Tut mir leid, ich bin gerade heimgekommen. Ich habe deine Nachricht eben erst gefunden.»

«Armer Liebling, du bist sicher völlig erschöpft. Hör mal, es ist zum Verrücktwerden, aber ich kann heute abend nicht. Ich fahre nämlich jetzt gleich aufs Land. Mary Colville hat heute morgen angerufen, sie veranstaltet irgendeine Tanzerei, und ein paar Mädchen haben die Grippe gekriegt, deshalb ist sie ganz verzweifelt, weil jetzt ihre Rechnung nicht aufgeht, da mußte ich einfach versprechen, daß ich hinkomme. Ich hab ja versucht, nein zu sagen, und ihr erklärt, daß wir heute abend etwas vorhaben, aber da hat sie gemeint, du sollst morgen nachkommen und übers Wochenende bleiben.»

Sie hielt inne, nicht daß sie nicht noch eine Menge zu erzählen gehabt hätte, doch ihr war die Luft ausgegangen. John merkte, wie er lächelte. Ihr Redeschwall, ihre Atemlosigkeit, ihre verworrenen gesellschaftlichen Arrangements, das alles machte einen Teil des Reizes aus, den sie auf ihn ausübte, hauptsächlich deshalb, weil sie das genaue Gegenteil seiner Exfrau war. Tania brauchte ständig jemanden, der für sie die Dinge in die Hand nahm, und sie war so fahrig, daß sie nie auf den Gedanken verfallen würde, Johns Leben organisieren zu wollen.

Er schaute auf die Uhr. «Wenn du noch heute abend bei irgendeiner Dinnerparty auf dem Land sein willst, wird dir da nicht die Zeit ein bißchen zu knapp?»

«O ja, Schatz, ich bin entsetzlich spät dran, aber das ist nicht gerade das, was du jetzt sagen solltest. Du solltest doch entsetzlich enttäuscht sein.»

«Bin ich ja auch.»

«Und kommst du morgen nach?»

«Tania, ich kann nicht. Ich hab erst heute erfahren, daß ich in den Nahen Osten muß. Ich fliege morgen früh los.»

«Oh, das ertrag ich nicht. Wie lange bleibst du weg?»

«Nur ein paar Tage. Höchstens eine Woche. Das hängt davon ab, wie's läuft.»

«Rufst du mich an, wenn du wieder da bist?»

«Ja, sicher.»

«Ich hab mit Imogen Fairburn telefoniert und ihr gesagt, daß ich es heute abend nicht schaffe. Sie hat's eingesehen und gemeint, sie freut sich darauf, wenn du wenigstens kommst, auch wenn ich nicht dabeisein kann. Ach Schatz, ist das nicht alles trostlos? Bist du sehr sauer?»

«Ja, sehr», versicherte er ihr sanft.

«Aber du verstehst es doch, nicht wahr?»

«Ich verstehe es ganz und gar. Sag Mary schönen Dank für ihre Einladung, und erklär ihr bitte, warum ich sie nicht annehmen kann.»

«Ja, das mache ich, natürlich mache ich es, und...»

Auch das war für sie typisch, daß sie ein Gespräch nie beenden konnte. Er fiel ihr entschlossen ins Wort.

«Hör mal, Tania, du hast heute abend noch eine Verabredung. Laß das Reden sein, pack deine Sachen fertig und saus los! Mit ein bißchen Glück kommst du bei den Colvilles mit nicht mehr als zwei Stunden Verspätung an.»

«Oh, Schatz, ich bete dich an.»

«Ich melde mich wieder.»

«Ja, tu das!» Sie schickte ihm einen Kuß durchs Telefon. «Wiedersehen!» John legte den Hörer auf die Gabel und wunderte sich, warum er sich nicht enttäuscht fühlte, wenn eine charmante, reizende Frau ihn um einer aufregenderen Einladung willen versetzte. Er grübelte noch eine Weile und kam zu dem Schluß, daß es ihm überhaupt nichts ausmachte. Also rief er im *Annabel* an und bestellte den Tisch wieder ab, den er für diesen Abend hatte reservieren lassen, trank sein Glas leer und ging unter die Dusche.

Gerade als er sich auf den Weg zu den Fairburns machen wollte, erreichte ihn noch ein Anruf seines Vizepräsidenten, der sich auf der Heimfahrt im firmeneigenen Cadillac den einen oder anderen wichtigen Gedanken zu Johns geplanter Reise nach Bahrain hatte durch den Kopf gehen lassen. Während sie darüber redeten und er sich Notizen machte, waren gut fünfzehn Minuten verstrichen, so daß John fast eine Dreiviertelstunde Verspätung hatte.

Die Party war offenbar bereits in vollem Gang. Die Straße war mit Autos zugeparkt, und John brachte weitere frustrierende fünf Minuten damit zu, eine winzige Lücke für sein eigenes zu finden. Trotz der zugezogenen Vorhänge drang Licht durch die hohen Fenster im ersten Stock nach draußen, und er meinte sogar, dumpfes Stimmengemurmel zu hören. Kaum hatte John geklingelt, da öffnete ihm ein wohl eigens für diesen Anlaß angeheuerter Mann in weißem Jackett die Tür, sagte «Guten Abend» und führte ihn hinauf.

Es war ein hübsches, familiär anmutendes Haus, aber kostspielig ausgestattet, mit dicken Teppichen ausgelegt, und es roch wie ein extravagantes Gewächshaus. Als John die Treppe hinaufstieg, schwoll das Stimmengewirr zu beträchtlicher Lautstärke an. Durch die offene Tür, die zu Imogens Salon führte, nahm er zunächst nur ein dichtes Gedränge wahr. Die Leute tranken, rauchten oder verspeisten Cocktailhappen, und alle schienen die Absicht zu haben, sich heiser zu reden. Ein Pärchen saß auf dem oberen Treppenabsatz. John lächelte und murmelte «Verzeihung», als er sich an ihnen vorbeidrängte, und die junge Frau sagte: «Wir schnappen nur ein bißchen Luft», als hielte sie es für nötig, sich dafür zu entschuldigen, daß sie hier hockten.

Neben der Tür stand ein Tisch mit Getränken, an dem ein weiterer für die Party engagierter Kellner die Gäste bediente.

«Guten Abend, Sir. Was darf's denn sein?»

«Ein Scotch mit Soda, bitte.»

«Natürlich mit Eis, Sir, nicht wahr?»

John grinste. Das «natürlich» hieß, daß der Barkeeper sofort gemerkt hatte, daß John Amerikaner war. Er sagte: «Natürlich!» und griff nach dem Glas. «Wo kann ich denn Mrs. Fairburn finden?»

«Ich fürchte, Sir, Sie müssen einfach herumlaufen und nach ihr suchen. Wie nach der berühmten Nadel im Heuhaufen, würde ich sagen.»

John stimmte ihm zu, trank zur Stärkung einen Schluck Whisky und stürzte sich ins Gewühl.

Es war nicht ganz so schlimm, wie es hätte sein können. Er wurde da und dort erkannt, begrüßt und fast augenblicklich in ein Gespräch hineingezogen. Man bot ihm ein Schnittchen mit geräuchertem Lachs an, eine Zigarre und sogar einen Tip fürs Pferderennen: «Eine todsichere Sache, alter Junge, morgen in Doncaster, drei Uhr dreißig.» Ein Mädchen, das er flüchtig kannte, kam auf ihn zu, küßte ihn und hinterließ, wie er vermutete, Lippenstiftspuren auf seiner Wange. Dann rückte ein hochgewachsener junger Mann mit schütterem Haar an und fragte: «Sie sind doch John Dunbeath, nicht wahr? Ich heiße Crumleigh. Hab Ihren Vorgänger gekannt. Was tut sich denn in der Welt der Banker?»

John nippte nur an seinem Drink, doch ein Kellner flitzte vorüber und füllte sein Glas nach, als er einen Moment nicht aufpaßte. Irgend jemand trat ihm auf den Fuß. Ein sehr junger Mann, der die Krawatte seines Regiments trug, tauchte wie aus dem Nichts neben Johns Ellbogen auf und zerrte ein protestierendes weibliches Wesen am Arm hinter sich her. «Dieses Mädchen möchte Sie unbedingt kennenlernen. Hat sich die Augen nach Ihnen ausgeguckt.»

«Oh, Nigel, du bist gräßlich!»

Glücklicherweise entdeckte John gerade seine Gastgeberin. Er entschuldigte sich und bahnte sich mit einiger Mühe einen Weg quer durch den Raum. «Imogen!»

«John! Darling!»

Sie war außergewöhnlich hübsch, graues Haar, blaue Augen, die Haut so glatt wie bei einem jungen Mädchen, und sie gab sich unverschämt herausfordernd.

Er küßte sie höflich, denn so, wie sie ihm ihr strahlendes Gesicht hinhielt, erwartete sie offensichtlich, geküßt zu werden.

«Das nenne ich 'ne Party.»

«Großartig, daß du da bist! Tania konnte ja leider nicht kommen. Sie hat mich angerufen und irgendwas erzählt, daß sie aufs Land müßte. Wie furchtbar enttäuschend. Ich hatte mich so darauf gefreut, euch *beide* zu sehen. Nun ja, was soll's, du bist schließlich da, und das allein zählt. Hast du schon mit Reggie geredet? Er brennt darauf, mit dir ausgiebig über so langweilige Dinge wie die Börse zu klönen.» Ein Paar lauerte auf einen günstigen Augenblick, um sich zu verabschieden. «Lauf nicht davon!» raunte Imogen ihm aus dem Mundwinkel zu, dann wandte sie sich mit strahlendem Lächeln von ihm ab. «Darling! Müßt ihr wirklich schon weg? Wie traurig! Traumhaft, daß ihr da wart. Freut mich, wenn es euch gefallen hat...» Und schon war sie wieder bei John. «Hör mal, Tania ist doch nicht gekommen, und du bist solo. Ich hab ein Mädchen da, um das du dich vielleicht ein bißchen kümmern könntest. Sie ist bildhübsch, ich halse dir also keine Schreckschraube auf, aber ich fürchte, sie kennt hier nicht viele. Ich hab sie halt eingeladen, weil ihre Mutter eine unserer engsten Freundinnen ist, aber sie scheint sich ein wenig schwerzutun.»

John, dem die guten Partymanieren von seiner amerikanischen Mutter unerbittlich eingebleut worden waren (was

Imogen wußte, sonst hätte sie ihn nie um Hilfe gebeten), versicherte ihr, daß er es gern tun würde. Aber wo war das Mädchen?

Imogen, die nicht sehr groß war, stellte sich auf die Zehenspitzen und sah sich um. «Da drüben in der Ecke.» Ihre zierlichen Finger legten sich wie ein Schraubstock um sein Handgelenk. «Ich bring dich rüber und mach euch bekannt.»

Sie schritt sofort zur Tat und schlängelte sich durch den überfüllten Raum, ohne auch nur ein einziges Mal ihren festen Griff zu lockern. John trottete wohl oder übel hinter ihr her und fühlte sich dabei wie ein schwerfälliger Lastkahn an der Leine eines Schleppers. Endlich hatten sie es geschafft. Es schien eine ruhige Ecke zu sein, vielleicht deshalb, weil sie am weitesten von der Tür und von der Bar entfernt war. Immerhin konnte man hier stehen, die Ellbogen bewegen oder sogar sitzen.

«Victoria!»

Sie hockte auf der Armlehne eines Sessels und unterhielt sich mit einem älteren Herrn, der offensichtlich noch zu einer anderen Party wollte, denn er trug einen Smoking und eine schwarze Krawatte. Als Imogen ihren Namen nannte, stand sie auf, allerdings war schwer zu sagen, ob sie es aus Höflichkeit gegenüber Imogen tat oder ob sie nur ihrem Gesprächspartner entfliehen wollte.

«Victoria, hoffentlich störe ich hier nicht bei einem wahnsinnig spannenden Thema, aber ich möchte unbedingt, daß du John kennenlernst. Seine Freundin konnte heute abend nicht kommen, und ich hätte gern, daß du unheimlich nett zu ihm bist.» John, der das für sich ebenso peinlich empfand wie für das Mädchen, lächelte tapfer weiter. «Er ist Amerikaner, und ich mag ihn ganz besonders gern ...»

Räuspernd erhob sich der ältere Herr im Smoking ebenfalls,

verabschiedete sich mit einem unmerklichen Nicken und trollte sich.

«John» – der eiserne Griff um sein Handgelenk hatte sich noch immer nicht gelockert; vielleicht wurden seine Finger inzwischen nicht mehr durchblutet und würden ihm nun gleich abfallen –, «das ist Victoria. Ihre Mutter ist eine meiner besten Freundinnen. Als ich letztes Jahr mit Reggie in Spanien war, haben wir sie besucht und bei ihr gewohnt. In Sotogrande. In dem tollsten Haus, das du je gesehen hast. So, und jetzt habt ihr zwei wohl eine Menge zu bereden.»

Endlich ließ sie seinen Arm los, und John hatte ein Gefühl, als hätte man ihm Handschellen abgenommen.

«Hallo, Victoria!»

«Hallo!»

Imogen hatte sich in der Wahl ihrer Worte vergriffen. Victoria war nicht bildhübsch, aber sie machte einen gepflegten, untadeligen Eindruck, bei dem er sich mit einer gewissen Wehmut an die amerikanischen Mädchen erinnerte, die er in seiner Jugendzeit gekannt hatte. Ihr glattes, langes Haar war hell und seidig und so geschickt geschnitten, daß es ihr Gesicht einrahmte. Blaue Augen, feine Gesichtszüge, ein langer Hals und schmale Schultern. Sie hatte eine unscheinbare Nase mit entwaffnenden Sommersprossen und einen bemerkenswerten Mund, sanft und ausdrucksvoll, mit einem Grübchen an einem Mundwinkel.

Es war ein Gesicht, das besser ins Freie paßte, eins von der Art, die man eher an der Pinne eines Segelbootes oder an einem atemberaubenden Steilhang einer Skipiste erwartete statt auf einer Londoner Cocktailparty.

«Hat Imogen gerade Sotogrande gesagt?»

«Ja.»

«Wie lange lebt Ihre Mutter schon dort?»

«Seit ungefähr drei Jahren. Sind Sie jemals dort gewesen?»

«Nein, aber ich habe Freunde, die gern Golf spielen und hinfahren, sooft sie nur können.»

«Mein Stiefvater spielt jeden Tag Golf. Deshalb hat er sich diese Gegend ausgesucht. Sein Haus steht direkt am Fairway. Er geht aus seiner Gartentür raus und hat gleich das zehnte Loch vor der Nase. So einfach ist das.»

«Spielen Sie auch Golf?»

«Nein, aber man kann dort ja noch was anderes tun. Schwimmen, Tennis spielen oder reiten, wenn man will.»

«Und was tun Sie?»

«Ich fahre nicht sehr oft hin, aber wenn, dann spiele ich meistens Tennis.»

«Kommt Ihre Mutter manchmal her?»

«O ja, zwei- oder dreimal im Jahr. Da hetzt sie von einer Kunstgalerie in die andere, schaut sich ein halbes Dutzend Theaterstücke an, kauft ein paar Kleider, und dann fährt sie wieder zurück.»

John lächelte darüber, und sie lächelte zurück. Daraufhin entstand eine kleine Pause. Das Thema Sotogrande schien sich erschöpft zu haben. Ihr Blick schweifte über seine Schulter und kehrte schnell, als wollte sie nicht ungezogen erscheinen, wieder zu Johns Gesicht zurück. Er überlegte, ob sie vielleicht jemanden erwartete.

«Kennen Sie hier viele Leute?» fragte er.

«Nein, eigentlich nicht. Im Grunde überhaupt keinen.» Dann fügte sie hinzu: «Tut mir leid, daß Ihre Freundin nicht kommen konnte.»

«Wie Imogen schon sagte, sie mußte heute aufs Land raus.»

«Ach ja.» Victoria bückte sich und nahm eine Handvoll Nüsse aus einer Schale, die auf einem niedrigen Beistelltischchen stand. Sie begann sie zu essen, wobei sie jeweils nur eine in den Mund steckte. «Hat Imogen nicht gesagt, Sie seien Amerikaner?»

«Ja, das hat sie wohl.»

«Sie hören sich aber nicht wie ein Amerikaner an.»

«Wie höre ich mich denn an?»

«Nach irgend etwas dazwischen. Halb hüben und halb drüben. Wie Alistair Cooke auf amerikanisch.»

Er war beeindruckt. «Sie haben ein feines Gehör. Ich habe eine amerikanische Mutter und einen britischen Vater. Verzeihung – einen schottischen Vater.»

«Also sind Sie eigentlich Brite?»

«Ich habe beide Pässe, bin aber in den Staaten geboren.»

«Wo denn?»

«In Colorado.»

«War Ihre Mutter damals Ski laufen, oder leben Ihre Eltern ständig dort?»

«Nein, sie leben ständig dort. Sie haben eine Ranch im Südwesten von Colorado.»

«Ich weiß nicht genau, wo das liegt.»

«Nördlich von New Mexico, westlich der Rocky Mountains und östlich der San-Juan-Berge.»

«Dazu brauchte ich einen Atlas. Aber es klingt sehr aufregend.»

«Es ist aufregend.»

«Sind Sie schon geritten, bevor Sie richtig laufen konnten?»

«So ungefähr.»

«Das kann ich mir denken», sagte sie, und er hatte das seltsame Gefühl, daß das wahrscheinlich sogar stimmte. «Wann haben Sie Colorado verlassen?»

Er erzählte es ihr. «Als ich elf war, wurde ich in eine Schule an der Ostküste geschickt. Danach kam ich nach England und war in Wellington, weil schon mein Vater dort gewesen war. Und später ging ich nach Cambridge.»

«Dann sind Sie ja wirklich sowohl Amerikaner als auch Brite, nicht wahr? Was haben Sie denn nach Cambridge gemacht?»

«Da ging ich für eine Weile nach New York zurück, und jetzt bin ich seit dem Sommer wieder in London.»

«Arbeiten Sie für eine amerikanische Firma?»

«Ja, für eine Investmentbank.»

«Kommen Sie noch manchmal nach Colorado?»

«Ja sicher, sooft ich kann. Nur jetzt war ich eine Zeitlang nicht mehr dort, weil ich hier soviel zu tun hatte.»

«Sind Sie gern in London?»

«Ja, es gefällt mir hier sehr gut.» Sie machte ein nachdenkliches Gesicht. Lächelnd fragte er: «Ihnen etwa nicht?»

«Doch. Aber ich kenne es zu gut. Ich kann mir eigentlich gar nicht vorstellen, woanders zu leben.»

Aus irgendeinem Grund verebbte das Gespräch wieder. Erneut schweifte ihr Blick ab, nur diesmal wanderte er zu der goldenen Uhr, die an ihrem schmalen Handgelenk saß. Daß eine hübsche, junge Frau nach der Uhr schielte, während er sich mit ihr unterhielt, war für John Dunbeath eine ungewohnte Erfahrung. Im Grunde hätte er sich darüber ärgern müssen, doch statt dessen belustigte es ihn nur ein bißchen, auch wenn der Spaß auf seine Kosten ging.

«Erwarten Sie jemanden?» fragte er.

«Nein.»

Er fand ihr Gesicht verschlossen; beherrscht, höflich, aber verschlossen. Dabei überlegte er, ob sie wohl immer so war oder ob das Gespräch nur deshalb ständig abriß, weil es einfach unmöglich war, auf einer Cocktailparty richtig miteinander zu reden. Um dennoch diesen Anschein zu erwecken, hatte sie ihm ein paar höfliche Fragen gestellt, doch er hatte keine Ahnung, ob sie auch nur bei der Hälfte seiner ebenso höflichen Antworten zugehört hatte. Sie hatten Banalitäten ausgetauscht, aber keiner hatte wirklich etwas über den anderen erfahren. Vielleicht wollte sie es ja so. John war sich nicht schlüssig, ob sie keinerlei Interesse an ihm hatte oder ob sie nur schüchtern war. Jetzt sah sie sich erneut in dem überfüllten Raum um, als hielte sie dringend nach einem Fluchtweg Ausschau, und er wunderte sich allmählich, warum sie überhaupt hergekommen war. In einem Anflug von Verzweiflung war er nahe daran, alle Förmlichkeit fallenzulassen und sie danach zu fragen, doch sie kam ihm zuvor, indem sie ihm ohne Umschweife ankündigte, daß sie jetzt gehen müßte. «...Es wird langsam spät, und mir scheint, ich stehe schon eine Ewigkeit hier herum.» Offenbar wurde ihr sofort bewußt, daß diese Bemerkung nicht gerade ein Kompliment für ihn war. «Tut mir leid, so habe ich es nicht gemeint. Ich wollte damit nicht sagen, daß ich schon eine Ewigkeit *hier* herumstehe, sondern auf dieser Party. Es... es hat mich sehr gefreut, Sie kennenzulernen, aber ich darf es nicht zu spät werden lassen.» John erwiderte nichts. Sie lächelte strahlend, hoffnungsvoll. «Ich muß nach Hause.»

«Und wo ist das?»

«Pendleton Mews.»

«Das ist ganz in meiner Nähe. Ich wohne am Cadogan Place.»

«Oh, wie nett!» Jetzt hörte sie sich allmählich verzweifelt an. «Es ist sehr ruhig dort, nicht wahr?»

«Ja, sehr ruhig.»

Unauffällig stellte sie ihr Glas ab und hängte sich die Handtasche über die Schulter. «Also dann, auf Wiedersehen...»

Zu seiner eigenen Überraschung merkte John plötzlich, daß

ihn eine gesunde Wut überkam, und er dachte nicht im Traum daran, sich so abspeisen zu lassen. Wie dem auch sei, seinen Scotch hatte er fast ausgetrunken, und da auch Tania nicht hier war, ödete ihn die Party mit einemmal an. Obendrein wurde ihm klar, daß der nächste Tag mit dem langen Flug bedrohlich näherrückte. Er mußte noch packen, seine Papiere durchsehen und eine Nachricht für Mrs. Robbins hinterlassen.

«Ich gehe auch», sagte er.

«Aber Sie sind doch eben erst gekommen.»

Er trank aus und stellte das leere Glas ab. «Ich bringe Sie nach Hause.»

«Sie brauchen mich nicht nach Hause zu bringen.»

«Weiß ich ja, aber ich kann es doch trotzdem tun.»

«Ich kann ein Taxi nehmen.»

«Warum wollen Sie ein Taxi nehmen, wenn wir doch in dieselbe Richtung fahren?»

«Das ist wirklich nicht nötig ...»

Allmählich langweilte ihn dieses Gerede. «Es macht mir nichts aus. Bei mir sollte es auch nicht spät werden. Ich muß am frühen Morgen ein Flugzeug erwischen.»

«Nach Amerika?»

«Nein, in den Nahen Osten.»

«Was tun Sie denn dort?»

Er schob eine Hand unter ihren Ellbogen und drängte sie Richtung Tür. «Reden», sagte er.

Imogen war hin und her gerissen zwischen ihrer Verwunderung, daß John sich auf Anhieb so gut mit der Tochter ihrer besten Freundin verstand, und einem gewissen Ärger, weil er nur so kurz auf ihrer Party geblieben war.

«Aber John, Darling, du bist ja gerade erst gekommen!»

«Es ist eine großartige Party, nur, ich fliege morgen in aller Herrgottsfrüh in den Nahen Osten und ...»

«Aber morgen ist doch *Samstag.* Es ist zu grausam, an einem Samstag wegfliegen zu müssen. Nun ja, das muß man wohl in Kauf nehmen, wenn man drauf und dran ist, ein Tycoon zu werden. Ich wollte nur, du könntest ein bißchen länger bleiben.»

«Ich würde ja auch noch gerne bleiben, aber ich muß wirklich gehen.»

«Wie herrlich, daß du überhaupt gekommen bist! Hast du mit Reggie geredet? Nein, wahrscheinlich nicht, aber ich erzähle ihm, warum du so schnell wieder fort bist, und du mußt unbedingt zum Dinner kommen, wenn du wieder zurück bist. Auf Wiedersehen, Victoria. Schön, daß du da warst. Ich werde deiner Mutter schreiben, wie fabelhaft du aussiehst.»

Auf dem Treppenabsatz fragte John: «Haben Sie einen Mantel dabei?»

«Ja. Er ist unten.»

Sie gingen hinunter. Auf einem Stuhl in der Diele lag ein ganzer Berg von Mänteln. Victoria zog einen altmodischen, abgetragenen Pelz heraus, den sie vermutlich geerbt hatte. John half ihr hinein. Der Mann in dem steifen weißen Jakkett hielt ihnen die Tür auf, sie traten in die Dunkelheit hinaus und machten sich gemeinsam auf den Weg zum Auto.

Als John am Ende der Church Street darauf wartete, daß die Verkehrsampel auf Grün schaltete, merkte er, wie sehr ihn der Hunger plagte. Er hatte mittags nur ein Sandwich gegessen und seither nichts mehr. Die Uhr auf dem Armaturenbrett zeigte kurz vor neun an. Es wurde Grün. Sie fuhren los und reihten sich in die Fahrzeugschlange ein, die nach links abbog, Richtung Kensington Gore.

Während er über ein Abendessen nachdachte, blickte er kurz zu dem Mädchen hinüber, das neben ihm saß. Ihre Verschlossenheit, ihre Zurückhaltung waren für ihn wie eine Herausforderung. Er wurde neugierig, und wider alle Vernunft stellte er fest, daß er der Sache auf den Grund gehen und herausfinden wollte, was hinter dieser abweisenden Fassade steckte. Es war, als stünde er vor einer hohen Mauer mit einem Schild «Zutritt verboten», vor der er sich ausmalte, daß dahinter vielversprechende, bezaubernde Gärten mit einladenden, schattigen Pfaden lägen. Er sah ihr Profil, dessen Umrisse sich gegen die Lichter draußen abhoben, das Kinn, das tief im Pelzkragen ihres Mantels steckte, und dachte sich: Warum eigentlich nicht?

Da fragte er: «Hätten Sie Lust, irgendwo mit mir zu Abend zu essen?»

«Oh ...» Sie wandte sich ihm zu. «Wie nett von Ihnen!»

«Ich muß noch etwas essen, und wenn Sie mir dabei Gesellschaft leisten möchten ...»

«Das würde ich sehr gern tun, aber wenn es Ihnen nichts ausmacht, müßte ich jetzt wirklich heim. Ich werde zu Hause essen. Das heißt, ich habe versprochen, zum Abendessen zu Hause zu sein.»

Es war das zweite Mal, daß sie das Wort «zu Hause» benutzte, und es brachte ihn aus der Fassung, weil es sich so sehr nach einer engen Beziehung anhörte. Er fragte sich, wer sie wohl erwarten mochte. Eine Schwester, ein Liebhaber oder vielleicht sogar ein Ehemann? Möglich war alles.

«Schon gut. Ich dachte nur, falls Sie nichts vorhaben ...»

«Es ist wirklich sehr freundlich von Ihnen, aber ich kann nicht.»

Daraufhin verfielen sie in ein langes Schweigen, das nur unterbrochen wurde, wenn sie ihm erklärte, wie er am einfachsten zur Pendleton Mews kam. Als sie den Torbogen erreichten, der die schmale Gasse von der Straße trennte, sagte sie:

«Sie können mich hier rauslassen. Den Rest kann ich zu Fuß gehen.»

Doch inzwischen war Johns Eigensinn erwacht. Wenn sie schon nicht mit ihm zu Abend essen wollte, dann würde er sie wenigstens bis vor ihre Tür fahren. Er lenkte den Wagen in der engen Kurve unter dem Torbogen durch und bahnte sich gemächlich einen Weg zwischen Garagen, bunt gestrichenen Haustüren und großen Kübeln, in denen schon bald Frühlingsblumen blühen würden. Der Regen hatte aufgehört, aber das Kopfsteinpflaster glänzte im Schein der Lampen noch naß und mutete wie eine Straße irgendwo auf dem Land an.

«Welche Hausnummer?» fragte er.

«Es ist ganz am Ende. Leider ist dort nicht genug Platz zum Wenden. Sie werden im Rückwärtsgang hinausfahren müssen.»

«Das macht nichts.»

«Hier ist es.»

Im ersten Stock und hinter der kleinen Glasscheibe im oberen Teil der Eingangstür brannte Licht. Victoria schielte ängstlich nach oben, als erwartete sie, daß ein Fenster aufgerissen würde und ein Gesicht auftauchte, das Unheil verkündete.

Doch es geschah nichts dergleichen. Sie stieg aus, und John stieg ebenfalls aus, nicht weil er hineingebeten werden wollte, sondern weil er eine sorgfältige Erziehung genossen hatte und gute Manieren es nun einmal erforderten, daß man ein Mädchen nicht einfach am Eingang absetzte. Man wartete, bis sie aufgeschlossen hatte, hielt ihr höflich die Tür auf und überzeugte sich davon, daß sie in Sicherheit war.

Victoria hatte ihren Schlüssel gefunden, die Tür aufgemacht und hatte es nun offenbar sehr eilig, ins Haus zu kommen und nach oben zu laufen.

«Vielen Dank, daß Sie mich heimgebracht haben. Das war wirklich sehr freundlich von Ihnen, aber Sie hätten sich nicht die Mühe machen müssen ...»

Sie hielt inne. Von oben erklang das unverwechselbare Gebrüll eines wütenden Kindes. Beide blieben wie angewurzelt stehen und starrten einander an, wobei Victoria ebenso erstaunt dreinschaute wie John. Das Geschrei dauerte an, wurde lauter und noch wütender. John erwartete irgendeine Erklärung, aber es kam keine. Im harten Licht des Treppenhauses war Victorias Gesicht plötzlich sehr bleich geworden. Etwas steif sagte sie: «Gute Nacht.»

Sie wollte ihn loswerden. Verdammt! dachte er, sagte aber: «Gute Nacht, Victoria.»

«Viel Vergnügen in Bahrain!»

Zum Teufel mit Bahrain!

«Und danke fürs Heimbringen!»

Die blaue Haustür schloß sich vor seiner Nase. Im Flur wurde das Licht ausgeschaltet. John blickte zu den Fenstern mit den zugezogenen Gardinen hinauf. Und zum Teufel mit dir! dachte er.

Wieder im Auto, fuhr er mit Karacho im Rückwärtsgang durch die schmale Gasse und auf die Straße hinaus. Um ein Haar hätte er die Seitenwand des Torbogens gestreift. Er blieb erst einmal einen Moment still sitzen und bemühte sich darum, seine übliche gute Laune wiederzuerlangen.

Ein Baby! Wessen Baby? Wahrscheinlich ihr Baby. Warum sollte sie schließlich kein Baby haben? Daß sie selbst noch wie ein Kind aussah, war noch lange kein Grund, weshalb sie nicht einen Liebhaber oder einen Ehemann haben sollte. Ein Mädchen mit einem Baby!

Das muß ich Tania erzählen, dachte er. Da hat sie was zu lachen. *Du konntest nicht zu Imogens Party kommen, also bin ich allein hingegangen und an ein Mädchen geraten, das zu seinem Baby nach Hause mußte.*

Während sein Ärger verflog, legte sich auch sein Hunger, und am Ende hatte er keine Lust mehr, noch irgendwohin zu fahren. Er beschloß, das Abendessen ausfallen zu lassen und statt dessen in seine Wohnung zurückzukehren und sich ein Sandwich zu machen. Sein Auto bewegte sich vorwärts und mit ihm auch seine Gedanken. Er dachte an den nächsten Tag, an das frühe Aufstehen, die Fahrt nach Heathrow und an den langen Flug nach Bahrain.

4

FREITAG

OLIVER SASS AUF DEM SOFA. Als Victoria oben ankam, sah sie als erstes seinen Hinterkopf und das runde, knallrote, tränenüberströmte Gesicht seines Sohns, der auf Olivers Knien stand und, von ihrem plötzlichen Auftauchen überrascht, für einen Augenblick zu schreien aufhörte, jedoch sofort wieder anfing, sobald er merkte, daß er sie nicht kannte.

Hoffnungsvoll ließ Oliver den Kleinen auf und ab hüpfen, doch es half nichts. Victoria legte ihre Tasche weg, ging auf die beiden zu und blieb vor ihnen stehen, während sie ihren Mantel aufknöpfte.

«Wie lange ist er schon wach?»

«Ungefähr zehn Minuten.» Das Kind brüllte wie am Spieß, und Oliver mußte sehr laut sprechen, um sein Geschrei zu übertönen.

«Was hat er denn?»

«Ich nehme an, er hat Hunger.» Oliver stemmte sich mitsamt seiner Last hoch. Der kleine Junge hatte eine Latzhose und einen zerknitterten weißen Pulli an. Die zerzausten Löckchen seines kupferroten Haars waren im Nacken feucht. Bevor Victoria zu den Fairburns aufgebrochen war, hatte sie von Oliver lediglich erfahren, daß das Kind sein Sohn war, und damit mußte sie sich zufriedengeben. Doch da schlief der Kleine tief und fest auf dem Sofa, und Oliver trank friedlich seinen Whisky.

Aber jetzt ... Fassungslos starrte sie die beiden an. Sie verstand nichts von Babies. Bisher hatte sie in ihrem ganzen Leben noch kaum eins auf dem Arm gehabt. Was bekamen sie zu essen? Was wollten sie, wenn sie so herzzerreißend schluchzten?

«Wie heißt er denn?» fragte sie.

«Tom.» Oliver ließ ihn wieder auf und ab wippen und versuchte, ihn in seinen Armen herumzudrehen. «He, Tom, sag Victoria guten Tag!»

Tom betrachtete sie noch einmal, und dann machte er ihnen lautstark klar, was er von ihr hielt.

Sie zog ihren Mantel aus und warf ihn auf einen Stuhl. «Wie alt ist er?»

«Zwei.»

«Wenn er Hunger hat, sollten wir ihm etwas zu essen geben.»

«Klingt vernünftig.»

Von Oliver war keinerlei Hilfe zu erwarten. Also ging sie allein in die Küche, um etwas zu suchen, was sich als Babynahrung eignete. Mit stierem Blick schaute sie in den Vorratsschrank hinein, in Fächer voller Gewürze, Mehl, Senf, Linsen, Brühwürfel ...

Was hatte er nach drei Jahren, in denen er nichts von sich hören ließ, wieder in ihrer Wohnung zu suchen, in ihrem Leben? Was hatte er mit dem Kind vor? Wo war dessen Mutter?

Marmelade, Zucker, Haferflocken. Eine Packung mit einer Backmischung für irgendwelche Kekse, die Victorias Mutter bei ihrem letzten Besuch in London angeschleppt hatte.

«Ißt er Porridge?» fragte sie.

Oliver antwortete nicht, weil er bei dem Gebrüll seines Sohns ihre Frage gar nicht gehört hatte. Deshalb ging Victoria an die offene Tür und fragte noch einmal.

«Ja, ich glaube schon. Ich glaub, er ißt alles, wirklich.»

Der Verzweiflung nahe, kehrte sie in die Küche zurück, setzte einen Topf mit Wasser auf und schüttete Haferflocken hinein. Dann fand sie eine kleine Schale, legte einen Löffel dazu und stellte einen Krug Milch parat. Als die Haferflocken zu kochen anfingen, drehte sie die Flamme kleiner, ging wieder ins Wohnzimmer hinüber und merkte, daß Oliver schon von ihm Besitz ergriffen hatte. Es war nicht mehr ihr Wohnzimmer. Er hatte sich darin ausgebreitet, mit seinen Sachen, seinem leeren Glas, seinen Zigarettenstummeln, mit seinem Kind. Der Overall des Kleinen lag auf dem Fußboden, die Sofakissen waren zerknautscht und plattgedrückt, und von den Wänden hallte der ganze Jammer des Jungen wider.

Sie hielt das nicht mehr aus. «Komm», sagte sie und nahm Thomas entschlossen auf den Arm. Tränen liefen ihm über die Wangen. Zu Oliver sagte sie: «Paß auf, daß der Porridge nicht anbrennt!» Dann trug sie Tom ins Badezimmer und setzte ihn auf den Fußboden.

Während sie sich im stillen Mut zusprach, um es mit dampfenden Windeln aufzunehmen, knöpfte sie ihm die Latzhose auf und stellte fest, daß er gar keine Windel trug und auf wundersame Weise trocken war. Natürlich gab es in diesem kinderlosen Haushalt kein Töpfchen, aber mit ein bißchen Überredungskunst brachte sie Tom dazu, die Toilette für Erwachsene zu benutzen. Aus irgendeinem Grund hörte er dabei zu schreien auf. «Bist du aber ein braver Junge!» lobte sie ihn. Die Augen noch voller Tränen, blickte er zu ihr auf und entwaffnete sie mit einem unerwarteten Lächeln. Dann fand er ihren Badeschwamm und begann auf ihm zu herumzukauen.

Sie war so dankbar, daß er nicht mehr weinte, daß sie ihn gewähren ließ. Als sie ihm die Hose zugeknöpft hatte, wusch sie ihm das Gesicht und die Hände und führte ihn in die Küche.

«Er war auf dem Klo», erzählte sie Oliver.

Oliver hatte sich noch einen Whisky eingegossen, den Rest aus Victorias Flasche. In einer Hand hielt er das Glas und in der anderen einen hölzernen Kochlöffel, mit dem er den Haferbrei umrührte. «Ich glaube, der ist so gut wie fertig», sagte er.

Er war fertig. Victoria füllte einen Teil davon in die Schale, kippte etwas Milch darüber, setzte sich an den Küchentisch und nahm Tom auf den Schoß. Er machte sich sofort über den Brei her. Kaum hatte er den Löffel zum erstenmal in den Mund geschoben, da griff sie hastig nach einem Geschirrtuch und schlang es ihm um den Hals. Im Nu war die Schale leer, und Thomas wollte offensichtlich noch mehr.

Oliver entfernte sich vom Herd. «Ich geh einen Moment weg.»

Victoria erschrak. Sie hatte den Verdacht, daß er, wenn er jetzt ging, nie mehr zurückkommen und das Kind einfach bei ihr lassen würde. «Das kannst du nicht», protestierte sie.

«Warum nicht?»

«Du kannst mich nicht mit ihm allein lassen. Er weiß nicht, wer ich bin.»

«Er weiß auch nicht, wer ich bin, aber er scheint ja ganz zufrieden zu sein. Mampft bis zum Gehtnichtmehr.» Oliver stützte sich mit den Handflächen auf den Tisch und beugte sich hinunter, um Victoria zu küssen. Vor drei Jahren war das zum letztenmal geschehen, doch die Wirkung war ihr erschreckend vertraut. Sie spürte, wie sie dahinschmolz und ein flaues Gefühl im Magen bekam. Mit seinem Kind auf dem Schoß saß sie da und dachte nur: O nein!

«Ich bin in fünf Minuten wieder da. Ich will bloß Zigaretten und eine Flasche Wein kaufen.»

«Kommst du wirklich zurück?»

«Wie mißtrauisch du bist! Natürlich komme ich zurück. So schnell wirst du mich nicht los.»

Er kam erst nach einer Viertelstunde zurück. Inzwischen war das Wohnzimmer wieder aufgeräumt. Die Sofakissen waren aufgeschüttelt, die Mäntel weggehängt und die Aschenbecher geleert. Victoria stand in der Küche am Spülbecken. Sie hatte eine Schürze umgebunden und wusch Salat. «Wo ist Thomas?»

Sie wandte sich nicht um. «Ich hab ihn in mein Bett gelegt. Er weint nicht mehr. Ich glaube, er schläft wieder ein.»

Oliver fand, daß ihr Hinterkopf etwas Abweisendes an sich hatte. Er stellte die braune Einkaufstüte mit den Flaschen ab, ging auf Victoria zu und drehte sie herum, so daß sie ihn ansehen mußte.

«Bist du sauer?» fragte er.

«Nein. Ich mach mir nur so meine Gedanken.»

«Ich kann dir alles erklären.»

«Das wirst du auch müssen.» Sie wandte sich wieder dem Spülbecken und dem Salat zu.

Da sagte er: «Ich erkläre dir überhaupt nichts, wenn du nicht richtig zuhörst. Laß den Salat! Komm her und setz dich hin!»

«Ich dachte, du wolltest etwas essen. Es ist schon entsetzlich spät.»

«Egal, wie spät es ist. Wir haben alle Zeit der Welt. Komm schon und setz dich!»

Er hatte Wein und eine neue Flasche Whisky mitgebracht. Während Victoria ihre Schürze abnahm und aufhängte, holte er Eiswürfel und schenkte zwei Gläser ein. Sie war wieder ins

Wohnzimmer gegangen, und als er nachkam, saß sie bereits auf einem Schemel mit dem Rücken zum Kamin. Sie lächelte ihn nicht an. Er reichte ihr ein Glas und erhob seins.

«Auf unser Wiedersehen?» schlug er als Trinkspruch vor.

«Na gut.» Wiedersehen hörte sich ja noch ganz harmlos an. Das Glas in ihrer Hand war kalt. Sie trank einen Schluck. Danach fühlte sie sich etwas wohler und dem, was er nun erzählen würde, besser gewachsen.

Oliver saß auf der Kante des Sofas und sah sie an. Kunstvolle Flicken bedeckten die Knie seiner Jeans, und seine Wildlederstiefel waren abgetragen und speckig. Victoria fragte sich, wofür er wohl die Früchte seines beachtlichen Erfolgs ausgab. Vielleicht für Whisky. Oder für ein Haus in einem Londoner Stadtteil, der nicht so zwielichtig war wie die Seitenstraße in Fulham, in der er früher gewohnt hatte. Ihr fiel der große Volvo ein, der unten in der kleinen Gasse geparkt war. Dann entdeckte sie die goldene Uhr an seinem schmalen Handgelenk.

«Wir müssen miteinander reden», sagte er noch einmal.

«Du redest.»

«Ich dachte, du hättest inzwischen geheiratet.»

«Das hast du bereits gesagt. Als ich die Tür aufgemacht habe.»

«Aber du bist nicht verheiratet.»

«Nein.»

«Warum nicht?»

«Ich habe nie jemanden kennengelernt, den ich heiraten wollte. Oder vielleicht habe ich auch nie jemanden kennengelernt, der mich heiraten wollte.»

«Malst du noch?»

«Nein. Das hab ich nach einem Jahr aufgegeben. Ich war nicht gut. Ich hatte ein bißchen Talent, aber nicht genug.

Nichts ist so entmutigend, wie nur ein bißchen Talent zu haben.»

«Was machst du denn jetzt?»

«Ich habe einen Job. In einem Geschäft für Damenmoden am Beauchamp Place.»

«Das klingt nicht besonders aufregend.»

Sie zuckte die Schultern. «Es geht.» Doch eigentlich sollten sie nicht über Victoria reden, sondern über ihn. «Oliver...»

Aber er wollte ihre Fragen nicht hören, vielleicht deshalb, weil er sich die Antworten noch nicht zurechtgelegt hatte. Er unterbrach sie hastig. «Wie war die Party?»

Reines Ablenkungsmanöver! Sie sah ihn an, und er begegnete ihrem Blick mit wachsamer Unschuldsmiene. Was soll's? dachte sie sich. Er hat ja behauptet, wir hätten alle Zeit der Welt. Früher oder später muß er doch mit der Sprache herausrücken. Also sagte sie: «Das Übliche. Viele Leute. Viel zu trinken. Jeder redete, und keiner sagte wirklich was.»

«Wer hat dich heimgebracht?»

Es überraschte sie, daß er immerhin soviel Interesse zeigte und das wissen wollte, doch dann fiel ihr wieder ein, daß sich Oliver schon immer für Menschen interessiert hatte, ob er sie kannte oder nicht; selbst dann, wenn er sie gar nicht mochte. Wenn er im Bus saß, belauschte er die Gespräche anderer Leute. In Bars unterhielt er sich mit Fremden und in Restaurants mit den Kellnern. Alles, was er erlebte, wurde sorgsam in der stets aufnahmefähigen Schatzkammer seines Gedächtnisses gespeichert, verarbeitet und geordnet. Später tauchte es dann irgendwann in dem, was er schrieb, wieder auf, in einem Dialog oder in der Schilderung einer Situation.

Sie sagte: «Ein Amerikaner.»

Er war sofort fasziniert. «Was für ein Amerikaner?»

«Irgendein Amerikaner halt.»

«Ich meine, war er kahlköpfig, mittleren Alters und rundherum mit Kameras behängt? War er ernst? Aufgeschlossen? Na, komm schon, das mußt du doch mitgekriegt haben!»

Natürlich hatte Victoria es mitgekriegt. Er war groß, nicht ganz so groß wie Oliver, aber stattlicher, mit breiten Schultern und einem flachen Bauch. Obendrein sah er so aus, als spiele er in seiner Freizeit verbissen Squash oder als jogge er regelmäßig am frühen Morgen in Turnschuhen und Trainingsanzug rund um den Park. Sie erinnerte sich an dunkle Augen und fast schwarzes Haar. Borstiges, widerspenstiges Haar, von der Sorte, die man kurz schneiden muß, weil es sonst nicht zu bändigen ist. Es war meisterhaft geschnitten, wahrscheinlich von Mr. Trumper oder in einem der noch exklusiveren Londoner Friseursalons, so daß es wie ein glatter Pelz auf seinem wohlgeformten Kopf lag.

Außerdem erinnerte sie sich an markante Gesichtszüge, an einen gebräunten Teint und an herrlich weiße Zähne, wie sie für Amerikaner typisch sind. Warum haben anscheinend alle Amerikaner so schöne Zähne?

«Nein, er war ganz anders.»

«Wie hieß er?»

«John. John irgendwas. Ich fürchte, Mrs. Fairburn hat ihn nicht sehr geschickt vorgestellt.»

«Soll das heißen, daß er dir seinen Namen nicht selbst genannt hat? Dann kann er kein waschechter Amerikaner gewesen sein. Die sagen einem nämlich immer, wer sie sind und was sie tun, bevor man sich überhaupt darüber im klaren ist, ob man ihre Bekanntschaft machen möchte oder nicht. ‹Hallo! John Hackenbacker, Vereinigte Aluminiumwerke. Freut mich, daß Sie mich kennenlernen›», spottete er mit perfektem New Yorker Akzent.

Victoria lächelte unwillkürlich und schämte sich dafür, weil sie das Gefühl hatte, sie müßte für den jungen Mann eintreten, der sie in seinem schnittigen Alfa Romeo nach Hause gefahren hatte. «Er war ganz anders. Und morgen fliegt er nach Bahrain», fügte sie hinzu, als wäre das ein Pluspunkt für den Amerikaner.

«Aha! Ein Ölmensch also.»

Sie hatte seine Hänseleien allmählich satt. «Oliver, ich habe keine Ahnung.»

«Du scheinst bemerkenswert auf Distanz geblieben zu sein. Wovon zum Teufel habt ihr denn geredet?» Da hatte er einen Geistesblitz und grinste. «Ich weiß schon, ihr habt von mir geredet.»

«*Ich* habe ganz gewiß nicht von dir geredet, aber ich finde, es wird langsam Zeit, daß *du* anfängst, von dir zu reden. Und von Thomas.»

«Von Thomas?»

«Ach, Oliver, weich doch nicht aus!»

Er lachte, als er sah, was für ein verzweifeltes Gesicht sie machte. «Ich bin gemein, nicht wahr? Und du platzt schier vor Neugier. Na schön, ich sag dir's. Ich hab ihn entführt.»

Das war viel schlimmer, als Victoria befürchtet hatte, so daß sie erst einmal tief Luft holen mußte. Danach war sie ruhig genug, um zu fragen: «Wem hast du ihn entführt?»

«Mrs. Archer. Jeannettes Mutter. Meiner ehemaligen Schwiegermama. Du weißt es wahrscheinlich nicht, aber Jeannette ist bei einem Flugzeugabsturz in Jugoslawien ums Leben gekommen, schon kurz nach Toms Geburt. Ihre Eltern haben sich seither um ihn gekümmert.»

«Hast du ihn regelmäßig besucht?»

«Nein. Ich bin nie bei ihm gewesen. Hab ihn nie zu Gesicht bekommen. Heute hab ich ihn zum erstenmal gesehen.»

«Und was ist heute passiert?»

Er hatte sein Glas leer getrunken. Deshalb stand er auf und ging in die Küche, um sich noch eins einzuschenken. Sie hörte, wie die Flasche klirrte, die Eiswürfel ins Glas fielen und der Wasserhahn auf- und wieder zugedreht wurde. Dann kam er zurück, setzte sich wieder, lehnte sich an die weichen Kissen des Sofas und streckte die langen Beine weit von sich.

«Ich war die ganze Woche in Bristol. Im Fortune Theatre wird ein Stück von mir aufgeführt. Die Proben sind schon angelaufen, aber ich mußte mit dem Regisseur noch einiges besprechen und im dritten Akt etwas umschreiben. Heute morgen, auf der Rückfahrt nach London, war ich mit den Gedanken noch bei dem Stück. Ich habe eigentlich gar nicht auf die Straße geachtet, aber plötzlich merkte ich, daß ich auf der A 30 war, und entdeckte einen Wegweiser nach Woodbridge. Dort wohnen die Archers. Da dachte ich mir: Warum denn nicht? Also bog ich ab und wollte mal bei ihnen vorbeischaun. Weiter nichts. Ein spleeniger Einfall, wenn du so willst. Die Hand des Schicksals, die ihre Schmuddelfinger nach mir ausgestreckt hat.»

«Hast du Mrs. Archer angetroffen?»

«Nein. Mrs. Archer war in London, Windeln kaufen bei Harrods oder sonstwas. Aber es war ein erstklassiges Au-pair-Mädchen da, das Helga heißt und sich nicht groß zierte, mich zum Mittagessen einzuladen.»

«Wußte sie, daß du Toms Vater bist?»

«Nein.»

«Und was ist dann passiert?»

«Sie setzte mich an den Küchentisch und ging hinauf, um Tom zu holen. Und dann haben wir gegessen. Gute, gesunde Kost. Alles war gut und gesund und so sauber, daß es wie sterilisiert aussah. Das ganze Haus ist ein riesiger Sterilisierapparat. Dort gibt es weder einen Hund noch eine Katze und kein einziges lesbares Buch. Die Sessel machen den Eindruck, als säße nie jemand drauf. Der Garten besteht nur aus gräßlichen Blumenbeeten, wie ein Friedhof, und die Wege schauen so aus, als wären sie mit dem Lineal gezogen. Ich hatte ganz vergessen, wie tot dort alles ist.»

«Aber es ist Toms Zuhause.»

«Es hat mich erstickt. Und es wird auch ihn ersticken. Er hatte ein Bilderbuch, in dem vorn sein Name drinstand: ‹Thomas Archer. Von seiner Oma.› Und das hat mir irgendwie den Rest gegeben. Er ist nicht Thomas Archer, er ist Thomas Dobbs. Na, und dann holte das Mädchen seinen dämlichen Kinderwagen, um mit ihm spazierenzugehen, da hab ich ihn geschnappt, aus dem Haus getragen, in mein Auto gesetzt und bin mit ihm weggefahren.»

«Aber hat das denn Thomas nichts ausgemacht?»

«Anscheinend nicht. Eigentlich war er ganz zufrieden. Wir haben irgendwo angehalten und den Nachmittag in einem Park verbracht. Er war auf der Schaukel und hat im Sandkasten gespielt. Irgendwann tauchte ein Hund auf und hat ihm was erzählt. Und dann fing es zu regnen an, also hab ich ihm ein paar Kekse gekauft, und wir sind wieder ins Auto gestiegen und nach London gefahren. Ich hab ihn in meine Wohnung mitgenommen.»

«Ich weiß nicht, wo du wohnst.»

«Noch immer in Fulham. Im selben Haus. Du bist nie dort gewesen, ich weiß, aber du kannst dir sicher vorstellen, daß das eigentlich kein Platz zum Wohnen ist, sondern nur zum Arbeiten. Es ist ein Kellergeschoß und verdammt mies. Ich hab zwar ein Abkommen mit einer recht fülligen Frau aus der Karibik, die im ersten Stock wohnt, daß sie einmal die Woche bei mir saubermachen soll, aber es sieht trotzdem nie besser aus. Jedenfalls hab ich Tom dorthin mitgenommen, und er ist freundlicherweise auf meinem Bett eingeschlafen. Na, und dann hab ich die Archers angerufen.»

Wie beiläufig ließ er diese Bemerkung fallen. Moralische Bedenken hatten Oliver noch nie geplagt, Victoria wurde es jedoch ganz mulmig bei diesem Gedanken.

«Oh, Oliver!»

«Es gibt keinen Grund, weshalb ich's nicht hätte tun sollen. Schließlich ist er ja mein Sohn.»

«Sie muß doch vor Angst fast den Verstand verloren haben.»

«Ich hab dem Au-pair-Mädchen meinen Namen gesagt. Mrs. Archer wußte also, daß er bei mir war.»

«Aber ...»

«Weißt du was? Du hörst dich an wie Jeannettes Mutter. Als hätte ich nichts als böse Absichten. Als würde ich dem Kleinen etwas antun, ihn mit dem Kopf an die Wand schlagen, bis ihm das Hirn rausspritzt, oder sonstwas.»

«Nein, das denke ich überhaupt nicht. Aber ich kann nichts dafür, sie tut mir halt leid.»

«Sie braucht dir nicht leid zu tun.»

«Sie will ihn doch sicher wiederhaben.»

«Natürlich will sie ihn wiederhaben, aber ich hab ihr gesagt, daß ich ihn fürs erste behalten werde.»

«Kannst du das denn? Rechtlich gesehen, meine ich. Wird sie nicht zur Polizei gehen oder zu einem Anwalt oder sogar bis zum obersten Gerichtshof?»

«Das hat sie mir alles angedroht. Sie hat von einem Prozeß geredet und von einer Vormundschaft. Innerhalb von zehn Minuten hat sie mir alles mögliche an den Kopf geschmissen. Aber weißt du, sie kann gar nichts machen. Niemand kann etwas machen. Er ist mein Kind. Ich bin sein Vater. Ich bin weder kriminell noch sonstwie außerstande, für ihn zu sorgen.»

«Aber genau das ist doch der Haken. Du kannst dich nicht um ihn kümmern.»

«Ich muß nur nachweisen, daß ich ihm ein anständiges Zuhause bieten kann, in dem sich jemand um ihn kümmert.»

«In einer Kellerwohnung in Fulham?»

Es trat eine lange Pause ein, in der Oliver bedächtig seine Zigarette ausdrückte. «Deshalb», gestand er ihr schließlich, «bin ich ja hier.»

Jetzt war es heraus. Er hatte die Karten auf den Tisch gelegt. Das war also der Grund, warum er zu ihr gekommen war.

«Du bist wenigstens ehrlich», sagte sie.

Oliver machte ein entrüstetes Gesicht. «Das bin ich immer.»

«Du möchtest also, daß ich mich um Tom kümmere?»

«Wir können uns gemeinsam um ihn kümmern. Du willst doch nicht etwa, daß ich ihn in dieses schimmlige Loch zurückbringe, oder?»

«Ich kann mich nicht um ihn kümmern.»

«Warum nicht?»

«Ich arbeite. Ich habe einen Job. Und hier ist kein Platz für ein Kind.»

In süffisantem Ton fragte er: «Und was würden die Nachbarn dazu sagen?»

«Das hat nichts mit den Nachbarn zu tun.»

«Du kannst ihnen ja erzählen, ich bin dein Vetter aus Australien, und Tom ist die Frucht meines Fehltritts mit einer Eingeborenen.»

«Oh, Oliver, laß doch die Witze! Darüber macht man keine Witze. Du hast dein eigenes Kind entführt. Warum sich Tom nicht vor Angst die Seele aus dem Leib schreit, begreife ich sowieso nicht. Mrs. Archer ist wahrscheinlich verzweifelt, die Polizei kann jeden Augenblick vor der Tür stehen, und du klopfst nur Sprüche, die du noch lustig findest.»

Seine Miene verfinsterte sich. «Wenn du so darüber denkst, dann nehme ich mein Kind und verschwinde hier.»

«Oh, Oliver, darum geht's doch gar nicht. Es geht darum, daß du vernünftig sein mußt.»

«Na schön, ich werde vernünftig sein. Schau mal, ich mache schon ein ganz vernünftiges Gesicht.» Das entlockte Victoria nicht einmal ein Lächeln. «Ach, komm, sei nicht sauer! Wenn ich geglaubt hätte, daß du dich darüber ärgerst, wäre ich nicht hergekommen.»

«Ich weiß nicht, warum du hergekommen bist.»

«Weil ich gemeint habe, daß du genau die Richtige bist, um mir zu helfen. Du bist mir einfach eingefallen. Ich wollte dich ja erst anrufen, aber dann habe ich mir vorgestellt, daß sich ein Fremder melden würde oder noch schlimmer: ein sturer Ehemann. Was hätte ich dem denn sagen sollen? ‹Hier spricht Oliver Dobbs, der bekannte Schriftsteller und Dramatiker. Ich habe ein Baby und möchte gern, daß Ihre Frau sich darum kümmert.› Wäre ihm das nicht runtergegangen wie Öl?»

«Was hättest du denn gemacht, wenn ich nicht dagewesen wäre?»

«Weiß ich nicht. Dann hätte ich mir etwas einfallen lassen. Aber ich hätte Tom nicht zu den Archers zurückgebracht.»

«Das wirst du wohl müssen. Du kannst dich nicht um ihn kümmern...»

Oliver schnitt ihr das Wort ab. «Hör mal, ich hab da eine Idee. Wie gesagt, die Ansprüche der Archers stehen auf wackligen Füßen, doch es ist immerhin möglich, daß sie versuchen werden, Schwierigkeiten zu machen. Ich meine, wir sollten raus aus London. Für eine Weile wegfahren. In Bristol läuft zwar jetzt mein Stück an, aber was das betrifft, so hab ich getan, was ich konnte. Die Premiere ist am Montag, und danach hängt es von der Gnade oder Ungnade der Kritiker und des Publikums ab. Also, laß uns wegfahren! Du und ich und Tom. Hauen wir einfach ab. Wir könnten nach Wales oder nach Nordschottland oder auch nach Cornwall runter und den anbrechenden Frühling genießen. Wir könnten...»

Victoria starrte ihn völlig ungläubig an. Sie war wie vor den Kopf gestoßen, empört und entrüstet. Bildete er sich etwa ein, ja bildete er sich tatsächlich ein, sie hätte so wenig Stolz? Hatte er denn wirklich nie begriffen, wie sehr er sie verletzt hatte? Vor drei Jahren war er auf und davon, hatte alles zerschlagen und es ihr überlassen, die Scherben wieder zusammenzusetzen, so gut sie eben konnte. Aber jetzt fiel ihm ein, daß er sie noch einmal brauchte, bloß damit sie sich um sein Kind kümmerte. Und so saß er da, schmiedete bereits Pläne und versuchte, sie mit Worten zu verführen, im festen Glauben, daß es nur eine Frage der Zeit sei, bis er ihren Widerstand gebrochen hatte.

«...keine Touristen, freie Straßen. Wir müßten in den Hotels nicht einmal Zimmer vorbestellen, denn die lauern alle nur auf ein Geschäft und nehmen uns mit Handkuß auf...» Er malte seinen Plan weiter aus, schwärmte vom blauen Meer und von Wiesen voll gelber Narzissen, von gewundenen Landstraßen und von einem sorglosen Leben, in das er Victoria entführen wollte. Sie konnte über seinen Egoismus nur staunen. Er hatte Tom aus seiner Umgebung gerissen. Er wollte ihn vorläufig behalten und brauchte jemanden, der sich um ihn kümmerte. Da war ihm Victoria gerade recht. Es war so einfach wie eine elementare mathematische Formel.

Schließlich hörte er zu reden auf. Sein Gesicht strahlte vor Begeisterung, als könnte er sich nicht den geringsten Einwand gegen seinen herrlichen Plan vorstellen. Aus reinem Interesse sagte Victoria nach einer Weile: «Ich möchte bloß wissen, warum ausgerechnet ich dir eingefallen bin.»

«Vermutlich weil du so bist, wie du bist.»

«Meinst du damit, so dämlich?»

«Nein, nicht dämlich.»

«Also dann, weil ich so leicht zu versöhnen bin?»

«Du könntest nie unversöhnlich sein. Du wüßtest gar nicht, wie du das machen solltest. Im übrigen hatten wir ja eine schöne Zeit miteinander. Es war doch nicht schlecht. Und du freust dich, mich wiederzusehen. Du mußt dich darüber freuen, sonst hättest du mich nie und nimmer in dein Haus reingelassen.»

«Oliver, es gibt blaue Flecken, die man nicht unbedingt sieht.»

«Was soll das heißen?»

«Daß ich dich leider geliebt habe. Das wußtest du.»

«Ich», so erinnerte er sie behutsam, «habe niemanden geliebt. Und *das* wußtest *du.*»

«Außer dich selbst.»

«Mag sein. Vielleicht auch das, was ich zustande bringen wollte.»

«Ich möchte nicht wieder verletzt werden. Ich lasse mich nicht mehr verletzen.»

Ein Lächeln huschte um seinen Mund. «Du klingst sehr entschlossen.»

«Ich komme nicht mit.»

Er antwortete nicht, ließ ihr Gesicht aber nicht aus den Augen. Draußen rüttelte der Wind an einem Fenster. Ein Auto wurde gestartet. Eine Frauenstimme rief irgendeinen Namen. Vielleicht ging die Frau zu einer Party. Von weitem war der Londoner Verkehrslärm als gedämpftes Brummen zu hören.

Da sagte Oliver: «Du kannst dich nicht bis an dein Lebensende davor hüten, verletzt zu werden. Dann müßtest du jeder Art von Beziehung aus dem Weg gehen.»

«Sagen wir mal, ich möchte von dir nicht mehr verletzt werden. Du bist darin nämlich zu gut.»

«Ist das der einzige Grund, weshalb du nicht mitkommen willst?»

«Ich denke, das ist Grund genug, es gibt allerdings noch andere Gründe. Praktische Überlegungen. Erst einmal habe ich einen Job...»

«Du verkaufst idiotischen Frauen Kleider. Ruf an und laß dir eine Ausrede einfallen. Sag, deine Großmutter sei gestorben. Oder sag, du hättest plötzlich ein Baby gekriegt... Das käme sogar der Wahrheit sehr nahe! Schick ihnen deine Kündigung. Ich bin jetzt ein reicher Mann. Ich werde für dich sorgen.»

«Das hast du schon mal gesagt. Vor langer Zeit. Aber du hast es nicht getan.»

«Was für ein ausgezeichnetes Gedächtnis du hast!»

«Manches kann man eben nicht vergessen.» Auf dem Kaminsims schlug die kleine Standuhr. Es war elf. Victoria erhob sich und stellte ihr leeres Glas neben die Uhr. Da sah sie, daß Oliver sie in dem Spiegel, der an der Wand hing, aufmerksam beobachtete.

«Hast du Angst?» fragte er. «Ist es das?»

«Ja.»

«Vor mir oder vor dir selbst?»

«Vor uns beiden.» Sie wandte sich vom Spiegel ab. «Laß uns etwas essen!»

Es war beinahe Mitternacht, als sie ihr improvisiertes Mahl beendet hatten, und Victoria war plötzlich so müde, daß sie nicht einmal mehr die Kraft aufbrachte, die Teller und die leeren Gläser abzuräumen und zu spülen. Oliver goß den restlichen Wein in sein Glas, griff nach einer weiteren Zigarette und hatte offensichtlich die Absicht, die ganze Nacht hier zu sitzen, doch Victoria stand auf, schob ihren Stuhl zurück und sagte: «Ich gehe jetzt ins Bett.»

Er sah sie etwas verwundert an. «Das ist sehr unsozial von dir.»

«Dann bin ich eben unsozial, aber wenn ich jetzt nicht ins Bett gehe, schlafe ich im Stehen ein.»

«Und was soll ich machen?»

«Du sollst gar nichts machen.»

«Ich meine», sagte er geduldig, als wäre sie extrem begriffsstutzig, «soll ich nach Fulham zurückfahren? Oder möchtest du, daß ich die Nacht im Auto verbringe? Möchtest du, daß ich Thomas wecke, ihn hinaustrage und mich nie wieder hier blikken lasse? Du brauchst es nur zu sagen.»

«Du kannst Thomas jetzt nicht mitnehmen. Er schläft.»

«Dann fahre ich nach Fulham und lasse ihn hier bei dir.»

«Das kannst du auch nicht machen. Er könnte mitten in der Nacht aufwachen und Angst kriegen.»

«Wenn das so ist, dann bleibe ich also hier.» Er setzte eine Miene auf, als wäre er zu jedem Entgegenkommen bereit, koste es ihn, was es wolle. «Wo soll ich schlafen? Auf dem Sofa? Auf irgendeiner Kommode? Auf dem Fußboden vor deiner Schlafzimmertür, wie ein alter Hund oder ein treu ergebener Sklave?»

Sie hatte keine Lust, auf sein albernes Gerede einzugehen. «Im Ankleidezimmer steht eine Liege. Der Raum ist mit Koffern und mit der Londoner Garderobe meiner Mutter vollgestopft, aber das Bett ist länger als das Sofa. Ich werde es beziehen...»

Sie ließ ihn mit seiner Zigarette, seinem Weinglas und dem ungewaschenen Geschirr sitzen. In dem winzigen Ankleidezimmer fand sie Decken und ein Kopfkissen. Nachdem sie ein paar Schachteln und einen Stapel Kleider von der Liege geräumt hatte, breitete sie die sauberen Laken aus. Der Raum roch muffig und ein bißchen nach Mottenkugeln (der Pelzmantel ihrer Mutter?), deshalb öffnete sie das Fenster weit, und die Vorhänge blähten sich in der kalten, feuchten Luft, die hereinwehte.

Aus der Küche kamen Geräusche, die sich so anhörten, als hätte Oliver sich dazu aufgerafft, das Geschirr von ihrem späten Abendessen zusammenzustellen und vielleicht sogar zu spülen. Victoria war überrascht, denn häusliche Beschäftigungen waren noch nie seine Stärke gewesen, aber sie war zugleich gerührt, und so müde sie auch war, verspürte sie den Drang, ihm zu helfen. Doch wenn sie hinging und ihm half, würden sie bloß wieder zu reden anfangen. Und wenn sie erst wieder zu reden anfingen, dann würde Oliver von neuem versuchen, sie davon zu überzeugen, daß sie mit ihm und Thomas mitkommen sollte. Also ließ sie es bleiben und zog sich in ihr Schlafzimmer zurück. Hier brannte nur eine Lampe auf dem Nachttisch. Auf der einen Hälfte des Doppelbettes schlummerte Thomas. Er hatte einen Arm ausgestreckt, und der Daumen der anderen Hand steckte in seinem Mund. Victoria hatte ihn bis auf das Unterhemd und das Höschen ausgezogen. Seine Sachen lagen zusammengefaltet auf einem Stuhl, und die kleinen Schuhe, in die sie die Strümpfe hineingestopft hatte, standen darunter auf dem Fußboden. Sie beugte sich über ihn und hob ihn aus dem Bett. Er fühlte sich warm und weich an. Sie trug ihn ins Badezimmer und brachte ihn irgendwie dazu, noch einmal die Toilette zu benutzen. Er wachte dabei kaum auf. Sein Kopf kippte zur Seite, und der Daumen blieb im Mund. Dann steckte sie ihn wieder ins Bett, und er seufzte zufrieden und schlief weiter. Sie hoffte inständig, daß er bis zum Morgen durchschlief.

Dann richtete sie sich auf und horchte. Anscheinend hatte Oliver entschieden, daß er vom Geschirr genug hatte, denn er war ins Wohnzimmer zurückgegangen, wo er zu telefonieren begann. Kein Mensch außer Oliver brachte es fertig, um Mitternacht noch jemanden anzurufen. Victoria zog sich aus, bürstete sich das Haar, streifte ihr Nachthemd über und schlüpfte vorsichtig auf der anderen Seite ins Bett. Tom rührte sich nicht. Sie lag auf dem Rücken und starrte an die Decke. Dann schloß sie die Augen und wartete auf den Schlaf. Doch der Schlaf stellte sich nicht ein. Bilder von Oliver schwirrten ihr durch den Kopf, in die sich Erinnerungen mischten und eine wachsende Erregung, worüber sie sich ärgerte, weil das das letzte war, was sie sich jetzt wünschte. Schließlich schlug sie verzweifelt die Augen wieder auf und griff nach einem Buch, um sich zu beruhigen und nicht mehr denken zu müssen.

Nebenan wurde der Telefonhörer aufgelegt und der Fernsehapparat eingeschaltet. Aber die meisten Programme hatten inzwischen ohnehin aufgehört, und letzten Endes gab sich offenbar auch Oliver damit zufrieden. Sie hörte, wie er herumlief und Lichter ausschaltete. Dann hörte sie ihn ins Badezimmer gehen. Sie legte ihr Buch weg. Kurz danach erklangen seine Schritte in dem kleinen Flur und verharrten vor ihrem Zimmer. Die Klinke bewegte sich und die Tür ging auf. Seine hochgewachsene Gestalt zeichnete sich scharf gegen das helle Licht ab, das hinter ihm noch brannte.

«Noch nicht eingeschlafen?» fragte er.

«Nein, noch nicht.»

Sie flüsterten, um das Kind nicht aufzuwecken. Oliver ließ die Tür offen, kam auf Victoria zu und setzte sich auf die Bettkante.

«War nur ein Bekannter. Nichts Wichtiges.»

«Ich hab das Bett für dich gerichtet.»

«Ich weiß. Hab's gesehen.»

Aber er traf keine Anstalten zu gehen. «Was machst du nun morgen?» fragte Victoria. «Ich meine, mit Thomas.»

Er lächelte. Dann sagte er: «Das beschließe ich morgen.» Er tippte auf ihr Buch. «Was liest du denn da?»

Es war ein Taschenbuch. Victoria hielt es hoch, damit er den Einband sehen konnte. «Es ist eins von den Büchern, die man immer wieder liest», sagte sie. «Etwa einmal im Jahr hole ich es raus und habe dabei das Gefühl, als wäre ich mit einem alten Freund zusammen.»

Oliver las den Titel laut: *«Die Adlerjahre.»*

«Hast du's mal gelesen?»

«Kann sein.»

«Es ist von einem gewissen Roddy Dunbeath, und er beschreibt darin, wie er zwischen den Kriegen als kleiner Junge in Schottland gelebt hat. Das heißt, es ist eine Art Autobiographie. Er und seine Brüder sind in einem herrlichen Haus aufgewachsen, das Benchoile geheißen hat.»

Oliver griff nach ihrem Handgelenk. Seine Hand war warm und kräftig, streichelte aber sehr sanft.

«Es war irgendwo in Sutherland. Mit Bergen drumherum, und sie hatten einen eigenen See. Und er hatte einen Falken, der ankam und sich einen Leckerbissen schnappte, den er ihm mit dem Mund hingehalten hat ...»

Olivers Hand tastete sich allmählich ihren nackten Arm hinauf und drückte ihn so fest, als wollte er in jahrelang gelähmte Muskeln wieder Leben hineinmassieren.

«... und er hatte eine Lieblingsente und einen Hund, der Bertie hieß und gern Äpfel fraß.»

«Ich esse auch gern Äpfel», sagte Oliver. Dann hob er eine lange Haarsträhne von ihrem Nacken und breitete sie auf dem Kissen aus. Victoria konnte das heftige Pochen ihres eigenen Herzens hören, und ihre Haut brannte, wo er sie berührt hatte.

Dabei redete sie verzweifelt weiter und kämpfte mit ihrer Stimme gegen diese alarmierenden physischen Symptome an.

«...und es gab da einen Wasserfall, zu dem sie immer gegangen sind, um ein Picknick zu halten, und einen kleinen Bach, der über den Strand ins Meer floß, und in den Bergen waren jede Menge Hirsche und Rehe. Er schreibt, daß der Wasserfall das Herz von Benchoile gewesen ist...»

Oliver beugte sich hinunter und küßte sie auf den Mund, so daß ihr Redefluß endlich versiegte. Sie wußte, daß er ihr ohnehin nicht zugehört hatte. Nun zog er die Bettdecke zur Seite und schob einen Arm unter ihren Rücken. Seine Lippen verließen ihren Mund und wanderten über die Wange hinunter zu ihrem warmen Hals.

«Oliver.» Sie sprach seinen Namen aus, aber ihr versagte die Stimme. Nachdem er sie verlassen hatte, war sie innerlich wie erfroren gewesen, doch nun strömte die Wärme seines Körpers in ihren Körper über, ließ ihren Entschluß dahinschmelzen und erweckte lang vergessene Instinkte zu neuem Leben. Sie dachte zwar noch: «O nein! und stemmte die Hände gegen seine Schultern, um ihn wegzuschieben, aber er war tausendmal stärker als sie, und ihr schwacher Widerstand brach kläglich zusammen, denn er war so sinnlos wie der Versuch, mit bloßen Händen einen riesigen Baum zu fällen.

«Oliver. Nein.»

Sie hätte genausogut nichts sagen können, denn er setzte einfach seine Liebkosungen fort, und nach einer Weile glitten ihre Hände, als hätten sie einen eigenen Willen, von seinen Schultern unter seine Jacke und tasteten über seinen Rücken. Victoria spürte die dünne Baumwolle seines Hemds, den Brustkorb, die harten Muskeln unter der Haut. Er roch sauber, nach Wäsche, die an der frischen Luft getrocknet war. Da hörte sie ihn sagen: «Hast du endlich aufgehört, dir etwas vorzumachen.»

Der letzte Funken von Verstand ließ sie noch einwenden: «Aber Oliver, Thomas...»

Sie merkte, wie ihn das belustigte, wie er im stillen lachte. Dann wich er zurück, stand auf und ragte wie ein Turm neben ihr empor. «Dem kann leicht abgeholfen werden», erklärte er, bückte sich und hob sie so mühelos hoch, wie er seinen Sohn getragen hatte. Sie fühlte sich schwerelos, und ihr wurde schwindlig, als sich die Wände ihres Schlafzimmers zu drehen begannen und Oliver sie durch die offene Tür, über den kleinen Flur und in das dunkle, winzige Ankleidezimmer trug. Hier roch es noch immer nach Kampfer, und das Bett, auf das er sie legte, war hart und schmal, aber die Vorhänge bauschten sich im sanften Wind, und das gestärkte Leinen des Kopfkissens fühlte sich in ihrem Nacken kühl an.

Während sie zu seinem Gesicht aufblickte, das sie wie einen verschwommenen Schatten über sich sah, sagte sie: «Das habe ich nicht gewollt.»

«Ich schon», antwortete Oliver, und ihr war klar, daß sie jetzt eigentlich wütend sein sollte, aber dazu war es bereits zu spät, denn inzwischen wollte sie es auch.

Viel später – sie wußte, daß es viel später war, weil sie die Uhr im Wohnzimmer zweimal schlagen gehört hatte – stützte sich Oliver auf einen Ellbogen und beugte sich über Victoria, um die Zigaretten und das Feuerzeug aus seiner Jackentasche zu angeln. Die Flamme erhellte für einen Moment den winzigen Raum, dann wurde es wieder angenehm dunkel, und nur noch das glühende Ende der Zigarette leuchtete schwach.

Victoria lag in Olivers Arm, den Kopf auf seine nackte Schulter gebettet.

«Möchtest du jetzt Pläne schmieden?» fragte er.

«Was für Pläne?»

«Für das, was wir tun werden. Du und ich und Thomas.»

«Komme ich etwa mit?»

«Ja.»

«Habe ich gesagt, daß ich mitkomme?»

Er lachte und küßte sie. «Ja.»

«Ich möchte nicht wieder verletzt werden.»

«Du darfst nicht so ängstlich sein. Es gibt nichts, wovor du dich fürchten müßtest. Nur die Aussicht auf Ferien, auf ein bißchen Abwechslung, auf Fröhlichkeit und auf viel Liebe.»

Victoria antwortete nicht. Dazu gab es nichts zu sagen, und in ihrem Kopf herrschte ein solches Durcheinander, daß sie kaum denken konnte. Sie wußte nur, daß sie sich zum erstenmal, seit er sie verlassen hatte, wieder geborgen fühlte und daß sie morgen oder vielleicht übermorgen mit Oliver wegfahren würde. Sie war ihm von neuem ausgeliefert. Auf Gedeih und Verderb, aber vielleicht klappte es ja diesmal. Vielleicht hatte er sich gewandelt. Es war eine andere Situation. Und wenn ihm soviel an Thomas lag, vielleicht lag ihm dann ja auch an anderen Dingen viel. An Beständigem. Etwa daran, nur eine zu lieben und für immer bei ihr zu bleiben. Doch was auch geschehen mochte, die Würfel waren gefallen. Victoria konnte nicht mehr zurück.

Sie seufzte tief, aber wohl eher, weil sie verwirrt war, und nicht, weil sie sich unglücklich fühlte. «Wo sollen wir denn hinfahren?» fragte sie Oliver.

«Wohin du willst. Gibt's eigentlich in diesem stockdunklen Schrank, der sich Zimmer nennt, einen Aschenbecher?»

Victoria tastete nach dem, der ihres Wissens auf dem Nachttisch stand, und gab ihn Oliver.

«Wie hieß dieses Haus, von dem du gefaselt hast, als du um jeden Preis verhindern wolltest, daß ich mit dir schlafe? Das Haus in dem Buch *Die Adlerjahre*?»

«Benchoile.»

«Möchtest du gern dorthin fahren?»

«Das können wir nicht.»

«Warum nicht?»

«Das ist kein Hotel. Wir kennen die Leute nicht, die dort wohnen.»

«Ich schon, mein ahnungsloser Engel.»

«Wie meinst du das?»

«Ich kenne Roddy Dunbeath. Wir haben uns vor ungefähr zwei Jahren kennengelernt. Da hab ich bei einem dieser trostlosen Dinner anläßlich der Verleihung irgendwelcher Fernsehpreise neben ihm gesessen. Er ist damals für sein letztes Buch ausgezeichnet worden, und ich hab eine lächerliche, kleine Statue für ein Fernsehdrehbuch bekommen, das ich über Sevilla geschrieben hatte. Jedenfalls waren wir beide dort, unter lauter schwachsinnigen Starlets und schlitzohrigen Agenten, und jeder von uns freute sich über die Gesellschaft des anderen. Am Ende des Abends waren wir Freunde fürs Leben, und er hat mich eingeladen, ihn auf Benchoile zu besuchen, wann immer ich dazu Lust bekäme. Bisher habe ich davon noch keinen Gebrauch gemacht, aber wenn du gern hinfahren möchtest, wüßte ich nicht, warum wir es nicht tun sollten.»

«Meinst du das ernst?»

«Natürlich.»

«Bist du sicher, daß das nicht nur so dahingesagt war, wie das manche Leute nach einem netten Abend tun und dann wieder vergessen oder gar bis an ihr Lebensende bereuen?»

«Das war's bestimmt nicht. Er hat es ernst gemeint. Er hat mir sogar in ziemlich altmodischer Manier seine Visitenkarte überreicht. Ich kann die Telefonnummer raussuchen und ihn anrufen.»

«Wird er sich noch an dich erinnern?»

«Natürlich erinnert er sich an mich. Ich werde ihm sagen,

daß ich ihn mit meiner Frau und meinem Kind für ein paar Tage besuchen möchte.»

«Das hört sich aber nach schrecklich vielen Leuten an. Außerdem bin ich nicht deine Frau.»

«Dann sag ich halt, mit meiner Geliebten und mit meinem Kind. Da hüpft er vor Begeisterung. Er ist ein ausgemachter Anhänger von Rabelais. Du wirst ihn mögen. Er ist ungemein fett und trinkt eine Menge. Jedenfalls war er nach diesem Dinner ganz schön angesäuselt. Nur ist ein betrunkener Roddy Dunbeath immer noch zehnmal charmanter als die meisten stocknüchternen Männer.»

«Wir werden aber lange brauchen, um bis Schottland zu fahren.»

«Das machen wir in Etappen. Schließlich haben wir ja viel Zeit.»

Er drückte seine Zigarette aus und beugte sich wieder über Victoria, um den Aschenbecher auf den Fußboden zu stellen. Sie merkte, daß sie im Dunkeln lächelte. «Weißt du», sagte sie, «ich glaube, ich würde lieber nach Benchoile fahren als sonstwohin.»

«Noch besser ist, daß du mit mir nach Benchoile fährst.»

«Und mit Thomas.»

«Du fährst mit mir und Thomas nach Benchoile.»

«Ich kann mir nichts Schöneres vorstellen.»

Oliver legte behutsam eine Hand auf Victorias Bauch; langsam ließ er sie ihren Körper hinaufgleiten, über ihre Rippen und umschloß eine ihrer kleinen, nackten Brüste. «Ich schon», erklärte er.

5

Sonntag

Mit dem Februar kam das kalte Wetter. Zu Weihnachten war es noch sonnig gewesen und am Neujahrstag mild und windstill. Danach krochen die Winterwochen dahin, brachten ein bißchen Regen und leichten Frost, aber viel mehr auch nicht. «Wir haben Glück», sagten die Leute, die es nicht besser wußten, doch die Schafhirten und die Bergbauern waren klüger. Sie schauten zum Himmel hinauf, hielten die Nase in den Wind, und ihnen war klar, daß das Schlimmste noch bevorstand. Der Winter wartete nur. Er lauerte auf den richtigen Augenblick.

Der strenge Frost setzte Anfang des Monats ein. Es begann mit Schneeregen, der rasch in richtigen Schnee überging, und dann kamen die Stürme. «Direkt aus dem Ural», sagte Roddy Dunbeath, wenn der eiskalte Wind von der See her über das Land pfiff. Das Meer wurde grau und bedrohlich, so dunkel wie nasser Schiefer. Schäumende Brecher überfluteten den Strand von Creagan und spuckten den ganzen Unrat aus, den die See nicht verdaut hatte. Alte Fischkisten, zerrissene Netze, verhedderte Schnüre, Plastikflaschen, Gummireifen und sogar den einen oder anderen halb verrotteten Schuh.

Die Hügel im Landesinneren waren in Weiß gehüllt, und ihre Kuppen verloren sich in finsteren, über den Himmel jagenden Wolken. Der Schnee, der von den Feldern geweht wurde, türmte sich da und dort zu steilen Wächten auf und verschluckte die schmalen Straßen. Die Schafe konnten in ihrer dicken Winterwolle gut überleben, aber die Rinder suchten im Windschatten von Bruchsteinwällen Zuflucht, und die Bauern fuhren zweimal am Tag mit dem Traktor hinaus, um ihnen Futter zu bringen.

An harte Winter gewöhnt, waren die Bewohner darauf vorbereitet und ertrugen diese Unbill mit stoischer Ruhe. Die kleineren Berggehöfte und entlegenen Cottages waren vollständig von der Außenwelt abgeschnitten, doch die Wände waren dick, die Torfstapel hoch, und es gab immer reichlich Hafermehl und Futter für das Vieh. Das Leben ging weiter. Das knallrote Postauto machte seine tägliche Runde durch die Täler, und dralle Frauen in Gummistiefeln, mit drei Pullovern übereinander, wagten sich aus ihren Häusern, fütterten die Hühner und hängten in klirrendem Frost Wäsche auf die Leinen.

Es war Sonntag.

Der Herr ist mein Hirte, mir wird nichts mangeln.
Er weidet mich auf einer grünen Aue …

Die Heizungsrohre in der Kirche waren zwar lauwarm, aber es zog erbärmlich. Die versammelten Gemeindemitglieder, wegen des Wetters zu einer Handvoll geschrumpft, erhoben beim letzten Lied des morgendlichen Gottesdienstes tapfer ihre Stimmen, doch sosehr sie sich auch anstrengten, sie wurden von dem Sturm, der draußen tobte, beinahe übertönt.

Jock Dunbeath stand allein in der Bank, die für die Bewohner von Benchoile reserviert war. Seine Hände, in gestrickten Halbhandschuhen, aus denen die Finger herausragten, hielten das aufgeschlagene Gesangbuch, er schaute aber nicht hinein, weil er diesen Psalm sein Leben lang gesungen hatte und den Text auswendig konnte, aber auch, weil er aus Versehen seine Brille zu Hause gelassen hatte.

Ellen hatte ein großes Getue gemacht. «Sie müssen wirklich von Sinnen sein, wenn Sie glauben, daß Sie es heute bis zur Kirche schaffen. Die Straßen sind nicht passierbar. Wollen Sie nicht wenigstens nur bis zu Davey fahren und ihn bitten, daß er Sie hinbringt?»

«Davey hat genug anderes zu tun.»

«Dann bleiben Sie doch am Kamin sitzen und hören Sie dem netten Pfarrer im Radio zu! Tut's das denn nicht auch ausnahmsweise?»

Doch Jock war eigensinnig und unbeugsam geblieben. Schließlich hatte sie geseufzt, die Augen zum Himmel verdreht und sich damit abgefunden. «Aber geben Sie nicht mir die Schuld, wenn Sie in einer Schneewehe umkommen.»

Beim Gedanken an ein solches Ereignis hatte sie ganz aufgeregt geklungen. Katastrophen waren die Würze in Ellens Leben, und sie war stets die erste, die sagte: «Ich habe Sie ja gewarnt.» Weil ihm das lästig war und er schnell von ihr wegwollte, hatte Jock die Brille vergessen und war dann zu dickschädelig gewesen, noch einmal zurückzugehen und sie zu holen. Wie dem auch sei, der Erfolg gab ihm recht. Im alten Landrover war er im ersten Gang die vier Meilen ins Tal hinuntergeschlichen und hatte es geschafft, heil in die Kirche zu kommen. So durchgefroren er auch war, und ohne seine Brille blind wie eine Fledermaus, freute er sich doch, daß er die Mühe auf sich genommen hatte.

Sofern ihn nicht Krankheit, Krieg oder sonst eine höhere Gewalt daran gehindert hatten, war er sein ganzes Leben lang jeden Sonntagmorgen zur Kirche gegangen. Als Kind, weil er mußte, als Soldat, weil es ihm ein Bedürfnis war, und als erwachsener Mann, weil er der Laird von Benchoile war, der Gutsherr, und ihm viel daran lag, dabeizusein, Traditionen hochzuhalten und mit gutem Beispiel voranzugehen. Und jetzt, im Alter, fand er hier Trost und Beruhigung. Die alte Kirche, die Worte des Gottesdienstes und die Weisen der Lieder gehörten zu den wenigen Dingen in seinem Leben, die sich nicht verändert hatten. Letzten Endes waren sie vielleicht sogar das einzige, was geblieben war.

Gutes und Barmherzigkeit
werden mir folgen mein Leben lang,
und ich werde bleiben
im Hause des Herrn immerdar.

Er klappte das Gesangbuch zu und senkte den Kopf für den Segen. Dann griff er nach den Autohandschuhen und nach seiner alten Tweedmütze, die er auf den Platz neben sich gelegt hatte, knöpfte den Überzieher zu, wand sich den Schal um den Hals und stapfte hinaus.

«Morgen, Sir.» Es war eine freundliche Kirchengemeinde. Die Leute sprachen einander mit normaler Stimme an – kein frömmlerisches Geflüster, als läge nebenan jemand im Sterben. «Furchtbares Wetter heute. Guten Morgen, Colonel Dunbeath, wie sind denn die Straßen zu Ihnen rauf? ... Also, Jock, Sie sind ja wirklich großartig, daß Sie sich an so einem Tag in die Kirche aufmachen.»

Das war der Pastor, der Jock eingeholt hatte. Jock drehte sich um. Der Pastor, Reverend Christie, war ein stattlicher

Mann mit Schultern wie ein Rugbyspieler, doch Jock überragte ihn immer noch um einen halben Kopf.

«Ich dachte mir doch, daß ihr heute morgen hier ein bißchen dünn gesät seid», sagte er. «Bin froh, daß ich mich aufgerafft habe.»

«Ich hätte gemeint, Sie seien da oben auf Benchoile alle eingeschneit.»

«Das Telefon ist tot. Muß wohl irgendwo eine Leitung zusammengebrochen sein. Aber im Landrover hab ich's geschafft.»

«Ist bitterkalt heute. Kommen Sie doch ins Pfarrhaus mit auf einen Sherry, bevor Sie sich auf den Rückweg machen!»

Der Pastor war ein braver Mann mit gütigen Augen und einer häuslichen und gastfreundlichen Frau. Für einen Moment stellte sich Jock genüßlich das Wohnzimmer des Pfarrhauses vor. Den Sessel, den man für ihn an den riesigen Kamin rücken würde, und den köstlichen Duft des sonntäglichen Hammelbratens. Die Christies hatten es sich immer gutgehen lassen. Er dachte an den dunklen, süßen Sherry, der ihn aufwärmen würde, an die tröstliche Gegenwart von Mrs. Christie, und einen Augenblick lang war er versucht mitzugehen.

Aber dann sagte er doch: «Nein, ich glaube, ich fahre besser heim, bevor das Wetter noch schlechter wird. Ellen erwartet mich sicher schon. Außerdem möchte ich nicht, daß ich eine Alkoholfahne habe, falls mich der Gendarm erfroren in einer Schneewehe findet.»

«Nun ja, das ist verständlich.» Das liebenswürdige Verhalten des Pastors und sein robustes Wesen täuschten über seine Besorgnis hinweg, doch er war an diesem Morgen entsetzt gewesen, als er Jock allein in seiner Bank hatte sitzen sehen. Die meisten Besucher des Gottesdienstes hatten sich aus irgendeinem Grund auf den hinteren Plätzen der Kirche versammelt, und der Gutsherr hatte auffallend einsam, isoliert wie ein Geächteter, auf seinem Platz gesessen.

Er sah alt aus. Mr. Christie hatte zum erstenmal den Eindruck gehabt, daß er wirklich alt aussah. Zu dünn und zu lang, so daß Anzug und Mantel an der hageren Gestalt schlotterten, die Finger geschwollen und rot vor Kälte. Der Hemdkragen war ihm zu weit, und es hatte ein Zaudern in seinen Bewegungen gelegen, als er nach dem Gesangbuch tastete oder die Pfundnote herauskramte, die er wöchentlich zur Kollekte beisteuerte.

Jock Dunbeath von Benchoile. Wie alt war er eigentlich? Achtundsechzig, neunundsechzig? Noch kein Alter heutzutage. Auch noch nicht alt für diese Gegend, in der die Männer anscheinend bis weit in ihre Achtzigerjahre rüstig und voller Tatendrang waren, ihre Gärten umstachen, ein paar Hühner hielten und für ihren allabendlichen Whisky in die Dorfkneipe taperten. Doch im vergangenen September hatte Jock einen leichten Herzanfall gehabt, und seither, so fand Mr. Christie, war es mit ihm sichtbar bergab gegangen. Aber wie konnte man ihm denn helfen? Wäre er ein schlichter Bauer gewesen, dann hätte Mr. Christie ihn besucht, ihm einen Schwung Scones mitgebracht, die seine Frau gebacken hatte, und vielleicht angeboten, einen Stapel Feuerholz zu hacken. Nur, Jock war kein schlichter Bauer. Er war Lieutenant Colonel John Rathbone Dunbeath, ein Veteran der *Cameron Highlanders,* der für seine Verdienste in diesem renommierten schottischen Schützenbataillon ausgezeichnet worden war, außerdem war er der Laird von Benchoile und Friedensrichter. Er war stolz, und er war alt und einsam, aber er war nicht arm. Im Gegenteil, er war ein hochangesehener Grundbesitzer mit einem großen Haus und einem bewirtschafteten Bauernhof. Ihm gehörten etwa zwölftausend Morgen Hügelland, tausend oder noch mehr Schafe, Äcker, Jagdreviere und Fischgründe. In jeder Hinsicht ein beneidenswerter Besitz. Wenn das große Haus heruntergekommen war und der Gutsherr einen ausgefransten Hemdkragen hatte, dann lag das nicht daran, daß er arm gewesen wäre. Es lag nur daran, daß seine Frau gestorben war, er keine Kinder hatte und die alte Ellen Tarbat, die Jock und seinem Bruder Roddy den Haushalt führte, dem nicht mehr gewachsen war.

Und irgendwo, irgendwann, vor ihrer aller Augen, hatte der alte Mann anscheinend resigniert.

Mr. Christie überlegte, was er sagen könnte, um das Gespräch in Gang zu halten. «Und wie geht's der Familie?» war da meistens hilfreich, allerdings nicht in diesem Fall, denn Jock hatte keine Familie. Nur Roddy. Was soll's, dachte der Pastor, Not kennt kein Gebot.

«Und wie hält sich Ihr Bruder?»

Mit einem Anflug von Humor erwiderte Jock: «Hört sich ja an, als wäre er eine Kiste Heringe. Ich denke, es geht ihm gut. Wir sehen uns nicht so oft. Na ja, jeder bleibt für sich. Roddy in seinem Haus, ich in meinem.» Er räusperte sich. «Bis auf Sonntag mittag. Da essen wir gemeinsam. Ist immer ganz gemütlich.»

Mr. Christie fragte sich, worüber sie wohl reden mochten. Er hatte noch nie zwei Brüder gekannt, die so verschieden waren, der eine so zurückhaltend und der andere so kontaktfreudig. Roddy war ein Schriftsteller, ein Künstler, ein Geschichtenerzähler. Die Bücher, die er geschrieben hatte, manche schon vor nahezu zwanzig Jahren, wurden noch immer verlegt, und die Taschenbuchausgaben fand man ständig an Bahnhofskiosken und selbst in den Regalen von Dorfläden, in denen man sie nie vermutet hätte. *Ein Klassiker,* verhieß der Werbetext auf der Rückseite unter einem Foto von Roddy, das vor dreißig Jahren aufgenommen worden war. *Der Hauch der freien Natur. Roddy Dunbeath kennt sein Schottland und beschreibt es in diesem Buch mit der ihm angeborenen Beobachtungsgabe.*

Außer zu Weihnachten und Ostern oder bei einer Beerdigung kam Roddy nicht in die Kirche, aber ob das an seiner Einstellung zum Glauben oder an der ihm eigenen Trägheit lag, wußte der Pastor nicht. Roddy ließ sich selbst im Dorf nicht sehr oft blicken. Jess Guthrie, die Frau des Schäfers, übernahm für ihn das Einkaufen. «Na, Jess, wie geht's denn Mr. Roddy?» erkundigte sich der Kaufmann meistens, wenn er die zwei Flaschen Dewars behutsam in den Karton mit den Lebensmitteln stellte, und Jess wandte dann den Blick von den Flaschen ab und antwortete: «Oh, nicht grad schlecht», was so gut wie alles heißen konnte.

«Arbeitet Roddy zur Zeit an etwas?» fragte Mr. Christie.

«Er hat was von einem Artikel für *The Scottish Field* erwähnt. Ich ... Ich weiß es eigentlich nie so genau.» Jock fuhr sich mit unsicherer Hand über den Hinterkopf und strich das schütter gewordene, graue Haar glatt. «Er redet nie viel über seine Arbeit.»

Ein kleinerer Geist hätte sich davon wohl entmutigen lassen, doch Mr. Christie fragte unbeirrt noch nach dem dritten der Dunbeath-Brüder.

«Und was hört man von Charlie?»

«Ich hab zu Weihnachten einen Brief von ihm gekriegt. Er war mit Susan Skilaufen. In Aspen. Das liegt in Colorado, wissen Sie», fügte er in seiner wohlerzogenen Art hinzu, als könnte Mr. Christie es vielleicht nicht wissen.

«War John mit?»

Es entstand eine kleine Pause. Jock warf den Kopf in den Nacken. Seine hellen, von der Kälte ein wenig wässerigen

Augen fixierten einen fernen, undeutlichen Punkt, irgendwo hinter dem Kopf des Pastors.

«John arbeitet nicht mehr in New York. Ist in die Londoner Filiale seiner Bank versetzt worden. Dort arbeitet er jetzt schon seit sechs Monaten oder noch länger.»

«Das ist ja herrlich.»

Die Kirche war inzwischen fast leer. Die beiden Männer schritten Seite an Seite durch den Mittelgang zum Portal.

«Ja. Gut für John. Ist die Treppe raufgefallen. Kluger Junge. Wahrscheinlich wird er noch Präsident, ehe man sich's versieht. Ich meine, Präsident der Bank, nicht Präsident der Vereinigten Staaten von Amerika ...»

Aber Mr. Christie ließ sich durch diesen kleinen Scherz nicht von seinem Thema ablenken. «Das habe ich nicht gemeint, Jock. Ich habe gemeint, wenn er jetzt in London lebt, dann sollte es ihm nicht allzu schwer fallen, mal nach Sutherland zu kommen und ein paar Tage bei Ihnen und Roddy zu verbringen.»

Jock blieb abrupt stehen und wandte sich um. Er kniff die Augen zusammen. Plötzlich wirkte er wachsam und unnahbar wie ein alter Adler.

Dieser durchdringende Blick erstaunte Mr. Christie ein wenig. «War nur so eine Idee. Mir scheint, Sie könnten ein bißchen junge Gesellschaft brauchen.» – Und auch jemanden, der auf Sie aufpaßt, dachte er, aber das sagte er nicht laut. «Muß an die zehn Jahre her sein, daß er zum letztenmal hier war.»

«Ja. Zehn Jahre.» Sie gingen langsam weiter. «Er war damals achtzehn.» Der alte Mann erweckte den Eindruck, als läge er im Widerstreit mit sich selbst. Der Pastor wartete taktvoll und wurde dafür belohnt. «Ich hab ihm neulich geschrieben. Hab ihm vorgeschlagen, im Sommer herzukommen. Er hat sich zwar nie für die Moorhuhnjagd interessiert, aber ich könnte mit ihm ein bißchen fischen gehen.»

«Ich bin sicher, er braucht keinen solchen Köder, um ihn in den Norden zu locken.»

«Hab noch keine Antwort gekriegt.»

«Lassen Sie ihm Zeit. Er wird ein vielbeschäftigter Mann sein.»

«Jaja. Nur, im Moment bin ich mir nicht so sicher, wieviel Zeit ich noch habe.» Jock lächelte, dieses seltene, etwas ironische Lächeln, das die Kälte aus seinen Zügen schwinden ließ und einen immer entwaffnete. «Aber schließlich sind wir ja alle mal dran. Sie wissen das doch am besten.»

Sie verließen die Kirche. Draußen verfing sich der Wind im Talar des Pastors und blähte das schwarze Gewand auf. Mr. Christie blieb vor dem Eingang stehen und sah zu, wie Jock Dunbeath mühsam in den alten Landrover kletterte und seine ungewisse Heimfahrt antrat. Unwillkürlich seufzte er, mit schwerem Herzen. Er hatte es versucht. Aber was konnte man letzten Endes schon tun?

Es hatte inzwischen nicht mehr geschneit, und Jock war froh darüber. Er rumpelte durch das stille Dorf, in dem die meisten Fensterläden geschlossen waren, und über die Brücke. Beim Wegweiser Richtung Benchoile und Loch Muie bog er landeinwärts. An der schmalen, einspurigen Straße markierten schwarz und weiß gestrichene Pfosten die Ausweichstellen, aber es waren keine anderen Fahrzeuge unterwegs. Bei diesem Wetter wirkte die sonntägliche Ruhe bedrückend. Der eiskalte Wind, der durch alle Ritzen pfiff, machte Jock zu schaffen. Er zog den Schal bis zu den Ohren hoch und die Tweedmütze fast bis zur Nase herunter, beugte sich über das Lenkrad und ließ den Landrover, wie ein zuverlässiges Pferd, selbst seinen Weg finden, genau in der Spur, die er an diesem Morgen im Schnee hinterlassen hatte.

Jock dachte über die Worte des Pastors nach. Er hatte natürlich recht. Ein guter Mensch, der sich Sorgen machte und versuchte, es nicht zu zeigen. Aber er hatte recht.

Sie brauchen ein bißchen junge Gesellschaft.

Jock erinnerte sich daran, wie Benchoile früher gewesen war, als er und seine Brüder samt ihren Freunden das Haus mit Leben erfüllten, als die Halle vor Fischerstiefeln und Körben überquoll. Er erinnerte sich an Teegesellschaften auf dem Rasen unter den Birken, an die Schüsse, deren Echo im August über die sonnigen, mit lila Heidekraut bewachsenen Hügel hallte, an die Gäste, die bei ihnen übernachteten, wenn der Nordschottische Jagdverband seinen Ball in Inverness abhielt und Mädchen in langen, hübschen Kleidern die Treppe herunterkamen und der alte Kombiwagen davonbrauste, um noch mehr Gäste an der Bahnstation in Creagan abzuholen.

Aber diese Tage waren entschwunden, wie alles andere auch. Die Brüder waren ihren Jugendjahren entwachsen. Roddy hatte nie geheiratet; Charlie hatte eine Frau gefunden, noch dazu eine reizende, aber sie war Amerikanerin, und er war mit ihr in die Staaten gegangen und auf der Ranch seines Schwiegervaters im Südwesten von Colorado ein erfolgreicher Viehzüchter geworden. Obwohl Jock auch geheiratet hatte, waren ihm und Lucy die so heiß ersehnten Kinder versagt geblieben. Nur waren sie miteinander so glücklich gewesen, daß selbst dieses herbe Schicksal ihrer Zufriedenheit nichts anhaben konnte. Doch als Lucy vor fünf Jahren starb, da merkte Jock, daß er nie zuvor gewußt hatte, was es heißt, wirklich einsam zu sein.

Sie brauchen ein bißchen junge Gesellschaft.

Merkwürdig, daß der Pastor gerade heute auf John zu sprechen gekommen war, nur wenige Tage nachdem Jock ihm den Brief geschrieben hatte. Fast so, als hätte er es gewußt. Als Kind war John regelmäßig mit seinen Eltern auf Benchoile zu Besuch gewesen, und dann, als er älter wurde, allein mit seinem Vater. Ein stiller, ernster Junge, klüger, als es seinem Alter entsprach, und voller Wißbegierde, die in einem Strom endloser Fragen zum Ausdruck kam. Doch schon damals war Roddy sein Lieblingsonkel gewesen, und die beiden stromerten stundenlang durch die Gegend, suchten Muscheln oder beobachteten Vögel oder standen an ruhigen Sommerabenden am Bach, um an den tiefen Stellen ihre Angelruten auszuwerfen und Forellen zu fangen. In jeder Hinsicht ein liebenswerter Junge, mit dem man zufrieden sein konnte, und dennoch war Jock nie richtig an ihn herangekommen. Der Hauptgrund lag wohl darin, daß er Jocks unerschütterliche Leidenschaft für die Jagd nicht teilte. John konnte mit Wonne einen Fisch ködern, ihn fangen und auch töten. Diesen Sport beherrschte er schnell, aber er weigerte sich, mit einem Gewehr in die Berge zu gehen, und wenn er sich je an ein Wild heranpirschte, dann hatte er keine tödliche Waffe, sondern höchstens seine Kamera bei sich.

Deshalb war es Jock nicht leichtgefallen, diesen Brief zu schreiben. John war zehn Jahre lang nicht mehr auf Benchoile gewesen, und diese Zeitspanne hatte eine gähnende Leere hinterlassen, die Jock fast nicht mit Worten hatte überbrücken können. Nicht, so versicherte er sich hastig selbst, daß er den Jungen nicht gemocht hätte. Er hatte den achtzehnjährigen John Dunbeath als ausgeglichenen und zurückhaltenden jungen Mann mit unheimlich erwachsenen Manieren und Ansichten in Erinnerung. Jock hatte das an ihm geschätzt, seine Besonnenheit und sein höfliches, aber selbstbewußtes Auftreten dennoch ein wenig beunruhigend gefunden. Seither war die Verbindung zwischen ihnen abgerissen. Mittlerweile war auch so viel geschehen. Lucy war gestorben, und Jahre des Alleinseins waren ins Land gegangen. Charlie hatte natürlich regelmäßig geschrieben und ihn auf dem laufenden gehalten. So hatte er erfahren, daß der Junge in Cambridge studiert, im Team der Universität Squash gespielt und sein Diplom in Volkswirtschaft mit Auszeichnung bestanden hatte. Danach war er nach New York zurückgekehrt und dort in die Warburg Investment Corporation eingetreten. Daß er diese Stelle bekommen hatte, war ausschließlich sein eigenes Verdienst gewesen, er hatte dazu keine Unterstützung seiner einflußreichen Verbindungen in Amerika gebraucht. Eine Zeitlang hatte er in Harvard noch Betriebswirtschaft studiert, und irgendwann, das konnte ja nicht ausbleiben, hatte er geheiratet. Charlie war als Vater zu loyal gewesen, als daß er Einzelheiten über diese unglückliche Verbindung preisgegeben hätte, doch Jock, der zwischen den Zeilen seines Bruders zu lesen verstand, hatte allmählich gemerkt, daß es um das junge Paar nicht zum besten stand. So hatte es ihn zwar traurig gestimmt, aber nicht mehr überrascht, als er erfuhr, daß die Ehe in die Brüche gegangen war und die beiden die Scheidung eingereicht hatten. Nur gut, daß keine Kinder da waren.

Die Scheidung, schmerzhaft genug, wurde schließlich ausgesprochen, aber Johns Karriere, die von den seelischen Belastungen seines Privatlebens offensichtlich unberührt geblieben war, entwickelte sich weiterhin erfolgreich. Seine Berufung nach London war nur die jüngste Beförderung im Laufe seines stetigen Aufstiegs. Allerdings war das Bankwesen eine Welt, von der Jock Dunbeath nichts verstand, und das war noch ein Grund, weshalb er den Eindruck hatte, so gar keine Beziehung zu seinem amerikanischen Neffen zu haben.

Lieber John,
Dein Vater schreibt mir, daß Du jetzt wieder im Lande bist und in London arbeitest.

Es wäre nicht so schwierig gewesen, wenn Jock das Gefühl gehabt hätte, daß zwischen ihm und dem jungen Mann irgendwelche Gemeinsamkeiten bestünden. Hätte es nur irgend etwas gegeben, wofür sie sich beide interessierten, dann hätte ihm das über den Anfang hinweggeholfen.

Falls es Dir gelingt, eine Weile freizubekommen, könntest Du vielleicht in Erwägung ziehen, Dich auf die Reise in den Norden zu machen und ein paar Tage auf Benchoile zu verbringen.

Jock war nie ein begnadeter Briefeschreiber gewesen, deshalb hatte er fast einen halben Tag dazu gebraucht, den Brief an John zu verfassen, und selbst dann war er mit dem Ergebnis noch nicht zufrieden. Dennoch hatte er seinen Namen darunter gesetzt, die Adresse auf den Umschlag geschrieben und ihn zugeklebt. Es wäre viel leichter gewesen, dachte er, wenn John nur ein bißchen Interesse für die Moorhuhnjagd gezeigt hätte.

Mit diesen Überlegungen brachte er die halbe Heimfahrt zu. Dann machte die schmale, verschneite Straße plötzlich eine Kurve, und der Loch Muie kam in voller Länge in Sicht, grau wie Eisen unter dem tiefhängenden Himmel. In Davey Guthries Haus brannte Licht, und am anderen Ende des Sees tauchten im Schutz einiger Kiefern, die sich schwarz gegen die schneebedeckten Berghänge abzeichneten, die Umrisse von Benchoile auf.

Aus grauem Stein und mit Blick nach Süden lag der langgestreckte, niedrige Bau mit seinen Giebeln und Türmen jenseits einer ausgedehnten, zum See hin abfallenden Rasenfläche. Er war zu groß, zugig und kaum zu beheizen, in schlechtem Zustand und ständig reparaturbedürftig, dennoch war das sein Zuhause und der einzige Ort, an dem Jock sich in seinem ganzen Leben jemals wirklich gern aufgehalten hatte.

Zehn Minuten später war er angekommen. Er fuhr die letzte Steigung hinauf, durch das Tor, rumpelte über den Weiderost und verschwand in dem kurzen Tunnel aus wilden Rhododendronbüschen. Vor dem Haus mündete die Zufahrt in einen großen, mit Kies bedeckten Platz. Ein prächtiger steinerner Torbogen verband eine Ecke des Hauses mit dem ehemaligen Stallgebäude, in dem nun Jocks Bruder Roddy wohnte. Hinter dem Torbogen lag ein geräumiger, kopfsteingepflasterter Hof, der auf der gegenüberliegenden Seite von den Garagen begrenzt wurde, die ursprünglich für Kutschen und Jagdwagen gebaut worden waren, in denen aber jetzt neben Jocks altem Daimler der schon recht betagte grüne MG stand, in den Roddy seine Leibesfülle hineinzwängte, wenn ihn die Lust überkam, eine Spritztour in die Außenwelt zu unternehmen.

Neben diesen beiden so ganz und gar nicht zusammenpassenden Fahrzeugen stellte Jock Dunbeath im trüben Licht des düsteren Tages schließlich den Landrover ab, zog die Handbremse an und schaltete den Motor aus. Er nahm den zusammengefalteten Packen Sonntagszeitungen vom Beifahrersitz, stieg aus, schlug die Tür zu und ging in den Hof hinaus, in dem eine dicke Schneeschicht die Pflastersteine bedeckte. In Roddys Wohnzimmer brannte Licht. Vorsichtig, um nur ja nicht auszurutschen oder zu stürzen, bahnte sich Jock seinen Weg über den Hof bis zu Roddys Haustür und trat ein.

Obwohl es oft nur schlicht als Wohnung bezeichnet wurde,

war Roddys Domizil eigentlich ein zweistöckiges Landhaus, das nach dem Krieg, als Roddy nach Benchoile zurückgekehrt war, aus den ehemaligen Stallungen entstanden war. Mit Feuereifer hatte er damals selbst den Umbau geleitet. Die Schlafräume und Badezimmer lagen im Erdgeschoß, und das Wohnzimmer sowie die Küche im ersten Stock waren über eine offene Teakholztreppe zugänglich, die an eine Schiffsleiter erinnerte.

Am Fuße dieser Treppe blieb Jock nun stehen und rief: «Roddy!»

Über seinem Kopf knarrten Roddys Schritte auf den Dielenbrettern. Gleich darauf tauchte oben die massige Gestalt seines Bruders auf, der sich über das Treppengeländer beugte und zu ihm herunterspähte.

«Ach, du bist es», sagte Roddy, als ob es auch jemand anders hätte sein können.

«Hab die Zeitungen mitgebracht.»

«Komm doch rauf! Verdammt mieses Wetter heute, was?»

Jock stieg die Treppe hinauf und kam direkt im Wohnzimmer an, in dem Roddy seine Tage zubrachte. Es war ein herrlicher Raum, groß und hell, mit schrägen Decken, die der Dachneigung folgten. Eine ganze Wand wurde von einem riesigen Panoramafenster eingenommen, das den Blick über den See und die Berge einrahmte, der einem bei schönem Wetter den Atem verschlug. Aber das, was an diesem Morgen zu sehen war, ließ einem die Seele gefrieren. Schnee und graues, vom Wind gepeitschtes Wasser mit weißen Schaumkronen, während die Hügel auf dem gegenüberliegenden Ufer in trübem Dunst verschwammen.

Es war unverkennbar der Wohnraum eines Mannes und dennoch geschmackvoll und sogar schön; mit vielen Büchern und einer Menge Dinge, die zwar nicht besonders wertvoll, aber hübsch anzusehen waren. Ein geschnitzter Kaminaufsatz, ein blau und weiß gemusterter Krug mit Pampasgras, ein Mobile aus wahrscheinlich japanischen Papierfischen. Auf dem mit Sand blankgescheuerten und gebohnerten Fußboden lagen da und dort Teppiche und Brücken. Die altmodischen Lehnsessel und das Sofa waren schon etwas durchgesessen, aber nicht minder einladend. Im offenen Kamin, der zur Zeit des Umbaus eigens angefertigt werden mußte und sich dann als das Teuerste von allem herausstellte, knisterten auf einer Schicht aus bereits glühendem Torf ein paar Birkenscheite. Ein außergewöhnlicher und ziemlich einmaliger Geruch hing im Raum, eine Mischung aus Zigarrenrauch, verbranntem Torf und dem kräftigen Aroma von Leinöl.

Barney, Roddys alter Labrador, döste auf dem Kaminvorleger. Als Jock auftauchte, hob der Hund die schon ergraute Schnauze, dann gähnte er und schlief wieder ein.

«Bist du in der Kirche gewesen?» fragte Roddy.

«Ja.» Jock begann mit klammen Fingern seinen Überzieher aufzuknöpfen.

«Hast du gewußt, daß das Telefon tot ist? Da muß irgendwo eine Leitung zusammengebrochen sein.» Roddy warf seinem Bruder einen langen, prüfenden Blick zu. «Du siehst vor Kälte ganz blau aus. Trink doch was.» Schwerfällig bewegte er sich auf den Tisch zu, auf dem seine Flaschen und Gläser standen. Er hatte sich, wie Jock feststellte, bereits einen großen Whisky eingegossen. Jock trank für gewöhnlich untertags keinen Alkohol. Das war einer seiner Grundsätze. Doch seit der Pfarrer vorhin von seinem Sherry geredet hatte, spukte der ihm irgendwie im Kopf herum.

«Hast du Sherry da?»

«Nur die helle Sorte. Knochentrocken.»

«Der tut's allemal.»

Er zog den Mantel aus und stellte sich ans Feuer. Roddys Kaminsims war ständig mit allerlei verstaubtem Krimskrams übersät. Fotos, die sich an den Rändern aufrollten, alte Pfeifen, ein Becher voller Fasanenfedern und längst überholte, wahrscheinlich nie beantwortete Einladungen. An diesem Tag lehnte allerdings eine brandneue Karte an der Uhr, ein eindrucksvoller Kupferstich mit Goldrand und sehr pompös.

«Was ist denn das? Sieht ja aus wie eine königliche Order.»

«Nichts so Großartiges. Ein Dinner im *Dorchester.* Das Fernsehen verleiht wieder mal Preise. Für den besten Dokumentarfilm des Jahres. Gott weiß, warum sie mich dazu eingeladen haben. Ich dachte, sie hätten mich von all diesen Listen schon gestrichen. Abgesehen von den langweiligen Reden nach dem Dinner haben mir diese Veranstaltungen früher ja eigentlich Spaß gemacht. Hab dabei eine Menge neue, junge Schriftsteller kennengelernt, neue Gesichter. War interessant, mit ihnen zu reden.»

«Fährst du hin?»

«Allmählich werde ich wohl zu alt, um für einen kostenlosen Kater durch die Lande zu reisen.» Er hatte seinen Whisky abgestellt, den Sherry und ein passendes Glas aus seinen Beständen herausgesucht und seinem Bruder eingeschenkt. Nun holte er noch eine glimmende, halb gerauchte Zigarre aus dem Aschenbecher, griff nach den beiden Gläsern und ging damit an den Kamin. «Wenn die Veranstaltung wenigstens in einer zivilisierten Gegend stattfände, wie etwa in Inverness, dann würde ich mich ja vielleicht dazu herablassen, etwas Geist in das sonst vulgäre Gequassel zu bringen. Aber so ...» Er erhob sein Glas. «Zum Wohl, alter Junge!»

Jock grinste. «Zum Wohl!»

Roddy war neun Jahre jünger als Jock. In ihrer Jugend war er der attraktivste der drei Brüder gewesen, der leichtsinnige Charmeur, der mehr Herzen gebrochen hatte, als sich mit Anstand zählen ließ, und der sein eigenes nie verloren hatte. Die Frauen beteten ihn an. Den Männern war er immer etwas unheimlich. Er sah zu gut aus, war zu schlau und zu talentiert in all den Dingen, in denen jegliches Talent als unmännlich galt. Er zeichnete, er schrieb und er spielte Klavier. Er konnte sogar singen.

Bei der Jagd schien er immer das hübscheste Mädchen in seinem Unterstand zu haben, und oft genug vergaß er, daß er eigentlich Moorhühner abschießen sollte. Da war von ihm kein Laut, kein Schuß zu hören, während die Moorhühner reihenweise fröhlich über ihn hinwegsegelten, und wenn die Jagd zu Ende war, fand man ihn mit seiner Begleiterin ins Gespräch vertieft, die Flinte war unbenutzt, und sein Hund winselte frustriert zu seinen Füßen.

Von Natur aus brillant, hatte er die Schule durchlaufen, ohne jemals erkennbar auch nur einen Finger zu rühren, und er war mit Glanz und Gloria in Oxford eingezogen. Roddy Dunbeath hatte Trends ins Leben gerufen und neue Moden aufgebracht. Wo andere in Tweed herumliefen, zog er Kordsamt vor, und schon bald trugen alle Kordsamt. Er war Präsident des Theaterclubs der Universität und für seine Debattierkunst berühmt. Niemand war vor seinen geistreichen Witzeleien sicher, die in der Regel gutmütig waren, bisweilen allerdings auch bissig sein konnten.

Als der Krieg ausbrach, diente Jock bereits als Soldat bei den *Camerons*. Roddy, von einem tiefen Patriotismus getrieben, den er sich nie hatte anmerken lassen, trat an dem Tag in die Armee ein, an dem der Krieg erklärt wurde. Zu jedermanns Überraschung ging er zur Königlichen Marineinfanterie, weil die, wie er sagte, so schmucke Uniformen hatte; aber binnen kürzester Zeit wurde er für einen Kommandotrupp ausgebildet, kletterte an Seilen steile Klippen hinauf oder stürzte sich bei Übungsflügen mit fest geschlossenen Augen und mit einer Hand an der Reißleine seines Fallschirms aus einem Flugzeug.

Als alles vorbei war und im Land wieder Frieden herrschte, hatte Jock Dunbeath den Eindruck, daß jeder, der noch nicht verheiratet war, schleunigst dieses Versäumnis nachholte. Es brach eine regelrechte Heiratsepidemie aus, der auch Jock zum Opfer fiel. Roddy aber nicht. Er nahm sein ziviles Leben an dem Punkt wieder auf, an dem er es 1939 unterbrochen hatte. Er richtete sich auf Benchoile ein Zuhause ein und begann Bücher zu schreiben. *Die Adlerjahre* erschien als erstes, dann folgte *Der Wind in den Kiefern* und danach *Roter Fuchs*. Er erntete ersten Ruhm, ging auf Lesereisen, hielt Tischreden und trat im Fernsehen auf.

Mittlerweile hatte er etwas zugenommen. Während Jock dünn und hager blieb, wurde Roddy korpulent. Nach und nach wuchs sein Umfang, er bekam ein Doppelkinn, und die hübschen Gesichtszüge verloren sich in Hängebacken. Dennoch hatte er nichts von seiner Anziehungskraft eingebüßt, und wenn den Klatschspalten der Tageszeitungen die delikaten Meldungen aus Adelskreisen ausgingen, dann brachten sie verschwommene Fotos von Roddy Dunbeath *(Die Adlerjahre)* beim Dinner mit Mrs. Soundso, die, wie jeder wußte, einem ausschweifenden Leben frönte.

Aber die Jugend war dahin, mit den Jahren entschwunden, und allmählich verblaßte auch Roddys bescheidener Ruhm. In London nicht mehr gefeiert, kehrte er, wie er das immer getan hatte, nach Benchoile heim. Er verfaßte kurze Artikel für Zeitschriften, Fernsehdrehbücher für Naturfilme und sogar kleine Berichte für die Lokalblätter. Nichts konnte ihn verändern. Er blieb ganz der alte Roddy, charmant und geistreich, ein mitreißender Erzähler und nach wie vor bereit, sich in seine Samtjacke zu zwängen und meilenweit über finstere Landstraßen zu fahren, um bei irgendeiner weit entfernten Dinnerparty mitzuhalten. Und – was noch erstaunlicher war – irgendwie schaffte er es auch, in den frühen Morgenstunden wieder nach Hause zu finden, schon im Halbschlaf und randvoll mit Whisky.

Denn Roddy trank zuviel. Nicht, daß er jemals die Kontrolle über sich verloren hätte oder ausfallend geworden wäre, aber dennoch traf man ihn nur selten ohne ein Glas in der Hand an. Sein Leben wurde immer geruhsamer. Er, der von jeher körperlich träge gewesen war, wurde nun chronisch faul. Schließlich konnte er sich kaum noch dazu aufraffen, auch nur bis Creagan zu fahren. Er kapselte sich auf Benchoile ein.

«Wie sehen denn die Straßen aus?» fragte er nun.

«Es geht. Im MG wärst du allerdings nicht weit gekommen.»

«Hab auch nicht die leiseste Lust, irgendwohin zu fahren.» Er nahm den Zigarrenstummel aus dem Mund und warf ihn ins Feuer, wo er mit einer kleinen Stichflamme verbrannte. Dann bückte Roddy sich, holte ein paar Holzscheite aus dem großen Korb, der neben dem Kamin stand, und legte sie auf die Glut. Torfasche wirbelte in einer Wolke auf. Das Holz begann zu knistern und fing Feuer. Unter lautem Knall stoben ein paar Funken auf den alten Kaminvorleger, wo Roddy sie mit seinen derben Schuhen austrat, während Jock der Geruch von versengter Wolle in die Nase stieg.

«Du solltest dir einen Ofenschirm zulegen», sagte Jock.

«Ich kann diese Dinger nicht ausstehen. Außerdem halten sie die ganze Wärme ab.» Nachdenklich blickte er auf sein Feuer hinunter. «Hab schon überlegt, ob ich mir nicht so einen Kettenvorhang besorgen soll. Neulich hab ich einen in einer Werbeanzeige gesehen, aber jetzt kann ich mich nicht mehr daran erinnern, wo das war.» Er hatte seinen Whisky ausgetrunken und steuerte wieder den Tisch mit den Flaschen an. Da sagte Jock: «Du hast keine Zeit mehr, noch einen zu trinken. Es ist schon nach eins.»

Roddy schaute auf die Uhr. «Ach, du meine Güte, tatsächlich. Ein Wunder, daß Ellen noch nicht ihren allwöchentlichen Brüller losgelassen hat. Kannst du sie denn nicht dazu überreden, daß sie den alten Gong benutzt? Sie könnte doch damit in den Hof gehen und ihn dort schlagen. Es wäre doch viel standesgemäßer, wenn ich sonntags durch das feierliche Dröhnen eines Gongs zum Essen ins Gutshaus gerufen würde. Alles nur eine Frage des Stils. Wir dürfen uns nicht gehenlassen, Jock. Wir müssen den Schein wahren, auch wenn niemand da ist, der unsere Bemühungen zu schätzen weiß. Denk doch an die Gründer des britischen Weltreichs, die noch im Dschungel in gestärkten Hemden und mit schwarzer Krawatte gespeist haben. Immer Haltung bewahren!»

Der Sherry hatte Jocks Zunge ein wenig gelöst. Deshalb erzählte er seinem Bruder: «Heute morgen hat der Pastor gemeint, wir könnten ein bißchen junge Gesellschaft auf Benchoile brauchen.»

«Hm, keine schlechte Idee.» Unschlüssig betrachtete Roddy die Whiskyflasche, besann sich eines Besseren und goß sich statt dessen noch einen kleinen Sherry ein. «Stramme Burschen und hübsche Mädchen. Was ist eigentlich aus all den jungen Verwandten von Lucy geworden? Das Haus wimmelte früher von Neffen und Nichten. Die wuselten hier doch überall rum, wie Mäuse.»

«Sie sind inzwischen erwachsen. Haben geheiratet. Das ist aus ihnen geworden.»

«Veranstalten wir doch ein großes Familientreffen, und lassen wir sie alle wieder herkommen. Oder wir setzen eine Anzeige in die *Times*. ‹Die Dunbeaths von Bechoile suchen dringend junge Gesellschaft. Alle Anfragen werden sorgfältig geprüft.› Da könnten wir recht lustige Zuschriften kriegen.»

Jock dachte an den Brief, den er John geschrieben hatte. Er hatte Roddy nichts davon erzählt. Vorsichtshalber hatte er beschlossen, ihn erst dann ins Vertrauen zu ziehen, wenn er von John eine Antwort erhielt.

Aber nun geriet dieser Entschluß ins Wanken. Er und Roddy sahen einander so selten, und es kam nicht oft vor, daß sie so ungezwungen und freundschaftlich miteinander umgingen wie in diesem Moment. Wenn er die Sache mit John jetzt zur Sprache brachte, dann konnten sie beim Mittagessen darüber reden. Irgendwann mußte das schließlich alles einmal in Ruhe geklärt werden. Er trank den Sherry aus, dann gab er sich einen Ruck und sagte: «Roddy ...»

Doch weiter kam er nicht. Unten hämmerte es an die Tür, und als sie aufgerissen wurde, strömte ein Schwall eiskalter Luft herein. Eine schrille, kreischende Stimme schallte die Treppe herauf.

«Es ist ein Uhr durch. Haben Sie das denn nicht gewußt?»

Mit resignierter Miene sagte Roddy: «Doch, Ellen, wir haben es gewußt.»

«Ist der Colonel bei Ihnen?»

«Ja, er ist hier.»

«Ich hab den Landrover in der Garage gesehen, aber er hat sich im Gutshaus nicht blicken lassen. Sie beide kommen jetzt wohl besser rüber, sonst wird der Vogel ungenießbar.» Ellen hatte nie viel von Förmlichkeiten gehalten.

Jock stellte das leere Glas ab und holte seinen Mantel. «Wir kommen ja, Ellen», sagte er. «Wir sind schon auf dem Weg.»

6
Montag

Dass die Telefonleitung zusammengebrochen und der Apparat gestört war, kümmerte Roddy Dunbeath nur wenig. Während andere an einem einzigen Vormittag sechs- oder siebenmal versuchten, jemanden anzurufen, verzweifelt mit dem Hörer herumfuchtelten und schließlich in den Schnee hinausstapften, um die nächste funktionierende Telefonzelle zu finden, blieb Roddy völlig gelassen. Es gab niemanden, mit dem er sich in Verbindung setzen wollte. Ja, er genoß sogar das Gefühl, ungestört und unerreichbar zu sein.

Deshalb zuckte er zunächst erschreckt zusammen, als am Montagvormittag um halb zwölf das Telefon auf seinem Schreibtisch plötzlich doch schrillte, und dann ärgerte er sich darüber.

In der Nacht hatte der Wind erst alle Wolken weggeblasen und sich danach gelegt. Es war spät hell geworden, aber der Morgen war klar und still. Der Himmel erstrahlte in bleichem, arktischem Blau. Die Sonne, die über dem See heraufzog, tauchte die verschneite Landschaft in ein zartes Rosa, das allmählich in blendendes Weiß überging. Auf dem Rasen vor dem Haus hatten Kaninchen und Feldhasen mit ihren kreuz und quer verlaufenden Fährten ein Muster in den Schnee gezeichnet. Auch ein Reh hatte sich eingefunden, um an den jungen Büschen zu knabbern, die Jock noch im Herbst gepflanzt hatte, und die Schatten der Bäume sahen wie lange, rauchblaue Schrammen aus. Als die Sonne über die Bergkuppen kletterte, nahm der Himmel ein tiefes Blau an, das sich im Wasser des Sees spiegelte. Der Rauhreif glitzerte, und die eiskalte Luft war so still, daß Roddy, als er sein Fenster öffnete, um eine Handvoll Krümel für die Vögel hinauszustreuen, die Schafe blöken hörte, die auf den Hängen am anderen Ende des Sees nach Gras suchten.

Es war kein Tag, der großen Tatendrang weckte, aber da der Abliefertermin bedrohlich näher rückte, hatte Roddy sich mit einer gewissen Entschlossenheit darangemacht, den ersten Entwurf seines Artikels für *The Scottish Field* fertigzuschreiben. Kaum hatte er das hinter sich, gab er sich erneut der Trägheit hin und saß mit einer Zigarre und dem gezückten Fernglas am Fenster. Er beobachtete Graugänse, die auf den Stoppelfeldern hinter den Kiefern nach Futter suchten. Manchmal, bei so strengem Frost wie an diesem Tag, fielen sie zu Tausenden hier ein.

Da klingelte das Telefon. «Verdammt noch mal!» fluchte er laut, und beim Klang seiner Stimme hob Barney auf dem Kaminvorleger den Kopf und wedelte aufgeregt mit dem Schwanz. «Schon gut, alter Junge, du kannst ja nichts dafür.» Er legte das Fernglas weg, stand auf und ging widerstrebend hin, um abzuheben.

«Roddy Dunbeath.»

Er hörte ein seltsames Piepsen. Einen Augenblick lang hoffte er schon, das lästige Instrument sei immer noch gestört, doch dann verstummte das Piepsen, eine Stimme meldete sich, und Roddys Hoffnung schwand.

«Ist dort Benchoile?»

«Ja, das Stallgebäude. Roddy Dunbeath am Apparat.»

«Roddy, hier spricht Oliver Dobbs.»

Nach einer kurzen Pause fragte Roddy: «Wer?»

«Oliver Dobbs.» Es war eine angenehme, tiefe und noch junge Stimme, die Roddy entfernt bekannt vorkam. Er kramte ohne erkennbaren Erfolg in seinem unzuverlässigen Gedächtnis.

«Keine Ahnung, wer Sie sind, alter Junge.»

«Wir haben uns vor ein paar Jahren bei einem Dinner in London kennengelernt. Wir saßen nebeneinander ...»

Die Erinnerung erwachte. Natürlich, Oliver Dobbs! Ein blitzgescheiter junger Mann. Ein Schriftsteller. Hatte damals irgendeinen Preis gekriegt. Sie hatten sich glänzend amüsiert. «Na klar, jetzt weiß ich's wieder.» Er griff nach hinten, zog sich einen Stuhl heran und stellte sich auf ein längeres Gespräch ein. «Mein lieber Junge, wie schön, daß Sie sich mal melden! Von wo rufen Sie an?»

«Aus dem Lake District.»

«Was machen Sie denn im Lake District?»

«Ich gönne mir ein paar freie Tage und bin auf dem Weg nach Schottland.»

«Da kommen Sie doch wohl auch hierher.»

«Deshalb rufe ich ja an. Ich hab's gestern schon versucht, aber da hieß es, die Telefonleitungen seien zusammengebrochen. Als wir uns kennenlernten, haben Sie mich eingeladen, Sie auf Benchoile zu besuchen, und ich fürchte, ich nehme Sie beim Wort.»

«Da gibt's nichts zu fürchten. Ich wüßte nicht, was mir lieber wäre.»

«Wir dachten, wir könnten vielleicht kommen und ein paar Tage bleiben.»

«Natürlich müssen Sie herkommen.» Die Aussicht auf ein paar Tage in der Gesellschaft dieses lebhaften und intelligenten jungen Mannes munterte Roddy auf. Dennoch fragte er: «Wer ist *wir*?»

«Na ja, das ist der wunde Punkt», sagte Oliver Dobbs. «Wir sind nämlich gewissermaßen eine Familie. Victoria und ich und Thomas. Er ist erst zwei, aber er macht keine großen Umstände und ist ziemlich brav. Hätten Sie denn genug Platz für uns alle? Victoria meint, wenn nicht, dann könnten wir uns auch in einem Pub einquartieren, falls es in Ihrer Nähe so etwas gibt.»

«Hab noch nie einen solchen Blödsinn gehört.» Roddy war entrüstet. Benchoile war immer für seine Gastfreundschaft berühmt gewesen. Zugegeben, während der letzten fünf Jahre, seit Lucys Tod, waren die Eintragungen in dem abgegriffenen, ledergebundenen Gästebuch, das auf dem Tisch in der Halle des Gutshauses lag, rar geworden, aber das hieß doch nicht, daß man nicht noch immer jeden, der zu Besuch kam und eine Weile bleiben wollte, herzlich aufnahm. «Natürlich müssen Sie herkommen. Wann werden Sie hier eintreffen?»

«Wäre der Donnerstag recht? Wir haben uns vorgenommen, an der Westküste entlangzufahren. Victoria ist noch nie im Hochland gewesen.»

«Fahren Sie über Strome Ferry und Achnasheen.» Roddy kannte die schottischen Landstraßen wie seine Westentasche. «Und dann runter nach Strath Oykel Richtung Lairg. So eine Landschaft haben Sie in Ihrem ganzen Leben noch nicht gesehen.»

«Liegt da oben bei Ihnen Schnee?»

«Wir hatten eine ganze Menge, aber jetzt ist das Wetter wieder schön geworden. Bis Sie hier sind, müßten die Straßen wieder frei sein.»

«Und es macht Ihnen bestimmt nichts aus, wenn wir kommen?»

«Ich freue mich riesig. Wir erwarten Sie also am Donnerstag so gegen Mittag. Und bleiben Sie», fügte er mit der Überschwenglichkeit des künftigen Gastgebers hinzu, dem es völlig fernlag, sich mit so leidigen Dingen wie Bettzeug lüften, Staub wischen und Essen kochen abzugeben, «bleiben Sie, solange Sie wollen.»

Der Anruf, der aus heiterem Himmel gekommen war, hatte Roddy in freudige Erregung versetzt. Nachdem er den Hörer wieder aufgelegt hatte, blieb er noch eine Weile sitzen, rauchte seine Zigarre zu Ende und malte sich mit der Zufriedenheit eines kleinen Jungen den bevorstehenden Besuch aus.

Er hatte gern junge Leute um sich. Obwohl ihm die zunehmende Leibesfülle zu schaffen machte und das herannahende Alter sein Haar allmählich schütter werden ließ, hielt er sich immer noch für jung, denn innerlich war er jung geblieben. Mit Vergnügen erinnerte er sich daran, wie zwischen ihm und Oliver Dobbs sofort der Funke übergesprungen war. Wie sie dieses Dinner mit ernsthaften Gesichtern durchgestanden hatten und bei den endlosen Reden, die kein Klischee aussparten, vor unterdrücktem Lachen beinahe geplatzt waren.

Irgendwann hatte Oliver ihm, aus dem Mundwinkel heraus, eine Bemerkung über den Brustumfang der Dame am Tisch gegenüber zugeflüstert, und da hatte Roddy gedacht: Du bist wie ich. Vielleicht war das der Grund. Oliver war wie sein zweites Ich, wie der junge Mann, der Roddy einst gewesen war. Oder vielleicht auch nur wie der junge Mann, der er unter anderen Umständen gern gewesen wäre, wenn er in eine andere Welt hineingeboren worden wäre, wenn es keinen Krieg gegeben hätte.

Diese Freude mußte er mit jemandem teilen. Nicht nur das,

er mußte auch Ellen Tarbat Bescheid sagen. Sie würde das Gesicht verziehen, den Kopf schütteln und die Nachricht mit der Ergebenheit einer Märtyrerin aufnehmen. Aber das war normal und hatte nichts zu bedeuten. Ellen verzog immer das Gesicht und schüttelte den Kopf und schaute wie eine Märtyrerin drein, selbst wenn man ihr ausnahmsweise eine frohe Botschaft überbrachte.

Roddy drückte die Zigarre aus, erhob sich von seinem Stuhl und stieg, ohne sich die Mühe zu machen, einen Mantel anzuziehen, die Treppe hinunter. Sein Hund folgte ihm. Gemeinsam gingen sie in die Kälte hinaus, über die vereisten Pflastersteine des Hofs, und betraten das Gutshaus durch die Hintertür.

Die Gänge, die vor ihnen lagen, waren kalt, mit Steinplatten belegt und scheinbar endlos. Links und rechts führten Türen in Kohlenschuppen, Holzschuppen, Waschküchen, Lagerräume, Keller und Speisekammern. Schließlich gelangte Roddy durch eine mit grünem Filz bespannte Tür in die große Halle des alten Hauses. Hier war es ein paar Grad wärmer. Die Sonne schien durch die hohen Fenster und den verglasten Windfang. Sie warf lange Strahlen, in denen Staubkörnchen tanzten, auf den orientalischen Treppenläufer und ließ das Feuer, das in dem riesigen Kamin schwelte, zu einem Häufchen Asche verblassen. Roddy blieb stehen, nahm ein paar Torfstücke aus dem Korb und legte sie auf die Glut. Dann machte er sich auf die Suche nach seinem Bruder.

Er fand Jock, wie könnte es auch anders sein, in der Bibliothek, wo er an dem aus der Mode geratenen Rollpult saß, das schon ihrem Vater gehört hatte, und sich mit endlosen Zahlenkolonnen und dem Papierkram herumschlug, den die Verwaltung des Bauernhofs mit sich brachte.

Nach Lucys Tod war der große Salon in stillschweigendem Einverständnis zugeschlossen und nicht mehr benutzt worden, und seither brachte Jock seine Tage hauptsächlich hier zu. Die Bibliothek war einer von Roddys Lieblingsräumen, schäbig und verwohnt, mit Wänden voller Bücher, und die alten lederbezogenen Sessel waren durchgesessen und so angenehm vertraut wie alte Freunde. Auch hier schien an diesem Tag die bleiche Wintersonne herein. Im offenen Kamin prasselte ebenfalls ein Feuer, vor dem zwei Golden Retriever, die beiden Jagdhunde seines Bruders, dösten.

Als Roddy die Tür öffnete, hob Jock den Kopf und blickte ihn über den Rand der Brille an, die ihm für gewöhnlich bis zur Spitze seiner langen Hakennase hinunterrutschte. «Guten Morgen», sagte Roddy.

«Hallo.» Jock nahm die Brille ab und lehnte sich auf dem Stuhl zurück. «Was verschafft mir die Ehre?»

Roddy kam herein und schloß die Tür. «Ich bringe erfreuliche Kunde.» Jock wartete höflich darauf, erfreut zu werden. «Man könnte sogar sagen, ich sei so etwas wie eine gute Fee, die dir all deine Wünsche erfüllt.»

Jock wartete immer noch ab. Roddy lächelte, während er sein Gewicht vorsichtig dem Lehnsessel neben dem Kamin anvertraute. Nach seinem Marsch über den Hof und durch die eisigen Gänge von Benchoile hatte er kalte Füße, deshalb schlüpfte er aus seinen Schuhen und bewegte die Zehen in der Wärme. In einem Strumpf hatte er ein Loch. Er würde wohl Ellen bitten müssen, es zu stopfen.

«Weißt du, erst gestern hast du mir erzählt, der Pastor in Creagan habe gemeint, wir könnten auf Benchoile ein bißchen junge Gesellschaft brauchen. Nun, wir kriegen sie.»

«Wen kriegen wir?»

«Einen reizenden und intelligenten jungen Mann namens

Oliver Dobbs und das, was er ‹gewissermaßen› seine Familie nennt.»

«Und wer ist Oliver Dobbs?»

«Wenn du nicht so ein alter Reaktionär wärst, hättest du schon von ihm gehört. Ein sehr kluger Junge, der mit einer ganzen Reihe literarischer Erfolge von sich reden gemacht hat.»

«Oh«, sagte Jock. «Einer von denen.»

«Du wirst ihn mögen.» Unglaublich, aber Jock würde ihn wahrscheinlich wirklich mögen. Roddy hatte seinen Bruder einen Reaktionär genannt, doch Jock war nichts dergleichen. Er war durch und durch liberal. Hinter seiner scheinbaren Gefühlskälte und dem Stolz eines Adlers verbarg sich sein wahres Wesen, freundlich, tolerant, wohlerzogen. Er hatte nie jemanden auf Anhieb abgelehnt. Auf seine zurückhaltende und bescheidene Art war Jock stets willens und bereit gewesen, den Standpunkt eines anderen zu begreifen.

«Und was», fragte Jock sanft, «bedeutet dieses ‹gewissermaßen›?»

«Das weiß ich nicht so genau, aber was es auch sein mag, wir werden's wohl vor Ellen geheimhalten müssen.»

«Wann kommen sie?»

«Am Donnerstag. Gegen Mittag.»

«Wo werden sie schlafen?»

«Ich dachte, hier, im Gutshaus. Da ist mehr Platz.»

«Das mußt du Ellen beibringen.»

«Dafür kratze ich ja schon meinen ganzen Mut zusammen.»

Jock warf ihm einen langen, belustigten Blick zu, und Roddy grinste. Dann rieb Jock sich die Augen wie jemand, der die ganze Nacht nicht geschlafen hat, und fragte, während er auf die Uhr schaute: «Wie spät ist es eigentlich?»

Roddy, der liebend gern etwas getrunken hätte, sagte, es sei gerade zwölf, aber Jock merkte die Anspielung nicht oder überhörte sie geflissentlich und erklärte: «Ich mache einen Spaziergang.»

Roddy unterdrückte seine Enttäuschung. Dann würde er eben in sein eigenes Haus hinübergehen und sich dort etwas zu trinken eingießen. «Es ist ein schöner Morgen.»

«Ja», sagte Jock. Er sah aus dem Fenster. «Sehr schön. So ist Benchoile am schönsten.»

Sie redeten noch eine Weile, und dann machte sich Roddy tapfer auf den Weg in die Küche, um Ellen zu suchen. Jock stand vom Schreibtisch auf, verließ mit seinen Hunden den Raum und schritt durch die Halle zur Waffenkammer. Er holte einen Jagdrock heraus, streifte die Hausschuhe ab und stieg in grüne Gummistiefel. Dann nahm er seine Mütze vom Haken und zog sie sich bis zur Nase. Nun schlang er sich noch einen dicken Schal um den Hals. In der Rocktasche fand er gestrickte Halbhandschuhe, die er überzog. Seine Finger ragten aus den offenen Enden heraus, geschwollen und rot wie Rindswürste.

Er griff nach seinem Stock, einem langen Hirtenstab. Voller Dankbarkeit ging er aus dem Haus. Die eisige Luft schlug ihm entgegen, und er spürte, wie die beißende Kälte in seine Lunge strömte. Seit Tagen war ihm nicht wohl. Er führte das auf die Müdigkeit und auf das grimmige Wetter zurück, aber nun, in der kargen Wärme der Februarsonne, fühlte er sich ganz plötzlich etwas besser. Vielleicht sollte er sich mehr im Freien aufhalten, aber man brauchte schon gute Gründe, um sich dazu zu überwinden.

Während er mit schweren Schritten auf dem knirschenden Schnee zum See hinunterstapfte, dachte er an die jungen Leute, die Roddy eingeladen hatte, und die Aussicht schreckte ihn nicht, wie das bei vielen Männern in seinem Alter vielleicht der

Fall gewesen wäre. Er mochte junge Leute genauso gern wie sein Bruder, nur hatte er immer eine gewisse Scheu vor ihnen gehabt, hatte nie gut mit ihnen umgehen können. Er wußte, daß seine Art und seine kerzengerade, soldatische Erscheinung abweisend wirkten, aber was konnte man schon dagegen tun, wie man aussah? Vielleicht wäre es anders gewesen, wenn er eigene Kinder gehabt hätte. Bei eigenen Kindern brauchte man nicht erst Barrieren der Schüchternheit zu überwinden.

Logierbesuch! Sie mußten die Räume noch herrichten, Kaminfeuer anzünden und vielleicht sogar das alte Kinderzimmer wieder benutzen. Er hatte ganz vergessen, Roddy nach dem Alter des Kindes zu fragen. Schade, daß sie nicht fischen gehen konnten, aber das Boot war aufgebockt und das Bootshaus über Winter zugeschlossen.

Seine Gedanken schweiften in die Vergangenheit zurück, zu anderen Gästen, die bei ihnen gewohnt hatten, zu anderen Kindern. Er dachte an die Zeit, in der er und seine Brüder noch klein gewesen waren, an ihre Freunde und dann an Lucys zahlreiche kleine Neffen und Nichten. Karnickelsippschaft hatte er sie scherzhaft genannt. Er lächelte in sich hinein. Karnickelsippschaft!

Inzwischen hatte er das Ufer des Sees erreicht, der sich vor ihm erstreckte. Am Rand hatte sich eine Eisschicht gebildet, aus der vereinzelte, winterlich fahle Schilfbüschel herausragten. Zwei Kiebitze flogen über ihn hinweg, und Jock legte den Kopf in den Nacken, um ihnen nachzusehen. Die Sonne blendete ihn. Er hob eine Hand und schirmte die Augen ab. Seine Hunde schnüffelten im Schnee, weil sie aufregende Gerüche witterten. Dann erkundeten sie mit kurzen, hastigen Sprüngen das Eis, waren aber nicht tapfer oder vielleicht nicht tollkühn genug, um sich auf die glänzende Fläche hinauszuwagen.

Es war wirklich ein schöner Tag. Jock drehte sich um und

schaute zum Haus zurück. Etwas erhöht lag es jenseits des verschneiten Rasens, vertraut, geliebt, sicher. Die Fenster blinkten im Sonnenschein, Rauch quoll aus den Schornsteinen und stieg in der windstillen Luft senkrecht empor. Es roch nach Moos, Torf und nach Fichtenharz. Hinter dem Haus reckten sich die Berge in den blauen Himmel. Seine Berge. Der Berg Benchoile. Jock fühlte sich ungemein zufrieden.

Die junge Gesellschaft war im Anmarsch. Sie würden am Donnerstag ankommen. Es würde wieder Gelächter zu hören sein, Stimmen, Schritte auf der Treppe. Benchoile erwartete sie.

Er wandte sich wieder vom Haus ab und setzte seinen Spaziergang fort, den Stock in der Hand, die Hunde dicht hinter ihm, in unbeschwerter Stimmung.

Als er zum Mittagessen nicht auftauchte, begann Ellen sich Sorgen zu machen. Sie ging an die Haustür und hielt nach ihm Ausschau, sah aber nur die einsame Spur seiner Fußstapfen, die zum See hinunterführte. Er war schon oft zu spät gekommen, aber jetzt regten sich in ihr die Instinkte der Hochländerin in düsterer Vorahnung. Sie suchte Roddy auf. Er rief Davey Guthrie an, der kurz danach in seinem Lieferwagen erschien, und die beiden Männer zogen gemeinsam los, um Jock zu suchen.

Die Suche war nicht mühsam, denn seine Fußstapfen und die Spuren der Hunde waren im Schnee deutlich zu erkennen. Sie fanden alle drei neben dem Bruchsteindamm. Jock lag reglos da, mit heiterem, der Sonne zugewandtem Gesicht. Die Hunde winselten ängstlich, doch es war sofort klar, daß ihr Herr nie wieder Angst empfinden würde.

7

Dienstag

Thomas Dobbs hockte in neuen roten Gummistiefeln am Wasser. Tief beeindruckt von dem sonderbaren Phänomen, das er da unvermutet entdeckt hatte, starrte er es wie gebannt und so unerschrocken wie ein alter Seefahrer an. Es war größer und glänzender und nasser als alles, was ihm in seinem kurzen Leben jemals begegnet war. Obendrein machte es Wellen, die hin und her schwappten und in der Sonne lustig glitzerten, und kreischende Seevögel kreisten über seinem Kopf, und ausgerechnet jetzt zog ein Schiff vorüber. Ab und zu hob er eine Handvoll feinen Sand auf und warf ihn ins Meer.

Hinter ihm, nur ein paar Meter entfernt, saß Victoria auf dem steinigen Strand und beobachtete ihn. In einer Hose aus dickem Kordsamt und mit drei Pullovern übereinander, zwei eigenen und einem von Oliver geborgten, kauerte sie am Boden und hatte die Arme um die angezogenen Knie geschlungen, um weniger zu frieren. Es war wirklich ungemein kalt. Aber morgens um zehn an einem Februartag im Norden von Schottland – nun ja, beinahe im Norden – wäre alles andere verwunderlich gewesen.

Es war nicht einmal ein richtiger Strand, nur ein schmaler

Kiesstreifen zwischen der Mauer des Hotelgartens und dem Wasser. Er roch nach Fisch und Teer und war mit Abfällen von den Booten übersät, die auf ihrem Weg von und zu den Fischgründen den langen, fjordartigen Meeresarm hinauf- und hinunterfuhren. Zwischen alten Tauen und Tampen lag da und dort ein vergammelter Fischkopf herum, und ein feuchtes, pelziges Etwas erwies sich bei genauerer Betrachtung als eine halb verrottete Fußmatte.

«Am Ende der Welt», hatte Oliver am Abend davor gesagt, als der Volvo die Paßhöhe erreicht hatte und sich anschickte, die lange, sanft zum Meer abfallende Straße hinunterzurollen, doch Victoria fand die Abgeschiedenheit schön. Sie waren nun viel weiter im Norden, als sie beabsichtigt hatten, und so weit westlich, daß sie ins Meer gefallen wären, wenn sie noch einen Schritt weitergefahren wären, aber die Aussicht und schon allein die Größe und Erhabenheit dieses Landstrichs, die Farben und das helle Flirren der Luft hatten die lange Fahrt mehr als wettgemacht.

Tags zuvor waren sie im Lake District bei strömendem Regen aufgewacht, aber während sie auf dem Weg nach Schottland waren, kam vom Westen her Wind auf und pustete die Wolken weg. Den ganzen Nachmittag und auch an diesem Morgen war der Himmel klar. Die Luft war schneidend kalt. In der Ferne blinkten verschneite Gipfel wie Glas, und das Wasser im Fjord war von dunklem Indigoblau.

Dieser Meeresarm, so hatte Victoria herausgefunden, hieß Loch Morag. Der kleine Ort mit den winzigen Läden und der ganzen Flotte von Fischerbooten, die an der Kaimauer vertäut waren, hieß ebenfalls Loch Morag, und das Hotel war das Loch Morag Hotel. (Oliver hatte gesagt, der Leiter des Hotels heiße sicher auch Mr. Lochmorag, und seine Frau sei Mrs. Lochmorag.) Einzig und allein zum Wohle der Fischer erbaut –

der Binnen- wie der Hochseefischer, prahlte die Broschüre, die man ihnen vor die Tür gelegt hatte –, war es ein großer, häßlicher Kasten aus einem sonderbaren, leberfarbenen Stein mit vielen Zinnen, Türmen und Türmchen. Drinnen lagen überall abgetretene Orientteppiche, und die einfallslosen Tapeten hatten die gleiche Farbe wie Porridge, aber im Speisesaal und in den Aufenthaltsräumen brannten Torffeuer in den Kaminen, und die Leute waren sehr freundlich.

«Was will denn das kleine Bübchen zum Abendessen?» fragte die gemütliche Frau in einem lila Kleid, die in dieser ruhigen Jahreszeit anscheinend nicht nur für den Speisesaal und den Schankraum, sondern auch noch für den Empfang zuständig war. «Vielleicht ein weiches Ei oder einen kleinen Pfannkuchen?» Thomas guckte sie wenig hilfreich an. «Oder einen Wackelpudding? Magst du einen Wackelpudding, Schätzchen?»

Am Ende entschieden sie sich für ein weiches Ei und einen Apfel. Die nette Frau (Mrs. Lochmorag?) brachte es auf einem Tablett in sein Zimmer und blieb bei Thomas sitzen, während Victoria ein Bad nahm. Als sie aus dem Badezimmer zurückkam, spielte Mrs. Lochmorag mit Thomas und dem rosa und weißen Stoffschwein, das sie ihm samt ein paar Sachen zum Anziehen, einer Zahnbürste und einem Töpfchen vor der Abfahrt in London gekauft hatten. Victoria hätte ihm gern einen kuscheligen Teddybär gekauft, aber Oliver versicherte ihr, daß Thomas Pelziges nicht mochte, und suchte selbst das Schwein aus.

Sie nannten es Piglet. Es hatte eine blaue Hose mit roten Hosenträgern an und schwarze Knopfaugen. Und es gefiel Thomas.

«Sie haben ein reizendes kleines Bübchen, Mrs. Dobbs. Wie alt ist er denn?»

«Er ist zwei.»

«Wir haben schon Freundschaft geschlossen, aber stellen Sie sich vor, er hat kein Wort mit mir gesprochen.»

«Er ... er spricht nicht sehr viel.»

«Oh, in dem Alter sollte er schon sprechen können.» Sie hob Thomas auf ihren Schoß. «So ein faules Bübchen, sagt kein einziges Wort. Du kannst doch sicher Mama sagen, nicht wahr? Sagst du nicht Mama? Sagst du mir auch nicht, wie dein Schwein heißt?» Sie nahm Piglet und ließ ihn hüpfen und tanzen. Thomas lachte.

«Es heißt Piglet», erklärte Victoria.

«Ist das ein hübscher Name! Warum sagt Thomas nicht Piglet?»

Aber er sagte nicht Piglet. Er redete wirklich nicht sehr viel. Allerdings tat das seinem Charme keinen Abbruch. Im Gegenteil, denn er war ein so vergnügtes und unkompliziertes Kind, daß vier Tage mit ihm die reinste Freude gewesen waren. Im Auto hatte er auf der langen Fahrt in den Norden auf Victorias Knien gesessen, sein neues Spielzeug an sich gedrückt und die vorbeifahrenden Lastwagen, die Felder und die Städte bestaunt; offensichtlich hatte er Spaß an all den neuen und seltsamen Dingen, die er zu sehen bekam, aber das war noch lange kein Grund für ihn, etwas dazu zu sagen. Wenn sie irgendwo hielten, um essen zu gehen oder sich die Beine zu vertreten, nahmen sie Thomas mit. Er ließ sich Eier mit Schinken schmecken, trank Milch oder mampfte die Apfelschnitze, die Oliver ihm zurechtgeschnitten und geschält hatte. Wurde er müde oder langweilte er sich, dann stopfte er einen Daumen in den Mund, kuschelte sich mit rührendem Zutrauen in Victorias Arme und schlief entweder sofort ein oder sang vor sich hin, bis ihm die Augen zufielen und die dunklen, seidigen Wimpern auf die roten Bäckchen sanken.

«Ich frage mich, warum er nicht mehr spricht», hatte sie einmal zu Oliver gesagt, als Thomas auf ihrem Schoß fest eingeschlafen war und es nicht hören konnte.

«Vermutlich weil nie jemand mit ihm geredet hat. Sie waren wohl alle zu sehr damit beschäftigt, das Haus zu sterilisieren und den Garten zu maniküren und seine Spielsachen auszukochen.»

Victoria teilte Olivers Meinung nicht. Ein Kind, das sich so mühelos anpaßte und so zufrieden war, konnte nie und nimmer vernachlässigt worden sein. Thomas' Verhalten und sein sonniges Gemüt ließen vielmehr darauf schließen, daß er in seinem kurzen Leben nur Liebe und Geborgenheit erfahren hatte.

Als sie genau das aussprach, erregte sie sofort Olivers Zorn. «Wenn sie ihn so fabelhaft behandelt haben, warum scheint er sie dann nicht zu vermissen? Er kann sie nicht so gern gehabt haben, wenn er noch kein einziges Mal nach ihnen gefragt hat.»

«Er hat auch sonst nach nichts gefragt», wandte Victoria ein. «Daß er so zutraulich und furchtlos ist, liegt höchstwahrscheinlich daran, wie er bisher aufgewachsen ist. Weil ihn noch niemand lieblos behandelt hat, rechnet er nicht damit, daß es jemand tun könnte. Deshalb ist er bei uns so brav.»

«Quatsch», sagte Oliver barsch. Er konnte es nicht ausstehen, wenn man auch nur ein gutes Haar an den Archers ließ.

Victoria wußte, daß er unvernünftig war. «Würde er die ganze Zeit nach seinen Großeltern schreien und jammern und in die Hosen machen und sich so aufführen, wie es die meisten Kinder unter diesen Umständen täten, dann würdest du die Schuld vermutlich auch auf die Archers schieben.»

«Du redest in Zirkelschlüssen.»

«Tu ich nicht.» Doch sie wußte nicht, was ein Zirkelschluß ist, deshalb konnte sie nicht mehr dagegen einwenden. Statt dessen verfiel sie in Schweigen. Aber wir müssen Mrs. Archer anrufen, dachte sie. Oder ihr schreiben oder sonstwas. Oliver mußte ihr Bescheid geben, daß es Thomas gutging. Irgendwann.

Vielleicht war das ja der einzige Punkt, in dem sie verschiedener Meinung waren, denn im übrigen verlief das ganze Unternehmen, das verheerend hätte enden können und dies sogar verdient hätte, ausgesprochen erfolgreich. Nichts war schiefgegangen. Alles erwies sich als einfach, mühelos und sehr angenehm. Auf den winterlichen, aber freien Straßen kamen sie schnell voran; die Gegend, der weite Himmel, die atemberaubende Landschaft, all das trug zu ihrer Freude bei.

Im Lake District hatte es zwar geregnet, aber sie hatten sich wasserfest angezogen und waren meilenweit gewandert, und Thomas, vergnügt wie immer, ritt auf den Schultern seines Vaters. Am Pier, der gleich hinter dem Garten anfing, hatten Boote festgemacht, in den Zimmern des kleinen Hotels am See brannten Kaminfeuer, und abends paßte ein freundliches Stubenmädchen auf Thomas auf, während Oliver und Victoria bei Kerzenschein gegrillte Forellen und zart angebratene Steaks verspeisten, die nie eine Kühltruhe von innen gesehen hatten.

In jener Nacht lag Victoria unter dem warmen Federbett in Olivers Armen, beobachtete im Dunkeln die Vorhänge, die sich am offenen Fenster leicht bewegten, und fühlte die kühle, feuchte Luft auf ihren Wangen. Draußen waren die Geräusche des Wassers und das Knarren der am Pier vertäuten Boote zu hören, und plötzlich regte sich ihr Mißtrauen gegenüber soviel ungetrübter Zufriedenheit. Sicher, so sagte sie sich, konnte es so nicht weitergehen. Sicher würde gleich irgend etwas passieren, was alles verdarb.

Aber ihre Befürchtung war unbegründet. Es passierte

nichts. Der nächste Tag war sogar noch schöner. Die Straße wand sich nordwärts nach Schottland, und als sie über die Grenze fuhren, brach die Sonne durch. Am Nachmittag lagen die mächtigen Gipfel des westlichen Hochlands vor ihnen, auf denen der Schnee wie Zuckerguß aussah. Bei Glencoe hielten sie an einem Pub, tranken Tee und aßen hausgemachte, buttertriefende Scones. Danach wurde die Landschaft immer großartiger. Sie hieß Lochaber, wie Oliver Victoria erklärte, dann begann er *Die Straße zu den Inseln* zu singen.

«Über Tummel und Loch Rannoch und Lochaber wolln wir ziehn ...»

Heute waren sie am Loch Morag. Morgen oder vielleicht übermorgen auf Benchoile. Victoria hatte jedes Zeitgefühl verloren. Ihr war überhaupt jegliche Vernunft abhanden gekommen. Während sie Thomas beobachtete, zog sie die Knie noch enger an und legte das Kinn darauf. Das Glück, so fand sie, sollte man anfassen können, es festhalten und irgendwo sicher aufbewahren, vielleicht in einer Schachtel mit einem Deckel oder in einer verschließbaren Flasche. Später, wenn man sich einmal elend fühlte, könnte man es dann herausholen und anschauen, es berühren und daran riechen, und man wäre wieder glücklich.

Thomas wurde es allmählich leid, Sand ins Wasser zu werfen. Er richtete sich auf seinen kurzen Beinen auf, sah sich um und entdeckte Victoria. Sie saß noch dort, wo er sie zurückgelassen hatte. Da strahlte er und stapfte mit unsicheren Schritten über den schmalen, mit Unrat übersäten Strand auf sie zu.

Als sie ihn kommen sah, quoll ihr Herz vor soviel Zärtlichkeit über, daß es beinahe weh tat, und sie dachte: Wenn ich Thomas nach nur vier Tagen schon so gern haben kann, wie mußte dann Mrs. Archer zumute sein, die nicht einmal wußte, wo er war?

Der Gedanke war unerträglich. Es war feige und gemein, aber sie drängte ihn weit in den Hintergrund ihres Bewußtseins und breitete die Arme aus. Thomas hatte sie erreicht, und sie drückte ihn an sich. Der Wind wehte ihr langes Haar über seine Wange. Das kitzelte, und er begann zu lachen.

Während Victoria und Thomas am Strand hockten und auf Oliver warteten, hing er am Telefon. Am vergangenen Abend hatte *Das falsche Spiel* in Bristol Premiere gehabt, und er brannte darauf zu hören, was die Kritiker in den Morgenzeitungen darüber geschrieben hatten.

Er saß zwar nicht gerade auf glühenden Kohlen, denn er wußte, daß das Stück gut war – genaugenommen sein bestes, doch es gab immer unvorhergesehene Umstände und Reaktionen, die leicht für eine Überraschung sorgen konnten. Er wollte erfahren, wie die Vorstellung gelaufen war, wie das Publikum reagiert hatte und ob Jennifer Clay, die noch unbekannte, kleine Schauspielerin, ihre erste große Chance genutzt hatte und das Vertrauen rechtfertigte, das der Regisseur und Oliver in sie gesetzt hatten.

Fast eine Stunde lang redete er mit Bristol, hörte sich die überschwenglichen Besprechungen an, die man ihm über sechshundert Meilen hinweg durch die summende Telefonleitung vorlas. Die Kritiker der *Sunday Times* und des *Observer* wollten, wie es hieß, am Wochenende kommen und sich das Stück anschauen. Jennifer Clay war im Begriff, ein gefeierter Star zu werden, und ein paar bedeutende Theater im West End signalisierten bereits ihr Interesse.

«Ich glaube, Oliver, da haben wir einen Volltreffer gelandet.»

Oliver war hoch erfreut, doch er hatte die Proben zu dem Stück beobachtet, deshalb war er nicht übermäßig überrascht. Als das Gespräch mit Bristol schließlich beendet war, rief er seinen Agenten an, und der bestätigte ihm all die guten Neuigkeiten. Obendrein hatte inzwischen ein New Yorker Theater seine Fühler nach Olivers Stück *Ein Mann im Dunkeln* ausgestreckt, das im vergangenen Sommer so erfolgreich in Edinburgh gelaufen war.

«Wärst du daran interessiert?» fragte der Agent.

«Was meinst du mit ‹interessiert›?»

«Wärst du bereit, nach New York zu gehen, wenn es sein müßte?»

Oliver mochte New York sehr gern. Die Stadt war einer seiner Lieblingsplätze. «Dazu wäre ich sogar bereit, wenn es nicht sein müßte.»

«Wie lange bist du unterwegs?»

«Ein paar Wochen.»

«Kann ich dich irgendwo erreichen?»

«Ab Donnerstag bin ich auf Benchoile, in Sutherland. Bei einem Bekannten. Bei Roddy Dunbeath.»

«Beim *Adlerjahre*-Dunbeath?»

«Ja, genau bei dem.»

«Gib mir mal seine Telefonnummer!»

Oliver griff nach seinem ledergebundenen Terminkalender und blätterte darin. «Creagan zwei drei sieben.»

«Okay, hab's notiert. Wenn ich was Neues höre, rufe ich dich an.»

«Ja, tu das!»

«Mach's gut, Oliver! Und herzlichen Glückwunsch!»

Sein Agent hängte ein. Erst nach einer Weile, als widerstrebe es ihm, ein so bedeutsames Gespräch zu beenden, legte auch Oliver den Hörer wieder auf, blieb noch einen Moment sitzen und stierte den Apparat an, während ganz langsam ein Gefühl der Erleichterung in ihm aufstieg. Es war vorbei. *Das falsche Spiel* war angelaufen, war wie ein Kind, das man ins Leben hinausschickt. Ein Kind, in Leidenschaft empfangen, unter qualvollen Geburtswehen auf die Welt gebracht, gehegt und gepflegt, bis es erwachsen wurde, mühsam geformt, und nun, endlich, unterstand es nicht mehr seiner Verantwortung.

Alles vorbei. Oliver dachte an die Inszenierung, die Proben, die Besetzungsprobleme, an die unterschiedlichen Temperamente. Er erinnerte sich an das Chaos, an die Anfälle von Panik, an seine Überarbeitung und an die grenzenlose Verzweiflung.

Ich glaube, da haben wir einen Volltreffer gelandet.

Wahrscheinlich würde ihm das Stück eine Menge Geld einbringen. Vielleicht machte es ihn sogar reich. Aber das war bedeutungslos, gemessen daran, wie leicht ihm ums Herz war und wie frei er sich fühlte, jetzt, da alles hinter ihm lag.

Und was lag vor ihm? Er griff nach einer Zigarette. Da wartete etwas auf ihn, doch er wußte nicht, was. Er merkte nur, daß sich der im Unterbewußtsein liegende Grenzbereich seiner Phantasie, der Teil, der die eigentliche Arbeit leistete, bereits mit Menschen füllte. Menschen, die an einem bestimmten Ort, in bestimmter Art und Weise lebten. Stimmen unterhielten sich miteinander. Die Dialoge hatten ihre eigene Form, ihre eigene Balance, und die Worte und die Gesichter der Figuren, die die Worte sprachen, wurden wie immer aus der Tiefe seines unermeßlichen Gedächtnisses an die Oberfläche gespült.

Dieses Leben, das da zu erwachen begann, machte den Alltag für Oliver so spannend und erregend, wie er für die meisten Menschen ist, wenn sie sich neu verlieben. Das war für ihn das Beste am Schreiben. Es war wie die Vorfreude, die man empfindet, wenn man in einem schon dunklen Theatersaal darauf wartet, daß sich der Vorhang zum ersten Akt hebt. Man weiß nicht, was passieren wird, aber man weiß, daß es fabelhaft und unheimlich aufregend und besser – viel besser – wird als alles, was man je zuvor gesehen hat.

Er erhob sich vom Bett, trat ans Fenster und machte es auf. Die Luft war an diesem Morgen eiskalt. Möwen kreisten laut schreiend über dem Schornstein eines verwitterten Fischerbootes, das sich gegen den Westwind aufs offene Meer hinauskämpfte.

Die Hügel auf der anderen Seite des dunkelblauen Wassers schimmerten weiß, und unterhalb des Fensters lag der Garten des Hotels, an den sich ein Fitzelchen Strand anschloß. Oliver schaute auf Victoria und seinen Sohn Thomas hinunter. Sie ahnten nicht, daß er sie beobachtete. Während er ihnen zusah, verlor Tom die Lust an dem Spaß, Sand ins Wasser zu werfen, er drehte sich um und lief über den Strand zu Victoria. Sie breitete die Arme aus und zog ihn an sich. Dabei streifte ihr langes, blondes Haar seine roten Pausbacken.

Die Mischung aus diesem herrlichen Anblick und seiner eigenen euphorischen Stimmung erweckten in Oliver ein Gefühl der Zufriedenheit, das ihm fremd war. Er wußte, daß es vergänglich war; es mochte einen Tag lang anhalten oder auch nur ein oder zwei Stunden. Aber auf einmal erschien ihm die Welt strahlender und vielversprechender; der kleinste Vorfall konnte ungeheure Bedeutung erlangen; Zuneigung würde sich in Liebe verwandeln und Liebe – dieser abgenutzte Begriff – in Leidenschaft.

Er schloß das Fenster wieder und ging hinunter, um ihnen die guten Nachrichten zu erzählen.

8

Donnerstag

Miss Ridgeway, diese tadellose Sekretärin unbestimmten Alters, saß bereits an ihrem Schreibtisch, als John Dunbeath morgens um Viertel vor neun aus dem Fahrstuhl stieg und die prunkvollen, eleganten Büros der Warburg Investment Corporation im neunten Stockwerk des neuen Regency-Hochhauses betrat.

Sie blickte auf, als er zur Tür hereinkam. Ihre Miene war, wie immer, höflich, freundlich und gelassen.

«Guten Morgen, Mr. Dunbeath.»

«Hallo.»

Noch nie hatte er eine Sekretärin gehabt, die er nicht beim Vornamen nannte, deshalb blieb ihm das steife «Miss Ridgeway» bisweilen im Halse stecken. Immerhin arbeiteten sie nun schon seit einigen Monaten zusammen. Es wäre um soviel leichter gewesen, sie Mary zu nennen oder Daphne oder wie sie auch heißen mochte, doch die Wahrheit war, daß er noch nicht einmal das herausgefunden hatte, und in ihrem Verhalten lag etwas so entschieden Förmliches, daß er nie den Mut aufgebracht hatte, sie danach zu fragen.

Manchmal beobachtete er sie, wenn sie vor ihm saß, ein

wohlgeformtes Bein über das andere geschlagen, und in ihrer makellosen Kurzschrift seine Briefe aufnahm. Dann machte er sich Gedanken über ihr Privatleben. Ob sie für eine alte Mutter sorgte und sich für gute Werke einsetzte? Besuchte sie vielleicht Konzerte in der Albert Hall und verbrachte ihre Ferien in Florenz? Oder nahm sie, wie die Sekretärinnen in manchen Filmen, zu Hause die Brille ab, löste ihr aschblondes Haar und empfing Liebhaber, mit denen sie sich ungezügelter Leidenschaft hingab?

John wußte, daß er das nie erfahren würde.

«Wie war die Reise?» fragte sie.

«Es geht. Aber das Flugzeug landete gestern abend mit Verspätung. Wir sind in Rom aufgehalten worden.»

Ihr Blick schweifte über seinen dunklen Anzug, die schwarze Krawatte. Dann fragte sie: «Haben Sie das Telegramm erhalten? Das von Ihrem Vater?»

«Ja, danke.»

«Es kam am Dienstag früh. Ich dachte, Sie wollten es vielleicht gleich erfahren, deshalb habe ich es sofort nach Bahrain durchgegeben. Das Original liegt auf Ihrem Schreibtisch, bei der Privatpost...» John ging in sein Büro. Miss Ridgeway stand auf und folgte ihm. «... auf der *Times* von gestern, in der auch die Todesanzeige steht. Ich dachte mir, Sie möchten sie gern sehen.»

Sie dachte an alles. Er sagte wieder: «Danke.» Dann öffnete er seine Aktenmappe und entnahm ihr den Bericht, den er während des Rückflugs nach London in seiner gestochenen Handschrift auf zwölf Bogen Kanzleipapier im Flugzeug verfaßt hatte.

«Das geben Sie am besten einer Schreibkraft, die gleich damit anfangen soll. Der Vizepräsident wird es sicher so schnell wie möglich haben wollen. Und wenn Mr. Rogerson ins Haus kommt, sagen Sie ihm bitte, er soll mich anrufen.» Er warf einen flüchtigen Blick auf seinen Schreibtisch. «Ist das heutige *Wall Street Journal* da?»

«Das habe ich, Mr. Dunbeath.»

«Und dann brauche ich noch die *Financial Times*. Ich habe keine Zeit gehabt, mir eine zu besorgen.» Miss Ridgeway war im Begriff hinauszugehen, doch er hielt sie zurück. «Bleiben Sie noch einen Moment da!» Sie wandte sich um, und er gab ihr noch mehr Papiere. «Zu dem da möchte ich die Akte. Und wenn Sie können, beschaffen Sie mir ein paar Informationen über eine texanische Gesellschaft, die Albright heißt; die haben Bohrungen in Libyen gemacht. Und das muß per Telex an Scheich Mustapha Said, und das an ... und das ...»

«Ist das alles?» fragte Miss Ridgeway nach einer Weile.

«Im Moment ja.» Er grinste. «Außer daß ich eine große Tasse schwarzen Kaffee zu schätzen wüßte.»

Miss Ridgeway lächelte verständnisvoll, was ihr ausgesprochen menschliche Züge verlieh. Er wünschte, sie würde öfter lächeln. «Ich hole Ihnen einen», sagte sie und ging hinaus, wobei sie die Tür lautlos hinter sich schloß.

John saß an seinem auf Hochglanz polierten Schreibtisch und überlegte eine Weile, was er als erstes tun sollte. In seinem Eingangskorb stapelten sich Briefe, fein säuberlich an die jeweilige Akte geheftet und, wie er wußte, nach ihrer Dringlichkeit sortiert, die dringendsten Dokumente zuoberst. Die drei privaten Umschläge und die Ausgabe der *Times* vom Vortag lagen in der Mitte seiner Schreibunterlage, deren Löschpapier wie jeden Morgen neu und blütenweiß war.

Er griff nach dem grünen Telefon, um ein internes Gespräch zu führen.

«Büro Mr. Gardner, guten Tag.»

John klemmte sich den Hörer unter das Kinn und schlug die letzte Seite der Zeitung auf.

«John Dunbeath hier. Ist Mr. Gardner schon im Haus?»

«Ja, Mr. Dunbeath, er ist schon da, aber im Augenblick nicht in seinem Büro. Soll ich ihm sagen, daß er Sie zurückrufen soll?»

«Ja, bitte.» Er legte den Hörer wieder auf.

> DUNBEATH. Unerwartet verstarb am 16. Februar auf Benchoile in Sutherland Lieutenant Colonel John Rathbone Dunbeath, 67, ehemaliger Cameron Highlander, Träger des Verdienstordens, Friedensrichter. Trauergottesdienst in der Pfarrkirche von Creagan, Donnerstag, den 19. Februar, 10.30 Uhr.

In Gedanken sah John den alten Knaben wieder vor sich, groß und hager, jeder Zoll ein ehemaliger Soldat; er erinnerte sich an seine hellen Augen mit dem stechenden Blick und die Hakennase; an seine langen Beine, die mühelos durch kniehohes Heidekraut bergauf stiegen; an seine Leidenschaft für das Fischen, für die Moorhuhnjagd und für seine Ländereien. Sie hatten einander nie nahegestanden, dennoch empfand John ein Gefühl der Leere, des Verlustes, wie es zwangsläufig aufkommt, wenn ein enger Angehöriger, ein Blutsverwandter stirbt.

Er legte die Zeitung beiseite und nahm das Telegramm seines Vaters aus dem Umschlag, in den Miss Ridgeway es vorsorglich hineingeschoben hatte. Dann las er, was er bereits zwei Tage zuvor in Bahrain gelesen hatte.

> DEIN ONKEL JOCK VERSTARB AN EINEM HERZINFARKT BENCHOILE MONTAG 16. FEBRUAR STOP

BEERDIGUNG CREAGAN DONNERSTAG 19. FEBRUAR 10.30 UHR STOP WÄRE DIR DANKBAR WENN DU DEINE MUTTER UND MICH VERTRETEN KÖNNTEST STOP VATER

Er hatte aus Bahrain Telegramme verschickt; an seine Eltern in Colorado, um ihnen zu erklären, warum er der Bitte seines Vaters nicht nachkommen konnte; nach Benchoile, an Roddy, um sein Beileid auszudrücken und weitere Erklärungen abzugeben; und bevor er Bahrain verließ, hatte er noch Zeit gefunden, einen Kondolenzbrief an Roddy zu schreiben, den er bei seiner Ankunft in Heathrow als Eilsendung abgeschickt hatte.

Von den zwei Briefen, die noch seiner Aufmerksamkeit harrten, war ein Umschlag von Hand beschriftet und der andere mit Schreibmaschine. Er griff nach dem ersten, begann ihn zu öffnen, und dann hielt er plötzlich inne, weil ihn die Handschrift stutzig machte. Eine altmodische Feder, schwarze Tinte, die Großbuchstaben in kräftigen Strichen. Er schaute auf den Poststempel und sah «CREAGAN». Das Datum war der 12. Februar.

Er spürte, wie sich sein Magen verkrampfte. *Ein Geist geht über dein Grab,* hatte sein Vater früher gesagt, wenn John als kleiner Junge vor Unbekanntem schauderte. *Genau das ist es. Ein Geist geht über dein Grab.*

John schlitzte den Umschlag auf und nahm den Brief heraus. Seine Vermutungen wurden bestätigt. Er war von Jock Dunbeath.

Benchoile,
Creagan,
Sutherland
Mittwoch, 11. Februar

Lieber John

Dein Vater schreibt mir, daß Du jetzt wieder im Lande bist und in London arbeitest. Ich weiß Deine Adresse nicht, deshalb schicke ich diesen Brief an Dein Büro.

Wie es scheint, bist Du lange nicht mehr bei uns gewesen. Ich habe im Gästebuch nachgeschlagen, und es scheinen zehn Jahre vergangen zu sein. Mir ist klar, daß Du ein vielbeschäftigter Mann bist, aber falls es Dir gelingt, eine Weile freizubekommen, könntest Du vielleicht in Erwägung ziehen, Dich auf die Reise in den Norden zu machen und ein paar Tage auf Benchoile zu verbringen. Man kann bis Inverness fliegen oder einen Zug ab Euston nehmen. In dem Fall würde entweder ich oder Roddy nach Inverness kommen, um Dich abzuholen. Es gibt auch Züge nach Creagan, aber sie verkehren nur in großen Abständen, was mehrere Stunden Verzögerung zur Folge hat.

Wir hatten einen milden Winter, aber ich glaube, das kalte Wetter ist im Anmarsch. Besser jetzt als im Frühling, wenn späte Fröste verheerende Schäden unter den jungen Moorhühnern anrichten.

Laß mich wissen, was Du davon hältst und wann es

für Dich günstig wäre, uns zu besuchen. Wir freuen uns darauf, Dich wiederzusehen.

Mit besten Wünschen,

in Liebe
Jock

Diese ungewöhnliche, aus heiterem Himmel eingetroffene Einladung seines Onkels und der seltsame Zufall, daß er sie nur wenige Tage vor seinem tödlichen Herzinfarkt abgeschickt hatte, waren äußerst verwirrend. John lehnte sich auf seinem Stuhl zurück und las den Brief noch einmal. Bewußt suchte er zwischen den sorgfältig geschriebenen, in Jocks typischem, gestelztem Stil verfaßten Zeilen nach irgendeiner tieferen Bedeutung. Er konnte keine finden.

Es scheinen zehn Jahre vergangen zu sein.

Es waren zehn Jahre. John erinnerte sich daran. Er war damals achtzehn, hatte Wellington kaum hinter sich und alle Freuden von Cambridge vor sich und verbrachte einen Teil der Sommerferien mit seinem Vater auf Benchoile. Danach war er nie wieder hingefahren.

Jetzt kam ihm in den Sinn, daß das vielleicht ein Fehler war und er ein schlechtes Gewissen haben sollte. Doch für ihn hatten sich inzwischen zu viele Dinge ereignet. Es war zuviel geschehen. Er war in Cambridge gewesen, danach in New York und noch in Harvard, und er hatte seine gesamten Ferien in Colorado verbracht, entweder auf der Ranch seines Vaters oder beim Skilaufen in Aspen. Dann war Lisa in sein Leben eingebrochen, und von da an hatte er seine überschüssige Energie einfach dafür gebraucht, mit ihr Schritt zu halten, sie bei Laune zu halten, sie in Atem zu halten und ihr den hohen Lebensstandard zu erhalten, der ihr ihrer Meinung nach zustand. Die Ehe mit Lisa hatte auch den Ferien in Colorado ein Ende gesetzt. Sie langweilte sich auf der Ranch und war zu zerbrechlich, um Ski zu laufen. Aber sie liebte die Sonne über alles, also fuhren sie in die Karibik, auf die Antillen, auf die Bahamas, wo John die Berge vermißte und seinen Bewegungsdrang beim Tauchen oder Segeln abreagierte.

Und nach der Scheidung hatte er sich so tief in die Arbeit vergraben, daß ihm anscheinend nicht einmal genug Zeit geblieben war, um auch nur aus der Stadt hinauszukommen. Schließlich hatte sein Präsident in New York ein Machtwort gesprochen und ihn nach London versetzt. Das sei nicht nur eine Beförderung, hatte er John erklärt, sondern auch eine entscheidende und notwendige Umstellung auf ein gemächlicheres Tempo. London sei nicht so hektisch wie New York, der Konkurrenzkampf dort nicht so verbissen, die Atmosphäre im großen und ganzen etwas lockerer.

«Dann kannst du ja mal in den Norden fahren und Jock und Roddy besuchen», hatte sein Vater am Telefon gesagt, als John ihn anrief, um ihm die Neuigkeit zu erzählen. Doch irgendwie war er einfach nie dazu gekommen. Ja, er sollte wirklich ein schlechtes Gewissen haben. Aber die Wahrheit war, daß Benchoile, obwohl es zweifellos schön war, ihn nicht gerade unwiderstehlich anzog. Mitten in den Rocky Mountains aufgewachsen, fand John die Berge und Täler von Sutherland friedvoll, aber auch fad. Natürlich konnte er dort fischen, nur, in Colorado zu fischen, in den Nebenflüssen des mächtigen Uncompahgre, der die ausgedehnten Ländereien seines Vaters durchströmte, war durch nichts zu überbieten. Benchoile hatte auch einen bewirtschafteten Bauernhof, aber selbst der erschien ihm, gemessen an den endlosen Weideflächen der Ranch, ziemlich klein, und die

Moorhuhnjagd mit ihren Regeln und Losungen, ihrem traditionellen Ansitzen und Anpirschen hatte den jungen John völlig kalt gelassen.

Schon als Junge hatte er gegen das Abschlachten freilebender Tiere rebelliert, und er war nie mit den anderen Hirsche oder Elche jagen gegangen. Warum sollte er, nur weil er sich in Schottland aufhielt und man es von ihm erwartete, lebenslange Gewohnheiten und Überzeugungen aufgeben?

Schließlich, und das war der entscheidende Grund, hatte er nie den Eindruck gehabt, daß sein Onkel Jock ihm besonders zugetan sei. «Er ist nur zurückhaltend. Er hat Hemmungen», hatte sein Vater ihm versichert, aber dennoch, sosehr er es auch versuchen mochte, war es John nie gelungen, eine Beziehung zum ältesten Bruder seines Vaters aufzubauen. Ihre Gespräche, so erinnerte er sich, hatten sich stets nur mühsam dahingeschleppt.

Er seufzte und legte den Brief beiseite. Dann griff er nach dem letzten Umschlag. Den schlitzte er auf, ohne ihn vorher genauer zu betrachten, und während er noch über Jocks Brief nachgrübelte, faltete er das einzelne Blatt auseinander. Er sah den altmodischen Briefkopf, das Datum.

McKenzie, Leith & Dudgeon
Anwaltskanzlei und Notariat
Trade Lane 18
Inverness
Dienstag, 17. Februar

John Dunbeath, Esq.
Warburg Investment Corporation
Regency House
London

Betr.: Ableben von John Rathbone Dunbeath

Sehr geehrter Mr. Dunbeath,

ich habe die Aufgabe, Sie davon in Kenntnis zu setzen, daß Ihr Onkel, John Rathbone Dunbeath, Sie in seinen letztwilligen Verfügungen zum Erben des Gutes Benchoile in Sutherland eingesetzt hat.

Ich schlage vor, daß Sie, sobald Sie dazu Gelegenheit haben, hierherkommen und mich aufsuchen, damit geeignete Maßnahmen für die Verwaltung und die künftige Nutzung des Besitzes getroffen werden können.

Ich stehe Ihnen jederzeit gern zur Verfügung und freue mich auf Ihren Besuch.

Hochachtungsvoll
Robert McKenzie

Als Miss Ridgeway wieder hereinkam und den schwarzen Kaffee in einer Tasse aus feinem, weißem Wedgwood brachte, saß John reglos an seinem Schreibtisch, einen Ellbogen auf das Löschblatt gestützt und das Gesicht zur Hälfte von seiner Hand verdeckt.

Sie sagte: «Hier ist Ihr Kaffee.» Er hob den Kopf, und der Ausdruck seiner dunklen Augen war so düster, daß sie sich veranlaßt sah, ihn zu fragen, ob er sich nicht wohl fühle oder ob etwas passiert sei.

Er antwortete nicht sofort. Dann lehnte er sich auf dem Stuhl zurück, ließ die Hand auf seinen Schoß fallen und sagte, ja, es sei etwas passiert. Doch nach einer langen Pause, in der er keinerlei Absicht zeigte, diese Bemerkung zu erklären, stellte sie ihm die Tasse hin, ging hinaus und schloß die Tür zwischen ihnen so taktvoll und sorgfältig wie immer.

9

Donnerstag

Während die drei Richtung Osten fuhren, weg von den sanften Meeresarmen im Westen Schottlands, und die vereinzelten Gehöfte, die Dörfer und den Geruch von Tang hinter sich ließen, veränderte sich schwindelerregend abrupt der Charakter der Landschaft. Die leere Straße wand sich in unwegsames, trostloses Moorland hinauf, das offenbar unbewohnt war, abgesehen von ein paar versprengten Schafen und dem einen oder anderen in der Luft kreisenden Raubvogel.

Es war ein kalter, bedeckter Tag mit Ostwind. Dicke graue Wolken zogen langsam über ihnen dahin, doch ab und zu rissen sie auf und brachten ein ausgefranstes Stück blaßblauen Himmel zum Vorschein, das in der kraftlosen Wintersonne schimmerte. Allerdings schien das den Eindruck einer gottverlassenen Gegend eher zu verstärken, als daß es ihn in irgendeiner Weise gemildert hätte.

Soweit das Auge reichte, erstreckte sich das hügelige Land in alle Richtungen wie ein Flickenteppich aus winterwelkem Gras und großen, mit dunklem Heidekraut bewachsenen Flächen, hier und da von einem gähnenden Torfstich oder der melancholischen Schwärze eines Sumpfs unterbrochen. Dann tauchten, den weißen Flecken eines scheckigen Pferdes gleich, die ersten Schneereste auf, die sich in Mulden und Gräben und im Windschatten niedriger Bruchsteinwälle gehalten hatten. Als die steile Straße noch weiter anstieg, nahm der Schnee zu, und auf dem höchsten Punkt des Moors – gewissermaßen auf dem First dieser Landschaft – lag er überall, wie eine weiße Decke, fünfzehn Zentimeter dick oder noch dicker. Die Fahrbahn war vereist und erwies sich unter den Rädern des Volvos als gefährlich glatt.

Es kam ihnen so vor, als befänden sie sich in der Arktis oder auf dem Mond, auf jeden Fall an einem Ort, den sie sich nicht im entferntesten vorgestellt hatten. Aber dann, ebenso abrupt, wie es begonnen hatte, blieb das unwegsame und trostlose Hochmoor hinter ihnen zurück. Sie hatten die Wasserscheide überquert. Unmerklich senkte sich die Straße wieder und führte zwischen Lärchen und Tannen an Bächen und Wasserfällen vorbei. Erst tauchten vereinzelte Cottages auf, dann Bergbauernhöfe und dann Dörfer. Etwas später fuhren sie an einem riesigen, langgestreckten See mit einem gewaltigen Staudamm und einem Wasserkraftwerk vorüber. Jenseits des Sees war eine kleine Stadt. Die Landstraße zog sich am Ufer entlang, an dem ein Hotel stand und kleine Boote auf dem Kies lagen. Ein Wegweiser zeigte Creagan an.

Victoria wurde aufgeregt. «Wir sind gleich da.» Sie beugte sich vor und holte die vom Vermessungsamt herausgegebene topographische Karte, die Oliver gekauft hatte, aus dem Handschuhfach. Mit Thomas' zweifelhafter Hilfe klappte sie die Karte auf. Dabei ragte eine Ecke über das Lenkrad. Oliver schnippte sie weg. «Paß doch auf, du nimmst mir die Sicht!»

«Es sind nur noch sechs Meilen bis Creagan.»

Thomas benutzte Piglet als Keule und versetzte der Karte

einen Hieb, daß sie Victoria aus den Händen glitt und auf den Boden fiel.

«Pack sie weg, bevor er sie zerreißt», murrte Oliver. Dann gähnte er und rutschte auf seinem Sitz herum. Die Fahrt an diesem Morgen war anstrengend gewesen.

Victoria rettete die Karte, faltete sie zusammen und legte sie wieder ins Handschuhfach. Die Straße schlängelte sich beständig zwischen steilen, mit Adlerfarn bewachsenen Böschungen und Birkenhainen abwärts. Ein Bach leistete ihnen auf seinem Weg von Tümpel zu Tümpel glucksend und glitzernd Gesellschaft oder stürzte sich als Wasserfall einen Abhang hinunter. Freundlicherweise kam nun auch noch die Sonne hinter einer Wolke hervor. Sie bogen um eine letzte Kurve, und dann lag silbrig glänzend das Meer vor ihnen.

«Das ist wirklich erstaunlich», sagte Victoria. «Du läßt eine Küste hinter dir, fährst hinauf, über das Hochmoor und durch den Schnee, und schon bist du wieder an einem Meer. Schau, Thomas, da ist das Meer!»

Thomas schaute, war aber nicht beeindruckt. Er hatte das Fahren allmählich satt. Er wurde es leid, ständig auf Victorias Schoß zu sitzen. Er steckte den Daumen in den Mund und warf sich nach hinten, daß sein harter Hinterkopf dröhnend an ihren Brustkorb schlug.

Sein Vater blaffte ihn an: «Sitz doch still, um Gottes willen!»

«Er hat die ganze Zeit stillgesessen», verteidigte Victoria ihn sofort bereitwillig. «Er ist ein ganz braver Junge gewesen. Ihm wird es nur langweilig. Glaubst du, in Creagan gibt es einen Strand? Ich meine, einen mit richtigem Sand. Bis jetzt haben wir noch keinen richtigen Sandstrand gefunden. Die im Westen sind anscheinend alle steinig. Wenn es einen gäbe, könnte ich mit Thomas hingehen.»

«Wir fragen Roddy.»

Victoria dachte darüber nach. Dann sagte sie: «Ich hoffe, es macht ihm wirklich nichts aus, daß wir alle einfach so bei ihm aufkreuzen. Hoffentlich gibt es keine Probleme.» Sie war diese Befürchtung nie ganz losgeworden.

«Das hast du schon ein dutzendmal gesagt, in regelmäßigen Abständen. Sei doch nicht so ängstlich.»

«Ich hab nun mal das Gefühl, daß du Roddy überrumpelt hast. Vielleicht hat er bloß keine Zeit gehabt, sich eine Ausrede einfallen zu lassen.»

«Er war begeistert. Er hat die Gelegenheit, ein bißchen muntere Gesellschaft zu kriegen, sofort beim Schopf gepackt.»

«Er kennt dich, aber er kennt Tom und mich nicht.»

«Dann müßt ihr zwei euch eben von eurer besten Seite zeigen. Wie ich Roddy kenne, würde es ihn nicht einmal stören, wenn du zwei Köpfe hättest. Er wird dich einfach sehr freundlich begrüßen und, das will ich hoffen, mir dann einen riesigen Gin Tonic in die Hand drücken.»

Creagan erwies sich als Überraschung. Victoria hatte die im Hochland übliche kleine Stadt mit einer schmalen Hauptstraße erwartet, die zwischen zwei Reihen bescheidener Steinhäuser ohne Vorgärten verlief. Aber Creagan hatte eine breite, von Bäumen gesäumte Hauptstraße mit ausladenden, kopfsteingepflasterten Gehsteigen auf beiden Seiten. Die von der Straße zurückgesetzten Häuser mit großen Vorgärten standen alle frei und waren bemerkenswert reizvoll in ihren schlichten Proportionen und mit den eleganten Verzierungen, die aus der Blütezeit schottischer Baukunst stammten.

Im Zentrum der Stadt verbreiterte sich die Hauptstraße zu einem rechteckigen Platz, in dessen Mitte die von Rasen umgebenen Granitmauern und der schiefergedeckte Turm einer großen, schönen Kirche aufragten, die so aussah, als wäre sie sorgsam mitten auf einen grünen Teppich gestellt worden.

«Ist das hübsch hier!» sagte Victoria. «Wie eine Stadt in Frankreich.»

Oliver stellte freilich noch etwas anderes fest. «Es ist wie ausgestorben.»

Sie sah sich noch einmal um und merkte, daß er recht hatte. Stille lastete wie sonntäglich fromme Melancholie über Creagan. Schlimmer noch, denn es war nicht einmal fröhliches Glockengeläute zu hören. Außerdem schien kaum jemand unterwegs zu sein, auch nur wenige Autos. Und ... «Die Geschäfte sind alle geschlossen», sagte Victoria. «Sie sind zu, und die Rolläden sind unten. Vielleicht ist heute verkaufsfreier Nachmittag.»

Sie kurbelte auf ihrer Seite die Fensterscheibe herunter und ließ sich den eiskalten Wind ins Gesicht wehen. Thomas versuchte, den Kopf hinauszustrecken. Sie zog den Kleinen wieder auf ihre Knie. Die Luft roch salzig und nach Tang. Hoch oben auf dem Dach eines Hauses begann eine Möwe zu kreischen.

«Da ist ein Geschäft offen», sagte Oliver.

Es war ein kleiner Zeitungsladen mit Plastikspielzeug im Schaufenster und einem Ständer voll bunter Ansichtskarten vor der Tür. Victoria kurbelte die Scheibe wieder hoch, denn der Wind war wirklich bitterkalt. «Da können wir hingehen und Ansichtskarten kaufen.»

«Wofür willst du Ansichtskarten?»

«Um sie zu verschicken.» Sie stockte. Seit dem Morgen am Loch Morag, an dem ihr klargeworden war, wieviel Angst und Sorgen Mrs. Archer wegen Thomas ausstehen mußte, plagten sie Gewissensbisse. Bisher hatte sich noch keine Gelegenheit ergeben, mit Oliver darüber zu reden, aber jetzt... Sie holte tief Luft, und kühn entschlossen, das Eisen zu schmieden, solange es heiß ist, fuhr sie fort: «Wir können ja Thomas' Großmutter eine schicken.»

Oliver reagierte nicht.

Victoria setzte sich darüber hinweg. «Nur ein paar Zeilen. Damit sie weiß, daß er gesund und munter ist.»

Oliver sagte noch immer nichts. Das war kein gutes Zeichen. «Es kann ja nichts schaden.» Sie hörte den flehenden Unterton in ihrer Stimme und verachtete sich dafür selbst. «Eine Ansichtskarte oder einen Brief oder *irgend etwas.*»

«Wie penetrant du bist!»

«Ich möchte gern, daß wir ihr eine Ansichtskarte schicken.»

«Wir schicken ihr überhaupt nichts.»

Sie konnte nicht glauben, daß er so engstirnig war. «Warum denn nicht? Ich habe mir gedacht...»

«Hör auf, dir was zu denken! Wenn du zu keinem intelligenteren Schluß kommst, dann vergiß es!»

«Aber...»

«Wir sind doch genau deshalb weggefahren, um den Archers zu entgehen. Hätte ich gewollt, daß sie mir auf die Bude rücken, mich mit Anwaltsbriefen und Privatdetektiven verfolgen, dann wäre ich in London geblieben.»

«Aber wenn sie *wüßte,* wo er ist...»

«Halt doch die Klappe!»

Es lag nicht so sehr an dem, was er sagte, sondern am Ton, in dem er es sagte, daß Schweigen eintrat. Nach einer Weile wandte Victoria den Kopf und sah Oliver an. Sein Gesicht war wie versteinert. Er hatte die Unterlippe vorgeschoben, die Augen zusammengekniffen und starrte geradeaus auf die Straße. Sie hatten die Stadt hinter sich gelassen, und das Auto nahm allmählich Fahrt auf, als sie um eine Kurve bogen und ganz plötzlich auf einen Wegweiser stießen, der landeinwärts zeigte und auf dem Benchoile und Loch Muie stand. Oliver hatte nicht damit gerechnet. Er bremste scharf und riß das Steuer herum, daß die Reifen quietschten. Dann fuhren sie die einspurige Straße hinauf, die in die Berge führte.

Ohne etwas wahrzunehmen, schaute Victoria mit starrem Blick nach vorn. Sie wußte, daß Oliver im Unrecht war. Vielleicht war das einer der Gründe, weshalb er so stur war. Doch sie konnte auch stur sein. Deshalb sagte sie: «Du hast mir bereits erklärt, daß sie, rein juristisch, nichts in der Hand hat. Daß sie nichts unternehmen kann, um Thomas zurückzubekommen. Er ist dein Kind und untersteht deiner Verantwortung.»

Er schwieg noch immer. Da spielte Victoria ihre letzte Karte aus. «Mag ja sein, daß du nicht die Absicht hast, Mrs. Archer mitzuteilen, daß Thomas gesund und munter ist, aber es gibt nichts, was mich davon abhalten könnte, ihr zu schreiben.»

Schließlich machte Oliver doch den Mund auf. «Wenn du das tust», sagte er ruhig, «wenn du auch nur einen Telefonhörer anrührst, ich warne dich, dann schlag ich dich grün und blau.»

Es klang, als meinte er das ernst. Victoria blickte ihn überrascht an. Sie suchte nach irgendeinem Anzeichen, das ihr ihren Seelenfrieden wiedergeben, sie davon überzeugen könnte, daß das einfach nur Olivers Art war, Worte als seine stärkste Waffe zu benutzen. Doch sie fand nichts Beruhigendes. Seine kalte Wut war niederschmetternd. Sie zitterte, als ob er sie bereits geschlagen hätte. Plötzlich verschwammen seine harten Züge, weil ihr Tränen in die Augen stiegen. Wie lächerlich, dachte sie, schaute schnell weg, damit er sie nicht sah, und wischte sie etwas später verstohlen ab.

So kam es, daß dieser böse Streit noch zwischen ihnen stand und Victoria sich verzweifelt bemühte, nicht zu weinen, als sie auf Benchoile eintrafen.

Jock Dunbeaths Beerdigung war ein großes und bedeutendes Ereignis gewesen, wie es einem Mann in seiner Position zustand. Die Kirche war voll, und später drängten sich auf dem Friedhof viele dunkel gekleidete Menschen aus allen gesellschaftlichen Schichten, die hergekommen waren – aus allen Himmelsrichtungen und manche von ihnen viele Meilen weit –, um einem alten und sehr geschätzten Freund die letzte Ehre zu erweisen.

Doch zum anschließenden Leichenschmaus machten sich nur ein paar enge Vertraute auf den Weg nach Benchoile, wo sie sich um das prasselnde Kaminfeuer in der Bibliothek scharten und Ellens selbstgemachten Mürbekuchen verzehrten, den sie mit ein oder zwei Schluck bestem Malt Whisky hinunterspülten.

Einer von ihnen war Robert McKenzie. Er war nicht nur der Anwalt der Familie, sondern ihn hatte auch eine lebenslange Freundschaft mit Jock Dunbeath verbunden. Robert war Jocks Trauzeuge gewesen, als Jock und Lucy geheiratet hatten, und Jock war der Taufpate von Roberts ältestem Sohn. Er war am Morgen aus Inverness gekommen und gleich zur Kirche gefahren. In seinem langen, schwarzen Überzieher sah er aus wie ein Mann des Bestattungsinstituts. Nach der Trauerfeier war er noch einer der Sargträger gewesen.

Doch nun, da diese Ehrenpflicht hinter ihm lag und er ein Glas in der Hand hielt, war er wieder ganz der alte, lebhaft und sehr sachlich. Mitten im Geschehen nahm er Roddy beiseite.

«Roddy, wenn's geht, würde ich gern mal mit dir reden.»

Roddy warf ihm einen neugierigen Blick zu, aber Robert

hatte seine professionelle Miene aufgesetzt, die nichts verriet. Roddy seufzte. Er hatte schon mit derlei gerechnet, nur kaum so früh.

«Wann immer du willst, alter Junge. Was soll ich denn tun, soll ich nach Inverness sausen? Anfang nächster Woche vielleicht?»

«Etwas später wäre das wohl ganz gut. Aber wenn wir uns jetzt gleich einen Moment unterhalten könnten, wäre mir das sehr lieb. Ich meine, sobald das hier vorbei ist. Dauert höchstens fünf Minuten.»

«Ja, sicher. Bleib doch zum Lunch und iß einen Happen mit! Es gibt zwar nur Suppe und Käse, aber du bist mehr als willkommen.»

«Nein, das möchte ich nicht tun. Ich muß zurück. Ich habe um drei eine Sitzung. Aber könnte ich noch kurz dableiben, wenn die anderen gegangen sind?»

«Selbstverständlich. Kein Problem...» Roddys Blick wanderte vom Anwalt fort. Er entdeckte jemanden mit einem leeren Glas. «Mein lieber Freund, noch einen Schluck auf den Weg...»

Es war keine trübselige Runde. Im Grunde wurden nur schöne Erinnerungen heraufbeschworen, und schon bald lächelten die ersten oder lachten sogar. Als die Gäste schließlich in Range Rovers, Kombiwagen oder zerbeulten Transportern abfuhren, stand Roddy an der offenen Tür von Benchoile, sah ihnen nach und fühlte sich beinahe so, als hätte er nach einer gelungenen Jagd die Schützen verabschiedet.

Der Vergleich gefiel ihm, weil es haargenau so war, wie Jock es sich gewünscht hätte. Das letzte Auto machte sich auf den Weg durch den Rhododendrontunnel, über den Weiderost und entschwand dann um die Kurve. Nur noch Robert McKenzies alter Rover war übriggeblieben.

Roddy ging wieder hinein. Robert erwartete ihn.

«Das hat alles sehr gut geklappt, Roddy.»

«Gott sei Dank hat's nicht geregnet. Nichts schlimmer als eine Beerdigung, bei der es in Strömen gießt.» Er hatte bisher bloß zwei Whisky getrunken. Da Robert noch einen Rest in seinem Glas hatte, schenkte Roddy nur sich selbst noch einen kleinen ein. «Worüber wolltest du mit mir reden?»

«Über Benchoile», sagte Robert.

«Das hab ich mir schon gedacht.»

«Ich weiß nicht, ob Jock dir erzählt hat, was er mit Benchoile vorgehabt hat.»

«Nein, darüber haben wir nie gesprochen. Es hatte ja auch nie so ausgesehen, als ob das dringend nötig wäre.» Er überlegte. «Wie sich jetzt zeigt, hätten wir es vielleicht tun sollen.»

«Hat er nie was vom jungen John erwähnt?»

«Meinst du Charlies Sohn? Kein Wort. Warum?»

«Er hat Benchoile John vermacht.»

Roddy war gerade dabei, Wasser in sein Whiskyglas zu gießen. Ein Teil lief aufs Tablett. Er schaute hoch. Über den Raum hinweg begegnete sein Blick dem von Robert. Bedächtig stellte er den Wasserkrug ab. Dann sagte er: «Großer Gott!»

«Hattest du keine Ahnung?»

«Nicht die leiseste.»

«Ich weiß, daß Jock es mit dir besprechen wollte. Jedenfalls hatte er die feste Absicht gehabt, es zu tun. Vielleicht hatte sich die Gelegenheit dazu nie ergeben.»

«Wir haben uns eigentlich nicht so oft gesehen, weißt du. Haben zwar mehr oder weniger im selben Haus gewohnt, aber gesehen haben wir uns nicht oft. Haben auch nie richtig miteinander geredet...» Roddys Stimme verebbte. Er war betreten, ein wenig durcheinander.

Behutsam fragte Robert: «Hast du was dagegen?»

«Was dagegen?» Roddys blaue Augen weiteten sich vor Verwunderung. «Was dagegen? Natürlich nicht. Benchoile war für mich nie das, was es für Jock war. Ich verstehe nichts von der Landwirtschaft; mit dem Haus und mit dem Garten hab ich nichts zu schaffen; hab mich auch nie besonders für die Pirsch oder die Moorhühner interessiert. Ich hocke hier bloß rum, hab mich quasi hier eingenistet.»

«Dann hast du also nicht damit gerechnet, daß du es übernimmst?» Robert war sehr erleichtert. So undenkbar es auch war, daß Roddy Dunbeath sich gegen irgend etwas sträubte – er hätte immerhin enttäuscht sein können. Nun sah es so aus, als wäre er nicht einmal das.

«Um die Wahrheit zu sagen, alter Junge, daran hab ich nicht einmal im Traum gedacht. Hab mir doch nie gedacht, daß Jock sterben könnte. Er war immer so eine zähe, alte Haut, stapfte in den Bergen rum, trieb mit Davey Guthrie die Schafe runter und arbeitete sogar noch im Garten.»

«Aber er hatte schon einmal einen Herzanfall gehabt», rief Robert ihm in Erinnerung.

«Ja, einen sehr leichten. Nichts, worüber man sich Sorgen machen müßte, hat der Arzt gesagt. Er schien gesund zu sein. Hat nie geklagt. Allerdings war Jock auch kein Mensch, der leicht klagte...» Wieder verlor sich der Satz in Schweigen. Reichlich verschwommene Vorstellungen, dachte der Anwalt, selbst für Roddy Dunbeath.

«Aber Roddy, seit Jock tot ist, mußt du dich doch mal gefragt haben, was aus Benchoile wird.»

«Also, ehrlich gesagt, alter Junge, dazu habe ich keine Zeit gehabt. Weißt du, es gibt verdammt viel zu organisieren, wenn so etwas passiert. Manchmal bin ich mitten in der Nacht schweißgebadet aufgewacht und hab mir eingebildet, ich hätte noch etwas vergessen, und dann hab ich überlegt, was es war.»

«Aber ...»

Roddy begann zu lächeln. «Und natürlich hatte ich meistens gar nichts vergessen.»

Es war unmöglich. Robert gab es auf, sich über Roddys Zukunft Gedanken zu machen, und brachte das Gespräch unvermittelt wieder auf das eigentliche Thema zurück.

«Reden wir also von John. Ich habe ihm geschrieben, aber noch keine Antwort auf meinen Brief erhalten.»

«Er war in Bahrain. Ich habe ein Telegramm von ihm gekriegt. Deshalb war er auch heute morgen nicht da.»

«Ich habe ihn gebeten, herzukommen und mich aufzusuchen. Es muß geklärt werden, was aus dem Besitz werden soll.»

«Ja, muß es wohl.» Roddy überlegte. «Er wird nicht hier leben wollen», sagte er ziemlich überzeugt.

«Wieso bist du dir da so sicher?»

«Weil ich mir einfach nicht vorstellen kann, daß er auch nur das leiseste Interesse an Benchoile hat.»

«Jock hatte das anscheinend nicht gedacht.»

«Manchmal war es schwer, zu wissen, was Jock wirklich dachte. Ich hab nie den Eindruck gehabt, daß er Charlies Sohn besonders gern mag. Sie waren immer äußerst höflich zueinander. Und du weißt ja, es ist kein gutes Zeichen, wenn die Leute zu höflich miteinander umgehen. Außerdem macht John Dunbeath gerade Karriere. Er ist ein kluger, besonnener, erfolgreicher junger Mann, der es faustdick hinter den Ohren hat und einen Haufen Geld verdient. Nicht, daß er es nötig hätte, einen Haufen Geld zu verdienen, denn das hat er seitens seiner Mutter schon immer gehabt. Und dann kommt noch dazu, daß er Amerikaner ist.»

«Nur ein halber.» Robert gestattete sich ein Lächeln. «Und ich hätte gemeint, du wärst der letzte, der ihm das übelnimmt.»

«Ich nehme es ihm nicht übel. Ich habe nichts gegen John Dunbeath. Ehrlich. Er war ein außergewöhnlicher Junge und höchst intelligent. Aber ich kann ihn mir nicht als Laird von Benchoile vorstellen. Was sollte er denn hier mit sich anfangen? Er ist erst achtundzwanzig.» Je mehr Roddy darüber nachdachte, desto absurder kam es ihm vor. «Mich würde es nicht wundern, wenn er nicht wüßte, wo bei einem Schaf vorn oder hinten ist.»

«Man muß nicht sehr intelligent sein, um das zu lernen.»

«Aber warum *John?*» Die beiden Männer sahen einander bedrückt an. Roddy seufzte. «Ich weiß natürlich, warum. Weil Jock keine Kinder hatte und weil ich keine Kinder habe und weil es sonst niemanden gibt.»

«Was meinst du, was passieren wird?»

«Ich nehme an, er wird verkaufen. Das ist zwar schade, aber ich kann mir beim besten Willen nicht denken, was er sonst damit anfangen sollte.»

«Vermieten? Hier Ferien machen?»

«Ein Wochenendhaus mit vierzehn Schlafzimmern?»

«Nun, vielleicht behält er ja den Bauernhof und verkauft nur das Gutshaus.»

«Er wird das Haus nie und nimmer los, wenn er nicht auch die Jagdrechte abtritt, und Davey Guthrie braucht das Gelände für seine Schafe.»

«Falls er Benchoile verkauft, was machst du dann?»

«Das ist die große Preisfrage, nicht wahr? Ich habe, mit Unterbrechungen, mein ganzes Leben lang hier gewohnt, und vielleicht sollte man sowieso nicht so lange an einem Ort bleiben. Ich ziehe weg. Ich wandere aus. Ganz weit fort.» Robert sah ihn in Gedanken schon auf Ibiza, mit einem Panamahut auf dem Kopf. Da fügte Roddy noch hinzu: «Vielleicht nach Creagan.» Und Robert lachte.

«Also, ich bin froh, daß du es weißt», sagte er, trank sein Glas leer und stellte es ab. «Und ich hoffe, daß es uns gemeinsam gelingt, eine vernünftige Lösung zu finden. John... John wird wohl irgendwann herkommen wollen. Ich meine, nach Benchoile. Wäre dir das recht?»

«Na klar, alter Junge. Jederzeit. Sag ihm, er soll mich anrufen!»

Sie gingen an die Tür.

«Ich melde mich wieder.»

«Ja, tu das. Und Robert, vielen Dank für heute. Und für alles.»

«Jock wird mir fehlen.»

«Uns allen.»

Robert fuhr weg, Richtung Inverness und zu seiner Drei-Uhr-Sitzung. Ein Mann, der viel zu tun und eine Menge zu bedenken hatte. Roddy sah dem Rover nach. Dann war er ganz allein und wußte, daß es nun wirklich vorbei war. Und daß er es erfolgreich hinter sich gebracht hatte, was ihn selbst überraschte. Es waren keine Pannen passiert, die Beerdigung war planmäßig und unter militärischem Zeremoniell vonstatten gegangen, gerade so, als hätte Jock sie selbst organisiert und nicht sein überaus chaotischer Bruder. Roddy stieß einen tiefen Seufzer aus, halb aus Erleichterung und halb aus Trauer. Er schaute zum Himmel hinauf und hörte hoch über den Wolken die Graugänse schnattern, konnte sie aber nicht sehen. Ein leichter Wind strich vom Meer her durchs Tal, und die schiefergraue Oberfläche des Sees kräuselte sich.

Jock war tot, und Benchoile gehörte nun dem jungen John. Somit war dieser Tag nicht nur das Ende vom Anfang, sondern, falls John sich zum Verkauf entschloß, auch der Anfang vom Ende. An diesen Gedanken mußte er sich erst gewöhnen, doch für Roddy gab es nur eine Möglichkeit, so gewaltige Probleme anzupacken – es so langsam wie möglich zu tun, Schritt für Schritt. Das hieß, nichts übereilen, nichts überstürzen. Das Leben würde gemächlich weitergehen.

Er sah auf die Uhr. Es war halb eins. Während er überlegte, wie wohl der Rest des Tages verlaufen würde, fiel ihm plötzlich wieder das Auto ein, das im Anrollen war, und die junge Familie, die herkommen wollte, um ein paar Tage auf Benchoile zu verbringen. Oliver Dobbs mit irgendeiner Frau und ihrem Kind. Roddy hatte den Eindruck, daß Oliver zu der Sorte von Männern gehörte, die immer irgendeine Frau im Schlepptau haben.

Sie mußten jeden Augenblick eintreffen, und diese Aussicht munterte ihn auf. Es war ein trauriger Tag, dennoch dachte Roddy, wo Gott ein Fenster schließt, macht er eine Tür auf. Was dieser alte Spruch mit Oliver Dobbs zu tun hatte, wußte er zwar nicht so recht, doch er verhalf ihm dazu, sich darauf zu besinnen, daß er keine Zeit für nutzloses Wehklagen haben würde, und das fand Roddy tröstlich.

Bei dem Gedanken an etwas Tröstliches wurde er sich schlagartig wieder der Qualen bewußt, die er schon den ganzen Morgen zu erdulden hatte.

Das hatte etwas mit seinem Kilt zu tun. Dieses Kleidungsstück hatte er zwei Jahre oder noch länger nicht mehr getragen, aber für Jocks Beerdigung schien es ihm angebracht. Folglich hatte er das nach Kampfer riechende gute Stück an diesem Morgen aus dem Schrank geholt und sofort gemerkt, daß er zuviel zugenommen hatte und der Kilt kaum noch um ihn herumreichte. Nachdem er sich minutenlang damit abgemüht hatte, mußte er ins Gutshaus hinübergehen und Ellen Tarbat um Hilfe bitten.

Er traf sie in der Küche an, in ihrem tintenschwarzen Kleid, das sie nur zu Beerdigungen anzog, und mit ihrem traurigsten

Hut – dabei sah keiner von Ellens Hüten besonders fröhlich aus –, den sie bereits mit einer ungemein langen, gefährlich spitzen Hutnadel auf ihrem Kopf festgesteckt hatte. Die Tränen um Jock hatte sie, wie es sich gehört, insgeheim vergossen, hinter der verschlossenen Tür ihres Schlafzimmers im obersten Stockwerk des Hauses. Mit leergeweinten Augen und verschlossener Miene polierte sie emsig die besten Whiskygläser, bevor sie sie auf den damastgedeckten Tisch in der Bibliothek stellte. Als Roddy erschien und den Kilt wie ein um die Hüften geschlungenes Badetuch festhielt, zeterte sie erwartungsgemäß: «Ich hab's Ihnen ja gesagt.» Trotzdem legte sie das Geschirrtuch weg und kam ihm tapfer zu Hilfe. Mit ihrem ganzen Fliegengewicht hängte sie sich an die Lederriemchen des Kilts, wie ein winziger Stallbursche, der versucht, den Sattelgurt eines riesigen, überfütterten Pferdes festzuziehen.

Dank roher Gewalt rutschten die Dorne der Schnallen schließlich in das letzte Loch der Lederriemchen.

«Das wär's», sagte Ellen triumphierend. Ihr Gesicht war rot angelaufen, und ein paar weiße Haarsträhnen hatten sich aus ihrem Knoten gelöst.

Roddy hatte die Luft angehalten. Vorsichtig ließ er sie wieder heraus. Der Kilt schnürte sich in seinen Bauch wie festgezurrte Spannseile, aber die Riemchen hielten auf wundersame Weise.

«Sie haben es geschafft.»

Ellen brachte ihr Haar wieder in Ordnung. «Wenn Sie mich fragen, dann wird es allmählich Zeit, daß Sie eine Diät anfangen. Oder Sie müssen Ihren Kilt nach Inverness bringen und ihn weiter machen lassen. Sonst kriegen Sie noch einen Schlaganfall, und dann beerdigen wir demnächst Sie.»

Daraufhin war er wütend aus der Küche hinausgestürmt. Die Riemchen des Kilts hatten jedenfalls den ganzen Vormittag gehalten, aber nun brauchte Roddy nicht länger zu leiden. Also machte er sich auf den Weg ins ehemalige Stallgebäude. Dort legte er das gute Stück ab und stieg in die bequemste Hose, die er besaß.

Gerade als er in seine alte Tweedjacke schlüpfte, hörte er das Auto vorfahren. Vom Schlafzimmerfenster aus sah er den dunkelblauen Volvo, der zwischen den Rhododendronbüschen die Zufahrt heraufkam und neben dem Rasen vor dem Haus stehenblieb. Roddy warf einen flüchtigen Blick in den Spiegel, strich sich mit der Hand das zerzauste Haar glatt und ging aus dem Zimmer. Sein alter Hund Barney rappelte sich mühsam auf und folgte ihm. Er hatte den ganzen Vormittag allein zugebracht, eingesperrt, und wollte es nun nicht riskieren, wieder dableiben zu müssen. Die beiden tauchten genau in dem Moment auf, da Oliver ausstieg. Er sah Roddy und schlug die Wagentür hinter sich zu. Der Kies knirschte unter Roddys Füßen, während er dem jungen Mann entgegenging und zur Begrüßung die Hand ausstreckte.

«Oliver!»

Der lächelte. Er sah noch genauso aus, stellte Roddy zufrieden fest. Er mochte es nicht, wenn sich die Leute veränderten. Bei dem vom Fernsehen veranstalteten Dinner hatte Oliver ein Samtjackett und eine extravagante Krawatte getragen. Nun hatte er verschossene Kordhosen und einen weiten Norwegerpullover an, aber sonst schien er noch ganz derselbe zu sein. Dasselbe kupferrote Haar, derselbe Bart, dasselbe Lächeln.

Oliver kam auf Roddy zu. Sie trafen sich mitten auf dem Kies. Der bloße Anblick des hochgewachsenen, jungen und gutaussehenden Mannes gab Roddy neuen Mut.

«Hallo, Roddy!»

Sie schüttelten einander die Hand, und Roddy umschloß

mit beiden Händen Olivers Rechte, so sehr freute er sich, ihn zu sehen.

«Mein lieber Freund, wie geht es Ihnen? Großartig, daß Sie es geschafft haben! Und noch dazu rechtzeitig. Hatten Sie Mühe, uns zu finden?»

«Nein, überhaupt nicht. Wir haben in Fort William die topographische Karte gekauft und sind einfach den roten Linien nachgefahren.» Er sah sich um, schaute auf das Haus, den abschüssigen Rasen, das graue Wasser des Sees und auf die Berge dahinter. «Was für ein traumhaftes Fleckchen!»

«Ja, hübsch, nicht wahr?» Seite an Seite betrachteten sie die Aussicht. «Dabei ist heute gar nicht viel davon zu sehen. Ich muß wohl besseres Wetter für Sie bestellen.»

«Uns stört das Wetter nicht. Egal, wie kalt es ist, Victoria scheint nichts anderes zu wollen, als auf Stränden herumzusitzen.» Da besann sich Oliver auf die beiden, die noch im Auto geblieben waren. Er war drauf und dran, sie zu holen, doch Roddy hielt ihn zurück.

«Hm... Warten Sie einen Moment! Ich denke, ich sollte Ihnen vorher noch was sagen.» Oliver blickte ihn verdutzt an. Roddy kratzte sich am Hinterkopf, suchte nach den richtigen Worten. «Die Sache ist die...» Er kam ja doch nicht darum herum, also sprach er es offen aus. «Mein Bruder ist Anfang der Woche gestorben. Jock Dunbeath. Die Beerdigung war heute morgen. In Creagan.»

Oliver war entsetzt. Er starrte Roddy an, konnte es kaum fassen und sagte schließlich: «O Gott.» Aus seiner Stimme war Ratlosigkeit, Mitgefühl und tiefe Betroffenheit herauszuhören.

«Mein lieber Freund, bitte grämen Sie sich deshalb nicht. Ich wollte es Ihnen nur gleich sagen, damit Sie die Situation hier verstehen.»

«Wir sind in Creagan durchgefahren. Wir haben gesehen, daß alle Läden geschlossen waren, hatten aber keine Ahnung, warum.»

«Sie wissen ja, wie das ist. In diesem Teil der Welt legen die Leute Wert darauf, jemandem die letzte Ehre zu erweisen, besonders wenn es sich um einen Mann wie Jock handelt.»

«Es tut mir furchtbar leid. Aber wann ist denn das passiert?»

«Am Montag. Gegen Mittag. Gerade um diese Zeit. Er war mit den Hunden draußen und hat einen Herzanfall erlitten. Wir haben ihn an einem der Dämme gefunden.»

«Und Sie konnten mich nicht erreichen, um uns zu sagen, daß wir nicht herkommen sollen, weil Sie nicht wußten, wo ich war. Wie schrecklich für Sie!»

«Nein, ich wußte nicht, wo Sie waren, aber selbst wenn ich es gewußt hätte, hätte ich nicht versucht, Sie zu erreichen. Ich habe mich auf Ihren Besuch gefreut und wäre sehr enttäuscht gewesen, wenn Sie nicht gekommen wären.»

«Wir können unmöglich hierbleiben.»

«Natürlich können Sie hierbleiben. Mein Bruder ist zwar tot, aber die Beerdigung ist vorbei, und das Leben muß weitergehen. Nur hatte ich ursprünglich geplant, daß Sie im Gutshaus schlafen sollen, aber ich befürchte nun, daß es ohne Jock vielleicht ein bißchen bedrückend für Sie sein könnte. Wenn es Sie also nicht stört, daß es ziemlich eng wird, können Sie bei mir im ehemaligen Stallgebäude wohnen. Ellen, Jocks Haushälterin, und Jess Guthrie vom Bauernhof drüben haben bereits die Betten bezogen und Feuer gemacht, es ist also alles für Sie bereit.»

«Sind Sie sicher, daß es Ihnen nicht doch lieber wäre, wenn wir uns wieder verdrückten?»

«Mein lieber Junge, ich wäre unglücklich darüber. Ich habe

mich so auf ein bißchen junge Gesellschaft gefreut. Davon habe ich zur Zeit bei weitem nicht genug ...»

Er schaute zum Auto hinüber und sah, daß das Mädchen ausgestiegen war. Vielleicht war sie es leid, da drinnen zu sitzen, während die beiden Männer miteinander redeten. Jetzt schlenderte sie Hand in Hand mit dem kleinen Jungen über die Wiese zum Wasser hinunter. Sie war mehr oder weniger so ähnlich angezogen wie Oliver, in Hosen und in einem dicken Pullover. Um den Kopf hatte sie sich ein rot-weißes Baumwolltuch geschlungen, und das Rot in ihrem Tuch war das gleiche wie das der Latzhose des kleinen Jungen. In dieser Aufmachung boten sie ein reizendes Bild, denn sie frischten die graue, düstere Szenerie mit etwas Farbe auf und verliehen ihr eine gewisse Unschuld.

«Kommen Sie und lernen Sie die beiden kennen», sagte Oliver, und sie begannen langsam, zum Auto zurückzugehen.

«Nur noch eins», wandte Roddy ein. «Ich nehme doch zu Recht an, daß Sie mit dem Mädchen nicht verheiratet sind?»

«Nein, das bin ich nicht.» Oliver sah belustigt aus. «Stört es Sie?»

Daß Oliver den Schluß zog, Roddy Dunbeaths Ansichten könnten nicht mehr ganz zeitgemäß und ein bißchen weltfremd sein, kränkte Roddy. «Um Himmels willen, nein. Nicht im geringsten. Geht mich ja sowieso nichts an, das ist allein Ihre Angelegenheit. Da ist nur ein Problem. Es wäre besser, wenn die Leute, die auf Benchoile arbeiten, der Meinung wären, daß Sie verheiratet sind. Das klingt altmodisch, ich weiß, aber die Leute hier sind altmodisch, und ich möchte sie nicht gern vor den Kopf stoßen. Das verstehen Sie doch sicher.»

«Ja, natürlich.»

«Ellen, die Haushälterin, würde wahrscheinlich einen Herzanfall kriegen und mir tot in die Arme sinken, wenn sie die verruchte Wahrheit erführe, und Gott weiß, was dann aus Benchoile würde. Sie ist seit eh und je hier, länger, als die meisten Leute zurückdenken können. Sie kam damals blutjung von irgendeiner abgelegenen Kate im Hochland hierher, um meinen kleinen Bruder zu betreuen, und dann ist sie geblieben, unerschütterlich wie ein Fels. Sie werden sie ja kennenlernen, aber erwarten Sie keinen aufopfernden, lächelnden, sanften Engel. Ellen ist so zäh wie ein alter Stiefel und kann doppelt so unangenehm sein. Deshalb ist es wichtig, sie nicht vor den Kopf zu stoßen.»

«Ja, natürlich.»

«Also dann, Mr. und Mrs. Dobbs?»

«Mr. und Mrs. Dobbs», stimmte Oliver zu.

Victoria, die Thomas' Patschhändchen festhielt, stand mit ihm am schilfbewachsenen Ufer des Loch Muie und kämpfte gegen die furchtbare Überzeugung an, daß sie an einen Ort geraten war, an dem sie nichts verloren hatte.

Voller Hoffnung zu reisen ist schöner als anzukommen. Die Ankunft, so schien es, hatte ihr nur ein Gefühl der Trostlosigkeit und Enttäuschung beschert. Das war also Benchoile. Aber das Benchoile, das Victoria sich ausgemalt hatte, war das Benchoile, das sie durch die Brille des zehnjährigen Roddy Dunbeath gesehen hatte. *Die Adlerjahre* war eine Geschichte voll Sommer, mit blauem Himmel und langen, goldenen Abenden und mit Bergen, an deren Hängen das Heidekraut blühte. Eine Idylle, die mit dieser windgepeitschten, unheildrohenden Landschaft nichts zu tun hatte. Für Victoria war sie nicht wiederzuerkennen. Wo war das kleine Ruderboot? Wo der Wasserfall, an dem Roddy und seine Brüder ihre Picknicks abgehalten hatten? Wo die Kinder, die barfuß herumliefen?

Die Antwort war einfach. Sie waren für immer entschwunden. Zwischen zwei Buchdeckeln weggeschlossen.

Das war Benchoile heute. Nichts als Himmel und gähnende Leere und so ruhig. Nur das Rauschen des Windes in den Kiefernzweigen und graues Wasser, das über Kieselsteine leckte. Die Stille und die Größe der Berge nahmen ihr allen Mut. Sie kesselten das Tal ein, wuchsen förmlich aus dem gegenüberliegenden Seeufer heraus. Victorias Blick wanderte die Hänge hinauf, an gewaltigen Felsvorsprüngen und Geröllfeldern vorbei, über sich wölbende, mit dunklem Heidekraut bewachsene Buckel zu fernen Gipfeln, die sich in düsteren Wolkenfetzen verbargen. Die Berge waren so hoch und sahen so lauernd aus, daß sie erdrückend wirkten. Victoria fühlte sich klein, wie ein Zwerg und so bedeutungslos wie eine Ameise. Unfähig, auch nur mit irgend etwas fertig zu werden, am wenigsten damit, daß sich ihre Beziehung zu Oliver so schlagartig verschlechtert hatte.

Victoria versuchte, es als dummen Streit abzutun, wußte aber, daß es mehr als das war, ein Bruch, ebenso hart wie unerwartet. Daß es überhaupt dazu gekommen ist, war ihre eigene Schuld. Sie hätte den Mund halten sollen wegen dieser albernen Ansichtskarte, die sie Mrs. Archer schicken wollte. Nur, in dem Augenblick hatte sie es für wichtig gehalten, etwas, worum es sich zu kämpfen lohnte. Und nun war alles zerstört. Seit Olivers letztem Wutausbruch hatten sie beide kein Wort mehr geredet. Vielleicht hatte sie da noch einen weiteren Fehler gemacht. Sie hätte sich behaupten müssen, Drohung gegen Drohung setzen und, wenn nötig, auch klarmachen müssen, daß sie zurückschlagen würde. Sie hätte Oliver beweisen müssen, daß sie einen eigenen Willen hatte, anstatt wie ein hypnotisiertes Kaninchen dazusitzen und vor lauter Tränen die Straße nicht mehr zu sehen.

Sie fühlte sich besiegt. Von dem Streit, von Benchoile, von einer körperlichen Müdigkeit, die ihr weh tat, und von dem unangenehmen Empfinden, daß sie ihre eigene Identität verloren hatte. Wer bin ich? Was tue ich an diesem absonderlichen Ort? Wie bin ich überhaupt hierher geraten?

«Victoria.» Sie hatte die beiden nicht über die Wiese kommen hören, und Olivers Stimme erschreckte sie. «Victoria, das ist Roddy Dunbeath.»

Sie drehte sich um und stand einem hünenhaften Mann gegenüber, der so schäbig wirkte wie ein von vielen Liebkosungen abgewetzter Teddybär. Seine Bekleidung sah aus, als hätte ihn jemand zufällig hineingesteckt, das schüttere graue Haar wehte im Wind, und seine Gesichtszüge verloren sich in Fett. Aber er lächelte sie an. Seine blauen Augen waren freundlich. Unter ihrem Blick legte sich Victorias Niedergeschlagenheit und schwand ihr erster, furchtbarer Eindruck von Benchoile.

Sie sagte: «Guten Tag.» Sie reichten einander die Hand. Dann schaute er auf Thomas hinunter. «Und wer ist das?»

«Das ist Tom.» Sie bückte sich und nahm ihn auf den Arm. Toms Wangen waren knallrot. An seinem Mund hatte er Schlammspuren, weil er probiert hatte, wie Kieselsteine schmecken.

«Hallo, Tom. Wie alt bist du?»

«Er ist zwei», erklärte Oliver, «und Sie werden sicher mit Vergnügen hören, daß er kaum ein Wort von sich gibt.»

Roddy betrachtete ihn. «Hm, er sieht aber recht gesund aus, also brauchen Sie sich darüber wohl keine Sorgen zu machen.» Er wandte sich wieder an Victoria: «Leider zeigt sich Benchoile heute nicht von seiner besten Seite. Es ist zu diesig.»

Dicht neben ihm stand ein alter, schwarzer Labrador. Thomas entdeckte ihn und zappelte, weil er hinunter wollte, um den Hund zu streicheln. Victoria stellte ihn wieder auf die Füße, und er und der Hund schauten einander an. Dann berührte Thomas die weiche, schon ergraute Schnauze.

«Wie heißt er denn?» erkundigte sich Victoria.

«Barney. Er ist schon sehr alt. Fast so alt wie ich.»

«Ich hab mir gedacht, daß Sie einen Hund haben.»

«Victoria ist eine Ihrer Verehrerinnen, Roddy», erzählte Oliver. Er klang recht freundlich und wieder so wie immer. Victoria fragte sich, ob er den Streit, der an diesem Vormittag ausgebrochen war, fürs erste vergessen hatte.

«Großartig», sagte Roddy. «Mir ist nichts lieber, als eine Verehrerin hier zu haben.»

Victoria lächelte. «Ich habe nach dem Wasserfall Ausschau gehalten.»

«Selbst an einem schönen Tag können Sie ihn von hier aus nicht sehen. Er verbirgt sich hinter einem Felsvorsprung. In einer kleinen Bucht. Wenn das Wetter aufklart und ich den Schlüssel zum Bootshaus finde, rudern wir vielleicht einmal hinüber, dann können Sie ihn selbst sehen.» Eine Windbö, so schneidend wie eine Messerklinge, fegte über sie hinweg. Victoria fröstelte, und in Roddy erwachte sofort der Gastgeber. «Jetzt kommen Sie aber mit, sonst kriegen wir alle noch eine Lungenentzündung, wenn wir hier herumstehen. Holen Sie Ihr Gepäck aus dem Auto, und dann quartieren wir Sie erst einmal ein.»

Wieder war es ganz anders, als Victoria es sich vorgestellt hatte. Denn Roddy führte sie nicht ins Gutshaus, sondern durch einen Torbogen in einen gepflasterten Hof und von dort aus in das, was offenbar sein Haus war. Die Schlafzimmer lagen im Erdgeschoß. «Das ist für Sie und Oliver», sagte Roddy, während er wie ein gut ausgebildeter Hotelportier vorausging. «Nebenan ist ein Ankleidezimmer, in dem, dachte ich, könnten Sie das Kind unterbringen; und hier ist das Badezimmer. Es ist alles leider ein bißchen beengt, aber ich hoffe, Sie fühlen sich trotzdem wohl.»

«Ich finde es herrlich.» Victoria setzte Tom aufs Bett und sah sich um. Es gab ein Fenster, das aufs Wasser hinausging, mit einer breiten Fensterbank, auf der ein kleiner Krug mit Schneeglöckchen stand. Sie fragte sich, ob Roddy sie hingestellt hatte.

«Es ist ein komisches Haus», sagte er. «Das Wohnzimmer und die Küche sind oben, aber ich mag es so. Wenn Sie ausgepackt und sich einigermaßen eingerichtet haben, dann kommen Sie rauf. Dann trinken wir etwas und essen einen Happen. Mag Thomas Suppe?»

«Er mag alles.»

Roddy machte ein gebührend verblüfftes Gesicht. «Was für ein rücksichtsvolles Kind», bemerkte er, dann trollte er sich und ließ sie allein.

Victoria setzte sich auf die Bettkante, hob Thomas auf ihren Schoß und begann, ihm die Jacke auszuziehen. Dabei wanderte ihr Blick durchs Zimmer. Es gefiel ihr, weil es so ordentlich, weiß getüncht und schlicht eingerichtet war und dennoch alles enthielt, was ein Mensch nur brauchen konnte. In einer Ecke hatte es sogar einen offenen Kamin, in dem Torfsoden glühten, und daneben stand ein Korb mit noch mehr Torf, so daß man selbst nachlegen und das Feuer notfalls die ganze Nacht brennen lassen konnte. Sie stellte sich vor, beim Schein der Flammen einzuschlafen, und auf einmal kam ihr das wie dic romantischste Sache der Welt vor. Vielleicht, so hoffte sie vorsichtig, vielleicht würde schließlich doch noch alles gut werden.

Oliver tauchte hinter ihr auf und brachte den letzten Koffer herein. Er stellte ihn ab und schloß die Tür.

«Oliver...»

Doch er fiel ihr sofort ins Wort. «Es ist etwas Grauenhaftes geschehen. Roddys Bruder ist Anfang der Woche gestorben. Heute morgen in Creagan, das war seine Beerdigung. Das heißt, deshalb waren alle Rolläden unten.»

In ungläubigem Entsetzen starrte Victoria ihn über Thomas' Kopf hinweg an. «Aber warum hat er uns denn nicht benachrichtigt?»

«Er konnte nicht. Er wußte doch nicht, wo wir waren. Außerdem behauptet er felsenfest, er wollte, daß wir herkommen.»

«Das sagt er nur so.»

«Nein, das glaub ich nicht. In gewisser Weise glaube ich, daß unser Besuch wahrscheinlich das Beste ist, was ihm passieren konnte. Weißt du, da hat er was, womit er seine Gedanken beschäftigen kann. Wie dem auch sei, jetzt sind wir da. Wir können nicht wieder abreisen.»

«Aber...»

«Und noch was. Wir sind Mr. und Mrs. Dobbs, wie im Hotel. Anscheinend gibt es hier irgendein altes Faktotum oder sogar mehrere, die alle auf der Stelle kündigen würden, wenn sie die schreckliche Wahrheit erführen.» Er fing an herumzuschnüffeln, öffnete Schränke und Türen und strich wie eine große Katze, die sich ihr Plätzchen sucht, durch die Räume. «Tolle Ausstattung! Schläft Thomas hier drinnen?»

«Ja. Oliver, vielleicht sollten wir nur eine Nacht bleiben.»

«Was? Gefällt es dir nicht?»

«Doch, sehr gut, aber...»

Er kam und drückte ihr einen Kuß auf den offenen, protestierenden Mund, und schon hatte er Victoria zum Schweigen gebracht. Der Streit stand immer noch zwischen ihnen, und sie fragte sich, ob der Kuß als Entschuldigung gedacht war oder ob sie die erste sein mußte, die sagte, daß es ihr leid tat. Aber bevor sie sich für das eine oder andere hätte entscheiden können, hatte er sie noch einmal geküßt, Thomas den Kopf getätschelt und war verschwunden. Sie hörte ihn die Treppe hinaufstürmen und mit Roddy reden. Sie seufzte, hob Thomas vom Bett und brachte ihn ins Badezimmer.

Es war Mitternacht und sehr dunkel. Roddy Dunbeath, bis oben hin voll mit Brandy, hatte eine Taschenlampe genommen, nach seinem Hund gepfiffen und sich auf einen Rundgang um das Gutshaus gemacht, um sich zu vergewissern, wie er Oliver sagte, daß alle Türen und Fenster fest geschlossen waren und daß die alte Ellen oben in ihrem Dachzimmer die Nacht über in Sicherheit war.

In Sicherheit wovor, überlegte Oliver. Im Lauf des Abends waren sie Ellen offiziell vorgestellt worden, und sie erschien Oliver nicht nur älter als Gott, sondern ebenso furchterregend. Victoria war schon lange im Bett. Thomas schlief. Oliver zündete die Zigarre an, die Roddy ihm gegeben hatte, und ging mit ihr ins Freie.

Die Stille, die ihn empfing, war überwältigend. Der Wind hatte sich gelegt, und es war kaum ein Laut zu hören. Seine Schritte knirschten auf dem Kies und verstummten, als er das Gras betrat. Er konnte durch seine Schuhsohlen spüren, wie kalt und feucht es war. Als er den See erreicht hatte, begann er, am Ufer entlangzuwandern. Die Luft war eisig. Olivers leichte Kleidung – das Samtjackett und das Seidenhemd – hielt die Kälte nicht ab. Sie rieselte wie eine eiskalte Dusche über seinen Körper. Er hatte seine wahre Freude daran und fühlte sich erfrischt und neu belebt.

Seine Augen gewöhnten sich an die Dunkelheit. Langsam nahmen die gewaltigen Berge, die ihn umgaben, Gestalt an.

Der See schimmerte wie Glas. In den Bäumen hinterm Haus schrie eine Eule. Oliver kam an einen kleinen Bootssteg. Hier auf den Holzplanken hallten seine Schritte dumpf wider. Am Ende des Stegs blieb er stehen und warf den Zigarrenstummel ins Wasser. Er zischte kurz, dann war er erloschen.

Die Stimmen meldeten sich wieder. Die alte Frau. *So hätte dein Vater das nicht gemacht.* Sie lebte schon seit Monaten in seinem Kopf, aber sie war Ellen Tarbat. Und doch war sie nicht Ellen aus Sutherland. Sie hieß Kate und kam aus Yorkshire. *Dein Vater hat die Dinge anders angepackt, ganz anders.* Sie war verbittert, ausgemergelt, aber unverwüstlich. *Er ist immer für sich selbst aufgekommen. Und er war stolz. Als ich ihn beerdigt habe, gab's Schinken. Wie Mrs. Hackworth ihren Mann beerdigt hat, war sie so geizig, daß es bloß Rosinenbrötchen gab.*

Sie war Kate, aber sie war auch Ellen. So ging das immer. Vergangenheit und Gegenwart, Phantasie und Wirklichkeit, alles war mit allem verdrillt wie die Drähte eines Stahlseils, so daß er nicht wußte, wo das eine aufhörte und das andere anfing. Und das, was da in ihm entstand, würde wachsen wie ein Tumor, bis es vollständig von ihm Besitz ergriffen hatte und er davon ebenso besessen war wie von den Figuren, die darum kämpften, aus seinem Kopf auszubrechen; die zu Papier gebracht werden wollten.

Von da an würde er wochenlang, vielleicht monatelang wie in einem Vakuum leben, das ihn auszehrte und in dem er zu nichts anderem imstande war, als die elementarsten und unabdingbaren Körperfunktionen aufrechtzuerhalten; er würde gerade noch schlafen, ins Pub an der Ecke gehen und Zigaretten kaufen.

In der Vorfreude auf diesen Zustand begann er vor Erregung zu zittern. Trotz der Kälte merkte er, daß seine Handflächen schweißnaß waren. Er kehrte um und blickte auf die verschwommenen Umrisse des ausladenden Hauses. Unterm Dach brannte noch Licht, und er stellte sich die alte Ellen vor, wie sie noch herumwerkelte, dann ihr Gebiß in ein Wasserglas legte, ihr Nachtgebet sprach und ins Bett stieg. In Gedanken sah er sie da liegen, an die Decke starren und auf den unruhigen Schlaf des Alters warten.

Es brannten noch mehr Lichter. In Roddys Wohnzimmer, hinter zugezogenen Vorhängen. Im Schlafzimmer darunter, in dem Victoria lag.

Oliver schlenderte langsam zurück.

Victoria schlief bereits, wachte aber auf, als er hineinkam und das Licht an ihrem Bett anknipste. Er setzte sich neben sie. Sie wandte den Kopf um und gähnte. Dann sah sie, wer da neben ihr saß, und murmelte seinen Namen. Sie trug ein weißes Nachthemd aus dünnem Batist mit einer Spitzenborte, und ihr helles Haar lag wie Strähnen aus schlüsselblumenfarbener Seide auf dem Kissen ausgebreitet.

Er nahm die Krawatte ab und machte den obersten Knopf seines Hemds auf. Da fragte sie: «Wo warst du?»

«Draußen.»

«Wie spät ist es?»

Er schleuderte die Schuhe von sich. «Spät.» Dann beugte er sich über sie und nahm ihren Kopf zwischen seine Hände. Langsam begann er sie zu küssen.

Schließlich war er eingeschlafen, doch Victoria lag noch eine Stunde lang oder noch länger wach in seinen Armen. Die Vorhänge waren zurückgezogen, und die kalte Nachtluft strömte durch das offene Fenster herein. Im Kamin brannte immer noch das Torffeuer. Sein flackernder Schein warf helle Muster an die niedrige, weiße Zimmerdecke. Der Streit vom Vormittag hatte sich in Liebe aufgelöst. Victoria war wieder zuversichtlich. Sie gab sich der tröstlichen Gewißheit hin – die so beruhigend wie ein Schlafmittel war –, daß nichts derart Vollkommenes wirklich schiefgehen konnte.

10

Freitag

PLÖTZLICH WAR VICTORIA HELLWACH, aber völlig verwirrt, denn sie hatte keine Ahnung, wo sie sein mochte. Sie sah das breite Fenster und dahinter den Himmel – bleich, klar, wolkenlos. Die Konturen der Berge waren scharf wie Glas, und über die höchsten Gipfel tasteten sich gerade die ersten Strahlen der aufgehenden Sonne. Benchoile. Benchoile, womöglich in seiner ganzen Pracht. Es sah so aus, als würde es ein schöner Tag werden. Vielleicht konnte sie mit Thomas an den Strand gehen.

Thomas. Thomas' Großmutter. Mrs. Archer. Heute würde sie an Mrs. Archer schreiben.

Da Victoria durchaus imstande gewesen wäre, dieses Problem auf unbestimmte Zeit vor sich herzuschieben, hatte sich, während sie schlief, dieser Entschluß anscheinend von selbst in ihr festgesetzt. Der Brief mußte an diesem Morgen geschrieben und bei der erstbesten Gelegenheit abgeschickt werden. Sie würde in Creagan aufs Postamt gehen und sich das entsprechende Telefonbuch geben lassen, um die Adresse herauszufinden. Woodbridge lag in Hampshire. Es war nur ein kleiner Ort. In so einem Ort wohnten sicher nicht viele Archers.

Der Brief nahm allmählich von selbst Gestalt an. *Ich schreibe Ihnen, damit Sie wissen, daß Thomas wohlauf und sehr vergnügt ist.*

Und Thomas' Vater? Oliver schlummerte still neben ihr. Er hatte den Kopf abgewandt, sein langer Arm lag ausgestreckt auf der Bettdecke, die Handfläche nach oben, die Finger leicht angewinkelt und entspannt. Victoria stützte sich auf einen Ellbogen und blickte auf sein friedliches Gesicht. In diesem Moment kam er ihr schutzlos und verletzlich vor. Er liebte sie. Liebe und Furcht konnten nicht dasselbe Bett teilen. Sie hatte keine Angst vor Oliver.

Und wie dem auch sei – behutsam sank sie wieder auf ihr Kissen zurück –, er brauchte es ja nie zu erfahren. *Oliver wollte nicht, daß ich Ihnen schreibe,* würde sie hinzufügen, *also wäre es vielleicht besser, wenn Sie auf diesen Brief nicht antworten und auch nicht versuchen, mit uns Verbindung aufzunehmen.*

Sie konnte sich gar nicht denken, warum sie nicht früher auf die Idee gekommen war, ihn auf diese harmlose Weise zu hintergehen.

Mrs. Archer würde das bestimmt verstehen. Sie wollte doch sicher nur die Gewißheit haben, daß sie sich um ihren verschwundenen Enkel keine Sorgen zu machen brauchte. Am Ende des Briefes würde Victoria ihr versprechen, wieder zu schreiben und sie auf dem laufenden zu halten. Das konnte sich ja zu einer ganz schön umfangreichen Korrespondenz auswachsen. Nebenan, hinter der geschlossenen Tür, war zu hören, daß Thomas sich bewegte. Seltsame Laute, so etwas wie «Meh, meh, meh», störten die morgendliche Stille. Thomas sang. Victoria stellte sich vor, daß er am Daumen lutschte und mit Piglet an die Wand neben seinem Bett klopfte. Nach einer Weile verstummte der Gesang und wurde von trippelnden Schritten abgelöst. Dann öffnete sich die Tür, und Thomas erschien.

Victoria tat so, als ob sie schliefe. Sie blieb mit geschlossenen Augen liegen. Thomas kletterte auf das Bett, legte sich auf sie drauf und hob mit seinem kurzen, drallen Daumen ihre Lider hoch. Sie sah sein Gesicht, nur wenige Zentimeter von ihrem entfernt, die blauen Augen erschreckend nahe, seine Nase streifte beinahe ihre.

Noch hatte sie nicht an seine Großmutter geschrieben, aber an diesem Tag würde sie es tun. Der Entschluß befreite sie von ihren Schuldgefühlen und erfüllte sie mit Zärtlichkeit für Thomas. Sie schlang die Arme um ihn und drückte ihn an sich, und er schmiegte seine Wange an ihre, während er ihr dabei in aller Ruhe in den Bauch trat. Nach einer Weile wurde ihr klar, daß er sich keinen Augenblick länger still verhalten würde, also stand sie auf. Oliver schlief immer noch, ohne etwas davon zu merken. Sie brachte Thomas in sein Zimmer und zog ihn an. Danach zog sie sich selbst an. Sie ließen Oliver weiterschlafen, stiegen Hand in Hand die Treppe hinauf und machten sich auf die Suche nach einem Frühstück.

Die Grenzen zwischen den häuslichen Bereichen schienen auf Benchoile fließend zu sein. Die beiden Küchen, die im Gutshaus und die im ehemaligen Stallgebäude, teilten sich gewissermaßen die Arbeit. Gestern hatte es zum Lunch in Roddys freundlichem, unaufgeräumtem Wohnzimmer Suppe und Käse gegeben, an einem ans Fenster geschobenen Tisch. Die Mahlzeit war so zwanglos wie ein Picknick gewesen. Das Abendessen war dagegen ganz anders verlaufen. Es wurde im riesigen Speisesaal des Gutshauses serviert. In stillschweigendem Einvernehmen hatten sich zu diesem Anlaß alle umgezogen. Oliver hatte sich in sein Samtjackett geworfen, und Roddy trug ein viel zu enges Wams in Schottenkaro mit einem

Kummerbund, der den Abstand zwischem dem Wams und der dunklen Hose überbrückte und nicht mehr so ganz um seine Taille reichen wollte. Im Kamin brannte ein Feuer, es gab Kerzen in silbernen Leuchtern, und von den holzvertäfelten Wänden blickten die großen, düsteren Porträts verschiedener Dunbeaths auf sie herunter. Victoria hätte gern gewußt, welcher von ihnen Jock war, wollte aber nicht danach fragen. Der leere Stuhl am Kopfende des Tisches hatte für sie etwas Bedrückendes. Ihr kam es so vor, als wären sie alle unerlaubt in ein fremdes Haus eingedrungen und jeden Moment könnte der Besitzer hereinspazieren und sie hier finden.

Aber anscheinend war sie die einzige, der dieses leidige Schuldgefühl zu schaffen machte. Oliver und Roddy redeten unablässig über ihre Welt der Schriftsteller, Verleger und Produzenten, von der Victoria nichts verstand. Die Unterhaltung floß dahin und mit ihr Ströme von Wein. Und sogar die alte Frau, Ellen, schien keinen Anstoß daran zu nehmen, daß die beiden schon am Abend des Tages, an dem der Gutsherr beerdigt worden war, so gut gelaunt waren. In ihren ausgetretenen Schuhen, mit ihrer besten Schürze über dem schwarzen Kleid, lief sie hin und her, schob die schweren Fleischplatten durch die Durchreiche zur Küche und räumte die benutzten Teller ab. Victoria ließ erkennen, daß sie ihr gern helfen würde, doch Roddy hielt sie zurück. «Jess Guthrie ist in der Küche, um Ellen zur Hand zu gehen. Sie wäre zu Tode gekränkt, wenn Sie auch nur von Ihrem Stuhl aufstünden», hatte er Victoria erklärt, als Ellen außer Hörweite war. Also blieb sie sitzen und ließ sich mit den anderen bedienen.

Im Lauf des Essens verschwand Ellen irgendwann für zehn Minuten oder noch länger. Als sie mit dem Kaffeetablett zurückkehrte, verkündete sie ohne jede Einleitung, daß das kleine Kerlchen wie ein Engel schlafe, und Victoria wurde klar, daß Ellen sich auf den weiten Weg durch die langen, kalten Gänge und über den Hof gemacht hatte, um nach Thomas zu sehen. Sie war gerührt.

«Ich wollte gerade selbst nach ihm schauen», versicherte sie Ellen, aber Ellen verzog nur die Lippen, als hätte Victoria etwas Unpassendes gesagt. «Warum sollten Sie denn von Ihrem Dinner weglaufen, wenn ich doch da bin, um nach dem Kind zu gucken?» Victoria fühlte sich getadelt.

Nun, am darauffolgenden Morgen, kämpfte sie mit den Widrigkeiten einer fremden Küche. Notgedrungen öffnete sie eine Tür nach der anderen, und nach längerem Suchen hatte sie Eier, Brot und einen Krug Milch aufgestöbert. Thomas war dabei keine Hilfe, denn er stand ihr andauernd im Weg. Trotzdem fand sie geeignete Teller und Becher, Messer und Gabeln, etwas Butter und ein Schraubglas mit Instantkaffee. Sie stellte alles auf den kleinen Tisch, auf dem eine Plastikdecke lag, hob Thomas auf einen Stuhl, band ihm ein Geschirrtuch um den Hals und köpfte sein Frühstücksei. Wortlos fing er an, es zu vertilgen.

Victoria machte sich eine Tasse Kaffee, zog einen Stuhl heran und setzte sich ihm gegenüber. Dann fragte sie: «Möchtest du heute an den Strand gehen?»

Thomas hörte auf zu essen und schaute sie an. Eigelb tropfte an seinem Kinn herunter. Sie wischte es weg. Während sie das tat, ging unten die Tür, die vom Hof ins Haus führte. Langsam kamen Schritte die Treppe herauf. Im nächsten Moment tauchte Ellen an der offenen Küchentür auf.

«Guten Morgen», sagte Victoria.

«Ja was, Sie sind schon auf? Sie sind aber eine Frühaufsteherin, Mrs. Dobbs.»

«Thomas hat mich geweckt.»

«Ich bin rübergekommen, weil ich wissen wollte, ob Sie möchten, daß ich ihm sein Frühstück gebe, aber wie ich sehe, haben Sie das schon selbst besorgt.»

Ihr Verhalten war beunruhigend, denn ihrer Stimme war nie anzumerken, ob man das Richtige oder etwas Falsches tat. Und es half auch nichts, in ihrem Gesicht zu lesen, weil es ständig Mißbilligung ausdrückte. Die trüben Augen wirkten kalt und wässerig, und der faltige Mund sah aus, als hätte jemand eine Schnur um ihn herumgelegt und dann kräftig zugezogen. Sie hatte dünnes, weißes, nach hinten gekämmtes und zu einem festen, kleinen Knoten zusammengedrehtes Haar, durch das die Kopfhaut rosa schimmerte. Mit dem Alter schien sie geschrumpft zu sein, denn ihre Kleider – ihre zeitlosen, schicklichen Kleider – erweckten den Eindruck, als wären sie eine Nummer zu groß. Nur ihre Hände waren breit und kräftig, rot vom vielen Schrubben, die Knöchel geschwollen und knorrig wie alte Baumwurzeln. Sie lagen gefaltet auf ihrem Bauch, auf der geblümten Schürze. So wie Ellen dastand, sah sie aus, als hätte sie in ihrem langen Leben nicht ein einziges Mal zu arbeiten aufgehört. Victoria fragte sich, wie alt sie wohl sein mochte.

Zögernd sagte sie: «Möchten Sie eine Tasse Kaffee?»

«Das Zeug rühr ich nicht an. Es bekommt mir überhaupt nicht.»

«Oder vielleicht einen Tee?»

«Nein, nein. Ich hab schon Tee getrunken.»

«Dann setzen Sie sich doch wenigstens. Schonen Sie die Beine ein bißchen!»

Einen Moment lang fürchtete Victoria schon, Ellen würde sogar diesen schwachen, freundlich gemeinten Annäherungsversuch zurückweisen, aber vielleicht konnte sie Tom nicht widerstehen, der sie unverwandt anstarrte. Jedenfalls griff sie nach einem Stuhl und ließ sich am Kopfende des Tisches nieder.

«Iß schön dein Ei auf», sagte sie zu Thomas, und dann zu Victoria: «Er ist ein hübsches Kind.»

«Mögen Sie Kinder?»

«O ja, und früher sind so viele auf Benchoile gewesen, die sind hier überall rumgesprungen.» Offenbar war sie herübergekommen, weil sie Thomas sehen und einen kleinen Schwatz halten wollte. Victoria wartete, und unweigerlich schnarrte die alte Stimme weiter. «Ich kam damals her, um mich um Charlie zu kümmern, als er noch ein Baby war. Charlie war der jüngste der drei Buben. Freilich hab ich mich auch um die anderen gekümmert, aber Charlie hatte ich ganz für mich. Er ist jetzt in Amerika, wissen Sie. Hat eine Amerikanerin geheiratet.» Unwillkürlich, als ob sie gar nicht anders könnten, schoben sich ihre Hände vor und bestrichen Thomas' Toast mit Butter und schnitten ihn in Streifen.

Victoria sagte: «Es tut mir so leid, daß wir ausgerechnet jetzt zu Besuch gekommen sind, so bald nach ... Ich meine, wir hatten ja keine Ahnung ...»

Verlegen hielt sie inne und wünschte, sie hätte erst gar nicht davon angefangen, aber Ellen ließ sich nicht aus der Ruhe bringen.

«Sie meinen, weil der Laird so plötzlich gestorben ist und die Beerdigung erst gestern war?»

«Ja.»

«Es war eine schöne Beerdigung. Alle bedeutenden Leute waren da.»

«Das glaube ich Ihnen aufs Wort.»

«Aber vergessen Sie nicht, er war ein einsamer Mann. Er hatte keine Kinder, wissen Sie. Das war der große Kummer von Mrs. Jock, daß sie kein Baby bekommen konnte. ‹Wir haben

Sie, Ellen›, hat sie immer zu mir gesagt, ‹und oben steht das Kinderzimmer leer. Es wartet nur auf Babies. Dabei sieht es so aus, als ob wir kein einziges kriegen würden.› Und sie hat tatsächlich keins gekriegt.»

Sie drückte Thomas noch ein Stück Toast in die Hand.

«Was ist aus ihr geworden?»

«Sie ist gestorben. Vor fünf Jahren. Einfach gestorben. War eine schöne Frau. Lachte immer.» Und zu Thomas sagte sie: «Na, du ißt aber brav dein Frühstück.»

«Hat denn Ihr Baby ... Hat Charlie denn Kinder?»

«Oh, ja, Charlie hat einen Sohn, und was für ein gescheiter Kerl das war. Früher sind sie im Sommer immer rübergekommen, alle drei. Waren das schöne Zeiten! Mit Picknicks oben auf dem Berg oder am Strand von Creagan. ‹Ich hab zuviel im Haus zu tun, um zu einem Picknick zu gehen›, hab ich ihm immer gesagt, aber John hat gemeint: ‹Ach, Ellen, Sie müssen mitkommen, ohne Sie ist es kein richtiges Picknick.› »

«Er heißt also John.»

«Ja, sie haben ihn nach dem Colonel genannt.»

«Sie haben ihn wohl sehr vermißt, wenn er nach Amerika zurückgekehrt ist.»

«Oh, das ganze Haus kam mir leer vor, wenn sie wieder weg waren. Still wie ein Grab.»

Victoria beobachtete Ellen, und mit einemmal hatte sie sie sehr gern. Sie fühlte sich nicht mehr eingeschüchtert und hatte jede Scheu überwunden. Sie sagte: «Ich wußte schon ein bißchen was über Benchoile, bevor ich gestern hier ankam, weil ich alle Bücher von Roddy gelesen habe.»

«Das waren die schönsten Zeiten, als die Jungs noch klein waren. Vor dem Krieg.»

«Er muß ein lustiger Junge gewesen sein, mit all seinen komischen Haustieren.»

Ellen schnalzte mit der Zunge und hob bei der Erinnerung schaudernd die Hände. «Manchmal hab ich ja geglaubt, der bringt mich ins Grab. So ein kleiner Teufel. Hat ausgesehen wie ein Engel, aber das kann ich Ihnen sagen, bei Roddy hat man nie gewußt, was er als nächstes ausheckt. Und wenn ich seine Sachen waschen sollte, dann waren die Taschen oft genug voller Mehlwürmer.»

Victoria lachte. «Da fällt mir was ein», sagte sie. «Könnte ich hier vielleicht irgendwo ein bißchen Wäsche waschen? Wir sind seit vier Tagen unterwegs, und ich habe noch keine Gelegenheit gehabt, etwas zu waschen. Bald haben wir nichts mehr anzuziehen.»

«Sie können die Sachen in die Waschmaschine stecken.»

«Wenn ich nach dem Frühstück alles ins Gutshaus rüberbringe, würden Sie mir dann vielleicht zeigen, wo die Maschine steht und wie man sie bedient?»

«Also, zerbrechen Sie sich darüber nicht den Kopf! Da kümmere ich mich drum. Sie werden doch Ihre Ferien nicht mit Wäschewaschen verbringen wollen. Und», fügte sie mit gespielter Unschuld hinzu, «falls Sie mal mit Ihrem Mann einen Ausflug machen wollen, könnte ich ja auf den Kleinen aufpassen.»

Offensichtlich brannte sie darauf, Thomas unter ihre Fittiche zu nehmen. Victoria dachte an den Brief, den sie schreiben wollte. «Eigentlich sollte ich ein paar Sachen besorgen. Uns ist die Zahnpasta ausgegangen, und Oliver will bestimmt Zigaretten. Würden Sie wirklich auf Thomas aufpassen, wenn ich nachher unseren Wagen nehme und nach Creagan fahre? Er geht nämlich nicht gern einkaufen.»

«Warum sollte er auch gern einkaufen gehen? Das ist eine langweilige Beschäftigung für so einen kleinen Mann.» Sie beugte sich vor und nickte Thomas zu, als hätten sie bereits eine Art Komplott geschmiedet. «Du bleibst bei Ellen, nicht wahr, Herzchen? Du hilfst Ellen Wäsche waschen, ja?»

Thomas starrte auf das dunkle, faltige Gesicht, das sich so dicht vor seinem eigenen auf und ab bewegte. Victoria lauerte ängstlich auf seine Reaktion. Wie peinlich, wenn er zu schreien anfinge und Ellens Gefühle verletzte. Aber Thomas und Ellen wußten bereits, was sie voneinander zu halten hatten. Dem Alter nach trennten sie zwar Jahrzehnte, doch sie hatten die gleiche Wellenlänge. Thomas war mit dem Frühstück fertig. Er kletterte von seinem Stuhl, hob Piglet auf, der auf dem Fußboden neben dem Kühlschrank lag, und brachte ihn Ellen, um ihn ihr zu zeigen.

Sie griff nach dem Stoffschwein und ließ es auf dem Tisch auf und ab hüpfen, als ob es tanzte.

«Kittys Schwein mit Ringelschwanz
tanzt so gern den Irentanz»,

sang Ellen mit brüchiger Stimme. Thomas strahlte. Er legte eine Hand auf ihr Knie, und sie ließ ihre eigene knotige Hand sinken und schloß sie um seine pummeligen Finger.

Erstaunlich, wie einfach, wie unkompliziert die Dinge sich entwickelten, wenn man erst einmal eine Entscheidung getroffen hatte. Probleme verflüchtigten sich von selbst, Schwierigkeiten lösten sich in nichts auf. Ellen trug Thomas und die schmutzige Wäsche fort und nahm damit Victoria zwei ihrer dringendsten Verpflichtungen ab. Roddy und Oliver, die wahrscheinlich noch den Brandy ausschliefen, den sie am Abend getrunken hatten, waren noch nicht aufgetaucht. Victoria ging auf der Suche nach Schreibpapier in Roddys Wohnzimmer. Die Vorhänge waren noch geschlossen, und die abgestandene Luft roch nach kaltem Zigarrenrauch. Sie zog die

Vorhänge auf, öffnete das Fenster und kippte den Inhalt der Aschenbecher in die restliche Glut, die noch im Kamin schwelte.

Im Briefständer auf Roddys unaufgeräumtem Schreibtisch fand sie Schreibpapier, sowohl leere Blätter als auch Kopfbogen. Einen Moment lang überlegte sie, welches sie benutzen sollte. Nahm sie ein leeres Blatt und schrieb sie auch keine Adresse drauf, dann wüßte Mrs. Archer noch immer nicht, wo sie zu finden wären, aber das roch sicher ein wenig nach Geheimnistuerei, als ob sie und Oliver tatsächlich etwas zu verbergen hätten.

Außerdem strahlte das Papier mit dem geprägten Briefkopf eine gewisse Wohlhabenheit aus, die an sich schon beruhigend wirkte. «BENCHOILE, CREAGAN, SUTHERLAND.» Victoria stellte sich vor, daß Mrs. Archer allein von seiner Schlichtheit beeindruckt sein würde. Also nahm sie ein Blatt mit Briefkopf und fand auch noch einen Umschlag mit dunkelblauem Futter. In einem angelaufenen Silberbecher entdeckte sie einen Kugelschreiber. Als hätte jemand all das für sie vorbereitet, um es ihr noch leichter zu machen.

Liebe Mrs. Archer,

ich schreibe Ihnen, damit Sie wissen, daß Thomas wohlauf und sehr vergnügt ist. Seit wir London verlassen haben, ist er sehr lieb, hat kaum geweint und ist nachts nie aufgewacht. Er ißt auch tüchtig.

Sie legte eine Pause ein, kaute am Kugelschreiber und rang mit sich, ob sie Mrs. Archer schreiben sollte, daß Thomas kein einziges Mal nach seiner Großmutter gefragt hatte. Schließlich fand sie, daß das taktlos wäre.

Wie Sie sehen, sind wir zur Zeit in Schottland. Die Sonne scheint, so daß wir vielleicht mit Thomas an den Strand gehen können.

Wieder machte sie eine Pause. Dann fing sie den letzten und schwierigsten Absatz an.

Oliver weiß nicht, daß ich Ihnen schreibe. Wir haben zwar darüber geredet, aber er war strikt dagegen. Deshalb wäre es vielleicht besser, wenn Sie diesen Brief nicht beantworten und auch nicht versuchen, sich mit ihm in Verbindung zu setzen. Ich werde Ihnen wieder schreiben und Sie wissen lassen, wie es Thomas geht.

Mit besten Wünschen und

freundlichen Grüßen

Victoria... Victoria und was noch? Sie war nicht Victoria Dobbs, fühlte sich aber auch nicht mehr als Victoria Bradshaw. Letzten Endes setzte sie nur ihren Vornamen darunter und beließ es dabei. Sie steckte den Brief in den Umschlag und schob ihn in die Tasche ihrer Strickjacke. Unten schlich sie ins Schlafzimmer und holte ihre Handtasche, in der sie ihr Geld hatte. Oliver rührte sich nicht. Sie ging hinaus, stieg in den Volvo und fuhr nach Creagan.

Roddy Dunbeath stand in einer großen, blauweiß gestreiften Schürze, in der er wie ein erfolgreicher Schweineschlachter aussah, am Tresen seiner kleinen Küche und schnitt Gemüse für den mittäglichen Suppentopf. Gleichzeitig versuchte er, keine Notiz davon zu nehmen, daß er einen Kater hatte. Um zwölf würde er sich mit einem *horse's neck* aufmöbeln. So ein großes Ginger Ale mit einem Schuß Brandy und viel Eis war die reinste Medizin. Nur, jetzt war es erst Viertel vor zwölf. Damit er der Versuchung widerstand, sein Pulver zu früh zu verschießen, überbrückte er die Zeit mit ein bißchen besänftigender Küchenarbeit. Er kochte gern. In kulinarischen Dingen war er ein Meister, und es machte ihm noch mehr Spaß, wenn er ein paar Gäste bekochen konnte.

Die Gäste hatten sich entweder dank einer vertraulichen Absprache oder durch Zufall glücklicherweise den Gepflogenheiten auf Benchoile angepaßt, sie waren ausgeflogen. Als Roddy sich an diesem Morgen aus dem Bett gerappelt hatte, waren Victoria und das Kind bereits verschwunden. Roddy war ihnen dankbar. Er hatte einen Horror vor Besuchern, die mit gelangweilten Mienen herumsaßen, denn er brauchte Ruhe und Frieden, um sich seinen bescheidenen häuslichen Pflichten zu widmen.

Dennoch war er ins Gutshaus hinübergegangen, hatte ein paar höfliche Erkundigungen eingeholt und von Ellen erfahren, daß Victoria mit dem Volvo nach Creagan gefahren war. Der kleine Junge war bei Ellen, half ihr Wäsche aufhängen und spielte mit den Wäscheklammern im Korb.

Oliver schien, als er sich endlich blicken ließ, dieses selbständige Tun und Treiben seiner Familie nicht zu stören. Eigentlich, fand Roddy, wirkte er erleichtert, daß er sie für ein oder zwei Stunden los war. Gemeinsam hatten er und Roddy ein riesiges Frühstück verzehrt, und gemeinsam hatten sie den Plan gefaßt, am Nachmittag nach Wick zu fahren. Dort hatte ein Freund von Roddy, der den Konkurrenzkampf im Süden und das ewige Pendeln leid war, eine kleine Druckerei aufgemacht, die sich auf limitierte Ausgaben schöner, handgebundener Bücher spezialisierte. Roddy, der sich für alles interessierte, was nach echter Handwerkskunst roch, hatte schon lange mal hinfahren wollen, um sich die Druckerpressen in Aktion anzusehen und sich die Buchbinderei zeigen zu lassen. Oliver war von dem Vorschlag sofort begeistert gewesen.

«Was ist mit Victoria?» hatte Roddy gefragt.

«Oh, sie wird wahrscheinlich mit Thomas irgendwas unternehmen wollen.»

Roddy hatte in Wick angerufen und den Besuch vereinbart. Daraufhin war Oliver, nachdem er eine Weile rastlos herumgeschlichen war, damit herausgerückt, daß er gern ein bißchen arbeiten möchte. Also hatte Roddy ihm einen Notizblock gegeben und ihn in die Bibliothek des Gutshauses geschickt, wo er mit etwas Glück den Vormittag ungestört verbringen konnte.

Sich selbst überlassen, hatte Roddy inzwischen ein prasselndes Kaminfeuer in Gang gebracht, ein paar Briefe geschrieben und war nun dabei, Suppe zu kochen. Der frische, scharfe Selleriegeruch hing in der Luft, durchs Fenster schien die Sonne herein, und aus dem Transistorradio plätscherte Vivaldi. Da klingelte das Telefon.

Roddy fluchte und schnitt weiter Sellerie, als ob der Apparat von selbst antwortete. Natürlich tat er das nicht, also legte Roddy das Messer doch weg, wischte sich die Hände an einem Geschirrtuch ab und ging ins Wohnzimmer hinüber.

«Roddy Dunbeath.»

«Roddy, hier ist John Dunbeath.»

Roddy setzte sich. Zum Glück stand hinter ihm ein Stuhl. Er hätte nicht überraschter sein können. «Ich dachte, du bist in Bahrain.»

«Nein, ich bin gestern früh zurückgekommen. Roddy, es tut mir so schrecklich leid wegen Jock. Und daß ich es nicht zur Beerdigung geschafft habe.»

«Mein lieber Junge, das haben wir doch verstanden. War nett von dir, daß du das Telegramm geschickt hast. Von wo rufst du an? Aus London? Du klingst, als wärst du im Zimmer nebenan.»

«Nein, ich bin nicht in London. Ich bin in Inverness.»

«Inverness?» Roddys Verstand, vom Cognac der letzten Nacht noch umnebelt, arbeitete nicht gerade mit Höchstgeschwindigkeit. «Du kommst aber in der Gegend rum! Seit wann bist du in Inverness?»

«Seit heute morgen. Ich habe gestern abend noch den Hochland-Expreß erwischt. Ich war den ganzen Vormittag bei Robert McKenzie. Er hat gemeint, es wäre dir recht, wenn ich dich anriefe... und wenn ich nach Benchoile käme.»

«Aber natürlich. *Großartig*. Bleib ein paar Tage! Bleib übers Wochenende! Wann dürfen wir dich erwarten?»

«Na, heute nachmittag irgendwann. Ich nehme mir einen Leihwagen. Paßt es dir, wenn ich heute nachmittag komme?»

«Wunderbar...» setzte Roddy an, und dann fiel ihm ein, daß die Sache einen Haken hatte. Er schlug sich mit dem Handballen an die Stirn, eine theatralische Geste, die vollkommen verschwendet war, weil es niemanden gab, der ihm dabei zusah. «Oh, verdammt, da bin ich nicht da. Ich hab mit einem Bekannten ausgemacht, nach Wick raufzufahren. Der ist gerade bei mir zu Besuch, und wir wollen hin, um uns eine Druckerpresse anzuschauen. Ist aber nicht schlimm. Wir kommen ja irgendwann zurück, und Ellen ist auf jeden Fall da.»

«Wie geht es Ellen?»

«Sie ist unverwüstlich. Stellt uns alle in den Schatten. Ich sag ihr gleich, daß du kommst. Ich sag ihr, daß sie heute nachmittag mit dir rechnen kann.»

«Hoffentlich mache ich euch nicht zuviel Umstände.»

Roddy erinnerte sich daran, daß John von jeher ein äußerst wohlerzogener Mensch war. «Du machst uns überhaupt keine Umstände.» Und weil er keinen Grund sah, es nicht zu tun, fügte er noch hinzu: «Außerdem gehört das Haus ja jetzt dir. Du brauchst doch nicht zu fragen, wenn du herkommen willst.»

Es entstand eine kurze Pause. Dann sagte John nachdenklich: «Ja. Das ist auch etwas, worüber ich mit dir reden möchte. Es gibt eine Unmenge zu besprechen.»

«Wir halten nach dem Dinner einen richtig schönen Plausch», versprach Roddy. «Also dann, bis später. Ich freue mich wirklich drauf. Du bist zu lange nicht mehr hiergewesen, John.»

«Jaja», sagte John, und es hörte sich plötzlich sehr amerikanisch an. «War wohl wirklich zu lange.»

Etwa zehn Minuten später, kaum daß Roddy mit der Suppe fertig war, die Küche aufgeräumt und sich sein heißersehntes Ginger Ale mit Brandy eingegossen hatte, kam Victoria zurück. Er saß gerade am Fenster und beobachtete eine Schar schwarzweißer Brandenten, die sich zum Fressen am Rande des Sees niedergelassen hatten, als er das Geräusch des zurückkehrenden Volvos hörte. Kurz danach wurde unten die Haustür geöffnet und wieder geschlossen.

Roddy rief: «Victoria!»

«Hallo.»

«Ich bin hier oben. Ganz allein. Kommen Sie doch rauf!»

Gehorsam lief sie die Treppe hinauf und sah ihn am anderen Ende des Zimmers sitzen, mutterseelenallein. Nur Barney leistete ihm Gesellschaft.

«Wo sind die anderen?» fragte sie, während sie auf ihn zuging.

«Oliver ist drüben im Gutshaus. Hat sich in der Bibliothek verschanzt und arbeitet. Und Thomas ist noch bei Ellen.»

«Vielleicht sollte ich ihn holen.»

«Seien Sie doch nicht albern! Dem geht es bestens. Setzen Sie sich! Trinken Sie was!»

«Nein, ich möchte nichts trinken.» Doch sie setzte sich zu ihm und nahm ihr Kopftuch ab. Mit einemmal stellte Roddy fest, wie hübsch sie war. Tags zuvor, als er sie zum erstenmal gesehen hatte, war sie ihm gar nicht hübsch vorgekommen. Da hatte er sie für schüchtern und farblos gehalten, richtig langweilig. Beim Abendessen hatte sie kaum ein Wort geredet, und er hatte alle Mühe gehabt, zu begreifen, was Oliver an ihr fand. Aber an diesem Morgen war sie wie ausgewechselt. Leuchtende Augen, rosige Wangen, ein Lächeln auf den Lippen. Jetzt fragte Roddy sich plötzlich, warum Oliver dieses Mädchen nicht heiratete. Vielleicht hatte es etwas mit ihrer Herkunft zu tun. Wie alt mochte sie sein? Wo hatte er sie kennengelernt? Wie lange waren sie schon zusammen? Für die Mutter eines zweijährigen Jungen wirkte sie ungeheuer jugendlich. Aber schließlich stürzten sich junge Leute ja heutzutage in Beziehungen, kaum daß sie aus der Schule waren, und bürdeten sich häusliche Verpflichtungen auf, die Roddy in jungen Jahren äußerst hinderlich empfunden hätte. Er merkte auf einmal, daß sie auch schöne Zähne hatte.

«Sie sehen so quicklebendig und quietschvergnügt aus», sagte er. «In Creagan muß etwas Erfreuliches passiert sein.»

«Das liegt an dem herrlichen Wetter heute morgen. Man kann meilenweit sehen, und alles funkelt und glänzt. Ich wollte gar nicht so lange wegbleiben. Eigentlich bin ich nur hingefahren, um Zahnpasta und Zigaretten zu besorgen, doch Ellen hat gesagt, es macht ihr nichts aus, auf Thomas aufzupassen, und Creagan ist so hübsch. Da bin ich einfach dortgeblieben und hab mich umgesehen. Ich war in der Kirche und habe das sogenannte Dekanatshaus angeschaut, aber das ist jetzt ein Kunstgewerbeladen.»

Ihre Begeisterung war rührend. «Haben Sie etwas gekauft?»

«Nein, kann allerdings sein, daß ich noch einmal hingehe und was kaufe. Sie haben schöne Shetlandpullover. Und dann habe ich mir noch den Strand angeschaut. Ich kann's kaum erwarten, ihn Thomas zu zeigen. Man sollte meinen, es wäre kalt, war's aber nicht. In der Sonne war es richtig warm.»

«Freut mich, daß Sie einen schönen Vormittag hatten.»

«Ja, den hatte ich.» Ihre Blicke trafen sich, und ein Teil der Fröhlichkeit wich aus ihrem Gesicht. «Gestern abend hatte ich keine Gelegenheit, etwas dazu zu sagen, aber ... Oliver hat mir von Ihrem Bruder erzählt. Es tut mir so leid. Mir ist es furchtbar peinlich, daß wir ausgerechnet jetzt hier hereingeplatzt sind.»

«Das braucht Ihnen nicht peinlich zu sein. Für mich ist es gut.»

«Das ist für Sie doch nur eine zusätzliche Belastung. Ich habe den ganzen Vormittag ein schlechtes Gewissen gehabt, weil ich eigentlich Ihnen oder Ellen hätte helfen sollen, anstatt mich davonzustehlen und Thomas einfach hierzulassen.»

«Tut Ihnen gut, mal für ein Stündchen ohne Thomas loszuziehen.»

«Na ja, es war wirklich recht schön.» Sie lächelten sich in bestem Einvernehmen an. «Haben Sie gesagt, Oliver arbeitet?»

«Das hat er jedenfalls behauptet.»

Victoria zog ein Gesicht. «Ich hatte keine Ahnung, daß er arbeiten wollte.»

«Vielleicht möchte er eine Idee zu Papier bringen, bevor er sie wieder vergißt.» Ihm fiel die Fahrt nach Wick ein, die sie für den Nachmittag geplant hatten, und er erzählte ihr davon. «Sie können mitfahren, wenn Sie Lust dazu haben, aber Oliver meinte, Sie würden gern mit Tom etwas unternehmen.»

«Ich bleibe lieber hier.»

«Wenn das so ist, dann könnten Sie mir einen Gefallen tun. Irgendwann am Nachmittag trifft ein junger Mann ein. Er bleibt ein oder zwei Tage hier. Falls wir bis dahin noch nicht zurück sind, könnten Sie sich vielleicht ein bißchen um ihn kümmern, ihm den Tee eingießen und ihm ganz allgemein das Gefühl geben, daß er willkommen ist.»

«Ja, natürlich. Aber wo wird er denn schlafen? Mir scheint, Sie haben doch Ihr Haus mit uns schon voll.»

«Er wohnt im Gutshaus. Ich habe Ellen bereits Bescheid gesagt, und sie ist hellauf begeistert; bezieht das Bett mit ihrem besten Leinen, schrubbt und poliert alles auf Hochglanz.»

«Ich hätte geglaubt, sie hat auch so schon genug zu tun und braucht nicht noch mehr Besuch.»

«Ach, wissen Sie, dieser junge Mann ist Ellens heißgeliebtes Baby. Es ist nämlich mein Neffe John Dunbeath.»

Victoria starrte Roddy überrascht an. «John Dunbeath? Der Sohn Ihres Bruders Charlie? Ellen hat mir heute morgen beim Frühstück von ihm erzählt. Ich dachte, der sei in Amerika.»

«Nein, ist er nicht. Er hat mich vorhin aus Inverness angerufen.»

«Da muß Ellen ja überglücklich sein.»

«Das ist sie. Nicht nur, weil er zu Besuch kommt, sondern auch deshalb, weil John der neue Laird von Benchoile ist. Mein Bruder Jock hat Benchoile John vermacht.»

Victoria war verwirrt. «Aber ich habe gemeint, Sie seien der neue Laird.»

«Um Himmels willen.»

Sie lächelte. «Sie wären aber ein wundervoller Laird.»

«Sehr freundlich von Ihnen, nur, dazu würde ich nicht taugen. Ich bin zu alt, habe mir zu viele schlechte Gewohnheiten zugelegt. Besser ein neuer Besen, der gut kehrt. Als ich Ellen die Neuigkeit erzählte, begann es in ihren Augen zu schimmern, aber ich könnte nicht sagen, ob das Tränen waren oder Triumph, was da funkelte.»

«Reden Sie nicht so garstig von ihr! Ich mag sie.»

«Ich mag sie ja auch, aber eines Tages bringt sie mich noch ins Irrenhaus.» Er seufzte und blickte auf sein leeres Glas hinunter. «Wollen Sie wirklich nichts trinken?»

«Nein, wirklich nicht.»

«Dann seien Sie jetzt ein liebes Mädchen, stöbern Sie Oliver und Ihren kleinen Jungen auf und sagen Sie den beiden, daß es in etwa zehn Minuten Lunch gibt.» Er stemmte sich von seinem Platz am Fenster hoch und legte noch ein paar Holzscheite auf das Feuer, das zu verlöschen drohte. Wie üblich sprühten die Funken, und wie üblich trat Roddy sie auf dem schon arg strapazierten Kaminvorleger aus.

Victoria ging, um zu tun, worum er sie gebeten hatte. Auf dem Treppenabsatz hielt sie inne.

«Wo, haben Sie gesagt, würde ich Oliver finden?»

«In der Bibliothek.»

Sie machte sich auf den Weg. Wie ein eifriges Kind polterte sie die Stufen hinunter. Kaum allein, seufzte Roddy von neuem, überlegte hin und her, wurde am Ende doch schwach und goß sich noch einen Drink ein. Er trug ihn in die Küche, wo er sich wieder seiner duftenden Suppe widmete.

Victoria steckte den Kopf durch die Tür. «Oliver.»

Er schrieb nicht. Er saß zwar am Schreibtisch neben dem Fenster, ließ aber die Arme hängen und schrieb nicht.

«Oliver.»

Er wandte den Kopf um. Es dauerte einen Moment, bis er sie erkannte. Dann belebten sich seine ausdruckslosen Augen. Er lächelte, als hätte sie ihn gerade geweckt, hob eine Hand und rieb sich den Nacken.

«Hallo.»

«Zeit zum Mittagessen!»

Sie schloß die Tür hinter sich. Er streckte einen Arm aus. Victoria ging zu ihm, und er zog sie an sich, vergrub sein Gesicht in ihrem dicken Pullover und kuschelte sich wie ein Kind an sie. Süße Erinnerungen an die vergangene Nacht stiegen in ihr auf. Sie legte das Kinn auf seinen Kopf und schaute auf den Schreibtisch und auf die mit Kringeln und Strichmännchen und Olivers enger, schmaler Handschrift vollgekritzelten Seiten hinunter.

«Es ist Zeit zum Mittagessen», sagte sie noch einmal.

«Das kann nicht wahr sein. Ich bin doch erst seit fünf Minuten hier.»

«Roddy sagt, du bist seit dem Frühstück hier.»

«Und wo bist du gewesen?»

«In Creagan.»

«Was hast du dort gemacht?»

«Ich war einkaufen.» Er schob sie von sich fort und schaute ihr ins Gesicht. Gelassen hielt Victoria seinem Blick stand und wiederholte: «Ich war einkaufen. Hab dir Zigaretten mitgebracht, weil ich dachte, sie würden dir bald ausgehen.»

«Fabelhaftes Mädchen.»

«Es kommt übrigens noch jemand zu Besuch, heute nachmittag.»

«Wer denn?»

«John Dunbeath. Roddys Neffe.» Sie ahmte den Akzent

des Hochlands nach und fügte hinzu: «Der junge, neue Laird von Benchoile.»

«Großer Gott! Das ist ja wie in einem Roman von Walter Scott.»

Sie lachte. «Willst du was essen?»

«Ja.» Er rückte den Notizblock beiseite und erhob sich steif. Dann reckte er sich und gähnte. «Aber erst will ich was trinken.»

«Roddy wartet sowieso schon sehnsüchtig auf einen, der mithält.»

«Kommst du auch?»

«Ich hole noch Thomas.» Sie gingen an die Tür. «Ellen hat ihn den ganzen Vormittag gehabt.»

«Das gönn ich ihr», sagte Oliver.

John Dunbeath saß am Steuer des gemieteten Ford. Soeben war er durch Eventon gefahren, und nun wand sich die Straße in weitem Bogen Richtung Osten. Rechts von ihm lag unter dem wolkenlosen Winterhimmel der Cromarty Firth; blau wie das Mittelmeer und in der ganzen Pracht, die er bei Flut zu bieten hatte. Dahinter zeichneten sich in dem hellen, flirrenden Licht rasierklingenscharf die Berge der Black Isle am Horizont ab. Fruchtbares Ackerland senkte sich bis an den Rand des Wassers. Schafe grasten auf den weiter oben liegenden Hängen, und knallrote Traktoren, durch die Entfernung zu Spielzeuggröße geschrumpft, zogen ihre Pflüge durchs dunkle Erdreich.

Der strahlende Tag war eine unerwartete Zugabe. Vollkommen erschöpft hatte John das graue, regenverhangene London verlassen und den Hochland-Expreß bestiegen. Von achtundvierzig Stunden ohne Ruhepause übermüdet und durch die Zeitumstellung nach dem langen Flug völlig aus dem

Rhythmus geraten, hatte er immer noch ein wenig unter dem Schock gestanden, den Jock Dunbeaths unvermutetes Vermächtnis bei ihm ausgelöst hatte. Deshalb hatte er zwei große Whisky getrunken und war in einen so tiefen Schlaf gesunken, daß der Schaffner des Schlafwagens ihn hatte wachrütteln müssen, um ihm mitzuteilen, daß der Zug schon seit fünf Minuten im Bahnhof von Inverness stand.

Jetzt, auf dem Weg nach Benchoile, konnte er sich trotz der unerfreulichen Neuigkeiten, die er allen, die dort lebten, überbringen mußte, nicht des Gefühls erwehren, daß er sich auf einer Urlaubsreise befand. Ein Gefühl, das aus den Erinnerungen aufstieg, die er mit dem Ort verband und die um so klarer und lebhafter wurden, je weiter er sich von London entfernte und je näher er Benchoile kam. Er kannte diese Straße. Daß er sie seit zehn Jahren nicht befahren hatte, schien überhaupt keine Rolle zu spielen. Ihm war, als wäre er erst gestern zum letztenmal hiergewesen, mit dem einzigen Unterschied, daß sein Vater nicht voller Vorfreude neben ihm saß und darauf aus war, ihn auf jeden vertrauten Grenzstein aufmerksam zu machen.

Die Straße gabelte sich. John verließ den Cromarty Firth, erklomm die Steigung, die nach Struie hinaufführte, und glitt gleich danach zum herrlichen Dornoch Firth hinunter. Er sah die bewaldeten Hänge jenseits des Fjords und hinter ihnen die schneebedeckten, trutzigen Berge von Sutherland. Weit im Osten lag das offene Meer, ruhig und blau wie an einem Sommertag. Da kurbelte er das Fenster herunter und sog die Gerüche ein, die in ihm die Vergangenheit wachriefen, den Duft von feuchtem Moos und Torf und den scharfen Geruch des Tangs, den das Wasser tief unter ihm ans Ufer geschwemmt hatte. Die Straße fiel weiter ab, und der Ford schraubte sich gemächlich die sanft geschwungenen Kurven hinunter.

Vierzig Minuten später hatte John Creagan passiert. Vor

dem Abzweig nach Benchoile verlangsamte er das Tempo. Als er ihn erreicht hatte, bog er von der Landstraße ab, und nun war ihm alles auf eine ganz andere Art und Weise vertraut. Er war wieder auf Benchoile. Er sah den Weg, den er an einem trüben Tag zusammen mit seinem Vater und Davie Guthrie eingeschlagen hatte und der über die Kuppe des Hügels ins unbewohnte Tal des Loch Feosaig führte. Dort hatten sie gefischt, und am späten Abend hatte Jock sie mit dem Auto abgeholt und nach Hause gebracht.

Neben ihm plätscherte der Bach. John erkannte die Stelle wieder, an der er einmal zwei Stunden oder noch länger gestanden und mit einem Lachs gekämpft hatte. Die ersten Unterstände der Moorhuhnjäger kamen in Sicht, dann der Bauernhof, den die Guthries bewirtschafteten. Im Garten flatterte fröhlich bunte Wäsche auf der Leine, und die angeketteten Hirtenhunde kläfften das vorbeifahrende Auto an.

John bog um die letzte Kurve. Und da lag der langgestreckte Loch Muie vor ihm, an dessen Ende das alte, graue Haus im Sonnenschein des Spätnachmittags einsam vor sich hin döste.

Das war der schlimmste Augenblick, aber John hatte sich dagegen gewappnet, und sein Entschluß stand fest. «Ich werde es verkaufen», hatte er noch an diesem Morgen zu Robert McKenzie gesagt, denn ihm war in dem Moment, in dem er den Brief des Anwalts gelesen hatte, klar gewesen, daß ihm gar keine andere Wahl blieb.

Er hatte keine Ahnung, ob Ellen Tarbat nach dem Auto Ausschau gehalten hatte oder nicht. Jedenfalls tauchte sie sofort auf. Kaum daß er die Heckklappe des Ford aufgemacht und seinen Koffer herausgenommen hatte, trat sie auch schon aus der Tür, lief die Stufen herunter und kam ihm entgegen, etwas wackelig auf den Beinen und kleiner, als er sie in Erinnerung hatte. Ein paar weiße Haarsträhnen hatten sich aus ihrem

Knoten gelöst, und zur Begrüßung streckte sie die roten, schwieligen Hände aus.

«Da sind Sie ja! Was für eine Freude, Sie nach all den Jahren wiederzusehen!»

John stellte den Koffer ab und umarmte Ellen. Er mußte sich weit hinunterbeugen, damit sie ihm einen Kuß geben konnte, und ihre Zerbrechlichkeit, ihr schmächtiger Körper erschreckten ihn. Er hatte das Gefühl, daß er sie schnell ins Haus drängen sollte, bevor ein Windstoß sie erfaßte und davonblies. Dennoch stürzte sie sich, ehe er sie daran hindern konnte, auf seinen Koffer und wollte ihn schleppen, so daß John ihn ihr buchstäblich entreißen mußte.

«Was fällt Ihnen denn ein? Den trage ich.»

«Machen wir, daß wir reinkommen, ins Warme.»

Sie ging voraus, und er folgte ihr über die Stufen, die zum Eingang hinaufführten, ins Haus. Dann schloß sie sorgfältig die schwere Tür hinter ihm. Er betrat die große Halle. Es roch nach verbranntem Torf, nach Pfeifenrauch, Bohnerwachs und Leder. Selbst mit verbundenen Augen hätte er an diesem Geruch erkannt, daß er wieder auf Benchoile war.

«Hatten Sie eine angenehme Reise? Nein, war das eine Überraschung, als Roddy mir heute morgen erzählt hat, daß Sie kommen. Ich hab doch geglaubt, Sie sind noch irgendwo bei den Arabern.»

«Wo ist Roddy?»

«Er ist mit Mr. Dobbs nach Wick gefahren. Aber heute abend ist er wieder da.»

«Geht es ihm gut?»

«Anscheinend trägt er's ganz tapfer. War ein furchtbarer Schlag für ihn, daß Ihr Onkel gestorben ist, und so ein Schock für uns alle...» Sehr langsam, eine Hand auf dem Geländer, ging sie auf der Treppe voraus. «...aber ich hatte es schon geahnt. Als er nicht zum Mittagessen heimkam, wußte ich gleich, daß etwas passiert sein mußte. Und so war's dann ja auch.»

«Für ihn war es vielleicht ein schöner Tod.»

«Jaja, da haben Sie schon recht. Auf einem Spaziergang mit seinen Hunden. Mit sich und der Welt zufrieden. Aber für die, die zurückbleiben, ist es schrecklich.»

Auf dem Treppenabsatz legte sie seufzend eine kleine Verschnaufpause ein. John nahm den Koffer in die andere Hand. Dann stiegen sie weiter hinauf.

«Und jetzt sind Sie auf Benchoile. Jess und ich haben uns schon überlegt, was nun werden wird, nachdem der Colonel so plötzlich gestorben ist, aber es schien uns nicht angebracht, danach zu fragen. Sie können sich also vorstellen, wie ich mich gefreut habe, als Roddy heute morgen kam und es mir erzählt hat. ‹Das ist genau der Richtige für Benchoile›, hab ich zu ihm gesagt. ‹Charlies Sohn! So einen wie Charlie hat's nur einmal gegeben.›»

Dieser Tenor des Gesprächs behagte John ganz und gar nicht, deshalb wechselte er rasch das Thema. «Und wie steht's mit Ihnen, Ellen? Wie ist es Ihnen denn inzwischen ergangen?»

«Ich werde auch nicht jünger, aber ich halte mich auf Trab.»

Da er wußte, wie groß das Haus war, fragte er sich, wie sie überhaupt noch alles schaffte. Endlich hatten sie den ersten Stock erreicht. John war gespannt darauf, wo er wohl schlafen würde. Er hegte den fürchterlichen Verdacht, Ellen könnte ihn im Schlafzimmer seines Onkels unterbringen; ihr war ein so grauenhafter Einfall durchaus zuzutrauen. Um so dankbarer war er, als sie ihn in das beste Gästezimmer führte, in dem früher schon sein Vater gewohnt hatte. Sie öffnete die Tür des sonnenüberfluteten Raums, aus dem ihnen frische, aber kalte Luft entgegenschlug. «Oh», sagte Ellen und schloß die Fenster. John, der nach ihr eingetreten war, sah die hohen, breiten Betten mit den gestärkten, weißen Bezügen, die Frisierkommode mit dem Spiegel im verschnörkelten Rahmen, das samtbezogene Sofa. So gut Ellen auch gelüftet hatte, der Geruch von Möbelpolitur und Karbol war noch nicht verschwunden. Kein Zweifel, sie war sehr emsig gewesen.

«Wie Sie sehen, hat sich nichts verändert.» Nachdem Ellen die Fenster geschlossen hatte, wurde sie geschäftig. Sie strich ein gestärktes Leinendeckchen glatt, machte den riesigen Schrank auf, dem ein Schwall von Kampfer entströmte, und kontrollierte noch einmal, ob genügend Kleiderbügel vorhanden waren. John stellte den Koffer auf die Gepäckablage, die am Fußende eines Bettes stand, dann ging er ans Fenster. Die Sonne, die sich allmählich senkte, überzog die Berggipfel mit einem rosigen Schimmer. Der Rasen vor dem Haus setzte sich hinter einem Gebüsch bis zu einem Wäldchen aus Silberbirken fort, und unter diesen Bäumen tauchten, während John hinausschaute, zwei Gestalten auf, die langsam auf das Haus zuschlenderten, ein Mädchen mit einem kleinen Jungen. Hinter ihnen trottete ein alter schwarzer Labradorhund, der völlig erschöpft aussah. «Durch diese Tür geht's ins Badezimmer. Ich hab Ihnen frische Handtücher rausgelegt und ...»

«Ellen, wer ist das?»

Sie kam zu ihm und kniff die alten Augen zusammen.

«Das ist Mrs. Dobbs mit ihrem kleinen Sohn Thomas. Die Familie ist bei Roddy zu Besuch.»

Die beiden waren aus dem Schatten der Bäume herausgetreten. Das Kind, das hinter seiner Mutter hertappte, entdeckte plötzlich den See und strebte dem Wasser zu. Die junge Frau zögerte erst, dann fügte sie sich in ihr Schicksal und ging mit.

«Ich habe mir gedacht, Sie könnten miteinander in der Bibliothek Tee trinken. Thomas kann seinen Tee bei mir in der Küche bekommen.» Sie versuchte, ihm den Mund wäßrig zu machen: «Ich habe ein Blech voll Scones im Backofen und Heidehonig aufs Tablett gestellt.» Als John weder darauf antwortete noch sich vom Fenster abwandte, war Ellen ein wenig gekränkt. Schließlich hatte sie den Heidehonig extra seinetwegen aufgemacht. «Die Handtücher hab ich Ihnen neben das Waschbecken gehängt, damit Sie sich gleich die Hände waschen können», erinnerte sie ihn etwas barsch.

«Jaja, schon gut», sagte er geistesabwesend. Ellen ließ ihn allein. Er hörte sie langsam die Treppe hinuntersteigen. Die Frau und das Kind hatten anscheinend eine kleine Meinungsverschiedenheit. Am Ende bückte sie sich, hob den Jungen hoch und trug ihn Richtung Haus.

John kehrte dem Fenster den Rücken, verließ das Zimmer und ging nach unten, vor die Tür. Sie entdeckten ihn sofort. Vielleicht hatte sein plötzliches Erscheinen die Frau erschreckt, denn sie blieb jäh stehen. Er überquerte die Kiesfläche, dann ging er langsam den Hang hinunter. Er hätte nicht genau sagen können, wann sie ihn erkannte, er wußte nur, daß er sie in dem Moment erkannt hatte, da sie zwischen den Bäumen aufgetaucht war.

Sie trug Jeans und einen leuchtendgrünen Pullover, der an den Schultern mit Wildleder besetzt war. Während sie mit dem Kind auf dem Arm dastand, befand sich ihr Gesicht dicht neben dem Gesicht des kleinen Jungen. Zwei Paar große, blaue Augen, die einander unverschämt ähnlich sahen, beobachteten, wie John näher kam. Auf Victorias Nase waren jetzt mehr Sommersprossen als bei ihrer ersten Begegnung in London.

Mrs. Dobbs. Und zweifellos das Kind, das an dem Abend, an dem John sie nach Hause gefahren hatte, so ein Spektakel veranstaltet hatte.

«Hallo, Victoria», sagte er.

«Hallo.»

Nun saßen sie zu viert beim Abendessen, und der Stuhl am Kopfende des Tisches war nicht mehr leer.

Victoria trug einen Kaftan aus weichem, blauem Wollstoff, an dem der Saum des Ausschnitts und der Ärmel mit Goldfäden durchwirkt war. Für den Abend hatte sie sich das Haar aufgesteckt, doch John Dunbeath kam es so vor, als sei sie dabei nicht besonders geschickt vorgegangen. Ein paar blonde Strähnen waren nämlich herausgerutscht, und die ließen sie keineswegs reifer und erfahrener erscheinen, sondern betonten nur ihr äußerst jugendliches Aussehen. Der schlanke Hals und der bloße Nacken wirkten auf einmal so verwundbar wie bei einem Kind. Ihre Augen waren dunkel geschminkt, der schöne Mund sehr hell. Auf ihrem Gesicht lag immer noch dieser verschlossene, geheimnisvolle Ausdruck. Aus irgendeinem Grund freute sich John darüber. Mit einer gewissen Genugtuung stellte er fest, wenn er schon nicht imstande gewesen war, diese Barriere zu durchbrechen, dann hatte Oliver Dobbs es immerhin auch nicht geschafft.

«Sie sind nicht verheiratet», hatte Roddy ihm bei einem Drink vor dem Abendessen erzählt, während sie auf die Dobbs warteten. «Frag mich nicht, warum. Sie scheint ja ein ganz charmantes Ding zu sein.»

Charmant und reserviert. Vielleicht gab sie im Bett, bei der Liebe, diese Zurückhaltung auf. Johns Blick wanderte von Victoria zu Oliver. Er ärgerte sich, als er merkte, daß er vor den hübschen Bildern, die er sich da ausmalte, instinktiv zurückscheute wie ein hochgezüchtetes Pferd. Entschlossen wandte er seine Aufmerksamkeit dem zu, was Roddy gerade sagte.

«... am wichtigsten ist es, Kapital auf dem Land zu investieren. Nicht nur Geld, sondern auch Rohstoffe und Zeit. Man muß die Beschäftigung für die Leute der Region erhalten, die endlose Abwanderung der Landbevölkerung in die großen Städte stoppen.»

Roddy Dunbeath gab eine völlig unerwartete Seite seines Wesens preis. Victoria nahm eine Orange aus der Schale, die mitten auf dem Tisch stand, und fragte sich, wie viele Leute ihn wohl schon so über ein Thema hatten reden hören, das ihm offensichtlich am Herzen lag. Denn er sprach mit der Autorität eines Mannes, der sein ganzes Leben lang in Schottland gelebt hatte, der die Probleme des Landes kannte und bereit war, bis aufs Messer gegen irgendeine bequeme Lösung zu kämpfen, die er für unzulänglich oder unpraktisch hielt. Im Grunde schien alles nur vom Menschen auszugehen. Und alles fiel auf die Menschen zurück. Ohne Menschen konnte es keine Gemeinschaft geben. Ohne Gemeinschaft keine Zukunft, kein Leben.

«Wie wär's mit Forstwirtschaft?» fragte John Dunbeath.

«Kommt drauf an, wie man es anpackt. James Dochart, der Glen Tolsta bewirtschaftet, hat ein paar Hügel, die nebeneinanderliegen, mit Bäumen bepflanzt, so an die vierhundert Morgen...»

Victoria begann die Orange zu schälen. John war nun seit etwa fünf Stunden auf Benchoile. Sie hatte fünf Stunden Zeit gehabt, den Schock zu überwinden, den ihr sein plötzliches Auftauchen versetzt hatte, doch sie war nach wie vor verwirrt. Daß der junge Amerikaner, den sie in London kennengelernt hatte, und John Dunbeath, Roddys Neffe und der einzige Sohn von Ellens heißgeliebtem Charlie, ein und dieselbe Person sein sollten, kam ihr immer noch unmöglich vor, unvorstellbar.

Entspannt und aufmerksam saß er nun bei sanftem Kerzenschein am Ende des Tisches, sah Roddy an und machte ein ernstes Gesicht. Er trug einen dunklen Anzug und ein weißes Hemd. Während seine Hand auf dem Tisch langsam das Portweinglas drehte, schimmerte sein schwerer, goldener Siegelring im Kerzenlicht.

«... aber James hat es so gemacht», erzählte Roddy weiter, «daß sich auf diesen vierhundert Morgen immer noch ein paar Kühe und vierhundert Schafe halten können, und die lammen jetzt sogar besser. Nur, so wie der Staat vorgeht, ist die Forstwirtschaft keine Lösung für die Probleme der Bergbauern. Dicht gepflanzte Sitkafichten, und du hast drei Prozent Kapitalertrag und einen arbeitslosen Schäfer mehr.»

Mrs. Dobbs. Sie fragte sich, ob Roddy John erzählt hatte, daß sie mit Oliver nicht verheiratet war, oder ob er sich selbst seinen Reim darauf machte. Jedenfalls schien er davon auszugehen, daß Thomas ihr Kind war, und sie sagte sich, daß das sein Gutes hatte. Sie und Oliver waren über Rechtfertigungen und Erklärungen hinaus. Und so wollte sie es haben. Sie hatte sich gewünscht, zu jemandem zu gehören, von jemandem gebraucht zu werden, und nun gehörte sie zu Oliver und wurde von Tom gebraucht. Sie fing an, die Orange in Stücke zu zerteilen. Der Saft tropfte über ihre Finger auf den Meißener Porzellanteller mit dem fein durchbrochenen Rand.

«Was hältst du von Tourismus?» fragte John weiter. «So unter dem Motto *Highlands and Islands*?»

«Tourismus ist sehr verlockend, eine gute Sache, aber auch gefährlich. Nichts schlimmer als ein Ort, der von Touristen abhängig ist. Du kannst Ferienhäuser ausbauen, du kannst Blockhütten aufstellen, du kannst sogar in deinem eigenen Haus Gäste aufnehmen, aber ein schlechter Sommer, und Nässe und Kälte vergraulen dir den durchschnittlichen Familienvater. Es mag ja noch angehen, wenn er gern fischt oder in den Bergen wandert oder Vögel beobachtet, dann stört ihn wahrscheinlich ein bißchen Regen nicht. Aber eine Frau, die zwei lange, verregnete Wochen mit drei Kindern in einem kleinen Cottage festsitzt, die wird darauf bestehen, im nächsten Sommer nach Torremolinos zu fahren. Nein, überall, wo Menschen leben, muß es Jobs für die Leute geben, und die stehen jetzt auf dem Spiel.»

Oliver seufzte. Nach zwei Glas Portwein wurde er langsam schläfrig. Er hörte dem Gespräch zu, nicht weil es ihn besonders interessiert hätte, sondern weil John Dunbeath ihn faszinierte. Mit seinem Brooks-Brothers-Hemd und dem unnachahmlichen Akzent der Ostküste hätte man ihn eigentlich für den Inbegriff des ruhigen, wohlerzogenen Neuengländers halten können. Wenn er redete, beobachtete Oliver ihn verstohlen. Was ging in ihm vor? Was trieb ihn an? Was steckte hinter dieser höflichen, zurückhaltenden Fassade? Und was – immerhin das Spannendste – dachte er über Victoria?

Daß sich die beiden bereits in London kennengelernt hatten, wußte Oliver schon. Victoria hatte es ihm am Abend selbst erzählt, als er in der Badewanne lag und sie sich das Haar bürstete. Sie hatten sich durch die offene Badezimmertür unterhalten.

«Unglaublich», hatte sie so unverfänglich und beiläufig wie möglich gesagt. Er kannte diesen Tonfall. Es war ihre Halt-dich-da-raus-Stimme, die stets seine lebhafte Neugier weckte. «Er war derjenige, der mich neulich abends von der Party nach Hause gebracht hat. Erinnerst du dich noch? Als Tom so brüllte.»

«Meinst du John Hackenbacker von den Vereinigten Aluminiumwerken? Nein, so was! Ist ja wirklich unglaublich.» Das war faszinierend. Er grübelte darüber nach, während er den Schwamm ausdrückte und sich das torfbraune Wasser über die Brust laufen ließ. «Was hat er denn gesagt, als er dich wiedergesehen hat?»

«Nichts Besonderes. Wir haben miteinander Tee getrunken.»

«Ich dachte, der fliegt nach Bahrain.»

«Dort war er. Er ist schon wieder zurückgekommen.»

«So ein kleiner Zugvogel! Was macht er eigentlich, wenn er nicht gerade hierhin oder dorthin fliegt?»

«Ich glaube, er hat was mit Banken zu tun.»

«Warum ist er dann jetzt nicht in London, wo er hingehört, und nimmt den Leuten ihre Schecks ab?»

«Oliver, er steht doch nicht hinter einem Bankschalter. Außerdem hat er sich ein paar Tage frei genommen und versucht, den Nachlaß seines Onkels zu regeln.»

«Und wie fühlt er sich als neuer Laird von Benchoile?»

«Danach habe ich ihn nicht gefragt.» Sie klang gelassen, aber Oliver wußte, daß er ihr auf die Nerven fiel, und stichelte weiter.

«Vielleicht gefällt er sich ja in einem Kilt. Die Amerikaner lieben es über alles, sich zu verkleiden.»

«Das ist eine dumme Verallgemeinerung.»

Jetzt lag eine unüberhörbare Schärfe in ihrer Stimme. Sie setzte sich, wie Oliver merkte, für den Neuankömmling ein. Er stieg aus der Wanne, wickelte sich ein Badetuch um die Hüften und ging ins Schlafzimmer hinüber. Im Spiegel begegneten sich ihre Blicke. Victorias blaue Augen sahen besorgt aus.

«Ein ziemlich langes Wort für dich.»

«Na ja, er gehört halt nicht zu der Sorte von Amerikanern.»

«Zu welcher Sorte gehört er denn?»

«Keine Ahnung.» Sie legte die Haarbürste weg und griff nach der Wimperntusche. «Ich weiß nichts über ihn.»

«Aber ich», erklärte Oliver. «Ich war nämlich bei Ellen und hab mich mit ihr unterhalten, während sie Tom gebadet hat. Man muß sie nur zu nehmen wissen, dann ist sie eine wahre

Fundgrube und hat die herrlichsten Klatschgeschichten auf Lager. Anscheinend hat Johns Vater eine steinreiche Erbin geheiratet. Und jetzt fällt dem Jungen auch noch Benchoile in den Schoß. Wer hat, dem wird gegeben. Sieht ganz danach aus, als wäre er schon mit einem silbernen Löffel im Mund geboren worden.» Immer noch in das Badetuch gewickelt, fing er an im Zimmer herumzuschleichen und hinterließ nasse Fußabdrücke auf dem Teppich.

«Was suchst du denn?» fragte Victoria.

«Zigaretten.»

Wer hat, dem wird gegeben. Oliver lehnte sich auf seinem Stuhl zurück. Durch den Rauch der Zigarre, die Roddy ihm angeboten hatte, beobachtete er mit zusammengekniffenen Augen John Dunbeath. Er betrachtete die dunklen Augen, das markante, sonnengebräunte Gesicht, das dichte, kurzgeschnittene schwarze Haar und fand, daß John wie ein ungeheuer reicher, junger Araber aussah, der soeben aus seiner Djellabah gestiegen und in einen westlichen Anzug geschlüpft ist. Der bösartige Vergleich gefiel ihm. Er lächelte. Genau in diesem Moment blickte John auf und bemerkte Olivers Lächeln. Obwohl seine Züge keinerlei Feindseligkeit erkennen ließen, erwiderte er das Lächeln nicht.

«Was meinst du zum Öl?» fragte er Roddy.

«Das Öl, das Öl.» Roddy klang wie Henry Irving, wenn er *The bells, the bells!* singt.

«Bist du der Auffassung, daß es Schottland gehört?»

«Die Nationalisten sehen das schon so.»

«Und was ist mit den privaten Millionen, die britische und amerikanische Gesellschaften investiert haben, bevor das Öl überhaupt gefunden wurde? Ohne die läge es noch immer unter der Nordsee, und keiner wüßte etwas davon.»

«Es heißt, im Nahen Osten war es genauso ...»

Oliver nahm ihre Stimmen nur noch als leises Murmeln wahr. Die Worte flossen ineinander. In seinem Kopf meldeten sich die anderen Stimmen wieder, die aus seiner Wirklichkeit. Jetzt war ein Mädchen dabei, mißmutig, gereizt.

Und wo willst du hin?

Ich gehe nach London. Ich suche mir einen Job.

Was hast du gegen Penistone? Warum suchst du dir keinen Job in Huddersfield?

Oh, Mama, nicht so einen Job. Ich werde Model.

Ein Model. Eine von denen, die ohne Schlüpfer am Straßenrand auf und ab gehen, das trifft's wohl eher.

Es ist mein Leben.

Und wo willst du wohnen?

Ich find schon was. Ich habe Freunde.

Wenn du zu diesem Ben Lowry ziehst, dann bin ich mit dir fertig. Ich sag's dir gleich, fertig bin ich dann mit dir ...

«... bald gibt's hier keine richtigen Handwerker mehr», wetterte Roddy gerade. «Und ich meine die echten, nicht die Spinner, die von Gott weiß wo herkommen und sich in windschiefen Schuppen einquartiern, um Seidenschals zu bedrukken, die kein Mensch, der bei klarem Verstand ist, jemals kauft. Oder die Tweed weben, der wie Spüllappen aussieht. Ich rede von den traditionellen Handwerkern. Von Kiltmachern und Silberschmieden, die vom großen Geld verführt werden, das sie auf den Bohrinseln und in den Raffinerien verdienen. Nimm zum Beispiel den Mann, den wir heute besucht haben. Sein Geschäft läuft gut. Er hat mit zwei Leuten angefangen, und jetzt beschäftigt er zehn, die Hälfte von ihnen ist unter zwanzig.»

«Und wie steht's mit seinen Absatzmärkten?»

«Das ist das Entscheidende. Er hat sich seine Abnehmer

schon gesucht, bevor er in den Norden kam.» Roddy wandte sich an Oliver. «Wie heißt der Verleger, für den er vorher gearbeitet hat – als er noch in London war? Er hat uns den Namen genannt, aber er fällt mir nicht mehr ein.»

«Hm?» Widerwillig kehrte Oliver zu ihrem Gespräch zurück. «Tut mir leid, ich habe nicht richtig zugehört. Der Verleger? War das nicht Hackett and Hansom?»

«Ja, der war's. Hackett and Hansom. Siehst du...»

Aber dann hielt Roddy inne, weil er sich plötzlich dessen bewußt wurde, daß er viel zu weit ausgeholt hatte. Er wandte sich Victoria zu, um sich zu entschuldigen, doch genau in diesem Moment begann sie zu ihrem eigenen Entsetzen herzhaft zu gähnen. Alle lachten, und sie wurde sehr verlegen.

«Ich langweile mich wirklich nicht, ich bin nur müde.»

«Kein Wunder. Wir benehmen uns abscheulich. Wir hätten uns das Thema für später aufheben sollen.»

«Schon gut, macht nichts.»

Doch der Schaden war angerichtet. Victorias Gähnen hatte die Diskussion beendet. Die Kerzen waren heruntergebrannt, das Feuer war fast schon erloschen, und Roddy stellte mit einem Blick auf seine Uhr fest, daß es halb elf war. «Du lieber Himmel, ist es schon so spät?» Mit makellosem Edinburgher Akzent zitierte er: «Wie die Zeit verfliegt, Mrs. Wishart, sitzt man in froher Runde.»

Victoria lächelte. «Das kommt von der frischen Luft», sagte sie, «die macht so müde. Das hat nichts damit zu tun, wie spät es ist.»

«Wir sind nicht daran gewöhnt», bemerkte Oliver. Er lehnte sich auf seinem Stuhl zurück und streckte sich.

«Was machen Sie morgen?» fragte Roddy. «Was machen wir alle morgen? Sie haben die Wahl, Victoria. Was möchten Sie gerne unternehmen? Wenn man dem Wetterbericht trauen darf, wird es ein schöner Tag. Wie wär's mit dem Wasserfall? Sollen wir ein Picknick beim Wasserfall veranstalten? Oder hat jemand einen besseren Vorschlag?»

Keiner hatte einen. Von seiner Idee begeistert, baute Roddy den Plan weiter aus. «Wir fahren mit dem Boot rüber, wenn ich den Schlüssel zum Bootshaus finde. Thomas fährt doch bestimmt gern Boot, nicht wahr? Ellen packt uns einen Futtersack. Und wenn wir drüben sind, machen wir ein Feuer, damit uns nicht kalt wird.»

Anscheinend waren alle damit einverstanden, und in dieser Stimmung klang der Abend allmählich aus. Oliver trank den letzten Schluck seines Portweins, drückte die Zigarre aus und stand auf.

«Vielleicht», sagte er sanft, «sollte ich Victoria jetzt ins Bett bringen.»

Die Bemerkung war an die ganze Runde gerichtet, aber er blickte John an, als er sie aussprach. John verzog keine Miene. Er erhob sich, kam um den Tisch herum und rückte Victorias Stuhl beiseite, als sie ihn zurückschieben wollte.

«Gute Nacht, Roddy», sagte sie und gab ihm einen Kuß auf die Wange.

«Gute Nacht.»

«Gute Nacht, John.» Ihn küßte sie nicht. Oliver hielt ihr die Tür auf. Während sie hinausging, schaute er noch einmal in den dämmerigen Raum zurück und sagte mit seinem charmantesten Lächeln: «Also dann, bis morgen früh.»

«Bis morgen», erwiderte John.

Die Tür schloß sich. Roddy legte Torf nach und stocherte in der Glut, damit er Feuer fing. Dann rückten er und John zwei Sessel an den Kamin und setzten ihr Gespräch fort.

11

Samstag

Die Meteorologen hatten nur zum Teil recht behalten. Es schien zwar die Sonne, aber von Zeit zu Zeit blies ihr der Westwind Wolken vors Gesicht, und schon allein die Luft war so feucht, daß Berge, Wasser und Himmel aussahen, als wären sie mit einem riesigen, viel zu nassen Pinsel gemalt worden.

Das Haus und der Garten lagen geschützt in einer Mulde zwischen den Hügeln, und es waren nur ganz schwache Brisen durch die Bäume gestrichen, als die kleine Gesellschaft mit ihrer umfangreichen Ausrüstung darauf wartete, das alte Fischerboot zu besteigen. Doch kaum waren sie etwa vierzig Meter vom Ufer entfernt, da bekamen sie zu spüren, wie stark der Wind wirklich war. Das bierbraune Wasser des unruhigen Sees türmte sich zu ziemlich hohen Wellen mit Schaumkämmen auf und spritzte über die Dollborde. Die Insassen des Bootes verkrochen sich in die verschiedenen, wasserfesten Kleidungsstücke, die sie in der Waffenkammer von Benchoile aufgetrieben und zu Beginn der Fahrt verteilt hatten. Victoria trug einen tristen, olivenfarbenen Ölmantel, der gewaltige, aufgesetzte Taschen mit Knebelverschlüssen hatte. Thomas war in einen schon sehr angejahrten, reichlich mit dem Blut irgendeines längst erlegten Vogels oder Hasen befleckten Jagdrock gesteckt worden. Dieses Kleidungsstück schränkte seine Bewegungsfreiheit erheblich ein, und Victoria war dafür dankbar, weil es ihr die Aufgabe, ihn festzuhalten, erleichterte, zumal er offenbar nur darauf aus war, über Bord zu springen.

John Dunbeath hatte stillschweigend die langen, schweren Ruder ergriffen. Außer dem Knarren der Dollen, dem Pfeifen des Windes und dem Geräusch der Wellen, die an die Bootswände schlugen, war kein Laut zu hören. Der schwarze Ölmantel, den er zu grünen Jägerstiefeln trug, hatte einst seinem Onkel Jock gehört. Barhäuptig, das Gesicht von der Gischt naßgespritzt, saß er da und ruderte, gekonnt und kraftvoll. Sein Körper schwang vor und zurück, und der Bug des störrischen alten Bootes glitt durch das Wasser. Ein- oder zweimal zog John die Ruder ein und schaute über seine Schulter, um sich zu orientieren und abzuschätzen, wie weit Wind und Strömung sie vom Kurs abtrieben. Er wirkte entspannt und erweckte ganz den Eindruck, als fühle er sich wie zu Hause. Aber schließlich war er ja früher schon oft hier gewesen und über den See gerudert.

In der Mitte des Bootes saßen Roddy und Oliver. Roddy mit dem Rücken zu Victoria, seinen Hund Barney sicher zwischen den Knien; Oliver saß nach hinten gelehnt rittlings auf der Bank und stützte sich mit den Ellbogen auf das Dollbord. Beide Männer richteten ihre Blicke auf das herannahende Ufer, wobei Roddy mit dem Fernglas die Hänge absuchte. Von ihrem Platz aus konnte Victoria nur Olivers Profil sehen. Er hatte den Kragen seiner Jacke aufgestellt. Die langen, gespreizten Beine in den verblichenen Jeans endeten in alten Turnschuhen. Der Wind verfing sich in seinem Haar und blies es ihm aus der Stirn. Die Haut über den Wangenknochen war von der Kälte gerötet.

Auf dem Boden des Bootes schwappten unvermeidliche Pfützen. Wenn es Roddy gerade einfiel, senkte er ab und zu das Fernglas, ließ es an seinem Lederriemen baumeln, schöpfte geistesabwesend mit einem alten Blechnapf das Wasser und kippte es über Bord. Es schien aber nicht viel zu nützen, doch das schadete nichts, denn die Picknickkörbe, die Schachtel mit Anmachholz und die Bündel aus wasserdichten Planen und dicken Wolldecken waren so verstaut worden, daß die Pfützen sie nicht erreichten. Wie es aussah, war genug Proviant vorhanden, um eine ganze Armee abzufüttern, und die diversen Thermos- und anderen Flaschen standen in einem Extrakorb mit Fächern, daß sie nicht aneinanderstoßen und zerbrechen konnten.

Roddy, der von der Schöpferei wieder einmal genug hatte, hob erneut das Fernglas an die Augen und suchte den Berg ab.

«Wonach halten Sie Ausschau?» fragte Oliver.

«Nach Hirschen. Erstaunlich, wie schwer sie auf so einem Hang auszumachen sind. Vorige Woche, als wir den Schnee hatten, da konnte man sie vom Haus aus sehen, aber heute sind sie anscheinend gar nicht da.»

«Wo sind sie denn dann?»

«Wahrscheinlich auf der anderen Seite.»

«Gibt's hier viele?»

«Manchmal an die fünfhundert. Hirsche und Rehe. Bei kaltem Wetter kommen sie runter und fressen das Futter, das wir für unser Vieh ausstreuen. Im Sommer bringen sie nach Einbruch der Dunkelheit ihre Kitze ins Tal, äsen auf den Weiden und trinken aus dem See. Man kann den alten Viehweg am unteren Ende des Sees entlangfahren, natürlich ohne Licht, dann überrascht man sie. Und wenn man dann die Scheinwerfer einschaltet, hat man einen schönen Anblick.»

«Schießen Sie sie auch ab?» wollte Oliver wissen.

«Nein. Unser Nachbar auf der anderen Seite des Bergs hat die Jagdrechte. Jock hat sie ihm überlassen. Die Kühltruhe auf Benchoile ist sowieso mit Rehkeulen vollgestopft. Bevor Sie abreisen, sollten Sie Ellen dazu überreden, daß sie eine macht. Sie hat ein Händchen für Rehbraten. Schmeckt köstlich.» Er zog den Lederriemen über seinen Kopf und reichte Oliver das Fernglas. «Schauen Sie mal durch, ob Sie mit Ihren jungen Augen was entdecken können.»

Nun rückte auf die wundersame Weise, in der sich solche Dinge nun mal abspielen, ihr Ziel, das andere Ufer, immer näher und begann seine Geheimnisse zu offenbaren. Es war nicht mehr eine ferne, verschwommene Landschaft, sondern ein überschaubarer Ort mit Gesteinsbrocken, smaragdgrünen Grasflächen und Stränden aus weißen Kieselsteinen. Adlerfarne, so dicht wie Pelz, überzogen die tiefergelegenen Hänge der Berge. Weiter oben machten sie dem Heidekraut und vereinzelten schottischen Kiefern Platz. In der Ferne säumten die unregelmäßigen Umrisse eines Walls aus Bruchsteinen den Horizont. Er markierte die Grenze zwischen Benchoile und dem benachbarten Besitz. An manchen Stellen war der Wall eingestürzt, und die Lücken sahen wie Zahnlücken aus.

Aber der Wasserfall war noch immer nicht in Sicht. Victoria, die ihre Arme um Thomas gelegt hatte, beugte sich vor und wollte Roddy schon danach fragen, doch da glitt das Boot an einem riesigen Felsvorsprung vorbei, und vor ihnen tat sich die kleine Bucht auf.

Victoria sah den weißen Kieselstrand und den Bach, der strudelnd und wirbelnd zwischen Heidekraut und Adlerfarnen den Abhang herunterplätscherte, bis er etwa sechs Meter oberhalb des Strandes über einen Granitbrocken sprudelte und in die Tiefe stürzte, in den Tümpel, der sich unten gebildet hatte. Weiß wie eine Federwolke, von Binsen, Moos und Farnkraut gesäumt, tanzte er im Sonnenschein und erfüllte all ihre Erwartungen.

Roddy drehte sich um und lächelte über Victoria, der vor Entzücken der Mund offenstand.

«Da haben Sie ihn», sagte er. «Sind Sie nicht den weiten Weg hergekommen, um das zu sehen?»

Thomas, der ebenso begeistert war wie sie, riß sich mit einem Ruck von Victoria los. Noch ehe sie ihn wieder erwischte, stolperte er, verlor das Gleichgewicht und kippte nach vorn auf das Knie seines Vaters.

«Schau!» Es war eins der wenigen Wörter, die er sprach. Er trommelte mit der Faust auf Olivers Bein. «Schau!»

Doch Oliver war noch vollkommen mit Roddys Fernglas beschäftigt. Entweder bemerkte er Thomas gar nicht, oder er beachtete ihn einfach nicht. Thomas sagte noch einmal: «Schau!» Aber bei der Anstrengung, mit der er versuchte, sich bei seinem Vater Gehör zu verschaffen, rutschte er aus und fiel hin. Dabei stieß er sich den Kopf an der Bank und saß schließlich auf dem Boden des Bootes, in fast zehn Zentimeter tiefem, eiskaltem Wasser.

Er heulte auf, was nur normal war, und hatte den ersten Schluchzer bereits ausgestoßen, bevor Victoria, die zu ihm hinkroch, ihn aus der Pfütze zerren konnte. Als sie ihn hochhob und wieder in die Arme nahm, blickte sie auf und entdeckte John Dunbeaths Miene. Er schaute nicht sie an, sondern Oliver, und sah ganz so aus, als könnte er ihm mit Vergnügen mitten ins Gesicht schlagen.

Der Kiel des Bootes lief auf den Kies auf. John holte die Ruder ein, kletterte über Bord und zog den Bug aus dem Wasser. Nacheinander stiegen sie aus. Roddy brachte Thomas in Sicherheit. Oliver nahm die Fangleine und schlang sie um einen großen, vielleicht genau für diesen Zweck einbetonierten Pflock. Victoria reichte John die Picknickkörbe und die Decken. Schließlich sprang sie selbst an Land. Der Kies knirschte unter den Schuhsohlen. Das Getöse des Wasserfalls dröhnte in ihren Ohren.

Für Benchoile-Picknicks schien es ein strenges Protokoll zu geben. Roddy und Barney gingen auf dem Strand voran, und die anderen folgten ihnen, eine lange, mit Gepäck beladene Prozession. Zwischen dem Wasserfall und den verwitterten Mauern einer eingestürzten Kate lag eine kleine Grasfläche. Hier schlugen sie ihr Lager auf, neben der traditionellen Feuerstelle, einem Ring aus rußgeschwärzten Steinen, in dem verkohlte Holzreste von früheren Picknicks zeugten. Es war ein sehr geschützter Platz, obwohl hoch über ihnen noch immer Wolken über den Himmel jagten. Von Zeit zu Zeit brach die Sonne durch, und wenn sie gerade schien, war es schon richtig warm, und das dunkle Wasser des Sees, auf dem dann Sonnenkringel tanzten, nahm das Blau des Himmels an.

Die Ausflügler zogen ihre unförmigen, wasserdichten Sachen aus. Thomas machte sich allein auf den Weg, um den Strand zu erkunden. An der Feuerstelle begann John Dunbeath mit einem Stock die Asche zusammenzukratzen. Roddy holte zwei Flaschen Wein aus dem Getränkekorb und stellte sie am Rande des Tümpels kalt. Oliver zündete sich eine Zigarette an. Nachdem Roddy seine Weinflaschen so ins Wasser gelegt hatte, daß sie nicht wegrollen konnten, blieb er stehen und beobachtete ein Vogelpaar, das aufgeregt zwitschernd um einen Felsvorsprung neben dem Wasserfall kreiste.

«Was für Vögel sind das?»

«Wasseramseln. Gute Taucher. Normalerweise nisten sie nicht so früh.» Darauf begann er, den steilen Hang hinaufzuklettern, um der Sache auf den Grund zu gehen. Oliver, der das

Fernglas noch immer um den Hals hängen hatte, sah ihm eine Weile zu und folgte ihm dann. Inzwischen suchte John bereits nach Brennmaterial und sammelte büschelweise trockenes Gras und verdorrte Heidekrautstengel ein. Victoria wollte ihm gerade ihre Hilfe anbieten, als sie merkte, daß Thomas auf den See und die hübschen Wellen zusteuerte. Sie lief ihm nach, rannte über den Strand und erwischte ihn gerade noch rechtzeitig.

«Thomas!» Sie preßte ihn an sich und drückte lachend ihre Nase an seinen Hals. «Du kannst nicht ins Wasser gehen.»

Sie kitzelte ihn, und er kicherte, doch dann machte er einen Buckel und sträubte sich verzweifelt. «Naß!» schrie er ihr ins Gesicht.

«Du bist schon naß. Komm mit, wir finden eine andere Beschäftigung für dich.»

Sie trug ihn auf dem Strand zurück, bis dorthin, wo der Tümpel in einen seichten Bach überging und über die Kieselsteine in Richtung See floß. An diesem Bach setzte sie Thomas ab, bückte sich, hob eine Handvoll Steine auf und fing an, sie einzeln ins Wasser zu werfen. Ihr Platschen lenkte Thomas ab. Nach einer Weile ging er in die Hocke und begann ebenfalls Steine zu werfen. Victoria ließ ihn dort, kehrte zum Picknickplatz zurück, schraubte den Plastikbecher einer Thermosflasche ab und brachte ihn zu Thomas.

«Schau», sagte sie, als sie sich neben ihn setzte. Dann füllte sie den Becher mit Steinen. Als er voll war, kippte sie ihn aus, daß die Kiesel einen kleinen Haufen bildeten. «Schau mal, das ist ein Schloß.» Sie gab ihm den Becher. «Jetzt du.»

Vorsichtig legte Thomas Steinchen um Steinchen in den Becher. Das nahm ihn vollkommen in Anspruch. Seine Finger, vor Kälte so rot und starr wie vertrocknete Seesterne, waren ungeschickt, seine Ausdauer rührte Victoria.

Während sie voll Zärtlichkeit Thomas beobachtete, dachte sie über mütterliche Instinkte nach. Sollte man die etwa auch haben, wenn man kein eigenes Kind hatte? Wäre Thomas nicht so ein reizender Junge gewesen, hätte sie vielleicht nie dieses elementare, grenzenlose Bedürfnis entwickelt, ihn liebevoll zu beschützen. Aber es war nun einmal da. Er hatte den Weg in ihr Herz gefunden.

Die ganze Situation war, gelinde gesagt, grotesk. Zuerst, als Oliver ihr gestanden hatte, er habe Thomas den Archers entführt, da war sie zwar entsetzt gewesen, aber auch tief bewegt. Daß ausgerechnet Oliver Dobbs seine Vaterschaft so ernst nahm, daß er sich zu diesem außergewöhnlichen Schritt hinreißen ließ, das war irgendwie fabelhaft.

Anfangs hatte er anscheinend auch Spaß an Tom gefunden und sich viel mit ihm beschäftigt; er kaufte ihm Piglet, ließ ihn auf seinen Schultern reiten, spielte sogar abends mit ihm, bevor Victoria ihn zu Bett brachte. Aber so, wie ein Kind schnell einer neuen Attraktion überdrüssig wird, so schien sich auch Olivers Interesse an Thomas gelegt zu haben, und nun nahm er kaum noch Notiz von ihm.

Der Zwischenfall im Boot war typisch für sein Verhalten. Victoria konnte sich nicht mehr des Verdachts erwehren, daß nicht Vaterstolz und echtes Verantwortungsgefühl Oliver dazu veranlaßt hatten, spontan seinen Sohn zu entführen, sondern daß er nur auf seine krumme Tour den Schwiegereltern eins auswischen wollte. Er hatte ihnen Thomas wohl mehr aus Gehässigkeit als aus Liebe weggenommen.

Sie durfte gar nicht daran denken. Nicht nur, weil das ein so schlechtes Licht auf Oliver warf, sondern auch, weil es Thomas' Zukunft – und indirekt auch ihre eigene – so furchtbar unsicher machte.

Thomas hämmerte mit einer Faust auf sie ein. «Schau!» Victoria schaute und sah das aufgeschüttete Steinhäufchen und sein strahlendes, schmuddeliges Gesicht. Da zog sie ihn auf ihre Knie und umarmte ihn.

«Ich liebe dich», sagte sie. «Weißt du das?» Und er lachte, als hätte sie etwas umwerfend Lustiges erzählt. Sein Lachen war befreiend. Es würde schon noch alles gut werden. Sie liebte Thomas und sie liebte Oliver, Oliver liebte Victoria, und offenbar liebte er – auf seine nicht gerade augenfällige Art – auch Thomas. Bei soviel Liebe rundherum vermochte sicher nichts die Familie zu zerstören, die sie nun einmal geworden waren.

Hinter ihr hörte sie Schritte knirschen. Sie drehte sich um und sah John Dunbeath, der über den Strand auf sie zukam. Auf dem Picknickplatz loderte inzwischen ein Feuer, von dem blaue Rauchfahnen aufstiegen. Die zwei anderen Männer waren verschwunden. Victoria hielt nach ihnen Ausschau und entdeckte in weiter Ferne ihre Gestalten. Sie waren mehr als den halben Weg zum Grenzwall hinaufgestiegen und kletterten immer weiter.

«Es wird wohl noch eine Stunde dauern, bis wir unseren Lunch kriegen», sagte John. «Sie sind rauf, um die Hirsche zu suchen.»

Er blieb einen Moment neben ihr stehen und blickte über das Wasser zum Haus hinüber, das halb hinter den Bäumen verborgen in der prallen Sonne lag, auf die Entfernung aber nur verschwommen zu erkennen war. Von hier sah es ungemein reizvoll aus, wie ein Haus aus einem Traum. Rauch quoll aus einem Schornstein, und ein weißer Vorhang flatterte wie eine Fahne aus einem offenen Fenster.

Victoria sagte: «Macht nichts. Das mit dem Lunch, meine ich. Falls Thomas hungrig wird, können wir ihm ja schon was geben, damit ihm der Magen nicht so knurrt.»

John setzte sich zu ihnen, lehnte sich zurück und stützte die

Ellbogen auf dem Kies auf. «Du bist doch noch nicht hungrig, oder?» fragte er Thomas.

Thomas sagte nichts. Nach einer Weile kletterte er von Victorias Knien und kehrte zu seinem Spiel mit dem Plastikbecher zurück.

«Wollen Sie nicht auch Hirsche suchen gehen?» fragte Victoria.

«Heute nicht. Ich weiß ja, wie sie aussehen. Und es ist eine ziemliche Kletterei. Ich hätte gar nicht gedacht, daß Oliver so energiegeladen ist und sich so für Tiere interessiert.»

Obwohl in seiner Stimme keine Spur von Kritik anklang, verteidigte Victoria Oliver sofort. «Er interessiert sich für alles. Neue Erfahrungen, neue Blickwinkel, neue Menschen.»

«Ich weiß. Letzte Nacht, nachdem Sie zu Bett gegangen waren, kam Roddy schließlich noch darauf zu sprechen, daß Oliver auch Schriftsteller ist. Es war komisch, denn als ich ihm vorgestellt wurde, dachte ich sofort: Oliver Dobbs, den Namen kenne ich, wußte aber nicht mehr, woher. Und dann, als Roddy das erzählte, da fiel bei mir der Groschen. Ich habe ein paar Bücher von ihm gelesen und eines seiner Stücke im Fernsehen gesehen. Er ist ein sehr kluger Mann.»

Victoria ereiferte sich für Oliver. «Ja, klug ist er. In Bristol wird gerade ein neues Stück von ihm aufgeführt. Es heißt *Das falsche Spiel.* Am Montag war Premiere, und sein Agent sagt, er hätte einen Volltreffer gelandet. Wahrscheinlich kommt es sogar im West End raus, sobald sie ein geeignetes Theater gefunden haben.»

«Ist ja prima.»

Sie setzte ihr Loblied auf Oliver fort, als könnte das die Erinnerung an den Ausdruck auslöschen, den sie für einen Moment auf John Dunbeaths Gesicht wahrgenommen hatte, nachdem Thomas im Boot hingefallen war. «Er ist nicht immer erfolgreich gewesen. Das Schreiben ist ja bekanntlich ein Metier, in dem man es am Anfang sehr schwer hat. Aber er hat nie etwas anderes tun wollen, und ich habe auch nicht das Gefühl, daß er jemals den Mut oder den Glauben an sich selbst verloren hat. Seine Eltern haben ihn praktisch enterbt, weil er nicht in die Armee eintreten und auch nicht Anwalt oder so was Ähnliches werden wollte. Deshalb hat er in der ersten Zeit wirklich keinerlei Sicherheit gehabt.»

«Wie lange ist das schon her?»

«Das war wohl gleich nach der Schule.»

«Wie lange kennen Sie ihn schon?»

Victoria beugte sich vor und hob eine Handvoll Kieselsteine auf. So dicht am Wasser waren sie naß und glänzend und fühlten sich kalt an. «Ungefähr drei Jahre.»

«Hatte er damals schon Erfolg?»

«Nein. Damals hat er fürchterliche, völlig anspruchslose Jobs angenommen, mit denen er gerade genug verdient hat, daß er sich etwas zu essen kaufen und die Miete bezahlen konnte. Na ja, er hat Ziegel gekarrt, Straßen ausgebessert oder in einer Fisch-und-Fritten-Bude Teller gewaschen. Dann hat sich plötzlich ein Verleger für ihn interessiert, und er hat ein Stück beim Fernsehen untergebracht. Von da an ging es aufwärts, es war wie ein Schneeballsystem, und er hat nie zurückgeschaut. Er und Roddy haben sich durch das Fernsehen kennengelernt. Das hat Ihnen Roddy sicher erzählt. Deshalb sind wir nach Benchoile gekommen. Ich habe *Die Adlerjahre* schon gelesen, als ich noch zur Schule ging, und sie seither in regelmäßigen Abständen immer wieder gelesen. Als Oliver mir gesagt hat, daß er Roddy kennt und wir für ein paar Tage hierherfahren würden, konnte ich es kaum glauben.»

«Hat Benchoile Ihre Erwartungen erfüllt?»

«Ja. Wenn man sich erst einmal daran gewöhnt hat, daß nicht das ganze Jahr Sommer ist.»

John lachte. «Nein, das ist es sicher nicht.» Er sah viel jünger aus, wenn er lachte, fand Victoria.

Die Sonne hatte sich für eine Weile hinter einer Wolke versteckt gehabt, aber jetzt schob sie sich wieder hervor und schien so angenehm warm, daß Victoria sich zurücklehnte und zum Himmel hinaufschaute.

Sie sagte: «Das einzige, was unsere Freude über diesen Besuch getrübt hat, war der Tod Ihres Onkels. Wir haben es nämlich erst bei der Ankunft erfahren. Ich hatte das Gefühl, wir hätten eigentlich sofort umkehren und wieder wegfahren sollen, aber Roddy wollte davon nichts hören.»

«Wahrscheinlich war es das Beste, was ihm passieren konnte. Ein bißchen Gesellschaft.»

«Ellen hat mir erzählt, Sie seien als kleiner Junge immer hier gewesen. Das heißt, wenn Sie nicht in Colorado waren.»

«Ja, ich kam früher mit meinem Vater her.»

«Kamen Sie gern?»

«Ja, schon, aber ich habe mich hier nie zu Hause gefühlt. Mein wahres Zuhause war die Ranch in Colorado.»

«Was haben Sie denn früher hier unternommen? Haben Sie Hirsche und Moorhühner erlegt und sich mit anderen Männerangelegenheiten die Zeit vertrieben?»

«Ich habe gefischt. Aber ich mag nicht schießen. Hab's nie leiden können. Und das hat das Leben hier ein bißchen schwierig gemacht.»

«Warum?» Victoria hatte Mühe, sich vorzustellen, daß das Leben für John Dunbeath jemals schwierig gewesen sein sollte.

«Wohl deshalb, weil ich ein Außenseiter war. Alle anderen haben gejagt. Sogar mein Vater. Nur ich nicht, und Onkel

Jock konnte das überhaupt nicht begreifen.» Er grinste. «Manchmal meinte ich sogar, er mag mich nicht besonders.»

«Oh, ich bin sicher, daß er Sie gern gehabt hat. Er hätte Ihnen doch Benchoile nicht hinterlassen, wenn er Sie nicht gern gehabt hätte.»

«Er hat es mir hinterlassen», sagte John nüchtern, «weil sonst keiner da war.»

«Hatten Sie damit gerechnet?»

«Nein, ganz und gar nicht. Klingt wahrscheinlich verrückt, stimmt aber. Als ich von Bahrain zurückkam, fand ich den Brief des Anwalts auf meinem Schreibtisch.» John beugte sich vor, nahm eine Handvoll Steine auf und zielte treffsicher auf einen flechtenbewachsenen Felsbrocken, der am Rande des Sees aus dem Wasser ragte. «Es war noch ein Brief da», sagte er. «Von Jock. Den muß er kurz bevor er starb geschrieben haben. Ist ein komisches Gefühl, wenn man einen Brief von jemandem bekommt, der schon tot ist.»

«Werden Sie ... Werden Sie hierherziehen und hier leben?»

«Das könnte ich nicht, selbst wenn ich wollte.»

«Wegen Ihrer Arbeit?»

«Ja. Und auch aus anderen Gründen. Ich bin zwar jetzt gerade in London, aber es kann sein, daß sie mich im Handumdrehen wieder nach New York schicken. Ich habe Verpflichtungen. Ich habe meine Familie.»

«Ihre Familie?» Sie war überrascht. Aber wenn sie es recht bedachte, warum eigentlich? Nur weil sie John in London auf einer Party kennengelernt hatte, zu der er allein gegangen war, bedeutete das ja keineswegs, daß er in den Staaten nicht eine Frau und Kinder zurückgelassen hatte. Auf der ganzen Welt gab es Geschäftsleute, die gezwungen waren, ein solches Leben zu führen. Daran war nichts Ungewöhnliches. Sie stellte sich seine Frau vor; hübsch und schick wie anscheinend alle jungen Amerikanerinnen, mit einer supermodernen Küche und einem Kombiwagen, in dem sie die Kinder von der Schule abholte.

Da sagte er: «Mit Familie meine ich meinen Vater und meine Mutter.»

«Oh», Victoria lachte und kam sich töricht vor. «Ich habe geglaubt, das heißt, daß Sie verheiratet sind.»

Mit ungeheurer Konzentration warf er den letzten Stein, den er noch in der Hand hatte. Der traf den Felsbrocken und fiel leise platschend ins Wasser. Dann wandte John sich um, blickte Victoria an und sagte: «Ich war verheiratet. Jetzt bin ich's nicht mehr.»

«Das tut mir leid.» Weiter fiel ihr dazu nichts ein.

«Schon gut.» Er lächelte beschwichtigend, und sie sagte: «Das habe ich nicht gewußt.»

«Woher hätten Sie das wissen sollen?»

«Einfach so. Bloß deshalb, weil die Leute ja von Ihnen gesprochen haben. Ich meine, Roddy und Ellen haben mir von Ihnen erzählt. Aber keiner hat erwähnt, daß Sie verheiratet waren.»

«Es hat nur ein paar Jahre gehalten, und sie haben meine Frau nie kennengelernt.» Wieder stützte er sich auf die Ellbogen und schaute über den See zu den Bergen und zum Haus hinüber. «Ich wollte mit ihr nach Benchoile kommen. Bevor wir geheiratet haben, war oft die Rede davon, und da schien sie auch ganz begeistert zu sein. Sie war noch nie in Schottland und hat sich alle möglichen romantischen Vorstellungen gemacht. Für sie gab es da wohl nur wallende Nebel, pfeifende Dudelsäcke und den legendären Bonnie Prinz Charlie im Schottenrock. Aber nach der Hochzeit... Ich weiß nicht, da reichte auf einmal die Zeit nie aus, um auch nur irgend etwas zu unternehmen.»

«War... war die Scheidung der Grund, weshalb Sie nach London gegangen sind?»

«Einer der Gründe. Lieber ein sauberer Bruch und fertig.»

«Haben Sie Kinder?»

«Nein. Und wie sich die Dinge entwickelt haben, ist das auch besser so.»

Da wurde Victoria klar, daß sie sich in John getäuscht hatte. Als sie ihm in London zum erstenmal begegnet war, hatte er sie beeindruckt, weil er so distanziert, selbstbewußt und vollkommen beherrscht war. Doch nun stellte sie fest, daß sich unter dieser glatten Oberfläche ein Mensch wie jeder andere verbarg; verwundbar, verletzlich, wahrscheinlich einsam. Ihr fiel ein, daß er an jenem Abend eigentlich mit einer Freundin kommen wollte, die ihn aus irgendeinem Grund versetzt hatte. Deshalb hatte er Victoria zum Abendessen eingeladen, und sie hatte abgelehnt. Beim Gedanken daran beschlich sie auf unerklärliche Weise ein Gefühl, als ob sie ihn versetzt hätte.

«Meine Eltern haben sich auch scheiden lassen», erzählte sie. «Als ich achtzehn war. Man sollte meinen, ich wäre alt genug gewesen, um mit der Situation fertig zu werden. Aber es geht nicht spurlos an einem vorbei. Nichts ist mehr so wie früher. Was fehlt, ist die Geborgenheit.» Sie lächelte. «Dafür bietet Benchoile mehr als genug Geborgenheit. Sie quillt förmlich aus allen Wänden. Ich schätze, das hat etwas mit den Menschen zu tun, die in diesem Haus gelebt haben, und mit der Art und Weise, wie sie jetzt hier leben. Als ob sich seit hundert Jahren nichts verändert hätte.»

«Das stimmt. Solange ich lebe, hat sich hier bestimmt nichts verändert. Es riecht sogar noch so wie früher.»

«Was wird nun aus Benchoile?» fragte Victoria.

Er antwortete nicht sofort. Dann sagte er: «Ich werde es verkaufen.»

Sie starrte ihn entgeistert an. Seine dunklen Augen hielten ihrem Blick stand, und allmählich begriff sie, daß er es ernst meinte.

«Aber John, das können Sie nicht tun.»

«Was soll ich denn sonst tun?»

«Es behalten.»

«Ich bin kein Landwirt. Ich bin kein Jäger. Ich bin nicht einmal waschechter Schotte. Ich bin ein amerikanischer Banker. Was sollte ich denn mit einem Anwesen wie Benchoile anfangen?»

«Könnten Sie es nicht einfach weiterführen?»

«Von der Wall Street aus?»

«Setzen Sie einen Verwalter ein.»

«Wen denn?»

Sie versuchte, sich eine geeignete Person auszudenken, und kam, wie könnte es auch anders sein, nur auf einen. «Roddy.»

«Reicht ja schon, daß ich ein Banker bin, aber Roddy ist Schriftsteller und erst recht kein Fachmann. Er ist nie etwas anderes gewesen. Jock war der Stützpfeiler der Familie und ein außergewöhnlicher Mensch. Der stelzte nicht bloß mit einem Hund an seiner Seite auf Benchoile herum und erteilte Anweisungen. Er hat hier gearbeitet. Er ist mit Davey Guthrie in den Bergen herumgeklettert und hat die Schafe heruntergetrieben, er hat mitgeholfen, wenn sie lammten oder desinfiziert wurden, und er ist auf den Markt nach Lairg gefahren. Jock war auch derjenige, der die Forstwirtschaft im Auge behalten hat, der sich um den Garten gekümmert und den Rasen gemäht hat.»

«Gibt es denn keinen Gärtner hier?»

«Es gibt einen Rentner, der dreimal die Woche mit seinem Fahrrad aus Creagan herkommt, aber im Küchengarten das

Gemüse zu ziehen und das Haus mit Brennholz zu versorgen nimmt wohl den größten Teil seiner Zeit in Anspruch.»

Victoria war noch immer nicht überzeugt. «Roddy scheint von allem so viel zu verstehen. Gestern abend...»

«Er weiß eine Menge, weil er sein Leben lang hier gewohnt hat, aber was er zuwege bringt, das steht auf einem ganz anderen Blatt. Ich fürchte, ohne Jock, der ihm Halt gegeben und ihn von Zeit zu Zeit angeschubst hat, läuft Roddy Gefahr, sich zugrunde zu richten.»

«Sie könnten ihm eine Chance geben.»

John sah aus, als bedauere er es selbst, doch er schüttelte nur den Kopf. «Benchoile ist ein großer Besitz. Es sind zwölftausend Morgen Hügelland zu bewirtschaften, Zäune instand zu halten und an die tausend Schafe zu betreuen. Außerdem gibt es auch noch Rinder, Ernten müssen eingebracht werden, und es sind teure Maschinen vorhanden. Alles in allem steht da eine Menge Geld auf dem Spiel.»

«Das heißt, Sie wollen nicht das Risiko eingehen, Geld zu verlieren?»

Er grinste. «Kein Banker riskiert das gern. Aber darum geht es gar nicht. Wahrscheinlich könnte ich es mir leisten, kleine Verluste hinzunehmen. Nur, kein Besitz ist es wert, daß man an ihm festhält, wenn es sich nicht um ein lebensfähiges Unternehmen handelt, das sich wenigstens selbst trägt.»

Victoria wandte sich von ihm ab. Sie setzte sich auf, schlang die Arme um die angezogenen Knie und schaute über das Wasser zu dem alten Haus hinüber. Sie dachte an seine Wärme, an seine Gastfreundschaft, an die Menschen, die dort wohnten. Für sie kam es nicht darauf an, ob es ein lebensfähiges Unternehmen war oder nicht.

«Was wird aus Ellen?» fragte sie.

«Ellen ist eines der Probleme. Sie und die Guthries.»

«Wissen sie schon, daß Sie Benchoile verkaufen wollen?»

«Noch nicht.»

«Weiß Roddy es?»

«Ich habe es ihm gestern abend beigebracht.»

«Und was hat er gesagt?»

«Es hat ihn nicht überrascht. Er hat gesagt, er habe nichts anderes erwartet. Und dann schenkte er sich den größten Cognac ein, den Sie je gesehen haben, und wechselte das Thema.»

«Was glauben Sie, was Roddy jetzt machen wird?»

«Keine Ahnung.» Und zum erstenmal klang er wirklich unglücklich. Sie wandte den Kopf um, sah John über die Schulter an, und wieder trafen sich ihre Blicke. Er schaute traurig drein, und er tat ihr leid, weil er in einem solchen Dilemma steckte.

Spontan sagte sie: «Roddy trinkt zuviel.»

«Ich weiß.»

«Aber ich mag ihn.»

«Ich auch. Ich mag sie alle. Deshalb ist es ja so schrecklich.»

Wenn sie nur wüßte, wie sie ihn aufmuntern könnte. «Vielleicht findet sich doch noch eine Lösung.»

«Glauben Sie etwa an Wunder? Nein, ich werde Benchoile verkaufen. Weil ich muß. Robert McKenzie, der Anwalt in Inverness, gibt eine Anzeige auf. Sie erscheint Mitte nächster Woche in allen großen Zeitungen des Landes. ‹Attraktives Anwesen mit Jagdrevier im Hochland zu verkaufen.› Sehen Sie, ich kann jetzt gar nicht mehr zurück. Ich kann es mir nicht mehr anders überlegen.»

«Ich wünschte, ich könnte Sie dazu bewegen.»

«Ausgeschlossen, also reden wir nicht mehr darüber.»

Thomas langweilte sich inzwischen bei seinem Spiel. Außerdem bekam er Hunger. Er hatte den Plastikbecher fallen lassen, kam zu Victoria und kletterte wieder auf ihre Knie. John sah auf die Uhr. «Es ist fast eins», sagte er. «Ich denke, Sie und ich und Thomas, wir sollten uns jetzt was zu essen holen ...»

Langsam standen sie auf. Victoria klopfte sich den Sand von den Jeans. «Wo sind denn die anderen abgeblieben?» fragte sie, drehte sich um und hielt nach ihnen Ausschau. Da entdeckte sie Oliver und Roddy, die bereits auf dem Weg nach unten waren und jetzt viel schneller vorankamen als bei ihrem Aufstieg.

«Die sind auch hungrig und sicher sehr durstig», sagte John. «Komm her ...» Er bückte sich, hievte Thomas auf seinen Arm und kehrte mit ihm und Victoria zum Picknickplatz zurück, wo sein Feuer noch vor sich hin schwelte. «... schauen wir mal, was Ellen uns eingepackt hat.»

Vielleicht lag es an dem Picknick, das so erfolgreich verlaufen war und Erinnerungen an frühere, schöne Feste heraufbeschworen hatte, auf jeden Fall drehte sich an diesem Abend beim Dinner das Gespräch weder um die literarische Welt Londons noch um die Zukunftsprobleme Schottlands, denn Roddy schwelgte in Geschichten aus vergangenen Zeiten, zu denen ihm sein Neffe unentwegt die Stichworte lieferte.

Mit frischer Luft aufgetankt und von Wein und gutem Essen beschwingt, war Roddy ganz in seinem Element und gab eine schier endlose Flut von Anekdoten zum besten.

Rund um den polierten Tisch wurden im Schein der Kerzen meist längst verstorbene exzentrische Verwandte, herrschsüchtige Witwen und so manches alte Faktotum wieder lebendig. Da wurde von der Weihnachtsfeier erzählt, bei der der Baum Feuer fing; von der Moorhuhnjagd, bei der ein junger Cousin, der sich allgemeiner Unbeliebtheit erfreute, dem Ehrengast eine Ladung Schrot verpaßte und mit Schimpf und Schande nach Hause geschickt wurde; und von dem längst vergessenen Winter, in dem Schneestürme das Haus für einen Monat oder noch länger von der Außenwelt abschnitten und seinen Bewohnern nichts anderes übrig blieb, als für ihren Porridge Schnee zu schmelzen und sich mit endlosen Scharaden bei Laune zu halten.

Dann folgten die Geschichten vom umgekippten Boot, vom Bentley des Sheriffs, bei dem versehentlich die Handbremse nicht angezogen wurde und der auf dem Grund des Sees landete, und von dem Edelfräulein in beschränkten Verhältnissen, das für ein Wochenende zu Besuch kam und noch zwei Jahre später das beste Gästezimmer blockierte.

Es dauerte lange, bis Roddy die Geschichten ausgingen, und selbst dann war er noch unermüdlich. Gerade als Victoria vorschlagen wollte, nun vielleicht allmählich zu Bett zu gehen (es war schon nach Mitternacht), da schob er seinen Stuhl zurück und führte seine Gäste entschlossen durch die Halle in den verwaisten Salon, der unter seinen Schonbezügen schlummerte. Dort stand der mit einem alten Laken verhüllte Flügel. Roddy nahm das Laken ab, zog sich einen Hocker heran und begann zu spielen.

Im Raum war es bitterkalt. Die Vorhänge waren seit langer Zeit abgenommen, die Fensterläden geschlossen, und die alten Melodien hallten wie Zimbelklänge von den Wänden wider. In der Mitte der hohen, reichlich mit Stuck verzierten Decke hing ein kristallener Kronleuchter von riesigen Ausmaßen, der wie eine Dolde aus Eiszapfen funkelte und bunte Lichtstrahlen aussandte, die sich in den Messingstäben des Schutzgitters spiegelten, das vor dem weißen Marmorkamin stand.

Roddy sang Lieder aus der Zeit vor dem Krieg. Lieder von Noel Coward, aus seiner sentimentalsten Phase, und von Cole Porter.

Mich haut kein Rum wirklich um,
nach sieben Gin bin ich auch noch nicht hin,
Champagner mit Wodka dazu,
das haut mich nicht um, aber du.

Die anderen drei standen oder saßen um Roddy herum. Oliver, dessen Sinn für Theatralisches von dem unerwarteten Verlauf dieses Abends geweckt worden war, stützte sich auf den Flügel, rauchte eine Zigarette und beobachtete Roddy, als ertrüge er es nicht, wenn ihm auch nur eine einzige Regung in seinem Mienenspiel entginge.

John war auf die andere Seite hinübergegangen, hatte die Hände in den Hosentaschen vergraben und lehnte mit dem Rücken am Kaminsims. Victoria hatte sich einen mit verblichenem blauem Bauwollstoff abgedeckten Sessel ausgesucht, der mitten im Zimmer stand, und sich auf die Armlehne gesetzt. Von ihrem Platz aus sah sie Roddy zwar nur von hinten, aber über ihm hingen links und rechts von einem Spiegel zwei große Gemälde. Ohne daß es ihr jemand zu sagen brauchte, wußte sie sofort, das konnten nur Jock Dunbeath und seine Frau Lucy sein.

Während sie der nostalgischen Musik lauschte, blickte sie von einem Bild zum anderen. Jock war im Paradekilt seines Regiments gemalt worden, Lucy trug hingegen nur einen schlichten Schottenrock mit einem braunen Pullover. Sie hatte auch braune Augen und einen lachenden Mund. Victoria fragte sich, ob Lucy diesen Raum eingerichtet und den Teppich mit dem Rosenmuster ausgesucht oder ob sie ihn von ihrer Schwiegermutter geerbt und einfach behalten hatte. Dann ertappte sie sich dabei, daß sie überlegte, ob Jock und Lucy wohl wußten, daß Benchoile verkauft werden sollte. Waren sie traurig darüber oder wütend, oder hatten sie Verständnis für Johns

Dilemma? Mit einem Blick auf Lucy fand Victoria, daß sie es wahrscheinlich verstand. Aber Jock... Sein Gesicht über dem hohen Kragen und den goldenen Epauletten war wie aus Stein gemeißelt und vollkommen ausdruckslos. Auch die tiefliegenden, hellen Augen gaben nichts preis.

Victoria merkte, daß ihr allmählich kalt wurde. Aus einem unerklärlichen Grund hatte sie an diesem Abend ein höchst ungeeignetes, ärmelloses Kleid angezogen, das viel zu leicht für einen Winterabend in Schottland war. Eins von der Sorte, die man nur mit sonnengebräunten Armen und zu Sandalen tragen sollte. Sie wußte, daß sie in ihm dünn und farblos und verfroren aussah.

Du bist die Sahne in meinem Kaffee,
Du bist die Milch in meinem Tee

Victoria fröstelte und rieb sich die Arme mit ihren Händen, um sich auf diese Weise ein wenig zu wärmen. Vom Kamin her fragte John Dunbeath ruhig: «Frieren Sie?» Da merkte sie, daß er sie beobachtet hatte, und das machte sie verlegen. Schnell legte sie die Hände wieder in den Schoß und nickte, gab ihm aber mit einem Schweigen gebietenden Blick zu verstehen, daß sie Roddy nicht stören wollte.

Er nahm die Hände aus den Hosentaschen, verließ seinen Platz am Kamin, kam zu ihr und griff sich im Vorbeigehen den Schonbezug, der einen französischen Rosenholzstuhl vor Staub geschützt hatte. Dann faltete er den Schonbezug wie ein Tuch zusammen und legte ihn um ihre Schultern, so daß sie in mehrere Lagen aus weicher, alter Baumwolle gehüllt waren, die sich sehr angenehm anfühlte.

Er kehrte nicht mehr zum Kamin zurück, sondern setzte sich auf die andere Armlehne ihres Sessels und legte seinen Arm auf die Rückenlehne. Seine Nähe war ebenso wohltuend wie der Schonbezug, den er ihr umgehängt hatte, und nach einer Weile fror sie nicht mehr.

Letzten Endes hielt Roddy inne, um Atem zu schöpfen und sich mit einem Schluck aus dem Glas zu erfrischen, das auf dem Klavier stand. «Ich glaube, das reicht», erklärte er. Doch John sagte: «Du kannst noch nicht aufhören. Du hast noch nicht ‹Willst du fort von mir, mein Lieb› gespielt.»

Roddy zog die Stirn kraus und blickte seinen Neffen über die Schulter an. «Wann hast du mich denn dieses alte Lied spielen hören?»

«Ich schätze, als ich etwa fünf war. Aber mein Vater hat es früher auch gesungen.»

Mit einem Lächeln stellte Roddy fest: «Junge, Junge, du bist ganz schön sentimental.» Doch dann wandte er sich wieder dem Flügel zu, und die alte schottische Weise erfüllte den gespenstisch anmutenden Raum.

Bald schon zieht der Sommer ins Land,
Und die Vögel, die zwitschern so traut,
Wenn der wilde Thymian wächst
Im blühenden Heidekraut.
Willst du fort von mir, mein Lieb?

Einen Turm will ich dir bauen,
Ganz nah am kristallklaren Quell,
Und mit allen Blumen der Berge
Bekränze ich ihn hell.
Willst du fort von mir, mein Lieb?

Hat meine Liebste mich verlassen,
Find' bald ich eine andre Braut,
Dort, wo der wilde Thymian wächst
Im blühenden Heidekraut.
Willst du fort von mir, mein Lieb?

12

Sonntag

Es war zehn Uhr morgens und heiliger Sonntag. Im Nordosten hatte der Wind wieder einmal aufgefrischt. Bitterkalt fegte er vom Meer herein. Schnell dahinziehende Wolken rissen nur ab und zu auf, und dann schimmerte kurz ein Stück Himmel durch, blau wie ein Rotkehlchenei. Kaum zu glauben, daß sie erst gestern beim Wasserfall gepicknickt und im angenehmen Vorgefühl des nahenden Frühlings in der Sonne gesessen hatten.

John Dunbeath saß nun in der Küche der Guthries und trank Tee. Die Küche war behaglich wie ein Nest. Im Herd brannte ein Feuer, und die dicken Wände und die fest geschlossenen Fenster trotzten dem heulenden Wind. Es roch nach brennendem Torf und simmernder Fleischbrühe, und der Tisch, der mitten im Raum stand, war bereits für das Mittagessen gedeckt.

Jess machte sich auf den Weg in die Kirche. Sie nahm ihren Hut von der Ablage, ging ein wenig in die Knie, um sich im Spiegel sehen zu können, und setzte ihn auf. Während John sie beobachtete und dann wieder Davey anschaute, fand er, daß von allen Leuten auf Benchoile die Guthries sich am wenigsten verändert hatten. Jess war immer noch schlank, immer noch hübsch, mit nur einer Spur von Grau in ihrem welligen, blonden Haar, und Davey sah mit seinen strahlenden, blauen Augen und den buschigen, sandfarbenen Brauen sogar noch jünger aus, als John ihn in Erinnerung hatte.

«Also dann», sagte Jess, griff nach den Handschuhen und zog sie an. «Ich muß los. Nichts für ungut, aber ich hab Ellen Tarbat versprochen, daß ich sie abhole und in die Kirche mitnehme.» Sie schielte kurz nach der gewaltigen Uhr auf dem Kaminsims. «Und wenn ihr zwei vor dem Mittagessen noch rauf auf den Berg wollt, dann sitzt ihr besser nicht den ganzen Tag hier vor euren Teetassen rum.»

Sie rauschte hinaus. Kurz darauf knarrte ein Getriebe lautstark, ein Motor jaulte auf, und Daveys kleiner grauer Lieferwagen rumpelte stotternd über den holprigen Weg vor dem Haus und verschwand in Richtung Gutshof.

«Sie ist eine erbärmliche Autofahrerin», bemerkte Davey nachsichtig. Er trank seinen Tee aus, stellte den Becher auf den Tisch und stand auf. «Aber sie hat recht. Wir sollten uns auf den Weg machen.» Im Flur holte er seine Wetterjacke vom Haken neben der Tür, angelte die Schirmmütze herunter und nahm den Hirtenstab und den Feldstecher mit. Die zwei Golden Retriever, die scheinbar schlafend vorm Kamin gelegen hatten, sprangen auf, denn sie witterten einen Spaziergang. Aufgeregt rannten sie hin und her, schnüffelten an Daveys Knien und wedelten mit den Schwänzen.

John hatte von Jess erfahren, daß es die Hunde von Jock Dunbeath waren.

«Die armen Viecher waren bei ihm, als er starb. Danach schlichen sie wie verlorene Seelen auf Benchoile herum. Es war die Rede davon, den älteren einschläfern zu lassen. Das Weibchen. Sie ist fast neun Jahre alt. Aber wir konnten uns mit dem

Gedanken nicht anfreunden. Der Colonel hat sie so gern gehabt, und sie ist ein ausgezeichneter Apportierhund. Deshalb haben wir beide bei uns aufgenommen. Allerdings haben wir noch nie einen Hund im Haus gehalten, Davey hat das nicht geduldet. Aber die zwei sind ihr Leben lang noch nie in einem Zwinger gewesen, und da mußte er halt nachgeben. Wahrscheinlich hätten sie auch auf Benchoile bleiben können, aber Mr. Roddy hat seinen eigenen Hund, und Ellen hat schon genug zu tun, die hat keine Zeit, sich noch um zwei so große Babies wie die beiden zu kümmern.»

Kaum hatte Davey die Tür des Bauernhauses geöffnet, da rannten die Hunde in den windgepeitschten Garten hinaus und tollten wie Welpen zwischen den Büschen und auf dem Gras unter der Wäscheleine herum. Bei ihrem Auftauchen fingen Daveys eingesperrte Hirtenhunde an wie verrückt zu bellen und rasten in ihrem mit Maschendraht eingezäunten Auslauf hin und her. «Maulhalten, ihr Kläffer!» rief ihnen Davey gutmütig zu, doch sie bellten weiter und waren noch immer zu hören, als die zwei Männer mit den beiden Jagdhunden längst durch das Gatter hinter dem Haus gegangen waren und ihren weiten Weg durch das Heidekraut angetreten hatten.

Sie brauchten über eine Stunde, bis sie den Grenzzaun erreichten, der im Norden das Gelände von Benchoile von der unbewohnten Schlucht Glen Feosaig trennte. Es war ein langer Anstieg, bei dem Davey Guthrie ein gemächliches Tempo vorgab. Sie blieben nur stehen, wenn sie sich gegenseitig auf besonders markante Stellen aufmerksam machten, nach Rotwild Ausschau hielten oder dem Flug eines Turmfalken zusahen, der hoch über ihnen seine Kreise zog. Sie ließen die Hunde bei Fuß gehen, und dennoch stoben von Zeit zu Zeit ein paar Moorhühner aus dem Heidekraut auf und flatterten davon, wobei sie dicht am Hang entlangflogen. Ihre erschreckten Rufe klangen wie «geh-weg, geh-weg».

Es war eine weitläufige Landschaft. Langsam versank Benchoile unter ihnen. Der See war nur noch ein langes, zinngraues Band, und das von Bäumen umstandene Haus verschwand allmählich hinter Hügeln. Auf den Berggipfeln im Norden lag nach wie vor Schnee, und auch in den Mulden, die von der tiefstehenden Wintersonne nicht erreicht wurden, hatte er sich noch gehalten. Als sie weiter hinaufstiegen, kam Creagan in Sicht. Auf die Entfernung war die Stadt nur als eine Ansammlung grauer Häuser auszumachen. Der Golfplatz wirkte wie ein schmaler Grünstreifen, und der Kirchturm sah winzig aus. Dahinter lag das Meer, Wolken verhüllten den Horizont.

«Jaja», stellte Davey fest, «ein ziemlich trüber Tag heute.»

Auf dem Kamm des Berges hatten sie nicht einmal mehr Heidekraut unter den Füßen, nur noch mit seltsamen Moosen und Flechten gesprenkelte Torfstiche. Bei jedem Schritt quoll schwarzes Wasser aus dem sumpfigen Boden, und überall stießen sie auf die Fährten von Rotwild. Als sie endlich den langgezogenen Wall aus Bruchsteinen erreichten, schlug ihnen der Nordwind entgegen, raubte ihnen den Atem und pfiff durch ihre wetterfeste Kleidung. John lehnte sich an den Wall und schaute nach Feosaig hinunter. Der See auf dem Grund der Schlucht sah schwarz und tief aus, und nirgendwo waren Anzeichen einer menschlichen Behausung zu erkennen. Nur Schafe und ein paar Turmfalken. Und zwei Möwen, die sich auf ihrem Flug landeinwärts weiß gegen den Berg auf der anderen Seite abhoben.

«Sind das unsere Schafe?» fragte John laut, um den Wind zu übertönen.

«Jaja.» Davey nickte. Dann drehte er sich um und setzte sich

Schutz suchend mit dem Rücken dicht an den Wall. Kurz darauf tat John es ihm gleich. «Aber dieses Gebiet dort drüben gehört doch nicht mehr zu Benchoile.»

«Nein. Aber dieses hier gehört auch nicht zu Feosaig, und trotzdem weiden viele Feosaig-Schafe mit unseren.»

«Und was passiert dann, treiben Sie unsere irgendwann zusammen?»

«Ja. Ende des Monats fangen wir damit an. Wir bringen sie runter in die Pferche, die wir auf den Wiesen hinter der Farm angelegt haben.»

«Wann werfen die Mutterschafe?»

«Etwa Mitte April.»

«Ist es dann immer noch so kalt?»

«Es kann sogar noch kälter sein. Im April gibt's manchmal mächtige Stürme, und hinterher sind die Berge so weiß wie mitten im Winter.»

«Das macht Ihre Arbeit auch nicht gerade leichter.»

«Nein, wirklich nicht. Ich hab schon trächtige Mutterschafe aus verschneiten Gräben und aus Schneewehen ausgebuddelt. Es kann auch mal vorkommen, daß ein Muttertier sein Lamm nicht annimmt, und dann bleibt einem nichts anderes übrig, als es ins Haus zu bringen und von Hand mit der Flasche aufzuziehen. Jess kann prima mit kränklichen Lämmern umgehen.»

«Das glaube ich Ihnen aufs Wort, aber das löst noch nicht das Problem, wie Sie allein mit der ganzen Arbeit fertig werden sollen. Roddy hat mir erzählt, was mein Onkel alles gemacht hat, wenn die Schafe gelammt haben. Sie werden noch einen Mann brauchen, wahrscheinlich sogar zwei, die Ihnen in den nächsten sechs Wochen helfen.»

«Ja, das ist wirklich ein Problem», gab Davey zu, sah aber keineswegs besorgt aus. Er griff in seine Tasche, holte eine Papiertüte heraus und packte zwei große, zusammengeklappte Butterbrote aus. Eins reichte er John, das andere begann er selbst zu essen und hielt sich mit jedem Bissen auf wie ein Wiederkäuer. «Aber ich habe schon mit Archie Tulloch geredet, und er hat versprochen, daß er mir in diesem Jahr zur Hand geht.»

«Wer ist das?»

«Archie ist ein Kleinbauer. Er bewirtschaftet ein paar Morgen, unten an der Straße nach Creagan. Aber er ist ein alter Mann – siebzig oder noch älter – und ihm wächst die Arbeit langsam über den Kopf. Er hat keinen Sohn. Ungefähr einen Monat bevor Ihr Onkel starb, da hat er mit mir über Archies kleinen Hof geredet. Er wollte ihn Archie abkaufen und Benchoile einverleiben. Ein bißchen mehr Ackerland können wir immer brauchen, außerdem gehört eine saftige Weide für Rinder dazu, die unten am Fluß liegt.»

«Wäre Archie damit einverstanden gewesen?»

«Jaja. Er hat eine Schwester in Creagan und erzählt schon seit einer Weile herum, daß er zu ihr ziehen möchte.»

«Dann hätten wir noch mehr Land und ein zusätzliches Haus.»

«Ihr Onkel dachte, wir könnten vielleicht noch einen Mann einstellen und ihn in dem Haus unterbringen. Ihr Onkel war ein großartiger Mensch, aber nach seinem ersten Herzanfall hat er angefangen zu begreifen, daß auch er, wie wir alle, nicht unsterblich ist.»

Davey biß wieder von seinem Brot ab und kaute seelenruhig weiter. Am Hang bewegte sich etwas, das sofort seine Aufmerksamkeit erregte. Er legte das Brot weg, rammte seinen Hirtenstab in den Boden und nahm den Feldstecher heraus. Er stützte ihn mit dem Stab und mit dem Daumen der linken Hand ab und schaute durch. Es trat ein langes Schweigen ein, das nur ab und zu vom Aufheulen des böigen Windes unterbrochen wurde.

«Ein Hase», sagte Davey schließlich. «Nur ein niedlicher Hase.» Er stopfte den Feldstecher wieder in die Tasche und wollte nach dem restlichen Brot greifen, aber da hatte der ältere Retriever es bereits hinuntergeschlungen. «Du bist wirklich ein gefräßiges Biest», schimpfte Davey.

John lehnte sich an den Wall. Spitze Steine bohrten sich in seinen Rücken. Von der Anstrengung des Aufstiegs war ihm noch warm, aber er hatte ein ganz kaltes Gesicht. Vor ihnen tat sich in den Wolken eine Lücke auf. Ein Sonnenstrahl brach durch und lag wie ein Stab aus Gold über den dunklen Wassern des Loch Muie. Der Adlerfarn auf dem Hang verfärbte sich rotbraun. Es war ein sehr schöner Anblick, und John wurde sich in diesem Moment mit Schrecken bewußt, daß das Land, fast so weit, wie er es überschauen konnte, ihm gehörte. Das war Benchoile. Und das... er hob eine Handvoll schwarzer Torferde auf und zerkrümelte sie zwischen den Fingern.

Ihn überkam ein Gefühl von Zeitlosigkeit. Jahrzehntelang hatte sich hier nichts verändert; auch morgen würde alles noch genauso sein und übermorgen und in Wochen und Monaten, die noch in weiter Ferne lagen. Geschäftigkeit jeder Art erschien ihm mit einemmal wie ein Greuel. Das traf ihn unvorbereitet, denn unter apathischen Stimmungen hatte er noch nie gelitten. Er hatte sich einen Namen gemacht, einen beachtlichen Erfolg in seinem Beruf erzielt, nur weil er schnelle und kluge Entscheidungen traf, sofort handelte und an seine Überzeugungen glaubte, die für wankelmütiges Hin und Her keinen Raum ließen.

Diese morgendliche Wanderung hatte er nur deshalb arrangiert, weil er mit Davey allein sein und so taktvoll wie möglich die Information fallenlassen wollte, daß Benchoile Mitte nächster Woche offiziell zum Verkauf angeboten würde. Dennoch ertappte er sich nun dabei, daß er mit Davey grundsätzliche Maßnahmen für die Zunkunft von Benchoile erörterte, als ob er willens wäre, es für den Rest seines Lebens zu behalten.

Er zögerte. Aber war das so schlimm? War der heutige Tag, dieser Morgen, dieser Augenblick wirklich der richtige Zeitpunkt, all dem ein Ende zu setzen, wofür Davey Guthrie gearbeitet hatte? Vielleicht, so sagte er sich und wußte zugleich, daß er sich nur vor der unangenehmen Aufgabe drückte, vielleicht wäre es besser, im Eßzimmer von Benchoile eine Art Versammlung abzuhalten. Dabei könnte er sich hinter einem Schutzschild geschäftsmäßiger Förmlichkeit verschanzen und sich auf diese Weise den menschlichen Aspekt des Problems ersparen. Er würde Ellen Tarbat an den Tisch holen und auch Jess und Roddy, der ihm ein bißchen moralische Unterstützung geben könnte. Besser noch: Er würde Robert McKenzie, den Anwalt aus Inverness, bitten, herzukommen und die Versammlung zu leiten. Dann könnte er es ihm aufhalsen, allen auf einmal die schlechte Nachricht beizubringen.

Die Sonne verschwand. Es wurde wieder kalt und düster, doch das Schweigen zwischen den beiden Männern war kameradschaftlich und ungezwungen. John kam es in den Sinn, daß der echte Hochländer wie Davey Guthrie viel mit den Arbeitern auf der Ranch seines Vaters in Colorado gemein hatte. Stolz, unabhängig und in dem Bewußtsein, daß sie genauso gut wie jeder andere waren – wahrscheinlich sogar besser –, hielten sie es nicht für nötig, sich aufzuspielen, und waren die aufrichtigsten Leute, mit denen man es zu tun haben konnte.

Er wußte, daß er Davey gegenüber auch aufrichtig sein mußte, und brach das Schweigen. «Wie lange sind Sie schon auf Benchoile, Davey?»

«Fast zwanzig Jahre.»

«Und wie alt sind Sie?»

«Vierundvierzig.»

«Sieht man Ihnen nicht an.»

«Das macht das anständige Leben, das hält einen Mann gesund», antwortete Davey, ohne die Miene zu verziehen. «Und die gute Luft. Sie arbeiten doch in London und New York und so großen Städten, finden Sie nicht, daß die Luft dort sehr drückend ist? Wenn Jess und ich nur für einen Tag zum Einkaufen nach Inverness fahren, kann ich es kaum erwarten, wieder nach Hause zu kommen und die saubere Luft von Benchoile einzuatmen.»

«Wenn man irgendwo einen Job hat, denkt man wohl nicht allzuviel darüber nach, was man einatmet.» Dann fügte John hinzu: «Na ja, und wenn es mir mal zu stickig wird, dann fahre ich für gewöhnlich nach Colorado zurück. Dort ist die Luft so dünn, daß einem der erste Atemzug in den Kopf steigt wie ein doppelter Scotch.»

«Jaja, diese Ranch muß schön sein. Und mordsmäßig groß noch dazu.»

«Eigentlich nicht so groß wie Benchoile. Ungefähr sechstausend Morgen, aber natürlich haben wir einen größeren Viehbestand. Sechshundert Morgen sind bewässerte Wiesen, auf denen wir Heu machen, der Rest ist offenes Weideland.»

«Und welche Rinderrassen halten Sie?»

«Keine besonderen Rassen. Das fängt bei prächtigen Hereford und Black Angus an und reicht bis zu der kunterbunten Mischung, die im Westen Running Gear genannt wird. Wenn es reichlich geschneit hat und auch die hochgelegenen Wiesen gut bewässert sind, und wenn es im späten Frühjahr keinen mörderischen Frost gegeben hat, dann können wir an die tausend Stück Vieh weiden lassen.»

Davey grübelte darüber nach, wobei er an einem Grashalm kaute und friedlich vor sich hin stierte. Nach einer Weile sagte er: «Da war mal ein Bauer aus Rosshire, der ging auf den Bullenmarkt in Perth, und dort traf er einen von diesen großen Rinderzüchtern aus Texas. Die beiden kamen ins Gespräch. Und der Texaner wollte von dem Bauern wissen, wieviel Land er besitzt. ‹Zweitausend Morgen›, sagte der Bauer.»

Erst jetzt merkte John, daß Davey nicht ihren Exkurs über die Viehhaltung fortsetzte, sondern einen Witz erzählte. Aus Angst, er könnte die Pointe verpassen oder, noch schlimmer, an der falschen Stelle lachen, lauschte er mit gespitzten Ohren.

«Und dann fragte der Bauer den Texaner, wieviel Land er denn besitzt. Und der Texaner sagte zu dem Bauern: ‹Das werden Sie nicht glauben. Das können Sie gar nicht begreifen, wenn ich Ihnen erzähle, wieviel von Texas mir gehört. Aber ich sag Ihnen eins. Wenn ich mich morgens ins Auto setze und den ganzen Tag an meinem Grenzzaun entlangfahre, dann schaffe ich es nicht, einmal um meinen Besitz herumzufahren.› Und der Bauer dachte eine Weile nach, und dann sagte er zu dem Texaner: ‹So ein Auto hab ich früher auch mal gehabt. Aber inzwischen bin ich es losgeworden.›»

Lange Pause. Davey stierte weiter vor sich hin. John verzog so lange wie möglich keine Miene, doch dann breitete sich unaufhaltsam das Grinsen auf seinem Gesicht aus. Davey wandte den Kopf und blickte John an. In seinen blauen Augen blitzte es verräterisch, aber sonst schaute er genauso mürrisch wie immer drein.

«Jaja», sagte er mit seiner weichen Sutherlandstimme. «Dachte ich mir, daß Ihnen der gefällt. Ist ein sehr guter Witz.»

Ellen Tarbat, angetan mit ihrem schwarzen Sonntagsstaat, zog sich den Hut über die Ohren und steckte ihn mit einer furchterregenden Hutnadel an ihrem Knoten fest. Er war ein gutes Stück, erst zwei Jahre alt und mit einer Schnalle aufgeputzt. Es geht doch nichts über eine Schnalle, um einem Hut ein wenig Würde zu verleihen.

Sie schaute auf die Küchenuhr. Viertel nach zehn, und Ellen wollte in die Kirche. Statt des üblichen Sonntagsbratens würde es heute nur einen kalten Lunch geben. Sie hatte die Kartoffeln geschält, einen mit Marmelade gefüllten Kuchen gemacht, und der Tisch im Eßzimmer war fix und fertig gedeckt. Jetzt wartete sie darauf, daß Jess sie abholte. Davey kam nicht mit zur Kirche, weil er und John auf den Berg hinauf wollten, um nach den Schafen zu schauen. Es mißfiel Ellen, daß sie so etwas am heiligen Sonntag taten, und das hatte sie John auch gesagt, doch er hatte ihr klargemacht, daß er nicht alle Zeit der Welt hätte und bald nach London zurück müßte. Sie konnte sich überhaupt nicht vorstellen, was ihn nach London zurückzog. Selbst war sie ja noch nie in London gewesen, aber ihre Nichte Anne war vor ein paar Jahren hingefahren, und was die ihr über die Stadt erzählt hatte, weckte in Ellen nicht gerade den Wunsch, schleunigst ihrem Beispiel zu folgen.

Als ihr Hut richtig saß, griff sie nach dem Mantel. Sie hatte ihre Sachen schon am frühen Morgen nach unten mitgenommen, damit sie nicht noch einmal all diese Treppen bis in ihr Dachzimmer hinaufsteigen mußte. Treppensteigen gehörte zu den Dingen, die sie erschöpften. Und sie haßte es, erschöpft zu sein. Sie haßte es, wie ihr Herz hämmerte, wenn sie erschöpft war. Manchmal haßte sie es, alt zu sein.

Ellen zog den Mantel an, knöpfte ihn zu und strich das Revers glatt, auf dem sie ihre beste Brosche mit dem Bergkristall angesteckt hatte. Dann nahm sie ihre prall gefüllte Handtasche und die schwarzen Handschuhe. Da klingelte vorne das Telefon.

Einen Augenblick lang blieb Ellen abwartend stehen. Sie überlegte, wer im Haus war. Mrs. Dobbs war mit dem kleinen Jungen spazierengegangen. John war mit Davey unterwegs. Das Telefon klingelte weiter. Schließlich seufzte Ellen, legte Tasche und Handschuhe wieder weg und raffte sich auf, an den Apparat zu gehen. Sie mußte aus der Küche hinaus, durch die Halle, bis in die Bibliothek, denn das Telefon stand auf dem Schreibtisch des Colonels. Ellen hob den Hörer ab.

«Ja?»

Es klickte und summte mehrmals, was in ihren Ohren widerlich klang. Das Telefon war auch etwas, was Ellen haßte. «Ja?» sagte sie noch einmal, und es hörte sich schon recht unwirsch an.

Ein letztes Klicken, dann fragte eine Männerstimme: «Ist dort Benchoile?»

«Ja, hier ist Benchoile.»

«Ich möchte Oliver Dobbs sprechen.»

«Der ist nicht da», erklärte Ellen ohne Zögern. Jess Guthrie konnte jeden Moment vorfahren, und sie wollte sie nicht warten lassen.

Aber der Anrufer ließ sich nicht so einfach abspeisen.

«Haben Sie denn keine Möglichkeit, ihn irgendwo zu erreichen? Es ist wirklich sehr wichtig.»

Das Wort *wichtig* verfing bei ihr.

Wie herrlich, wenn wichtige Leute zu Besuch kamen und wichtige Dinge passierten! Da konnte man doch mal über etwas anderes reden als nur über die Preise der Lämmer oder über das Wetter.

«Er ... er ist vielleicht im Nebenhaus drüben.»

«Könnten Sie ihn holen?»

«Das dauert aber eine Weile.»

«Ich bleibe dran.»

«Das Telefon ist sehr teuer», wandte Ellen in scharfem Ton ein. Wichtig oder nicht, es war einfach sündhaft, gutes Geld zu verschwenden.

«Was?» Der Mann klang verblüfft, was er möglicherweise auch war. «Oh, machen Sie sich darüber keine Gedanken. Ich wäre froh, wenn Sie ihn holen könnten. Sagen Sie ihm, sein Agent ist am Apparat.»

Ellen seufzte wieder und fand sich damit ab, daß sie das erste Lied verpassen würde. «Na gut.»

Sie legte den Hörer hin und machte sich auf den weiten Weg durch den hinteren Teil des Hauses in den Hof hinaus. Als sie die Tür öffnete, riß ihr eine heftige Bö beinahe den Türknauf aus der Hand. Gegen den Wind gestemmt, hielt sie ihren guten Hut fest, stapfte über das Kopfsteinpflaster und öffnete Roddys Haustür.

«Roddy!» Ihre Stimme überschlug sich.

Eine Weile war es still, dann ertönten Schritte im oberen Stockwerk, und Mr. Dobbs erschien selbst auf dem Treppenabsatz, so lang wie ein Laternenpfahl, dachte Ellen.

«Er ist nicht hier, Ellen. Er ist nach Creagan gefahren, um die Sonntagszeitungen zu holen.»

«Da ist ein Anruf für Sie, Mr. Dobbs. Der Mann sagt, er ist Ihr Agent und es ist sehr wichtig.»

Sein Gesicht strahlte. «Oh, schön!» Und holterdiepolter kam er die Treppe herunter, so schnell, daß Ellen zur Seite springen mußte, damit er sie nicht umrannte. «Danke, Ellen!» sagte er, als er an ihr vorbeischoß.

«Er wartet am anderen Ende der Leitung», rief sie ihm mit erhobener Stimme nach, «und der Allmächtige mag wissen, wieviel ihn das kostet.»

Doch Mr. Dobbs hörte ihr Genörgel nicht mehr. Sie verzog

das Gesicht. «Leute gibt's!» Dann rückte sie ihren Hut zurecht und folgte Oliver in ihrem eigenen Tempo. Durchs Küchenfenster sah sie den Lieferwagen der Guthries. Jess saß am Steuer und wartete. Ellen war so durcheinander, daß sie schon halb durch die Tür war, ehe sie merkte, daß sie ihre Handschuhe vergessen hatte.

Das Telefongespräch aus London dauerte über eine halbe Stunde. Als Oliver wieder ins ehemalige Stallgebäude kam, war Roddy bereits mit den Sonntagszeitungen aus Creagan zurückgekehrt, hatte es sich in seinem tiefsten Lehnstuhl vor einem wild lodernden Feuer bequem gemacht und freute sich auf den ersten Gin Tonic des Tages.

Er ließ den *Observer* sinken und blickte über den Rand seiner Brille Oliver entgegen, der die Treppe so schnell hinaufstürmte, daß er gleich zwei Stufen auf einmal nahm.

«Hallo», sagte Roddy. «Ich kam mir schon völlig verwaist vor.»

«Ich habe einen Anruf bekommen.» Er setzte sich Roddy gegenüber in einen Sessel, beugte sich vor und ließ die Hände zwischen den Knien baumeln.

Roddy warf ihm einen durchdringenden Blick zu. Er spürte Olivers unterdrückte, nur mühsam verhohlene Erregung. «Hoffentlich war es etwas Erfreuliches.»

«Ja, sehr erfreulich. Es war mein Agent. Alles unter Dach und Fach. Mein neues Stück kommt in London raus, sobald es in Bristol abgesetzt wird. Dieselben Schauspieler, derselbe Regisseur, die komplette Inszenierung.»

«Phantastisch!» Roddys Zeitung fiel auf den Boden, und er nahm seine Brille ab. «Mein lieber Junge, das ist wirklich die schönste Neuigkeit.»

«Ich hab noch andere Eisen im Feuer, aber die kann ich abwarten. Das heißt, da ist noch nichts beschlossen und unterschrieben.»

«Freut mich riesig.» Roddy schaute auf die Uhr. «Die Sonne steht zwar noch nicht im Zenit, aber ich denke, das ist ein Anlaß...»

Doch Oliver fiel ihm ins Wort. «Die Sache hat bloß einen Haken. Würde es Ihnen was ausmachen, wenn ich Victoria und Thomas noch ein paar Tage hier bei Ihnen ließe? Ich muß nach London. Morgen. Nur für eine Nacht. Es gibt einen Flug ab Inverness, am Nachmittag so gegen fünf. Meinen Sie denn, es könnte mich jemand hinbringen?»

«Aber natürlich. Sie können sie hierlassen, solange Sie wollen. Und ich fahre Sie im MG zum Flugplatz.»

«Ist ja nur für zwei Tage. Übermorgen bin ich wieder da. Dann packe ich die beiden ins Auto, und wir machen uns auf den Rückweg in Richtung Süden.»

Allein bei dem Gedanken, daß sie ihn alle verließen, war Roddy elend zumute. Er hatte Angst davor, allein zu sein, nicht nur, weil er gern junge Gesellschaft um sich hatte, sondern auch deshalb, weil er wußte, sobald Oliver, Victoria und der kleine Thomas abgefahren waren, gab es für ihn keinen Vorwand mehr, den Tatsachen nicht ins Auge zu blicken. Und die Tatsachen jagten ihm kalte Schauer über den Rücken. Jock war tot. John würde Benchoile verkaufen. Alte Bindungen und Traditionen würden für immer in die Brüche gehen. Er mußte sein Leben vollkommen neu gestalten. Die Dobbs waren seine letzten Gäste im Haus.

In der vagen Hoffnung, den furchtbaren Augenblick damit noch hinausschieben zu können, sagte er: «Sie müssen nicht abreisen. Sie wissen doch, daß Sie nicht abreisen müssen.»

«Und Sie wissen, daß es sein muß. Sie sind schon mehr als nett zu uns gewesen, und Ihre Gastfreundschaft ist wunderbar, aber wir können nicht ewig hierbleiben. Fische und Gäste fangen nach drei Tagen zu stinken an, und wir sind bereits drei Tage hier. Ab morgen stinken wir also.»

«Sie werden mir fehlen. Uns allen. Ellen hat ihr Herz an Thomas verloren. Ohne Sie wird es hier sehr leer werden.»

«Sie haben ja noch John.»

«John wird nicht länger bleiben als unbedingt nötig. Kann er gar nicht. Er muß nach London zurück.»

«Victoria hat mir erzählt, er wird Benchoile verkaufen.»

Roddy war überrascht. «Ich hatte keine Ahnung, daß er mit Victoria darüber gesprochen hat.»

«Sie hat es mir gestern abend erzählt.»

«Ja, er wird verkaufen. Es bleibt ihm schließlich keine andere Wahl. Ehrlich gesagt, habe ich schon damit gerechnet.»

«Und was machen Sie dann?»

«Kommt darauf an, wer Benchoile kauft. Wenn es ein reicher Amerikaner mit Sinn für die Jagd ist, könnte ich vielleicht einen Job als Treiber kriegen. Ich sehe mich schon mit dem Finger an die Mütze tippen und üppige Trinkgelder einheimsen.»

«Sie sollten heiraten», meinte Oliver.

Roddy sah ihn erneut scharf an. «Das müssen ausgerechnet Sie sagen.»

Oliver grinste. «Bei mir ist das etwas anderes», behauptete er selbstgefällig. «Ich gehöre einer anderen Generation an. Ich darf andere Moral- und Wertvorstellungen haben.»

«Die haben Sie wahrlich.»

«Was dagegen?»

«Ist doch vollkommen egal, ob ich etwas dagegen habe oder nicht. Außerdem bin ich zu träge, um mich in Angelegenheiten zu mischen, die mich nun wirklich nichts angehen. Vielleicht war ich ja auch zum Heiraten zu träge, denn man hatte von mir erwartet, daß ich heirate. Doch ich habe eigentlich nie getan, was man von mir erwartet hat. Nicht zu heiraten war einfach ein Teil meiner Lebensweise. Wie Bücher schreiben oder Vögel beobachten oder zuviel trinken. Mein Bruder Jock ist an mir verzweifelt.»

«Ich finde das ganz in Ordnung», sagte Oliver. «Ich lebe wohl weitgehend nach dem gleichen Schema.»

«Ja», sagte Roddy, «nur habe ich für mein Teil eine goldene Regel befolgt. Ich habe mich nie auf eine feste Beziehung eingelassen, weil ich gewußt habe, daß ich dabei Gefahr laufe, jemandem weh zu tun.»

Oliver sah ihn überrascht an. «Sie meinen Victoria, nicht wahr?»

«Sie ist sehr verletzlich.»

«Aber sie ist auch intelligent.»

«Das Herz und der Kopf sind zweierlei.»

«Verstand und Gefühl?»

«Wenn Sie so wollen.»

«Ich kann mich nicht binden», sagte Oliver.

«Sie sind doch bereits gebunden», wandte Roddy ein. «Sie haben das Kind.»

Oliver griff nach seinen Zigaretten. Er nahm eine und zündete sie mit einem Fidibus an, den er im Kaminfeuer in Brand gesteckt hatte. Als sie brannte, warf er den Fidibus in die Flammen. Dann sagte er: «Ist es in dem Fall nicht ein bißchen spät, mir mit väterlichen Ratschlägen zu kommen?»

«Es ist nie zu spät, etwas zu korrigieren.»

Über den Kaminvorleger hinweg schauten sie einander beinahe feindselig an, und Roddy sah die Kälte in Olivers Blick. Um das Thema zu wechseln, fragte Oliver: «Wissen Sie eigentlich, wo Victoria ist?»

Damit erteilte er ihm gewissermaßen eine Abfuhr. Roddy seufzte. «Ich glaube, sie ist mit Thomas spazierengegangen.»

Oliver stand auf. «Dann mache ich mich jetzt besser auf den Weg und suche sie, damit sie erfährt, was sich tut.»

Er ging, rannte die Holztreppe hinunter und knallte die Haustür hinter sich zu. Seine Schritte dröhnten durch den kopfsteingepflasterten Hof. Was Olivers Absichten betraf, so war Roddy nun nicht klüger als zuvor und befürchtete, daß er mehr Schaden als Nutzen angerichtet hatte. Er wünschte, er hätte seinen Mund gehalten. Nach einer Weile seufzte er noch einmal, stemmte sich aus seinem Sessel hoch und goß sich den heißersehnten Gin Tonic ein.

Victoria, die auf ihrem Rückweg bereits im Birkenwäldchen angelangt war, sah Oliver aus dem Torbogen des Hofs treten. Er rauchte eine Zigarette. Sie wollte ihn schon rufen, doch da entdeckte er sie und Thomas und kam ihnen über die Wiese entgegen.

Auf halber Strecke hatten Thomas die Beine versagt, deshalb trug Victoria ihn huckepack. Als sie Oliver kommen sah, bückte sie sich und ließ den Kleinen von ihrem Rücken auf den Boden rutschen. Er lief voraus und war vor ihr bei Oliver. Kaum hatte er ihn erreicht, klammerte er sich an die Knie seines Vaters und rammte ihm den Kopf in die Beine.

Oliver hob ihn nicht hoch, sondern blieb wie festgekeilt stehen und wartete, bis Victoria in Hörweite war.

«Wo bist du gewesen?» fragte er.

«Bloß spazieren. Wir haben noch einen Fluß entdeckt, aber der ist nicht so hübsch wie der Wasserfall. Und was hast du gemacht?»

«Telefoniert», sagte er. Der Spaziergang und die kalte Luft hatten Farbe auf ihre Wangen gezaubert. Ihr blondes, zerzaustes Haar wehte im Wind. Irgendwo hatte sie ein Büschel Winterlinge gefunden und ein paar von den gelben Blüten ins Knopfloch ihrer Jacke gesteckt. Oliver schloß sie in seine Arme und küßte sie. Sie roch kühl und frisch, wie jemand, der sich lange im Freien aufgehalten hat. Ihre Lippen schmeckten süß, und ihr Kuß war voller Unschuld, wie klares Wasser.

«Wen hast du angerufen?»

«Ich bin angerufen worden. Von meinem Agenten.» Er ließ sie los und bückte sich, um seine Beine aus Thomas' Umklammerung zu befreien. Sie machten sich auf den Weg zum Haus, aber Thomas protestierte und rührte sich nicht. Also ging Victoria zurück und nahm ihn auf den Arm. Kaum war sie wieder neben Oliver, fragte sie: «Was hat er denn gesagt?»

«Gute Nachrichten. *Das falsche Spiel* kommt in London raus.»

Sie blieb abrupt stehen. «Oliver, das ist ja wunderbar.»

«Und ich muß auch nach London, morgen.» Ihr fiel die Kinnlade herunter. «Dich und Thomas lasse ich hier.»

«Das kann nicht dein Ernst sein.»

Er lachte. «Guck doch nicht so tragisch, du Dummerchen! Ich komme ja übermorgen wieder.»

«Aber warum können wir nicht mitkommen?»

«Wozu willst du denn für einen Tag nach London mitkommen? Außerdem kann ich nicht über Geschäfte reden, wenn ihr mir dauernd vor den Füßen rumlauft.»

«Aber wir können nicht ohne dich hierbleiben.»

«Warum denn nicht?»

«Ich will nicht, daß du mich hier sitzenläßt.»

Im Nu wurde Oliver ungehalten. Er hörte auf, sie gutmütig zu hänseln, und erklärte verärgert: «Ich lasse dich nicht hier sitzen. Ich muß lediglich für eine Nacht nach London. Ich fliege hin, und ich fliege wieder zurück. Und wenn ich wieder da bin, packen wir unsere Sachen, setzen uns ins Auto und fahren Richtung Süden. Alle miteinander. Bist du nun zufrieden?»

«Aber was soll ich denn ohne dich machen?»

«Einfach leben, denke ich. Das sollte doch nicht so schwierig sein.»

«Ich finde es nur für Roddy so furchtbar. Erst rücken wir ihm auf die Bude, und jetzt ...»

«Ihm ist es recht. Er freut sich auf die Aussicht, daß er dich und Thomas ein, zwei Tage für sich hat. Und von wegen ihm auf die Bude rücken: Er will überhaupt nicht, daß wir abreisen. Wenn wir erst einmal weg sind, muß er sich nämlich der Realität stellen, und das schmeckt ihm ganz und gar nicht.»

«Es ist gemein, so über Roddy zu reden.»

«Okay, es ist gemein, aber wahr. Ich bestreite nicht, daß er charmant und unterhaltsam ist wie eine Figur aus einer alten Komödie der dreißiger Jahre, aber ich bezweifle, daß er jemals in seinem Leben um irgend etwas gekämpft hat.»

«Er war im Krieg. Jeder, der den Krieg durchgemacht hat, mußte kämpfen. Da ging es schließlich nur darum.»

«Ich rede von persönlichen Herausforderungen. Nicht von einem nationalen Notstand. Vor einem nationalen Notstand kann man sich nicht drücken, indem man sich hinter einem Brandy mit Soda verkriecht.»

«Oh, Oliver. Ich kann es nicht ausstehen, wenn du so bist. Und ich will noch immer nicht, daß du wegfährst und Thomas und mich hier zurückläßt.»

«Ich fahre aber trotzdem.» Sie antwortete nicht, und er legte ihr den Arm um die Schultern, beugte sich hinunter und küßte sie auf die Stirn. «Und du brauchst nicht zu schmollen. Am Dienstag, wenn ich zurückkomme, kannst du dich in den Volvo schwingen und mich abholen. Und wenn du besonders lieb bist, lade ich dich in Inverness zum Dinner ein. Dann essen wir gefüllten Schafsmagen mit Pommes und gehen hinterher irgendwo tanzen. Kannst du dir etwas vorstellen, was dich mehr reizen würde?»

«Mir wäre es lieber, wenn du nicht weg müßtest.» Doch sie lächelte bereits.

«Ich muß aber. Die Pflicht ruft. Ich bin ein erfolgreicher Mann. Dich hierzulassen ist ein Preis, den ich dafür bezahlen muß, daß ich erfolgreich bin.» Er küßte sie wieder. «Weißt du, was dein Fehler ist? Du bist nie glücklich.»

«Das stimmt nicht.»

«Weiß ich ja», gab er zu.

«Ich bin hier glücklich gewesen», behauptete sie, scheute sich aber plötzlich weiterzusprechen. Sie hoffte, Oliver würde ihr erklären, er sei auch glücklich gewesen. Doch er sagte nichts. Sie nahm Thomas von einem Arm auf den anderen, und gemeinsam gingen sie zum Haus zurück.

13

MONTAG

RODDY STAND OBEN an der Treppe und rief: «Victoria!»

Sie hatte den ganzen Vormittag Hemden und Taschentücher für Oliver gebügelt, seine Strümpfe und Pullover sortiert und ihm schließlich noch den Koffer gepackt. Jetzt ließ sie von ihrer Arbeit ab, richtete sich auf, strich eine Haarsträhne aus dem Gesicht und ging an die Tür.

«Ich bin hier!»

«John ist da, und Oliver. Kommen Sie doch rauf! Wir trinken gerade was.»

Es war kurz vor halb eins. Ein kalter, aber sonniger Tag. Roddy und Oliver wollten nach dem Lunch zum Flugplatz fahren. Vor einer Viertelstunde war Ellen aufgetaucht und hatte Thomas geholt, um ihn tischfein zu machen, denn heute mittag gab es ausnahmsweise eine kräftige, von Ellen und Jess Guthrie zubereitete Mahlzeit, die im großen Eßzimmer von Benchoile eingenommen werden sollte. Das hatte Ellen so entschieden. Sie war seit eh und je der Auffassung, daß niemand eine Reise antreten sollte, wie kurz sie auch sein mochte, ohne vorher gut zu essen, und Oliver bildete da offensichtlich keine Ausnahme. Folglich waren sie und Jess den ganzen Morgen emsig gewesen. Aus dem Gutshaus drangen verlockende Düfte, und es lag eine erwartungsvolle Stimmung in der Luft, als stünde ein wichtiges Ereignis bevor.

An dem Stimmengemurmel, das von oben aus Roddys Wohnzimmer kam, hörte Victoria, daß sich die Männer unterhielten. Sie klappte den Koffer zu und ließ die Schlösser einrasten. Dann trat sie vor den Spiegel, kämmte ihr Haar, sah sich noch einmal im Raum um, ob sie auch nichts vergessen hatte, und ging zu den anderen hinauf.

Weil die Sonne so strahlend schien, hatten sie sich nicht um den Kamin geschart, sondern saßen vor dem großen Fenster, Roddy und Oliver auf der Sitzbank, mit dem Rükken zur Aussicht, und John Dunbeath auf einem Stuhl, den er sich vom Schreibtisch herangeholt hatte. Als Victoria erschien, sagte Roddy: «Da ist sie ja. Kommen Sie, wir haben auf Sie gewartet.» John stand auf und schob seinen Stuhl beiseite, um ihr Platz zu machen. «Was möchten Sie denn trinken?»

Sie überlegte. «Ich glaube, ich will eigentlich gar nichts.»

«Ach, komm, stell dich nicht so an!» sagte Oliver, während er einen Arm ausstreckte und Victoria an sich zog. «Du hast den ganzen Vormittag im Haus geschuftet. Du hast einen Drink verdient.»

«Na schön.»

«Was möchten Sie?» fragte John wieder. «Ich bringe es Ihnen.»

Immer noch von Olivers Arm umschlungen, sah sie zu John hinüber. «Vielleicht ein Lagerbier.» Er lächelte ihr zu und ging in Roddys Küche, um eine Dose aus dem Kühlschrank zu holen.

Doch es blieb kaum genug Zeit, die Dose zu öffnen und das Bier einzuschenken, da wurde die Haustür aufgerissen, und Ellen brüllte vom Fuß der Treppe herauf, daß das Essen fertig sei, bereits auf dem Tisch stehe und ungenießbar werde, wenn sie nicht augenblicklich kämen.

«Der Teufel soll das Weib holen!» schimpfte Roddy leise, aber sie mußten sich wohl oder übel fügen. Also nahm jeder sein Glas in die Hand, und sie erhoben sich. Gemeinsam machten sie sich auf den Weg nach unten, über den Hof und in das Gutshaus.

Das Eßzimmer war sonnendurchflutet. Der Tisch war festlich weiß gedeckt, das Roastbeef dampfte auf der Anrichte, und Schüsseln mit heißem Gemüse standen auf Warmhalteplatten. Thomas saß bereits hungrig und mit umgebundenem Lätzchen in einem uralten hölzernen Hochstuhl, den Jess Guthrie aus dem früheren Kinderzimmer heruntergetragen hatte. Ellen tappte auf ihren wackeligen Beinen hin und her, wies jedem seinen Platz an und beschwerte sich unentwegt, daß der Braten kalt werde und es überhaupt keinen Sinn mache, gutes Fleisch auf den Tisch zu bringen, wenn die Leute einfach nicht rechtzeitig zum Essen kommen.

«Also, Ellen, das stimmt doch gar nicht», versuchte John sie zu besänftigen. «Wir sind sofort aufgesprungen, als Sie uns gerufen haben. Wer schneidet den Braten auf?»

«Du», sagte Roddy prompt und setzte sich mit dem Rücken zum Fenster, so weit wie möglich von der Anrichte entfernt. Er konnte noch nie besonders gut mit dem Fleischmesser umgehen. Das hatte immer Jock übernommen.

Schwungvoll wie ein Metzgermeister wetzte John das Messer mit dem Horngriff und machte sich an die Arbeit. Ellen brachte den ersten Teller Thomas und kümmerte sich selbst um ihn. Sie schnitt das Fleisch klein, zerdrückte das Gemüse und vermischte es mit Soße, bis es wie brauner Porridge aussah.

«Da, schau mal, kleiner Mann. Das ißt du jetzt schön auf, Herzchen, dann wirst du groß und stark.»

«Nicht, daß wir damit unsere liebe Not hätten», murmelte Roddy, als Ellen hinausgegangen war und die Tür hinter sich geschlossen hatte. Alle lachten, weil Thomas' Wangen an diesem Tag runder und dicker denn je aussahen.

Der Hauptgang war beendet, und sie nahmen gerade Ellens Apfelkuchen mit Vanillesoße in Angriff, als das Telefon klingelte. Wie es auf Benchoile üblich zu sein schien, wartete jeder darauf, daß ein anderer an den Apparat ging. «Oh, verdammt!» fluchte Roddy schließlich.

Victoria hatte Mitleid mit ihm. «Soll ich gehen?»

«Nein, bleiben Sie sitzen!» Er nahm seelenruhig noch einen Happen Apfelkuchen, dann schob er seinen Stuhl zurück und trollte sich noch immer schimpfend aus dem Zimmer. «Was für eine blödsinnige Zeit, jemanden anzurufen!» Er hatte die Tür offengelassen, und sie konnten seine Stimme aus der Bibliothek hören. «Hier Benchoile. Roddy Dunbeath.» Pause. «Wer? Was? Ja, natürlich. Bleiben Sie dran, ich hole ihn.» Einen Moment später tauchte er wieder auf, die Serviette, die er mitgenommen hatte, noch in der Hand.

«Oliver, mein Lieber, es ist für Sie.»

Oliver blickte auf. «Für mich? Wer denn?»

«Keine Ahnung. Irgendein Mann.»

Er wandte sich wieder seinem Apfelkuchen zu, und nun schob Oliver seinen Stuhl zurück und ging, um das Gespräch zu übernehmen. «Ich begreife nicht», sagte Roddy, «warum sie nicht irgendein Gerät erfinden, mit dem man dieses Geklingel abstellen kann, wenn man sich zu Tisch setzt.»

«Du kannst ja den Hörer aushängen», schlug John vor.

«Ja schon, aber nachher vergesse ich, ihn wieder aufzulegen.»

Thomas stocherte lustlos in seinem Nachtisch herum, deshalb nahm Victoria ihm den Löffel aus der Hand und half ihm. «Sie könnten es doch einfach klingeln lassen», sagte sie.

«Dazu habe ich nicht genug Willenskraft. Eine Weile kann ich es ja klingeln lassen, aber dann halte ich es nicht mehr aus. Ich stelle mir immer vor, daß jemand dran ist, der mir etwas ungeheuer Aufregendes erzählen will, und ich galoppiere los und reiße den Hörer von der Gabel, nur um mich dann, was schon vorgekommen ist, Ohr an Ohr mit dem Finanzamt zu befinden. Oder es hat sich jemand verwählt.»

«Warum hebst du denn ab, wenn sich jemand verwählt?» fragte John, und es war um so komischer, weil er nur selten Witze machte.

Als Oliver zurückkam, waren sie mit dem Essen fertig. Roddy hatte sich eine Zigarre angezündet, und John brachte gerade das Tablett mit dem Kaffee aus der Küche. Victoria schälte eine Orange für Thomas, denn soviel er auch aß, Orangen mochte er immer noch lieber als alles andere. Sie war saftig, und Victoria war so in ihre Beschäftigung vertieft, daß sie nicht aufschaute, als Oliver den Raum wieder betrat.

«Gute Nachrichten, hoffe ich», hörte sie Roddy sagen. Das letzte Stück Schale ging ab, sie brach die Orange auseinander und reichte Thomas das erste Stück. Oliver antwortete nicht. «Doch nicht etwa was Schlimmes?» Roddy klang nun besorgt.

Oliver sagte noch immer nichts. Das Schweigen machte Victoria plötzlich stutzig. Es wurde länger, drückender. Selbst Thomas rührte sich nicht mehr. Er saß da, ein Orangenstück in der Hand, und starrte über den Tisch hinweg seinen Vater an. Victorias Wangen begannen zu prikkeln, als sie merkte, daß alle sie anschauten. Ihr Blick wanderte von Roddy zu Oliver. Sie sah sein kreidebleiches Gesicht und die kalten, unverwandt auf sie gerichteten Augen. Da spürte sie, wie ihr das Blut aus den Wangen wich und ihr Magen sich zusammenzog.

Sie schluckte. «Was ist los?» Ihre Stimme klang schwach und unwirklich.

«Weißt du, wer da am Telefon war?» fragte Oliver.

«Keine Ahnung», sagte sie, konnte aber nicht verhindern, daß ihre Stimme zitterte.

«Das war der verdammte Mr. Archer. Der hat aus Hampshire hier angerufen.» – Dabei habe ich sie doch gebeten, nicht anzurufen, dachte Victoria nur. Ich habe ihr versprochen, daß ich wieder schreibe. Ich habe ihr erklärt, daß Oliver nichts von meinem Brief weiß. – «Du hast ihm geschrieben.»

«Ich ...» Ihr Mund war trocken, und sie schluckte wieder. «Ich habe nicht ihm geschrieben, sondern ihr.»

Oliver trat an den Tisch, legte die Handflächen auf die Tischplatte und beugte sich zu Victoria hinüber.

«Ich habe dir gesagt, daß du ihr nicht schreiben sollst.» Jedes Wort dröhnte wie ein Hammerschlag. «Ich habe dir gesagt, du darfst weder schreiben noch anrufen, noch sonstwie Verbindung mit ihr aufnehmen.»

«Oliver, ich mußte ...»

«Woher hast du überhaupt die Adresse gehabt?»

«Ich ... Ich habe sie aus dem Telefonbuch herausgesucht.»

«Wann hast du geschrieben?»

«Am Donnerstag ... Nein, am Freitag ...» Sie war völlig durcheinander. «Ich weiß es nicht mehr.»

«Was habe ich da gemacht?»

«Ich ... Ich glaube, du hast noch geschlafen.» Das hörte sich langsam nach Hinterhältigkeit und Geheimnistuerei an. Deshalb hielt sie es für nötig, sich zu verteidigen: «Aber ich habe dir doch gesagt, ich will ihr schreiben. Ich habe es nicht ertragen, daß sie nichts von Thomas wußte … daß sie nicht einmal wußte, wo er war.» Olivers Gesichtsausdruck wurde keine Spur sanfter. Zu ihrem Entsetzen merkte Victoria, daß sie dem Weinen nahe war. Sie spürte, wie ihr Mund zu zittern begann, der Kloß in ihrem Hals wuchs und ihr beschämende Tränen in die Augen stiegen. Gleich würde sie vor ihnen allen losheulen.

«Sie wußte verdammt genau, wo er war.»

«Nein, das stimmt nicht.»

«Aber sie wußte, daß er bei mir war. Und das ist verdammt noch mal das einzige, worauf es ankommt. Er ist bei mir, und ich bin sein Vater. Was ich mit ihm mache und wo ich mit ihm hinfahre, geht sonst keinen was an. Am allerwenigsten dich.»

Jetzt liefen ihr die Tränen über die Wangen. «Also, ich denke …» war alles, was sie herausbrachte, bevor er ihr ins Wort fiel.

«Ich habe dich nie gebeten zu denken. Ich habe dir lediglich gesagt, du sollst deinen dämlichen Mund halten.»

Dabei knallte Oliver mit voller Wucht seine Faust auf den Eßtisch, daß das Geschirr bebte und klirrte. Thomas, der von den ungewohnt heftigen Worten, die er zwar nicht kannte, aber nur zu gut begriff, wie benommen und mucksmäuschenstill gewesen war, suchte sich genau diesen Moment aus, um Victoria nachzueifern, und brach ebenfalls in Tränen aus. Er kniff die Augen zusammen, sein Kinn klappte nach unten, und die Reste einer halbgekauten Orangenspalte kullerten aus seinem Mund.

«Oh, um Gottes willen …»

«Oliver, schrei nicht so!» Victoria sprang auf. Ihr zitterten die Knie, und sie versuchte, Thomas aus dem Hochstuhl zu heben, um ihn zu beruhigen. Er klammerte sich an sie und vergrub sein klebriges Gesicht in ihrem Hals, als wollte er sich vor dem Gebrüll verstecken. «Nicht vor Thomas. Hör auf!»

Doch ihre verzweifelte Bitte fand kein Gehör. Oliver war nicht mehr zu bremsen. «Du weißt genau, warum ich nicht wollte, daß du dich mit den Archers in Verbindung setzt. Weil ich mir nämlich schon gedacht habe, sobald sie erst wissen, wo wir sind, bombardieren sie mich mit rührseligen Appellen und, wenn die nichts fruchten, mit Drohungen. Und genau das ist passiert. Demnächst stehen irgendwelche Typen vor der Tür und bringen uns einen Brief von irgendeinem Anwalt...»

«Aber du hast doch gesagt...» Victoria erinnerte sich nicht mehr daran, was er gesagt hatte. Ihr lief die Nase, und sie konnte vor lauter Schluchzen nur mit Mühe sprechen. «Es... es...» Sie wußte kaum noch, was sie eigentlich sagen wollte. Vielleicht so etwas wie: Es tut mir leid›. Nur gut, daß ihr diese letzte Erniedrigung nicht mehr über die Lippen kam, denn Oliver war nicht in der Stimmung, sich durch irgend etwas beschwichtigen zu lassen. Weder durch seinen weinenden Sohn noch durch seine weinende Geliebte, noch durch alle nur denkbaren Entschuldigungen.

«Weißt du, was du bist? Du bist ein verlogenes Miststück.»

Und nachdem er diese letzte Breitseite abgefeuert hatte, richtete er sich auf, wandte sich vom Tisch ab und stolzierte hinaus. Victoria stand mit dem plärrenden Kind da und konnte sich ihrer eigenen Tränen nicht erwehren. Die beiden Männer schwiegen betreten. Das festliche Mahl hatte in einem Chaos geendet, und was am schlimmsten war, sie fühlte sich gedemütigt und beschämt.

«Meine liebe Victoria...» Roddy erhob sich und kam auf sie zu. Sie mußte unbedingt zu weinen aufhören! Doch sie konnte weder aufhören noch sich die Tränen abwischen, sie konnte nicht einmal nach einem Taschentuch suchen, weil sie noch immer den heulenden Thomas auf dem Arm hatte.

Da stand John Dunbeath neben ihr und sagte: «Komm!» Er

nahm ihr Thomas ab und drückte ihn an seine breite Schulter. «Komm mit, wir zwei suchen jetzt Ellen. Vielleicht hat sie ein Bonbon für dich.» Mit Thomas auf dem Arm strebte er der Tür zu. «Oder einen Schokoladenkeks. Magst du Schokoladenkekse?»

Als sie draußen waren, sagte Roddy noch einmal: «Meine Liebe.»

«Ich ... Ich kann nichts dafür», stammelte Victoria.

Er hielt es nicht mehr aus. Das tränenüberströmte Gesicht, die laufende Nase, ihr Schluchzen, all das war zuviel für ihn. Er zog sie in seine Arme und strich ihr sanft über den Hinterkopf. Nach einer Weile holte er ein rotweißes Taschentuch aus der Brusttasche seines alten Tweedjacketts und reichte es ihr. Jetzt konnte sich Victoria wenigstens die Nase putzen und ihre Tränen abwischen.

Danach fühlte sie sich etwas besser.

Victoria suchte Oliver. Es blieb ihr nichts anderes übrig. Sie fand ihn unten am See. Er stand am Ende des Bootsstegs und rauchte eine Zigarette. Falls er sie über die Wiese kommen hörte, so ließ er sich nichts anmerken, denn er wandte sich nicht um.

Sie erreichte den Bootssteg. «Oliver!» Er zögerte einen Moment, dann warf er die halbgerauchte Zigarette in das sonnengesprenkelte Wasser, drehte sich um und sah sie an.

In Gedanken hörte sie ihn wieder sagen: «Wenn du das tust, wenn du auch nur einen Telefonhörer anrührst, dann schlag ich dich grün und blau.» Nur, damals hatte sie die Drohung nicht ernst genommen, denn in der ganzen Zeit, die sie ihn nun schon kannte, hatte sie noch nie erlebt, wie brutal Oliver in seiner unkontrollierten Wut sein konnte. Jetzt, das wußte sie, hatte sie es erlebt. Sie fragte sich, ob seine Frau, ob Jeannette ihn jemals so gesehen hatte und ob das vielleicht einer der Gründe war, warum ihre Ehe nur wenige Monate gedauert hatte.

«Oliver.»

Sein Blick blieb an ihrem Gesicht hängen. Ihr war klar, daß sie grauenhaft aussah, vom Weinen noch verquollen, doch selbst das spielte jetzt keine Rolle mehr. Es ging nur darum, daß dieser furchtbare Streit um Thomas' willen beigelegt werden mußte.

«Es tut mir wirklich leid», beteuerte Victoria.

Er sagte noch immer nichts. Nach einer Weile stieß er einen tiefen Seufzer aus und zuckte mit den Schultern.

«Für dich ist es schwer, das zu verstehen», fuhr sie tapfer fort. «Das weiß ich. Vermutlich hätte ich es früher auch nicht verstanden, weil ich nie ein eigenes Kind gehabt habe. Aber nachdem ich eine Zeitlang mit Thomas zusammen war, da hab ich angefangen zu begreifen, wie das ist. Ich meine, einen kleinen Jungen zu haben und ihn liebzuhaben.» Sie stellte sich nicht geschickt an. So, wie sie das sagte, klang es sentimental, und genau das wollte sie vermeiden. «Du fühlst dich mit einem Kind verbunden. Du hängst an ihm. Als ob es ein Teil von dir selbst wäre. Und du glaubst, wenn ihm jemand weh tut oder es auch nur bedroht, könntest du ihn umbringen.»

«Stellst du dir vor», fragte Oliver, «daß Mrs. Archer mich umbringen will?»

«Nein. Aber mir ist klargeworden, daß sie vor Angst wahrscheinlich fast den Verstand verloren hat.»

«Sie hat mich immer gehaßt. Beide haben mich gehaßt.»

«Vielleicht hast du ihnen nicht viel Anlaß gegeben, etwas anderes zu tun.»

«Ich habe ihre Tochter geheiratet.»

«Und ihr Enkelkind gezeugt.»

«Er ist mein Sohn.»

«Das ist das Entscheidende. Thomas ist dein Sohn. Du hast mir immer wieder erklärt, daß die Archers keinen rechtlichen Anspruch auf ihn haben. Was kann es dir also schaden, wenn du ihnen gegenüber ein bißchen großmütig bist? Er ist das einzige, was ihnen von ihrer Tochter geblieben ist. Oh, Oliver, du mußt versuchen, das zu verstehen. Du kannst dich in Menschen hineinversetzen, du bist klug, du schreibst Theaterstücke, die den Leuten zu Herzen gehen. Warum kannst du nicht nachgeben bei etwas, was deinem eigenen Herzen so nahe sein sollte?»

«Vielleicht habe ich kein Herz.»

«Doch, du hast eins.» Zaghaft begann sie zu lächeln. «Ich habe es schlagen hören.»

Das wirkte. Er schaute nicht mehr ganz so grimmig drein, als hätte die Situation auf ihre Art auch etwas Heiter-Ironisches an sich. Das war zwar nicht viel, aber davon ermutigt, ging Victoria auf dem Bootssteg dicht an ihn heran, schlang die Arme um seine Taille, schob sie unter seine Jacke und drückte ihre Wange an seinen rauhen, dicken Pullover.

«Die Archers sind sowieso nicht wichtig», sagte sie. «Sie können tun, was sie wollen, das ändert nichts.»

Seine Hände strichen über ihren Rücken, so als streichelte er geistesabwesend einen Hund. «Woran ändert das nichts?»

«Daran, daß ich dich liebe.» Es war ausgesprochen. Stolz und Selbstachtung zählten nicht mehr. Daß sie Oliver liebte, war alles, woran sie sich festhalten konnte. Es war der Schlüssel zu dem, was sie beide und Thomas zusammenhielt.

«Du mußt verrückt sein», sagte er.

Er entschuldigte sich nicht für die scharfen Worte oder für die Vorwürfe, die er ihr über den Eßtisch hinweg an den Kopf geschleudert hatte. Sie überlegte, ob er sich wohl bei Roddy und John entschuldigen würde, und wußte zugleich, daß er es bestimmt nicht tat. Einfach deshalb, weil er Oliver Dobbs war. Aber das war nicht wichtig. Victoria hatte eine Brücke über die Kluft zwischen ihnen geschlagen. Die Wunden aus diesem grauenhaften Streit waren noch offen, taten auch noch weh, aber vielleicht würden sie mit der Zeit verheilen. Ihr wurde bewußt, daß man sich immer aufrappeln und neu beginnen konnte, sooft man auch hinfiel.

«Würde es dir sehr viel ausmachen, wenn ich verrückt wäre?» fragte sie.

Er antwortete nicht. Im nächsten Moment legte er seine Hände auf ihre Schultern und schob sie von sich. «Ich muß los», sagte er. «Es wird Zeit, daß ich mich auf den Weg mache, sonst verpasse ich noch das Flugzeug.»

Sie gingen zum ehemaligen Stallgebäude zurück und holten seinen Koffer und ein paar Bücher. Als sie wieder herauskamen, sahen sie Jocks alten Daimler vor dem Haus stehen. Roddy und John standen daneben und warteten.

Anscheinend hatten die beiden beschlossen, so zu tun, als wäre nichts geschehen. «Ich hab mir gedacht, es ist besser, den großen Wagen zu nehmen», erklärte Roddy. «Im MG ist nicht viel Platz für Gepäck.»

Sein Ton klang recht sachlich, und Victoria war ihm dankbar dafür.

«Prima.» Oliver machte die Heckklappe auf, hievte seinen Koffer hinein und legte die Bücher obenauf. «Na dann», er grinste, kein bißchen reumütig, vielleicht sogar ein wenig belustigt über John Dunbeaths ausdrucksloses Gesicht, «leben Sie wohl, John!»

«Wir sehen uns noch», sagte John, ohne ihm die Hand zu reichen. «Ich reise erst am Mittwoch ab.»

«Prima. Wiedersehen, Victoria.» Er beugte sich hinunter und küßte sie auf die Wange.

«Wann kommt denn deine Maschine morgen an?» fragte sie.

«So gegen halb acht.»

«Ich hole dich ab.»

«Bis morgen.»

Sie stiegen ein. Roddy ließ den Motor an. Unter den Reifen begann der Kies zu knirschen. Der Daimler setzte sich in Bewegung, behäbig und würdevoll, und fuhr an den Rhododendronbüschen vorbei, über den Weiderost, durchs Tor.

Sie waren fort.

John hatte schreckliche Angst, daß jetzt, nachdem alles vorbei und er mit ihr allein war, Victoria wieder zu weinen anfangen würde. Nicht, daß er sich vor ihren Tränen gescheut hätte, sie hätten ihn nicht einmal peinlich berührt. Im Grunde wären sie ihm beinahe willkommen gewesen. Doch er wußte auch, daß das nicht der richtige Zeitpunkt war, Victoria in die Arme zu nehmen und zu trösten, wie Roddy es getan hatte.

Sie stand mit dem Rücken zu ihm und hatte aufgehört, dem Auto nachzuwinken. Während er diesen aufrechten, schmalen Rücken betrachtete und sah, wie gerade sie die Schultern unter ihrem dicken Pullover hielt, kam sie ihm ungeheuer tapfer vor. Beim Anblick ihrer langen blonden Haare fiel ihm ein Hengstfohlen ein, das sein Vater vor langer Zeit auf der Ranch in Colorado aufgezogen hatte. Einmal von einem ungeschickten Arbeiter erschreckt, konnte es nur durch äußerst geduldige und einfühlsame Behandlung schließlich dazu gebracht werden, wieder so etwas Ähnliches wie Vertrauen zu fassen. Aber nach und nach, indem er dem Fohlen Zeit ließ, hatte John es doch geschafft.

Auch jetzt mußte er wohl sehr behutsam vorgehen. Er wartete. Nach einer Weile, als ihr vielleicht klarwurde, daß er sich weder in Luft auflöste noch taktvoll verschwand, strich Victoria sich eine Haarsträhne aus dem Gesicht, wandte sich um und sah ihn an. Sie weinte nicht. Nein, sie lächelte sogar. Jene Art Lächeln, die das Gesicht erhellte, aber die Augen nicht erreichte.

«Das wär's also», sagte sie entschlossen.

«Sie haben für die Fahrt einen angenehmen Tag erwischt», bemerkte John. «Die Strecke über Struie ist sehr schön.»

«Ja.»

«Meinen Sie nicht, wir sollten auch wegfahren?» Victorias Lächeln gefror zu einer gequälten Grimasse, und John wußte sofort, wovor sie sich gefürchtet hatte: daß er freundlich zu ihr sein wollte, weil sie ihm leid tat. Deshalb sagte er schnell: «Ich muß sowieso nach Creagan. Ich muß in die Drogerie, mir ist die Rasierseife ausgegangen. Außerdem könnte ich mal schauen, ob der Zeitungshändler eine *Financial Times* hat. Ich habe seit drei Tagen die Börsenkurse nicht mehr gesehen.» Das stimmte zwar nicht, reichte aber allemal als Vorwand aus, um das Gesicht zu wahren.

«Was ist mit Thomas?» fragte Victoria.

«Thomas lassen wir hier. Er ist bei Ellen glücklich.»

«Aber ich war mit ihm noch nicht am Strand. Das wollte ich schon die ganze Zeit tun.»

«Sie können ein andermal mit ihm hinfahren. Wenn Sie ihm nicht erzählen, wo Sie hingehen, dann will er auch nicht mitkommen.»

Victoria dachte darüber nach und meinte schließlich: «Na schön, einverstanden. Aber ich muß Ellen noch Bescheid sagen.»

Dagegen ließ sich nichts einwenden. «Sie finden die beiden

hinten auf dem Wäscheplatz. Ich hole inzwischen das Auto, und dann treffen wir uns wieder hier.»

Als er zurückkam, am Steuer des gemieteten Ford, stand sie bereits auf den Stufen vor der Tür und erwartete ihn. In Creagan war es sicher sehr windig und kalt, und Victoria hatte keinen Mantel an, doch John hatte noch einen seiner Pullover auf dem Rücksitz liegen, und er wollte keine Zeit mehr verlieren. Er hielt neben ihr, beugte sich hinüber, um die Beifahrertür zu öffnen, und ließ Victoria einsteigen. Ohne weiter darüber zu reden, machten sie sich auf den Weg.

John fuhr langsam. Es gab keinen Grund zur Eile. Je gemächlicher die Fahrt verlief, desto eher würde Victoria sich entspannen, hoffte er. Beiläufig fragte er: «Wie ging es Thomas?»

«Sie haben recht gehabt. Er und Ellen sind vollkommen glücklich miteinander. Ellen hat sich einen Stuhl in die Sonne gestellt und strickt, und Thomas und Piglet spielen mit ihren Wäscheklammern.» Etwas wehmütig fügte sie hinzu: «Die beiden haben einen sehr friedlichen Eindruck gemacht.»

«Thomas ist nicht Ihr Kind, nicht wahr?» fragte John.

Victoria saß sehr still neben ihm. Sie schaute geradeaus auf die gewundene, schmale Straße. Ihre Hände lagen verschränkt auf ihrem Schoß. «Nein», sagte sie.

«Ich weiß nicht, warum, aber ich habe immer geglaubt, er sei Ihr Sohn. Roddy hat das wahrscheinlich auch gedacht. Jedenfalls hat er nie angedeutet, daß Sie nicht seine Mutter sind. Und er sieht Ihnen ähnlich. Das ist unglaublich. Ein bißchen dicker vielleicht, aber er sieht Ihnen wirklich ähnlich.»

«Nein, er ist nicht mein Kind. Er ist Olivers Sohn. Thomas' Mutter hieß Jeannette Archer. Oliver hat sie geheiratet, doch dann ging die Ehe in die Brüche, und Jeannette kam bald darauf bei einem Flugzeugabsturz ums Leben.»

«Und wie sind Sie da hineingeraten?»

«Ich hänge da schon seit Jahren drin...» Ihre Stimme begann zu zittern. «Tut mir schrecklich leid, aber ich fürchte, ich fange wieder an zu weinen.»

«Das macht nichts.»

«Stört es Sie nicht?» Sie klang überrascht.

«Warum sollte es mich stören?» Er beugte sich vor, öffnete das Handschuhfach und brachte eine riesige Schachtel Kleenex zum Vorschein. «Sehen Sie, ich bin sogar darauf vorbereitet.»

«Amerikaner haben immer Papiertaschentücher bei sich.» Sie nahm eins heraus und putzte sich die Nase. «Weinen ist etwas Furchtbares, nicht wahr? Wenn man einmal damit angefangen hat, ist es wie eine Sucht. Wie oft man auch aufhört, man fängt immer wieder an. Für gewöhnlich weine ich nie.»

Aber diese tapfere Beteuerung verschwamm, noch während sie ausgesprochen wurde, in Tränen. John wartete geduldig, ignorierte sie und sagte nichts. Bald darauf, als das Schluchzen in ein unterdrücktes Wimmern und dann in ein Schniefen übergegangen war und Victoria sich noch einmal energisch die Nase geputzt hatte, bemerkte er: «Wenn jemand weinen möchte, sehe ich keinen Grund, warum er das nicht tun sollte. Als Kind habe ich immer geweint, wenn ich wieder nach Fessenden mußte. Und mein Vater hat nie versucht, mir einzureden, ich solle das bleiben lassen oder das sei nicht männlich. Manchmal sah er sogar so aus, als sei er selbst nahe daran, in Tränen auszubrechen.»

Victoria lächelte matt, gab aber keinen Kommentar dazu ab, und so beschloß John, es dabei zu belassen. Bis Creagan sagten sie beide nichts mehr. Die Nachmittagssonne tauchte die kleine Stadt in kaltes Licht. Die Straßen waren wie leergefegt, weit und breit noch nichts von den Menschen zu sehen, die sich später, wenn die Sommersaison einsetzte, in kleinen Scharen hier drängen würden.

John hielt vor der Drogerie. «Möchten Sie etwas einkaufen?» fragte er Victoria.

«Nein, danke.»

Er ließ sie im Wagen zurück, ging in das Geschäft hinein und kaufte die Rasierseife und ein paar Klingen. Direkt neben der Drogerie lag ein Zeitungsladen. Also ging er auch dort hinein und fragte nach der *Financial Times*, aber sie hatten keine. Statt dessen kaufte er eine Tüte Pfefferminzbonbons und brachte sie zum Auto.

«Da.» Er warf sie Victoria in den Schoß. «Falls Sie die nicht mögen, geben wir sie Thomas.»

«Vielleicht möchte Ellen sie. Alte Leute haben Pfefferminz immer gern.»

«Das sind Toffees. Die kann Ellen mit ihren falschen Zähnen nicht essen. Was machen wir jetzt?»

«Wir könnten nach Benchoile zurückfahren.»

«Wollen Sie das? Möchten Sie nicht noch einen Spaziergang machen oder so? Vielleicht an den Strand?»

«Kennen Sie den Weg?»

«Natürlich kenne ich den Weg, ich war doch schon als Dreikäsehoch hier.»

«Haben Sie denn nicht etwas Dringenderes zu tun?»

«Überhaupt nichts.»

Zwischen dem Strand von Creagan und der Stadt lag der Golfplatz. Es gab keine Zufahrtsstraße. Deshalb parkte John das Auto in der Nähe des Clubhauses. Als er den Motor abstellte, hörten sie den Wind heulen. Er drückte das hohe, fahlgelbe Gras platt, das die Fairways säumte, und blähte die leuchtendbunten, wasserdichten Jacken der wenigen abgehärteten Golfspieler auf, daß sie wie Ballons aussahen. John zog den Reißverschluß seiner alten Lederjacke hoch und langte nach dem Pullover, der auf dem Rücksitz lag.

Er war blau und sehr dick und hatte einen hohen Rollkragen. Victoria streifte ihn über den Kopf, holte mit einem flinken Griff die langen Haare aus dem engen, gerippten Kragen und schüttelte sie aus. Die Ärmel des Pullovers reichten ihr bis zu den Fingerspitzen, und der Bund saß weit unterhalb ihrer schmalen Hüften.

Beim Aussteigen riß ihnen der Wind die Türen aus der Hand, und sie bekamen sie nur mit Mühe wieder zu. Ein öffentlicher Pfad führte über die Fairways zum Meer hinunter. Hier wucherte wilder Thymian, und da und dort stand ein Ginsterstrauch. Hinter dem Golfplatz begannen die Dünen, auf denen Sandsegge wuchs, die in diesem Teil der Welt *bents* genannt wurde. Es gab auch einen kleinen Campingplatz für Wohnwagen und ein paar windschiefe Hütten, die im Sommer ihre Fensterläden öffneten und Schokolade und Limonade und Eis verkauften. Die Dünen endeten abrupt an einem steilen, sandigen Abhang. Es war gerade Ebbe. Nichts als weißer Strand und das Meer, das sich zurückgezogen hatte. Weit draußen rollten gischtgekrönte Brecher heran. Außer John und Victoria war hier niemand unterwegs, kein Hund und auch kein herumstromerndes Kind. Nur die Möwen kreisten über ihnen und schrien der Welt ihre Verachtung entgegen.

Nach dem weichen, trockenen Sand der Dünen erschien ihnen der Strand sehr flach und hart. Sie rannten ein Stück, um sich warm zu machen. Als sie näher ans Wasser kamen, stießen sie auf seichte, aus geheimnisvollen Quellen gespeiste Tümpel, in denen sich der strahlendblaue Himmel spiegelte, und es lagen Unmengen von Muscheln herum, die Victorias Aufmerksamkeit sofort anzogen. Sie hob erst eine auf, dann noch eine und staunte darüber, wie groß und unversehrt sie waren.

«Die sind aber schön. Alle Muscheln, die ich bisher gefunden habe, waren zerbrochen. Warum sind die ganz?»

«Vermutlich weil der Strand hier so flach und sandig ist.» Dankbar für alles, was sie von ihrem Kummer ablenkte, schloß John sich ihrer Beschäftigung an. Er fand das Skelett eines Seesterns, dann eine zierliche, verkrustete Schere einer winzigen Krabbe.

«Was ist das?» fragte Victoria.

Er betrachtete ihren Fund. «Eine Strandauster. Und die blaue ist eine Miesmuschel.»

«Und die da? Die sieht aus wie der Zehennagel eines Babys.»

«Das ist eine Bohrmuschel.»

«Woher wissen Sie, wie die alle heißen?»

«Als kleiner Junge habe ich früher hier Muscheln gesammelt, und Roddy hat mir ein Buch gegeben, nach dem ich gelernt habe, sie zu bestimmen.»

Schweigend gingen sie weiter und erreichten endlich das Wasser. Sie blieben stehen, ließen sich den Wind ins Gesicht wehen und sahen den heranrollenden Wellen zu, die anschwollen, sich brachen und zischend auf dem Sand ausliefen. Das Wasser war klar, sauber und aquamarinblau.

An einer Stelle, die gerade nicht mehr überspült wurde, lag eine Muschel. John bückte sich, hob sie auf und legte sie, naß und glänzend, Victoria auf die Hand. Sie hatte die Farbe von Korallen, stark ausgeprägte, wie Sonnenstrahlen verlaufende Rippen und war wie eine Halbkugel geformt. Wäre sie noch mit der anderen Hälfte verbunden gewesen, hätten die beiden zusammen beinahe die Größe eines Tennisballs gehabt.

«Das ist ja wohl ein Prachtexemplar», sagte John.

Victoria blieb vor Staunen der Mund offen. «Was ist denn das für eine?»

«Das ist eine Venusmuschel, und was für eine große.»

«Ich dachte immer, solche Muscheln findet man nur in der Karibik.»

«Nun wissen Sie, daß man sie auch in Schottland findet.»

Victoria streckte den Arm aus und betrachtete sie aus einigem Abstand. Sie freute sich riesig über die Form der Muschel und auch darüber, wie sie sich anfühlte. «Die hebe ich auf, für immer», sagte sie. «Als Schmuckstück.»

«Vielleicht als Erinnerung.»

Sie sah ihn an, und John entdeckte den Anflug eines Lächelns auf ihrem Gesicht. «Ja, vielleicht auch als Erinnerung.»

Dann wandten sie sich vom Meer wieder ab und machten sich auf den langen Rückweg. Der Sand dehnte sich endlos vor ihnen aus, und die Dünen schienen sehr weit entfernt zu sein. Als sie den steilen, sandigen Abhang erreichten, den sie so mühelos hinuntergeklettert waren, taten Victoria allmählich die Beine weh. Sie stolperte und rutschte, und John mußte sie an der Hand nehmen und hinaufziehen. Auf halbem Weg begann sie zu lachen, und als sie endlich oben ankamen, waren sie beide außer Atem. In stillschweigendem Einverständnis ließen sie sich erschöpft in eine geschützte Mulde fallen. Der Sand verschwand unter dichten Büscheln von Dünengras, die den ärgsten Wind abhielten.

Hier schien die Sonne beinahe schon Kraft zu haben. John lehnte sich nach hinten, stützte sich auf die Ellbogen und genoß die Wärme, die durch seine dicke, schwarze Wildlederjacke drang. Victoria blieb sitzen, legte das Kinn auf die Knie und weidete sich noch immer an ihrer Muschel. Ihr Haar hatte sich im Nacken geteilt und hing ihr über die Schultern nach vorn. In

Johns riesigem Pullover sah sie noch dünner und zerbrechlicher aus, als sie tatsächlich war.

Nach einer Weile sagte sie: «Vielleicht sollte ich sie doch nicht behalten. Vielleicht sollte ich sie Thomas schenken.»

«Thomas wüßte sie sicher nicht zu schätzen.»

«Doch, wenn er älter ist.»

«Sie haben Thomas sehr gern, nicht wahr? Obwohl er nicht ihr Kind ist.»

«Ja.»

«Möchten Sie darüber sprechen?»

«Ich weiß nicht so recht, wo ich anfangen soll. Und Sie würden es wahrscheinlich doch nicht verstehen.»

«Sie könnten mich ja auf die Probe stellen.»

«Na schön ...» Sie holte tief Luft. «Die Archers sind Thomas' Großeltern.»

«Das dachte ich mir.»

«Sie wohnen in Hampshire. Oliver war auf dem Rückweg von Bristol und kam an Woodbridge vorbei – das ist der Ort, in dem die Archers wohnen ...»

Langsam, Stück für Stück, enthüllten sich die Zusammenhänge. Während Victoria erzählte, kehrte sie John die ganze Zeit den Rücken zu. Er mußte sich die vollständige Geschichte anhören und hatte dabei nur ihren Nacken vor Augen. Das fand er äußerst frustrierend.

«... als Sie mich neulich von der Party bei den Fairburns nach Hause gebracht haben und Thomas so geheult hat, das war der Abend, an dem sie bei mir aufgekreuzt sind.»

Er erinnerte sich an diesen Abend vor seinem Abflug nach Bahrain. An den dunklen Himmel, das stürmische Wetter und an das kleine Haus in der Sackgasse; an Victoria, die das Kinn im Pelzkragen ihres Mantels vergraben hatte, an ihre besorgten, angsterfüllten Augen.

«‹...wir machen eine Weile Ferien›, hat er gesagt. Und so sind wir nach Benchoile gekommen, weil Oliver Roddy kannte. Aber das habe ich Ihnen ja schon erzählt.»

«Ich nehme an, Sie haben keinen Job, der Sie in London hält.»

«Doch, ich arbeite in einem Modegeschäft. Aber Sally, die Frau, für die ich arbeite, wollte sowieso, daß ich Urlaub nehme. Deshalb hat sie gesagt, ich könnte einen ganzen Monat freimachen, und sie stellt vorübergehend ein Mädchen ein, das aushilft, bis ich wieder zurück bin.»

«Und gehen Sie zurück?»

«Ich weiß es nicht.»

«Warum wissen Sie das nicht?»

«Kann sein, daß ich einfach bei Oliver bleibe.»

Darauf schwieg John. Er konnte nicht begreifen, wieso irgendein Mädchen bei diesem verrückten, ichbezogenen Menschen bleiben wollte. Trotz all seiner ursprünglichen und lobenswerten Absichten, fair und unvoreingenommen zu bleiben, merkte er, wie er langsam immer mehr in Rage geriet.

Victoria redete weiter. «... mir war klar, welche Sorgen sich Mrs. Archer machen mußte, deshalb habe ich Oliver gesagt, daß ich der Meinung sei, ich sollte ihr schreiben, und er ist wütend geworden, weil er nicht wollte, daß sie erfahren, wo wir sind. Aber ich habe ihr trotzdem einen Brief geschickt. Ich habe zwar hineingeschrieben, wie schwierig das mit Oliver ist, und sie gebeten, keine Verbindung mit uns aufzunehmen, aber wahrscheinlich ist mein Brief Mr. Archer in die Hände gefallen.»

Jetzt, nachdem sie in Ruhe zu Ende erzählt hatte, fand Victoria anscheinend, daß es an der Zeit sei, John in die Augen zu sehen. Sie wandte sich zu ihm um, mit vertrauensvoller Miene, auf eine Hand gestützt, die langen Beine untergeschlagen.

«Und er war es, der vorhin beim Essen Oliver angerufen hat. Jetzt begreifen Sie auch, warum er so zornig war.»

«Ja, begriffen hab ich das schon. Nur, ich finde immer noch, daß es eine grauenhafte Szene war.»

«Aber Sie verstehen es doch?»

Offenbar war ihr das wichtig. Doch es zu verstehen machte für John die Sache nicht besser. Wenn es überhaupt etwas änderte, dann machte es alles nur viel schlimmer, weil sich sein übelster Verdacht als wohlbegründet erwiesen hatte. Die Teile des Puzzles waren zusammengefügt, jedes an seinem Platz, das Muster war klar erkennbar. Einer war egoistisch. Ein anderer gierte nach seinem Recht. Stolz spielte mit hinein und Ressentiments und sogar eine gewisse Gehässigkeit. Keiner kam gut dabei weg, und nur die Unschuldigen litten. Die Unschuldigen. Ein verhängnisvolles Wort, aber wie sollte man Victoria und Thomas sonst bezeichnen?

John dachte an Oliver. Schon bei ihrer ersten Begegnung war die Abneigung zwischen den beiden Männern spürbar gewesen. John hatte sich gesagt, daß diese Abneigung grundlos, rein instinktiv sei, und mit den ihm eigenen guten Manieren eines Mannes, der sich im Hause eines anderen aufhält, hatte er sich förmlich überschlagen in seinem Bemühen, sie nicht zu zeigen, wenngleich sie offensichtlich auf Gegenseitigkeit beruhte. Und es dauerte nicht lange, da nahm er Oliver übel, wie gleichgültig er Victoria behandelte, wie lässig er sich Roddy gegenüber aufführte und wie wenig Interesse er seinem Kind entgegenbrachte. Nach ein paar Tagen in Olivers Gesellschaft mußte John sich eingestehen, daß er ihn absolut nicht leiden konnte, und jetzt, nach der entsetzlichen Szene am Eßtisch, wußte er, daß er ihn verabscheute.

«Werden Sie Oliver heiraten, falls Sie bei ihm bleiben?» fragte er Victoria.

«Ich weiß es nicht.»

«Heißt das, Sie wissen nicht, ob Sie ihn heiraten werden oder ob er Sie heiraten wird?»

«Ich weiß es nicht.» Eine leichte Röte stieg ihr in die blassen Wangen. «Ich weiß nicht, ob er mich heiraten wird. Er ist komisch. Er ...»

Urplötzlich packte John eine ungewohnte, überschäumende Wut. Brutal fiel er ihr ins Wort: «Victoria, seien Sie doch nicht so töricht!» Sie starrte ihn mit großen Augen an. «Das meine ich ernst. Seien Sie nicht so töricht! Sie haben Ihr ganzes, wunderbares Leben noch vor sich, und Sie reden davon, einen Kerl zu heiraten, von dem Sie nicht einmal wissen, ob er Sie genug liebt, um Sie zu heiraten. Eine Ehe ist keine Liebelei. Es gibt auch keine ewigen Flitterwochen. Eine Ehe ist wie ein Job. Ein langer, schwerer Job, an dem beide Partner arbeiten müssen, und zwar härter, als sie jemals zuvor in ihrem Leben an irgend etwas gearbeitet haben. Ist es eine gute Ehe, dann ändert sich das, entwickelt sich, und es wird mit der Zeit immer besser. Das habe ich an meinen eigenen Eltern erlebt. Aber eine schlechte Ehe kann in ein Meer von Groll und Bitterkeit münden. Das habe ich auch erlebt, an meinem eigenen kläglichen und verheerenden Versuch, einen anderen Menschen glücklich zu machen. Und es hat nie einer allein schuld. Es ist das Ergebnis von tausend kleinen Ärgernissen, Meinungsverschiedenheiten und idiotischen Einzelheiten, die man in einer gesunden Beziehung einfach übersieht oder im Bett vergißt, wo die Liebe alles heilt. Eine Scheidung ist keine Kur, sie ist ein chirurgischer Eingriff, auch ohne Kinder, auf die man Rücksicht nehmen muß. Und Sie und Oliver, Sie haben bereits ein Kind. Sie haben Thomas.»

«Ich kann nicht mehr zurück», sagte Victoria.

«Natürlich können Sie.»

«Sie haben gut reden. Ihre Ehe mag ja kaputtgegangen sein, aber Sie haben immer noch Ihre Eltern, Ihren Beruf. Jetzt haben Sie auch noch Benchoile, egal, was Sie damit machen wollen. Wenn ich Oliver und Thomas nicht mehr habe, dann habe ich überhaupt nichts mehr. Nichts, was mir wirklich kostbar wäre. Keinen, zu dem ich gehöre, keinen, der mich braucht.»

«Sie haben sich selbst.»

«Vielleicht bin ich mir nicht genug.»

«Dann unterschätzen Sie sich furchtbar.»

Victoria wandte sich schnell von ihm ab, und John sah erneut nur noch ihren Hinterkopf. Ihm wurde bewußt, daß er sie angeschrien hatte, und das erstaunte ihn, weil ihn zum erstenmal seit vielen Monaten etwas so betroffen gemacht oder aufgeregt hatte, daß er jemanden anschrie. «Tut mir leid», sagte er brummig, und als sie sich weder rührte noch antwortete, fügte er etwas sanfter hinzu: «Ich kann es einfach nicht ausstehen, wenn ich mit ansehen muß, wie jemand wie Sie sein Leben so gottverdammt verkorkst.»

Schmollend wie ein kleines Kind sagte sie: «Sie vergessen, daß es immer noch mein Leben ist.»

«Es geht auch um Thomas' Leben», rief er ihr in Erinnerung. «Und um Olivers.» Sie rührte sich noch immer nicht. Da griff er mit einer Hand nach ihrem Arm und drehte sie zu sich herum. Mit ungeheurer Überwindung hob sie den Blick und sah ihm in die Augen. «Sie müssen Oliver sehr lieben», sagte John. «Viel mehr, als er Sie liebt. Damit es klappt, meine ich.»

«Ich weiß.»

«Dann ist Ihnen also klar, worauf Sie sich einlassen.»

«Ja», sagte Victoria und befreite sich behutsam von seinem Griff. «Aber sehen Sie, ich habe sonst keinen Menschen. Niemand außer Oliver.»

14

DIENSTAG

DER WIND, DACHTE OLIVER, war derselbe, der auch in Schottland wehte, in London nahm er jedoch andere Formen an. Heimtückisch lauerte er hinter Häuserecken, er riß die ersten Knospen von den Parkbäumen und übersäte die Straßen mit Papierfetzen. Hier war er kein Freund. Mit gequälten Gesichtern stemmten sich die Menschen gegen ihn. Der Wind war wie ein Feind, der in die Stadt einfiel.

Dann fing es auch noch zu regnen an, als das Taxi, das Oliver von Fulham hergebracht hatte, endlich das Gelände des Flughafens Heathrow erreichte. Es fuhr durch Tunnel und um Verkehrskreisel, ein winziges Glied in einer endlosen Kette von Fahrzeugen. Lichter blinkten auf und spiegelten sich im nassen Asphalt. Am Himmel dröhnte ein Düsenflugzeug in der Warteschleife. Die Luft roch intensiv nach Benzin.

Letzten Endes hielt das Taxi, in einer langen Schlange anderer Taxis, unter dem Vordach der Abfertigungshalle. Oliver stieg aus, zerrte seinen Koffer aus dem Wagen und blieb auf dem Bürgersteig stehen. Er kramte in der Tasche nach dem Fahrgeld. Während der Chauffeur darauf wartete, musterte er seinen Kunden und dessen Gepäck.

«Da.» Oliver reichte ihm die Banknoten.

«Sind Sie sicher, Mann, daß ich Sie an die richtige Stelle gebracht habe? Hier gehen die Inlandflüge ab. Terminal eins.»

«Ja, ist schon richtig.»

«Hab bloß den Anhänger an Ihrem Koffer gesehen. Damit müßten Sie eigentlich zum Terminal drei rüber, für Auslandflüge.»

«Nein, ich will wirklich hierher.» Er grinste. «Der Rest ist für Sie.»

«Na schön, Sie verreisen schließlich. Sie müssen's ja wissen.»

Oliver nahm seinen Koffer, schritt durch die Glastür und folgte den Schildern, die ihm den Weg durch das weitläufige Erdgeschoß und über die Rolltreppe in die Abfertigungshalle für Inlandflüge wiesen.

Sie war wie üblich überfüllt, jeder Sitzplatz von Reisenden belegt, die auf den Aufruf zu ihren jeweiligen Flügen warteten. Es roch nach Kaffee, Zigarettenrauch und vielen Menschen. Langsam schlenderte Oliver durch die Halle und schaute sich suchend um, wie jemand, der eine Verabredung hat. Er sah eine Frau mit fünf strapaziösen Kindern, zwei Nonnen, und dann entdeckte er einen Mann in einem Tweedmantel und mit Bowler, der in eine Zeitung vertieft war. Sein Aktenkoffer stand zwischen seinen Füßen auf dem Boden. Oliver blieb vor ihm stehen.

«Entschuldigen Sie bitte.»

Überrascht blickte der Mann von seiner Zeitung auf. Er hatte ein langes, blasses Gesicht, einen blütenweißen Hemdkragen und eine schwarze Krawatte, außerdem trug er eine Brille. Ein Anwalt, dachte Oliver. Ein Geschäftsmann. «Tut mir leid», sagte er, «aber ich habe den Anhänger an Ihrem Koffer gesehen. Fliegen Sie nach Inverness?»

«Ja», antwortete der Mann, und es hörte sich so an, als sei er der Meinung, daß das Oliver nichts anginge.

«Mit der Maschine um fünf Uhr dreißig?»

«Ja.»

«Könnten Sie vielleicht so freundlich sein und jemandem einen Brief von mir übergeben?» Er griff in seine Tasche und zog den Umschlag heraus. «Ich habe nämlich mit jemandem ausgemacht, daß ich auch um diese Zeit fliege und in Inverness abgeholt werde, aber ich schaffe es nun doch nicht.»

Der Mann mit Brille sah nach wie vor nicht gerade begeistert aus. Wahrscheinlich dachte er, der Umschlag enthalte einen Sprengsatz, der ihn und seine Mitreisenden ins Jenseits pusten würde, während sie die Pennines überflogen.

«Mir ist im letzten Moment etwas dazwischengekommen», erklärte Oliver, «und ich kann sie nicht anrufen – ich meine, die junge Frau, die mich abholen will –, weil sie mit dem Auto von Sutherland nach Inverness fährt und jetzt sicher schon unterwegs ist.»

Der Blick hinter der Brille wanderte von dem Umschlag zu Olivers Gesicht zurück, und Oliver setzte seine redlichste, treuherzigste Miene auf. Da legte der Mann die Zeitung weg.

«Falls ich Ihren Brief mitnehme, wie soll ich denn die junge Dame erkennen?»

«Na ja, sie ist jung, hat langes, blondes Haar und trägt wahrscheinlich lange Hosen. Sie heißt Victoria Bradshaw.» Als Anreiz fügte er noch hinzu: «Sie ist sehr hübsch.»

Aber der andere war nicht so leicht zu verführen. «Und was soll ich tun, wenn sie nicht da ist?»

«Sie wird da sein. Keine Bange, sie ist ganz bestimmt da.»

Mit spitzen Fingern griff der Mann schließlich nach dem Umschlag. «Wäre es nicht besser, ihn der Stewardeß zu geben?»

«Das könnten wir sicher, aber Sie wissen ja, wie die sind, die sind doch dauernd damit beschäftigt, den Leuten Tee zu servieren. Außerdem kann ich nicht so lange warten, bis eine aufkreuzt, weil ich zum internationalen Terminal rüber muß, um ein anderes Flugzeug zu erwischen.»

«Na gut», sagte der Mann letzten Endes, und nachdem er seine Entscheidung getroffen hatte, gestattete er sich ein kleines Lächeln, das über seine frostigen Züge huschte. «Sie können mir den Brief mitgeben.»

«Danke», sagte Oliver. «Vielen Dank. Tut mir wirklich leid, daß ich Sie belästigt habe. Ich hoffe, Sie haben einen angenehmen Flug.»

«Gleichfalls», sagte der Mann mit Brille und wandte sich wieder seiner Zeitung zu.

Oliver nahm seinen Koffer und schritt davon. Jetzt mußte er nur noch die Treppe hinunter und aus dem Gebäude hinaus, dann durch den Regen zum Terminal drei hinüber und für den Flug nach New York einchecken. Danach brauchte er sich um nichts und niemanden mehr zu kümmern. Er war auf dem Weg in die Freiheit.

Es war vorbei. Ein Intermezzo, ein kurzes Zwischenspiel war beendet. Die Schauspieler hatten sich zurückgezogen, die Bühne stand leer. Wie eine unberührte Leinwand wartete sie darauf, daß Oliver sie mit seinen eigenen Figuren, mit seiner eigenen, fesselnden Welt neu belebte.

Du bist also wieder da.

So ist es.

Dann ist sie also weg.

Ja, sie ist weg.

Du kannst sagen, was du willst, aber ein Haus kommt einem richtig komisch vor, wenn das letzte Kind auszieht. Du glaubst, sie sind bis in alle Ewigkeit da, aber sie gehen. Und dann bleibt nicht viel übrig, so ist das nun mal. Nur der Fernseher. Der Fernseher ist immer da.

«Oh, entschuldigen Sie bitte!»

Oliver hatte bereits die Treppe erreicht. Er drehte sich um und stand dem Mann mit dem Bowler gegenüber. Es dauerte einen Moment, bis Oliver sich von seinen Gedanken losreißen konnte und den Mann überhaupt wiedererkannte, der in einer Hand seinen Aktenkoffer und in der anderen Olivers Brief hielt.

«Tut mir leid, aber die junge Dame, der ich das geben soll, was haben Sie gesagt, wie sie heißt? Ich kann mich nicht mehr daran erinnern. Sie haben den Namen zwar auf den Umschlag geschrieben, aber Ihre Schrift ist nicht so ganz leserlich. Heißt das ‹Miss Veronica Bradshaw›?»

«Nein», sagte Oliver. «Es heißt...» Er zögerte, denn er mußte sich erst darauf besinnen. «Es heißt ‹Victoria›.»

Irgendwann würde wohl die Zeit kommen, in der er anfing, sich alt zu fühlen. Nicht bloß reif oder erfahren oder wie positiv man das sonst noch umschreiben mochte, sondern einfach alt. Er war jetzt achtundfünfzig. Jock war mit siebenundsechzig gestorben. Falls er, Roddy, auch mit siebenundsechzig sterben sollte, dann bedeutete das, daß ihm nur noch neun Jahre blieben, um sein Leben zu genießen. Oder bedeutete es, daß er noch neun Jahre überbrücken mußte, bis er endlich erlöst wurde? Und wenn dem so war, wie sollte er sie überbrücken? Ohne Benchoile, das ihn gegen die kalten Stürme der Außenwelt abschirmte. Außerdem wußte er – eigentlich schon seit Jahren –, daß er sich im Grunde leergeschrieben hatte. Er hatte keine Ideen mehr für ein lesbares Buch und kaum noch welche für die banalsten Zeitungsartikel. Seine Freunde, die Geselligkeiten, mit denen er sich früher so erfreulich die Zeit vertrieben hatte, wurden weniger. Die ersten seiner Generation starben weg, und die reizenden Frauen, die ihn einst betört hatten, wurden Großmütter, die es nicht mehr schafften, Gäste zu beherbergen oder Dinnerparties zu geben oder die unzähligen Vergnügungen vergangener Tage zu organisieren, zumal auch die Inflation alles verschlang und die alten Dienstboten in den Ruhestand traten.

Während er sich den zweiten Drink dieses Abends einschenkte, um vielleicht etwas fröhlicher zu werden, sagte Roddy Dunbeath sich, daß er in mancher Hinsicht noch gut dran war. Er würde zwar alt und wahrscheinlich einsam werden, aber wenigstens nicht mittellos dastehen. Na schön, Benchoile wurde demnächst verkauft, doch er war in einer finanziellen Lage, die es ihm gestattete, sofort irgendein bescheidenes Haus zu erwerben, in dem er den Rest seiner Tage verbringen konnte. Wo dieses Haus stehen sollte, hatte er bisher nicht entschieden. Nur, Ellen war ein Problem, das ihm Sorgen bereitete. Es kam nicht in Frage, sie einfach sich selbst zu überlassen. Falls es nicht gelang, von ihren vielen Verwandten jemanden zu überreden, die knurrige Alte aufzunehmen, dann mußte Roddy es tun. Allein bei dem Gedanken, in einem kleinen Haus zu leben und niemanden außer Ellen Tarbat zur Gesellschaft zu haben, schauderte er. Er betete inbrünstig, daß es nie dazu kommen würde.

Acht Uhr abends. Roddy saß allein in seinem Haus, und diese Einsamkeit hatte ihn in trübsinnige Stimmung versetzt. Oliver war in London. Inzwischen – Roddy schaute auf die Uhr –, inzwischen befand er sich wahrscheinlich auf dem Rückflug nach Schottland. Victoria hatte sich in dem riesigen Volvo auf den Weg gemacht, um ihn vom Flugplatz abzuholen. Thomas lag unten in seinem Zimmer und schlief, nachdem Ellen ihn gebadet und zu Bett gebracht hatte. John war im

Gutshaus drüben und tat Gott weiß was. Die ganze Sache mit Benchoile bedrückte den Jungen anscheinend sehr, denn er war von morgens bis abends mit einem sauertöpfischen Gesicht herumgelaufen und hatte kaum mit jemandem gesprochen. Und um das Maß vollzumachen, war auch noch das Wetter umgeschlagen, es gingen Graupelschauer nieder, und das bei Windstärke acht. Auf den Gipfeln der Berge lag wieder Schnee.

Wo, fragte Roddy sich, blieb der Frühling? An so einem Abend, in so einer Stimmung konnte man leicht glauben, er würde nie mehr kommen. Vielleicht spielte ja das Weltall verrückt, daß die Sterne zusammenstießen, Erdbeben ausbrachen und der Planet Erde bis in alle Ewigkeit in Winter versank.

Genug. Noch weiter durfte sich ein Mensch nicht der Melancholie ausliefern. Während er zurückgelehnt in seinem Sessel vor dem Kamin saß und sein alter Hund neben seinen Füßen lag, beschloß Roddy, daß es Zeit war, entschieden etwas zu unternehmen, um sich aufzumuntern. Er schaute ein weiteres Mal auf die Uhr. Gleich würde er ins Gutshaus hinübergehen und mit John etwas trinken. Danach würden sie gemeinsam zu Abend essen, und später, wenn Oliver und Victoria aus Inverness zurückkamen, würden sie alle vorm Feuer sitzen und Olivers Neuigkeiten lauschen.

Diese erfreuliche Aussicht war ihm Ansporn genug, daß er sich mühsam aus seinem Sessel aufraffte. Die Zeitung, die er vor einer Weile gelesen hatte, rutschte von seinen Knien. Draußen heulte der Wind, und ein eiskalter Luftzug strich über die Treppe nach oben und ließ die Teppiche auf dem gebohnerten Fußboden flattern. Für gewöhnlich war das ehemalige Stallgebäude ein behaglicher Platz, aber keine von Menschenhand gebaute Tür und kein Fenster konnten diesen

Nordwestwind abhalten. Es war kühl im Raum. Das Feuer war heruntergebrannt. Roddy nahm ein paar Holzscheite aus dem Korb und schichtete sie über der verlöschenden Glut zu einem hohen Stapel auf, der noch brennen würde, wenn er am späten Abend zurückkam.

Er knipste die Leselampe aus und sagte: «Komm, Barney!» Der Hund rappelte sich auf, und es war ihm anzusehen, daß er, wie Roddy, sein Alter spürte. «Du bist nicht der einzige, der alt wird», bemerkte Roddy, schaltete die Deckenbeleuchtung aus, und gemeinsam machten sie sich langsam auf den Weg nach unten.

Ohne seine Bewohner war der dunkle Raum still und ruhig. Nur im Kamin flackerte es. Ein Holzscheit knackte und fing Feuer. Es zersprang mit lautem Knall, und ein Funkenregen sprühte gleich einem Feuerwerk auf den Kaminvorleger, der zu schwelen begann, weil niemand die Funken austrat. Kurz darauf fegte ein Luftzug die Treppe hinauf. Er wirbelte einen Funken hoch, der für eine Sekunde aufleuchtete und auf einer Ecke der liegengebliebenen Zeitung landete. Winzige Flammen leckten über das Papier und wurden größer. Sie züngelten an einem Bein des Beistelltisches empor, der neben Roddys Sessel stand und auf dem ein paar Bücher, seine Zigarren und ein Stoß alter Zeitschriften lagen. Dann griffen sie auf den alten Weidenkorb mit den Holzscheiten über, der wie Zunder brannte. Schon bald begann der Saum des Vorhangs zu glimmen.

John Dunbeath saß am Schreibtisch in der Bibliothek, wo er den Großteil des Nachmittags damit zugebracht hatte, die Papiere seines Onkels zu sichten. Er trennte Rechnungen, die den Bauernhof betrafen, von privaten und verteilte die verschiedenen Schriftstücke auf kleine Häufchen, die für Robert McKenzie, für Jocks Börsenmakler in Edinburgh und für den Steuerberater bestimmt waren.

Der alte Mann hatte über seine Geschäfte sehr ordentlich und rationell Buch geführt, so daß diese Aufgabe für John nicht schwierig war, aber sie ödete ihn an und war zwangsläufig auch traurig, denn er stieß dabei auf alte Tagebücher, Tanzkarten und auf vergilbte Fotos, zum Teil von Leuten, die er nie kennengelernt hatte. Gruppenaufnahmen von Jocks Regiment im Roten Fort von Delhi, ein Schnappschuß einer Jagdgesellschaft, die sich in einer dschungelähnlichen Umgebung um etwas scharte, was nach einem erlegten Tiger aussah, Fotos von einer Hochzeit. Es waren auch Bilder von Benchoile dabei. Auf einem erkannte John seinen Vater als kleinen Jungen und Roddy als schlankes Bürschchen in weißen Flanellhosen. Er sah aus wie der jugendliche Hauptdarsteller in einem Vorkriegsmusical, der gleich ein Lied anstimmt.

Da ging die Tür auf, und der Roddy dieser Tage spazierte herein. John freute sich über seinen Besuch und darüber, daß er nun einen Vorwand hatte, die Arbeit einzustellen. Er schob seinen Stuhl zurück und hielt das Foto hoch.

«Schau mal, was ich gerade gefunden habe.»

Roddy kam näher und blickte über Johns Schulter auf das Bild. «Großer Gott! In jedem dicken Mann steckt ein dünner, der sich abstrampelt, weil er hinauswill. Wo hast du denn das gefunden?»

«Oh, zwischen alten Papieren. Wie spät ist es eigentlich?» Er sah auf die Uhr. «Schon Viertel nach acht? Ich habe gar nicht gemerkt, daß es schon so spät ist.»

«Viertel nach acht an einem scheußlichen, kalten Winterabend.» Er schauderte. «Als ich über den Hof ging, hätte es mich beinahe weggeblasen.»

«Trinken wir einen!»

«Glänzende Idee», sagte Roddy, als wäre er selbst nicht darauf gekommen, und steuerte auf den Tisch zu, auf den Ellen bereits die Flaschen und Gläser gestellt hatte. John überlegte, wie viele Scotch sein Onkel insgeheim schon gekippt haben mochte, doch dann sagte er sich, das sei sowieso egal und nicht seine Angelegenheit. Er wußte bloß, daß er sich müde fühlte und ihm die Aussicht auf einen belebenden Drink plötzlich sehr willkommen war.

Er stand auf, um das Feuer wieder in Gang zu bringen und für Roddy einen Lehnstuhl an den Kamin zu schieben. Roddy brachte die Getränke, reichte John sein Glas und sank dann mit einem Seufzer der Erleichterung in den Sessel. John blieb stehen. Die Wärme, die von den Flammen aufstieg, kroch seinen Rücken hinauf, und er merkte, daß er ganz steif und durchgefroren war, weil er im Erker gesessen hatte.

«*Slainthe!*» sagte Roddy, und nach diesem knappen schottischen Trinkspruch erhoben beide ihr Glas. «Weißt du, wann die anderen zurückkommen?»

«Keine Ahnung», antwortete John mit unbewegter Miene. «Ich schätze, so gegen zehn. Hängt davon ab, ob das Flugzeug pünktlich landet. Bei dem Sturm kann es leicht Verspätung haben.»

«Fährst du wirklich morgen nach London zurück?»

«Ja, ich muß wohl. Wahrscheinlich komme ich nächste oder übernächste Woche wieder her, aber wir sind gerade an einer großen Sache dran, und da sollte ich dabeisein.»

«Gut, daß du überhaupt kommen konntest.»

«War schön. Es tut mir bloß leid, daß es so enden muß. Mir wäre es lieber gewesen, wenn es auf Benchoile weitergegangen wäre wie bisher.»

«Mein lieber Junge, nichts hält ewig, und wir können uns schließlich nicht beklagen.»

Sie fingen an, von früher zu reden, und während sie sich beide in der Wärme entspannten und jeder die Gesellschaft des anderen genoß, verflog die Zeit. Sie waren bei ihrem zweiten Drink (oder John bei seinem zweiten und Roddy bei seinem vierten), als draußen schlurfende Schritte zu hören waren. Dann ging die Tür auf, und Ellen rückte an. Keinen der beiden Männer überraschte es, daß sie plötzlich hereinplatzte, denn Ellen hatte sich schon lange abgewöhnt, an Türen zu klopfen. Sie sah müde und ungemein alt aus. Der Wind und die Kälte taten ihren Knochen nicht gut, und sie war fast den ganzen Tag auf den Beinen gewesen. Ihr Gesichtsausdruck ließ das deutlich erkennen. Sie kniff die Lippen zusammen und schien fest entschlossen, zu zeigen, daß sie sich ausgenutzt fühlte.

«Ich weiß ja nicht, wann Sie beide Ihr Abendessen haben wollen, aber Sie können es jederzeit kriegen.»

«Danke, Ellen», sagte Roddy mit einem Anflug von Sarkasmus, der bei ihr reinste Verschwendung war.

«Wann die anderen aus Inverness eintreffen, weiß ich nicht, aber die werden sich dann mit einem Teller Suppe begnügen müssen.»

«Mehr wollen sie bestimmt nicht», versicherte John ihr, und in der vagen Absicht, sie zu besänftigen, fügte er hinzu: «Wir sind gleich im Eßzimmer. Wir trinken bloß was.»

«Na, das kann ich selber sehen.» Sie stand eine Weile herum und überlegte, woran sie noch etwas aussetzen könnte. «Haben Sie nach dem kleinen Jungen geschaut, bevor Sie rübergekommen sind, Roddy?»

«Hm?» Roddy runzelte die Stirn. «Nein, hab ich nicht. Hätte ich das tun sollen?»

«Mir scheint, das wäre kein Fehler gewesen, anstatt einfach wegzurennen und das kleine Würmchen den ganzen Abend mutterseelenallein zu lassen.»

Roddy war der Verzweiflung nahe. «Ellen, ich bin doch gerade erst gekommen. Wir lassen ihn schließlich jeden Abend allein, und er ist damit zufrieden.»

«Na schön, vergessen Sie's! Ich geh rüber und schau selber nach ihm.»

Sie schlurfte hinaus. Auf ihren spindeldürren Beinen und in den ausgetretenen Schuhen schien sie wirklich so müde und alt zu sein, daß John es nicht mit ansehen konnte. Er stellte sein Glas ab. «Hören Sie, Ellen, quälen Sie sich nicht! Ich gehe rüber.»

«Macht mir aber nichts aus.»

«Mir macht es auch nichts aus. Dauert nur eine Minute. Und wenn ich wieder da bin, kommen wir zum Abendessen, und danach können Sie sich ins Bett legen.»

«Wer hat denn was von Bett gesagt?»

«Ich. Sie sehen müde aus.»

«Also, ich weiß wirklich nicht...» Kopfschüttelnd trollte sie sich in die Küche, und John machte sich auf den Weg durch die langen, mit Steinplatten belegten Gänge, die zum Hof führten. An diesem Abend waren sie kalt wie Verliese, von nackten Glühbirnen, die in der Zugluft hin und her schwangen, gespenstisch beleuchtet. Ihm kam es so vor, als brauten sich um ihn herum bedrohliche Schatten zusammen.

Er öffnete die Hintertür. Der Wind erfaßte sie und riß sie ihm fast aus der Hand, und eine Sekunde lang, die wie eine Ewigkeit schien, stand John am Ausgang.

Denn vor ihm, jenseits des kopfsteingepflasterten Hofs, leuchtete jedes Fenster im Obergeschoß von Roddys Haus in tanzendem, orangefarbenem Licht. Rauch und Flammen schlugen aus dem Dach, und das Heulen des Sturms wurde von den grauenhaften Geräuschen des Feuers übertönt. Es röhrte wie in einem Hochofen. Berstendes Holz krachte wie Gewehrschüsse. Noch während John dastand, zersprang eine Fensterscheibe, deren Rahmen dem Feuer nicht mehr standhielt, und Glassplitter flogen durch die Luft. Sofort schossen Flammen aus dem entstandenen Loch, und John spürte ihre Hitze im Gesicht.

Thomas.

Er war über den Hof gerannt und hatte die Tür aufgerissen, bevor er sich über die Folgen im klaren war. Die Treppe brannte bereits lichterloh. Der Wind fuhr in die Flammen, und das ganze Gebäude verwandelte sich in eine Art lodernden Schmelzofen. John taumelte. Der Rauch verschlug ihm den Atem. Er wandte sich ab, hielt einen Arm vors Gesicht, lief durch den schmalen Flur und stieß die Tür zum ersten Schlafzimmer auf.

«Thomas!» Er hatte keine Ahnung, wo der Junge schlief. «Thomas!»

Der Raum war leer. Die zweite Tür. «Thomas!»

Jetzt befand er sich genau unter Roddys Wohnzimmer, und der Rauch nahm ihm die Sicht. Seine Augen begannen zu tränen und zu stechen. Er fing an zu husten.

«Thomas!» Seine Stimme krächzte. Er kämpfte sich durch den Qualm vorwärts und fand die Tür zum Nebenzimmer.

Hier war die Luft zum Glück noch etwas klarer.

«Thomas!»

Ein Wimmern antwortete ihm. Er hatte keine Zeit, sich erleichtert zu fühlen oder dankbar zu sein, weil das Kind noch nicht erstickt war, denn es bestand kein Zweifel, daß die bereits verkohlte Decke jeden Augenblick nachgeben mußte. Während John Thomas in seine Arme hob, prasselte eine große Ladung Gips und verkohlter Latten von oben herunter. Es polterte wie ein Steinschlag. John schaute hinauf und sah das Loch, einen zerklüfteten Krater, und das Inferno darüber.

Thomas stieß einen Schrei aus. John preßte das Gesicht des Kindes an seine Schulter und taumelte aus dem Zimmer.

Er war kaum durch die Tür, als der Rest der Decke einstürzte und alles, den Fußboden, den Teppich und Thomas' Bett, unter einer Lawine brennender Trümmer begrub.

Die Maschine aus London, die wegen des Gegenwinds fünfzehn Minuten Verspätung hatte, war schon lange bevor man sie sehen konnte, zu hören. An diesem dunklen, stürmischen Abend hingen die Wolken sehr tief, und das Flugzeug kam erst in Sicht, als es mit unvermuteter Plötzlichkeit den dichten Nebel über der Rollbahn durchbrach und auf dem schwarzen, regennassen Asphalt zur Landung ansetzte.

Gleich darauf brach die übliche Betriebsamkeit aus. Von allen Seiten fuhren Gepäckkarren und Tankwagen zu der zum Stillstand gekommenen Maschine. Zwei Männer in schwarzem Ölzeug schoben die Gangway in die richtige Position. Türen gingen auf. Eine Stewardess erschien oben auf der Plattform. Langsam stiegen die ersten Passagiere aus und liefen über das zugige Vorfeld zum Flughafengebäude. Sie mühten sich mit Schachteln und Körben und bizarr geformten Paketen ab. Zum Schutz vor dem Regen zogen sie die Köpfe ein. Einer Frau wurde der Hut weggeweht.

Victoria stand mit den Händen in den Manteltaschen direkt innerhalb der großen Glastür und wartete. Nach und nach stürzten sich die anderen Leute, die mit ihr zusammen gewartet hatten, auf ihre jeweiligen Freunde und Angehörigen. «Da bist du ja, mein Schätzchen. Hast du einen guten Flug gehabt?» Es gab zärtliche Küsse. Zwei Nonnen wurden von einem Priester mit schwarzem Birett in Empfang genommen. «Ich habe einen Wagen draußen», erklärte er ihnen nüchtern. Dann kam eine Frau mit viel zu vielen Kindern und ohne Ehemann, der ihr helfen könnte. Ein paar Geschäftsleute mit Aktenkoffern.

Der dünner werdende Strom der Passagiere verebbte allmählich. Von Oliver noch immer keine Spur. Victoria malte sich aus, daß er noch im Flugzeug sitzen geblieben war, sich Zeit ließ und abwartete, bis das erste, wüste Gedränge vorbei war, dann seine langen Beine ausklappte, nach dem Mantel griff und in der ihm eigenen, gemächlichen Art durch den Gang schritt. Wahrscheinlich würde er noch einmal stehenbleiben und ein paar Worte mit der Stewardess wechseln. Sie merkte, daß sie ein wenig ironisch lächelte, weil sie ihn so gut kannte.

«Entschuldigen Sie bitte.» Die Stimme erklang direkt hinter ihr. Erschrocken drehte Victoria sich um. Sie sah einen der Geschäftsleute mit Bowler, steifem Kragen und Aktenkoffer. «Sind Sie zufällig Miss Victoria Bradshaw?» Er hielt einen Briefumschlag in der Hand.

«Ja.»

«Dachte ich mir, daß Sie das sein müssen. Ihr Freund hat mich gebeten, Ihnen diesen Brief zu übergeben.»

Sie nahm den Brief nicht. «Mein Freund?»

«Ein junger Mann mit Bart. Leider habe ich seinen Namen nicht mitgekriegt. Er hat mich gebeten, Ihnen das zu geben.»

«Ja, ist er denn nicht im Flugzeug?»

«Nein, er konnte nicht kommen. Aber ich bin sicher, der Brief wird alles erklären.»

Victoria zog eine Hand aus der Manteltasche und griff nach dem Umschlag. Sie erkannte Olivers enge, schwarze Schrift. *Miss Victoria Bradshaw.*

«Wo ist er denn?»

«Er hat nur gesagt, daß er nicht mitfliegen kann, und hat mir beschrieben, wie Sie aussehen, und mich gebeten, Ihnen den Brief zu geben.»

«Ach so. Na dann, danke. Es... Es tut mir leid, daß Sie damit belästigt wurden.»

«War mir nicht lästig. Überhaupt nicht», beteuerte er. «Also, ich muß los. Meine Frau wartet im Auto und fragt sich sicher schon, wo ich abgeblieben bin.» Er wich zurück, erpicht darauf, schnell wegzukommen. Dann tippte er mit einem Finger an den Bowler und sagte: «Empfehle mich.»

«Auf Wiedersehen.»

Victoria war allein. Alle waren gegangen. Nur ein paar Leute, die wie Flughafenbedienstete aussahen, liefen noch geschäftig herum, und ein Mann in einem Overall schob einen Gepäckwagen. Entsetzt, verwirrt stand Victoria mit Olivers Brief in der Hand da. Sie konnte sich nicht vorstellen, was sie damit anfangen sollte.

Auf der anderen Seite der Ankunftshalle entdeckte sie einen Erfrischungsstand. Sie schritt über den gebohnerten Boden, schwang sich auf einen der hohen Hocker und bestellte eine Tasse schwarzen Kaffee. Eine gemütliche Frau schenkte ihn ihr aus der Kaffeemaschine ein.

«Nehmen Sie Zucker?»

«Nein. Keinen Zucker, danke.»

Sie schlitzte den Umschlag auf und zog den Brief heraus.

«Ein schrecklicher Abend heute, nicht wahr?»

«Ja.» Victoria klappte ihre Handtasche auf, zückte den Geldbeutel und bezahlte den Kaffee.

«Haben Sie weit zu fahren?»

«Ja. Ich muß bis Sutherland.»

«Oh, meine Güte, was für eine Strecke! Da beneide ich Sie nicht.»

Sie faltete den Brief auseinander. Er hatte ihn auf der Maschine getippt, auf seiner alten, ramponierten Schreibmaschine. Eine böse Ahnung stieg in Victoria auf. Während sie mit einer Hand die heiße Kaffeetasse umschloß, begann sie zu lesen.

Fulham,
Dienstag,
24. Februar

Victoria,

gehörte ich zu einer anderen Sorte von Männern, müßte ich diesen Brief damit beginnen, Dir zu gestehen, daß es mir schwerfällt, ihn zu schreiben. Aber das werde ich nicht tun, weil das Schreiben das einzige ist, was ich nie schwierig gefunden habe, selbst wenn es ein Brief wie dieser sein muß.

Ich komme nicht nach Schottland zurück. Ich habe heute fast den ganzen Tag mit meinem Agenten verbracht, und ihm liegt sehr viel daran, daß ich nach New York gehe, wo ein Regisseur namens Sol Bernstein nur darauf wartet, einen Vertrag zu unterschreiben und Ein Mann im Dunkeln *– mit, wie ich hoffe, Pauken und Trompeten – auf dem Broadway herauszubringen.*

Also gehe ich nach New York und fliege noch heute abend in Heathrow ab.

Ich weiß nicht, wann ich wiederkomme. Dieses Jahr, nächstes Jahr, irgendwann, nie. Aber bestimmt nicht in absehbarer Zeit. Es steht zuviel auf dem Spiel, um schon Pläne zu schmieden. Es gibt zuviel zu bedenken. Zuviel, was mir im Kopf herumschwirrt.

Ich habe diese Entscheidung nicht getroffen, ohne dabei an Dich zu denken. Genaugenommen habe ich fast die ganze letzte Nacht an Dich gedacht. Die Nacht ist eine gute Zeit, sich manches klarzumachen. Sie ist dunkel und ruhig, und die Wahrheit kommt deutlicher raus, ist leichter zu sehen.

Und die Wahrheit ist, daß ich nie und nimmer bei Dir bleiben könnte, weil ich bei keiner Frau bleiben könnte. Vor langer Zeit, als ich Dich zum erstenmal verlassen habe, da habe ich Dir gesagt, daß ich nie jemanden geliebt habe, und so ist das heute noch. Was ich für Dich empfinde, ist vermutlich etwas Besonderes, dennoch ist das einzige, worauf ich wirklich versessen bin, das, was sich in meinem Kopf abspielt und wie ich es aufs Papier bringe.

Diese Entscheidung hat nichts mit dem zu tun, was passiert ist, während wir auf Benchoile waren. Es hat nichts mit dem Brief zu tun, den Du den Archers geschrieben hast, es hat wirklich nichts mit Dir zu tun. Die wenigen Tage, die wir miteinander verbracht haben, waren unvergeßlich, und Du hast mir etwas gegeben, was so nahe an Glückseligkeit herankam, wie ich es noch nie erlebt habe. Aber es waren gestohlene Tage, und jetzt muß ich in die Wirklichkeit zurück.

Du wirst ein paar Dinge erledigen müssen. Zunächst wirst Du Thomas zu den Archers zurückbringen und ihn wieder ihrer liebenden Obhut übergeben müssen. Ich ärgere mich immer noch über den Einfluß, den sie auf ihn ausüben werden. Das kon-

ventionelle Leben, das sie für ihn planen, macht mich immer noch ganz krank, aber offenbar ist das etwas, was ich in Kauf nehmen muß.

Der Volvo ist ein weiteres Problem. Du wirst wahrscheinlich keine Lust haben, ihn selbst in den Süden zu fahren. Wenn das der Fall ist, dann frag doch Roddy, ob er ihn Dir abnimmt und in Creagan vielleicht einen Käufer für ihn findet. Sag ihm, daß ich ihm schreiben werde.

Dann ist da noch das leidige Geldproblem, aber ich habe mit meinem Agenten gesprochen und ihn gebeten, daß er Dich, wenn Du wieder in London bist, entschädigt und Dir alle Auslagen erstattet, die Du möglicherweise haben wirst.

Das wär's. Es lag nicht in meiner Absicht, diesen Brief in so nüchternem und krämerhaftem Ton zu beenden. Es lag nicht in meiner Absicht, überhaupt etwas auf diese Weise zu beenden. Aber Happy-Ends gibt es anscheinend in meinem Leben nicht. Ich habe sie nie erwartet, und komischerweise glaube ich auch nicht, daß ich sie jemals gewollt hätte.

Victoria weinte. Die Wörter verschwammen nun vor ihren Augen, und sie konnte sie kaum lesen. Tränen tropften auf das Papier und verwischten die Unterschrift, die er von Hand daruntergesetzt hatte.

Paß auf Dich auf! Ich wünschte, ich könnte Dir zum Schluß versichern, daß ich Dich liebe. Vielleicht liebe ich Dich ein bißchen. Aber das würde bei weitem nicht ausreichen, weder für Dich noch für mich.

Oliver

Victoria faltete den Brief zusammen und steckte ihn wieder in den Umschlag. Dann kramte sie in ihrer Handtasche und fand ein Taschentuch. Weinen nützte nichts. Sie hatte zwei Stunden Autofahrt durch die stürmische Nacht vor sich. Da mußte sie zu weinen aufhören. Sonst fuhr sie noch in einen Graben oder einen Bach oder auf ein anderes Auto, und was würde dann aus Thomas werden?

Nach einer Weile fragte die freundliche Frau hinter der Theke, die den Kummer ihres einsamen Gastes nicht übersehen konnte: «Geht's Ihnen nicht gut, meine Liebe?»

«Doch, doch», log Victoria.

«War es eine schlimme Nachricht?»

«Nein, eigentlich nicht.» Sie putzte sich wieder die Nase, versuchte zu lächeln und rutschte von ihrem Hocker. «Ich muß los.»

«Trinken Sie noch einen Kaffee! Und essen Sie einen Happen!»

«Nein, es geht schon. Es geht wirklich.»

Der Volvo stand einsam auf dem verwaisten Parkplatz. Victoria fand den Schlüssel, setzte sich ans Steuer und schnallte sich an. Hoch oben, hinter Wolken verborgen, dröhnte ein Flugzeug, das vielleicht gleich landen würde. Sie malte sich aus, jetzt selbst in so einer Maschine zu sitzen und irgendwohin zu fliegen, egal wohin. Sie träumte davon, in sengender Sonne auf einem von Palmen gesäumten Rollfeld zu landen, an einem Ort, wo sie keiner kannte, wo sie ihre Wunden lecken und noch einmal von vorn anfangen konnte. Wie ein Verbrecher auf der Suche nach einem neuen Leben, einer neuen Identität.

Das war natürlich genau das, was Oliver getan hatte, indem er seine Angelegenheiten mit einem einzigen Brief geregelt, seine Verantwortung wie einen alten Mantel abgeschüttelt hatte. Jetzt hockte er in einem Flieger nach Übersee, hoch über dem Atlantik, während Victoria und Thomas verblaßten, Vergangenheit wurden, schon vergessen waren. Unwichtig. Wichtig war nur, was vor ihm lag. Sie stellte sich vor, wie er einen Highball trank und sich auf die aufregenden Dinge freute, die ihm bevorstanden. Eine neue Produktion. Wahrscheinlich auch ein neues Stück. New York.

Oliver Dobbs.

Das einzige, worauf ich wirklich versessen bin, ist das, was sich in meinem Kopf abspielt.

Das war der Schlüssel zu Olivers Wesen, zu seiner Persönlichkeit. Und Victoria hatte nie auch nur annähernd begriffen, wie besessen er war und was ihn in seinem Innersten umtrieb. Wäre sie ihm intellektuell ebenbürtig gewesen, ein geistreicher Blaustrumpf mit einem Universitätsdiplom, dann wäre es vielleicht anders gekommen. Vielleicht, wenn sie ihn länger oder besser gekannt hätte; wenn sie eine stärkere Persönlichkeit und seinen Launen gewachsen gewesen wäre. Vielleicht, wenn sie sich ihm nicht immer so untergeordnet hätte und dafür imstande gewesen wäre, ihm etwas zu geben.

Aber ich habe ihm mich selbst gegeben.

Das war nicht genug.

Ich habe ihn geliebt.

Aber er hat dich nicht geliebt.

Ich wollte ihm das Leben schön machen. Ich wollte Thomas das Leben schön machen.

Da waren ihre Gedanken wieder bei Thomas. Und wieder

ergriff die alte, lächerliche, fürsorgliche Zärtlichkeit von ihr Besitz. Im Moment brauchte Thomas sie noch. Um seinetwillen würde sie tüchtig, ruhig und praktisch sein. Thomas mußte mit so wenig Aufhebens wie möglich wieder bei seinen Großeltern abgeliefert werden. Sie sah sich schon packen, Fahrkarten kaufen, ein Taxi bestellen, ihn nach Woodbridge bringen, das Haus der Archers suchen und an der Tür klingeln. In Gedanken sah sie, wie sich die Tür öffnete...

Vor dem, was danach kam, schreckte ihre Phantasie jedoch zurück. Denn wenn Thomas erst einmal aus ihrem Leben verschwunden war, dann war das wirklich das Ende. Dann war alles vorbei. Nicht nur die Wirklichkeit, sondern auch ihr Traum.

Sie ließ den Motor an, schaltete die Scheinwerfer und die Scheibenwischer ein und fuhr los.

Zwei Stunden später hatte Victoria Creagan erreicht, doch erst als sie in den Feldweg einbog, der nach Benchoile führte, merkte sie, daß irgend etwas nicht stimmte. Unvorhersehbar wie immer, hatte sich das Wetter ein wenig gebessert. Der Sturm hatte nachgelassen, es begann aufzuklaren. Zwischen den Wolkenfetzen, die über den nächtlichen Himmel trieben, kamen die Sterne zum Vorschein, und im Osten zog ein bleicher Mond herauf.

Aber es waren nicht die Sterne, die das Dunkel vor ihr erhellten und einen rötlichen Schein an den Himmel warfen wie eine ganze Stadt voller Straßenlaternen. Es war auch nicht das Licht der Sterne, was da so flackerte und waberte und große Rauchschwaden aufsteigen ließ. Victoria kurbelte das Fenster herunter. Draußen roch es wie nach einem Kartoffelfeuer. Kartoffelfeuer? Wohl eher nach verbranntem Heidekraut.

Plötzlich bekam Victoria Angst. Sie drückte den Fuß aufs

Gaspedal. Der Volvo schnellte vorwärts und preschte durch die Kurven der schmalen Straße. Der Widerschein des Feuers wurde immer heller. Sie hatte den Bauernhof der Guthries passiert und näherte sich endlich der letzten Biegung. Dann lag das Haus vor ihr, das Zauntor und die Kiefern, und da wußte sie, daß es weder Heidekraut noch ein Kartoffelfeuer war, was da brannte, sondern Benchoile.

Der starke Motor heulte auf, als der Volvo über den Weiderost schoß und den Hang hinaufjagte. Das Licht der Flammen machte alles taghell. Victoria sah die Autos, die etwas abseits aufgereiht standen, den Feuerwehrwagen und die dicken Schläuche. Es wimmelte von Leuten mit rußgeschwärzten Gesichtern und geröteten Augen. Ein Mann rannte durch den Lichtkegel ihrer Scheinwerfer und rief einem anderen etwas zu. Entsetzt erkannte sie, daß es Davey Guthrie war.

Das Gutshaus war unversehrt, wenngleich es aus allen Fenstern hell leuchtete. Aber das ehemalige Stallgebäude... Mit quietschenden Reifen brachte Victoria den Volvo zum Stehen. Sie zerrte am Sicherheitsgurt, am Türgriff und dachte gerade noch an die Handbremse. Vor lauter Panik wurde ihr so übel, daß sie zu ersticken drohte.

Thomas!

Der Torbogen zum ehemaligen Stallgebäude stand noch, aber Roddys Haus war nahezu zerstört. Bloß der steinerne Giebel hatte der Wut der Flammen getrotzt; gespenstisch ragte er auf, nur noch eine kahle Ruine, in der eine klaffende Höhle, die einst das Fenster gewesen war, wie ein glühendes Auge leuchtete.

Thomas, in seinem Zimmer im Erdgeschoß, in seinem Bett. Sie mußte sich Gewißheit verschaffen, aber es war keine Zeit, jemanden zu fragen, keine Zeit, eine Antwort abzuwarten. Sie ging auf das Feuer zu, begann zu laufen. Heftige Windböen wehten ihr die Hitze entgegen, und sie spürte den beißenden Rauch in der Nase.

«*Thomas!*»

«Vorsicht da drüben ...» rief ein Mann.

Sie hatte den Torbogen beinahe erreicht.

«Victoria!»

Hinter ihr hörte sie Schritte näher kommen. Arme umschlangen sie, hielten sie fest. Sie wehrte sich.

«Victoria.»

Es war John Dunbeath. Weil sie mit ihren Händen nicht auf ihn einschlagen konnte, trat sie ihm mit den Absätzen ihrer Stiefel gegen die Schienbeine. Da drehte er sie mit einem Ruck um, daß sie einander gegenüberstanden.

Sie nahm John nur verschwommen wahr und schrie ihn an: «Begreifen Sie denn nicht? Thomas ist da drin.»

«Schluß jetzt! Hören Sie doch zu ...» Sie trat ihn wieder, und er packte sie an den Schultern und schüttelte sie. «Thomas geht es gut. Ihm ist nichts passiert. Er ist in Sicherheit.»

Endlich hielt sie inne. Sie hörte ihren eigenen keuchenden Atem. Als sie die Kraft dazu aufbrachte, hob sie den Blick und schaute ihn an. Im Schein des Feuers sah sie, daß seine dunklen Augen rotgerändert und blutunterlaufen waren und daß sein Gesicht ebenso schmutzig war wie seine Hemdbrust.

Ganz leise fragte sie: «Ist er nicht da drinnen?»

«Nein. Wir haben ihn rausgeholt. Er ist wohlauf. Ihm ist nichts passiert.»

Vor Erleichterung bekam Victoria weiche Knie. Sie schloß die Augen und befürchtete, daß sie sich gleich übergeben oder in Ohnmacht fallen würde. Sie wollte John erklären, daß sich ihre Beine wie gekochte Spaghetti anfühlten, konnte aber weder die Worte finden noch die Energie zum Sprechen aufbringen. Inzwischen spielte das ohnehin keine Rolle mehr, denn

John hatte sie bereits hochgehoben und trug sie über den Kies und durch den Vordereingang ins Gutshaus.

Gegen Mitternacht war alles mehr oder minder vorbei. Der Brand war gelöscht, nur von der Ruine des ehemaligen Stallgebäudes, einem heillosen Gewirr aus verrußten Steinen und verkohlten Balken, stieg immer noch dünner Rauch auf. Die Autos hatte John retten können, indem er sie rückwärts aus der Garage herausgefahren und auf der Wiese neben dem See abgestellt hatte, während Roddy die Feuerwehr anrief. Sobald das erledigt war und er auch die Kanister mit dem Benzin für den Rasenmäher und die Kettensägen ins Freie geschafft hatte, war ihm nicht mehr ganz so bang um die Sicherheit des Gutshauses gewesen. Das Dach der Garage hatten die Flammen jedoch ebenso zerstört wie alles, was noch drinnen stehengeblieben war.

Trotzdem, die Menschen hatten alle überlebt und sich für den Rest der Nacht in verschiedenen Zimmern des Gutshauses einquartiert. Thomas hatte zwar herzzerreißend geschluchzt, aber nicht aus Angst, sondern weil er Piglet vermißte. Es war unmöglich, ihm klarzumachen, daß es Piglet nicht mehr gab. Ellen hatte ein anderes Spielzeug für ihn gefunden, einen Teddy, der einmal Johns Vater gehört hatte, aber beim bloßen Anblick dieses harmlosen, abgewetzten Bären schrie er noch lauter. Schließlich war er mit einer hölzernen Lokomotive im Arm eingeschlafen, an der die Farbe zerkratzt war und seit langem ein Rad fehlte.

Ellen, die gute alte Haut, hatte zäh durchgehalten. Erst ganz am Schluß hatte sie schlappgemacht und zu zittern angefangen. Da hatte John sie in einen Sessel gesetzt, ihr einen Brandy gegeben, und Jess Guthrie hatte der alten Frau geholfen, in ihr Bett zu kommen. Jess und Davey waren nämlich noch bevor

Roddy die Feuerwehr angerufen hatte, zur Stelle gewesen. Davey organisierte dann den Löscheinsatz und half den Männern aus Creagan, die so abrupt von ihren eigenen Kaminfeuern weggeholt worden waren, die Pumpen anzuschließen und die Flammen zu bekämpfen.

Und Victoria... Fast so, wie er ein durchgehendes Pferd zum Stehen brachte und zügelte, nahm John seine Gedanken an die Kandare. Doch eine unleugbare Tatsache war nicht zu übersehen. Victoria war allein aus Inverness zurückgekehrt, und keiner hatte die Zeit oder das Bedürfnis gehabt, sie zu fragen, wo Oliver geblieben war. Für John war ihr plötzliches Auftauchen mitten im Chaos und die Unbesonnenheit, mit der sie auf die lodernden Flammen zurannte, nur die unvorstellbare Steigerung der furchtbaren Tragödie, der sie mit knapper Not entgangen waren, so daß er in dem Moment keinen anderen Gedanken im Kopf hatte, als sie vom Rand des Feuers zurückzureißen und in Sicherheit zu bringen.

Weil ihm nichts Besseres eingefallen war, hatte er sie in sein eigenes Zimmer getragen und auf sein Bett gelegt. Dort hatte sie die Augen aufgeschlagen und noch einmal gefragt: «Ist Thomas wirklich nichts passiert?» John hatte nur Zeit gehabt, ihr zu versichern, daß der Kleine wohlauf war, bis Jess Guthrie geschäftig hereingestürmt kam und sich mit beruhigenden Worten und heißen Getränken ihrer annahm. Nun schlief Victoria vermutlich, und mit ein bißchen Glück würde sie bis zum Morgen durchschlafen. Dann hatten sie immer noch alle Zeit der Welt, miteinander zu reden.

Jetzt war es Mitternacht, und alles war vorbei. John stand am Ufer des Sees, mit dem Rücken zum Wasser, und schaute zum Haus hinauf. Er merkte zwar, daß er erschöpft war, ausgelaugt von der Aufregung und den Strapazen, und dennoch empfand er außer dieser quälenden Müdigkeit ein Gefühl der

Ruhe und des Friedens, wie er es seit Jahren nicht mehr gekannt hatte.

Warum er dieses Gefühl hatte, war ihm ein Rätsel. Ihm war lediglich klar, daß Thomas lebte und daß Oliver Dobbs aus London nicht wiedergekommen war.

Der stürmische Abend glitt in eine friedliche Nacht hinüber. Der Wind hatte sich gelegt, die Wolken waren aufgerissen, lichteten sich und segelten wie Dunstschwaden über den Himmel. Hoch oben stand eine fahle Mondsichel, die sich silbrig in den dunklen Wassern des Sees spiegelte. Ein Entenpaar flatterte auf. Stockenten, vermutete John, als er sie für einen Moment, in dem sie sich gegen den Himmel abhoben, zu Gesicht bekam, bevor sie von der Dunkelheit verschluckt wurden und ihr Schnattern verhallte und es wieder still wurde.

Nur der Wind säuselte in den oberen Zweigen der Kiefern, und das Wasser schlug glucksend an die Holzpfosten des alten Bootsstegs. John betrachtete das Haus und sah die anheimelnd erleuchteten Fenster. Er sah die dunklen Umrisse der Berge, die dahinter anstiegen.

Die Berge von Benchoile. Seine Berge.

Lange stand er da, mit den Händen in den Hosentaschen, bis er zu frösteln begann und merkte, wie kalt ihm allmählich wurde. Er drehte sich noch einmal um, warf einen letzten Blick über den See, dann ging er langsam den Wiesenhang hinauf und ins Haus.

Roddy war noch nicht im Bett. Zusammengesunken saß er in Jocks altem Lehnsessel neben dem verlöschenden Kaminfeuer in der Bibliothek und wartete. John hatte Mitleid mit seinem Onkel. Von ihnen allen litt Roddy am meisten. Nicht nur, weil er sein Haus, seine Garderobe, seine Bücher und Papiere, seine gesamte, im Laufe eines Lebens zusammengetragene und liebgewonnene Habe verloren hatte, sondern auch deshalb, weil er die Schuld an dem, was geschehen war, sich selbst zuschrieb.

«Ich hätte dran denken müssen», war alles, was er immer und immer wieder gesagt hatte, denn angesichts der Tragödie, die sich beinahe abgespielt hätte, und der grauenhaften Erkenntnis, was Thomas hätte passieren können, hatte ihn seine gewohnte Redseligkeit verlassen. «Ich habe einfach nicht daran gedacht.»

Dabei hatte er doch immer Holzscheite ins Feuer gelegt und unbekümmert die heraussprühenden Funken auf seinem Kaminvorleger ausgetreten, ohne sich jemals die Mühe zu machen, einen Ofenschirm zu besorgen. «Einer der letzten Ratschläge, die Jock mir je gegeben hatte, war der, daß ich mir einen Ofenschirm zulegen sollte. Aber ich habe es einfach nicht getan. Hab's aufgeschoben. Ich fauler Hund, ich saumseliger. Einfach aufgeschoben.»

Dann sagte er einmal mehr: «Angenommen, Ellen wäre nicht auf die Idee gekommen, sich um das Kind Sorgen zu machen. Angenommen, John, du wärst nicht hinübergegangen, um nach ihm zu schauen ...» Seine Stimme zitterte.

«Denk nicht darüber nach», unterbrach John ihn rasch, weil man sich das gar nicht vorstellen durfte. «Sie hat den richtigen Riecher gehabt, und ich bin gegangen. Wenn ich es mir recht überlege, hätte ich auch selbst drauf kommen sollen, ohne daß Ellen nachhelfen mußte. Da trifft mich genausoviel Schuld wie dich.»

«Nein, es ist allein meine Schuld. Ich hätte dran denken müssen ...»

Inzwischen war es kühl geworden in der Bibliothek. John stand da und blickte auf den Bruder seines Vaters hinunter, doch das Mitgefühl und die Zuneigung, die er für ihn empfand, nützten Roddy in diesem Moment wenig. Er war untröstlich.

Im verlöschenden Kaminfeuer fiel gerade das letzte glühende Holzscheit auseinander. Die Uhr zeigte Viertel nach zwölf an. Da fragte John: «Warum gehst du denn nicht schlafen? Jess hat für uns Betten gerichtet. Es bringt doch nichts, hier unten herumzusitzen.»

Roddy rieb sich die Augen. «Nein», sagte er schließlich. «Es bringt wohl nichts, aber ich glaube nicht, daß ich jetzt schlafen könnte.»

«Wenn das so ist...» John sprach seinen Satz nicht zu Ende. Statt dessen kratzte er die Glut zusammen und legte Holz nach. Gleich darauf umzüngelten die ersten Flammen die trockene Rinde. Roddy betrachtete sie mit finsterer Miene.

«Es ist vorbei», sagte John in entschiedenem Ton. «Denk nicht mehr dran. Es ist vorbei. Und wenn es dir hilft, dich weniger schuldig zu fühlen, dann ruf dir in Erinnerung, daß du deine gesamte Habe verloren hast.»

«Das ist nicht so wichtig. Besitz hat mir nie viel bedeutet.»

«Warum nimmst du dir nichts zu trinken?»

«Nein, ich mag nicht.»

John schaffte es, seine Überraschung zu verbergen. «Stört es dich, wenn ich was trinke?»

«Tu dir keinen Zwang an.»

John schenkte sich einen kleinen Brandy ein und füllte das Glas mit Soda auf. Dann setzte er sich seinem Onkel gegenüber und erhob sein Glas. «Slainthe.»

Ein Funke ironischer Heiterheit blitzte in Roddys Augen auf. «Du wirst ja ein richtiger Schotte.»

«Bin ich doch immer gewesen. Wenigstens ein halber.»

Roddy richtete sich in seinem Sessel auf und sagte: «Oliver ist aus London nicht zurückgekommen.»

«Offensichtlich nicht.»

«Ich frage mich, warum.»

«Keine Ahnung.»

«Meinst du, er kommt noch?»

«Auch das weiß ich nicht. Ich habe Victoria bloß auf mein Bett gelegt, und dann hat sich Jess um sie gekümmert. Zweifellos erfahren wir es morgen.»

«Er ist ein merkwürdiger Mann», bemerkte Roddy nachdenklich. «Ein schlauer Kopf ist er ja. Vielleicht ein bißchen zu schlau.» Ihre Blicke trafen sich. «Zu schlau für dieses kleine Mädchen.»

«Ja, da hast du wohl recht.»

«Aber schließlich hat sie das Kind.»

«Da hab ich eine Neuigkeit für dich. Thomas ist nicht ihr Kind.»

Roddy hob die Augenbrauen. «Wirklich nicht? Jetzt überraschst du mich aber.» Er schüttelte den Kopf. «Die Welt steckt doch voller Überraschungen.»

«Ich habe noch mehr Überraschungen für dich.»

«Tatsächlich?»

«Willst du sie hören?»

«Was denn, jetzt?»

«Du hast mir doch gesagt, daß du nicht ins Bett gehen möchtest. Wenn wir schon den Rest der Nacht hier herumsitzen, dann können wir auch miteinander reden.»

«Einverstanden», sagte Roddy und setzte sich zurecht, um zuzuhören. «Na, dann leg los.»

15

Mittwoch

John Dunbeath trug ein gedecktes Frühstückstablett, weshalb er die Küchentür vorsichtig mit dem Hosenboden aufschob, und machte sich auf den Weg durch die Halle und nach oben. Draußen strich eine Brise, die kleine Schwester des Sturms der vergangenen Nacht, durch die Kiefern und kräuselte die Wasseroberfläche des Sees, doch die Sonne, noch kraftlos und blaßgolden, strahlte schon vom frostig blauen Himmel ins Haus hinein. Roddys alter Labrador hatte neben dem Kamin bereits einen rautenförmigen Sonnenfleck gefunden, auf dem er sich aalte und das bißchen Wärme genoß.

John ging über den Flur, balancierte das Tablett behutsam auf einer Hand und klopfte an die Tür seines eigenen Zimmers. Von drinnen fragte Victorias Stimme: «Wer ist da?» Er antwortete: «Der Etagenkellner», dann öffnete er die Tür. «Ich bringe Ihnen Ihr Frühstück.»

Sie war noch im Bett, saß aber und sah so munter aus, als wäre sie schon seit einer Weile wach. Die Vorhänge waren zurückgezogen, und die ersten Sonnenstrahlen streiften eine Ecke der Kommode. «Heute wird ein schöner Tag», verkündete John, während er das Tablett auf Victorias Knien absetzte.

«Ich brauche doch kein Frühstück im Bett.»

«Jetzt ist es schon da. Wie haben Sie geschlafen?»

«Als wäre ich betäubt gewesen. Gerade wollte ich hinunterkommen. Ich habe vergessen, meine Uhr aufzuziehen, sie ist stehengeblieben, und ich habe keine Ahnung, wie spät es ist.»

«Kurz vor halb zehn.»

«Sie hätten mich früher wecken sollen.»

«Ich wollte Sie ausschlafen lassen.»

Sie trug ein Nachthemd, das Ellen ihr geborgt hatte. Es war aus pfirsichfarbenem Crêpe de Chine, reich bestickt und hatte eigentlich einmal Lucy Dunbeath gehört. Statt eines Bettjäckchens hatte sie sich ein Tuch aus weißer Shetlandwolle umgelegt. Das noch zerzauste Haar fiel ihr über eine Schulter nach vorn, und unter den Augen hatte sie dunkle Schatten, die wie blaue Flecken aussahen. In diesem Moment erschien sie John ungemein zerbrechlich, wie zartes Porzellan, so daß er Angst gehabt hätte, er würde sie zerdrücken, falls er sie jetzt in die Arme nähme. Victoria blickte sich um. «Das ist Ihr Zimmer, nicht wahr? Als ich aufgewacht bin, konnte ich mir nicht erklären, wo ich bin. Ist es Ihr Zimmer?»

«Ja. Es war das einzige Bett, das schon gemacht war, als Sie kamen.»

«Und wo haben Sie geschlafen?»

«In Onkel Jocks Ankleidezimmer.»

«Und Roddy?»

«In Jocks Zimmer. Dort ist er jetzt noch. Wir haben uns nämlich bis vier Uhr früh unterhalten, und er holt seinen Schönheitsschlaf nach.»

«Und ... Thomas?» Es hörte sich an, als bringe sie es kaum über sich, seinen Namen auszusprechen.

John zog einen Stuhl heran, setzte sich, streckte die langen Beine aus und verschränkte die Arme.

«Thomas ist in der Küche unten und kriegt sein Frühstück von Ellen und Jess. Warum fangen Sie denn nicht endlich mit Ihrem an, bevor es kalt wird?»

Victoria betrachtete lustlos das gekochte Ei, den Toast und die Kaffeekanne. «Ich bin eigentlich nicht besonders hungrig», sagte sie.

«Essen Sie's trotzdem.»

Halbherzig machte sie sich daran, das Ei zu köpfen. Doch dann legte sie den Löffel wieder weg. «John, ich weiß nicht einmal, wie es passiert ist. Ich meine, wie das Feuer ausgebrochen ist.»

«Genau weiß das keiner von uns. Wir saßen mit einem Drink in der Bibliothek. Aber Roddy sagt, er hat noch Holz nachgelegt, bevor er rüberkam. Ich schätze, die Funken sind wie immer auf den Kaminvorleger gesprüht, nur war eben keiner da, der sie ausgetreten hätte. Dazu kommt noch, daß es verdammt windig war. Als es erst einmal losgegangen war, muß der ganze Raum gleich in Flammen gestanden haben wie eine Zunderbüchse.»

«Aber wann haben Sie gemerkt, daß es brennt?»

«Ellen kam rein und sagte, das Abendessen sei fertig, und dann nörgelte sie herum, weil Thomas allein war und Roddy nicht nach ihm geguckt hatte, bevor er das Haus verließ. Also bin ich rüber, um nach ihm zu schauen, und da loderte es schon wie ein Lagerfeuer.»

Leise sagte Victoria: «Ich darf gar nicht dran denken. Und was haben Sie dann gemacht?»

John erzählte es ihr der Reihe nach, spielte aber die näheren Umstände herunter, so gut er konnte. Er fand, Victoria habe schon genug Probleme am Hals, da brauchte er ihr nicht noch anschaulich diesen Alptraum zu beschreiben, Thomas' verqualmtes Zimmer, die einstürzende Decke, den Flammenkrater und das Inferno über ihm. Er wußte, daß die Erinnerung an diesen Moment ihn wie ein gräßlicher Traum bis an sein Lebensende verfolgen würde.

«Hat er Angst gehabt?»

«Natürlich hat er Angst gehabt. Da hätte jeder Angst gehabt. Aber wir sind ja heil rausgekommen, durch ein Schlafzimmerfenster. Dann sind wir hierher gerannt, und Ellen hat sich um Thomas gekümmert, Roddy hat die Feuerwehr in Creagan angerufen, und ich bin wieder raus, um die Autos aus der Garage zu holen, damit nicht noch die Benzintanks explodieren und wir alle in die Luft gesprengt werden.»

«Haben Sie irgendwas aus Roddys Haus retten können?»

«Nicht ein Stück. Ist alles weg. Alles, was er überhaupt besessen hat.»

«Armer Roddy.»

«Daß er seine gesamte Habe eingebüßt hat, macht ihm anscheinend nicht viel aus. Was ihm zusetzt, ist das Gefühl, daß er an dem Feuer schuld ist. Er sagt, er hätte vorsichtiger sein müssen, er hätte sich einen Kaminschirm zulegen müssen, er hätte Thomas nicht allein im Haus lassen dürfen.»

«Wie schrecklich für ihn.»

«Inzwischen geht es ihm wieder besser, aber deshalb sind wir bis vier Uhr früh aufgeblieben und haben miteinander geredet. Und Thomas geht es auch wieder gut, bloß daß er Piglet verloren hat. Er hat die Nacht mit einer alten hölzernen Lokomotive im Arm verbracht. Natürlich hat er auch nichts mehr anzuziehen. Jetzt steckt er noch in seinem Pyjama, aber Jess fährt heute morgen irgendwann mit ihm nach Creagan und kauft ihm neue Sachen.»

«Ich hatte geglaubt, er wäre noch im Haus», sagte Victoria. «Ich meine, als ich vom Flugplatz zurückgekommen bin und das Feuer gesehen habe. Zuerst habe ich gedacht, es wäre ein

Kartoffelfeuer, dann habe ich gedacht, irgend jemand hätte Heidekraut verbrannt, und dann habe ich gesehen, daß es Roddys Haus war. Und da habe ich nur noch einen Gedanken gehabt, daß Thomas irgendwo mittendrin ist...»

Ihre Stimme hatte zu zittern angefangen. «Aber er war nicht mehr drinnen», erklärte John ruhig. «Er war in Sicherheit.»

Victoria holte tief Luft. «Ich habe ständig an ihn denken müssen», sagte sie mit nun wieder etwas festerer Stimme. «Auf dem ganzen Rückweg von Inverness. Die Straße schien überhaupt kein Ende mehr zu nehmen, und ich habe die ganze Zeit an Thomas gedacht.»

«Oliver ist aus London nicht zurückgekommen», sagte John, und es war keine Frage, sondern eine sachliche Feststellung.

«Nein. Er... er war nicht im Flugzeug.»

«Hat er Sie ausrufen lassen?»

«Nein, er hat mir einen Brief geschickt.» Mit einer gewissen Entschlossenheit, als wäre es an der Zeit, jetzt keine Zicken mehr zu machen, griff Victoria nach dem Löffel und aß ein oder zwei Bissen von dem gekochten Ei.

«Wie hat er denn das geschafft?»

«Er hat ihn einem Passagier mitgegeben. Wahrscheinlich hat er ihm beschrieben, wie ich aussehe oder so. Der Mann hat mir den Brief jedenfalls überreicht. Ich habe ja immer noch gewartet. Hab immer noch gemeint, Oliver würde gleich aus dem Flugzeug steigen.»

«Und was stand in dem Brief?»

Es war unmöglich. Victoria gab es auf zu frühstücken und schob das Tablett weg. Dann lehnte sie sich in die Kissen zurück und schloß die Augen. «Er kommt nicht mehr her.» Sie klang erschöpft. «Er geht nach New York. Jetzt ist er schon dort. Er ist gestern abend abgeflogen. Irgendein Regisseur bringt sein Stück *Ein Mann im Dunkeln* heraus, und er ist rübergeflogen, um sich darum zu kümmern.»

Weil er die Antwort fürchtete, kostete es John einigen Mut, die Frage zu stellen. «Kommt er zurück?»

«Eines Tages wird er wohl zurückkommen. *Dieses Jahr, nächstes Jahr, irgendwann, vielleicht nie.*» Sie schlug die Augen wieder auf. «*Jedenfalls nicht in absehbarer Zeit.* Das ist das, was er mir geschrieben hat.» John wartete, und sie fügte noch hinzu: «Er hat mich verlassen, John», als ob er daran noch hätte zweifeln können.

Er sagte nichts.

Stockend redete Victoria weiter, wobei sie sich bemühte, so zu tun, als mache ihr das, was sie da erzählte, nicht viel aus. «Das ist jetzt das zweite Mal, daß er mich verlassen hat. Wird langsam zur Gewohnheit.» Sie versuchte zu lächeln. «Ich weiß, Sie haben mir gesagt, ich sei, was Oliver betrifft, töricht, aber diesmal habe ich wirklich fest geglaubt, es würde anders sein als damals. Ich habe geglaubt, er wünscht sich die Dinge, die er sich früher nie gewünscht hat. Er will vielleicht ein Haus kaufen, ein Heim für Thomas schaffen ... und auch heiraten. Ich habe geglaubt, er will, daß wir drei zusammenbleiben. Daß wir eine Familie sind.»

John beobachtete ihr Gesicht. Möglicherweise hatte das plötzliche Verschwinden von Oliver Dobbs oder das lähmende Entsetzen über das Feuer eine Art inneren Wandel bei ihr bewirkt. Denn er merkte, daß die Schranken zwischen ihnen gefallen waren, daß sie schließlich ihre kühle Zurückhaltung aufgegeben hatte. Letzten Endes war sie sich selbst gegenüber aufrichtig, und deshalb brauchte sie auch vor ihm nichts mehr zu verbergen.

«Gestern, am Strand von Creagan, da wollte ich nicht auf

Sie hören», sagte Victoria. «Aber Sie haben recht gehabt, nicht wahr? Sie haben Oliver richtig eingeschätzt.»

«Ich würde ja jetzt gern behaupten, ich wünschte, ich hätte nicht recht gehabt, aber ehrlich gesagt, das kann ich nicht.»

«Und Sie sagen nicht: ‹Ich hab Sie ja gewarnt›?»

«In tausend Jahren würde ich das nicht sagen.»

«Sehen Sie, das eigentliche Problem ist, daß Oliver niemanden braucht. Da tickt bei ihm irgend etwas falsch. Das hat er in seinem Brief selbst zugegeben. Er hat mir geschrieben, das einzige, worauf er versessen ist, ist seine Schriftstellerei.» Sie rang sich ein ironisches Lächeln ab. «Das war ein Schlag ins Gesicht, weil ich mir eingeredet habe, er wäre auf mich versessen.»

«Und was werden Sie jetzt tun?»

Victoria zuckte mit den Schultern. «Ich weiß es nicht. Ich weiß nicht, wo ich anfangen soll. Oliver schreibt, ich muß Thomas zu den Archers zurückbringen, und ich habe versucht, mir das vorzustellen. Ich weiß nicht einmal, wo sie wohnen, und erst recht nicht, was ich ihnen sagen soll, wenn ich hinkomme. Außerdem will ich Thomas nicht verlieren. Ich will ihm nicht Lebewohl sagen müssen. Es ist, als würde man ein Stück aus mir herausreißen. Und dann muß ich mich noch um das Auto kümmern. Oliver meint, wenn ich den Volvo hierlasse, könnte Roddy ihn vielleicht verkaufen. Er schreibt, ich kann ihn auch in den Süden fahren, wenn ich will, aber das will ich wirklich nicht, nicht mit Thomas. Vielleicht könnte ich von Inverness aus fliegen oder einen Zug nehmen, aber das heißt ...»

John hielt das nicht einen Moment länger aus. Er unterbrach sie lautstark: «Victoria, ich will kein Wort mehr davon hören.»

Mitten im Satz zum Schweigen gebracht und über seinen barschen Ton verwundert, starrte Victoria ihn mit offenem

Mund an. «Aber ich muß mit jemandem darüber reden. Ich muß...»

«Nein, Sie müssen nicht. Sie müssen überhaupt nichts. Ich werde das alles regeln. Ich arrangiere das, daß Thomas zu seinen Großeltern zurückkommt...»

«... aber Sie haben doch genug eigene Sorgen...»

«... ich werde sie sogar besänftigen...»

«... mit dem Feuer und Roddy und Benchoile...»

«... denn so, wie es aussieht, wird es wohl nötig sein, sie ein bißchen zu besänftigen. Ich werde mich um Thomas kümmern, und ich werde mich um Sie kümmern, aber was Olivers Auto betrifft, das kann meinetwegen auf einer Müllhalde vermodern. Und Oliver Dobbs, der kann trotz seiner ganzen Genialität, seiner Potenz und trotz allem, worauf er sonst noch versessen ist, von mir aus auch vermodern. Und ich will den Namen dieses egozentrischen Saukerls nie wieder hören. Verstehen Sie das?»

Victoria überlegte. Sie machte ein ernstes Gesicht. «Sie haben ihn nie richtig leiden können, nicht wahr?»

«Das sollte man mir eigentlich nicht anmerken.»

«Hat man aber, ein bißchen. Ab und zu.»

John grinste. «Er kann froh sein, daß er keins auf die Nase gekriegt hat.» Dann schaute er auf die Uhr und stand auf.

«Wo gehen Sie hin?» fragte Victoria.

«Runter ans Telefon. Ich muß tausend Leute anrufen. Also warum frühstücken Sie jetzt nicht endlich? Es gibt keinen Grund mehr, den Kopf hängen zu lassen.»

In der Küche traf er Jess Guthrie an, die am Spülbecken Kartoffeln schälte.

«Jess, wo ist Davey?»

«Der ist heute morgen auf den Berg rauf.»

«Sehen Sie ihn nachher?»

«Ja, er kommt um zwölf zum Mittagessen runter.»

«Sind Sie so gut und bitten Sie ihn, zu mir zu kommen? Ich möchte mit ihm etwas bereden. Irgendwann heute nachmittag. Sagen wir, so gegen halb drei.»

«Ich richt's ihm aus», versprach sie.

John ging in die Bibliothek, schloß die Tür hinter sich, brachte das Kaminfeuer in Gang und setzte sich an den Schreibtisch seines Onkels, um eine regelrechte Telefonorgie zu veranstalten.

Zuerst rief er im Büro in London an. Er sprach mit seinem Vizepräsidenten, mit ein paar Kollegen und mit seiner Sekretärin, Miss Ridgeway.

Dann rief er die Auskunft an und ließ sich die Adresse und die Telefonnummer der Archers in Woodbridge geben. Er wählte ihre Nummer und redete ziemlich lange mit ihnen.

Als er das gut hinter sich gebracht hatte, telefonierte er mit dem Bahnhof von Inverness und buchte für den nächsten Tag drei Plätze im *Clansman*.

Er rief die Kanzlei McKenzie, Leith und Dudgeon an und unterhielt sich mit Robert McKenzie. Erst danach informierte er die Versicherungsgesellschaft über den Brandschaden.

Inzwischen war es beinahe Mittag. John berechnete kurz die Zeitverschiebung, dann meldete er ein Gespräch mit seinem Vater in Colorado an, riß den armen Mann aus seinem morgendlichen Schlaf und redete eine Stunde oder noch länger mit ihm.

Ganz am Schluß versuchte er noch, Tania Mansell anzurufen, und wählte ihre Londoner Nummer aus dem Gedächtnis, aber die Leitung war besetzt. Er wartete eine Weile, dann legte er auf und probierte es nicht wieder.

16

DONNERSTAG

DAS PACKEN DAUERTE nicht lange, einfach deshalb, weil es nichts zu packen gab. Alles, was Victoria und Thomas nach Benchoile mitgebracht hatten, war in Flammen aufgegangen. Also zogen sie nur mit einer Tragetasche aus Papier von dannen, die Thomas' Schlafanzug und die alte hölzerne Lokomotive enthielt, die Ellen ihm geschenkt hatte.

Der Abschied war kurz und unsentimental, denn der wahre Hochländer ist weder rührselig, noch zeigt er seine Gefühle. Obendrein gab es nur wenig Gelegenheit, einander allzu ausgiebig adieu zu sagen, denn kaum hatten sie in der Küche von Benchoile gefrühstückt, da mußten sie auch schon fort. Noch ehe Thomas seinen Toast aufgegessen hatte, benahm sich John Dunbeath wie ein Familienvater mit einem Pünktlichkeitsfimmel, scheuchte sie alle hoch und erklärte nachdrücklich, daß es an der Zeit sei aufzubrechen.

Dafür war Victoria ihm zutiefst dankbar, wenngleich sie fand, daß er seine Rolle ein wenig übertrieb. Sein Auto stand vor der Haustür, sein Koffer war bereits verstaut, und er selbst erweckte den Eindruck, als hätte er sich bewußt ein neues Image zugelegt. Statt in bequemer Freizeitkleidung, in der sie ihn bisher gesehen hatten, erschien er formvollendet in einem dunklen Anzug und mit Krawatte beim Frühstück. Dadurch wirkte er völlig verändert. Nicht nur in seinem Aussehen, sondern auch in seinem Verhalten. Aus dem liebenswürdigen, lässigen Gast der letzten Tage war ein Mann geworden, der an Verantwortung und Autorität gewöhnt war, ein Mann, auf den man zählen konnte. Er hatte die Führung übernommen, nicht aufdringlich, sondern in beruhigender Weise, so daß Victoria das angenehme Gefühl hatte, es würde nichts schiefgehen. Sie würden keine Reifenpanne haben, keine Fahrkarten verlieren, sie würden den Zug nicht verpassen und reservierte Plätze vorfinden.

«Wir sollten jetzt gehen.»

Ellen schob Thomas das letzte Stück Toast in den Mund, wischte ihm das Gesicht ab und hob ihn aus seinem Hochstuhl. Er trug eine Latzhose aus Schottenstoff mit einem blauen Pullover, die Jess Guthrie ihm samt einem blauen Anorak mit roten Streifen in dem kleinen Laden in Creagan ausgesucht hatte, der ihrer Schwägerin gehörte und in dem sie Rabatt bekam. Seine neuen Schuhe waren braun und zum Schnüren. Ellen hatte ihm das rotblonde Haar glatt nach hinten gebürstet. Zum Abschied hätte sie ihm gern einen Kuß gegeben, beschloß aber, es doch nicht zu tun, weil alle zusahen. Dieser Tage kamen ihr in äußerst unpassenden Momenten die Tränen. «Triefaugen», nannte sie es und schob es auf den Wind oder auf einen Heuschnupfen. «Davon kriege ich richtige Triefaugen.» Sie weinte doch nie. Wenn sie sehr gerührt war, bei Geburtstagen, Hochzeiten oder Beerdigungen, schüttelte sie den Leuten höchstens die Hand, mehr nicht. Jetzt sagte sie nur: «Na, kleiner Mann», und stellte Thomas auf seine Füße. «Zieh schön deine Jacke an!» Dann nahm sie den neuen Anorak, beugte sich hinunter und half ihm mit dem Reißverschluß.

Inzwischen waren sie alle auf den Beinen. Victoria trank noch einen letzten Schluck Kaffee. Roddy stand da und kratzte sich am Hinterkopf, sah aber nicht so niedergeschlagen aus, wie sie es befürchtet hatte. Er schien sich erstaunlich schnell von dem Schock nach dem Brand und dem Verlust seiner gesamten Habe erholt zu haben. Genaugenommen kam er sogar sehr gut mit allem zu Rande. Tags zuvor hatte er fast den ganzen Nachmittag mit dem Vertreter der Versicherungsgesellschaft verbracht, und er war schon dabei, sich im großen Haus behaglich wie in einem Nest einzurichten, schlief im Zimmer seines Bruders und warf in der Bibliothek wieder so unbekümmert wie eh und je Holzscheite ins Feuer. Hier war der Platz vorm Kamin mit Steinplatten belegt, und es stand ein riesiges Gitter davor. Trotzdem erklärte Roddy, er würde einen richtigen Funkenschutz besorgen. Einen dieser Kettenvorhänge. Er hatte irgendwo einen angepriesen gesehen. Sobald ihm diese Anzeige wieder unterkam, würde er so ein Ding für Benchoile bestellen.

«Wir *müssen* jetzt gehen», drängte John. Also ließen sie das restliche Frühstück stehen und trollten sich gemeinsam aus der Küche, durch die Halle und durch die Vordertür. Draußen war es kalt und frostig, aber es versprach ein schöner Tag zu werden. Nun hieß es endgültig Abschied nehmen. Vom Garten, vom See und von den Bergen dahinter, die in der kristallklaren Morgenluft glitzerten. Abschied von dem freundlichen, friedvollen Haus und von den traurigen, verkohlten Überbleibseln dessen, was einmal Roddys Reich gewesen war. Für Victoria war es der Abschied von einem Traum. Oder vielleicht von einem Alptraum? Nur die Zeit würde darauf die Antwort geben.

«Oh, Roddy!» Er breitete die Arme aus. Victoria ging auf ihn zu, und sie fielen einander um den Hals. «Kommen Sie wieder», sagte er. «Kommen Sie wieder und besuchen Sie uns.» Dann küßte er sie auf beide Wangen und ließ sie los. Thomas freute sich auf die Autofahrt und war bereits allein auf den Rücksitz geklettert, hatte die hölzerne Lokomotive aus der Papiertüte geholt und begann mit ihr zu spielen.

«Auf Wiedersehen, Ellen.»

«Es war nett, Sie kennengelernt zu haben», sagte Ellen hastig und streckte Victoria ihre knorrige, rote Hand entgegen.

«Sie sind so unendlich lieb zu uns gewesen. Sie und Jess. Ich kann Ihnen gar nicht genug danken.»

«Fort mit Ihnen», sagte Ellen barsch und rang mächtig um ihre Fassung. «Steigen Sie ein, und lassen Sie John nicht warten!»

Nur John durfte ihr einen Kuß geben. Dazu stellte sie sich in ihren flachen, ausgetretenen Schuhen auf die Zehenspitzen, und dann mußte sie ein Taschentuch aus dem Ärmel ihres Kleides nesteln. «Ach, du meine Güte, ist das ein schneidender Wind», sagte sie zu niemand Bestimmtem. «Da triefen einem glatt die Augen.»

«Roddy.»

«Auf Wiedersehen, John.» Sie schüttelten einander die Hand und lächelten sich an. Zwei Männer, die gemeinsam eine schwere Zeit durchgestanden hatten.

«Ich komm wieder her, aber ich ruf dich vorher an und sag dir, wann.»

«Wann immer du willst.»

Das war alles. Sie stiegen ein, schnallten sich an, und John ließ den Motor anspringen. Victoria hatte kaum Zeit, sich auf ihrem Sitz umzudrehen und noch einmal zu winken, kaum Zeit für einen letzten Blick auf die beiden, auf Roddy und Ellen, die da auf dem Kies vor dem Haus standen. Roddy winkte ihnen nach, und Ellen winkte ebenfalls. Ihr weißes Taschentuch sah wie eine kleine Fahne aus. Dann waren sie auch schon verschwunden, hinter dem gewundenen Wall aus Rhododendronbüschen verborgen.

«Ich hasse es, Lebewohl zu sagen», gestand Victoria.

Johns Blick war auf die Straße gerichtet, die vor ihm lag. «Ich auch», sagte er und fuhr sehr schnell.

Hinter ihnen rollte Thomas seine dreirädrige Lokomotive auf dem Sitz hin und her. «Meh, meh, meh», sang er sich dazu selbst vor.

Er spielte fast den ganzen Tag mit der Lokomotive. Zwischendurch schlief er oder schaute aus dem Fenster und wurde in angemessenen, regelmäßigen Abständen durch den Gang geführt, bekam ein Mittagessen und seinen Nachmittagstee. Je weiter der Zug in Richtung Süden donnerte, desto unfreundlicher wurde das Wetter. Kaum hatten sie die Grenze passiert, da brauten sich dicke Wolken zusammen, verdunkelten den Himmel, und schon bald begann es zu regnen. Die Berge lagen nun hinter ihnen, die Landschaft wurde platt und unglaublich eintönig, und während Victoria zusah, wie draußen Morgen um Morgen flaches, nasses Ackerland vorüberglitt, sank auch ihre Stimmung entsprechend.

Sie mußte sich eingestehen, daß es noch recht leicht gewesen war, vernünftig an die Zukunft zu denken, solange sie achthundert Meilen von ihr entfernt war, aber jetzt rückte sie mit jedem Augenblick, mit jeder Radumdrehung näher. Victoria fühlte sich jämmerlich schlecht darauf vorbereitet.

Es war nicht nur die Aussicht auf das Leben, das ihr bevorstand, dafür würde sich vermutlich von selbst irgendein Schema ergeben. Und was Oliver betraf... Nein, an Oliver wollte sie jetzt nicht denken. Später, so sagte sie sich, würde sie die nötige seelische Stärke dafür aufbringen. Wenn sie wieder in ihrer eigenen Wohnung war, von den vertrauten Dingen umgeben, die ihr gehörten. Dinge, die einem gehören, helfen einem – da kann man sagen, was man will. Und Freunde. Sie dachte an Sally. Ihr würde sie von Oliver erzählen können. Mit ihrer robusten Natur und ihrer Unduldsamkeit gegenüber den Launen des anderen Geschlechts im allgemeinen würde sie die ganze verheerende Episode rasch auf das rechte Maß zusammenstutzen.

Nein, schlimmer war die gefürchtete Zerreißprobe, die ihr unmittelbar bevorstand, wenn sie Thomas den Archers übergeben mußte, wenn sie ihm für immer Lebewohl sagen mußte. Victoria konnte sich nicht vorstellen, was sie seinen Großeltern erzählen sollte. Leider konnte sie sich ohne große Mühe vorstellen, was die Archers ihr, als Olivers Komplizin, vielleicht erzählen würden.

Doch es gab noch andere grauenhafte Möglichkeiten. Angenommen, Thomas wollte gar nicht zu ihnen zurück? Angenommen, er brach nach einem Blick auf die Archers in Tränen aus, bekam einen hysterischen Anfall und klammerte sich an Victoria?

Er hatte sich in den knapp zwei Wochen so problemlos an sie gewöhnt, war so glücklich gewesen und so anhänglich geworden. Sie merkte, daß sie, wenn es um Thomas ging, hin und her gerissen war; eine Hälfte von ihr wünschte sich, daß er sie ebensosehr brauchte wie sie ihn, und die andere Hälfte schreckte vor dem Gedanken an eine Szene zurück wie ein scheuendes Pferd.

Sie sah Thomas an. Er saß ihr in dem Erste-Klasse-Abteil gegenüber. Seine ausgestreckten Beine ragten über die Sitzfläche hinaus, und sein mittlerweile zerzauster Kopf lehnte am Arm von John Dunbeath. John zeichnete ihm zur Unterhaltung mit einem Filzstift Bilder auf die rosa Seiten der *Financial*

Times. Er hatte ihm schon ein Pferd, eine Kuh und ein Haus gezeichnet, und jetzt war ein Schwein dran.

«Es hat einen großen Rüssel, der weit vorsteht. Mit dem kann es schnüffeln und etwas zu fressen finden. Und es hat einen Ringelschwanz.» Er zeichnete den Schwanz. Thomas lachte über das ganze Gesicht. Er machte es sich auf seinem Platz noch bequemer. «Mehr», befahl er und stopfte sich den Daumen in den Mund.

Victoria schloß die Augen und preßte den Kopf an die regenüberströmte Fensterscheibe des Zugs. Manchmal ist es leichter, nicht zu weinen, wenn man die Augen nicht offenläßt.

Lange bevor sie Euston erreichten, war es dunkel geworden, und Thomas war wieder eingeschlafen. Als der Zug hielt, nahm Victoria ihn auf den Arm und lehnte seinen Kopf an ihre Schulter. John griff nach seinem Koffer, und sie stiegen aus. Auf dem düsteren Bahnsteig herrschte das übliche Getümmel aus drängelnden Fahrgästen, Rollwagen, Gepäckträgern und Karren voller Kisten und Postsäcke. Victoria, der Thomas' beachtliches Gewicht zu schaffen machte, fühlte sich völlig entkräftet. Sie vermutete, daß sie nun den ganzen Bahnsteig entlangstapfen und nach einem Taxi anstehen müßten.

Doch sie vermutete falsch und stellte fest, daß sie John Dunbeath vollkommen unterschätzt hatte, denn aus dem Gewimmel tauchte eine Gestalt in grauem Anzug und mit grauer Uniformmütze auf.

«Guten Abend, Mr. Dunbeath.»

«George, Sie sind ein Wunder. Woher wußten Sie, in welchem Wagen wir sind?»

«Hab den Bahnsteigschaffner gefragt, und der hat gemeint, Sie würden wahrscheinlich an diesem Ende des Zugs sein.» Ohne weiteres Aufheben nahm er John den Koffer ab. Daraufhin nahm John Victoria den schlafenden Thomas ab, und sie folgten der adretten uniformierten Gestalt.

«Wer ist das?» fragte Victoria, die sich anstrengen mußte, um mit Johns langen Beinen Schritt zu halten.

«Das ist unser Fahrer. Ich habe meine Sekretärin gebeten, ihn herzuschicken, um uns abzuholen.»

«Hat er ein Auto gebracht?»

«Ich hoffe, er hat mir meinen Wagen gebracht.»

Er hatte. Vor dem Bahnhof mußten sie einen Moment warten, während George in der Dunkelheit verschwand. Doch im Nu war er wieder da, am Steuer von Johns Alfa Romeo. Er stieg aus, und sie stiegen ein. Victoria mit dem immer noch schlafenden Thomas auf dem Arm.

«Vielen Dank, George, das war wirklich sehr freundlich von Ihnen. Und wie kommen Sie jetzt zurück?»

«Ich nehme die U-Bahn, Mr. Dunbeath. Die ist ja ganz praktisch.»

«Na dann, nochmals vielen Dank.«

«War mir ein Vergnügen, Mr. Dunbeath.»

«Wie nett», sagte Victoria.

«Nett von ihm?»

«Ja, nett von ihm, aber überhaupt nett, wenn man von jemandem abgeholt wird und nicht auf ein Taxi oder einen Bus warten muß und sich nicht durch die U-Bahn zu kämpfen braucht. Ist einfach schön, wenn man auf dem Bahnsteig von einem freundlichen Gesicht empfangen wird.»

«Hoffnungsvoll reisen ist eine Sache, aber entscheidend ist, wie man ankommt», sagte John.

Victoria wußte, was er damit meinte.

Der Wagen fegte über die regennasse Autobahn in Richtung Westen. Eine Dreiviertelstunde später waren sie nach Woodbridge abgebogen. Jetzt fuhren sie an kleinen Feldern und

Hecken und feuchten, von Trauerweiden gesäumten Wiesen vorbei. Hier und dort fiel Licht aus den Fenstern der roten Backsteinhäuser. Sie kamen über eine Brücke, unter der gerade ein Zug durchbrauste.

«Das bringt Glück», sagte John.

«Was?»

«Wenn man auf einer Brücke ist, unter der ein Zug durchfährt.»

«Und was bringt noch Glück?» Victoria konnte Glück brauchen.

«Briefe, die sich kreuzen. Wenn Sie jemandem einen Brief schreiben, der Ihnen auch gerade einen schreibt, und die Briefe sich kreuzen, das bringt jede Menge Glück.»

«Ich glaube, das ist mir noch nie passiert.»

«Und schwarze Katzen bringen Glück und Stecknadeln, die man findet, und der Neumond.»

«In der Nacht, in der Roddys Haus abbrannte, war Neumond.»

«Dann lassen Sie den Neumond weg.»

Schließlich blinkten vor ihnen die Lichter des Dorfes. Sie passierten das Ortsschild mit der Aufschrift WOODBRIDGE, schwenkten in eine Kurve ein, und schon waren sie auf der langen, breiten Hauptstraße. Das Auto wurde langsamer und kroch im Schneckentempo an Geschäften und an einem Pub mit einem beleuchteten Schild vorbei. Ein wenig abgelegen und von einer Mauer umgeben, ragte eine Kirche auf.

«Wir wissen ja gar nicht, wo sie wohnen.»

«Doch, das wissen wir. Es ist auf der rechten Seite, ein roter Backsteinbau mit einer gelben Tür, und es ist das einzige Haus in der ganzen Straße, das drei Stockwerke hat. Hier ist es.»

John hielt am Rand des Gehwegs. Victoria sah die Stufen, die zum Eingang hinaufführten, das hübsche, bogenförmige

Oberlicht und die hohen, erleuchteten Fenster. «Woher wissen Sie, daß es dieses Haus ist?» fragte sie.

Er stellte den Motor ab. «Weil ich Mrs. Archer angerufen habe und sie es mir beschrieben hat.»

«Klang sie wütend?»

«Nein.» Er öffnete die Fahrertür. «Sie klang sehr nett.»

Da sich das Auto plötzlich nicht mehr bewegte, wachte Thomas genau in diesem Moment auf, gähnte, rieb sich verschlafen die Augen und blickte sich so verwundert um wie ein Mensch, dem man einen üblen Streich gespielt hat. Er hielt immer noch die hölzerne Lokomotive fest.

«Du bist wieder daheim», erklärte ihm Victoria sanft. In der vagen Hoffnung, daß er danach weniger zerzaust aussähe, strich sie ihm mit der Hand über das Haar.

Thomas blinzelte. Das Wort «daheim» sagte ihm offenbar nur wenig. Er starrte in die Dunkelheit hinaus. Dann machte John die Beifahrertür auf und hob Thomas samt seiner Lokomotive von Victorias Knien. Sie griff nach hinten, angelte die Papiertüte, die Thomas' ganzes Gepäck war, vom Rücksitz und folgte den beiden.

Sie standen vor der gelben Haustür, und John klingelte. Fast augenblicklich, als hätte drinnen schon jemand auf sie gewartet, erklangen Schritte, und die Tür flog auf. Von dem Licht, das aus dem hellen, warmen Flur herausströmte, wurden die drei wie Schauspieler vom Rampenlicht einer Bühne beleuchtet.

«Guten Abend», sagte John. «Ich bin John Dunbeath.»

«Ja, das dachte ich mir schon.» Der Mann sah nett aus. Um die Sechzig, grauhaarig, weder groß noch besonders eindrucksvoll, aber nett. Er versuchte nicht, Thomas gleich aus Johns Armen zu reißen, sondern schaute ihn nur an und sagte: «Hallo, alter Junge!» Dann trat er einen Schritt zurück und meinte: «Kommen Sie doch herein.»

Sie traten ein, und er schloß die Tür hinter ihnen. John bückte sich und stellte Thomas auf seine Füße.

«Ich rufe nur schnell meine Frau. Wahrscheinlich hat sie die Klingel nicht gehört.»

Doch sie hatte sie gehört, denn in diesem Moment tauchte sie aus einer Tür am anderen Ende des schmalen Flurs auf. Sie hatte lockiges, weißes Haar und die Art von Teint, mit dem sie sogar mit achtzig noch jung aussehen würde. Zu einem blauen Rock trug sie eine Strickjacke im gleichen Farbton und eine rosa Bluse mit einer Schleife am Hals. Ihre Brille hatte sie in der Hand. Victoria stellte sich vor, wie sie in einem Sessel gesessen und zu lesen versucht hatte oder ein Kreuzworträtsel zu lösen, oder sonstwie die Zeit zu überbrücken, in der sie darauf gewartet hatte, daß sie ihr Thomas zurückbrachten.

Über den langen Flur hinweg sahen sie und Thomas einander schweigend an. Dann begann sie zu lächeln, beugte sich vor und stützte sich mit den Händen auf die Knie. «Na, wer kommt denn da?» fragte sie. «Kommt da mein Thomas zurück?»

Victoria war starr vor Angst, doch sie hätte sich keine Sorgen machen müssen, denn Thomas, der sich einen Augenblick still gewundert hatte, begriff plötzlich, was los war. Langsam breiteten sich ungläubiges Staunen und Freude auf seinem rosigen Gesicht aus. Er holte tief Luft, dann pustete er sie wieder heraus, zusammen mit dem ersten richtigen Satz, den jemals jemand von ihm gehört hatte.

«Das ist meine *Ganny*!»

Er rannte auf sie zu, und sie fing ihn auf und schloß ihn in die Arme.

Es war sehr rührend. Mrs. Archer lachte und weinte und lachte wieder und drückte ihren Enkel an sich. Mr. Archer holte ein Taschentuch heraus und putzte sich die Nase. Von den Geräuschen im Flur angelockt, kam ein junges Mädchen holterdiepolter die Treppe herunter. Sie war rund und drall, aber ausgesprochen hübsch, und als Mrs. Archer sich schließlich dazu durchringen konnte, Thomas loszulassen, umschlangen ihn die nächsten liebevollen Arme. Endlich landete er wieder auf seinen Füßen und durfte zu seinem Großvater gehen. Der hatte inzwischen aufgehört, sich die Nase zu putzen, hob ihn nun ebenfalls hoch, stemmte ihn nach Männerart in die Höhe und ließ ihn auf und nieder wippen, woran Thomas anscheinend einen Heidenspaß hatte.

Während sich all dies abspielte, konnten Victoria und John nichts weiter tun als danebenstehen und zuschauen. Victoria wollte gehen, sich aus dem Staub machen, solange alle noch so glücklich waren und bevor möglicherweise die Vorwürfe begannen, doch sie hatte keine Ahnung, wie sie das anstellen sollte, ohne unhöflich zu erscheinen.

Schließlich setzte Thomas dieser überwältigenden Wiedersehensszene selbst ein Ende. Er wand sich aus den Armen seines Großvaters und steuerte entschlossen die Treppe an, die zu seinem Kinderzimmer führte, denn er erinnerte sich daran, daß dort eine Menge wunderbare Spielsachen auf ihn warteten. Seine Großeltern ließen ihn vernünftigerweise gewähren, und das Au-pair-Mädchen ging mit ihm hinauf. Als die beiden auf dem Treppenabsatz verschwunden waren, zupfte Victoria John am Ärmel. Mrs. Archer war nicht anzumerken, ob sie es gesehen hatte oder nicht.

«Tut mir leid», sagte sie, «daß wir Sie hier so herumstehen lassen. Aber das alles ist einfach so...» Sie wischte die letzten Freudentränen weg und putzte sich mit einem Spitzentaschentuch die Nase. «Kommen Sie doch herein, und trinken Sie was.»

«Wir sollten wirklich jetzt gehen...» begann Victoria, aber Mrs. Archer wollte davon nichts hören.

«Nein, Sie müssen unbedingt noch hierbleiben, wenigstens für einen Moment. Kommen Sie mit ins Warme. Edward, Mr. Dunbeath möchte sicher einen Drink...»

Victoria blieb nichts anderes übrig, als ihr in ein freundliches Wohnzimmer mit chintzbezogenen Polstermöbeln zu folgen. Im altmodischen Kamin flackerte ein Feuer, auf dem großen Flügel stand eine stattliche Sammlung von Familienfotos neben einem schönen Blumengesteck, und die Sofakissen sahen so aus, als würde nie jemand auf ihnen sitzen.

Aber der Raum war warm und einladend, und unter dem Einfluß von Mrs. Archers offensichtlich gutgemeinten Absichten und ihrer ebenso offensichtlichen Dankbarkeit entspannte Victoria sich ein wenig. Die Männer waren verschwunden. Vermutlich holten sie die Getränke. Deshalb waren die beiden Frauen für einen Augenblick allein. Vorsichtig ließ sich Victoria auf dem Sofa nieder, und Mrs. Archer erweckte nicht den Eindruck, als bedauerte sie es, daß die Kissen zerdrückt wurden.

«Zigarette? Ach, Sie rauchen nicht. Sie müssen müde sein. Sie waren doch den ganzen Tag unterwegs. Noch dazu mit einem kleinen Jungen. Und ich weiß, wie lebhaft Thomas sein kann.»

Victoria merkte, daß Mrs. Archer genauso nervös war wie sie selbst. Ihr Verhalten war so ganz und gar anders als der feindselige Empfang, den Victoria befürchtet hatte, deshalb fühlte sie sich völlig verwirrt.

«Er war lieb», sagte sie. «Er war immer lieb. Die ganze Zeit, die wir unterwegs waren.»

«Diesen freundlichen Brief haben Sie doch geschrieben, nicht wahr? Sie sind Victoria?»

«Ja.»

«Das war reizend von Ihnen. Sehr einfühlsam.»

«Oliver war wütend.»

«Dafür wollte ich mich noch entschuldigen. Ich hätte nie versucht, Sie anzurufen oder irgendwie Verbindung mit Ihnen aufzunehmen, aber mein Mann hat den Brief gelesen, und ihn hat die ganze Sache derart in Rage gebracht, daß ich ihn nicht davon abhalten konnte, in Benchoile anzurufen und Oliver zu beschimpfen. Da war nichts zu machen. Es kommt nicht oft vor», fügte sie mit bekümmerter Miene hinzu, «daß ich meinen Willen nicht durchsetze, aber in dem Fall konnte ich nichts tun, um Edward von diesem Anruf abzubringen.»

«War nicht so schlimm.»

«Das hoffe ich. Wissen Sie, Edward hat Oliver nie leiden können, selbst damals nicht, als er mit Jeannette verheiratet war. Aber er hängt sehr an Thomas. Und als Oliver einfach hier hereinspaziert ist, so aus heiterem Himmel, und Thomas entführt hat, da können Sie sich denken, was hier los war. Helga, das arme Mädchen, hat einen hysterischen Anfall bekommen, als ob es etwa ihre Schuld gewesen wäre, und Edward hat angedroht, er würde Oliver die Polizei auf den Hals hetzen, und ich hatte die ganze Zeit keine Ahnung, wo der Junge war. Es war ein Alptraum.»

«Das kann ich mir vorstellen.»

«Ja. Bei Ihnen glaube ich das.» Mrs. Archer räusperte sich. «Ihr ... Ihr Freund, Mr. Dunbeath, hat mich gestern angerufen, um mir zu sagen, daß Sie Thomas zurückbringen. Er hat mir auch erzählt, daß Oliver nach Amerika geflogen ist.»

«Ja.»

«Wegen eines Theaterstücks?»

Wieder sagte Victoria nur: «Ja.»

«Meinen Sie, er kommt nach England zurück?»

«Ja, vermutlich. Irgendwann. Aber ich glaube nicht, daß er Thomas noch einmal behelligen wird. Das soll nicht heißen, daß er ihn nicht gern gehabt hätte oder nicht gut zu ihm gewesen wäre, aber die Vaterrolle ist Oliver nicht gerade auf den Leib geschrieben.»

Ihre Blicke trafen sich. Victoria lächelte, und Mrs. Archer sagte sehr sanft: «Die des Ehemanns auch nicht, meine Liebe.»

«Nein, wohl kaum. Kann ich mir wirklich nicht denken.»

«Er macht alles kaputt», behauptete Mrs. Archer.

Vielleicht hätte ihr das sonst niemand sagen dürfen, doch Victoria wußte, daß es stimmte. Aber sie wußte noch etwas. «Mich hat er nicht kaputtgemacht», versicherte sie Mrs. Archer.

Die Männer tauchten wieder auf. Mr. Archer trug ein Tablett mit Gläsern und Flaschen, und John folgte ihm mit einem Soda-Siphon. Das Gespräch wandte sich nun alltäglichen Dingen zu. Dem Wetter in Schottland, dem Wetter in Hampshire, der Börse und den Kursschwankungen von Dollar und Pfund. John wartete nicht, bis Victoria ihn darum bat, sondern reichte ihr stillschweigend einen Whisky mit Soda. Dieser kleine Freundschaftsdienst erfüllte sie mit Dankbarkeit. Anscheinend hatte sie ununterbrochen Anlaß, ihm für irgend etwas dankbar zu sein. Dann kam ihr in den Sinn, daß seine Fähigkeit, eine Situation richtig einzuschätzen, wirklich bemerkenswert war, dies um so mehr, weil er so wenig Aufhebens darum machte. Er war wohl der netteste Mensch, der ihr je begegnet war. Nie hatte sie ihn über irgendwen auch nur ein böses Wort sagen hören, außer daß er Oliver Dobbs einen Saukerl genannt hatte, aber das auch erst, nachdem Oliver sich nach Amerika abgesetzt hatte und es sinnlos geworden war, noch länger den Schein zu wahren.

Jetzt war er mit den Archers ins Gespräch vertieft, und Victoria beobachtete ihn. Sie betrachtete sein kantiges, ernstes

Gesicht, das so unerwartet strahlen konnte, wenn er lächelte. Das schwarze, kurzgeschnittene Haar, die ungemein dunklen Augen. Er war den ganzen Tag mit einem kleinen Kind unterwegs gewesen, und trotzdem sah er nicht annähernd so erschöpft aus, wie Victoria sich fühlte. Er wirkte so frisch und munter wie bei der Abreise von Benchoile, und wegen dieser Unverwüstlichkeit beneidete und bewunderte sie ihn, weil das etwas war, was ihr fehlte.

Nichts kann ihn unterkriegen, dachte sie. Seine katastrophale Ehe hatte keine erkennbaren Spuren von Bitterkeit hinterlassen. Für ihn würde immer alles gut ausgehen, weil er die Menschen mochte, und hauptsächlich deshalb, weil die Menschen ihn mochten.

Seine aufrichtige Gutmütigkeit mußte sogar am Telefon ansteckend gewirkt haben, denn wie hätte er es sonst geschafft, in der kurzen Zeit des Ferngesprächs, das er tags zuvor mit Mrs. Archer geführt hatte, für Victoria alles ins Lot zu bringen, die Umstände von Thomas' Entführung irgendwie zu überspielen und den Weg zu ebnen, damit Mrs. Archer Thomas wiederbekam.

Eins bedauerte sie, daß ihr keine Zeit blieb, ihn genauer kennenzulernen. Ehe sie sich's versah, würden sie einander Lebewohl sagen. Er würde sie nach London fahren und an ihrer Tür in der Pendleton Mews absetzen. Sie konnte ihn nicht einmal unter dem Vorwand, ihr das Gepäck hineinzutragen, ins Haus bitten, weil sie kein Gepäck hatte. Sie würden einander einfach Lebewohl sagen. Vielleicht würde er ihr einen Abschiedskuß geben und sagen: «Machen Sie's gut!»

Das war dann wohl das Ende. John Dunbeath würde weggehen und sofort wieder von seinen wichtigen Geschäften in Anspruch genommen werden, von denen Victoria nichts verstand. Ihr fiel die Freundin ein, die zu der Party bei den Fairburns nicht hatte mitkommen können. Wahrscheinlich würde John, sobald er wieder in der vertrauten Umgebung seiner eigenen Wohnung war, als erstes ihre Nummer wählen und sie wissen lassen, daß er wohlbehalten nach London zurückgekehrt war. Sicher fragte er sie: «Was hältst du davon, wenn wir morgen abend miteinander essen gehen? Dann kann ich dir alles erzählen.» Und sie würde ihm durchs Telefon zuflöten: «Darling, wie himmlich!» Victoria stellte sie sich so ähnlich wie Imogen Fairburn vor, hübsch, kultiviert und mit einem riesigen Bekanntenkreis.

«Wir dürfen Sie jetzt wirklich nicht länger aufhalten», sagte John gerade. Sein Glas war leer, und er stand auf. «Sie wollen sicher noch zu Thomas und mit ihm reden, bevor er zu Bett geht.»

Auch die Archers erhoben sich. Schlagartig wurde Victoria in die Wirklichkeit zurückversetzt und hatte Mühe, von dem niedrigen Sofa aufzustehen. Da nahm ihr John das leere Glas ab, reichte ihr eine Hand und zog sie hoch.

«Eigentlich sollten wir Ihnen ja etwas zu essen anbieten», meinte Mrs. Archer.

«Nein, wir müssen wirklich nach London zurück. Es war ein langer Tag.»

Sie gingen alle in den Flur hinaus. Mrs. Archer fragte Victoria: «Möchten Sie sich noch von Thomas verabschieden, bevor Sie aufbrechen?» Doch sie sagte nur: «Nein.» Und weil das ein wenig schroff klang, erklärte sie noch: «Ich finde, es wäre nicht gut, ihn noch einmal aufzuregen. Nicht, daß ich dächte, er würde es sehr tragisch nehmen, er hat sich ja ganz offensichtlich darüber gefreut, wieder zu Hause zu sein, aber ... Nun ja, ich gehe lieber einfach so weg.»

«Ich glaube», sagte Mrs. Archer, «Sie haben Thomas richtig liebgewonnen.»

«Ja.» Alle schauten Victoria an, und sie fragte sich, ob sie jetzt gleich rot werden würde. «Ja, eigentlich schon ...»

«Kommen Sie», sagte John und setzte dem allen ein Ende, indem er die Haustür öffnete. Victoria verabschiedete sich und war überrascht, als Mrs. Archer sich plötzlich vorbeugte und ihr einen Kuß gab.

«Sie haben sich so großartig um ihn gekümmert. Ich kann Ihnen gar nicht genug danken. Er sieht rosig und gesund aus, und ich bin sicher, daß ihm das kleine Abenteuer nicht geschadet hat.»

«Das hoffe ich.»

«Vielleicht haben Sie an einem Wochenende, wenn das Wetter besser ist, mal Lust, am Sonntag herzukommen und ihn zu besuchen. Dann essen wir miteinander zu Mittag, und Sie können danach mit ihm spazierengehen.» Sie blickte John an. «Für Sie gilt das natürlich auch, Mr. Dunbeath.»

«Das ist sehr freundlich von Ihnen», sagte John.

«Sie sind ja so still.»

«Ich versuche nur, nicht wieder zu weinen.»

«Sie wissen doch, daß es mich nicht stört, wenn Sie weinen.»

«Unter diesen Umständen werde ich es wohl nicht tun. Ist das nicht seltsam, wenn man weiß, daß man weinen darf, daß sich niemand darüber aufregt oder es peinlich findet, dann hat man gar nicht mehr das Bedürfnis danach.»

«Gibt es einen besonderen Grund, warum Sie weinen wollten?»

«Wahrscheinlich um Thomas. Vor allem um Thomas.»

«Thomas geht es gut. Um ihn brauchen Sie nicht zu weinen, außer daß Sie ihn vermissen werden. Er hat ein herrliches Zuhause und ist unter Menschen, die ihn lieben. Was haben Sie denn davon gehalten, wie er seine Großmutter begrüßt hat?»

«*Dabei* habe ich fast geweint.»

«Ich muß zugeben, mir saß da auch ein Kloß im Hals. Aber Sie können ihn ja besuchen, wann immer Sie wollen. Mrs. Archer mag Sie und hat Sie eingeladen, ihn jederzeit zu besuchen. Es war also kein Abschied für immer.»

«Die waren doch nett, nicht wahr?»

«Haben Sie erwartet, daß sie nicht nett sein würden?»

«Ach, ich weiß nicht, was ich erwartet habe.» Plötzlich fiel ihr etwas ein. «Ich hab Mrs. Archer gar nichts von dem Brand gesagt.»

«Ich habe es ihm erzählt, als wir im Eßzimmer waren und die Gläser aus dem Schrank geholt haben. Zumindest habe ich erwähnt, was geschehen ist, ohne mich allzusehr darüber zu verbreiten, daß Thomas beinahe gebrutzelt hätte und verkohlt wäre.»

«Oh, sagen Sie doch nicht so was!»

«Ab und zu muß ich so etwas loslassen, um die gespenstische Vision von dem, was hätte passieren können, zu verscheuchen, die mich insgeheim immer noch verfolgt.»

«Aber es ist nicht passiert.»

«Nein, zum Glück nicht.»

Sie schwiegen. Das Auto tastete sich auf seinem Rückweg wieder über die schmale Landstraße. In dem anhaltenden Nieselregen verschwamm alles wie in Nebel. Die Scheibenwischer pendelten unablässig hin und her.

Schließlich brach Victoria das Schweigen. «Ich glaube», sagte sie, «ich könnte auch um Benchoile weinen.»

«Was sind Sie doch für ein Mächen, daß Sie sich dauernd etwas ausdenken, worüber Sie weinen könnten.»

«Das liegt nur daran, daß ich so ungern dort weggefahren bin.»

Darauf erwiderte John nichts. Das Auto schnurrte weiter

über die gewundene Straße. Nach einem Schild, das die nächste Parkbucht ankündigte, fuhr John langsamer. Gleich darauf hatten sie die Parkbucht erreicht. Er bog von der Straße ab, blieb stehen, zog die Handbremse an und schaltete den Motor aus.

Die Scheibenwischer stellten ihren wahnwitzigen Tanz ein. Jetzt war nur noch das Geplätscher des Regens und das Ticken der Uhr auf dem Armaturenbrett zu hören.

Victoria sah zu John hinüber. «Warum halten wir hier?»

Er knipste die Innenbeleuchtung an, dann wandte er sich ihr zu. «Keine Angst», beruhigte er sie, «ich habe nicht vor, Sie zu vergewaltigen. Ich möchte nur mit Ihnen reden. Ihnen ein paar Fragen stellen. Und ich möchte Ihr Gesicht dabei sehen, wenn Sie antworten. Bevor wir einen Schritt weitergehen, muß ich mir vollkommen und endgültig über Oliver Dobbs im klaren sein.»

«Ich dachte, Sie wollten, daß sein Name nie mehr erwähnt wird.»

«Stimmt. Das ist auch das letzte Mal.»

«Mrs. Archer hat auch von ihm gesprochen. Sie war sehr weise. Ich hätte nicht gedacht, daß sie so weise ist. Sie hat gesagt, daß Oliver alles kaputtmacht.»

«Und was haben Sie darauf gesagt?»

«Ich habe ihr versichert, daß er mich nicht kaputtgemacht hat.»

«Ist das wahr?»

Victoria zögerte einen Moment, ehe sie antwortete. Dann sagte sie: «Ja.» Lächelnd sah sie John an, und ihm war es, als setze sein Herz einen Schlag lang aus. «Ja, es ist wahr. Vielleicht habe ich schon immer gewußt, wie er ist, aber ich wollte es wohl nicht zugeben, nicht einmal vor mir selbst. Ich glaube, jeder Mensch muß einmal in seinem Leben eine große, unglückliche Liebe durchmachen. Meine war eben Oliver.»

«Und was ist, wenn er aus Amerika zurückkommt?»

«Irgendwie habe ich das Gefühl, daß er nie zurückkommen wird...» Sie dachte darüber nach, und dann sagte sie: «Aber selbst wenn er wiederkommt, will ich nichts mehr mit ihm zu tun haben.»

«Weil er Sie verletzt hat, oder weil Sie aufgehört haben, ihn zu lieben?»

«Ich glaube, ich habe schon aufgehört, ihn zu lieben, als wir noch auf Benchoile waren. Wann das genau war, kann ich Ihnen nicht sagen. Es kam ganz allmählich. Und jetzt...» Sie deutete eine vage Handbewegung an. «Jetzt glaube ich, daß ich ihn nicht einmal mehr mag.»

«Dann sind wir schon zwei», bemerkte John. «Und nachdem wir Oliver Dobbs abgehakt haben, können wir nun über etwas anderes reden. Kurz bevor ich den Wagen angehalten habe, da meinten Sie, wenn Sie einen Grund zum Weinen brauchten, könnten Sie auch um Benchoile weinen. Deshalb finde ich, das ist jetzt vielleicht nicht der schlechteste Zeitpunkt, Ihnen zu erzählen, daß Sie Benchoile nicht mehr nachweinen müssen. Sie können wieder hinfahren, wann immer Sie wollen, und alle besuchen, weil ich es nicht verkaufen werde. Wenigstens jetzt noch nicht.»

«Aber... Sie haben doch gesagt...»

«Ich habe es mir anders überlegt.»

«Oh...» Sie sah so aus, als würde sie nun wirklich gleich in Tränen ausbrechen, tat es aber doch nicht. Statt dessen japste sie nur: «Oh, *John*...» Dann begann sie zu lachen, und schließlich schlang sie ihre Arme um seinen Hals und küßte ihn.

Er war ungemein zufrieden, nur traf ihn diese spontane Begeisterung völlig unvorbereitet. Zwar hatte er gewußt, daß sie sich darüber freuen würde, mit dieser stürmischen Umarmung, die ihn schier zu ersticken drohte, hatte er allerdings kaum gerechnet.

«He, Sie erwürgen mich ja!» Aber Victoria hörte nicht hin.

«Sie verkaufen es wirklich nicht! Oh, Sie wunderbarer Mann! Sie behalten Benchoile!»

Da legte er seine Arme um sie und zog sie an sich. Sie faßte sich zart und zerbrechlich an, er spürte ihr weiches Haar an seiner Wange, und dabei plapperte sie aufgeregt wie ein kleines Kind weiter. «Sie haben behauptet, es ist nicht rentabel, es ist unpraktisch.» Jetzt versuchte sie doch, von ihm abzurücken, aber er hielt sie fest. «Ohne Ihren Onkel Jock, haben Sie behauptet, würde Benchoile verfallen.»

«Wie gesagt, ich habe meine Meinung geändert. Ich behalte es noch, jedenfalls für ein Jahr, bis wir sehen, wie sich die Dinge entwickeln.»

«Was hat Sie denn dazu bewogen, Ihre Meinung zu ändern?»

«Ich weiß es nicht.» Er schüttelte den Kopf wie ein Mensch, der sich selbst über die Gründe für seine plötzliche Kehrtwendung noch nicht ganz im klaren ist. «Vielleicht das Feuer. Vielleicht merkt man erst, wieviel einem etwas bedeutet, wenn man es zu verlieren droht. In jener Nacht habe ich im Geist schon alles in Schutt und Asche liegen sehen. Sie waren ja nicht da, aber es ist wirklich nur der Gnade Gottes zu verdanken, daß das Gutshaus nicht mit allem anderen bis auf die Grundmauern niedergebrannt ist. Spätnachts bin ich noch in den Garten hinausgegangen, habe am See gestanden und das Haus betrachtet. Und da stand es wie eh und je, mit den Bergen dahinter, und ich glaube, ich bin noch nie in meinem Leben für etwas so dankbar gewesen.»

«Aber wer wird es denn verwalten?»

«Roddy und Davey Guthrie gemeinsam, und wir stellen noch einen Mann ein, der ihnen helfen soll.»

«Roddy?»

«Ja, Roddy. Sie haben mich darauf gebracht, daß Roddy besser Bescheid weiß und an dem Land mehr interessiert ist als sonst jemand. Er weiß mehr über Benchoile, als ich in hundert Jahren lernen könnte. Früher hat er sich nur deshalb nie intensiver damit beschäftigt, weil er träge ist und weil immer Jock da war, der ihm das Denken abgenommen hat. Ich habe das Gefühl, daß Roddy ohne Jock und mit einer Aufgabe, die ihn wirklich fordert, gute Aussichten hat, das Trinken aufzugeben, und uns alle noch überraschen wird.»

«Wo wird er wohnen?»

«Im Gutshaus, unter einem Dach mit Ellen. Sie sehen, all meine Probleme sind mit einer einzigen genialen Entscheidung gelöst worden. Die zwei werden sich zanken wie verrückt, so wie sie das immer gemacht haben. Aber im Gutshaus ist Platz genug für beide, ohne daß einer den anderen umbringen wird.» Er überlegte, dann fügte er hinzu: «Wenigstens hoffe ich das inständig.»

«Meinen Sie wirklich, daß es klappen wird?»

«Wie gesagt, ich gebe ihnen ein Jahr. Aber ich glaube schon, daß es klappen wird. Und was entscheidender ist, mein Vater glaubt es auch.»

«Woher wissen Sie, was Ihr Vater glaubt? Er ist doch in Colorado.»

«Ich habe ihn gestern früh angerufen, wir haben lange darüber geredet.»

Victoria konnte nur noch staunen. «Mit wie vielen Leuten Sie gestern vormittag telefoniert haben!»

«Daran bin ich gewöhnt. In meinem Büro hänge ich fast den ganzen Tag am Telefon.»

«Trotzdem», wandte Victoria ein, «ich käme nie auf die Idee, jemanden in Colorado anzurufen.»

«Sie sollten es einmal probieren.»

Wenigstens für eine Weile würde Benchoile also weiterbestehen. Vielleicht hatte John recht, und Roddy bekam wirklich neuen Auftrieb. Schließlich war er ja noch nicht einmal sechzig. Und wenn er im Gutshaus wohnte, war er vielleicht dazu zu bewegen, sein gesellschaftliches Leben wieder zu aktivieren, kleine Dinnerparties zu geben und Gäste zu beherbergen.

«Ich weiß, daß es klappen wird», sagte Victoria. «Es muß einfach klappen.»

«Damit kommen uns also Benchoile und Oliver Dobbs nicht mehr in die Quere, und wir können uns nun viel wichtigeren Dingen zuwenden.»

«Zum Beispiel?»

«Zum Beispiel uns beiden.» Victorias Miene wurde mißtrauisch, aber noch ehe sie etwas dagegen einwenden konnte, redete John entschlossen weiter. «Ich habe mir überlegt, ob es nicht gut für uns wäre, wenn wir noch einmal von vorn anfingen. Mir scheint, daß wir von dem Moment an, in dem wir uns kennengelernt haben, mit dem falschen Fuß gestartet sind, und daß wir erst jetzt, nach all der Zeit und nachdem soviel passiert ist, endlich in einen Gleichschritt verfallen. Und weil ich es noch nie geschafft habe, Sie zum Essen einzuladen, muß das als erstes nachgeholt werden. Deshalb habe ich mir gedacht, wenn wir nach London zurückkommen, könnten wir miteinander ausgehen. Wenn Sie wollen, können wir sofort irgendwo essen gehen. Aber vielleicht möchten Sie sich erst frisch machen und umziehen, dann fahre ich Sie zu Ihrer Wohnung und komme später vorbei, um Sie abzuholen. Oder wir können beide direkt zu meiner Wohnung fahren, etwas trinken und von dort aus zum Abendessen gehen. Die Variationen sind, wie Sie sicher gemerkt haben, endlos. Die einzige Konstante dabei ist, daß ich mit Ihnen zusammensein möchte. Ich will nicht Lebewohl sagen.»

«John, ich möchte nicht, daß Sie Mitleid mit mir haben. Und Sie brauchen auch nicht weiterhin so nett zu mir zu sein.»

«Ich bin überhaupt nicht nett», wandte er ein, «sondern ausgesprochen selbstsüchtig, denn es ist das, was ich mir mehr als alles andere wünsche. Ich wußte immer, daß ich mich eines Tages wieder verlieben würde, nur habe ich nicht geglaubt, daß es gerade auf diese Weise passiert. Ich habe nicht einmal geglaubt, daß es so bald passieren würde. Aber ich möchte nicht, daß Sie in eine neue Beziehung hineinschlittern, bevor Sie nicht Zeit gehabt haben, tief Luft zu holen, sich umzusehen und sich ganz allgemein an den Gedanken zu gewöhnen.»

Ich will nicht Lebewohl sagen.

Victoria dachte, wenn das ein Film wäre, würden sie jetzt die schluchzende Titelmusik spielen. Oder es gäbe ein Feuerwerk aus Sternen oder Garben flirrender Sonnenstrahlen zwischen Zweigen voller Apfelblüten. Doch es geschah nichts dergleichen. Da war nur das Auto, die Dunkelheit draußen und der Mann, mit dem sie anscheinend schon so viel verband.

Nachdenklich sagte sie: «Wissen Sie, ich glaube nicht, daß mir jemals jemand begegnet ist, der so nett war wie Sie.»

«Na schön, das reicht für den Anfang.» Sie sahen einander an. Victoria begann zu lächeln, und John nahm ihr Gesicht zwischen seine Hände, beugte sich über sie und küßte ihren lächelnden Mund. Nach diesem Kuß schob er sie sanft von sich, wandte sich wieder dem Lenkrad zu, schaltete die Zündung ein und ließ den Motor an. Der Wagen setzte sich in Bewegung. Kurz danach kamen sie an die Kreuzung, an der die ruhige Landstraße für sie zu Ende war und sie die Autobahn erreichten. Noch eine Unterführung, dann surrten sie die geschwungene Auffahrt hinauf und warteten, bis sie sich in den Strom der Fahrzeuge einreihen konnten, die auf drei Spuren in östlicher Richtung vorbeibrausten.

«Als wir bei den Archers waren», sagte Victoria, «da merkte ich plötzlich, daß ich dir eigentlich nicht Lebewohl sagen wollte, aber ich hätte mir nie träumen lassen, daß auch du mir nicht Lebewohl sagen wolltest.»

Eine Lücke tat sich auf. John legte einen Gang ein, der Motor veränderte seinen Klang, und der Alfa Romeo glitt vorwärts.

«Vielleicht», so meinte John, «ist nicht Lebewohl sagen wollen nur ein anderes Wort für lieben.»

Vor ihnen schlängelte sich die breite Schnellstraße in Richtung London.

Rosamunde Pilcher

Schneesturm im Frühling

Roman

Deutsch von Christiane Buchner

1

In parfümierten Dampf gehüllt, die Haare in einer Badehaube nach oben gedreht, lag Caroline Cliburn träge in der Badewanne und hörte Radio. Das Bad war groß – wie alle Zimmer in diesem großzügigen Haus. Ursprünglich diente es als Ankleidezimmer, aber Diana hatte schon vor langer Zeit bestimmt, daß man Ankleidezimmer heutzutage weder nutzte noch brauchte, hatte es ausgeräumt, Klempner und Schreiner bestellt und es mit rosa Porzellan, einem flauschigen weißen Teppich und bodenlangen Chintzvorhängen ausstaffiert. Am Kopfende der Wanne stand ein niedriger Glastisch mit Badesalzen, Zeitschriften und großen rosa Seifenkugeln, die nach Rosen dufteten. Und Rosen zierten ebenso die französischen Badetücher und die Badematte, auf der jetzt Carolines Morgenrock, ihre Hausschuhe, das Radio und ein Buch ruhten, das sie angelesen und dann weggelegt hatte.

Im Radio lief ein Walzer. Eins-zwei-drei, eins-zwei-drei schmachteten die Geigen und riefen Bilder von Palmengärten wach, mit Herren in weißen Handschuhen und alten Damen auf vergoldeten Gartenstühlen, die im Takt zu der hübschen Melodie mit den Köpfen nickten.

Ich ziehe das neue Kostüm an, dachte sie. Und dann fiel ihr ein, daß einer der Goldknöpfe von der Jacke abgesprungen und inzwischen aller Wahrscheinlichkeit nach verlorengegangen war. Man konnte den Knopf natürlich ohne weiteres suchen, eine Nadel einfädeln und ihn annähen. Das Unternehmen würde keine fünf Minuten in Anspruch nehmen, doch noch einfacher war es, gar nicht erst anzufangen, sondern lieber den türkisen Kaftan oder das schwarze lange Samtkleid anzuziehen, in dem sie laut Hugh aussah wie Alice im Wunderland.

Das Wasser kühlte allmählich ab. Sie drehte mit der Zehe den Warmwasserhahn auf und nahm sich vor, um halb acht aus der Wanne zu steigen, sich abzutrocknen, Make-up aufzulegen und nach unten zu gehen. Dann kam sie zwar zu spät, aber das machte nichts. Die anderen würden alle, um den Kamin gruppiert, auf sie warten: Hugh in dem Samtsmoking, den sie insgeheim verabscheute, und Shaun mit seinem scharlachroten Kummerbund um den Bauch. Die Haldanes waren vermutlich auch schon da; Elaine, sicher längst bei ihrem zweiten Martini, Parker mit seinem vielsagenden Blick sowie die Ehrengäste, Shauns Geschäftspartner aus Kanada, Mr. und Mrs. Verkniffen-und-Dröge. Nach geziemender Frist würde man sich dann zum Essen begeben, zu Schildkrötensuppe und dem französischen Wildeintopf, mit dessen Zubereitung Diana den ganzen Vormittag beschäftigt gewesen war, gefolgt von einem sensationellen Nachtisch, der wahrscheinlich flambiert und unter lauten Ooohs und Aaahs und «Liebste Diana, wie machen Sie das bloß?» aufgetragen werden würde.

Bei dem Gedanken an all die Speisen wurde ihr wie üblich schlecht. Es war schon seltsam. Magenverstimmung leisteten sich doch sonst nur steinalte oder gefräßige Leute, höchstens noch Schwangere, und Caroline mit ihren zwanzig Jahren gehörte zu keiner dieser Gruppen. Sie fühlte sich auch nicht richtig krank, bloß nie so ganz gesund. Vielleicht sollte sie vor nächstem Dienstag – nein, Dienstag in einer Woche – zum Arzt gehen. Sie stellte sich vor, wie sie ihr Leiden zu beschreiben versuchte. *Ich heirate bald, und mir ist die ganze Zeit schlecht.* Sein väterliches, verständnisvolles Lächeln sah sie bereits vor sich. *Die Aufregung vor der Hochzeit, das ist ganz natürlich, ich gebe Ihnen ein Beruhigungsmittel…*

Der Walzer verklang diskret, und dann meldete sich der Nachrichtensprecher. Halb acht. Mit einem Seufzer setzte Caroline sich auf, zog den Stöpsel heraus, bevor sie der Versuchung erliegen konnte, sich noch länger zu aalen, und stieg auf die Badematte. Sie drehte das Radio aus, trocknete sich flüchtig ab, zog sich den Morgenrock über und trottete in ihr Schlafzimmer, wobei sie auf dem mattweißen Teppich nasse Fußstapfen hinterließ. Dann setzte sie sich an die altmodische Frisierkommode, nahm die Badehaube ab und betrachtete ohne rechte Begeisterung ihr dreifaches Spiegelbild. Sie hatte langes, glattes hellblondes Haar, das seidig glänzend ihr Gesicht einrahmte. Es war kein nach üblichen Maßstäben hübsches Gesicht; die Wangenknochen waren zu hoch, die Nase zu stumpf, der Mund zu breit. Sie wußte genau, daß sie sowohl grauenhaft als auch sehr gut aussehen konnte. Nur ihre weit auseinanderstehenden dunkelbraunen Augen mit den dichten Wimpern fielen immer auf – sogar jetzt, müde wie sie war.

(Sie mußte an Drennan denken und an etwas, das er vor langer Zeit einmal zu ihr gesagt hatte, während er beide Hände an ihren Kopf legte und ihr Gesicht zu sich anhob. «Wie kommt es bloß, daß du so ein Lausbubengrinsen hast und dabei die Augen einer Frau? Noch dazu einer verliebten Frau.» Sie hatten vorn in seinem Auto gesessen, draußen war es stockdunkel gewesen, und es hatte geregnet. Sie konnte sich an das Rauschen des Regens erinnern, an das Ticken der Uhr am Armaturenbrett und an die Berührung seiner Hände, doch es kam ihr wie eine Episode aus einem Buch oder einem Film vor, etwas, bei dem sie zugesehen hatte, ohne beteiligt zu sein.)

Unvermittelt griff sie nach ihrem Make-up-Pinsel, band die Haare zu einem Pferdeschwanz hoch und begann mit dem Make-up. Während sie noch mit der Wimperntusche hantierte, kamen Schritte, gedämpft durch den dicken Teppich, den Korridor entlang und blieben vor ihrer Tür stehen. Es klopfte sacht.

«Ja?»

«Darf ich reinkommen?» Es war Diana.

«Klar.»

Ihre Stiefmutter war bereits in Abendgarderobe, ganz in Weiß und Gold, das graublonde Haar zu einer Muschel geschlungen und mit einer Goldnadel durchspießt. Sie war wie immer schön, schlank, groß und unglaublich elegant. Die blauen Augen wurden von einem braunen Teint zur Geltung gebracht, den sie sich durch regelmäßige Sitzungen unter der Höhensonne erhielt. Caroline beneidete sie darum, daß sie im Skianzug oder in Tweedsachen genauso gut aussah wie jetzt, da sie sich für eine höchst förmliche Einladung zurechtgemacht hatte.

«Caroline, du bist ja nicht mal halbwegs fertig!»

Caroline setzte zu komplizierten Prozeduren mit der Wimpernbürste an.

«Bin gleich soweit. Du weißt doch, wie schnell ich sein kann, wenn ich erst mal angefangen habe.» Sie fügte hinzu: «Wahrscheinlich das einzig wirklich Praktische, was ich an der Schauspielschule gelernt habe: Mich in einer Minute fix und fertig zu schminken.»

Diese Bemerkung war gedankenlos dahingesagt, und Carolinc bereute sie sofort. Die Schauspielschule war, was Diana betraf, noch immer verbotenes Terrain, und bei der bloßen Erwähnung des Wortes fuhr sie sofort die Stacheln aus. «Dann waren ja deine beiden Jahre dort wenigstens nicht vollkommen vergeudet», sagte sie kühl. Als Caroline vor Schreck keine Antwort gab, wurde ihr Ton etwas milder. «Jedenfalls hast du noch Zeit. Hugh ist zwar schon da, Shaun macht ihm gerade einen Drink, aber die Lundstroms kommen ein bißchen später. Linda hat von Connaught aus angerufen, John sei bei einer Konferenz aufgehalten worden.»

«Lundstrom. Ich wußte den Namen nicht mehr. Bei mir hießen sie die Verkniffen-und-Dröges.»

«Sei nicht ungerecht. Du kennst sie doch gar nicht.»

«Kennst du sie denn?»

«Jawohl, und sie sind sehr nett.»

Sie begann, betont hinter Caroline herzuräumen, ging von hier nach da, stellte Schuhe nebeneinander, legte einen Pullover zusammen, hob das feuchte Badetuch auf, das mitten auf dem Boden lag, und trug es ins Bad. Dort spülte sie, für Caroline deutlich hörbar, das Waschbecken aus und öffnete den Spiegelschrank – bestimmt, um den Deckel wieder auf das Handcremetöpfchen zu schrauben.

«Diana, worüber konferiert Mr. Lundstrom eigentlich?» rief Caroline hinüber.

«Hm?» Diana tauchte wieder auf, und Caroline wiederholte ihre Frage.

«Er ist Bankier.»

«Hat er was mit diesem neuen Geschäft von Shaun zu tun?»

«Allerdings. Er finanziert es. Deshalb ist er ja nach England gekommen, um die letzten Details zu klären.»

«Dann müssen wir also fürchterlich charmant und manierlich sein.» Caroline stand auf, ließ den Morgenrock fallen und machte sich auf die Suche nach einem passenden Kleidungsstück.

Diana setzte sich auf den Bettrand. «Fällt dir das so schwer? Caroline, du bist entsetzlich dünn. Wirklich zu dünn, du solltest mal versuchen, ein bißchen zuzunehmen.»

«Ach was.» Sie suchte sich aus einer überquellenden Schublade Unterwäsche zusammen und zog sie an. «Ich bin eben so gebaut.»

«Unsinn. Man sieht ja alle deine Rippen. Du ißt auch wie ein Spatz. Das ist sogar Shaun neulich aufgefallen, und du weißt, wie blind er sonst durch die Gegend läuft.» Caroline zog eine Seidenstrumpfhose an. «Und dein Teint ist so ungesund, so blaß. Als ich vorhin hereinkam, bin ich richtig erschrocken. Vielleicht solltest du mal Eisen nehmen.»

«Kriegt man davon nicht schwarze Zähne?»

«Wo hast du denn dieses Ammenmärchen her?»

«Vielleicht hat es ja was mit dem Heiraten zu tun. Daß man hundertdreiundvierzig Dankesbriefe schreiben muß.»

«Sei nicht undankbar... ach, übrigens, Rose Kintyre rief an und wollte wissen, was sie dir schenken könnte. Ich habe ihr die Sektgläser vorgeschlagen, die du in der Sloane Street gesehen hast, weißt du, die mit den eingravierten Initialen. Was ziehst du denn heute abend an?»

Caroline öffnete den Schrank und nahm das erstbeste Kleid heraus – zufälligerweise das schwarze Samtkleid. «Das da?»

«O ja, das liebe ich sehr. Aber dazu müßtest du dunkle Strümpfe tragen.»

Caroline hängte es wieder zurück und nahm das nächste heraus. «Dann das?» Der Kaftan, zum Glück nicht das Kostüm.

«Ja. Ganz reizend. Mit den goldenen Ohrringen.»

«Die habe ich verloren.»

«Doch nicht die, die dir Hugh geschenkt hat?»

«Nicht richtig verloren, bloß verlegt. Ich habe sie irgendwo hingelegt, aber ich weiß nicht mehr wo. Mach dir keine Gedanken.» Sie warf sich die türkise, federleichte Seide über den Kopf. «Ohrringe sieht man bei mir sowieso nicht, außer wenn ich eine richtige Frisur habe.» Sie begann, die winzigen Knöpfe zuzuknöpfen. «Wo ißt denn Jody heute zu Abend?»

«Bei Katy, im Keller. Ich habe ihm gesagt, daß er gern mit uns essen kann, aber er will lieber den Western im Fernsehen sehen.»

Caroline machte ihr Haar auf und bürstete es glatt. «Ist er jetzt unten?»

«Ich glaube schon.»

Caroline sprühte sich mit dem erstbesten Duft, der ihr zwischen die Finger geriet, großzügig ein. «Wenn es dir nichts ausmacht, sage ich ihm erst noch gute Nacht.»

«Bleib nicht zu lang. Die Lundstroms sind in zehn Minuten hier.»

«Keine Sorge.»

Gemeinsam gingen sie nach unten. Als sie mitten auf der Treppe standen, ging die Wohnzimmertür auf und Shaun Carpenter erschien, mit einem roten, apfelförmigen Eiskübel in der Hand, dessen Deckel ein goldener, zu einem Griff gebogener Stiel entsproß. Er hob den Kopf und erblickte die beiden.

«Kein Eis mehr», erklärte er, riß dann plötzlich die Augen auf wie ein Komiker, der erst zweimal hinsieht, bevor er reagiert, und blieb mitten in der großen Diele stehen. «Na, wenn ihr beiden nicht phantastisch ausseht! Wirklich, zwei wunderschöne Frauen.»

Shaun war Dianas Mann und Carolines... nun, sie wechselte die Bezeichnungen. «Der Mann meiner Stiefmutter», sagte sie manchmal. Oder «mein Stief-Stiefvater». Oder einfach «Shaun».

Er war seit drei Jahren mit Diana verheiratet, kannte und verehrte sie jedoch schon viel länger, wie er gern aller Welt erzählte.

«Kannte sie schon damals», sagte er dann. «Dachte, ich hätte die ganze Sache unter Dach und Fach, aber dann fuhr sie auf die griechischen Inseln, um sich ein Grundstück zu kaufen, und als nächstes kriege ich einen Brief von ihr, daß sie diesen komischen Architekten – Gerald Cliburn – kennengelernt und geheiratet hätte. Arm wie eine Kirchenmaus, Vater von drei Kindern und ein Bohemien, wie er im Buche steht. Mich hat fast der Schlag getroffen.»

Er blieb ihrem Andenken jedoch aus der Ferne treu, und da er von Natur aus ein erfolgreicher Mensch war, machte er aus seiner Rolle als professioneller Junggeselle ebenfalls einen Erfolg und spielte ganz den älteren, gebildeten Gentleman, der bei Londoner Gastgeberinnen sehr gefragt war und seinen Terminkalender ständig auf Monate hinaus mit gesellschaftlichen Verpflichtungen gefüllt hatte.

Sein Junggesellenleben war also bestens organisiert und überaus angenehm. Als Diana Cliburn verwitwet und mit zwei Stiefkindern im Schlepptau nach London zurückkehrte und ihr Haus wieder bezog, um die alten Fäden aufzunehmen und ein neues Leben zu beginnen, fragte man sich deshalb allseits, was Shaun Carpenter nun wohl zu unternehmen gedachte. Hatte er sich zu tief in seinem behaglichen Junggesellenbau eingegraben? Würde er – selbst wenn es wegen Diana war – seine Unabhängigkeit aufgeben und sich mit dem stumpfsinnigen Leben als normaler Familienvater abfinden? Die Londoner Klatschbörse bezweifelte das stark.

Doch der Klatsch hatte die Rechnung ohne Diana gemacht. Sie kehrte von Aphros schöner und begehrenswerter denn je zurück, falls das überhaupt möglich war; mittlerweile hatte sie ihren zweiunddreißigsten Geburtstag hinter sich und war auf dem Höhepunkt ihrer Attraktivität angelangt. Shaun, der ihre Freundschaft behutsam wieder aufleben ließ, war innerhalb von Tagen schachmatt; nach einer Woche hielt er um ihre Hand an, und dann wiederholte er seinen Antrag regelmäßig alle acht Tage, bis sie schließlich einwilligte.

Die erste ihm zugewiesene Aufgabe bestand darin, Caroline und Jody die Neuigkeit höchstpersönlich beizubringen. «Ich kann kein Vater sein», hatte er gesagt, während er wie ein Tiger auf dem Wohnzimmerteppich auf und ab lief und ihm unter ihren wachen und eigenartig ähnlichen Blicken warm in der Kragengegend wurde. «Wüßte überhaupt nicht, wie man das macht. Aber ihr sollt wissen, daß ich euch immer zur Verfügung stehe, als Vertrauter oder möglicher Geldgeber... schließlich ist das ja euer Zuhause... und ich möchte, daß ihr euch hier...»

Er wurstelte weiter, während er insgeheim Diana verwünschte, weil sie ihn in diese peinliche Lage gebracht hatte, statt abzuwarten, bis sich sein Verhältnis zu Caroline und Jody langsam und auf natürliche Weise entwickelte. Aber Diana hatte eben ein ungeduldiges Naturell, sie schätzte klare Verhältnisse und haßte es, Dinge aufzuschieben.

Jody und Caroline musterten ihn durchaus wohlwollend, ohne jedoch irgend etwas zu sagen, was ihn aus seiner Verlegenheit befreit hätte. Sie mochten Shaun Carpenter, erkannten aber mit dem klaren Blick der Jugend, daß Diana ihn bereits fest unter der Fuchtel hatte. Im übrigen bezeichnete er Milton Gardens als ihr Zuhause, während für sie «zu Hause» doch von jeher und bis in alle Ewigkeit ein großer weißer Zuckerwürfel hoch über der marineblauen Ägäis darstellte. Doch der war verloren, spurlos versunken in der Wirrnis der Vergangenheit. Was Diana zu tun beliebte, wen sie nun zu heiraten gedachte, ging sie im Grunde nichts an. Wenn sie jedoch unbedingt heiraten mußte, dann durfte es ihretwegen gern der großzügige, nette Shaun sein.

Als Caroline nun an ihm vorbei wollte, trat er zur Seite, zuvorkommend, im gestärkten Hemd und ein wenig lächerlich mit seinem Eiskübel, den er vor sich hertrug, als wollte er den Gästen daraus etwas anbieten. Er roch nach *Brut* und frischer Wäsche, und Caroline mußte an das oft stoppelige Kinn ihres Vaters denken und an die blauen Arbeitshemden, die er am liebsten direkt von der Wäscheleine anzog, ohne daß sie auch nur in die Nähe eines Bügeleisens gekommen wären. Sie mußte auch daran denken, wie oft Diana und er sich zum Spaß ausgiebig und hingebungsvoll gestritten hatten, wobei ihr Vater fast immer gewann, und wieder einmal fragte sie sich verwundert, wie eine Frau zwei so grundverschiedene Männer heiraten konnte.

In den Keller, in Katys Domäne, hinunterzusteigen, war wie eine Reise in eine andere Welt. Oben herrschten die Pastellteppiche, die Kerzenleuchter und die schweren Samtvorhänge, unten war alles bunt zusammengewürfelt, unkompliziert und fröhlich. Linoleum mit Schachbrettmuster konkurrierte mit leuchtend farbigen Teppichen, Vorhänge hatten Zickzack- und Blättermuster, jedwede waagrechte Fläche trug ihren Anteil an Fotos, bemalten Muscheln, Aschenbechern aus längst vergessenen Ferienorten und Vasen voller Plastikblumen. Ein Feuer brannte rötlich im Kamin, und davor saß – zusammengerollt in einem alten Lehnstuhl, die Augen auf den flackernden Bildschirm geheftet – Carolines Bruder Jody.

Er trug Jeans und einen dunkelblauen Rollkragenpullover, ramponierte Stiefel und aus unerfindlichen Gründen eine alte Seglermütze, die ihm diverse Nummern zu groß war. Als sie hereinkam, blickte er auf, um dann sofort wieder auf den Bildschirm zu starren, damit er keine Sekunde der Handlung verpaßte.

Caroline schob ihn zur Seite und setzte sich neben ihn in den Sessel. Nach einer Weile fragte sie: «Wer ist das Mädchen?»

«Ach, die ist blöd. Die will immer bloß küssen. Wieder so einer von diesen komischen Filmen.»

«Dann mach doch aus.»

Er überlegte, befand die Idee für akzeptabel und kletterte aus dem Sessel, um das Gerät abzuschalten. Mit einem leisen Seufzer ging der Fernseher aus. Jody stand da und sah seine Schwester an.

Er war elf; ein gutes Alter, aus den Kinderschuhen heraus, aber noch nicht hochaufgeschossen, launisch und verpickelt. Er sah Caroline so ähnlich, daß jeder Fremde die beiden auf den ersten Blick für Geschwister hielt, doch während Caroline blond war, hatte Jody so hellbraunes Haar, daß es fast rötlich wirkte, und während sich die Sommersprossen bei ihr auf einen Hauch quer über dem Nasenrücken beschränkten, überzogen sie bei Jody wie Konfetti Rücken, Schultern und Arme. Er hatte graue Augen; und wenn er lächelte, was nicht schnell geschah, dann aber entwaffnend wirkte, sah man Vorderzähne, die für sein Kindergesicht zu groß waren und etwas schief standen, als ob sie drängeln müßten, um sich Platz zu schaffen.

«Wo ist Katy?» fragte Caroline.

«Oben in der Küche.»

«Hast du schon zu Abend gegessen?»

«Ja.»

«Das gleiche, was wir kriegen?»

«Von der Suppe hab ich was gegessen. Aber das andere Zeug mochte ich nicht, deshalb hat Katy mir Spiegeleier mit Speck gemacht.»

«Hätt ich auch viel lieber gegessen. Hast du Shaun und Hugh schon begrüßt?»

«Ja, ich bin kurz rauf.» Er schnitt eine Grimasse. «Die Haldanes sind eingeladen, Pech für dich.»

Sie grinsten verschwörerisch. Ihre Ansichten über die Haldanes stimmten weitgehend überein. «Wo hast du denn die Mütze her?» fragte Caroline.

Er hatte ganz vergessen, daß er die Mütze aufgesetzt hatte, nahm sie ab und schaute sie verlegen an. «Die hab ich vorhin gefunden, in der alten Kleiderkiste im Kinderzimmer.»

«Sie hat Papa gehört.»

«Mhm. Das hab ich mir gedacht.»

Caroline beugte sich vor und nahm sie ihm aus der Hand. Die Mütze war schmutzig und verbeult, hatte Salzflecken, und das Abzeichen hing nur noch lose an ein paar Fäden. «Die hat er zum Segeln aufgesetzt. Er hat immer gesagt, wenn er sich ordentlich anzieht, ist er selbstbewußter, denn wenn ihm dann einer dumm kommt, weil er was falsch gemacht hat, dann kann er richtig zurückschimpfen.» Jody grinste. «Kannst du dich noch erinnern, daß er manchmal solche Sachen gesagt hat?»

«Bloß an ein paar», sagte Jody. «Aber ich weiß noch, daß er uns *Rikki Tikki Tavi* vorgelesen hat.»

«Du warst ja noch ganz klein, erst sechs. Aber so was weißt du noch.» Er grinste noch einmal. Caroline stand auf und setzte ihm die alte Mütze wieder auf. Der Schirm hing ihm quer übers Gesicht, so daß sie sich bücken mußte, um ihm einen Kuß zu geben.

«Gute Nacht», sagte sie.

«Gute Nacht», sagte Jody, ohne sich zu rühren.

Eigentlich wäre sie am liebsten bei ihm geblieben. Am Treppenabsatz drehte sie sich noch einmal um. Unter dem Schirm der lächerlichen Mütze sah er sie forschend an, und irgend etwas in seinem Blick veranlaßte sie nachzufragen.

«Was hast du denn?»

«Nichts.»

«Also dann bis morgen.»

«Mhm», sagte Jody. «Klar. Gute Nacht.»

Die Wohnzimmertür war wieder geschlossen, dahinter hörte man Stimmengewirr, und Katy war damit beschäftigt, einen dunklen Pelzmantel in den Garderobenschrank an der Haustür zu hängen. Die Haushälterin trug als Zugeständnis an die Formalität einer Abendgesellschaft eine geblümte Schürze über ihrem kastanienbraunen Kleid. Als Caroline plötzlich auftauchte, schreckte sie theatralisch zusammen.

«Hach, haben Sie mich aber erschreckt.»

«Wer ist da gekommen?»

«Mr. und Mrs. Haldane.» Sie machte eine energische Kopfbewegung. «Sie sind schon da drin. Gehn Sie mal lieber rein, Sie sind sowieso spät dran.»

«Ich war bei Jody.» Um der Gesellschaft noch einen Augenblick zu entgehen, blieb sie bei Katy stehen, lehnte sich ans Treppengeländer und schwelgte in der Vorstellung, wie himmlisch es wäre, jetzt wieder nach oben zu gehen, sich ins Bett zu legen und ein gekochtes Ei gebracht zu bekommen.

«Sieht er immer noch diesen Indianerfilm?»

«Ich glaube nicht. Da war ihm zu viel Küsserei drin.»

Katy schnitt eine Grimasse. «Küsserei ist allemal besser als Schießerei, sag ich immer.» Sie schloß die Schranktür. «Mir ist es lieber, sie fangen an zu fragen, was es damit so auf sich hat, als daß sie hergehen und alten Muttchen mit deren eigenem Regenschirm eins überbraten.»

Mit dieser aufschlußreichen Bemerkung zog sie sich wieder in ihre Küche zurück. Caroline, die nun allein dastand und beim besten Willen keine Entschuldigung für eine weitere Verspätung fand, trottete durch die Diele, straffte die Schultern, setzte ein strahlendes Lächeln auf und öffnete die Wohnzimmertür. (Fürs Leben gelernt hatte sie an der Schauspielschule nämlich auch, wie man seinen Auftritt wirkungsvoll in Szene setzte.) Das Stimmengewirr verebbte, und jemand sagte: «Da kommt Caroline.»

Dianas Wohnzimmer in Festbeleuchtung machte so viel her wie das beste Bühnenbild. An den drei hohen Fenstern, aus denen man auf den ruhigen Platz hinausblickte, hingen helle, mandelgrüne Samtvorhänge; die Einrichtung bestand aus weichen, tiefen Sofas in Rosa und Beige, einem beigen Teppich und, wunderbar zu den alten Bildern, den Chippendale- und Nußbaumschränkchen passend, einem modernen italienischen Eßtisch aus Chrom und Glas. Überall standen Blumen; diverse köstliche und teure Düfte durchzogen den Raum: ein Hauch von Hyazinthen, «Madame Rochas» und Schwaden von Shauns Havannazigarren.

Genau wie Caroline es sich vorgestellt hatte, stand man mit Drinks in der Hand um den Kamin. Noch bevor sie die Tür hinter sich geschlossen hatte, stellte Hugh schon sein Glas ab und kam quer durchs Zimmer geeilt, um sie zu begrüßen.

«Mein Schatz.» Er faßte sie mit beiden Händen an den Schultern, beugte sich hinunter und gab ihr einen Kuß. Dann warf er einen Blick auf seine flache goldene Armbanduhr, wobei eine üppige, gestärkte weiße Manschette zum Vorschein kam, die mit einem Goldkettchen zusammengehalten wurde. «Du kommst zu spät.»

«Aber die Lundstroms sind doch noch gar nicht da.»

«Wo warst du denn?»

«Bei Jody.»

«Na, dann sei dir noch mal verziehen.»

Er war groß, viel größer als Caroline, schlank und dunkel und hatte eine beginnende Stirnglatze, die ihn älter wirken ließ als dreiunddreißig. Tatsächlich trug er den dunkelblauen Samtsmoking, dazu ein vornehmes Hemd mit dezenten Spitzenstreifen; die Augen unter den markanten Brauen waren dunkelbraun, und im Moment lag eine Mischung von Belustigung, Verzweiflung und einer gewissen Portion Stolz darin.

Den Stolz sah Caroline mit Erleichterung. Hugh Rashleys

Erwartungen mußte man erst einmal entsprechen, und sie verbrachte die meiste Zeit damit, sich ihm gegenüber ausgesprochen minderwertig zu fühlen. Ansonsten war er als zukünftiger Ehemann höchst annehmbar: erfolgreich in seinem Wunschberuf als Börsenmakler und phantastisch lieb und rücksichtsvoll, wenn er auch bisweilen unnötig viel von sich und seinen Mitmenschen verlangte. Doch das war vielleicht nicht anders zu erwarten, es lag wohl in der Familie, und immerhin war er ja Dianas Bruder.

Da Parker Haldane sich ungeniert zu hübschen jungen Frauen hingezogen fühlte und Caroline als solche zählen durfte, verhielt Elaine Haldane sich ihr gegenüber zumeist etwas kühl. Was Caroline nicht unnötig bekümmerte: Zum einen sah sie Elaine nicht oft, da die Haldanes in Paris wohnten, wo Parker die französische Zweigstelle einer großen amerikanischen Werbeagentur leitete. Die beiden kamen nur alle zwei, drei Monate nach London – wie eben jetzt. Zum anderen mochte sie Elaine nicht besonders – bedauerlicherweise, denn Elaine und Diana waren ein Herz und eine Seele. «Warum mußt du bei Elaine immer so gelangweilt tun?» fragte Diana in regelmäßigen Abständen, und Caroline hatte gelernt, die Achseln zu zucken und sich zu entschuldigen, da genauere Erklärungen nur zu leicht in Kränkungen ausarteten.

Elaine war eine gutaussehende, vornehme Frau mit einem leichten Hang zur übertriebenen Toilette, was selbst das Leben in Paris ihr nicht hatte abgewöhnen können. Sie konnte auch höchst amüsant plaudern, doch Caroline hatte aus bitterer Erfahrung gelernt, daß sich in ihren geistreichen Bemerkungen oft spitze Stacheln gegen Freunde und Bekannte verbargen, die zufälligerweise gerade nicht anwesend waren. Es machte keinen Spaß, ihr zuzuhören, denn man wußte nie, welchen Kommentar sie über einen selbst in petto hatte.

Parker dagegen konnte man eigentlich nicht ernst nehmen.

«Sie wunderschönes Geschöpf.» Er hielt inne, um formvollendet knapp über Carolines Handrücken einen Kuß anzudeuten. Fehlte bloß noch, daß er die Hacken zusammenschlug. «Warum müssen Sie uns immer warten lassen?»

«Ich habe Jody noch gute Nacht gesagt.» Sie wandte sich seiner Frau zu. «Guten Abend, Elaine.» Die beiden Frauen legten Wange an Wange und schnalzten Küsse in die Luft.

«Hallo, meine Liebe. Was für ein hübsches Kleid!»

«Danke.»

«Diese losen Dinger tragen sich so angenehm...» Sie zog an ihrer Zigarette und blies eine große Rauchwolke aus. «Ich habe Diana gerade von Elizabeth erzählt.»

Caroline sank der Mut, doch sie fragte höflich: «Was gibt es denn Neues von Elizabeth?» und wartete auf die Mitteilung, daß Elizabeth verlobt sei, daß Elizabeth beim Aga Khan gewesen sei, daß Elizabeth in New York als Mannequin für *Vogue* arbeite. Elizabeth war Elaines Tochter aus erster Ehe und etwas älter als Caroline, doch obwohl Caroline manchmal das Gefühl hatte, über Elizabeth mehr zu wissen als über sich selbst, hatten sich die beiden nie kennengelernt. Elizabeth pendelte zwischen beiden Elternteilen hin und her – der Mutter in Paris und dem Vater in Schottland –, und in den seltenen Fällen, da sie in London auftauchte, war Caroline unweigerlich verreist.

Nun versuchte sie, sich an die jüngsten Neuigkeiten über Elizabeth zu erinnern. «War sie nicht auf den Antillen oder so?»

«Genau, meine Liebe, bei einer alten Schulfreundin, und es war phantastisch dort. Aber vor ein paar Tagen ist sie wieder nach Hause geflogen, und in Prestwick empfing ihr Vater sie dann mit dieser grauenhaften Neuigkeit.»

«Womit denn?»

«Nun, wissen Sie, vor zehn Jahren, als Duncan und ich noch zusammen waren, haben wir dieses Haus in Schottland gekauft, beziehungsweise hat Duncan es gekauft, gegen meinen ausdrücklichen Willen... Für unsere Ehe war das eigentlich der Tropfen, der das Faß zum Überlaufen brachte...» Mit leicht verwirrtem Gesichtsausdruck brach sie ab.

«Elizabeth», half Caroline ihr sanft auf die Sprünge.

«Ach so, stimmt. Elizabeth hat sich natürlich sofort mit den beiden Jungen angefreundet, die auf dem Nachbargut wohnten, wobei Jungen eigentlich nicht ganz zutrifft, sie waren ja damals schon erwachsen, aber einfach hinreißend, und sie haben Elizabeth richtig unter ihre Fittiche genommen, wie eine kleine Schwester. Im Handumdrehen ging sie bei ihnen ein und aus, als hätte sie ihr Leben lang dort gewohnt. Beide beteten sie an, aber für den älteren Bruder war sie immer der ganz besondere Liebling, und stellen Sie sich vor, kurz bevor sie wieder zu Hause war, kam er bei einem grauenhaften Autounfall ums Leben. Furchtbar, vereiste Straßen, mit dem Auto direkt gegen eine Mauer gerast.»

Fast gegen ihren Willen war Caroline ehrlich entsetzt. «Wie schrecklich!»

«Ja, grauenhaft. Erst achtundzwanzig. Ein prächtiger Farmer, fabelhafter Schütze und ein bezaubernder Kerl. Sie können sich vorstellen, was das für ein Empfang für die Arme war. Sie hat es mir unter Tränen am Telefon erzählt, und ich hätte sie so gern nach London geholt und heute abend mitgebracht, damit wir sie ein bißchen aufmuntern können, aber sie meinte, sie würde dort gebraucht...»

«Ihr Vater freut sich sicher sehr, daß sie da ist...» Just in diesem Augenblick tauchte Parker urplötzlich neben Caroline auf und reichte ihr einen eiskalten Martini. «Auf wen warten wir denn noch?» fragte er.

«Auf die Lundstroms, die Kanadier. Er ist Bankier aus

Montreal. Das Ganze hat irgendwie mit diesem neuen Projekt von Shaun zu tun.»

«Heißt das wirklich, daß Diana und Shaun nach Montreal ziehen wollen?» fragte Elaine. «Aber was machen wir dann ohne sie? Diana, Schätzchen, wie sollen wir ohne dich auskommen?»

«Wie lange möchten sie denn dort bleiben?» fragte Parker.

«Drei, vier Jahre. Vielleicht auch weniger. Sie wollen so bald wie möglich nach der Hochzeit fliegen.»

«Und dieses Haus? Wollen Sie sich mit Hugh hier einrichten?»

«Dazu ist es viel zu groß. Außerdem hat Hugh ja selber eine wunderschöne Wohnung. Nein, Katy bleibt im Keller wohnen und kümmert sich ums Haus, und wenn Diana den richtigen Mieter findet, dann will sie es vielleicht vermieten.»

«Und Jody?»

Caroline blickte ihn an, und dann auf ihr Glas hinunter.

«Jody geht mit nach Kanada.»

«Macht Ihnen das denn nichts aus?»

«Doch. Aber Diana will ihn mitnehmen.»

Und Hugh will sich nicht mit einem kleinen Jungen belasten. Zumindest jetzt noch nicht. Vielleicht in ein paar Jahren ein Baby, aber keinen elfjährigen Jungen. Diana hat ihn schon an einer Privatschule angemeldet, und Shaun will ihm Skifahren und Eishockey beibringen.

Parker sah sie immer noch an. Sie lächelte ironisch. «Sie kennen doch Diana. Wenn sie sich etwas vornimmt – peng, kommt es auch so.»

«Er wird Ihnen fehlen, was?»

«Allerdings.»

Zu guter Letzt kamen die Lundstroms, wurden allen vorgestellt, mit Drinks versehen und höflich in die Konversation einbezogen. Caroline, die unter dem Vorwand, sich eine Zigarette zu holen, beiseite getreten war, musterte sie neugierig und dachte bei sich, daß sie fast gleich aussahen, wie das bei Ehepaaren oft der Fall ist, beide groß, von kantiger Statur und ziemlich sportlich. Sie konnte sich vorstellen, daß die beiden am Wochenende Golf spielten oder im Sommer segelten – womöglich sogar Hochseeregatten. Mrs. Lundstroms Kleid war schlicht, ihre Diamanten aufwendig, und Mr. Lundstrom hatte diese gewisse Unscheinbarkeit an sich, die außergewöhnlich erfolgreiche Männer oft trügerisch umgibt.

Sie dachte plötzlich, wie herrlich es wäre – wie ein frischer Windstoß! – wenn in diesem Haus auf einmal jemand auftauchen würde, der arm war, ein Versager, unmoralisch oder sogar betrunken. Ein Künstler vielleicht, der in seiner Dachstube vor sich hin hungerte, ein Schriftsteller, dessen Geschichten niemand kaufte, oder einer dieser Strand-Playboys mit Dreitagebart und einem Bauch, der sich über dem engen Gürtel wölbte. Sie dachte an die Freunde ihres Vaters, bunt zusammengewürfelt und von zweifelhaftem Leumund, wie sie bis tief in die Nacht hinein Rotwein und Retsina tranken und schliefen, wo ihnen gerade die Augen zufielen, auf dem durchgesessenen Sofa oder mit den Füßen auf das kleine Mäuerchen an der Veranda gestützt. Und sie dachte an das Haus auf Aphros, daran, wie das Mondlicht nachts schwarzweiße Muster auf die Wände zauberte; und immer hörte man das Meeresrauschen.

«... wir gehen zum Essen hinüber.»

Das war Hugh. Er hatte sich offenbar bereits wiederholen müssen. «Du träumst, Caroline. Trink dein Glas aus, jetzt wird gegessen.»

Am Eßtisch fand sie sich zwischen John Lundstrom und Shaun wieder. Shaun war mit der Weinkaraffe beschäftigt, folglich unterhielt sie sich automatisch mit Mr. Lundstrom.

«Sind Sie zum erstenmal in England?»

«Aber nein. Ich habe öfter hier zu tun.» Er rückte sein Besteck gerade und runzelte die Stirn. «Verzeihen Sie, eines ist mir noch nicht ganz klar. Bei den Familienverhältnissen, meine ich. Sie sind Dianas Stieftochter?»

«Richtig. Und ich heirate Hugh, der ihr Bruder ist. Die meisten Leute halten das anscheinend für so gut wie verboten, aber das ist es eigentlich nicht. Es steht jedenfalls nichts davon hinten im Gebetbuch.»

«Ich hätte auch nie vermutet, daß das verboten sein könnte. Ich finde es einfach sehr ordentlich. Da bleiben alle vernünftigen Menschen hübsch in der Familie.»

«Ist das nicht ein bißchen eng gedacht?»

Er blickte schmunzelnd auf. Wenn er schmunzelte, sah er gleich jünger, fröhlicher und weniger reich aus. Irgendwie menschlicher. Caroline fand ihn allmählich sympathisch.

«Man könnte es auch praktisch nennen. Wann heiraten Sie denn?»

«Am Dienstag in einer Woche. Ich kann es mir noch gar nicht richtig vorstellen.»

«Und wann werden Sie beide Shaun und Diana in Montreal besuchen?»

«Irgendwann bestimmt. Aber nicht sofort.»

«Und dann ist da noch der kleine Junge...»

«Genau, Jody, mein Bruder.»

«Der geht doch mit.»

«Ja.»

«Er wird sich in Kanada wohl fühlen wie ein Fisch im Wasser. Für einen kleinen Jungen ist es da herrlich.»

«Ja», sagte Caroline noch einmal.

«Und Sie sind nur zu zweit?»

«Nein, nein», widersprach Caroline. «Wir haben noch Angus.»

«Ein weiterer Bruder?»

«Ja. Er ist schon fast fünfundzwanzig.»

«Und was macht er?»

«Das wissen wir nicht.»

John Lundstrom zog höflich, aber überrascht die Augenbrauen hoch. «Im Ernst», sagte Caroline. «Wir wissen weder, was er macht, noch wo er ist. Sehen Sie, wir haben nämlich auf Aphros gewohnt, in der Ägäis. Mein Vater war Architekt und so etwas wie ein Makler für Leute, die dort Grundstücke kaufen und bauen wollten. So hat er auch Diana kennengelernt.»

«Moment mal. Sie meinen, Diana wollte dort Land kaufen?»

«Ja, und ein Haus bauen. Hat sie aber dann beides nicht getan. Sondern meinen Vater kennengelernt und ihn geheiratet, und dann ist sie bei uns eingezogen, in dem Haus auf Aphros, das wir schon immer gehabt haben...»

«Aber dann sind Sie nach London gegangen?»

«Ja. Mein Vater ist gestorben, und dann hat Diana uns mit hierher genommen. Bloß Angus wollte nicht. Er war damals neunzehn, hatte schulterlange Haare und keinen Pfennig Geld. Von Diana aus hätte er auf Aphros bleiben dürfen, aber er meinte, sie solle ruhig das Haus verkaufen, weil er sich nämlich einen alten Jeep zugelegt hatte und über Afghanistan nach Indien fahren wollte. Auf Dianas Frage, was er dort vorhätte, meinte er, er müßte zu sich selber finden.»

«Ach, wie so viele heutzutage.»

«Das macht es einem nicht leichter, wenn es der eigene Bruder ist.»

«Haben Sie ihn denn seitdem nicht mehr gesehen?»

«Doch. Kurz nach Dianas und Shauns Hochzeit kam er wieder, aber Sie wissen ja, wie das so geht. Wir dachten, er hätte zumindest ein Paar Schuhe an den Füßen, aber er hatte sich überhaupt nicht geändert, und alle Vorschläge von Diana machten ihn nur noch bockiger, deshalb ging er wieder nach Afghanistan zurück. Seitdem haben wir nichts mehr von ihm gehört.»

«Überhaupt nichts?»

«Doch, einmal kam eine Ansichtskarte aus Kabul oder Kaschmir oder Katmandu oder so.» Sie bemühte sich, scherzhaft zu klingen, doch bevor John Lundstrom sich noch irgendeine Antwort überlegen konnte, stellte Katy eine Tasse Schildkrötensuppe vor ihn hin. Nach dieser Unterbrechung wandte er sich von Caroline ab und begann mit Elaine zu plaudern.

Der Abend nahm seinen Lauf, förmlich, erwartungsgemäß und in Carolines Augen furchtbar öde. Nach Kaffee und Cognac begab man sich wieder ins Wohnzimmer. Die Herren fanden sich zu Gesprächen über die Geschäfte in einer Ecke zusammen, die Damen setzten sich an den Kamin, plauderten, schmiedeten Pläne für Kanada und bewunderten den Wandteppich, an dem Diana gerade arbeitete.

Nach einer Weile löste sich Hugh aus der Gruppe von Männern, vorgeblich, um John Lundstroms Glas nachzufüllen. Doch als er das erledigt hatte, kam er zu Caroline herüber, setzte sich zu ihr auf die Sessellehne und fragte: «Na, wie geht's?»

«Warum fragst du?»

«Bist du noch munter genug, um mit mir ins Arabella zu gehen?»

Sie sah zu ihm auf. Von dem Blickwinkel aus dem tiefen Sessel heraus schien sein Gesicht fast auf dem Kopf zu stehen. Es sah komisch aus.

«Wie spät ist es denn?»

Er warf einen Blick auf die Uhr. «Elf. Vielleicht bist du ja schon zu müde.»

Bevor sie antworten konnte, blickte Diana, die mitgehört hatte, von ihrem Wandteppich auf und sagte: «Ab mit euch beiden.»

«Wohin gehen sie denn?» fragte Elaine.

«Ins Arabella. Das ist ein kleiner Club, in dem Hugh Mitglied ist...»

«Klingt ja vielversprechend...» Elaine lächelte Hugh mit einem Blick zu, als sei sie Expertin in Sachen vielversprechende Nachtclubs. Hugh und Caroline entschuldigten sich, wünschten der Gesellschaft gute Nacht und gingen. Caroline holte sich eine Jacke von oben und fuhr sich rasch durchs Haar. Sie klopfte leise an Jodys Tür, doch das Licht war aus und alles blieb still, deshalb wollte sie ihn lieber nicht stören und ging wieder hinunter, wo Hugh in der Diele auf sie wartete. Er hielt ihr die Tür auf, gemeinsam traten sie hinaus in die laue, windige Nacht, stiegen in sein Auto und fuhren einmal um den kleinen Platz, um dann in die Kensington High Street zu biegen. Der Wind trieb Wolkenfetzen vor dem Mond vorbei, die Bäume im Park schüttelten ihre kahlen Äste, die Lichter der Stadt schienen orange am Himmel wider, und Caroline kurbelte das Fenster herunter, ließ sich die kühle Luft durchs Haar wehen und dachte, daß man in einer solchen Nacht eigentlich auf dem Land sein mußte, dunkle, unbeleuchtete Landstraßen entlanggehen, den Wind in den Bäumen rauschen hören und nur mit dem launischen Mondlicht auskommen sollte. Sie seufzte.

«Was heißt denn das?»

«Was heißt was?»

«Dieser Seufzer. Er klang sehr tragisch.»

«Ach, nichts.»

Nach einer Weile fragte Hugh: «Ist alles in Ordnung? Oder bedrückt dich irgendwas?»

«Nein.» Es gab schließlich keinen Grund, den Kopf hängenzulassen. Keinen und tausend zugleich. Zum Beispiel, daß sie sich dauernd krank fühlte. Warum war es wohl so unmöglich, mit Hugh darüber zu reden? Vielleicht weil er selber immer so vor Gesundheit strotzte. Er war schwungvoll, aktiv und offensichtlich niemals müde. Außerdem war es langweilig, krank zu sein, und noch langweiliger, darüber zu reden.

Die Stille zwischen ihnen breitete sich aus. Als sie an einer Ampel standen, bemerkte Hugh schließlich: «Die Lundstroms sind ja reizend.»

«Stimmt. Ich habe Mr. Lundstrom von Angus erzählt, und er hat zugehört.»

«Was hättest du denn sonst erwartet?»

«Das, was alle anderen immer tun: Erschrocken schauen, entsetzt und fasziniert zugleich – oder auf ein anderes Thema ablenken. Diana kann es nicht ausstehen, wenn wir von Angus reden. Wahrscheinlich, weil er ihr einziger Mißerfolg war.» Sie verbesserte sich. «Ihr einziger Mißerfolg *ist*.»

«Du meinst, weil er nicht mit euch nach London kommen wollte?»

«Genau, und kein Bilanzbuchhalter geworden ist, oder was sie sich sonst für ihn ausgedacht hatte. Statt dessen hat er einfach gemacht, was er wollte.»

«Auf die Gefahr hin, daß ich zu hören kriege, ich nähme Diana in Schutz, muß ich sagen: du doch auch. Trotz heftigstem Widerstand hast du es auf die Schauspielschule geschafft und sogar ein Engagement bekommen...»

«Ein halbes Jahr lang. Dann war Schluß.»

«Du hattest eine Lungenentzündung. Dafür kannst du doch nichts.»

«Nein. Aber dann habe ich mich wieder erholt, und wenn ich was taugen würde, wäre ich wieder zurückgegangen und hätte es noch mal probiert. Aber nein, ich habe mich gedrückt. Und Diana hat schon immer gesagt, ich hätte nicht das nötige

Stehvermögen, also hat sie am Ende doch wieder recht behalten. Wie üblich. Fehlt bloß noch, daß sie ein ‹Ich hab's dir gleich gesagt› vom Stapel gelassen hätte.»

«Aber wenn du immer noch am Theater wärst», sagte Hugh sanft, «dann würden wir wahrscheinlich nicht nächste Woche heiraten.»

Caroline warf einen Blick auf sein Profil, das von den Straßenlaternen und dem Schimmer vom Armaturenbrett eigentümlich beleuchtet wurde. Er sah finster aus, fast ein bißchen wie ein Bösewicht im Film.

«Nein. Wahrscheinlich nicht.»

Aber so einfach war es nicht. Sie hatte tausenderlei Gründe für eine Heirat mit Hugh, und die waren so eng miteinander verknüpft, daß man sie nur mit sehr viel Mühe auseinanderklauben konnte. Der wichtigste Grund war wohl Dankbarkeit. Als Hugh in ihr Leben trat, war sie fünfzehn Jahre alt und schlaksig, gerade mit Diana von Aphros zurückgekommen. Und selbst damals am Flughafen waren ihr Hughs Qualitäten aufgefallen, als sie mißmutig und stumm vor lauter Unglück zusah, wie er sich um Gepäck und Pässe und einen müden, heulenden Jody kümmerte. Er war einfach genau die verläßliche Vaterfigur, die sie nie gehabt hatte. Es war so schön, gesagt zu bekommen, was man tun sollte, und umsorgt zu werden; und mit dieser Rolle als Beschützer – die er nicht direkt väterlich, aber zumindest wie ein Onkel spielte – hatte er sie sämtliche schwierigen Jahre des Erwachsenwerdens hindurch begleitet.

Eine weitere nicht zu unterschätzende Kraft war Diana selbst gewesen. Sie hatte anscheinend von Anfang an entschieden, daß Hugh und Caroline das ideale Paar abgäben. Schon das Saubere, Ordentliche an diesem Arrangement gefiel ihr. Ganz unaufdringlich – denn für offensichtliche Aktionen war sie viel zu klug – kümmerte sie sich darum, daß die beiden zusammenkamen. *Hugh kann dich doch zur U-Bahn fahren. Bist du zum Abendessen da, mein Schatz? Hugh kommt nämlich, und ich hätte dich gern dabei, damit es mit der Tischordnung aufgeht.*

Doch selbst dieser anhaltende Druck hätte nichts gefruchtet, wenn Caroline nicht die unselige Affäre mit Drennan Colefield dazwischengekommen wäre. Danach, nachdem sie einmal so geliebt hatte, kam es ihr vor, als könnte nichts mehr so sein wie vorher. Als die Sache vorbei ging und sie aus ihren verheulten Augen allmählich wieder in die Welt schaute, merkte sie, daß Hugh immer noch da war, immer noch auf sie wartete – nur mit dem Unterschied, daß er sie nun heiraten wollte. Jetzt schien es überhaupt keinen Grund mehr zu geben, der dagegen gesprochen hätte.

«Du warst den ganzen Abend sehr still», sagte er.

«Dabei habe ich Angst gehabt, ich hätte zuviel geredet.»

«Du würdest mir doch sagen, wenn du irgendwas auf dem Herzen hättest, oder?»

«Ach, es ist nur, weil alles so schnell geht, und es gibt so viel zu tun, und mit den Lundstroms heute kam es mir so vor, als ob Jody schon in Kanada wäre und ich ihn nie wiedersehen würde.»

Hugh verstummte. Er nahm sich eine Zigarette, zündete sie an und steckte den Anzünder wieder ins Armaturenbrett zurück. «Wahrscheinlich leidest du einfach unter Brautdepressionen oder wie immer das die Frauenseite in der Zeitung nennt.»

«Und wovon kriegt man die?»

«Weil man zu vieles zugleich erledigen muß. Zu viele Briefe schreiben, zu viele Geschenke auspacken, Kleider anprobieren, Vorhänge auswählen, und zwischendurch rennen einem die Feinkost- und Blumenlieferanten die Tür ein. Da muß doch das robusteste Mädchen durchdrehen.»

«Warum hast du uns dann in diese Riesenhochzeit reinrasseln lassen?»

«Weil wir beide Diana viel bedeuten. Wenn wir uns heimlich zu einem Standesamt geschlichen hätten und dann vielleicht gerade noch übers Wochenende nach Brighton gefahren wären, hätten wir sie um ihr ganzes Vergnügen gebracht.»

«Aber wir sind doch Menschen und keine Opferlämmer.»

Er nahm ihre Hand. «Kopf hoch. Bald kommt der Dienstag, dann ist alles vorbei, wir fliegen in die Karibik, und du kannst den ganzen Tag in der Sonne liegen und einen Drink nach dem anderen schlürfen, ohne einen einzigen Brief zu schreiben. Na, wie klingt das?»

Sie wußte, wie kindisch das war, aber es ritt sie einfach der Teufel. «Ich würde viel lieber nach Aphros fahren», sagte sie.

Selbst Hughs Geduld war allmählich am Ende. «Caroline, das haben wir doch schon tausendmal besprochen...»

Weiter hörte sie nicht mehr zu, denn ihre Gedanken waren mit einem Ruck wieder in Aphros, wie ein Fisch, der an der Angel aus dem Wasser gezogen wird. Sie dachte an die Olivenhaine, die uralten Bäume im kniehohen Mohn vor der Kulisse des tiefblauen Meeres; an die Felder voller Traubenhyazinthen und blaßrosa Zyklamen, an den Glockenklang der Ziegenherden und den Pinienduft in den Bergen, an die schlanken Bäume, an denen in der Hitze das Harz hinunterrann.

«...und außerdem haben wir ja schon alles gebucht.»

«Aber irgendwann fahren wir mal nach Aphros, oder?»

«Du hast mir überhaupt nicht zugehört.»

«Wir könnten ein Häuschen mieten.»

«Nein.»

«Oder eine Yacht.»

«Nein.»

«Warum willst du denn nicht?»

«Weil ich es für besser halte, wenn du Aphros so in Erinnerung behältst, wie es war, nicht so, wie es jetzt vermutlich ist, nämlich verschandelt und mit riesigen Hotels zugebaut.»

«Du kannst doch gar nicht wissen, ob es wirklich so schlimm ist.»

«Ich habe aber eine recht düstere Ahnung.»

«Aber…»

«Nein», sagte Hugh.

Nach einer kleinen Pause sagte sie trotzig: «Ich will aber trotzdem noch mal hin.»

2

Die Standuhr in der Diele schlug zwei, als sie schließlich nach Hause kamen. Sanft und würdevoll erklangen die Glockenschläge, während Hugh Carolines Schlüssel ins Schloß steckte und die schwarze Tür öffnete. In der Diele brannte noch Licht, aber die Treppe führte hinauf ins Dunkel. Es war sehr still; die Gäste hatten sich längst verabschiedet, und man war zu Bett gegangen.

«Gute Nacht, Hugh.»

«Gute Nacht, mein Schatz.» Sie küßten sich. «Wann sehe ich dich wieder? Morgen bin ich nicht da... vielleicht am Dienstag?»

«Komm zum Abendessen. Ich sag Diana Bescheid.»

«Tu das.»

Er lächelte sie an, wandte sich um und ging. «Vielen Dank für den schönen Abend», rief sie ihm gerade noch rechtzeitig nach, bevor die Tür ins Schloß fiel. Dann war sie allein.

Als das Motorengeräusch seines Wagens sich in der Ferne verloren hatte, drehte sie sich um und stieg langsam die Treppe hinauf, Stufe für Stufe, die Hand am Geländer. Vom Treppenabsatz machte sie das Dielenlicht aus und tastete sich den Flur entlang zu ihrem Zimmer. Die Vorhänge waren zugezogen, das Bett aufgedeckt, und am Fußende lag auf dem Quilt ihr Nachthemd bereit. Auf dem Weg von der Tür streifte sie die Schuhe ab, ließ Tasche, Jacke und Schal fallen und warf sich aufs Bett, ohne Rücksicht darauf, was sie ihrem Kleid womöglich damit antat. Nach einer Weile hob sie eine Hand und begann langsam, die winzigen Knöpfe aufzumachen, zog sich den Kaftan über den Kopf und schälte sich aus allen übrigen Kleidungsstücken; dann streifte sie ihr Nachthemd über, das sich kühl und leicht auf der Haut anfühlte. Barfuß tappte sie zum Bad hinüber, wusch sich flüchtig das Gesicht und putzte sich die Zähne. Danach fühlte sie sich wieder frisch. Zwar spürte sie noch die Müdigkeit, doch ihr Kopf war hellwach. Sie trat an die Frisierkommode, öffnete die untere Schublade und holte Drennans Briefe heraus. Das Bündel war immer noch mit einer roten Schleife zusammengebunden, und darunter lagen das Foto von ihnen beiden, wie sie die Tauben am Trafalgar Square fütterten, die alten Theaterprogramme, Speisekarten und ein Haufen unwichtiger Zettelchen, die sie nur deshalb aufgehoben hatte, weil sie die einzig greifbare Erinnerung an die gemeinsam verbrachte Zeit waren.

Du hattest eine Lungenentzündung – Hughs ehrenwerter Versuch, sie in Schutz zu nehmen.

Es klang so einleuchtend. Aber kein Mensch, nicht einmal Diana, hatte je von Drennan Colefield erfahren. Nicht einmal als die Krankheit ausgestanden war und Caroline mit Diana allein zwei Wochen in Antibes verbrachte, um wieder zu Kräften zu kommen, hatte sie erzählt, was wirklich passiert war, obwohl sie sich so nach dem Trost der alten, billigen Weisheiten sehnte. *Die Zeit heilt alle Wunden. Eine unglückliche Liebe im Leben braucht jedes Mädchen. Auch andere Mütter haben einen schönen Sohn.*

Monate später war sein Name beim Frühstück aufgetaucht. Diana las die Theaterseite in der Zeitung und fragte quer durch die morgendlichen Sonnenstrahlen, die Marmelade und den Kaffeeduft: «Hat Drennan Colefield nicht am Theater in Lunnbridge gastiert, als du dort warst?»

Caroline stellte ganz vorsichtig ihre Kaffeetasse ab. «Doch. Warum?»

«Hier heißt es, daß er in der Verfilmung von *Bring Out*

Your Gun den Kirby Ashton spielen soll. Das ist wahrscheinlich eine recht deftige Rolle, das Buch war voller Sex, Crime und schöner Frauen.» Sie blickte auf. «War er gut? Als Schauspieler, meine ich?»

«Soviel ich weiß, schon.»

«Hier ist ein Foto von ihm mit seiner Frau. Wußtest du, daß er Michelle Tyler geheiratet hat? Er sieht verteufelt gut aus.»

Sie hatte ihr die Zeitung herübergereicht, und da stand er, schmaler, als Caroline ihn in Erinnerung hatte, und mit längeren Haaren, aber mit demselben strahlenden Lächeln, dem Funkeln in den Augen und der Zigarette zwischen den Fingern.

«Was hast du heute abend vor?» hatte er gefragt, als sie sich zum erstenmal begegneten. Sie hatte in der Garderobe Kaffee gekocht und war nach ein paar Stunden Arbeit am Bühnenbild von oben bis unten mit Farbe bekleckert.

«Nichts», hatte sie wahrheitsgemäß geantwortet, worauf Drennan sagte: «Ich auch nicht. Tun wir doch gemeinsam nichts.» Und nach diesem Abend hatte sich die Welt in einen phantastischen Ort verwandelt. Jedes Blatt am Baum war plötzlich ein Wunder. Ein Kind, das mit einem Ball spielte, ein alter Mann auf einer Parkbank, alles bekam einen Sinn, den sie bisher nie erkannt hatte. Das langweilige Städtchen war wie umgekrempelt, die Menschen strahlten und die Sonne schien unentwegt, so hell und warm wie nie zuvor. Und alles wegen Drennan. *So ist das, wenn man sich liebt*, hatte er ihr erklärt und dann auch gezeigt. *So soll es sein.*

So war es aber nie wieder gewesen. Die Erinnerung an Drennan und der Gedanke, daß sie in einer Woche Hugh heiraten würde, waren zuviel für sie. Caroline kamen die Tränen. Sie weinte lautlos, es war eine Tränenflut, die ihr in die Augen stieg und dann ungehemmt die Wangen hinunterlief.

Womöglich hätte sie noch bis zum Morgen so dagesessen, in Selbstmitleid zerfließend und ohne nennenswertes Ergebnis ihrer Brüterei, wenn Jody sie nicht aufgeschreckt hätte. Er schlich geräuschlos über den Gang zwischen ihren beiden Zimmern, klopfte, und als keine Antwort kam, steckte er den Kopf zur Tür herein.

«Hast du irgendwas?» fragte er.

Sein unerwartetes Auftauchen wirkte wie eine kalte Dusche. Augenblicklich riß sich Caroline zusammen, wischte mit der flachen Hand die Tränen ab und angelte nach ihrem Morgenmantel.

«Nein... wieso? Wieso bist du denn auf?»

«Ich bin aufgewacht, als du nach Hause gekommen bist. Dann hab ich so komische Geräusche gehört, und ich dachte, dir ist vielleicht nicht gut.» Er schloß die Tür und trat, im blauen Schlafanzug, barfuß und mit einem widerspenstigen Haarbüschel am Hinterkopf an die Frisierkommode.

«Warum hast du geweint?»

Leugnen hatte keinen Zweck. Also sagte Caroline: «Einfach so», was ungefähr genausoviel Sinn hatte.

«Das geht nicht. Man weint nicht einfach so.» Er beugte sich vor und legte den Kopf schief. «Hast du vielleicht Hunger?»

Sie mußte lächeln und schüttelte den Kopf.

«Ich schon. Ich geh am besten mal runter und hol was.»

«Gute Idee.»

Aber er blieb stehen und blickte sich suchend nach irgendeinem Anhaltspunkt für ihr Unglück um. Sein Blick fiel auf das Bündel Briefe und das Foto. Er nahm es in die Hand. «Das ist doch Drennan Colefield. Den hab ich in *Bring Out Your Gun* gesehen. Ich mußte Katy überreden, daß sie mit mir hingeht, sonst wäre ich nicht reingekommen. Er hat den Kirby Ashton gespielt, er war super.» Er sah Caroline an. «Den kennst du also.»

«Ja. Wir waren zusammen am Theater in Lunnbridge.»

«Er hat inzwischen geheiratet.»

«Ich weiß.»

«Hast du deshalb geweint?»

«Schon möglich.»

«Hast du ihn denn so gut gekannt?»

«Ach, Jody, das ist alles längst vorbei.»

«Wieso mußt du dann weinen?»

«Ich habe bloß einen sentimentalen Anfall.»

«Aber du...» Er stolperte über das Wort «liebst». «Du heiratest doch Hugh.»

«Ich weiß. Deshalb sage ich ja, daß es ein sentimentaler Anfall ist. Sentimental ist man, wenn man einer Sache nachtrauert, die längst aus ist, vorbei und vergessen. Es ist reine Zeitverschwendung.»

Jody blickte sie stirnrunzelnd an. Nach einer Weile legte er das Foto wieder hin und sagte: «Ich geh mal runter und hol mir ein Stück Kuchen. Bin aber gleich wieder da. Soll ich dir was mitbringen?»

«Nein. Sei leise, weck Diana nicht auf.»

Er schlüpfte hinaus. Caroline legte die Briefe und das Foto in die Schublade zurück und und schob sie energisch zu. Dann klaubte sie die am Boden verstreuten Kleider auf, hängte den Kaftan auf einen Bügel, klemmte Schuhspanner in die Schuhe und legte die übrigen Sachen ordentlich auf einen Stuhl. Als Jody mit seinem Imbiß zurückkam, hatte sie sich die Haare gebürstet und saß aufrecht im Bett. Er stellte sein Tablett auf dem Nachttisch ab und machte es sich neben ihr gemütlich.

«Ich habe übrigens eine Idee.»

«Eine gute?» erkundigte sie sich.

«Find ich schon. Du glaubst wahrscheinlich, ich gehe gern mit Diana und Shaun nach Kanada. Das stimmt aber nicht.

Ich habe überhaupt keine Lust, echt überhaupt keine. Es graut mir fürchterlich davor.»

Caroline starrte ihn an. «Aber du wolltest doch! Du hast dich so gefreut.»

«Bloß aus Höflichkeit.»

«Du liebes bißchen, du kannst doch nicht höflich sein, wenn es darum geht, nach Kanada zu ziehen!»

«Doch. Und dir sag ich jetzt, daß ich nicht hin will.»

«Aber Kanada wird doch toll.»

«Woher willst du das wissen? Du warst ja auch noch nie da. Außerdem will ich aus meiner Schule nicht weg, und von meinen Freunden und von unserer Fußballmannschaft.»

Caroline war völlig verblüfft. «Warum hast du mir denn das nicht schon früher gesagt? Warum erzählst du's mir erst jetzt?»

«Früher hab ich's nicht gesagt, weil du immer so beschäftigt warst, mit deinen Dankesbriefen und Toaströstern und Schleiern und dem ganzen Zeug.»

«Aber doch nicht zu beschäftigt für dich!»

Er redete unbeirrt weiter, als hätte sie überhaupt nichts gesagt. «Und jetzt erzähl ich's dir, weil es sonst zu spät ist. Wir haben sowieso nicht mehr viel Zeit. Also, willst du nun hören, was ich vorhabe?»

Ihr wurde plötzlich mulmig. «Ich weiß nicht so recht. Was hast du denn vor?»

«Ich glaube, ich bleibe am besten hier in London und gehe nicht nach Montreal... Nein, nein, ich will nicht bei dir und Hugh wohnen. Sondern bei Angus.»

«Angus?» Es war fast komisch. «Angus ist doch irgendwo in Kaschmir oder Nepal oder sonstwo. Selbst wenn wir wüßten, wo man ihn erreichen kann, was nicht der Fall ist, würde er nie im Leben nach London zurückkommen.»

«Er ist nicht in Kaschmir oder in Nepal», sagte Jody und

stopfte sich ein großes Stück Kuchen in den Mund. «Sondern in Schottland.»

Seine Schwester starrte ihn fassungslos an und überlegte, ob sie durch die ganzen Rosinen und Krümel wohl richtig gehört hatte. «In Schottland?» Er nickte. «Wieso glaubst du, daß er in Schottland ist?»

«Das glaube ich nicht, das weiß ich. Weil er mir nämlich geschrieben hat. Vor drei Wochen. Er arbeitet im Hotel Strathcorrie Arms, in Strathcorrie, Perthshire.»

«Er hat dir geschrieben? Und du hast mir nichts davon erzählt?»

Jodys Miene verfinsterte sich. «Das hab ich eben für klüger gehalten.»

«Wo ist der Brief jetzt?»

«In meinem Zimmer.» Er biß noch ein riesiges Stück Kuchen ab.

«Darf ich ihn sehen?»

«Na gut.»

Er rutschte vom Bett, verschwand und kam mit dem Brief in der Hand wieder. «Da», sagte er, kletterte wieder aufs Bett und nahm sein Milchglas vom Tablett. Der Umschlag war gelbbraun und billig, die Adresse mit Schreibmaschine getippt. «Sehr anonym», sagte Caroline.

«Stimmt. Er lag eines Tages da, als ich aus der Schule gekommen bin, und ich hab gedacht, da will mir einer was andrehen. Sieht doch genauso aus, oder? Wenn man aus Versehen was bestellt hat oder so...»

Sie nahm den Brief heraus, ein einzelnes Blatt Luftpostpapier, das offensichtlich unzählige Male hin und her gewendet worden war und sich anfühlte, als würde es bald zerbröseln.

Hotel Strathcorrie Arms,
Strathcorrie, Perthshire.

Mein lieber Jody,
das ist so ein Brief, den man am besten verbrennt, bevor man ihn noch gelesen hat, so geheim ist er. Also paß auf, daß er Diana nicht unter die Lichter kommt, sonst kann ich was erleben.

Ich bin vor ungefähr zwei Monaten aus Indien zurückgekommen und hier bei einem Freund gelandet, den ich in Afghanistan kennengelernt habe. Er ist inzwischen wieder weg, und ich hab's geschafft, mir in dem Hotel eine Arbeit als Schuhputzer und Mädchen für alles zu besorgen. Als Gäste sind hier lauter alte Leute, die gern angeln gehen. Wenn sie mal nicht angeln, dann sitzen sie in ihren Sesseln rum und schauen aus wie scheintot.

Als mein Schiff gelandet war, hab ich ein paar Tage in London verbracht. Hätte Dich und Caroline gern besucht, hatte aber furchtbar Angst, daß Diana mich einfängt, mir ein Halfter umlegt, mir die Hufe beschlägt und mich striegelt. Dann wäre es bloß noch eine Frage der Zeit gewesen, bis man mich zugeritten hätte und ich ein braver, sicherer Gaul für irgendeine höhere Tochter geworden wäre.

Liebe Grüße an C. Sag ihr, daß es mir gutgeht. Werde Dich auf dem laufenden halten.

Ihr fehlt mir beide.
Angus

«Jody, warum hast du mir den nicht früher gegeben?»

«Weil ich gedacht habe, du willst ihn vielleicht unbedingt Hugh zeigen, und der würde dann bei Diana petzen.»

Sie las den Brief noch einmal. «Er hat keine Ahnung, daß ich heirate.»

«Woher auch?»

«Wir sollten ihn anrufen.»

Aber Jody war dagegen. «Er hat keine Telefonnummer angegeben. Und außerdem würde das irgendwer mitkriegen. Und überhaupt ist telefonieren sowieso nicht gut, weil man da das Gesicht vom anderen nicht sieht, und dann wird man immer unterbrochen, gerade bei Gesprächen nach Schottland.» Er konnte telefonieren nicht ausstehen, das wußte sie. Er hatte richtig Angst davor.

«Dann schreiben wir ihm doch.»

«Er beantwortet Briefe aber nie.»

Das stimmte allerdings. Doch Caroline hatte ein ungutes Gefühl. Jody wollte auf etwas hinaus, und sie wußte nicht, worauf. «Was dann?»

Er holte tief Luft. «Wir beide müssen zusammen nach Schottland fahren und ihn suchen. Damit wir ihm alles erklären können.» Als wäre sie taub, fügte er noch etwas lauter hinzu: «Daß ich nicht mit Diana und Shaun nach Kanada will.»

«Du kannst dir doch vorstellen, was er dazu sagen wird, oder? Was zum Teufel ihn das angeht, wird er sagen.»

«Das glaub ich nicht...»

Sie schämte sich. «Na gut. Dann fahren wir also nach Schottland und suchen Angus. Und was schlagen wir ihm vor?»

«Daß er nach London zurückkommen und auf mich aufpassen soll. Er kann nicht sein Leben lang vor jeder Verantwortung davonlaufen, das sagt Diana doch immer. Und ich bin nämlich eine Verantwortung, jawohl.»

«Wie soll er denn auf dich aufpassen?»

«Wir könnten zum Beispiel eine kleine Wohnung nehmen, und er könnte sich einen Job suchen...»

«Angus?»

«Wieso denn nicht? Das machen andere doch auch. Er hat sich ja nur deshalb die ganze Zeit dagegen gesperrt, weil er auf keinen Fall tun will, was Diana sagt.»

Caroline mußte grinsen. «Da ist was dran.»

«Aber uns zuliebe würde er herkommen. Er schreibt doch, daß wir ihm fehlen. Daß er gern bei uns wäre.»

«Und wie sollen wir nach Schottland kommen? Wie sollen wir uns aus dem Haus schleichen, ohne daß Diana was merkt? Sie würde sich doch sofort ans Telefon hängen und sämtliche Flughäfen und Bahnhöfe rebellisch machen. Und ihr Auto können wir uns auch nicht leihen, da winkt uns ja der erste Polizist auf die Seite, dem wir unter die Augen kommen.»

«Weiß ich», sagte Jody. «Kriegen wir alles unter Kontrolle.» Er trank die Milch aus und rückte noch ein Stück näher. «Ich hab schon einen Plan.»

Obwohl in ein paar Tagen der April anfing, senkte sich über den düsteren, grimmigen Nachmittag bereits die Finsternis. Wobei es eigentlich den ganzen Tag nicht richtig hell geworden war: Vom frühen Morgen an hingen bleierne Wolken am Himmel, aus denen hin und wieder ein kalter Schauer rauschte. Genauso trostlos wie das Wetter wirkte die Landschaft: Was man von den Hügeln sah, war mit dem letzten braunen Gras vom Winter bedeckt, und auf den Kämmen und in vereinzelten schattigen Spalten lag der Schnee vom letzten Jahr, als hätte jemand unfachmännisch Zuckerguß aufgetragen.

Zwischen den Hügeln folgte das Tal dem kurvigen Flußlauf, und hier fegte scharf, kalt und gnadenlos der Nordwind durch, womöglich direkt aus der Arktis. Er rüttelte an den kahlen Ästen der Bäume, riß altes Laub aus Gräben, wirbelte es in die bitter kalte Luft und heulte in den hohen Kiefern, daß es wie fernes, dumpfes Meeresgrollen klang.

Auf dem Friedhof war man ihm unbarmherzig ausgesetzt, und die fröstelnden Trauergäste duckten sich mit hochgezogenen Schultern zusammen. Das gestärkte Chorhemd des Pfarrers blähte sich und flatterte wie ein schlecht gesetztes Segel, und Oliver Cairney, der keine Kopfbedeckung aufhatte, kam es vor, als gehörten seine Wangen und Ohren gar nicht mehr zu ihm. Er wünschte sehnlichst, er hätte an einen wärmeren Mantel gedacht.

Sein Kopf befand sich in einem seltsamen Zustand, halb benommen, halb hellwach. Den Text der Predigt, die ihm eigentlich viel bedeutet hätte, hörte er kaum, aber die leuchtendgelben Blütenblätter eines Narzissenstraußes, die diesen trüben Tag ein bißchen aufhellten, fielen ihm auf und beschäftigten ihn. Und von den anderen Trauergästen, die er zum Großteil nur als anonyme Schatten um sich herum wahrnahm, stachen ihm ein paar ins Auge wie die Gestalten im Vordergrund eines impressionistischen Bildes. Cooper zum Beispiel, der alte Gutsverwalter, in seinem besten Tweedanzug mit Strickkrawatte. Oder die anheimelnde, massige Gestalt von Duncan Fraser, dem Nachbarn von Gut Cairney. Und die fremde junge Frau, die in dieser unscheinbaren Gesellschaft so aus dem Rahmen fiel. Eine dunkelhaarige junge Frau, sehr schlank und braungebrannt, die sich eine schwarze Pelzmütze tief über die Ohren gezogen hatte. Ihr Gesicht war hinter einer großen Sonnenbrille fast ganz versteckt. Ziemlich auffällig. Wer war sie nur? Eine Freundin von Charles? Sehr unwahrscheinlich...

Er merkte, daß er sich in fruchtlosen Gedanken verlor, die obendrein dem Anlaß nicht entsprachen, und versuchte, sich wieder auf das Geschehen zu konzentrieren. Doch wie um für Olivers inneren Teufel Partei zu ergreifen, heulte der boshafte Wind plötzlich auf, fuhr in das Laub am Boden und wirbelte die toten Blätter in die Luft. Verstört wandte Oliver den Kopf und bekam die fremde Frau auf einmal direkt ins Blickfeld. Sie hatte die Brille abgenommen, und zu seiner Verblüffung erkannte er Liz Fraser. Liz, die in einem unglaublich eleganten Kostüm neben ihrem Vater stand. Einen Augenblick lang trafen sich ihre Blicke, dann wandte er sich ab, und tausend Gedanken schossen ihm durch den Kopf. Liz, die er seit mindestens zwei Jahren nicht gesehen hatte. Liz, die inzwischen erwachsen und aus irgendeinem Anlaß auf Rossie Hill war. Liz, die sein Bruder so verehrt hatte. Er dankte ihr im stillen, daß sie heute gekommen war. Für Charles hätte es die Welt bedeutet.

Und dann war es endlich vorbei. Die Leute zerstreuten sich allmählich; dankbar, daß sie der Kälte nun entkommen durften, kehrten sie dem frischen Grab und den Bergen von frierenden Frühlingsblumen den Rücken und strebten in Zweier- und Dreiergrüppchen auf den Ausgang zu, vom Sturm vorangetrieben, als wollte er sie zum Friedhofstor hinausblasen.

Oliver stand schließlich draußen auf dem Pflaster, schüttelte Hände und sagte mechanisch die passenden Sprüchlein auf.

«Vielen Dank, daß Sie gekommen sind. Ja... eine Tragödie...»

Alte Freunde, Leute aus dem Dorf, Farmer aus der Gegend von Relkirk, die Oliver zum Großteil das erste Mal sah. Charles hatte viele Freunde gehabt.

«Vielen Dank, daß Sie den weiten Weg gemacht haben. Wenn Sie Zeit haben, kommen Sie doch noch auf Cairney vorbei. Mrs. Cooper hat Tee gemacht...»

Nun stand nur noch Duncan Fraser da. Duncan, groß und kräftig, in seinem schwarzen Cape mit einem Kaschmirschal um den Hals, das graue Haar vom Wind zu einem Hahnenkamm aufgebauscht. Oliver sah sich suchend nach Liz um.

«Sie ist schon weg», sagte Duncan. «Allein nach Hause gegangen. Ist nicht ihre Stärke, so was.»

«Das tut mir leid. Aber du kommst doch noch mit nach Cairney? Auf einen kleinen Schluck zum Aufwärmen?»

«Aber sicher.»

Der Pfarrer tauchte plötzlich neben ihm auf. «Ich kann leider nicht mehr mitkommen, Oliver, aber trotzdem vielen Dank. Meine Frau liegt mit Fieber im Bett. Wahrscheinlich Grippe.» Sie drückten sich die Hände, ein stummer Dank auf der einen Seite und eine Beileidsbekundung auf der anderen. «Lassen Sie mich wissen, was Sie weiterhin vorhaben.»

«Das könnte ich Ihnen sofort sagen, wenn es nicht zu lang dauern würde.»

«Irgendwann einmal, es hat ja Zeit.»

Der Wind plusterte seine Soutane auf. Die Hände, die das Gebetbuch hielten, waren vor Kälte rot und geschwollen. Wie Würstchen, dachte Oliver. Der Pfarrer nickte ihm zu, machte kehrt und eilte zwischen den schiefen Grabsteinen davon. Oliver blickte ihm nach, sah zu, wie das weiße Meßgewand in der Dämmerung flatterte und immer kleiner wurde, bis es schließlich hinter dem Kirchenportal verschwand. Dann ging er zu seinem Auto, das als einziges noch am Straßenrand parkte, und stieg ein – froh, endlich allein zu sein. Nun, da die Beerdigung hinter ihm lag, konnte er allmählich fassen, daß Charles tot war. Und wenn man es erst akzeptiert hatte, wurde manches vielleicht ein bißchen leichter. Oliver fühlte sich schon jetzt etwas besser – ihm war ruhiger zumute, und er wußte es zu schätzen, daß so viele Menschen gekommen waren, vor allem, daß Liz gekommen war.

Nach einer Weile griff er umständlich in die Manteltasche, fand eine Schachtel Zigaretten, nahm eine heraus und zündete sie an. Sinnend blickte er auf die menschenleere Straße und riß sich dann zusammen. Es gab noch ein paar letzte kleine gesellschaftliche Verpflichtungen: man wartete auf ihn. Er drehte den Zündschlüssel und fuhr los, daß die überfrorenen Kiesel unter den schweren Winterreifen knirschten.

Um fünf Uhr hatte sich dann der letzte Gast verabschiedet. Besser gesagt der vorletzte, denn Duncan Frasers alter Bentley stand noch vor der Tür, doch Duncan zählte eigentlich nicht richtig als Gast.

Nachdem Oliver gewartet hatte, bis das letzte Auto abgefahren war, kam er ins Haus zurück, schlug energisch die Haustür zu und ging wieder in die Bibliothek, in der ein Feuer im Kamin brannte. Lisa, die alte Labradorhündin, stand auf und kam auf ihn zu, als sie aber sah, daß es wieder nicht ihr ersehnter Herr war, legte sie sich schwerfällig auf ihren Platz zurück. Sie gehörte Charles – hatte ihm gehört –, und ihren verstörten Blick und ihre Verlorenheit mitanzusehen, fand Oliver fast schwerer als alles andere.

Duncan hatte inzwischen einen Sessel an den Kamin gerückt und es sich gemütlich gemacht. Sein Gesicht war leicht gerötet, womöglich von der Hitze des Feuers, wahrscheinlich aber von den beiden großen Gläsern Whisky, die er bereits intus hatte.

Der Raum, in dem auch sonst eine gemütliche Unordnung herrschte, zeigte noch Spuren von Mrs. Coopers liebevoll bereitetem Tee. Der Tisch war an die Wand gerückt worden; auf der weißen Damastdecke lagen Krümel von dem englischen Teekuchen, den sie extra gebacken hatte. Leere Teetassen standen herum, dazwischen vereinzelte Gläschen, die diverse stärkere Geschütze als Tee enthalten hatten.

Duncan blickte auf, lächelte Oliver zu, streckte dann die Beine aus und sagte mit seinem nach wie vor ziemlich starken Glasgower Akzent: «Ich gehe jetzt wohl lieber.» Er machte jedoch überhaupt keine Anstalten zu gehen, und

Oliver, der am Tisch stand und sich noch ein Stück Kuchen abschnitt, sagte: «Bleib doch noch ein bißchen.» Er wollte nicht allein sein. «Erzähl mir von Liz. Trink noch einen Schluck.»

Duncan Fraser beäugte sein leeres Glas, als ließe er sich das Angebot durch den Kopf gehen. «Hmm», sagte er schließlich, wie Oliver vorhergesehen hatte, «... einen ganz winzigen vielleicht. Aber du hast überhaupt noch nichts getrunken. Es wäre nett, wenn du mir Gesellschaft leisten würdest.»

«Jetzt ist mir auch danach.»

Er nahm Duncan das Glas aus der Hand, holte sich selbst ein frisches, schenkte Whisky ein und goß nicht allzu großzügig aus einer Karaffe Wasser dazu. «Ich habe sie übrigens gar nicht erkannt. Ich hatte keine Ahnung, wer diese junge Dame sein könnte.» Er trug die beiden Gläser an den Kamin zurück.

«Stimmt, sie hat sich ziemlich verändert.»

«Ist sie schon lange bei dir?»

«Seit ein paar Tagen. Vorher war sie auf den Antillen mit irgendeiner Freundin. Ich habe sie in Prestwick vom Flughafen abgeholt. Das hatte ich eigentlich nicht vor, aber dann dachte ich, es ist doch besser, wenn ich ihr das mit Charles selbst erzähle.» Er lächelte zaghaft. «Frauen sind komische Wesen, Oliver. Sie lassen sich ihren Kummer nicht so schnell anmerken. Die meisten fressen alles in sich hinein.»

«Immerhin ist sie heute zur Beerdigung gekommen.»

«Das schon. Aber es ist das erste Mal, daß Liz sich mit der Tatsache auseinandersetzen muß, daß der Tod auch Menschen trifft, die man kennt, nicht nur irgendwelche Namen in der Zeitung. Sie kommt bestimmt morgen oder übermorgen hier vorbei... genau kann ich es dir nicht sagen...»

«Sie war das einzige Mädchen, das Charles je auch nur angesehen hat. Das weißt du, oder?»

«Ja, ich habe es gemerkt. Schon als sie noch klein war...»

«Er hat nur darauf gewartet, daß sie erwachsen wird.»
Darauf gab Duncan keine Antwort. Oliver holte sich eine Zigarette, zündete sie an und setzte sich ihm gegenüber auf eine Sesselkante. Duncan blickte ihn forschend an.
«Und was machst du jetzt? Mit Cairney, meine ich.»
«Verkaufen», sagte Oliver.
«Einfach so?»
«Einfach so. Mir bleibt nichts anderes übrig.»
«Jammerschade, ein solches Gut aus der Hand zu geben.»
«Schon, aber ich wohne ja nicht hier. Meine Arbeit und mein Zuhause sind in London. Ich hatte noch nie das Zeug zu einem schottischen Gutsherrn, das war immer Charles' Job.»
«Hängst du denn nicht an Cairney?»
«Doch, natürlich. Es ist mein Elternhaus.»
«Du warst schon immer so furchtbar nüchtern. Was willst du eigentlich in London? Ich kann es nicht ausstehen.»
«Ich liebe es heiß und innig.»
«Verdienst du anständig?»
«Genügend. Für eine ganz nette Wohnung und ein Auto.»
Duncan runzelte die Stirn. «Und was macht das Liebesleben?»
Jedem anderen, der diese Frage gestellt hätte, wäre für diese unverschämte Einmischung in seine Privatangelegenheiten ein Aschenbecher an den Kopf geflogen. Aber mit Duncan war das anders. *Gerissener Hund*, dachte Oliver. Laut sagte er: «Danke der Nachfrage.»
«Ich kann mir schon vorstellen, wie du in der Londoner Schickeria deine Spuren hinterläßt...»
«An deinem Ton läßt sich nicht erkennen, ob du das mißbilligst oder schlicht neidisch bist.»
«Ich habe nie kapiert», sagte Duncan trocken, «wie Charles zu so einem jüngeren Bruder kommt. Hast du eigentlich je erwogen zu heiraten?»

«Ich heirate erst, wenn ich für alles andere zu alt bin.»

Duncan prustete los. «Jetzt hast du's mir aber gegeben. Doch nochmal zu Cairney. Wenn du tatsächlich verkaufen willst, verkaufst du dann an mich?»

«Lieber als an irgend jemand sonst. Das weißt du doch.»

«Ich würde das Farmland, das Moor und den See einfach mit meinem Grundstück verbinden. Und dann wäre da immer noch das Gutshaus. Das könntest du vielleicht einzeln verkaufen. Schließlich ist es weder zu groß noch zu weit weg von der Straße, und um den kleinen Garten kann man sich leicht kümmern.»

Es war beruhigend, diese Vorschläge zu hören, die die ganzen emotionsbeladenen Entscheidungen in nüchterne Worte faßten und Olivers Probleme auf eine überschaubare Größe zurechtstutzten. Das war eben Duncan Fraser. Auf diese Art hatte er schon verhältnismäßig jung sein Vermögen gemacht, so daß er sein Londoner Geschäft für eine astronomische Summe verkaufen und das tun konnte, was ihm schon immer vorgeschwebt hatte, nämlich nach Schottland zurückgehen, ein Stück Land kaufen und sich auf das behagliche Leben eines Gutsherrn verlegen.

Wobei die Erfüllung seines Traumes auch ihre Kehrseite hatte, denn Duncans Frau Elaine, die von Anfang an nicht besonders erpicht darauf gewesen war, den heimatlichen Süden zu verlassen und im urwüchsigen Perthshire Wurzeln zu schlagen, fand das beschauliche Leben auf Rossie Hill bald zu langweilig. Sie vermißte ihre Freundinnen, und das Wetter schlug ihr auf die Stimmung. Die Winter seien lang, kalt und trocken, beschwerte sie sich, die Sommer dagegen kurz, kalt und naß. Dementsprechend wurden ihre Stippvisiten in London häufiger und länger, bis der unvermeidliche Tag kam, an dem sie verkündete, sie werde nicht mehr zurückkommen, und die Ehe zerbrach.

Falls Duncan sich darüber grämte, verbarg er das sehr gut. Er genoß es, Liz für sich zu haben, und wenn sie dann wieder zu ihrer Mutter fuhr, vereinsamte er keineswegs, denn er hatte tausenderlei Interessen. Als er sich auf Rossie Hill niedergelassen hatte, waren die Einheimischen skeptisch gewesen, ob er als Farmer etwas taugte, doch er hatte sich bewährt – inzwischen wurde er akzeptiert, war Mitglied im Club in Relkirk und gehörte zu den Honoratioren am Ort. Oliver mochte ihn sehr.

«Bei dir klingt das alles so vernünftig und einfach», sagte er. «Überhaupt nicht so, als würde man sein Zuhause verkaufen.»

«Tja, so ist nun mal das Leben.» Duncan trank mit einem großen Schluck aus, stellte das Glas neben sich ab und stand unvermittelt auf. «Laß es dir durch den Kopf gehen. Wie lang bleibst du hier?»

«Ich bin genau zwei Wochen beurlaubt.»

«Wie wär's, wenn wir uns am Mittwoch in Relkirk treffen. Ich lade dich zum Lunch ein, und wir unterhalten uns ein bißchen mit den Anwälten. Oder geht dir das zu schnell?»

«Überhaupt nicht. Je eher die Sache unter Dach und Fach ist, desto besser.»

«Unter diesen Umständen schere ich mich jetzt nach Hause.»

Er ging auf die Tür zu, und sofort stand Lisa auf und trottete ihnen in gebührendem Abstand hinterher, wobei ihre Krallen vernehmlich über das polierte Parkett kratzten.

Duncan blickte sich über die Schulter nach ihr um. «Ein trauriger Anblick, so ein Hund ohne Herrchen.»

«Zerreißt einem das Herz.»

Lisa sah zu, wie Oliver Duncan in den Mantel half, und begleitete die beiden nach draußen, wo der alte schwarze Bentley wartete. Der Abend war noch kälter als sonst, pechschwarz und scheußlich windig. Die Pfützen auf der Auffahrt waren halb zugefroren und knirschten unter ihren Schritten.

«Wir kriegen noch mal Schnee», sagte Duncan.

«Sieht ganz so aus.»

«Irgendwelche Botschaften für Liz?»

«Sag ihr, sie soll mich besuchen.»

«Mach ich. Dann sehen wir uns am Mittwoch im Club. Um halb zwölf.»

«Abgemacht.» Oliver schlug die Wagentür zu. «Fahr vorsichtig.»

Als das Auto verschwunden war, ging Oliver mit Lisa wieder hinein, schloß die Tür und blieb dann einen Augenblick stehen, weil ihm die furchtbare Leere des Hauses entgegenschlug. Sie war ihm schon einmal aufgefallen – beziehungsweise immer wieder, seit er vor zwei Tagen aus London hergekommen war. Er fragte sich, ob er sich wohl je daran gewöhnen würde.

In der Diele war es kalt und still. Lisa, der Olivers Bewegungslosigkeit nicht geheuer war, schob ihm die Schnauze in die Hand, und er ging in die Hocke, um ihr den Kopf zu kraulen und mit ihren seidigen Ohren zu spielen. Ein Windstoß fegte durch die Türritzen, so daß sich der lange Samt am Windfang blähte und wellte. Fröstelnd ging Oliver in die Bibliothek zurück, nicht ohne auf dem Weg den Kopf in die Küche zu stecken. Mrs. Cooper kam sofort mit ihrem Tablett, und gemeinsam stapelten sie Tassen und Untertassen, stellten Gläser aufeinander und räumten den Tisch leer. Mrs. Cooper legte die gestärkte Damastdecke zusammen, und Oliver half ihr, den Tisch wieder in die Mitte des Zimmers zu rücken. Dann folgte er ihr zur Küche, hielt die Tür auf, damit sie mit dem vollbeladenen Tablett durchgehen konnte, und folgte selber mit der leeren Teekanne in der einen Hand und der fast leeren Whiskyflasche in der anderen.

Sie begann mit dem Abwasch. «Lassen Sie das Geschirr stehen, Sie sind doch müde», sagte er.

Sie kehrte ihm weiterhin den Rücken zu. «Nein, nein, das bring ich nicht fertig. Ich hab mein Lebtag keine schmutzige Tasse über Nacht stehenlassen.»

«Dann gehen Sie aber, wenn Sie mit dem Abwasch fertig sind.»

«Und was ist mit Ihrem Abendessen?»

«Ich bin noch ganz satt von dem Kuchen. Ich brauche heute abend nichts.» Ihr Rücken blieb steif, als brächte sie es nicht fertig, Oliver ihren Kummer zu zeigen. Sie hatte Charles über alles geliebt. «Der Kuchen war sehr gut», sagte Oliver. «Danke.»

Mrs. Cooper drehte sich immer noch nicht um. Als ihm klar wurde, daß sie das auch in absehbarer Zeit nicht tun würde, ließ Oliver sie allein und floh an den heimeligen Kamin in der Bibliothek.

3

Hinter Diana Carpenters Haus in Milton Gardens lag ein langer, schmaler Garten, der an eine Siedlung alter, umgebauter Kutscherhäuschen grenzte. Zwischen dem Garten und den Kutscherhäuschen stand eine hohe Mauer mit einem Tor und einem Gebäude, das ehemals eine große Doppelremise gewesen war. Als Diana von Aphros nach London zurückkehrte, war sie zu dem Schluß gekommen, daß man aus der Remise eine solide Geldanlage machen könnte, weshalb sie eine kleine Wohnung darüberbauen ließ, die sie nun vermietete. Der Anbau hatte über ein Jahr lang ihre Energien in Schach gehalten, und als alles fix und fertig eingerichtet war, vergab sie die Wohnung zu einem gesalzenen Preis an einen amerikanischen Diplomaten, der für zwei Jahre nach London beordert worden war. Der Mann war der ideale Mieter, doch als er wieder nach Washington zurück mußte und sie die Fühler nach einem Ersatz für ihn ausstreckte, hatte sie weniger Glück.

Mitten aus der Vergangenheit tauchte nämlich plötzlich Caleb Ash auf, mit Freundin Iris, zwei Gitarren, einer Siamkatze und ohne feste Bleibe.

«Wer bitte», fragte Shaun, «ist Caleb Ash?»

«Ach, das war auf Aphros ein Freund von Gerald. Einer von denen, die immer gerade irgendein großartiges Projekt vorhaben, einen Roman schreiben, ein Tryptichon malen, ein Geschäft aufziehen oder ein Hotel bauen. Und dann wird nie was draus. Caleb Ash ist jedenfalls der faulste Mensch der Welt.»

«Und Mrs. Ash?»

«Iris. Und sie sind nicht verheiratet.»

«Hättest du sie denn nicht gern in der Wohnung?»

«Nein.»

«Warum nicht?»

«Weil ich glaube, daß sie einen schlechten Einfluß auf Jody ausüben.»

«Meinst du, er kann sich noch an sie erinnern?»

«Natürlich. Sie sind bei uns ein und aus gegangen.»

«Und du mochtest ihn nicht?»

«Das habe ich nicht gesagt. Caleb Ash hat einen umwerfenden Charme, man muß ihn einfach mögen. Aber ich weiß nicht recht, wenn sie so bei uns im Garten wohnen...»

«Können sie die Miete bezahlen?»

«Er behauptet es.»

«Machen sie aus der Wohnung einen Schweinestall?»

«Ach wo. Iris ist ausgesprochen häuslich. Sie wienert den ganzen Tag die Böden und hat immer in einem großen Kupferkessel irgendeinen Eintopf blubbern.»

«Du machst mir den Mund wässerig. Gib ihnen doch die Wohnung. Es sind schließlich Freunde von früher. Du solltest nicht alle deine Bindungen an die Vergangenheit aufgeben. Ich kann mir nicht vorstellen, daß es Jody irgendwie schaden könnte, wenn sie hier wohnen...»

Und so zogen Caleb und Iris samt Katze, Gitarren und Kochtöpfen in das Cottage. Diana gab ihnen einen Teil des Grundstücks für einen Garten dazu, und Caleb verlegte ein paar Steinplatten, stellte einen Topf mit einer Kamelie auf und hatte im Handumdrehen aus dem Nichts ein herrlich südliches Ambiente geschaffen.

Jody verehrte ihn natürlich, hatte aber von Diana gleich zu Anfang die strenge Auflage bekommen, Caleb und Iris nur auf Einladung zu besuchen, weil sonst die Gefahr bestehe, daß er ihnen nach kürzester Zeit auf die Nerven ging. Und Katy hatte größte Vorbehalte gegen Caleb, zumal als ihr über die einheimischen Klatschkanäle zu Ohren kam, daß Caleb und Iris nicht verheiratet waren und auch mitnichten eine Hochzeit planten.

«Du willst mir doch nicht schon wieder in den Garten zu diesem Mr. Ash?»

«Aber wenn er mich doch eingeladen hat, Katy. Suki hat nämlich Junge gekriegt.»

«Noch mehr solche siamesischen Krakeeler?»

«Keine richtig echten. Sie hat mit dem getigerten Kater aus Nummer acht in der Kutschersiedlung was gehabt, und da ist irgendwie eine Promenadenmischung rausgekommen. Caleb sagt, sie bleiben so.»

Katy machte sich an einem Wasserkessel zu schaffen. «Soso. Na, also ich weiß nicht», brummte sie.

«Wir könnten ja vielleicht eins nehmen, hab ich mir gedacht...»

«So ein ständig jaulendes Ding? Und überhaupt will Mrs. Carpenter sowieso keine Tiere im Haus, das hat sie oft genug gesagt. Und Katzen sind nun mal Tiere, also Schluß mit der Debatte. Basta.»

Am Tag nach der Einladung traten Caroline und Jody Cliburn vormittags auf der Gartenseite aus dem Haus und gingen den kleinen gepflasterten Weg zum Cottage hinüber. Sie bemühten sich keineswegs um Unauffälligkeit, denn Diana war frühmorgens aus dem Haus gegangen, und Katy stand in der Küche, die nach vorn auf die Straße ging, und schälte Kartoffeln fürs Mittagessen. Außerdem hatten sie per Anruf bei Caleb angefragt, ob sie vorbeikommen dürften, worauf er sie begeistert eingeladen hatte.

Es war ein kalter, strahlender, windiger Vormittag. Der

blaue Himmel spiegelte sich in den Pfützen wider, die sich auf den Steinplatten gebildet hatten, und die Sonne schien blendend grell. Der Winter hatte dieses Jahr lang gedauert, so daß jetzt erst ein paar grüne Knollen zaghaft aus den schwarzen Blumenbeeten lugten. Alles übrige war braun, verwelkt und wie abgestorben.

«Letztes Jahr gab es um die Zeit schon Krokusse», sagte Caroline. «Überall im ganzen Garten.»

Calebs Gärtchen lag allerdings an einer sonnigen, windgeschützten Stelle, in seinen grün bemalten Blumentrögen nickten bereits Narzissenköpfe, und am Fuß des Mandelbäumchens in der Mitte standen büschelweise Schneeglöckchen.

In die Wohnung gelangte man über eine Außentreppe, die auf eine breite, überdachte Veranda führte, besser gesagt auf eine Art Balkon wie bei einem Schweizer Chalet. Caleb, der ihre Stimmen gehört hatte, stand bereits draußen, als sie die Stufen hinaufgerannt kamen, und stützte sich mit den Händen auf das Holzgeländer. Er sah aus wie ein Inselskipper, der seine Gäste an Bord willkommen heißt.

Caleb hatte so lange auf Aphros gelebt, daß er schon richtig griechische Züge angenommen hatte, ungefähr so, wie lang verheiratete Eheleute einander immer ähnlicher sehen. Seine Augen lagen so tief, daß man die Farbe praktisch nicht erkennen konnte, das Gesicht war gebräunt und voller Falten, die Nase scharf gebogen, die Haare dicht gelockt und grau. Er hatte eine tiefe, volle Stimme, bei der Caroline immer an herben Wein, frisches Brot und Salat mit Knoblauchduft denken mußte.

«Jody! Caroline!» Er umarmte sie mit je einem Arm und drückte ihnen auf seine herrlich unbekümmerte griechische Art einen Kuß ins Gesicht. Jody wurde sonst von niemandem geküßt, außer hin und wieder von Caroline; Diana mit ihrem Fingerspitzengefühl merkte genau, daß er es nicht ausstehen konnte. Aber bei Caleb war das etwas anderes, da handelte es sich um einen respektvollen Gruß von Mann zu Mann.

«Was für eine schöne Überraschung! Kommt rein, ich habe schon Kaffee aufgesetzt.»

In der Ära des amerikanischen Diplomaten hatte die Wohnung eine Art von sprödem New-England-Charme an sich gehabt, kühl und blank gebohnert. Jetzt, unter dem unverkennbaren Regiment von Iris, war sie zwanglos und bunt eingerichtet: ungerahmte Bilder verdeckten die meisten Wandflächen, ein buntes Glasmobile hing von der Decke, eine griechische Decke war über die von Diana liebevoll ausgesuchten Chintzsofas geworfen worden. Es war gemütlich warm und duftete nach Kaffee.

«Wo ist Iris?»

«Beim Einkaufen.» Er schob noch einen Stuhl dazu. «Setzt euch. Ich hole den Kaffee.»

Caroline setzte sich, Jody folgte Caleb, und schon kamen die beiden wieder, Jody mit drei Tassen und der Zuckerdose auf einem Tablett und Caleb mit der Kaffeekanne. Sie räumten ein Tischchen vor dem Kamin frei und setzten sich.

«Ihr habt doch wohl nichts angestellt?» erkundigte sich Caleb vorsichtig. Er hatte einen Heidenrespekt vor Diana und hütete sich tunlichst, ihren Zorn zu erregen.

«Ach wo», sagte Caroline automatisch. Aber nach einer Gedankenpause verbesserte sie sich. «Jedenfalls nicht direkt.»

«Schieß los», sagte Caleb. Also erzählte ihm Caroline die ganze Geschichte. Von Angus' Brief, von Jody, der nicht nach Kanada wollte, und von seinen Plänen, den Bruder aufzuspüren.

«Deshalb wollen wir jetzt nach Schottland. Und zwar morgen.»

«Erzählt ihr das Diana?» fragte Caleb.

«Die würde es uns nur ausreden, du kennst sie doch. Aber wir hinterlassen ihr einen Brief.»

«Und Hugh?»

«Der würde es uns auch ausreden.»

Caleb runzelte die Stirn. «Caroline, sollst du den Mann nicht morgen in einer Woche heiraten?»

«Das mach ich ja auch.»

«Hmmm», machte Caleb mit einem leicht zweifelnden Unterton. «Und du? Was ist mit dir? Was ist mit der Schule?»

«Die Schule ist seit Freitag aus. Wir haben Ferien.»

Caleb machte wieder «Hmmm». Caroline wurde nervös. «Caleb, wehe, wenn du jetzt sagst, daß du die Idee nicht gut findest.»

«Natürlich finde ich sie nicht gut. Es ist eine völlig aberwitzige Idee. Wenn ihr mit Angus sprechen wollt, warum ruft ihr ihn dann nicht an?»

«Das will Jody nicht. Es ist viel zu kompliziert, so was am Telefon zu erklären.»

«Und außerdem», sagte Jody, «kann man Leute am Telefon nicht überreden.»

Caleb grinste trocken. «Du meinst also, man wird Angus erst überreden müssen? Das glaube ich nämlich auch. Du willst schließlich von ihm, daß er nach London kommt, sich häuslich niederläßt und seinen ganzen Lebensstil umkrempelt.»

Jody ignorierte diese Bemerkung. «Deshalb können wir eben nicht anrufen», beharrte er stur.

«Und einen Brief schicken dauert euch wohl zu lange.» Jody nickte.

«Ein Telegramm?»

Jody schüttelte den Kopf.

«Tja, damit haben wir die Alternativen anscheinend ja

schon abgehakt. Was uns zur nächsten Frage führt: Wie wollt ihr nach Schottland kommen?»

Caroline setzte mit einem – wie sie hoffte – gewinnenden Lächeln zu ihrer Rede an: «Unter anderem deshalb wollten wir das Ganze ja mit dir besprechen, Caleb. Wir brauchen schließlich ein Auto, und Dianas können wir nicht nehmen. Aber wenn wir vielleicht euren kleinen Mini haben dürften, falls ihr den ein paar Tage entbehren könntet...? Ich meine, ihr benutzt ihn doch gar nicht so oft, und wir würden natürlich höllisch darauf aufpassen.»

«Mein Auto? Was soll ich dann sagen, wenn Diana mit einem Sack voll peinlicher Fragen die Treppe heraufgestürmt kommt?»

«Zum Beispiel, daß es in der Werkstatt ist. Das wäre bloß eine klitzekleine Notlüge.»

«O nein, das hieße, das Schicksal zu provozieren. Dieses Auto hat seit sieben Jahren keine Werkstatt mehr von innen gesehen, nämlich seit ich es gekauft habe. Was ist, wenn es liegenbleibt?»

«Das riskieren wir.»

«Und Geld?»

«Hab ich genügend.»

«Und wann wollt ihr wieder zurück sein?»

«Donnerstag oder Freitag, und zwar mit Angus.»

«Dein Wort in Gottes Ohr. Was ist, wenn er keine Lust hat?»

«Das überlegen wir uns, wenn es soweit ist.»

Unschlüssig stand Caleb auf. Er spähte aus dem Fenster, ob Iris vielleicht zurückkam und ihm helfen konnte, sich aus diesem scheußlichen Schlamassel herauszuwinden. Aber sie war nirgends in Sicht. Immerhin handelte es sich um die Kinder seines besten Freundes, sagte er sich. Er seufzte. «Wenn ich mich tatsächlich breitschlagen lasse, euch zu helfen, und wenn ich euch mein Auto leihe, dann nur, weil ich finde, es wird Zeit, daß Angus mal die eine oder andere Verantwortung übernimmt. Ich finde auch, daß er zurückkommen soll.» Er wandte sich zu ihnen um. «Aber ich muß wissen, wo ihr hinfahrt. Die genaue Adresse. Und wie lange ihr ...»

«Hotel Strathcorrie Arms in Strathcorrie. Und wenn wir bis Freitag nicht wieder da sind, darfst du Diana verraten, wo wir sind. Aber nicht vorher.»

«Also gut.» Caleb nickte mit seinem Lockenkopf, als könne er ihn genausogut gleich in eine Schlinge stecken. «Abgemacht.»

Sie setzten ein Telegramm für Angus auf.

SIND DIENSTAG ABEND IN STRATHCORRIE –
WOLLEN WICHTIGEN PLAN
MIT DIR BESPRECHEN –
VIELE GRÜSSE – JODY UND CAROLINE

Als das erledigt war, schrieb Jody einen Brief, den sie Diana hinterlegen würden.

Liebe Diana,
ich habe einen Brief von Angus gekriegt, und er ist in Schottland, deshalb sind Caroline und ich hingefahren. Wir versuchen, am Freitag wieder zu Hause zu sein. Bitte mach Dir keine Sorgen.

Der Brief an Hugh war dagegen nicht so einfach, und Caroline mühte sich über eine Stunde mit der Formulierung ab.

Lieber Hugh,
wie Du vermutlich von Diana schon weißt, hat Jody einen Brief von Angus bekommen. Er ist mit dem Schiff aus Indien zurückgekehrt und arbeitet jetzt in Schottland. Wir

halten es beide für sehr wichtig, daß wir ihn noch besuchen, bevor Jody nach Kanada geht, und deshalb sind wir schon unterwegs nach Schottland, wenn Du diesen Brief liest. Wir hoffen, daß wir am Freitag wieder in London sind.

Ich wäre mit dem Plan gern zu Dir gekommen, aber Du hättest es aus Pflichtgefühl Diana erzählen müssen, und dann hätten wir uns alles ausreden lassen und Angus nie getroffen. Es bedeutet uns aber sehr viel, daß er erfährt, was wir in nächster Zeit vorhaben.

Ich weiß, es ist nicht richtig, eine Woche vor unserer Hochzeit einfach so wegzufahren, ohne Dir etwas zu erzählen. Aber wenn alles gutgeht, sind wir ja am Freitag wieder da.

Alles Liebe,
Caroline

Dienstag morgen hatte es bereits ganz leicht geschneit und dann wieder aufgehört, so daß der Boden so gesprenkelt aussah wie die Federn einer Legehenne. Der Wind pfiff allerdings unvermindert, es war immer noch eiskalt, und dem verhangenen, khakifarbenen Himmel nach zu urteilen, mußte man mit noch schlechterem Wetter rechnen.

Nach einem Blick vor die Tür kam Oliver Cairney zu dem Schluß, der Tag sei günstig, um im Haus zu bleiben und in Charles' Sachen etwas Ordnung zu schaffen. Was sich als quälendes Unterfangen entpuppte. Tüchtig und sorgfältig, wie Charles war, hatte er zwar jeden Brief und jede Rechnung, die die Farm betrafen, ordentlich abgelegt, so daß der Verkauf des Landes sich einfacher gestalten würde als befürchtet.

Doch dazwischen gab es noch einen Haufen anderer Sachen. Persönliche Dinge, Briefe und Einladungen, einen abgelaufenen Paß, Hotelrechnungen und Fotos, Charles'

Adreßbuch, den silbernen Füllfederhalter, den er zum einundzwanzigsten Geburtstag bekommen hatte, sein Tagebuch, eine Schneiderrechnung.

Oliver hatte plötzlich die Stimme seiner Mutter im Ohr, mit einem Gedicht, das sie ihnen vorgelesen hatte; von Alice Duer Miller:

Was macht man mit den Schuhen einer Frau
Wenn doch die Frau nicht mehr lebt?

Er gab sich einen Ruck, zerriß die Briefe, sortierte die Fotos, warf Siegelwachsstummel weg, Schnüre, ein kaputtes Schloß ohne Schlüssel, ein Fläschchen eingetrocknete Tusche. Um elf quoll der Papierkorb bereits über, und Oliver wollte gerade den Abfallberg in die Küche schaffen, als er hörte, wie die Haustür zuschlug. Sie war halb verglast und tönte hohl, so daß in der holzverschalten Eingangshalle ein Echo nachklang. Mit dem Papierkorb in der Hand machte er kehrt und ging dem unbekannten Besucher entgegen.

«Liz!»

Sie trug eine enge Hose, ein kurzes Pelzjäckchen und dieselbe schwarze Mütze wie am Vortag, die sie nun abnahm, um sich mit der freien Hand durch die kurzgeschnittenen dunkelbraunen Haare zu fahren. Es war eine seltsam unsichere Geste, die überhaupt nicht zu ihrer eleganten Erscheinung paßte. Ihr Gesicht schimmerte von der Kälte rosig, und sie strahlte ihn an. Sie sah hinreißend aus.

«Hallo, Oliver.»

Sie beugte sich über den Papierberg und gab ihm einen Kuß auf die Wange. «Wenn du mich nicht sehen willst, sag's einfach, dann bin ich schon wieder weg.»

«Wer sagt denn, daß ich dich nicht sehen will?»

«Ich dachte, vielleicht...»

«Nichts da, vielleicht. Komm mit, dann kriegst du eine Tasse Kaffee. Ich kann auch einen gebrauchen, und ein bißchen Gesellschaft tut mir gerade gut.»

Er ging voraus und stieß die Küchentür mit einem gekonnten Hüftschwung auf. Liz ging an ihm vorbei, mit ihren langen Beinen und der Wolke aus frischer Luft und einem Hauch Chanel Nr. 5, die sie umgab. «Setz den Kessel auf», sagte er. «Ich lade nur noch schnell den Kram hier ab.»

Er durchquerte die Küche, ging zur Hintertür hinaus in die Eiseskälte, schaffte es, den Papierkorb in die Tonne zu leeren, ohne daß allzuviel vom Wind davongeweht wurde, klappte energisch den Deckel zu und kehrte dankbar in die warme Küche zurück. Liz stand am Spülbecken, wo sie ein wenig fehl am Platze wirkte, und ließ Wasser in den Kessel laufen.

«Mein Gott, ist das eine Kälte!» sagte Oliver.

«Kann man wohl sagen. Und das nennt sich Frühling. Ich bin von Rossie Hill zu Fuß herübergelaufen, und ich dachte, ich sterbe.» Sie trug den Wasserkessel an den altmodischen Ofen, klappte den schweren Deckel auf und stellte den Kessel auf die Platte. Dann drehte sie sich um und blieb am Ofen stehen, um sich den Rücken zu wärmen. Sie sahen sich über den Raum hinweg an. Plötzlich redeten beide gleichzeitig.

«Du hast dir die Haare schneiden lassen», sagte Oliver.

«Das mit Charles tut mir so leid», sagte Liz.

Jeder stockte, um den anderen ausreden zu lassen. Dann sagte Liz leicht verlegen: «Es ist einfacher zum Schwimmen, weißt du. Ich war gerade bei einer Freundin auf Antigua.»

«Ich wollte mich bedanken, daß du gestern da warst...»

«Ich... ich war noch nie vorher auf einer Beerdigung.»

Die wimperngetuschten Augen glänzten plötzlich vor ungeweinten Tränen. Der elegante Kurzhaarschnitt lenkte den Blick auf die schöne Nackenlinie und das vom Vater geerbte energische Kinn. Liz begann, ihr Pelzjäckchen aufzuknöpfen; er bemerkte ihre braungebrannten Hände, die in gedecktem Rosa lackierten Fingernägel, einen dicken Siegelring am Finger und mehrere dünne Goldreifen um das schmale Handgelenk.

«Du bist erwachsen geworden, Liz», sagte Oliver. Nicht gerade eine passende Bemerkung.

«Natürlich, ich bin inzwischen zweiundzwanzig. Falls du nicht mitgerechnet hast.»

«Wie lang haben wir uns eigentlich nicht mehr gesehen?»

«Fünf Jahre? Mindestens fünf, glaube ich. Du bist nach London gezogen, ich nach Paris, und wenn ich zu Besuch nach Rossie Hill kam, warst du immer gerade weg.»

«Aber Charles war da.»

«Schon.» Sie fingerte am Deckel des Wasserkessels herum. «Aber falls ich Charles je aufgefallen sein sollte, hat er darüber jedenfalls kein Wort verloren.»

«Natürlich bist du ihm aufgefallen. Er konnte seine Gefühle nur nie besonders gut ausdrücken. Du warst für Charles schon immer vollkommen, auch als fünfzehnjähriges Gör mit Zöpfen und in ausgebeulten Jeans. Er hat nur darauf gewartet, daß du erwachsen wirst.»

«Ich kann es nicht fassen, daß er tot ist», sagte sie.

«Bis gestern konnte ich das auch nicht. Aber jetzt akzeptiere ich es allmählich.» Der Kessel fing an zu summen. Oliver holte Kaffeetassen, ein Glas Pulverkaffee und eine Flasche Milch aus dem Kühlschrank. «Mein Vater hat mir das mit Cairney erzählt», sagte Liz.

«Daß ich es verkaufen will, meinst du?»

«Wie bringst du das nur fertig, Oliver?»

«Weil mir nichts anderes übrigbleibt.»

«Sogar das Gutshaus? Muß das auch mit weg?»

«Was soll ich denn mit dem Haus allein?»

«Du könntest es einfach behalten, als Wochenend- und Ferienhaus, damit du noch einen Fuß auf Cairney hast.»

«Das hört sich für mich nach Verschwendung an.»

«Ach was.» Sie zögerte kurz, und dann brach es aus ihr heraus: «Wenn du verheiratet bist und Kinder hast, dann kannst du mit deiner Familie hierherziehen, und die Kinder können die ganzen herrlichen Sachen machen, die ihr früher gemacht habt. Sich richtig austoben, Baumhäuser in der Buche bauen und Pferde haben...»

«Wer sagt denn, daß ich heiraten will?»

«Mein Vater hat gesagt, du wolltest heiraten, wenn du für alles andere zu alt bist.»

«Dein Vater erzählt dir viel zuviel.»

«Wie meinst du das?»

«Hat er schon immer. Er hat dich verwöhnt und dir seine ganzen kleinen Geheimnisse anvertraut. Du warst ein verwöhntes kleines Biest, weißt du das?»

Sie grinste. «Das klingt aber gar nicht nett, Oliver.»

«Ich habe keine Ahnung, wie du überhaupt lebend da rausgekommen bist. Ein Einzelkind mit Eltern, die dich abgöttisch geliebt und nicht einmal zusammengelebt haben, so daß du zwischen zwei Menschen hin und her pendeln konntest, die dir vollkommen ergeben waren. Und als ob das nicht genügt hätte, hattest du auch noch Charles, der dich nach Strich und Faden verwöhnt hat.»

Das Wasser kochte, und er nahm den Kessel vom Ofen. Liz deckte die altmodische Ofenplatte wieder zu. «Was man von dir nicht behaupten konnte.»

«Das wäre ja noch schöner gewesen.» Er goß den Pulverkaffee auf.

«Du hast mich überhaupt nie bemerkt. Ich sollte dir gefälligst nicht vor den Füßen herumlaufen.»

«Tja, da warst du auch noch eine Göre, nicht so elegant wie

jetzt. Ich habe dich gestern überhaupt nicht erkannt. Erst als du die Sonnenbrille abgenommen hast. Und da war ich baff.»

«Ist der Kaffee jetzt fertig?»

«Ja. Komm, trink, bevor er kalt wird.»

Sie saßen sich am blankgescheuerten Küchentisch gegenüber. Liz hielt ihre Kaffeetasse mit beiden Händen, als hätte sie immer noch kalte Finger, und warf ihm einen provozierenden Blick zu.

«Wir waren bei deinen Heiratsplänen stehengeblieben.»

«Wir? Du vielleicht.»

«Wie lange bleibst du auf Cairney?»

«Bis alles geregelt ist. Und du?»

Liz zuckte die Achseln. «Ich sollte eigentlich schon in London sein. Meine Mutter und Parker sind geschäftlich ein paar Tage dort. Als ich vom Flughafen hier ankam, habe ich gleich angerufen, um ihr das mit Charles zu erzählen. Sie wollte mich überreden, sofort zu ihnen zu fahren, aber ich hab ihr erklärt, daß ich zur Beerdigung hier sein will.»

«Jetzt weiß ich immer noch nicht, wie lang du auf Rossie Hill bleibst.»

«Ich hab keine festen Pläne.»

«Dann bleib doch eine Weile.»

«Würde dich das freuen?»

«Ja.»

Als er das ausgesprochen hatte, war das Eis zwischen ihnen endgültig gebrochen. Sie saßen noch eine Weile zusammen und vergaßen vor lauter Gesprächsstoff die Zeit. Erst als die Standuhr in der Diele zwölf schlug, horchte Liz auf. Sie sah auf ihre Armbanduhr. «Das darf nicht wahr sein – ist es wirklich schon so spät? Ich muß gehen.»

«Wohin denn?»

«Zum Lunch. So ein altmodischer kleiner Imbiß, weißt du noch, oder nimmst du diese Mahlzeit nicht mehr zu dir?»

«O doch.»

«Dann komm doch mit und iß bei uns.»

«Ich fahr dich gern nach Hause, aber zum Essen bleibe ich nicht.»

«Warum nicht?»

«Weil ich schon den ganzen Vormittag mit dir verquasselt habe, und dabei habe ich tausenderlei Dinge zu erledigen.»

«Dann eben zum Abendessen. Heute?»

Er überlegte einen Moment und fragte dann: «Würde morgen auch gehen?»

Sie zuckte die Achseln, ganz weibliche Fügsamkeit. «Wie du möchtest.»

«Morgen würde mir ausgezeichnet passen. So um acht?»

«Ein bißchen früher, wenn du vorher noch einen Aperitif möchtest.»

«Gut, Viertel vor acht. Hast du deine Jacke? Ich fahr dich nach Hause.»

Sein Wagen war dunkelgrün, klein, tiefliegend und sehr schnell. Sie saß mit den Händen in den Jackentaschen neben ihm, starrte auf die kahle schottische Landschaft hinaus und spürte die körperliche Nähe dieses Mannes so sehr, daß es fast weh tat.

Er hatte sich verändert, und doch wieder nicht. Älter war er geworden. Er hatte Falten im Gesicht, die früher noch nicht dort gewesen waren, und ganz tief in den Augen einen Ausdruck, der ihr fremd vorkam – als lasse sie sich auf eine Affäre mit einem völlig fremden Menschen ein. Und doch war es derselbe alte Oliver: lässig, niemals bereit, sich festzulegen, unverwundbar.

Für Liz hatte es immer nur Oliver gegeben. Charles war nur die Ausrede für ihre häufigen Besuche auf Cairney gewesen. Liz hatte ihr schlechtes Gewissen damit beruhigt, daß Charles sich immer freute, wenn sie kam, und sie ermunterte, recht oft vorbeizuschauen. Doch im Grunde kam sie wegen Oliver.

Charles war der eher bodenständige Typ, kräftig, rotblond und sommersprossig. Oliver dagegen duftete nach der großen weiten Welt. Charles brachte Zeit und Geduld für einen schlaksigen Teenager auf; er zeigte ihr, wie man eine Angel auswirft, wie man beim Tennis aufschlägt; er half ihr, den ersten richtigen Ball durchzustehen und brachte ihr beim Reel die Grundschritte bei. Während sie die ganze Zeit nur Augen für Oliver gehabt und inständig gehofft hatte, er würde sie einmal auffordern.

Was er allerdings nie tat. Es gab nämlich immer eine andere, irgendein fremdes Mädchen, das er aus England mitgebracht hatte. *Wir kennen uns von der Universität, von einer Party, über unseren gemeinsamen Freund Sowieso.* Im Lauf der Jahre kam eine stattliche Anzahl zusammen. Oliver und seine Freundinnen waren ein Standardwitz in der Umgebung. Liz fand das Ganze allerdings überhaupt nicht lustig. Sie beobachtete das Treiben aus dem Hintergrund, haßte jedes einzelne dieser Mädchen und stellte sich vor, wie sie die hübschen Larven mit glühenden Nadeln durchspießte. Mit anderen Worten: Sie war gebeutelt vom ganzen Elend einer Teenager-Eifersucht.

Nach der Trennung ihrer Eltern war es Charles gewesen, der Liz geschrieben und sie über alles Wissenswerte von Cairney auf dem laufenden gehalten hatte. Doch es war Olivers Foto, das sie in einem Geheimfach in ihrer Börse immer bei sich trug, ein kleiner, verwackelter Schnappschuß, den sie selbst aufgenommen hatte.

Auf dem Beifahrersitz neben ihm schielte sie nun vorsichtig nach rechts. Die beiden Hände auf dem lederumwickelten Lenkrad hatten lange Finger mit breiten, eckigen Fingernägeln. In Daumennähe war eine Narbe, und sie erinnerte sich daran, wie er sich an einem neuen Stacheldrahtzaun die Hand aufgerissen hatte. Unauffällig ließ sie die Augen an seinem Arm entlang nach oben wandern. Er spürte ihren Blick, wandte den Kopf und lächelte ihr zu, mit seinen strahlendblauen Augen.

«Schon mal einen Mann am Steuer gesehen?» fragte er lachend, doch Liz gab keine Antwort. Sie dachte an ihre Ankunft in Prestwick, als ihr Vater sie am Flughafen abgeholt hatte. *Charles hatte einen Unfall. Er ist tot.* Im ersten Augenblick konnte sie es nicht fassen, es war, als hätte man ihr den Boden unter den Füßen weggezogen und sie stünde vor einem riesigen Loch. «Und Oliver?» hatte sie schwach gefragt.

«Oliver ist auf Cairney. Beziehungsweise müßte inzwischen dort sein; er ist heute von London heraufgefahren. Am Montag ist die Beerdigung...»

Oliver ist auf Cairney. Charles, der liebe, nette, geduldige Charles war tot, doch Oliver lebte, und er war auf Cairney. Nach all den Jahren sollte sie ihn wiedersehen. Auf der ganzen Fahrt bis Rossie Hill ging ihr dieser Gedanke nicht mehr aus dem Kopf. *Ich sehe ihn wieder. Morgen und übermorgen und überübermorgen auch.* Sie rief ihre Mutter in London an und erzählte ihr das mit Charles, doch als Elaine sie überreden wollte, die Trauer Trauer sein zu lassen und zu ihr zu kommen, lehnte sie ab. Die Entschuldigung hatte sie schnell parat.

«Ich muß hierbleiben. Papa... und die Beerdigung...» Dabei hatte sie die ganze Zeit genau gewußt, daß sie nur wegen Oliver blieb.

Und wie durch ein Wunder hatte es geklappt. Sie war sich ihrer Sache sicher gewesen, als Oliver auf dem Friedhof sich plötzlich ohne ersichtlichen Grund umgedreht und ihr in die Augen gesehen hatte. Mit einem überraschten Ausdruck im Gesicht, der sofort in Bewunderung umschlug. Inzwischen war er ihr nicht mehr haushoch überlegen, sie waren sich jetzt ebenbürtig. Und – was einerseits traurig war, die Sache andererseits aber erleichterte – man mußte keine Rücksicht mehr auf Charles nehmen. Auf den guten Charles, den lästigen Charles, immer zur Stelle, wie ein treuer Hund, der darauf wartet, daß man mit ihm Gassi geht.

Sie ließ ihrer ungestümen Phantasie freien Lauf und gönnte sich den einen oder anderen Zukunftstraum. Eine Hochzeit auf Cairney, eine kleine Landhochzeit in der hiesigen Kirche vielleicht, nur mit ein paar Freunden. Anschließend eine Hochzeitsreise nach –? Antigua wäre genau das Richtige. Dann nach London zurück. Er hatte dort ja bereits eine Wohnung; die könnten sie gut als Basis für die Suche nach einem Haus benutzen. Und – eine phantastische Idee! – ihr Vater sollte ihr das Cairneysche Gutshaus zur Hochzeit schenken, dann konnte das Szenario, das sie für Oliver vorhin so beiläufig entworfen hatte, Wirklichkeit werden. Sie sah schon vor sich, wie sie zu zweit an langen Wochenenden herfuhren, den Sommer hier verbrachten, später die Ferien mit den Kindern, Gäste einluden, rauschende Feste feierten...

«Du bist plötzlich so still», sagte Oliver.

Mit einem Ruck kehrte Liz in die Wirklichkeit zurück. Sie waren fast zu Hause; der Wagen rauschte schon die Buchenallee hinauf. Über ihnen knarzten nackte Äste im unbarmherzigen Wind. Vor der Haustür hielten sie an.

«Ich war bloß in Gedanken», sagte Liz. «Nichts weiter. Vielen Dank fürs Heimfahren.»

«Vielen Dank, daß du herübergekommen bist und mich aufgeheitert hast.»

«Und morgen kommst du zum Abendessen?»

«Ich freue mich schon darauf.»

«Viertel vor acht?»

«Viertel vor acht.»

Sie lächelten sich zu. Dann beugte er sich hinüber, um ihr die Tür zu öffnen. Liz stieg aus und lief die vereisten Stufen zur Veranda hinauf. Dort drehte sie sich um und wollte ihm noch nachwinken, doch sie sah nur noch die Rücklichter von Olivers Wagen in Richtung Cairney verschwinden.

Am Abend wurde Liz in der Badewanne von einem Anruf aufgeschreckt. Sie wickelte sich ein großes Handtuch um und nahm den Hörer ab. Es war ihre Mutter aus London.

«Elizabeth?»

«Hallo, Mama.»

«Wie geht's dir, mein Schatz? Wie läuft denn alles?»

«Ach, wunderbar. Perfekt. Ideal.»

So eine muntere Antwort hatte Elaine nicht gerade erwartet. Sie klang verwirrt. «Warst du denn nicht auf der Beerdigung?»

«Doch, doch, es war schauderhaft, ich mußte mich sehr zusammennehmen.»

«Dann komm doch nach London. Wir sind noch ein paar Tage hier.»

«Ich kann noch nicht weg...» Liz zögerte. Sonst schwieg sie sich über ihre persönlichen Angelegenheiten aus. Elaine beklagte sich ständig, sie erfahre nie etwas vom Leben ihrer eigenen Tochter. Doch plötzlich verspürte Liz das Bedürfnis, ihrer Mutter alles zu erzählen. Die aufregenden Ereignisse von heute und die Aussichten auf die nahe Zukunft waren einfach zu spannend; wenn sie nicht bald irgend jemandem von Oliver erzählte, würde sie platzen. Und schon sprudelte es aus ihr heraus: «Oliver ist nämlich gerade hier. Und morgen abend kommt er zum Essen.»

«Oliver? Oliver Cairney?»

«Natürlich Oliver Cairney. Was für einen Oliver kennen wir denn sonst?»

«Du meinst, wegen Oliver...?»

«Genau. Wegen Oliver.» Liz lachte. «Ach Mama, sei doch nicht so begriffsstutzig.»

«Aber ich dachte immer, daß du Char...»

«Da hast du dich eben getäuscht», sagte Liz schnippisch.

«Und was sagt Oliver dazu?»

«Na ja, er wirkt nicht gerade abgeneigt.»

«Tja, also...» Elaine wußte offensichtlich nicht, was sie sagen sollte. «Das habe ich nun wirklich nicht erwartet. Aber wenn du glücklich bist...»

«Allerdings, das kannst du mir glauben.»

«Nun, dann halte mich auf dem laufenden», bat ihre Mutter schwach.

«Mach ich.»

«Und sag mir Bescheid, wann du nach London kommst.»

«Wir kommen wahrscheinlich gemeinsam», sagte Liz, das Bild bereits vor Augen. «Vielleicht fahren wir zusammen mit dem Auto.»

Schließlich hängte ihre Mutter ein. Liz legte den Hörer auf, zog sich das Badetuch fester um die Schultern und tappte ins Bad zurück. Oliver. Immer wieder sagte sie seinen Namen vor sich hin. Oliver Cairney. Sie stieg in die Wanne und drehte mit den Zehen den Warmwasserhahn auf. Oliver.

Die Fahrt Richtung Norden war wie eine Reise gegen die Zeit. Der Frühling ließ dieses Jahr zwar überall auf sich warten, aber in London hatte es wenigstens schon Spuren von Grün gegeben, die ersten Blätterspitzen an den Bäumen im Park, die ersten gelben Krokusse. In den Blumenkästen in der Stadt blühten Narzissen und lila Iris, und in den Schaufenstern der Kaufhäuser waren Sommerkleider ausgestellt, die Hoffnungen auf eine bunte Welt mit Ferien, Kreuzfahrten und strahlendblauem Himmel weckten.

Die Autobahn nach Norden schnitt dagegen durch flaches Land, das immer grauer, kälter und karger wurde. Die Straßen waren naß und schmutzig. Jeder Lastwagen, der vorbeifuhr – und Calebs Auto wurde praktisch von allem überholt, was vier Räder hatte –, schleuderte eine braune Dreckfontäne auf die Windschutzscheibe, so daß die Scheibenwischer Überstunden machen mußten. Zu allem Übel ging auch kein Fenster richtig zu, und die Heizung war entweder kaputt oder reagierte nur auf irgendeinen Trick, auf den weder Jody noch Caroline kamen. Jedenfalls funktionierte sie nicht.

Trotz dieser widrigen Umstände war Jody bester Laune. Er studierte die Karte, sang und stellte komplizierte Berechnungen zu Meilenstand und Durchschnittsgeschwindigkeit an, mit eher deprimierendem Ergebnis allerdings.

«Ein Drittel haben wir schon.» – «Jetzt haben wir die Hälfte geschafft.» Und dann: «Jetzt sind es nur noch fünf Meilen bis Scotch Corner. Warum nennt sich das wohl Scotch Corner, wo es doch noch gar nicht in Schottland liegt?»

«Vielleicht muß man da anhalten und kriegt einen Scotch spendiert?»

Jody lachte sich kaputt. «Sag mal, eigentlich war doch von unserer ganzen Familie noch keiner in Schottland. Wieso Angus wohl ausgerechnet dahin gegangen ist?»

«Das können wir ihn ja bald selber fragen.»

«Genau», sagte Jody fröhlich. Er griff nach hinten und holte den Rucksack, den sie wohlweislich mit Proviant vollgepackt hatten. «Was möchtest du jetzt? Wir haben noch ein Schinkensandwich, einen ziemlich angeschlagenen Apfel und ein paar Schokoladenkekse.»

«Danke, ich hab im Moment gar keinen Hunger.»

«Macht es dir was aus, wenn ich das Schinkensandwich esse?»

«Überhaupt nicht.»

Hinter Scotch Corner fuhren sie auf die A 68; das kleine Auto fraß sich tapfer durch die düstere Moorlandschaft von Northumberland, durch Otterburn und weiter bis Carter Bar. Die Straße wand sich in Serpentinen die steile Steigung hinauf, und schließlich hatten sie den letzten Kamm erreicht, die Grenzmarkierung passiert. Schottland lag vor ihnen.

«Wir sind da», verkündete Jody höchst zufrieden. Doch Caroline sah nur eine graue, wellige Landschaft vor sich, und in der Ferne eine schneebedeckte Hügelkette.

«Du meinst doch wohl nicht, daß es schneien könnte?» fragte sie besorgt. «Es ist furchtbar kalt.»

«Ach, doch nicht jetzt im Frühling.»

«Und was liegt da vorn auf den Hügeln?»

«Ein Rest vom Winter, bloß noch nicht geschmolzen.»

«Der Himmel sieht aber furchtbar düster aus.»

Das stimmte. Jody runzelte die Stirn. «Wär das schlimm, wenn es schneien würde?»

«Keine Ahnung. Wir haben jedenfalls keine Winterreifen, und ich bin noch nie bei so einem Wetter gefahren.»

Nach einer kurzen Pause sagte Jody: «Ach, wird schon schiefgehen», und nahm sich die Karte wieder vor. «Als nächstes müssen wir jetzt nach Edinburgh.»

Als sie ankamen, war es fast dunkel, und in der zugigen Stadt gingen die Lichter an. Natürlich verfuhren sie sich zunächst, fanden dann aber unter den tausend Einbahnstraßen doch die richtige, die sie auf die Autobahn aus der Stadt in Richtung Brücke brachte. Ein letztes Mal hielten sie an, um zu tanken und Öl nachzufüllen. Während der Tankwart das Wasser kontrollierte und dann die verdreckte Windschutzscheibe mit einem nassen Schwamm bearbeitete, stieg Caroline aus, um sich die Beine zu vertreten.

«Kommen Sie von weither?» fragte der Tankwart, der den betagten Mini mit einigem Interesse betrachtete.

«Aus London.»

«Und wohin geht die Reise?»

«Wir möchten nach Strathcorrie, in Perthshire.»

«Da haben Sie aber noch ein ganz schönes Stück vor sich.»

«Das ist uns schon klar.»

«Sie fahrn direkt ins schlechte Wetter rein.» Jody gefiel der komische schottische Akzent, und er übte ihn leise vor sich hin.

«Wirklich?»

«Ich hab gerade den Wetterbericht gehört, es soll wieder schneien. Da müssen Sie aufpassen. Ihre Reifen...» – er stieß mit der Stiefelspitze gegen das linke Vorderrad – «Ihre Reifen sind nicht mehr die besten.»

«Ach, das wird schon gehen.»

«Jedenfalls, wenn Sie im Schnee steckenbleiben, denken Sie an die goldene Regel: Auf keinen Fall aus dem Auto aussteigen.»

«Ist gut. Machen wir.»

Sie bezahlten, bedankten sich und machten sich wieder auf den Weg. Der Tankwart sah ihnen kopfschüttelnd nach und konnte sich wieder einmal nicht genug über die Unvernunft der Engländer wundern.

Vor ihnen tauchte die Forth Bridge auf, mit blinkenden Warnlichtern: LANGSAM! HEFTIGER SEITENWIND. Sie bezahlten den Zoll und ratterten hinüber, vom Wind gebeutelt und durchgerüttelt. Drüben ging die Autobahn nach Norden weiter, aber es war so stürmisch und finster, daß sie über den schwachen Scheinwerferkegel hinaus nichts von der Landschaft erkennen konnten.

«Ein Jammer», sagte Jody. «Da sind wir in Schottland, und man sieht nichts. Nicht mal den kleinsten Schottenrockzipfel.»

Aber Caroline brachte kein Lächeln zustande. Sie fror, war

erschöpft und machte sich Sorgen wegen des Wetters und des drohenden Schnees. Mit einemmal war das Abenteuer keines mehr, sondern einfach eine riesengroße Dummheit.

Zu schneien begann es hinter Relkirk. Vom Wind getrieben, kamen ihnen aus der Dunkelheit die Schneeflocken in langen, blendendweißen Streifen entgegengeschossen.

«Wie Flak», sagte Jody.

«Wie was?»

«Flak. Flugabwehrfeuer. In Kriegsfilmen. Das sieht genauso aus.»

Erst blieb der Schnee nicht auf der Straße liegen. Doch als sie in die Hügelkette hinauffuhren, wurde er sogar ziemlich tief, lag in Mulden und auf Mäuerchen, vom Wind zu großen, kissenförmigen Schneewehen aufgetürmt. Er klebte an der Windschutzscheibe und setzte sich unter den Scheibenwischern fest, bis sie überhaupt nicht mehr funktionierten. Caroline mußte anhalten, so daß Jody aussteigen und mit einem alten Handschuh die Scheibe freiräumen konnte. Naß und bibbernd stieg er wieder ein.

«Meine Schuhe sind total durchnäßt. Es ist eisig.»

Sie fuhren weiter. «Wieviel Meilen haben wir noch?» Ihr Mund war vor Angst ganz ausgetrocknet, die kalten Finger umklammerten das Lenkrad. Sie befanden sich anscheinend in einer vollkommen unbewohnten Gegend, kein Licht weit und breit, keine Häuser, kein anderes Auto, nicht einmal eine Reifenspur auf der Straße.

Jody knipste die Taschenlampe an und studierte die Karte. «Ungefähr acht, würde ich sagen. Noch acht Meilen bis Strathcorrie.»

«Und wie spät ist es?»

Er sah auf die Uhr. «Halb elf.»

Soeben hatten sie eine kleine Anhöhe überwunden, nun

ging es auf einer schmalen Straße zwischen zwei Steinmauern bergab. Caroline schaltete in einen niedrigeren Gang, und als sie immer schneller rollten, bremste sie sacht, jedoch nicht sacht genug, so daß der Mini ins Schleudern geriet. Einen entsetzlichen Augenblick lang spürte sie, daß sie die Herrschaft über den Wagen verloren hatte. Vor ihnen tauchte eine Mauer auf, dann versanken die Vorderreifen mit einem dumpfen Schlag in einer Schneewehe, und sie blieben abrupt stehen. Mit zitternden Händen ließ Caroline den Motor wieder an. Sie schaffte es irgendwie, die Räder aus dem Schnee und das Auto zurück auf die Straße zu manövrieren. Im Schneckentempo fuhren sie weiter.

«Ist es gefährlich?» fragte Jody.

«Ich fürchte, schon. Wenn wir bloß Winterreifen hätten.»

«Caleb hätte auch keine Winterreifen, wenn er am Nordpol wohnen würde.»

Inzwischen fuhren sie durch ein tiefes Tal an einer Schlucht entlang, aus der man über das Geheul des Windes hinweg einen Fluß gurgeln und rauschen hörte. Die Straße führte auf eine steile Bogenbrücke zu. Aus Angst, die Steigung nicht zu schaffen, nahm Caroline sie mit Anlauf und erkannte zu spät, daß die Straße auf der anderen Seite eine scharfe Rechtskurve machte. Geradeaus stand nur eine nackte Steinmauer.

Jody japste nach Luft. Sie riß das Lenkrad herum, doch es war schon zu spät. Das kleine Auto machte plötzlich, was es wollte, rutschte direkt auf die Mauer zu und versank mit der Nase in einem tiefen Schneegraben. Der Motor starb sofort ab, und dann steckten sie quer zur Straße fest, die Hinterräder noch auf der Fahrbahn, aber Scheinwerfer und Kühlergrill hoffnungslos im Schnee versunken.

Ohne die Scheinwerfer war es dunkel. Caroline streckte die Hand aus, um Licht und Zündung auszuschalten. Zitternd drehte sie sich zu Jody um. «Hast du dir weh getan?»

«Bloß den Kopf ein bißchen angehauen, sonst ist alles klar.»

«Entschuldige.»

«Du kannst doch nichts dafür.»

«Vielleicht hätten wir besser früher angehalten. Und wären in Relkirk geblieben.»

Jody äugte in die tobende Finsternis hinaus. Tapfer erklärte er: «Also, ich glaub, das ist ein Blizzard. So was hab ich noch nicht erlebt. Der Mann an der Tankstelle hat gesagt, wir sollen im Auto sitzen bleiben.»

«Das geht nicht. Es ist viel zu kalt. Warte du hier, ich seh mich mal um.»

«Verlauf dich nicht.»

«Gib mir die Taschenlampe.»

Sie knöpfte ihre Jacke zu und stieg vorsichtig aus, versank erst bis zu den Knien im Schnee und kletterte dann auf die Straße hoch, bis sie festen Boden unter den Füßen spürte. Es war naß und eiskalt, und trotz der Taschenlampe sah sie in dem dichten Schneegestöber kaum die Hand vor den Augen. Die wirbelnden Flocken hielten einen zum Narren; man sah nichts mehr und konnte leicht vollkommen die Orientierung verlieren.

Sie ging ein paar Schritte auf der Straße und leuchtete die Steinmauer ab, die ihnen zum Verhängnis geworden war. Nach ungefähr zehn Metern wölbte sich die Mauer nach innen und mündete in eine Art Einfahrt. Sie folgte der Biegung, bis sie an einen Torpfosten und ein Holztor kam. Es stand offen. Ganz oben hing ein Schild. Mit zusammengekniffenen Augen leuchtete Caroline gegen den Schnee hinauf und entzifferte mühsam die Aufschrift: CAIRNEY. PRIVAT.

Sie knipste die Taschenlampe aus und starrte in die Finsternis hinter dem Tor. Dort lag offenbar eine Allee; sie hörte, wie der Wind hoch droben durch kahle Äste heulte, und dann erspähte sie, ganz in der Ferne, durch das Gewirbel der Flokken hindurch, ein einzelnes Licht.

Sie drehte sich um und kämpfte sich so schnell wie möglich zu Jody zurück. Mit einem Ruck riß sie die Beifahrertür auf. «Wir haben Glück!»

«Wieso?»

«Diese Mauer, die gehört zu einem Gut oder einem Hof oder irgendwas. Da vorn ist ein Tor und eine Einfahrt. Und man sieht ein Licht. Es ist höchstens eine halbe Meile hin.»

«Aber der Mann an der Tankstelle hat gesagt, wir sollen im Auto bleiben.»

«Wenn wir hierbleiben, erfrieren wir. Komm, es stürmt und schneit zwar fürchterlich, aber wir schaffen es schon, es ist nicht so weit. Laß den Rucksack hier, nimm bloß die Taschen. Und mach deine Jacke zu.»

Er gehorchte und kletterte mit Mühe aus dem schräg stehenden Auto. Man durfte jetzt vor allem keine Zeit verlieren, soviel war Caroline klar. In ihren Londoner Frühlingssachen waren weder sie noch Jody für diese Polarkälte gerüstet. Beide trugen Jeans und dünne Schuhe; Caroline hatte eine Wildlederjacke und ein Baumwolltuch, das sie sich um den Kopf schlingen konnte, aber Jodys blaue Windjacke war erbärmlich dünn, und für den Kopf hatte er gar nichts.

«Willst du das Tuch um den Kopf?» Der Wind riß ihr die Worte aus dem Mund.

Er war empört. «Ach Quatsch!»

«Kannst du deine Tasche tragen?»

«Natürlich.»

Das Auto war bereits dick verschneit, die Konturen hatten sich verwischt, und bald würde es vollkommen eingeschneit und nicht mehr zu erkennen sein.

«Meinst du, da fährt jemand drauf?»

«Das glaub ich nicht. Außerdem können wir sowieso

nichts machen. Selbst wenn wir das Licht anlassen, deckt der Schnee es doch einfach zu.» Sie nahm ihn an der Hand. «Jetzt komm, reden wir nicht so viel, wir müssen uns beeilen.»

Sie führte ihn zu der Einfahrt, indem sie ihren eigenen, immer schwerer erkennbaren Fußspuren nachging. Hinter dem Tor tauchte die Dunkelheit in einen schwarzen, schneeflimmernden Tunnel. Doch das Licht war noch da – ein bloßer Stecknadelkopf in der Ferne. Hand in Hand, die Köpfe gegen den Sturm gesenkt, machten sie sich auf den Weg.

Es war eine unheimliche Wanderung. Sie hatte sämtliche Elemente gegen sich. In Sekundenschnelle waren sie klatschnaß und schlotterten vor Kälte. Die kleinen Reisetaschen, die ihnen so leicht vorgekommen waren, wogen mit jedem Schritt mehr. Der schwere, nasse Schnee fiel darauf und setzte sich wie Kleister daran fest. Hoch über ihnen knarrten die kahlen Äste unter den peitschenden Sturmböen. Ab und zu hörte man, wie einer abbrach, auf dem Boden aufschlug und krachend zersplitterte.

Jody wollte etwas sagen. «Hoffentlich...» Mit eingefrorenen Backen und klappernden Zähnen brachte er den Satz schließlich heraus. «Hoffentlich fällt uns kein Baum drauf.»

«Das hoff ich auch.»

«Und mein Anorak soll angeblich wasserdicht sein.» Er klang vorwurfsvoll. «Ich bin aber schon klatschnaß.»

«Das ist ein Blizzard, Jody, und kein Sommerregen.»

Das Licht brannte immer noch, ein bißchen heller vielleicht und ein bißchen näher, aber mittlerweile kam es Caroline vor, als wären sie seit Ewigkeiten unterwegs. Es war wie eine endlose Reise in einem Alptraum, einem tanzenden Irrlicht folgend, das man nie ganz erreicht. Sie hatte die Hoffnung, irgendwo anzukommen, bereits aufgegeben, als sich die Finsternis plötzlich lichtete, das Rauschen der Bäume hinter ihnen leiser wurde und sie begriff, daß sie am Ende der Auffahrt angelangt waren. Im selben Moment verschwand das Licht hinter einem unförmigen Gebilde, das nach einer Gruppe verschneiter Rhododendronsträucher aussah. Doch als sie sich daran vorbeigetastet hatten, tauchte es wieder auf, und jetzt war es ganz nah. Sie stolperten über einen Schneehaufen. Jody wäre fast gestürzt, und Caroline zog ihn am Ärmel wieder hoch.

«Keine Angst, wir sind auf einer Wiese oder so, wahrscheinlich gehört sie zu einem Garten.»

«Komm», sagte Jody. Mehr brachte er nicht heraus.

Jetzt nahm das Licht Gestalt an; es drang aus einem Fenster im ersten Stock durch die offenen Vorhänge. Sie stapften über eine freie Fläche auf das Haus zu. Dunkel ragte es vor ihnen auf; die Konturen waren zwar vom Schnee verwischt, aber inzwischen erkannte man noch weitere Lichter, die im Erdgeschoß durch schwere Vorhänge schwach nach außen schimmerten.

«Es ist riesig», flüsterte Jody.

Das war es allerdings. «Um so mehr Platz für uns», sagte Caroline, war sich aber nicht sicher, ob Jody das gehört hatte. Sie ließ seine Hand los und kramte mit steifgefrorenen Fingern in ihrer Jacke nach der Taschenlampe. Der schwache Schein fiel auf eine verschneite Steintreppe, die in die schwarzen Tiefen einer Veranda hinaufführte. Sie stiegen hinauf, und mit einem Schlag waren sie aus dem Schneegestöber heraus. Der Strahl der Taschenlampe wanderte über die Haustür und blieb an einem schmiedeeisernen Klingelzug hängen. Caroline stellte ihre Tasche ab und zog daran. Er ging steif und schwer und bewirkte offensichtlich nicht das Geringste. Sie probierte es noch einmal, mit etwas mehr Kraft, und diesmal klingelte es, hohl und fern, irgendwo im hinteren Teil des Hauses.

«Jedenfalls geht sie.» Sie drehte sich zu Jody um und streifte dabei unabsichtlich mit dem Lichtkegel Jodys Gesicht. Er war grau vor Kälte, die Haare klebten ihm am Kopf, und er klapperte erbärmlich mit den Zähnen. Sie machte die Lampe aus, legte ihm den Arm um die Schultern und zog ihn an sich. «Jetzt wird alles wieder gut.»

«Hoffentlich», sagte Jody kläglich. «Nicht, daß so ein gräßlicher Butler kommt – ‹Sir, Sie haben geklingelt?› – wie in den Horrorfilmen immer.»

Das hoffte Caroline auch. Sie wollte gerade ein zweites Mal läuten, als sie Schritte hörte. Ein Hund bellte, und eine tiefe Stimme befahl ihm, ruhig zu sein. Lichter flammten in den schmalen Fenstern zu beiden Seiten der Tür auf, die Schritte kamen näher, und dann öffnete die Tür sich mit einem Ruck, und ein Mann mit einem hechelnden Labrador an der Seite stand vor ihnen.

«Sei ruhig, Lisa», sagte er zu dem Hund. Und dann: «Ja, bitte?»

Caroline machte den Mund auf, aber es wollte ihr nichts einfallen. Sie stand einfach da, einen Arm um Jody, und vielleicht war das das beste, was sie machen konnte, denn ohne ein weiteres Wort wurde ihre Tasche hochgehoben, sie wurden beide ins Haus gezogen, und dann fiel die schwere Tür ins Schloß, und die Sturmnacht blieb draußen.

Der Alptraum war vorbei. Sie spürten die Wärme des Hauses. Sie waren in Sicherheit.

4

Was Oliver in seiner Verblüffung als erstes auffiel, war ihr Alter. Was hatten zwei Kinder bei einem solchen Wetter nachts um halb zwölf draußen verloren? Wo kamen sie mit diesen Reisetaschen her, und wo um alles in der Welt wollten sie hin? Noch während ihm diese Fragen durch den Kopf schossen, begriff er, daß man sie auf später verschieben mußte. Im Augenblick war nur wichtig, daß die beiden aus ihren nassen Kleidern und in die heiße Badewanne kamen, sonst würden sie sich noch den Tod holen.

Deshalb verschwendete er keine Zeit mit langen Erklärungen, sondern sagte nur: «Kommt mit.» Er drehte sich um und lief im Sturmschritt die Treppe hinauf. Nach kurzem Zögern folgten sie ihm. Er überlegte blitzschnell. Es gab zwei Bäder. Zuerst ging er in sein eigenes, machte Licht, steckte den Stöpsel in die Wanne, drehte das warme Wasser auf und dankte dem Himmel dafür, daß zu den Dingen, die in diesem alten Haus tatsächlich bestens funktionierten, die Warmwasserinstallation gehörte.

«Du gehst hier rein», wies er das Mädchen an. «Setz dich so schnell wie möglich in die Wanne und bleib drin, bis dir wieder warm ist. Und du...» – er faßte den schlotternden Jungen am Arm, der vor lauter Nässe und Kälte alles willenlos mit sich geschehen ließ – «...du kommst mit hier rüber.» Er bugsierte ihn den langen Flur vor sich her zu dem Bad hinter dem alten Kinderzimmer. Das hatte zwar seit einiger Zeit keiner mehr benutzt, es war aber dank der Wasserrohre einigermaßen warm. Oliver zog die alten, verschossenen Vorhänge mit den Beatrix-Potter-Figuren zu und drehte auch hier das heiße Wasser auf.

Der Junge nestelte bereits an seinen Anorakknöpfen.

«Schaffst du das allein?»

«Ja, danke.»

«Ich komme gleich wieder.»

«Gut.»

Er überließ den Jungen sich selbst. Vor der Tür blieb er einen Augenblick stehen und überlegte, was als nächstes zu tun sei. Natürlich mußten die beiden hier übernachten, sie konnten um diese Zeit ja nirgends mehr hin. Also machte er kehrt und ging den Korridor wieder zurück, ins ehemalige Elternschlafzimmer, das Charles als Gästezimmer benutzt hatte. Es war zwar eiskalt, doch darin stand ein elektrischer Heizstrahler, der schnell funktionierte. Oliver zog die schweren Vorhänge zu, deckte das Bett auf und stellte zu seiner Erleichterung fest, daß Mrs. Cooper es frisch bezogen hatte, und zwar mit der besten Bettwäsche und den Kopfkissenbezügen mit Hohlsaum. Vom Gästezimmer führte eine Tür in ein kleines ehemaliges Ankleidezimmer, in dem ein Einzelbett stand, das zum Glück ebenfalls bezogen war; allerdings war es auch dort wieder sehr kalt. Nachdem er erneut Vorhänge zugezogen und Heizstrahler angedreht hatte, ging er wieder nach unten, nahm die beiden kleinen Reisetaschen, die in der Eingangshalle stehengeblieben waren, und trug sie in die Bibliothek. Das Feuer im Kamin war fast ausgegangen. Er hatte schon ins Bett gehen wollen, als ihn die Klingel vorhin aufschreckte, aber jetzt schürte er wieder kräftig nach und stellte dann ein kupfernes Kamingitter vor die prasselnden Funken.

Er zog den Reißverschluß an der einen Tasche auf und holte einen blauweiß gestreiften Schlafanzug, ein Paar Pantoffeln und einen grauen, wollenen Morgenmantel heraus.

Die Sachen waren etwas feucht, also hängte er sie zum Trocknen über das Kamingitter, wobei er sich vorkam wie ein fürsorgliches Kindermädchen. In der anderen Reisetasche fand sich nichts auch nur annähernd so Handfestes wie ein blauweiß gestreifter Schlafanzug, sondern lediglich Töpfe und Tiegel, eine Haarbürste samt Kamm, ein Paar goldene Sandaletten und ganz unten ein Nachthemd mit passendem Negligé: hellblau, mit viel Spitze, hoffnungslos unpraktisch. Oliver drapierte das Nachthemd neben den Schlafanzug. Er fand den Anblick plötzlich äußerst anzüglich und gestattete sich ein Grinsen, bevor er sich auf den Weg in die Küche machte, um für seine Gäste etwas Kräftiges zum Essen zu suchen.

Mrs. Cooper hatte Oliver zum Abendessen eine Gemüsebrühe gekocht, von der noch die Hälfte übrig war. Als er den Topf bereits aufgesetzt hatte, fiel ihm allerdings ein, daß Gemüsebrühe in den seltensten Fällen zu den Lieblingsspeisen kleiner Jungen zählte, weshalb er noch eine Dose Tomatensuppe öffnete und in einen zweiten Topf leerte. Dann schnitt er Brot, richtete es mit der Butter zusammen auf ein Tablett, legte noch ein paar Äpfel dazu und stellte einen Krug Milch daneben. Nach einem prüfenden Blick auf dieses gediegene Mahl ergänzte er es mit einer Flasche Whisky, obgleich er den wohl allein trinken mußte. Schließlich förderte er aus irgendeiner Schublade tatsächlich noch ein paar Wärmflaschen zutage, füllte sie auf – der große Wasserkessel stand zum Glück noch auf der Wärmplatte – und ging damit in die Bibliothek zurück, um die Sachen der beiden zu holen, die jetzt warm und trocken waren und anheimelnd rochen: irgendwie nach altmodischem Kinderzimmer. Oliver packte die Wärmflaschen in die Gästebetten, holte aus seinem eigenen Zimmer einen Shetland-Pulli und einen dicken Morgenmantel, und schließlich nahm er noch ein paar Badetücher aus dem Wäscheschrank.

Er hämmerte mit der Faust an die Badtür. «Na, wie steht's?»

«Es ist herrlich! Mir ist schon fast wieder warm», rief die Mädchenstimme.

«Ich lege ein Handtuch und ein paar Kleider vor die Tür. Aber laß dir nur Zeit.»

«Vielen Dank.»

Beim anderen Bad machte er einfach die Tür auf. Der Junge lag bis zur Nasenspitze unter Wasser und paddelte im Zeitlupentempo mit den Beinen. Er wandte den Kopf, schien aber durch Olivers plötzliches Auftauchen nicht im geringsten in Verlegenheit gebracht.

«Wie geht's dir inzwischen?»

«Viel besser, danke. So durchgefroren war ich überhaupt noch nie.»

Oliver zog einen Stuhl an die Wanne und leistete seinem Gast Gesellschaft.

«Was war denn los?»

Der Junge richtete sich auf. Oliver bemerkte, daß sein Rükken und seine Arme tatsächlich genauso mit Sommersprossen übersät waren wie sein Gesicht. Dazu passend hatten seine Haare selbst in ihrem klatschnassen Zustand noch einen fast leuchtendroten Schimmer. «Wir sind in den Graben gefahren», sagte er.

«Mitten im Schneesturm?»

«Genau. Da war so eine kleine Brücke, und dann ist plötzlich die Straße ganz scharf um die Kurve gegangen. Und man hat nichts gesehen vor lauter Schnee.»

«Das ist wirklich eine scheußliche Stelle, sogar bei schönem Wetter. Was ist mit dem Auto?»

«Das steht noch dort.»

«Wo wolltet ihr denn hin?»

«Nach Strathcorrie.»

«Und wo kommt ihr her?»

«Aus London.»

«Aus London?» Oliver konnte sein Staunen nicht verbergen. «Die ganze Strecke an einem Tag?»

«Ja. Wir sind heute morgen ganz früh los.»

«Und wer ist gefahren?»

«Meine Schwester.»

«Nur ihr beiden, ganz allein?»

Der Junge setzte eine würdige Miene auf. «Das genügt doch.»

«Aber natürlich», versicherte Oliver hastig. «Bloß, daß deine Schwester eigentlich noch nicht alt genug aussieht, um Auto zu fahren.»

«Sie ist aber zwanzig.»

«Ach so, dann ist sie natürlich alt genug.»

Eine kleine Pause entstand. Jody nahm einen Schwamm, drückte ihn sorgfältig aus, betupfte sich sparsam das Gesicht und strich eine nasse Strähne aus der Stirn. Als diese Aktion beendet war, sagte er: «Ich glaube, jetzt habe ich mich genug aufgewärmt. Ich kann wieder raus.»

«Na, dann komm.» Oliver empfing den Jungen mit einem ausgebreitetem Badetuch und wickelte ihn darin ein. Dann ging er in die Hocke und rubbelte ihn trocken.

«Wie heißt du eigentlich?» fragte er.

«Jody.»

«Und wie noch?»

«Cliburn.»

«Und deine Schwester?»

«Caroline.»

Oliver raffte das Handtuch zusammen und fing an, ihm die Haare zu frottieren. «Wolltet ihr aus einem bestimmten Grund nach Strathcorrie?»

«Weil da mein Bruder ist.»

«Noch ein Cliburn?»

«Ja, Angus Cliburn.»

«Könnte ich den kennen?»

«Das glaube ich nicht. Er wohnt noch nicht lang da. Er arbeitet im Hotel.»

«Aha.»

«Er macht sich wahrscheinlich ziemliche Sorgen.»

«Warum?» Oliver hielt Jody die Schlafanzugjacke hin.

«Die ist ja ganz warm», sagte Jody.

«Ich habe eure Sachen kurz vors Feuer gehängt. Warum macht sich dein Bruder Sorgen?»

«Weil wir ihm ein Telegramm geschickt haben. Er wartet auf uns. Und jetzt kommen wir nicht.»

«Das mit dem Schneesturm wird ihm kaum entgangen sein. Da denkt er sich bestimmt, daß ihr irgendwo untergekrochen seid.»

«Wir haben überhaupt nicht damit gerechnet, daß es schneit. In London gab es schon Krokusse und so, und an den Bäumen waren Knospen dran.»

«Tja, mein Lieber, hier sind wir eben im hohen Norden. Da kann man sich aufs Wetter nie verlassen.»

«Ich war noch nie in Schottland.» Jody zog die Schlafanzughose an und band die Schnur mit einer Schleife zu. «Caroline auch nicht.»

«Dann habt ihr mit dem Wetter ja wirklich Pech.»

«Eigentlich war es ganz schön aufregend. Ein richtiges Abenteuer.»

«Hinterher sind Abenteuer immer schön und gut, aber mittendrin findet man sie weniger lustig. Eures ist noch mal glimpflich ausgegangen.»

«Wir haben ziemlich Glück gehabt, daß wir Sie gefunden haben.»

«Das kann man wohl sagen.»

«Ist das Ihr Haus?»
«Ja.»
«Wohnen Sie da ganz allein?»
«Im Augenblick schon.»
«Heißt das Haus irgendwie?»
«Ja. Cairney.»
«Und wie heißen Sie?»
«Genauso. Cairney. Oliver Cairney.»
«Ist das in Schottland immer so?»

Oliver grinste. «Nein, aber manchmal. So, wenn du fertig bist, holen wir deine Schwester, und dann gibt's was zu essen.» Er machte die Tür auf. «Übrigens, magst du lieber Gemüsebrühe oder Tomatensuppe?»

«Tomatensuppe, wenn Sie welche dahaben.»

«Hab ich mir fast gedacht.»

Auf dem Korridor kam ihnen Caroline entgegen. Sie versank förmlich in Olivers Bademantel, so daß sie ihm noch dünner und schmächtiger vorkam als auf den ersten Blick.

«Ich weiß gar nicht, wie ich Ihnen danken soll. Ich fühle mich wie neugeboren.»

«Wir sind gerade auf dem Weg in die Küche.»

«Ich fürchte, wir fallen Ihnen schrecklich zur Last.»

«Sie fallen mir nur zur Last, wenn Sie mir beide krank werden und ich Sie pflegen muß.»

Auf dem Weg nach unten hörte er, wie Jody Caroline höchst befriedigt zuraunte: «Er hat Tomatensuppe, sagt er.»

Vor der Küchentür blieb er stehen. «Hier geht es in die Bibliothek. Geht schon voraus, ich bringe euch dann euer Abendessen. Und legt noch ein paar Holzscheite nach, damit das Feuer richtig schön brennt.»

Die Suppe blubberte leise vor sich hin. Er schöpfte zwei Tassen voll und trug das beladene Tablett in die Bibliothek. Jody saß auf einem Hocker vor dem Feuer, seine Schwester kniete daneben auf dem Kaminvorleger und trocknete sich die Haare. Dazwischen saß Lisa, hatte Jody den Kopf aufs Knie gelegt und ließ sich von ihm an den Ohren kraulen.

«Wie heißt denn der Hund?» fragte Jody.

«Lisa. Hat sie sich schon mit dir angefreundet?»

«Ich glaub schon.»

«So schnell geht das bei ihr sonst nie.» Er schob auf dem Couchtisch ein paar Hefte und alte Zeitungen beiseite und stellte das Tablett ab.

«Ist das Ihr Hund?»

«Im Augenblick ja. Habt ihr auch einen?»

«Nein.» Das klang unheilschwanger. Oliver wechselte vorsichtshalber das Thema. «Eßt doch die Suppe, bevor sie kalt wird.» Und während die beiden brav zu ihren Löffeln griffen, stellte er das Kamingitter weg, legte noch ein Holzscheit nach, schenkte sich einen Whisky-Soda ein und machte es sich in dem alten, durchgesessenen Lehnstuhl bequem.

Sie aßen schweigend. Jody war mit seiner Tasse bald fertig, hatte sämtliches Brot samt Butter vertilgt, mehrere Gläser Milch getrunken und machte sich nun über die Äpfel her, doch seine Schwester probierte nur ein paarmal zaghaft von der Suppe und schob dann den Teller weg.

«Schmeckt's nicht?»

«Doch, vorzüglich. Aber ich kann nicht mehr.»

«Haben Sie denn keinen Hunger? Sie müssen doch Hunger haben.»

Jody schaltete sich ein. «Hat sie nie.»

«Ein Gläschen vielleicht?»

«Nein, danke.»

Damit war das Thema beendet. «Ihr Bruder und ich haben uns vorhin ein bißchen unterhalten, als er in der Badewanne saß. Sie sind also Jody und Caroline Cliburn.»

«Ja.»

«Und ich heiße Oliver Cairney. Hat er Ihnen das schon erzählt?»

«Gerade eben.»

«Jody hat mir gesagt, daß Ihr anderer Bruder Sie in Strathcorrie erwartet. Es ist zwar schon fast zwölf, aber wenn Sie möchten, probiere ich, ob ich mit dem Telefon durchkomme. Irgendein Nachtportier in seinem Hotel wird wohl noch Dienst haben.»

Sie warf ihm einen dankbaren Blick zu. «Ach, würden Sie das tun?»

«Versuchen kann ich es jedenfalls.» Aber das Telefon war tot. Oliver seufzte und legte auf. «Wahrscheinlich hat es bei dem Sturm die Leitungen erwischt.»

«Was machen wir denn jetzt?»

«Sie können gar nichts machen, außer hier zu übernachten.»

«Aber Angus...»

«Der wird sich schon zusammenreimen, daß Sie irgendwo Zwischenstation machen mußten.»

«Und morgen?»

«Kommen Sie irgendwie nach Strathcorrie, vorausgesetzt, die Straße ist nicht gesperrt. Wenn alle Stricke reißen, fahre ich Sie mit dem Landrover hin.»

«Und wenn die Straße gesperrt ist?»

«Darüber zerbrechen wir uns den Kopf, wenn es soweit ist.»

«Die Sache ist nämlich die... wir haben nicht besonders viel Zeit. Am Freitag müssen wir spätestens wieder in London sein.»

Oliver sah auf sein Glas hinunter und schwenkte es leicht. «Sollten wir in London vielleicht irgend jemanden benachrichtigen? Daß Sie in Sicherheit sind?»

Jody warf seiner Schwester einen Blick zu. Nach kurzem Zögern sagte sie: «Aber die Leitungen sind doch tot.»

«Und wenn sie wieder funktionieren?»

«Nein. Wir müssen niemanden benachrichtigen.»

Das war bestimmt gelogen. Er sah sie an, bemerkte die hohen Wangenknochen, die kurze stumpfe Nase und den breiten Mund. Sie hatte hellblonde, sehr lange, seidige Haare, und im Moment dunkle Ringe unter den Augen. Einen Augenblick trafen sich ihre Blicke, dann sah sie weg. Oliver beschloß, nicht weiter nachzubohren. «Ich dachte ja nur», sagte er sanft.

Als Caroline am nächsten Morgen aufwachte, leuchtete das Schneelicht von draußen hell an der weißen Zimmerdecke. Noch ganz verschlafen lag sie unter einem Berg von Daunen und frischem Bettzeug; irgendwo bellte ein Hund, und dann näherte sich das Tuckern eines Traktors. Auf ihrer Uhr war es bereits neun vorbei. Sie tappte zum Fenster hinüber, und als sie die rosa Vorhänge aufzog, schlug ihr so gleißendes Licht entgegen, daß sie die Augen zukneifen mußte.

Die Welt war weiß, der Himmel wolkenlos und strahlend blau. Lange Schatten lagen über der verschneiten Erde, und alles wirkte rund und weich. Der Schnee hatte die Kiefern in Watte verpackt und den Zaunpfählen weiße Mützen aufgesetzt. Caroline öffnete schwungvoll das Fenster und beugte sich hinaus. Die Luft war kalt und so erfrischend wie ein prickelndes Glas Sekt.

Die Schrecken der vergangenen Nacht fielen ihr wieder ein, und sie versuchte sich zu orientieren. Vor dem Haus lag eine große freie Fläche, vermutlich eine Wiese, die von der Auffahrt umrahmt wurde. Dahinter führte die Allee, auf der Jody und sie sich so mühsam vorangekämpft hatten, über einen Hügel, und in der Ferne schlängelte sich die Landstraße zwischen Steinmauern durch die Felder. Ein einsames Auto kroch am Horizont dahin.

Der Traktor, den Caroline gehört hatte, kam die Allee herauf. Er tauchte hinter einem großen Rhododendronbusch auf, arbeitete sich an der Wiese entlang und verschwand hinter dem Haus.

Es war einfach zu kalt draußen. Sie zog sich wieder ins Zimmer zurück und schloß das Fenster. Jody fiel ihr ein, sofort steckte sie den Kopf in sein Zimmer. Alles dunkel und still; außer seinem Atem war nichts zu hören. Er schlief noch fest. Sie machte die Tür leise wieder zu und sah sich nach etwas zum Anziehen um. Da sie außer dem Pullover und dem geliehenen Morgenmantel nichts fand, warf sie sich beides über und tappte barfuß den Flur hinunter. Vielleicht begegnete sie ja jemandem, der ihr weiterhelfen konnte.

Jetzt merkte sie erst, wie riesig das Haus war. Der Korridor mündete in einen großen Vorplatz mit Teppichen und einem Nußbaumsekretär sowie einem Tisch mit Stühlen, auf den jemand einen Stoß ordentlich gebügelter Hemden gelegt hatte. Am Treppenabsatz blieb sie lauschend stehen. Als sie von ferne Stimmen hörte, folgte sie ihnen nach unten, bis sie vor einer Tür stand, die allem Anschein nach in die Küche führte. Als sie eintrat, unterbrachen die beiden, die dort miteinander redeten, abrupt ihre Unterhaltung und drehten sich zu ihr um.

Oliver Cairney saß in einem dicken, cremefarbenen Pullover am Küchentisch, eine große Tasse Tee in der Hand. Die Frau, mit der er gesprochen hatte, stand mit hochgekrempelten Ärmeln an der Spüle. Sie war etwa Mitte vierzig, hatte graues Haar und eine geblümte Schürze um. Es war warm in der Küche, und es duftete nach frischgebackenem Brot. Caroline kam sich wie ein Eindringling vor. «Entschuldigung», sagtc sic.

«Kein Grund, sich zu entschuldigen. Ich dachte, Sie schlafen beide bis mittag.»

«Jody schläft auch noch.»

«Das ist Mrs. Cooper. Mrs. Cooper, das ist Caroline Cliburn. Ich habe Mrs. Cooper gerade von Ihrem Abenteuer gestern erzählt.»

Mrs. Cooper seufzte. «Das war ja eine Nacht, du lieber Gott. Die ganzen Telefonleitungen sind unterbrochen.»

Caroline sah Oliver an. «Heißt das, wir kommen immer noch nicht durch?»

«Genau. Vermutlich auch noch eine ganze Weile nicht. Setzen Sie sich doch, und trinken Sie eine Tasse Tee. Was möchten Sie zum Frühstück? Ei mit Schinken?»

Sie hatte nicht den geringsten Appetit. «Eine Tasse Tee gern, danke.» Er zog ihr einen Stuhl heraus, und sie setzte sich an den gescheuerten Tisch. «Sind wir denn eingeschneit?»

«Zum Teil. Die Straße nach Strathcorrie ist gesperrt, aber nach Relkirk kommt man schon.»

Caroline sah ihn erschrocken an. «Und... das Auto?» Sie traute sich kaum zu fragen.

«Cooper ist mit dem Traktor hingefahren und sieht sich die Sache an.»

«Mit einem roten Traktor?»

«Ja.»

«Den habe ich vorhin wieder hochkommen sehen.»

«Dann geht sicher gleich die Tür auf, und Cooper sagt uns Bescheid.» Er hatte noch eine Tasse auf den Tisch gestellt und schenkte Caroline aus der braunen Teekanne ein, die auf dem Ofen gemütlich vor sich hin dampfte. Der Tee war zwar furchtbar stark, aber immerhin auch schön heiß. Sie trank vorsichtig einen kleinen Schluck. «Ich kann meine Sachen nicht finden», sagte sie.

«Das ist meine Schuld», sagte Mrs. Cooper. «Ich hab sie aufgehängt. Inzwischen müßten sie eigentlich trocken sein.

Du lieber Gott, Sie müssen ja wirklich naß bis auf die Haut gewesen sein.» Sie schüttelte den Kopf.

«Das waren sie auch», sagte Oliver. «Wie die getauften Mäuse.»

Als Caroline fix und fertig angezogen wieder herunterkam, stand Mr. Cooper bei den anderen in der Küche und erstattete Bericht. Er hatte einen so starken schottischen Akzent, daß Caroline ihn nur mit Mühe verstand.

«Aye, aus dem Graben kriegen wir ihn schon, aber der Motor gibt bestimmt keinen Muckser mehr von sich.»

«Wieso nicht?»

«Kühler eingefroren, könnt ich mir vorstellen.»

Oliver sah Caroline an. «Haben Sie denn kein Frostschutzmittel drin?»

Caroline blinzelte verständnislos.

«Frostschutzmittel», wiederholte er. «Das sagt Ihnen gar nichts?»

Sie schüttelte den Kopf, und er wandte sich wieder an Cooper. «Dann haben Sie sicher recht. Eingefroren.»

«Ich hätte also ein Frostschutzmittel irgendwo reintun sollen?»

«Genau. Im Winter empfiehlt sich das.»

«Das höre ich zum erstenmal. Wissen Sie, das Auto gehört mir nämlich gar nicht.»

«Haben Sie es womöglich geklaut?»

Mrs. Cooper schüttelte empört den Kopf. Caroline war sich nicht sicher, ob sie damit Olivers Bemerkung oder Carolines Benehmen kommentierte. «Natürlich nicht. Man hat es uns geliehen», entgegnete sie würdevoll.

«Aha. Na, wie dem auch sei, wir fahren wohl am besten mal hinunter und sehen, was sich da machen läßt.»

«Aye», sagte Cooper, schob mit einer breiten, roten Hand seine alte Schildmütze zurück und ging auf die Tür zu, «wenn

Sie den Landrover nehmen, dann such ich ein Seil und vielleicht den jungen Geordie, daß er uns hilft, und dann schauen wir, ob wir den Wagen mit dem Traktor rausziehen können.»

Als er draußen war, sah Oliver Caroline an. «Kommen Sie mit?»

«Ja.»

«Dann brauchen Sie Stiefel.»

«Ich habe aber keine.»

«Warten Sie, hier müßten irgendwo noch welche sein...»

Sie folgte ihm in die ehemalige Waschküche im Keller, die inzwischen Regenmäntel, Gummistiefel, Hundekörbe, diverse rostige Fahrräder und eine nagelneue Waschmaschine beherbergte. Nach längerem Suchen förderte Oliver ein Paar Gummistiefel zutage, die einigermaßen paßten, sowie eine schwarze Öljacke. Caroline schlüpfte in beides, schnippte die Haare aus dem Kragen und trat, solchermaßen gewappnet, hinter ihm hinaus in den glitzernden Vormittag.

«Winterschnee und Frühlingssonne», sagte Oliver befriedigt, während sie durch den knirschenden Schnee auf die Garage zugingen.

«Ob der Schnee liegenbleibt?»

«Wahrscheinlich nicht. Obwohl erst ganz schön was schmelzen muß. Fünfzehn Zentimeter hat es gestern nacht geschneit.»

«In London war schon Frühling.»

«Das hat Ihr Bruder auch erzählt.»

Er zog einen Riegel auf und öffnete das breite Doppeltor der Garage. Zwei Autos standen darin, der dunkelgrüne Sportwagen und der Landrover. «Wir nehmen den Landrover», sagte er, «sonst bleiben wir selber noch stecken.»

Caroline stieg ein. Sie fuhren rückwärts aus der Garage, am Haus vorbei und dann die Allee hinunter, immer sorgfältig in den dunklen Reifenspuren, die Mr. Cooper mit dem Traktor gezogen hatte. Es war vollkommen still, der Schnee schluckte alle Geräusche, und doch war überall ringsum Leben: Spuren schlängelten sich zwischen den Bäumen hindurch, und hier und dort sah man kleine sternförmige Vogeltritte. Hoch oben verschränkten sich die Äste der Buchen zu einem Baldachin, durch den der hellblaue Vormittagshimmel schimmerte wie durch weiße Spitze.

Sie fuhren aus dem Tor ins blendendhelle Sonnenlicht der Landstraße. Vor der Kurve zu der Unglücksbrücke hielt Oliver am Straßenrand an. Sie stiegen aus und stapften gemeinsam auf Calebs Mini zu. Er bot einen trostlosen Anblick. Dick verschneit und schief im Graben hängend, wirkte er wie tot und einbalsamiert. Jedenfalls sah es nicht so aus, als würde er sich je wieder auch nur einen Zentimeter von der Stelle bewegen. Caroline bekam ein fürchterlich schlechtes Gewissen.

Oliver schaffte es, die Tür aufzustemmen, und setzte sich vorsichtig halb auf den Fahrersitz. Als er den Zündschlüssel drehte, den Caroline einfach hatte steckenlassen, wimmerte der Motor gequält auf, und dann roch es verbrannt. Wortlos stieg er wieder aus und schlug die Tür zu. «Hoffnungslos», hörte sie ihn murmeln und kam sich zu ihrem schlechten Gewissen auch noch ausgesprochen dumm vor.

«Ich wußte das mit dem Frostschutzmittel nicht, ich habe Ihnen ja gesagt, daß es nicht mein Auto ist», sagte sie aus einem unbestimmten Gefühl heraus, sich verteidigen zu müssen.

Er gab darauf keine Antwort, sondern ging ums Auto, kratzte mit dem Fuß den Schnee von den Hinterreifen und inspizierte die Hinterachse.

Caroline fand das Ganze ziemlich unerträglich und war plötzlich den Tränen nahe. Alles ging schief. Jody und sie saßen hier bei diesem Unmenschen fest, Calebs Auto war kaputt, die Telefonverbindung nach Strathcorrie funktionierte nicht, und die Straße war unpassierbar. Mit den Tränen kämpfend, wandte sie sich ab und blickte die Straße hinunter, die sich durch die Landschaft schlängelte und in der Ferne hinter einem Hügel verschwand. Der Schnee lag dick und weiß zwischen den Steinmauern; eine Brise erhob sich, als sei sie die kleine Schwester der Sturmböen vom Vorabend, und wirbelte Schnee von den Feldern in einer Wolke auf die Haufen, die bereits wie glitzernde Skulpturen in den Mauerwinkeln lagen. Irgendwo in der Vormittagsstille segelte ein Brachvogel vom Himmel herab, mit seinem langgezogenen, perlenden Schrei. Dann war die Luft wieder regungslos.

Hinter ihr quietschten Olivers Schritte über den Schnee. Die Hände tief in den Taschen der geliehenen Öljacke vergraben, drehte sie sich zu ihm um.

«Der ist schachmatt, fürchte ich», sagte er.

Caroline bekam einen Riesenschreck. «Kann man ihn denn nicht wieder reparieren?»

«Doch. Cooper zieht ihn mit dem Traktor heraus und schleppt ihn in die Werkstatt gleich da drüben. Der Mann dort versteht sein Handwerk. Morgen, spätestens übermorgen ist Ihr Mini wieder startklar.» Als er ihre unglückliche Miene sah, fügte er aufmunternd hinzu: «Selbst mit Auto kämen Sie heute ja nicht nach Strathcorrie. Die Straße ist schließlich unpassierbar.» Als ob das ein Trost sei.

«Wann meinen Sie denn, daß sie wieder frei ist?»

«Sobald der Schneepflug durchkommt. Bei einem solchen Schneesturm, noch dazu am Ende des Winters, geht eben alles drunter und drüber. Wir müssen einfach Geduld haben.»

Er hielt ihr die Tür des Landrover auf, und Caroline stieg zögernd ein. Dann ging er ums Auto herum und setzte sich hinters Steuer. Doch statt zum Haus zurückzufahren, zündete er sich eine Zigarette an und rauchte, scheinbar gedankenverloren, vor sich hin.

Caroline fühlte sich ausgesprochen unwohl. In einem Auto saß es sich nett mit jemandem, den man mochte, viel weniger nett aber mit jemandem, der einem lauter unangenehme Fragen stellte. Gleich darauf bestätigten sich ihre Befürchtungen.

«Wann müssen Sie wieder in London sein?» fragte er.

«Am Freitag. Da wollten wir zurück sein, das haben wir ausgemacht.»

«Mit wem?»

«Mit Caleb. Mit dem, der uns das Auto geliehen hat.»

«Und was ist mit Ihren Eltern?»

«Unsere Eltern sind tot.»

«Und sonst jemand? Es muß doch noch irgend jemanden geben. Ich kann mir nicht vorstellen, daß Sie beide ganz allein einen Haushalt führen.» Bei dem Gedanken mußte Oliver unwillkürlich grinsen. «Da würden ja die schauerlichsten Katastrophen drohen.»

Caroline fand das nicht besonders witzig. «Wir wohnen bei meiner Stiefmutter, wenn Sie es genau wissen wollen», sagte sie kühl.

«Aha», sagte Oliver mit einem vielsagenden Blick.

«Was heißt ‹aha›?»

«Die böse Stiefmutter.»

«Keineswegs. Sie ist sogar sehr lieb.»

«Aber sie hat keine Ahnung, wo Sie sind?»

«Doch», sagte Caroline, fast ohne zu zögern. Und dann, ein wenig überzeugender: «Doch. Sie weiß, daß wir in Schottland sind.»

«Weiß sie auch, warum? Weiß sie das mit Ihrem Bruder Angus?»

«Ja, das weiß sie auch.»

«Und... daß Sie so weit reisen, um Angus zu besuchen – hat das irgendeinen besonderen Grund, oder wollten Sie einfach mal bei ihm vorbeischauen?»

«So ungefähr.»

«Das ist keine Antwort.»

«Nein?»

Darauf folgte eine lange Pause. Nach einer Weile sagte Oliver täuschend sanft: «Sehen Sie, ich habe das ungute Gefühl, daß ich mich hier auf sehr dünnem Eis befinde. Und Sie sollten wissen, daß mir vollkommen egal ist, was Sie vorhaben, aber für Ihren Bruder fühle ich mich einfach ein bißchen verantwortlich, schließlich ist er erst – elf, oder wie alt?»

«Für Jody übernehme ich schon die Verantwortung.»

Er sah sie ernst an. «Sie hätten gestern nacht beide umkommen können. Ist Ihnen das klar?»

«Aber ich habe doch das Licht gesehen, bevor wir losgegangen sind», protestierte Caroline. «Sonst wären wir einfach im Auto sitzen geblieben und hätten abgewartet, bis der Sturm vorbei ist.»

«Mit einem Blizzard muß man in dieser Gegend immer rechnen. Sie haben verdammtes Glück gehabt.»

«Und Sie waren sehr nett zu uns – ach, mehr als das. Ich habe mich noch überhaupt nicht richtig bedankt. Aber trotzdem finde ich, daß wir so schnell wie möglich zu Angus weiterfahren sollten, um Ihnen nicht unnötig zur Last zu fallen.»

«Warten wir ab, wie sich das Wetter entwickelt. Übrigens muß ich heute noch weg, ich bin zum Mittagessen in Relkirk verabredet, aber Mrs. Cooper wird Ihnen und Jody etwas zu essen machen, und wenn ich zurückkomme, ist die Straße nach Strathcorrie vielleicht schon wieder frei, dann kann ich Sie beide hinfahren und bei Ihrem Bruder abliefern.»

Nach kurzer Überlegung kam Caroline zu dem Schluß, daß ein Treffen zwischen Oliver Cairney und Angus Cliburn im Zweifelsfall nicht besonders angenehm verlaufen würde.

«Vielleicht kommt man ja auch...»

«Nein.» Oliver beugte sich vor und drückte seine Zigarette

aus. «Nein, man kommt sonst eben nicht nach Strathcorrie, höchstens mit dem Flugzeug. Also bleiben Sie schön brav auf Cairney und warten, bis ich wieder da bin.»

Caroline machte den Mund auf, um zu widersprechen, sah seinen Blick und klappte den Mund wieder zu. Sie nickte zögernd. «Also gut.»

Sie machte sich schon darauf gefaßt, daß er noch weiter bohren würde, doch dann wurde er gottlob von dem herantuckernden Traktor abgelenkt. Mr. Cooper saß am Lenkrad, und auf dem Sitz hinter ihm hockte ein Junge mit einer Strickmütze. Oliver stieg aus, um den beiden zu helfen, aber es war eine mühselige Angelegenheit; und als sie Calebs Auto schließlich freigeschaufelt, Sand hinter die Reifen gestreut, Seile an der Hinterachse festgezurrt und nach mehreren vergeblichen Versuchen den Wagen glücklich aus dem Graben gezogen hatten, war es kurz vor elf. Caroline sah zu, wie der kleine Trauerzug in Richtung Werkstatt aufbrach, mit Cooper vorn am Steuer des Traktors und dahinter Geordie, der sich bemühte, den Mini am Schleppseil einigermaßen gerade auf der Straße zu halten. Sie fühlte sich gräßlich.

«Hoffentlich kann man ihn reparieren», sagte sie zu Oliver, als er wieder einstieg. «Wenn das Auto mir gehören würde, wäre es ja halb so schlimm, aber ich habe Caleb versprochen, daß ich besonders gut darauf aufpasse.»

«Sie konnten ja nichts dafür, das hätte jedem passieren können. Wenn er aus der Werkstatt kommt, ist er wahrscheinlich besser in Schuß als je zuvor.» Er sah auf die Uhr. «Wir müssen los. Ich muß mich noch umziehen und will bis halb zwölf in Relkirk sein.»

Sie fuhren schweigend zum Haus zurück, parkten davor und gingen hinein. Am Fuß der Treppe blieb Oliver stehen und sah Caroline an.

«Finden Sie sich zurecht?»

«Natürlich.»

«Dann bis später.»

Caroline sah ihm nach, wie er die Treppe hinauflief, immer zwei Stufen auf einmal, schälte sich dann aus der Öljacke und den Gummistiefeln und machte sich auf die Suche nach Jody. In der Küche war niemand, aber sie fand Mrs. Cooper in einem großen Eßzimmer mit türkisem Teppich beim Staubsaugen. Als Caroline in der Tür erschien, schaltete sie den Staubsauger aus.

«Na, geht denn der Wagen wieder?»

«Hoffentlich. Ihr Mann war so nett, ihn in die Werkstatt zu schleppen. Haben Sie Jody gesehen?»

«Ja, der ist putzmunter, der Gute. Ist runtergekommen und hat bei mir in der Küche gefrühstückt. Zwei gekochte Eier, Toast mit Honig und ein Glas Milch. Dann hab ich ihm das alte Kinderzimmer gezeigt, und jetzt spielt er da oben mit den Autos und Bauklötzen und was weiß ich.»

«Wo ist denn das Kinderzimmer?»

«Kommen Sie mit, ich bringe Sie hin.»

Sie ließ ihren Staubsauger stehen und ging voraus, eine kleine Hintertreppe hinauf und durch eine Tür in einen weißgetünchten Gang mit blauem Teppichboden. «Hier hatten die Kinder früher ihr eigenes kleines Reich. Jetzt steht der ganze Teil des Hauses natürlich leer, schon seit Jahren, aber ich hab im Kamin ein Feuerchen gemacht, so daß es gemütlich warm ist.» Sie öffnete eine Tür und ließ Caroline vorausgehen, in ein großes Zimmer mit einem Fenster zum Garten hinaus. Hinter einem hohen Kamingitter brannte ein Feuer, alte Sessel und ein durchgesessenes Sofa standen herum, ein Bücherregal, ein uraltes Schaukelpferd mit abgebrochenem Schwanz, und mitten auf dem abgetretenen Teppich saß Jody in einer riesigen Burg aus Holzbauklötzen, die sich in alle vier

Ecken des Zimmers erstreckte und mit Modellautos, Spielzeugsoldaten, Cowboys, Rittern und Tieren vom Bauernhof bevölkert war. Er schaute auf, als sie hereinkam, so eifrig bei der Sache, daß es ihm gar nicht peinlich war, bei einer derart kindischen Beschäftigung erwischt zu werden.

«Wahnsinn», sagte Caroline. «Wie lang hast du denn dafür gebraucht?»

«Seit dem Frühstück. Mach den Turm nicht kaputt.»

«Keine Angst, ich paß schon auf.» Sie stieg vorsichtig darüber und stellte sich an den Kamin.

Mrs. Cooper bewunderte Jodys Werk ausgiebig. «So was Schönes hab ich ja noch nie gesehen! Und die ganzen kleinen Straßen! Du lieber Gott, der Junge hat ja jeden Stein verbaut.»

«So ungefähr.» Jody lächelte ihr zu. Die beiden verstanden sich offenbar bereits prächtig.

«Na, dann laß ich euch beide mal allein. Mittagessen gibt es um halb eins. Ich habe Apple Pie gemacht, und ein bißchen Sahne ist auch noch da. Magst du Apple Pie, Jody?»

«Und wie!»

«Gut.» Sie ging hinaus, und die beiden hörten sie vor sich hin summen. «Ist sie nicht nett?» fragte Jody und begann mit zwei hohen Klötzen ein würdiges Eingangstor zu seiner Burg.

«Sehr nett. Hast du gut geschlafen?»

«Klar. Das ist ein Superhaus.» Er stellte noch mehr Klötze auf das Tor, damit es richtig hoch wurde.

«Das Auto ist in der Werkstatt. Mr. Cooper hat es hingeschleppt. Es hätte ein Frostschutzmittel gebraucht.»

«Typisch Caleb», sagte Jody und plazierte zur Krönung vorsichtig einen Bogen auf sein Meisterwerk. Dann legte er die Wange an den Teppich, lugte durch das Tor und stellte sich vor, er sei winzig klein und könnte auf einem weißen

Hengst durchreiten, mit einer wehenden Feder am Helm und einem flatternden Banner in der Hand.

«Sag mal, gestern abend in der Badewanne, da hast du Oliver Cairney doch nichts von Angus erzählt, oder?»

«Nein. Bloß, daß wir zu ihm wollen.»

«Oder von Diana? Oder Hugh?»

«Nach denen hat er gar nicht gefragt.»

«Erzähl ihm am besten überhaupt nichts, ja?»

Jody blickte auf. «Wie lange bleiben wir denn noch hier?»

«Ach, wir sind praktisch schon weg. Heute nachmittag sind wir bei Angus, wir fahren nach Strathcorrie, sobald die Straßen geräumt sind.»

Jody sagte darauf gar nichts. Er nahm ein Pferd aus einer Schachtel, suchte einen passenden Ritter, setzte ihn in den Sattel und hielt die beiden ein Stück von sich weg, um zu sehen, ob sie auch ein wirkungsvolles Paar abgaben. Dann stellte er den Reiter vorsichtig ganz genau unter das Tor.

«Übrigens hat mir Mrs. Cooper was erzählt.«

«Was denn?»

«Das Haus ist gar nicht seins.»

«Was soll das heißen? Es muß doch seines sein.»

«Es hat seinem Bruder gehört. Oliver wohnt in London, aber sein Bruder hat hier gelebt. Er war Farmer, deshalb sind hier lauter Hunde und Traktoren und so was.»

«Und was ist mit seinem Bruder?»

«Der ist tot», sagte Jody. «Bei einem Autounfall umgekommen. Vorige Woche.»

Bei einem Autounfall umgekommen. Irgendwie fühlte Caroline sich an etwas erinnert, doch bevor ihr einfiel, woran, wurde ihr schlagartig die ganze Tragweite von Jodys ungerührter Bemerkung klar. Entsetzt schlug sie sich die Hand vor den Mund. Umgekommen.

«Deshalb ist Oliver jetzt hier.» Jody klang gelangweilt, ein typisches Zeichen dafür, daß er angespannt war und sich fürchtete. «Wegen der Beerdigung und so. Um alles aufzulösen, sagt Mrs. Cooper. Er will das Haus und die Farm verkaufen und dann nie wieder herkommen.» Er stand vorsichtig auf, stieg über sein Kunstwerk zu Caroline hinüber und blieb neben ihr stehen. Trotz aller scheinbaren Gleichgültigkeit schien er Trost plötzlich sehr nötig zu haben.

Sie nahm ihn in den Arm. «Und zu allem Überfluß müssen auch noch wir auftauchen. Der Arme.»

«Mrs. Cooper meint, daß das ganz gut ist, da denkt er nicht so viel an seinen Kummer.» Er blickte zu ihr auf. «Wann sind wir denn bei Angus?»

«Heute noch», versprach sie ohne zu zögern. «Heute noch.»

Außer dem Apple Pie mit Sahne gab es zum Mittagessen noch Hackbraten und Baked Potatoes. Caroline, die vorher gedacht hatte, sie könnte einen Bissen vertragen, verging der Hunger plötzlich, aber Jody arbeitete sich durch sämtliche Gänge und ging dann mit Genuß auf einen Riegel selbstgemachtes Karamel los.

«Und was habt ihr zwei Hübschen heute nachmittag vor? Mr. Cairney kommt wohl erst zum Tee wieder zurück.»

«Darf ich noch mal im Kinderzimmer spielen?» erkundigte sich Jody.

«Natürlich, mein Engel.» Mrs. Cooper sah Caroline an.

«Ich gehe spazieren», sagte Caroline.

«Haben Sie denn noch nicht genug von der frischen Luft?» Mrs. Cooper schien überrascht.

«Ich bin gern draußen. Im Moment ist es besonders schön mit dem ganzen Neuschnee.»

«Jetzt ziehen aber Wolken auf, der Nachmittag wird bestimmt nicht so strahlend.»

«Das stört mich nicht.»

«Macht es dir was aus, wenn ich nicht mitkomme?» fragte Jody.

«Ach wo.»

«Ich wollte nämlich noch eine Tribüne bauen, weißt du, damit man bei den Ritterspielen zuschauen kann.»

«Klar, mach nur.»

Schon ganz vertieft in seine Pläne entschuldigte sich Jody und ging nach oben, um sie in die Tat umzusetzen. Caroline bot ihre Hilfe beim Abwasch an, bekam von Mrs. Cooper aber nur zu hören, sie solle doch hinausgehen, bevor es anfange zu regnen. Also zog sie die Öljacke und die Gummistiefel wieder an, wickelte sich ein Tuch um und trat aus der Tür.

Mrs. Cooper hatte recht gehabt mit dem Wetter. Von Westen her waren Wolken aufgezogen, die Luft war seltsam milde und die Sonne verschwunden. Sie vergrub die Hände in den Taschen der Regenjacke und machte sich auf den Weg, über die Wiese, die Allee entlang und durch das Tor auf die Straße. Dort bog sie nach links ab, Richtung Strathcorrie.

Sie bleiben schön brav auf Cairney und warten, bis ich wieder da bin, hatte Oliver gesagt, und wenn sie nicht vor ihm zurück war, würde er wahrscheinlich ziemlich böse werden, aber was machte das auf lange Sicht schon aus? Sie sahen ihn doch vermutlich nie wieder. Schreiben würde sie ihm natürlich, um sich für die freundliche Aufnahme zu bedanken, aber wiedersehen würde sie ihn nicht.

Irgendwie schien es ihr nämlich wichtig, daß dieses Wiedersehen zwischen Angus und ihnen nach so langer Zeit sich nicht unter den Augen eines kritischen Fremden abspielte. Das Schlimme an Angus war ja, daß man sich nie auf ihn verlassen konnte. Er war die Unberechenbarkeit in Person, legte sich nie fest, wich immer aus – er raubte einem den letzten Nerv.

Eigentlich hatte sie von diesem abenteuerlichen Plan, Angus in Schottland zu besuchen, von vornherein nicht viel gehalten, aber Jodys Schwung hatte sie einfach angesteckt. Er war sich so sicher gewesen, daß Angus sich auf sie freuen und ihnen sofort bereitwillig helfen würde, daß er Caroline mitgerissen hatte. Von London aus hatte alles ganz leicht ausgesehen.

Aber jetzt, an diesem ungemütlichen schottischen Nachmittag, beschlichen sie wieder Zweifel. Finden würden sie Angus wahrscheinlich schon, er arbeitete schließlich in diesem Hotel in Strathcorrie, aber daß er dort Schuhe putzte und Kohlen schleppte, war noch keine Garantie dafür, daß er nicht lange Haare, einen Bart und keineswegs die Absicht hatte, seinen Geschwistern zu helfen. Sie konnte sich vorstellen, was Oliver Cairney von so einer Einstellung hielt, und spürte wieder deutlich, daß sie ihn auf keinen Fall bei dem großen Familientreffen dabeihaben wollte.

Außerdem hatte sie ja nun erfahren, daß sein Bruder gerade gestorben war, und es war ihr schrecklich peinlich, daß sie sich ihm zu einem so vollkommen unpassenden Zeitpunkt aufgedrängt und seine selbstverständlich gewährte Gastfreundschaft in Anspruch genommen hatten. Je früher er sie wieder los war, desto besser, daran bestand kein Zweifel. Also blieb ihr praktisch nichts anderes übrig, als allein loszuziehen und Angus auf eigene Faust zu suchen.

Während sie die verschneite Landstraße entlangstapfte, versuchte sie sich mit jedem Schritt einzureden, daß sie das Richtige tat.

Sie war schon über eine Stunde unterwegs und hatte keine Ahnung, wie viele Meilen sie gelaufen war, als sie von einem Lastwagen überholt wurde, der langsam die Steigung hinter ihr hinaufkeuchte. Es war der Schneepflug, der sich mit seiner riesigen Stahlschaufel durch den Schnee schob wie ein Schiff durchs Wasser und rechts und links einen matschigen Sprühregen auf die Straße schleuderte.

Caroline kletterte auf die Mauer, um ihm Platz zu machen, doch der Schneepflug blieb stehen, und einer der beiden Männer im Führerhäuschen öffnete die Tür.

«Wo möchten Sie denn hin?» rief er.

«Nach Strathcorrie.»

«Das sind ja noch sechs Meilen. Sollen wir Sie mitnehmen?»

«Ja, bitte.»

«Dann kommen Sie rauf.» Er streckte eine schwielige Hand hinaus, half ihr hinauf und rückte in die Mitte. Sein Kollege, ein viel älterer Mann, der am Steuer saß, sagte mißmutig: «Hoffentlich haben Sie's nicht eilig. Da vorn liegt der Schnee nämlich ziemlich tief.»

«Keine Angst. Wenn ich bloß nicht die ganze Strecke laufen muß.»

«Aye, das Wetter ist ganz schön naß.»

Er legte krachend den Gang ein, löste die Handbremse, und sie fuhren an, kamen allerdings nur im Schneckentempo voran. Immer wieder stiegen die beiden Männer aus und schaufelten eine Weile angestrengt einen Durchgang durch die Schneewände, die der Pflug an der Seite aufgehäuft hatte. Durch die Fenster drang feuchte Luft ins Führerhaus, und Carolines Füße verwandelten sich in den zu großen Stiefeln langsam in Eiszapfen.

Schließlich hatten sie aber doch den letzten Hügel erklommen, und der freundliche Straßenarbeiter sagte: «Da vorn liegt Strathcorrie.» Vor ihnen erstreckte sich ein tiefes, grauweißes Tal mit einem langen See, auf dessen stiller Oberfläche sich der stahlgraue Himmel widerspiegelte.

Auf der gegenüberliegenden Seite des Sees stiegen die Hügel wieder an – schwarzgefleckt, wo Kiefern- und Fichtenwälder standen –, und jenseits dieser sanften Hügel sah man wiederum Gipfel: eine ferne Bergkette hoch im Norden. Direkt darunter, um das schmale Ende des Sees, duckte sich das Städtchen. Caroline konnte eine Kirche und kleine Gassen mit grauen Häusern erkennen und den Hafen mit Stegen und Anlegeplätzen und kleinen Booten, die für den Winter aufgedockt waren.

«Was für ein hübscher Ort!» sagte sie.

«Aye», sagte der Straßenarbeiter. «Da kommen im Sommer auch viele Gäste hin. Man kann Segelboote mieten, es gibt Pensionen, Wohnwagen...»

Die Straße ging bergab. Aus irgendeinem Grund lag der Schnee hier nicht mehr so hoch, und sie kamen schneller voran. «Wo sollen wir Sie absetzen?» fragte der Fahrer.

«Beim Hotel, beim Strathcorrie Arms. Wissen Sie, wo das ist?»

«Aye, aber freilich.»

Die Straßen im Städtchen waren naß; der Schnee hatte sich in grauen Matsch verwandelt und schmolz leise tropfend vor sich hin. Der Schneepflug fuhr die Hauptstraße entlang, passierte einen gotischen Torbogen, der an irgendein längst vergessenes Ereignis zu Zeiten Königin Viktorias erinnern sollte, und hielt schließlich vor einem langen weißen Gebäude mit Kopfsteinpflaster vor dem Eingang und einem Schild über der Tür, das im Wind schaukelte.

Strathcorrie Arms. Herzlich willkommen.

Nichts rührte sich. «Ist es offen?» fragte Caroline zweifelnd.

«Aye, aber freilich. Sind nur nicht allzu viele Gäste hier.»

Sie bedankte sich bei den beiden, kletterte aus dem Führerhaus und trat durch die Drehtür ins Hotel. Innen roch es nach kaltem Zigarettenrauch und Kohl; an der Wand hing ein tristes Bild von einem röhrenden Hirsch auf einem Hügel, und weiter hinten stand ein Schild auf einer Theke. *Empfang* war darauf zu lesen, obwohl kein Mensch dahinter saß, der einen empfangen hätte. Immerhin stand eine Glocke da, und auf Carolines Klingeln erschien eine Frau. Sie trug ein schwarzes Kleid und eine straßbesetzte Brille und wirkte nicht gerade begeistert, daß sie mitten am Nachmittag gestört wurde, noch dazu von einem Mädchen mit Jeans, Öljacke und einem um den Kopf geschlungenen roten Tuch.

«Ja?»

«Entschuldigen Sie die Störung, aber ich hätte gern Angus Cliburn gesprochen.»

«Ach so», sagte die Frau schnell. «Tja, Angus ist nicht da.» Es klang fast ein bißchen schadenfroh.

Caroline starrte sie entgeistert an. Über ihr tickte dumpf eine Uhr. Irgendwo weiter hinten im Hotel fing eine Männerstimme an zu singen. Die Frau rückte ihre Brille zurecht.

«Also, er war bis vor kurzem hier», gestand sie immerhin ein. Sie stutzte. «Haben Sie ihm vielleicht ein Telegramm geschickt? Es liegt nämlich ein Telegramm für ihn da, aber er war schon weg, als es kam.» Sie öffnete eine Schublade und holte den orangen Umschlag heraus. «Ich mußte es aufmachen, verstehen Sie, und ich hätte Ihnen gern Bescheid gesagt, aber es stand ja kein Absender drauf.»

«Nein, natürlich...»

«Er war schon hier, doch, doch. Einen ganzen Monat lang hat er hier gearbeitet, so hier und da ausgeholfen. Wir hatten zuwenig Personal, wissen Sie.»

«Aber wo ist er denn jetzt?»

«Das kann ich Ihnen nicht genau sagen. Er ist mit einer Amerikanerin weggefahren. Sie hat hier bei uns gewohnt, und dann hatte sie niemanden, der sie fuhr, und weil wir inzwischen jemand als Ersatz für Angus hatten, haben wir ihn ziehen lassen. Als Chauffeur», fügte sie hinzu, als ob Caroline das Wort noch nie gehört hätte.

«Wann kommen sie denn wieder zurück?»

«Ach, morgen oder übermorgen. Gegen Ende der Woche, hat Mrs. McDonald gesagt.»

«Mrs. McDonald?»

«Ja, die Amerikanerin. Die Familie ihres Mannes stammt aus dieser Gegend, deshalb wollte sie unbedingt herumreisen, hat sich das Auto gemietet und Angus als Fahrer angestellt.»

Gegen Ende der Woche. Also Freitag oder Samstag. Jody und Caroline mußten aber spätestens am Freitag wieder in London sein, schließlich heiratete sie am Dienstag. Am Dienstag heiratete sie Hugh, und vorher mußte sie zurück sein, denn am Montag war Generalprobe für die Hochzeit, und Diana war sicher schon nervös, und die ganzen Geschenke und überhaupt.

Ihre Gedanken schossen verzweifelt hierhin und dorthin wie ein ausgerissenes, verstörtes Pferd. Sie riß sich zusammen und befahl sich, ruhig zu bleiben, merkte aber, daß sie keinen klaren Gedanken fassen konnte. Es fiel ihr einfach nichts ein. *Ich bin mit meinem Latein am Ende*, dachte sie. So war das also, das meinten die Leute, wenn sie diesen Satz sagten.

Die Frau hinter der Theke wurde allmählich ungeduldig. «Müßten Sie Angus denn dringend sprechen?»

«Ja. Ich bin seine Schwester. Es ist ziemlich wichtig.»

«Von wo kommen sie denn gerade?»

«Von Cairney», rutschte es Caroline heraus.

«Aber das sind ja acht Meilen. Und die Straße ist doch gesperrt.»

«Ich bin ein Stück gelaufen, und dann hat mich der Schneepflug mitgenommen.»

Es blieb ihnen wohl nichts anderes übrig, als auf Angus zu

warten. Vielleicht konnten sie ja hier im Hotel übernachten. Wenn sie Jody bloß mitgebracht hätte!

«Hätten Sie denn zwei Zimmer für uns frei?»

«Für uns?»

«Ich habe noch einen Bruder. Der kommt nach.»

Die Frau sah sie zweifelnd an, sagte aber: «Moment bitte», und ging ins Büro zurück, um in ihrem Buch nachzusehen. Caroline lehnte sich an die Theke und nahm sich vor, nicht durchzudrehen, denn das führte zu nichts, außer dazu, daß man sich elend fühlte. Hundeelend.

Und dann spürte sie, daß es wieder da war, dieses entsetzliche Stechen, dieser messerscharfe Schmerz im Bauch. Er hatte sie ohne Vorwarnung überwältigt, wie ein Ungeheuer, das in seinem Versteck lauert und plötzlich zuschlägt. Sie versuchte, ihn zu ignorieren, aber das ging nicht. Er wurde immer stärker, wuchs wie ein riesiger Ballon, der mit Luft vollgepumpt wird. Er nahm so viel Platz ein, daß er alles andere aus ihrem Bewußtsein verdrängte, sie bestand nur noch aus diesem Schmerz, er füllte alles aus. Sie schloß die Augen, und dann war ihr, als schrillte irgendwo in der Ferne eine Alarmglocke.

Als sie schon dachte, sie könne es nicht mehr ertragen, wurde der Schmerz langsam schwächer, glitt von ihr ab wie ein zu großer Umhang. Nach einer Weile schlug sie die Augen auf und sah direkt in das entsetzte Gesicht der Empfangsdame. Wie lange hatte sie wohl schon zugesehen?

«Ist Ihnen nicht gut?»

«Doch, doch.» Sie rang sich ein Lächeln ab. Ihr Gesicht war schweißnaß. «Es ist wohl eine Magenverstimmung, die habe ich manchmal. Und dann der lange Spaziergang...»

«Ich hole Ihnen ein Glas Wasser. Setzen Sie sich mal lieber hin.»

«Danke, es geht schon.»

Aber irgend etwas mit dem Gesicht der Frau stimmte nicht; es glitt verschwommen vor und zurück. Sie sagte etwas, Caroline sah genau, wie ihr Mund auf und zu ging, aber kein Laut kam heraus. Caroline streckte die Hand aus, um sich an der Theke festzuhalten, und dann sah sie nur noch, wie der buntgemusterte Teppich auf sie zugerast kam und ihr mit einem dumpfen Knall an die Schläfe schlug.

5

Es war bereits halb fünf, als Oliver in die Auffahrt von Cairney einbog. Duncan Fraser hatte ihn nicht nur zu einem schweren Mittagessen eingeladen, sondern zudem darauf bestanden, die Übergabe von Cairney bis in sämtliche juristischen und finanziellen Einzelheiten zu besprechen. Nicht das Geringste war ausgelassen worden, und Oliver schwirrte der Kopf vor lauter Daten und Fakten. Anbauflächen, Erträge, Viehbestände, der Wert von Cottages und der Zustand von Heuschobern und Scheunen. Das alles war natürlich notwendig und auch richtig, aber es hatte ihn doch ziemlich mitgenommen. Während der Fahrt durch die Dämmerung des Spätnachmittags versuchte er sich mit den Tatsachen abzufinden. Wenn er Cairney weggab – selbst wenn es an Duncan ging –, gab er damit unweigerlich auch ein Stück von sich selbst auf, zerschnitt die letzten Bande, die ihn noch an seine Jugend knüpften.

Der innere Konflikt hatte ihn erschöpft. Er war müde, hatte Kopfweh und dachte nur noch an zu Hause, an seinen gemütlichen Lehnstuhl, den Kamin und womöglich eine wohltuende Tasse Tee.

Noch nie hatte das Haus so anheimelnd ausgesehen, so einladend. Er fuhr den Landrover in die Garage und ging durch den Kücheneingang ins Haus. Mrs. Cooper stand am Bügelbrett, hatte den Blick aber auf die Tür geheftet. Als er hereinkam, stellte sie mit einem Seufzer der Erleichterung das Bügeleisen ab.

«Ach, Oliver, gut, daß Sie da sind. Ich hab ja schon gehofft, daß Sie's sind, als ich das Auto gehört habe.»

Ihre Miene verkündete nichts Gutes. «Was ist denn los?» fragte er.

«Na, die Schwester von dem Kleinen ist spazierengegangen und noch nicht wieder da, und es ist doch schon fast dunkel. Du lieber Gott, wer weiß, was da passiert ist!»

Oliver sah sie erschrocken an. «Wann ist sie fort?»

«Gleich nach dem Mittagessen. Nicht, daß sie was gegessen hätte. Bißchen rumgestochert hat sie, davon wär keine Fliege satt geworden, geschweige denn ein Spatz.»

«Aber jetzt ist es doch... nach halb fünf.»

«Ja, eben.»

«Und wo ist Jody?»

«Oben im Kinderzimmer. Der ist quietschvergnügt, er macht sich auch gar keine Sorgen. Ich habe ihm grade seinen Tee gebracht, dem Engelchen.»

Oliver runzelte die Stirn. «Wo wollte sie denn hin?»

«Sie wollte bloß mal kurz an die frische Luft.» Mrs. Cooper rang die Hände. «Es wird ihr doch nichts passiert sein?»

«Wundern würde es mich nicht», sagte Oliver bitter. «Das Mädchen ist imstande und ertrinkt in einer Pfütze.»

«Ach, das arme kleine Ding...»

«Von wegen armes kleines Ding, eine Nervensäge ist sie», entgegnete Oliver grob.

Er war schon auf dem Weg zur hinteren Treppe, um Jody auszuhorchen, als das Telefon klingelte. Olivers erster Gedanke war, daß nun zumindest die Leitungen wieder funktionierten, doch Mrs. Cooper griff sich ans Herz. «Vielleicht ist das schon die Polizei.»

«Ach was», sagte Oliver, machte sich aber doch schneller als gewohnt auf den Weg in die Bibliothek, um abzunehmen.

«Cairney», bellte er.

«Mr. Cairney», sagte eine ungemein vornehme weibliche Stimme, «hier ist Mrs. Henderson vom Hotel Strathcorrie.»

Oliver machte sich auf alles gefaßt. «Ja, bitte?»

«Ich habe eine junge Dame hier, die ihren Bruder sprechen wollte, der früher einmal bei uns gearbeitet hat…»

Früher? «Ja, bitte?»

«Sie sagte, sie käme von Cairney.»

«Das stimmt.»

«Nun, es wäre vielleicht ganz gut, wenn Sie sie abholen würden, Mr. Cairney. Sie scheint nicht ganz auf dem Damm zu sein, sie fiel in Ohnmacht und dann mußte sie… sich übergeben.» Sie brachte den Ausdruck nur zögernd über die Lippen, als ob er unanständig wäre.

«Wie ist sie denn nach Strathcorrie gekommen?»

«Zunächst ist sie gelaufen, und dann hat sie der Schneepflug mitgenommen.»

Das hieß, daß zumindest die Straße frei war. «Und wo ist sie jetzt?»

«Ich habe veranlaßt, daß sie sich hinlegt… es schien ihr so schlecht zu gehen.»

«Weiß sie, daß Sie mich verständigt haben?»

«Nein. Ich hielt es für klüger, ihr das nicht zu sagen.»

«Da hatten Sie recht. Sagen Sie nichts, aber lassen Sie sie nicht fort, bis ich komme.»

«Gern, Mr. Cairney. Und ich bedaure sehr, Ihnen solche Umstände zu machen.»

«Aber ich bitte Sie. Vielen Dank, daß Sie angerufen haben. Wir hatten uns schon Sorgen gemacht. Ich komme, so schnell ich kann.»

Caroline schlief, als er kam. Eigentlich schlief sie nicht richtig, sondern befand sich in diesem herrlichen Zustand zwischen Schlafen und Wachen: warm, wohlig unter der Decke eingekuschelt und gut aufgehoben. Bis seine tiefe Stimme in ihren Dämmerzustand einbrach und sie mit einem Schlag hellwach wurde. Sofort fiel ihr ein, daß sie erzählt hatte, woher sie kam, und sie verwünschte ihre lose Zunge. Doch die Schmerzen hatten nachgelassen, und sie fühlte sich ausgeruht, deshalb war sie einigermaßen gewappnet, als Oliver Cairney ins Zimmer stürmte, ohne zu klopfen.

«Ach», sagte sie, «jetzt sind Sie den ganzen weiten Weg hergekommen, dabei ist eigentlich gar nichts los. Sehen Sie», sie setzte sich auf, «mir geht es prächtig.»

Er trug einen grauen Mantel und eine schwarze Krawatte, was sie wieder an seinen Bruder erinnerte. Hastig fuhr sie fort: «Es war eben doch sehr weit zu Fuß, das heißt, dann hat mich ja der Schneepflug mitgenommen.»

Er schlug die Tür zu, trat ans Bett und stützte sich auf das Messinggeländer am Fußende.

«Haben Sie Jody mitgebracht?» fragte sie munter. «Wir können uns nämlich hier einquartieren. Es sind Zimmer frei, und wir warten am besten hier, bis Angus wiederkommt. Er ist leider verreist, allerdings bloß für ein paar Tage, und zwar mit einer Amerikanerin...»

«Schluß jetzt», unterbrach Oliver sie rüde. «Seien Sie still.»

In einem solchen Ton hatte noch kein Mensch mit Caroline gesprochen. Sie verstummte augenblicklich. «Ich habe Ihnen doch gesagt, daß Sie in Cairney auf mich warten sollen.»

«Das konnte ich nicht.»

«Warum?»

«Weil Jody mir das mit Ihrem Bruder erzählt hat. Er wußte es von Mrs. Cooper. Und es ist so furchtbar, daß wir ausgerechnet in dieser Situation bei Ihnen aufgetaucht sind. Es tat mir so leid, ich wußte ja nicht...»

«Wie hätten Sie das auch wissen sollen?»

«...aber ausgerechnet zu so einer Zeit...»

«Der Zeitpunkt ist nicht das Schlimme daran», erklärte Oliver unverblümt. «Wie fühlen Sie sich denn inzwischen?»

«Mir geht es prächtig.»

«Sie sind ohnmächtig geworden.» Das klang wie ein Vorwurf.

«Wirklich albern, das passiert mir sonst nie.»

«Das kommt nur davon, daß Sie nichts essen. Wenn Sie sich unbedingt so verrückt aufführen müssen, geschieht es Ihnen recht, wenn Sie in Ohnmacht fallen. Jetzt ziehen Sie ihre Regenjacke an, dann bringe ich Sie nach Hause.»

«Aber ich habe Ihnen doch schon gesagt, daß wir hierbleiben können. Wir warten hier auf Angus.»

«Sie können in Cairney auf Angus warten.» Er nahm die schwarze Öljacke, die über dem Stuhl hing.

Caroline runzelte die Stirn. «Wenn ich aber nicht will? Sie können mich schließlich nicht zwingen.»

«Und wenn Sie ausnahmsweise mal tun, was man Ihnen sagt? Vielleicht denken Sie zur Abwechslung auch einmal an andere Leute. Mrs. Cooper war ganz grau im Gesicht, als ich nach Hause kam, sie hat sich die schlimmsten Katastrophen ausgemalt, die Ihnen zugestoßen sein könnten.»

Sie bekam leichte Gewissensbisse. «Und Jody?»

«Dem geht's gut. Als ich losfuhr, saß er vor dem Fernseher. So, kommen Sie jetzt?»

Ihr blieb nichts anderes übrig. Caroline stand auf, ließ sich in die Öljacke helfen, stieg in die Gummistiefel und trottete lammfromm hinter ihm die Treppe hinunter.

«Mrs. Henderson!»

Sie tauchte aus ihrem Büro auf und stellte sich wie eine beflissene Verkäuferin hinter die Empfangstheke. «Ah, Sie haben sie gefunden, Mr. Cairney, schön.» Sie trat zu ihnen auf den Gang. «Wie geht es Ihnen denn?» fragte sie Caroline.

«Wieder gut.» Dann rang sie sich noch ein «Danke» ab, obwohl sie Mrs. Henderson nur sehr schwer verzeihen konnte, daß sie Oliver angerufen hatte.

«Keine Ursache. Und wenn Angus wiederkommt...»
«Sagen Sie ihm bitte, daß seine Schwester auf Cairney ist.»
«Selbstverständlich. Und ich bin froh, daß es Ihnen wieder bessergeht.»
Caroline nahm Kurs auf die Tür. Oliver bedankte sich noch einmal bei Mrs. Henderson, dann standen sie beide in der kalten, windigen Abenddämmerung, und Caroline kletterte ergeben wieder in den Landrover.

Sie fuhren schweigend los. Das versprochene Tauwetter hatte den Schnee in Matsch verwandelt, und die Straße über den Hügel war einigermaßen frei. Über ihnen trieb der Westwind die grauen Wolkenfetzen weg, so daß dazwischen immer wieder ein blaues Stück Himmel aufblitzte. Durch die offenen Fenster roch es nach Erde und feuchtem Torf. Aus dem Schilf am Ufer eines kleinen Sees flogen Brachvögel auf, und plötzlich schien es durchaus möglich, daß die kahlen Bäume bald Knospen bekommen und der langersehnte Frühling endlich beginnen würde.
Caroline fiel der Abend in London wieder ein, als sie mit Hugh ins Arabella gefahren war. Sie mußte daran denken, wie der Himmel über der Stadt orange geleuchtet hatte und wie sie das Fenster heruntergekurbelt und sich gewünscht hatte, auf dem Land zu sein. Das war zwar erst drei, vier Tage her, aber es kam ihr vor wie eine Ewigkeit. Als ob es irgendeinem anderen Mädchen in einer ganz anderen Zeit passiert wäre.
Eine Illusion. Sie war Caroline Cliburn, und sie hatte tausend ungelöste Probleme auf dem Hals. Sie war Caroline Cliburn, und sie mußte rechtzeitig wieder in London sein, sonst war der Teufel los. Sie war Caroline Cliburn, und sie würde Hugh Rashley heiraten. Am Dienstag.
So sah die Realität aus. Um sie greifbarer zu machen, malte sie sich aus, wie das Haus in Milton Gardens vor Hochzeits-

geschenken überquoll. Sie dachte an das weiße Kleid in ihrem Schrank, an den Partyservice mit den mitgebrachten Tischen und den steifen, weißen Damastdecken, an übersprudelnde Sektgläser, Gardeniensträuße, knallende Korken und langweilige Reden; und an Hugh, den rücksichtsvollen, ordentlichen Hugh, der Caroline gegenüber nie auch nur laut wurde, geschweige denn ihr mit einem «Schluß jetzt!» den Mund verboten hätte.

Das wurmte sie immer noch. Bei dem Gedanken daran kam ihr die Wut. Wut auf Angus, daß er sie im Stich ließ, wenn sie ihn wirklich brauchte, bloß um irgendeine amerikanische Witwe durch die Gegend zu kutschieren, ohne eine Adresse zu hinterlassen oder mitzuteilen, wann genau er wiederkäme; Wut auf Mrs. Henderson mit ihrer straßbesetzten Brille und ihrem Übereifer, die unbedingt Oliver Cairney verständigen mußte, damit er sich wieder einmischen und alles noch komplizierter machen konnte, und schließlich Wut auf Oliver selbst, diesen anmaßenden Menschen mit seinen übertriebenen Vorstellungen von Gastfreundschaft.

Der Landrover arbeitete sich über den Hügelkamm, dann schlängelte sich vor ihnen die Straße wieder hinab, Richtung Cairney. Oliver schaltete in einen niedrigeren Gang, und die Reifen fraßen sich in den matschigen Schnee. Die Luft zwischen ihnen wurde immer dicker; er machte aus seinem Ärger über ihr Verhalten keinen Hehl. Wenn er doch etwas sagen würde. Irgendwas. Ihr ganzer Zorn, ihre ganze Verzweiflung konzentrierten sich immer mehr auf ihn. Er war schuld, er ganz allein. Ihre Wut wuchs und wuchs, bis Caroline sich nicht mehr beherrschen konnte und schließlich eisig sagte: «Das ist doch einfach lächerlich.»

«Was ist lächerlich?» Er klang mindestens ebenso kühl.

«Die ganze Situation. Alles.»

«Leider Gottes weiß ich zuwenig über die Situation, um

dazu irgendeinen Kommentar abzugeben. Genaugenommen weiß ich überhaupt nichts, abgesehen davon, daß Sie mitten in einem Schneesturm auf Cairney aufgetaucht sind.»

«Alles andere geht Sie auch nichts an», sagte Caroline gröber als beabsichtigt.

«Doch, Ihr Bruder geht mich etwas an. Ich muß nämlich dafür sorgen, daß er nicht noch weiter unter Ihren Dummheiten zu leiden hat.»

«Wenn Angus in Strathcorrie gewesen wäre...»

Er ließ sie nicht ausreden. «Wenn, wenn... Er war nun mal nicht da. Und ich habe das unbestimmte Gefühl, daß Sie das auch nicht besonders überrascht hat. Was ist das überhaupt für ein Mensch, dieser Angus?»

Caroline schwieg weiterhin beharrlich und, wie sie hoffte, würdevoll.

«Aha», sagte Oliver süffisant.

«Nichts aha. Sie haben ja überhaupt keine Ahnung von ihm. Sie verstehen gar nichts.»

«Ach, seien Sie still», sagte Oliver zum zweitenmal, und das war einfach unverzeihlich. Caroline wandte sich abrupt ab und starrte aus dem Fenster, damit er weder sehen noch ahnen konnte, daß ihr plötzlich die Tränen in die Augen schossen.

Das Haus ragte quadratisch aus dem Dunkel; hinter den Vorhängen drang diffus gelbes Licht hervor. Oliver hielt vor der Tür und stieg aus. Caroline folgte ihm zögernd die Stufen hinauf, ließ sich die Tür aufhalten und ging an ihm vorbei ins Haus. Sie kam sich vor wie ein Kind, das bei einer Missetat erwischt worden war. Eine Sekunde später kam Jody aus der Küche gerannt, als hätte er auf das Kommando gewartet. Als er sie sah, blieb er wie angewurzelt stehen. Sein Blick wanderte zur Tür hinter Caroline und dann wieder zu ihren Augen.

«Und Angus?» fragte er.

Er hatte erwartet, daß sie Angus mitbringen würde. Sie mußte wohl oder übel sagen: «Angus war nicht da.»

Stille. Dann sagte Jody leichthin: «Du hast ihn nicht erwischt.»

«Er arbeitet schon in dem Hotel, ist aber gerade ein paar Tage verreist.» Sie bemühte sich um einen zuversichtlichen Ton. «Morgen oder übermorgen kommt er wieder, keine Sorge.»

«Mrs. Cooper hat gesagt, daß du krank bist.»

«Bin ich aber nicht», sagte Caroline schnell.

«Aber sie hat gesagt...»

Oliver unterbrach ihn. «Deiner Schwester fehlt überhaupt nichts, außer, daß sie nie auf das hört, was man ihr sagt, und daß sie nichts ißt.» Er klang sehr verärgert. «Wo ist Mrs. Cooper?»

«In der Küche.»

«Sag ihr Bescheid, daß alles in Ordnung ist. Caroline geht jetzt ins Bett, ißt zu Abend, und morgen ist sie wieder putzmunter.» Als Jody immer noch zögerte, drehte Oliver ihn um und gab ihm einen sanften Schubs in die Richtung, aus der er gekommen war. «Geh schon. Du brauchst dir wirklich keine Sorgen zu machen, Ehrenwort.»

Jody ging. Die Küchentür fiel zu und man hörte, wie er ausrichtete, was ihm aufgetragen worden war. Oliver wandte sich Caroline zu.

«Und Sie», sagte er mit trügerischer Freundlichkeit, «gehen jetzt ins Bett, und dann bringt Ihnen Mrs. Cooper Ihr Abendessen aufs Zimmer. So einfach ist das.»

Sein Tonfall weckte ihren alten Eigensinn. Den Eigensinn, der ihr als Kind bisweilen geholfen hatte, ihren Kopf durchzusetzen, und der schließlich über die Vorbehalte ihrer Stiefmutter gegen die Schauspielschule gesiegt hatte. Hugh hatte diesen Charakterzug an ihr wahrscheinlich schon früh erkannt, denn er behandelte sie immer diplomatisch, machte Vorschläge und nutzte Überredungskünste, wo sie sich unter Druck nur geweigert hätte.

Nun spielte sie mit dem Gedanken, eine fürchterliche Szene zu machen, doch als Oliver Cairney einfach vor ihr stehenblieb, höflich und unerbittlich, löste sich ihr Widerstand in nichts auf. Als Ausrede vor sich selbst sagte sie sich, sie sei zu müde für weitere Diskussionen. Und plötzlich erschien ihr der Gedanke an ein warmes Bett in einem eigenen Zimmer sehr verlockend. Wortlos drehte sie sich um und ging die Treppe hinauf.

Oliver ging wieder in die Küche, wo Mrs. Cooper das Abendessen zubereitete und Jody am Tisch saß und sich mit einem alten Puzzle abmühte, das bei erfolgreicher Vollendung eine altmodische Dampflok darstellte. Oliver erkannte das Puzzle wieder, er konnte sich noch daran erinnern, wie er es mit seiner Mutter und mit Charles gelegt hatte, um sich an langen Regennachmittagen die Zeit zu vertreiben.

Er sah Jody über die Schulter. «Gar nicht schlecht.»

«Ich finde das eine Teil nicht, das mit dem Himmel und dem Stück von dem einen Ast. Mit dem könnte ich nämlich dann dieses ganze Stück dranmachen.»

Oliver machte sich auf die Suche nach dem vermißten Puzzleteil. «Geht es der jungen Dame wieder gut?» erkundigte Mrs. Cooper sich vom Herd aus.

Oliver blickte nicht auf. «Jawohl. Sie ist ins Bett gegangen.»

«Was war denn mit ihr?»

«Sie ist ohnmächtig geworden, und dann hat sie sich übergeben.»

Jody verzog das Gesicht. «Ich hasse es, wenn ich mich übergeben muß.»

Oliver grinste. «Ich auch.»

«Ich seihe gerade ein bißchen Brühe ab», sagte Mrs. Cooper. «Wenn einem nicht gut ist, dann mag man nichts Schweres zum Abendessen.»

Oliver stimmte ihr vollkommen zu. Er erspähte das verschollene Teil und gab es Jody in die Hand.

«Wie wär's mit dem?»

«Das paßt.» Jody war begeistert. «Mensch, danke, ich hab die ganze Zeit draufgeschaut und nicht kapiert, daß es das richtige ist.» Er strahlte. «Zu zweit geht es eben besser. Helfen Sie mir noch ein bißchen?»

«Also, erst mal geh ich in die Badewanne, und dann genehmige ich mir einen Whisky, und dann essen wir beide zusammen Abendbrot. Aber danach können wir das Puzzle fertigmachen.»

«War das Ihres?»

«Meines oder das von Charles, das weiß ich nicht mehr.»

«Es ist ein ziemlich komischer Zug.»

«Dampfloks waren phantastisch. Sie haben einen Heidenlärm gemacht.»

«Weiß ich. Im Kino hab ich schon mal welche gesehen.»

Oliver nahm ein Bad, zog sich um und war eben auf dem Weg in die Bibliothek, um sich wie angekündigt seinen Whisky zu genehmigen, als ihm aus heiterem Himmel einfiel, daß er ja am Abend zum Dinner auf Rossie Hill eingeladen war. Der Schreck war weniger groß als die Überraschung darüber, daß er das überhaupt vergessen konnte. Doch trotz des gemeinsamen Lunchs mit Duncan Fraser, bei dem sogar noch von dem Dinner die Rede gewesen war, hatten die aufregenden Ereignisse am Nachmittag und Abend die Einladung aus seinem Gedächtnis gelöscht.

Und nun war es halb acht, und er trug keineswegs Abendgarderobe, sondern einen Rollkragenpulli und ausgewaschene Cordhosen. Einen Augenblick zögerte er, biß sich auf die Unterlippe und schwankte, was er tun sollte, doch dann sah er Jody vor sich, der einen langen, einsamen Nachmittag verbracht hatte und dem er für den Abend Gesellschaft und Beistand beim Puzzle versprochen hatte. Damit war die Sache entschieden. Er ging in die Bibliothek, nahm den Hörer ab und wählte die Nummer von Rossie Hill. Nach zweimaligem Klingeln meldete sich Liz.

«Hallo?»

«Hallo, Liz.»

«Ach, Oliver, rufst du an, weil du etwas später kommst? Das macht nämlich nichts, ich habe sowieso vergessen, den Fasan rechtzeitig ins Rohr zu stellen, und außerdem...»

Er fiel ihr ins Wort. «Nein, nicht deshalb. Ich muß absagen. ich schaffe es nicht.»

«Aber... ich... mein Vater hat doch gesagt...» Und dann mit ganz anderer Stimme: «Ist denn alles in Ordnung mit dir?» Sie klang, als habe sie den Verdacht, er sei plötzlich verrückt geworden. «Du bist doch nicht krank, oder?»

«Nein. Ich kann bloß einfach nicht kommen. Ich erklär dir alles später.»

«Es hat doch wohl nichts mit dem Mädchen und dem kleinen Jungen zu tun, die du bei dir aufgenommen hast?» fragte sie kühl.

Oliver war verblüfft. Er hatte Duncan nichts von den Cliburns erzählt, nicht etwa, weil er irgend etwas verheimlichen wollte, sondern weil sie einfach Wichtigeres zu besprechen hatten. «Woher weißt du das?»

«Ach, der gute alte Dorfklatsch. Unsere Mrs. Douglas ist schließlich Coopers Schwägerin. Hier kann man nichts geheimhalten, das müßtest du inzwischen eigentlich wissen, Oliver.»

Er fühlte sich irgendwie angegriffen, als ob sie ihm ein Täuschungsmanöver unterstellen wollte.

«Es ist auch kein Geheimnis.»

«Sind die beiden noch da?»

«Ja.»

«Da muß ich doch mal kommen und mir das Ganze ansehen. Es klingt sehr spannend.»

Er ignorierte ihren Unterton und lenkte ab. «Verzeihst du mir, daß ich ungezogenerweise heute abend so kurzfristig absage?»

«Macht gar nichts. Ab und zu kommt einem eben was Lästiges dazwischen. Dann kriegen mein Vater und ich um so mehr vom Fasan ab. Aber komm doch ein andermal.»

«Wenn du mich einlädst.»

«Das tue ich hiermit.» Ihre Stimme klang aber noch frostig. «Du brauchst mich nur anzurufen, sobald dein Privatleben sich wieder geordnet hat.»

«Das mache ich», sagte Oliver.

«Also dann, bis bald.»

«Bis bald.»

Doch noch bevor das Wort ganz ausgesprochen war, hatte sie schon aufgelegt.

Sie war ihm böse, und eigentlich mit gutem Grund. Schuldbewußt dachte er an die sorgfältig gedeckte Tafel, die Kerzen, den Fasan und den Wein. Dinner auf Rossie Hill war unter keinen Umständen zu verachten. Er fluchte leise vor sich hin, verwünschte den ganzen Tag und hoffte inständig, daß er bald vorüber wäre. Seufzend schenkte er sich mehr Whisky ein als sonst, fügte einen Schuß Soda hinzu, nahm gedankenlos einen großen Schluck und machte sich dann, ein wenig getröstet, auf den Weg zu Jody.

Aber so weit kam er nicht. Auf dem Gang begegnete ihm Mrs. Cooper mit einem Tablett in der Hand. Sie hatte einen komischen, fast verstohlenen Blick und versuchte, schnell in die Küche zu huschen, bevor er sie erreicht hatte.

«Was ist denn los, Mrs. Cooper?»

Mit dem Rücken zur Schwingtür blieb sie stehen und sah ihn ängstlich an.

«Sie hat die Suppe nicht angerührt.» Er nahm den Deckel von der Suppentasse. Duftender Dampf stieg auf. «Ich hab mich wirklich bemüht, aber sie rührt die Suppe nicht an. Sie hat Angst, daß ihr wieder schlecht wird, sagt sie.»

Oliver deckte die Tasse wieder zu, stellte sein Glas daneben und nahm Mrs. Cooper das Tablett ab.

«Das wollen wir doch mal sehen.»

Niedergeschlagenheit und Müdigkeit waren verflogen, er verspürte nur noch eine maßlose Wut. Zwei Stufen auf einmal nehmend, stürmte er die Treppe hinauf und marschierte ohne anzuklopfen ins Cairneysche Gästezimmer. Sie lag in dem großen Doppelbett unter der rosa Steppdecke, Kissen waren auf dem Boden verstreut, und der Schein einer rosa Nachttischlampe umrahmte ihren Kopf.

Der Anblick schürte seinen Ärger nur noch mehr. Dieses verdammte Gör kam in sein Haus, richtete ein heilloses Durcheinander an, verpatzte ihm den Abend und legte sich schließlich in sein Gästebett, um mit ihrer Weigerung zu essen alle zur Verzweiflung zu bringen. Er stellte das Tablett mit einiger Wucht auf dem Nachttisch ab. Die Lampe wakkelte leicht, der Whisky im Glas tanzte und spritzte.

Sie beobachtete ihn matt, mit großen Augen, die Haare in blassen, seidigen Strähnen auf dem Kopfkissen ausgebreitet. Wortlos hob er die Kissen auf, zog sie hoch und stopfte sie ihr in den Rücken, als wäre sie eine Stoffpuppe, die nicht allein sitzen kann.

Sie schob trotzig die Unterlippe vor wie ein verwöhntes Kind. Er nahm die Serviette vom Tablett und knotete sie ihr um den Hals, als würde er sie am liebsten erwürgen. Dann nahm er den Deckel von der Suppentasse ab.

Sie sagte laut und deutlich: «Wenn Sie mich zwingen, das zu essen, wird mir schlecht.»

Oliver griff nach dem Löffel. «Und wenn Ihnen schlecht wird, lege ich Sie übers Knie.»

Ihre Unterlippe fing ob dieser unverschämten Drohung an zu zittern. «Jetzt sofort, oder wenn es mir wieder bessergeht?» erkundigte sie sich bitter.

«Sowohl als auch», sagte Oliver kurz. «Und nun machen Sie den Mund auf.»

Sie gehorchte mehr aus Verblüffung als aus Furcht, und er flößte ihr den ersten Löffel ein. Als sie beim Schlucken ein bißchen würgen mußte, warf sie ihm einen vorwurfsvollen Blick zu, worauf er lediglich warnend eine Augenbraue hochzog. Der zweite Löffel wurde geschluckt. Und der dritte. Und der vierte. Inzwischen hatte sie angefangen zu weinen. Stumm waren ihr die Tränen in die Augen getreten und liefen ihr die Wangen hinunter. Oliver fütterte sie ungerührt weiter mit der Suppe. Als sie fertiggegessen hatte, war sie in Tränen aufgelöst. Er stellte die leere Tasse auf das Tablett zurück und sagte: «Sehen Sie, Ihnen ist nicht schlecht geworden.»

Caroline schluchzte laut auf, ohne daß sie zu irgendeiner Entgegnung fähig gewesen wäre. Mit einemmal schmolz seine Wut dahin und machte einer fast zärtlichen Belustigung Platz; er hätte am liebsten gelächelt. Sein Zornesausbruch hatte reinigend gewirkt wie ein Gewitter, plötzlich war er ganz ruhig und entspannt, und die Sorgen und Enttäuschungen des Tages waren in den Hintergrund getreten. Was blieb, war dieser friedliche, hübsche Raum, der Schein der rosa Lampe, der restliche Whisky in seinem Glas und Caroline Cliburn, zu guter Letzt gefüttert und gebändigt.

Behutsam band er ihr die Serviette ab und reichte sie ihr. «Vielleicht möchten Sie die als Taschentuch benutzen.»

Sie warf ihm einen dankbaren Blick zu, wischte sich Wangen und Augen ab und putzte sich schließlich herzhaft die Nase. Eine nasse Haarsträhne klebte quer über der Wange, und er strich sie ihr sanft mit dem Finger hinters Ohr.

Es war eine spontane tröstende Geste, doch die unerwartete Berührung löste eine Kettenreaktion aus. Erstaunen huschte über Carolines Gesicht, gefolgt von unendlicher Erleichterung. Als wäre es das Natürlichste von der Welt, beugte sie sich vor und drückte die Stirn in die rauhe Wolle seines Pullovers, und er legte ihr einfach die Arme um die Schultern und zog sie an sich, so daß ihr Kopf mit dem seidigen Haar direkt unter seinem Kinn lag. Er spürte, wie zerbrechlich sie war, spürte ihre Knochen, ihren Herzschlag. Nach einer Weile sagte er: «Jetzt müssen Sie mir aber mal erzählen, was eigentlich los ist, ja?»

Caroline nickte, so daß ihm ihr Kopf an die Brust schlug. «Mach ich», kam ihre Stimme gedämpft. «Ist wahrscheinlich das beste.»

Sie begann, wo alles angefangen hatte, auf Aphros. «Da sind wir hingezogen, als meine Mutter gestorben ist. Jody war noch ganz klein, er sprach schon Griechisch, bevor er Englisch gelernt hat. Mein Vater war Architekt, er wollte dort Häuser entwerfen, aber dann haben die Engländer Aphros langsam für sich entdeckt und wollten dort wohnen, und da hat er eben als eine Art Makler gearbeitet, hat Häuser gekauft und ihren Umbau beaufsichtigt und so. Wenn Angus in England aufgewachsen wäre, hätte er sich vielleicht anders entwickelt. Ich weiß es nicht. Wir sind dort auf eine ganz normale griechische Schule gegangen, weil mein Vater es sich nicht leisten konnte, uns nach Hause zu schicken.»

Sie unterbrach sich und versuchte, das mit Angus näher zu

erklären. «Er hat eben immer so ein freies Leben gehabt. Mein Vater hat sich nie groß drum gekümmert, wo wir waren. Er wußte ja, daß wir gut aufgehoben sind. Angus war meistens bei den Fischern, und als er mit der Schule fertig war, blieb er einfach auf Aphros, und kein Mensch dachte daran, daß er irgendeine Ausbildung machen könnte. Bis dann Diana kam.»

«Ihre Stiefmutter.»

«Genau. Sie wollte eigentlich auf der Insel ein Haus kaufen, und sie wollte meinen Vater als Makler. Aber dann hat sie gar kein Haus gekauft, weil sie nämlich meinen Vater geheiratet hat und bei uns eingezogen ist.»

«War das eine große Umstellung?»

«Für Jody schon. Und für mich auch. Aber für Angus nicht. Der hat sich überhaupt nicht drum gekümmert.»

«Fanden Sie sie nett?»

«Ja.» Caroline machte lauter kleine Falten in den Bettuchzipfel, sorgfältig und exakt, als ob Diana ihr das als knifflige Aufgabe gestellt hätte, die nach ihren eigenen perfekten Maßstäben ausgeführt werden müsse. «Ich mag sie gern, Jody auch. Aber Angus war schon zu alt, als daß sie ihn noch hätte beeinflussen können... und sie war zu klug, um es auch nur zu versuchen. Doch dann ist mein Vater gestorben, und sie hat gesagt, wir müssen alle mit ihr nach London zurück, aber Angus wollte nicht. Er hat sich einen gebrauchten Jeep gekauft und ist damit nach Indien gefahren, durch die Türkei und Syrien, und wir haben eine Zeitlang immer Postkarten von den unmöglichsten Orten gekriegt, aber sonst nicht viel.»

«Aber Sie sind mit nach London gegangen.»

«Ja. Diana hatte ein Haus in Milton Gardens, da wohnen wir jetzt auch noch.»

«Und Angus?»

«Der hat uns mal besucht, aber das ging ziemlich schief. Er

hatte einen fürchterlichen Streit mit Diana, weil er sich nicht anpassen wollte, sich nicht die Haare schneiden oder den Bart abrasieren wollte oder Schuhe anziehen und all so was. Außerdem hatte Diana inzwischen noch mal geheiratet, einen alten Jugendfreund, Shaun Carpenter. So daß sie jetzt Mrs. Carpenter ist.»

«Und Mr. Carpenter?»

«Der ist sehr nett, aber nicht stark genug für Diana. Sie setzt dauernd ihren Kopf durch und manipuliert uns eigentlich alle. Aber ganz unmerklich. Das kann man schwer beschreiben.»

«Und was haben Sie die ganze Zeit über gemacht?»

«Ich habe die Schule fertiggemacht, und dann bin ich auf die Schauspielschule gegangen.» Sie warf Oliver einen verschmitzten Blick zu. «Diana war dagegen. Sie hatte Angst, daß ich da zu einem Hippie werde oder mit Drogen anfange oder so werde wie Angus.»

Oliver grinste. «Und, kam es so?»

«Nein. Aber sie hat außerdem vorausgesagt, daß ich nicht durchhalten werde, und damit hatte sie recht. Ich meine, die Schule habe ich schon abgeschlossen, und ich habe sogar ein Engagement an einem Theater gekriegt, aber dann...» Sie brach ab. Olivers Gesichtsausdruck war seltsam milde, sein Blick verständnisvoll. Man konnte eigentlich gut mit ihm reden. Bislang war ihr gar nicht aufgefallen, wie gut man mit ihm reden konnte. Den ganzen Tag hatte er ihr möglichst deutlich zu verstehen gegeben, für wie dumm er sie hielt, aber jetzt merkte sie instinktiv, daß er sie nicht für dumm halten würde, nur weil sie sich in den falschen Mann verliebt hatte.

«Na ja, dann habe ich eine Beziehung mit diesem Mann angefangen. Und wahrscheinlich war ich ziemlich blöd und naiv, weil ich dachte, er meint es ernst. Aber Schauspieler sind zielstrebige Menschen, er hatte eben seine Karriere im Kopf, und da hat er mich abgeschrieben. Er heißt Drennan Colefield. Inzwischen ist er ziemlich bekannt, vielleicht ist Ihnen sein Name schon einmal untergekommen.»

«Ist er.»

«Er hat eine französische Schauspielerin geheiratet. Sie leben jetzt in Hollywood, glaube ich, und er macht eine ganze Reihe von Filmen. Jedenfalls ging nach Drennan alles schief, und dann habe ich eine Lungenentzündung gekriegt und schließlich das Ganze einfach an den Nagel gehängt.»

Sie fältelte wieder an dem Bettuch herum. «Und Angus?» fragte Oliver sanft nach. «Wann hat es den nach Schottland verschlagen?»

«Jody hat vor ein oder zwei Wochen einen Brief von ihm gekriegt. Aber von dem hat er mir erst letzten Sonntag abend erzählt.»

«Und warum mußten Sie beide ihn unbedingt wiedersehen?»

«Weil Diana und Shaun nach Kanada gehen. Shaun hat eine Stelle in Kanada, und sie gehen hin, sobald die... sehr bald jedenfalls. Und Jody nehmen sie mit. Jody will aber nicht, bloß weiß das Diana nicht. Mir hat er es erzählt, und dann wollte er, daß ich mit ihm nach Schottland fahre und Angus suche. Er dachte, daß Angus vielleicht mit nach London kommt und Jody bei ihm wohnen kann, damit er nicht nach Kanada muß.»

«Ist das sehr wahrscheinlich?»

«Eigentlich nicht», antwortete Caroline wahrheitsgemäß. «Aber ich mußte es wenigstens versuchen. Jody zuliebe mußte ich es wenigstens versuchen.»

«Kann Jody nicht bei Ihnen wohnen?»

«Nein.»

«Warum denn nicht?»

Caroline zuckte die Achseln. «Das würde einfach nicht gehen. Außerdem würde Diana das nie erlauben. Bei Angus wäre es was anderes. Angus ist inzwischen fünfundzwanzig, und wenn Angus Jody aufnehmen würde, dann könnte Diana gar nichts dagegen sagen.»

«Aha.»

«Deshalb wollten wir eben zu ihm. Das Auto haben wir uns von Caleb Ash geliehen, das ist ein Freund von meinem Vater, der jetzt in London lebt, in einer kleinen Wohnung am Ende von Dianas Garten. Er schätzt Diana sehr, aber ich glaube, er findet es nicht so gut, wie sie immer bestimmt, was wir alle tun sollen. Deshalb hat er uns sein Auto geliehen, unter der Bedingung, daß wir ihm sagen, wo wir hinfahren.»

«Dann haben Sie es Diana nicht gesagt?»

«Sie weiß, daß wir in Schottland sind. Sonst nichts. Wir haben ihr einen Brief hinterlassen. Wenn wir ihr mehr gesagt hätten, wären wir hier nie angekommen, weil sie uns längst vorher abgefangen hätte.»

«Macht sie sich denn nicht schreckliche Sorgen um Sie?»

«Wahrscheinlich schon. Aber wir haben ja gesagt, daß wir bis Freitag wieder zurück sind...»

«Was aber nicht der Fall sein wird, wenn Angus nicht zufällig vorher zurückkommt.»

«Ich weiß.»

«Meinen Sie nicht, daß man Diana vielleicht anrufen sollte?»

«Nein. Noch nicht. Jody zuliebe.»

«Aber sie wird doch Verständnis haben.»

«Irgendwie schon, aber nicht so ganz. Wenn Angus ein anderer Mensch wäre...» Sie verstummte.

«Was machen wir also?» fragte Oliver.

Das «wir» entwaffnete sie. «Ich weiß es nicht», sagte sie, aber der verzweifelte Ausdruck war aus ihrem Gesicht gewichen. «Vielleicht abwarten?» fragte sie hoffnungsvoll.

«Wie lange?»

«Bis Freitag. Und dann rufen wir Diana an, das verspreche ich Ihnen, und fahren nach London zurück.»

Nach einiger Bedenkzeit willigte Oliver schließlich widerstrebend ein. «Nicht, daß ich davon begeistert wäre», setzte er hinzu.

Caroline lächelte. «Nachdem Sie sich ja ansonsten vor Begeisterung kaum zu lassen wußten, seit wir Ihnen ins Haus geschneit sind.»

«Na, viel Anlaß zur Begeisterung gab es nicht, das müssen Sie zugeben.»

«Ich bin heute nur deshalb nach Strathcorrie gelaufen, weil ich das mit Ihrem Bruder erfahren habe. Sonst hätte ich es wirklich nicht gemacht. Es war mir so schrecklich peinlich, daß wir ausgerechnet zu dem Zeitpunkt bei Ihnen aufgetaucht sind.»

«So schlimm war das nicht. Jetzt ist schon alles überstanden.»

«Was haben Sie denn nun vor?»

«Ich verkaufe Cairney und gehe nach London zurück.»

«Ist das nicht furchtbar traurig?»

«Schon, aber die Welt geht davon auch nicht unter. In meiner Erinnerung wird Cairney immer so sein, wie es für mich war. Es geht nicht so sehr um das Haus, sondern um alles, was darin passiert ist. Das waren die Grundlagen für ein sehr glückliches Leben. Und das wird mir bleiben, selbst wenn ich alt und grau und zahnlos werde.»

«So wie Aphros», sagte Caroline. «Aphros ist so was für Jody und mich. Wenn mir was Schönes begegnet, ist es schön, weil es mich an Aphros erinnert. Die Sonne, weiße Häuser, blauer Himmel, der Wind vom Meer, Pinienduft und Geranien in großen Töpfen. Wie war denn Ihr Bruder? So wie Sie?»

«Er war sehr nett, er war der netteste Mensch der Welt und ganz anders als ich.»

«Wie denn?»

«Rothaarig, zupackend und mit Leib und Seele in Cairney verwurzelt. Er war ein guter Farmer. Und ein guter Mensch.»

«Wenn Angus so wäre, dann wäre alles ganz anders gekommen.»

«Wenn Angus so wäre, wie mein Bruder Charles gewesen ist, hätten Sie nicht in Schottland nach ihm suchen müssen, wären nie in Cairney gelandet, und dann hätte ich euch beide nie kennengelernt.»

«Das ist ja auch eher ein zweifelhaftes Vergnügen.»

«Aber mit Sicherheit ein ‹Erlebnis›, wie Mrs. Cooper sagen würde.»

Sie mußten beide lachen. Mitten in ihr Gelächter hinein klopfte es, und auf Carolines ‹Herein› ging die Tür auf und Jody steckte den Kopf ins Zimmer.

«Jody!»

Er kam langsam herein. «Oliver, Mrs. Cooper läßt ausrichten, daß das Abendessen fertig ist.»

«Du meine Güte, ist es schon so spät?» Oliver sah auf die Uhr. «Gut. Ich bin schon unterwegs.»

Jody trat zu seiner Schwester ans Bett. «Geht's dir jetzt besser?»

«Viel besser.»

Oliver stand auf, nahm das leere Tablett und ging zur Tür. «Was macht das Puzzle?» fragte er.

«Ich hab noch ein bißchen was geschafft, aber nicht viel.»

«Wir bleiben notfalls die ganze Nacht auf, bis wir es fertighaben.» Er wandte sich zu Caroline um. «Und Sie schlafen jetzt. Wir sehen uns morgen wieder.»

«Gute Nacht», sagte Jody.

«Gute Nacht, Jody.»

Als die beiden draußen waren, machte sie die Nachttischlampe aus. Durch das offene Fenster und die halb zugezogenen Vorhänge schienen die Sterne herein. Ein Brachvogel rief, und eine leichte Brise rauschte in den hohen Kiefern. Caroline schloß die Augen und dachte über alles nach, was sie Oliver erzählt hatte.

Als erstes fiel ihr auf, daß nun, nach so langer Zeit, ihre Affäre mit Drennan Colefield wohl endlich ganz ausgestanden war. Sie hatte ihn beschrieben, hatte seinen Namen ausgesprochen, doch der Zauber war verflogen. Er gehörte zu ihrer Vergangenheit, und sie fühlte sich, als hätte man ihr ein großes Gewicht von den Schultern genommen. Sie war wieder frei.

Ein zweiter Gedanke verstörte sie noch mehr. Sie hatte Oliver zwar alles wahrheitsgetreu erzählt, aber irgendwie hatte sie es nicht geschafft, Hugh zu erwähnen. Sie wußte, daß das einen Grund haben mußte – alles hatte seinen Grund –, doch bevor sie sich näher damit beschäftigen konnte, war sie bereits eingeschlafen.

6

Am nächsten Morgen begann der April und mit ihm der Frühling. Der Wind legte sich, die Sonne ging an einem wolkenlosen Himmel auf, und das Barometer schnellte in die Höhe. Die Luft war lau und lind, und es roch nach frisch umgegrabener Erde. Der Schnee schmolz dahin, so daß Schneeglöckchen, ein paar vorwitzige Krokusse und unter den Buchen gelber Eisenhut zum Vorschein kamen. Die Vögel zwitscherten, die Türen standen offen, um die willkommene Wärme einzulassen, und an den Wäscheleinen bauschten sich Vorhänge, Decken und andere Wahrzeichen des großen Frühjahrsputzes.

Auf Rossie Hill klingelte gegen zehn Uhr das Telefon. Duncan Fraser war nicht da, aber Liz stand in der Blumenkammer und arrangierte eine Vase mit Weidenzweigen und langen Narzissen. Sie legte die Rosenschere weg, trocknete sich die Hände ab und ging an den Apparat.

«Hallo?»

«Elizabeth?»

Es war ihre Mutter aus London; sie klang gespannt, und Liz runzelte die Stirn. Olivers plötzliche Absage vom Vorabend nagte immer noch an ihr, folglich war sie nicht gerade bester Stimmung.

Doch das konnte Elaine Haldane schließlich nicht wissen. «Mein Schatz, es ist ja so ein Luxus, tagsüber anzurufen, aber ich konnte es einfach nicht erwarten. Wie ist der Abend gelaufen?»

Liz zog resigniert einen Sessel heran und ließ sich hineinfallen.

«Überhaupt nicht.»

«Was soll das heißen?»

«Oliver hat im letzten Moment abgesagt. Das Essen ist ausgefallen.»

«Ach, wie schade. Dabei war ich so gespannt auf deine Erzählungen. Du hattest dich doch so darauf gefreut.» Sie wartete ein bißchen, und als ihre Tochter keine weiteren Informationen herausrückte, fügte sie vorsichtig hinzu: «Ihr habt euch doch nicht gestritten?»

Liz lachte kurz auf. «Nein, natürlich nicht. Er hat es einfach nicht geschafft. Er ist wohl sehr beschäftigt. Dad hat ihn gestern zum Lunch eingeladen, und sie haben die ganze Zeit nur über Geschäftliches geredet. Dad wird übrigens Cairney kaufen.»

«Na, dann ist er ja auch beschäftigt», sagte Elaine giftig. «Ach, der arme Oliver, das sind ja Aussichten für ihn! Er macht zur Zeit wirklich was durch. Da mußt du sehr viel Geduld haben, mein Schatz, und sehr viel Verständnis.»

Liz wollte nicht weiter über Oliver sprechen. Um das Thema zu wechseln, fragte sie: «Was gibt's Neues in der Großstadt?»

«Alles mögliche. Wir fahren erst in ein oder zwei Wochen nach Paris zurück. Parker hat geschäftlich mit ein paar Leuten aus New York zu tun, die gerade hier sind, deshalb bleiben wir noch ein bißchen. Es macht Spaß, alle zu besuchen und überall die Neuigkeiten auszutauschen. Ach, genau, das muß ich dir unbedingt noch erzählen. Etwas ganz Unglaubliches ist passiert.»

Das klang nach einer ausführlichen Klatschgeschichte, das Gespräch würde also noch mindestens zehn Minuten dauern. Liz holte sich eine Zigarette und machte es sich gemütlich.

«Du kennst doch Diana Carpenter und Shaun? Stell dir vor, Dianas Stiefkinder sind verschwunden. Jawohl, buchstäblich verschwunden. Wie vom Erdboden verschluckt. Sie haben bloß einen Brief hinterlassen, daß sie nach Schottland gefahren sind – ausgerechnet nach Schottland! –, um ihren Bruder Angus zu suchen. Der ist nämlich einer von diesen gräßlichen Hippies; Diana hat seinetwegen schon einiges ausstehen müssen. Weißt du, einer von denen, die ständig nach der Wahrheit suchen – in Indien oder wo diese Typen sonst herumlaufen. Im handfesten Schottland hätte ich ihn am allerwenigsten vermutet, da gibt es doch nur Tweed und Schafe. Caroline fand ich ja schon immer ein bißchen seltsam. Sie hat sich mal als Schauspielerin versucht, und das ging völlig daneben, aber daß sie so was Absonderliches macht, wie einfach zu verschwinden, hätte ich ihr nun wirklich nicht zugetraut.»

«Was unternimmt Diana denn dagegen?»

«Tja, was kann sie schon tun? Die Polizei will sie auf keinen Fall einschalten. Der Junge ist zwar noch ein Kind, aber das Mädchen ist schließlich im Grunde erwachsen – man sollte meinen, sie kann auf ihn aufpassen. Diana hat schreckliche Angst, daß die Zeitungen Wind von der Sache kriegen und die Story in der Abendausgabe in den Schlagzeilen ausbreiten. Und zu allem Überfluß ist am Dienstag noch die Hochzeit, und Hugh hat schließlich einen gewissen Ruf zu verlieren.»

«Hochzeit?»

«Die von Caroline.» Elaine klang ungeduldig, als sei Liz schwer von Begriff. «Caroline heiratet Dianas Bruder, Hugh Rashley. Am Montag ist die Generalprobe für die Hochzeit, und kein Mensch weiß, wo die Braut steckt. Es ist wirklich eine Schande. Ich fand sie schon immer sehr eigenartig, du nicht?»

«Keine Ahnung. Ich hab sie nie kennengelernt.»

«Stimmt, das vergesse ich immer. Wie dumm von mir. Aber ich dachte eigentlich, sie hängt sehr an Diana; daß sie ihr das antut, hätte ich nie für möglich gehalten. Ach, mein

Schatz, du tust mir das nicht an, wenn du heiratest, nicht wahr? Hoffen wir, daß es bald soweit ist und daß es der Richtige wird. Wir wollen keine Namen nennen, du weißt schon, wen ich meine. Jetzt muß ich aber Schluß machen. Ich hab einen Termin beim Friseur und komme sowieso schon zu spät. Und mach dir keine Gedanken wegen Oliver, mein Schatz, besuch ihn einfach und sei lieb zu ihm und verständnisvoll. Bestimmt wird alles gutgehen. Du fehlst mir. Komm bald wieder.»

«Mach ich.»

«Auf Wiedersehen, mein Schatz.» Und dann, mit deutlich weniger Leidenschaft: «Grüß deinen Vater.»

Etwas später am selben Vormittag lag Caroline Cliburn auf dem Rücken in der Heide, ließ sich die Sonne auf den Pelz brennen und hielt sich den Arm gegen das gleißende Licht vor die Augen. Da sie nichts sah, waren ihre anderen Sinne um so schärfer. Sie hörte Brachvogelrufe, in der Ferne Krähengekrächz, Wassergeplätscher und ein sachtes Rauschen in den Bäumen, obwohl sich scheinbar kein Lüftchen regte. Sie roch die süße Reinheit von Schnee, Erde und klarem Wasser, moosig, feucht und schwer. Sie spürte die kalte Nase von Lisa, der alten Labradorhündin, die neben ihr lag und die Schnauze in ihrer Hand vergraben hatte.

Neben ihr saß Oliver Cairney, rauchte eine Zigarette, ließ die Hände zwischen den Knien baumeln und sah Jody zu, der sich auf dem Teich mit einem dickbauchigen Kahn und viel zu langen Rudern abmühte. Ab und zu platschte es gewaltig, so daß Caroline den Kopf hob. Wenn sie sah, daß er bloß einen Krebs gefangen hatte oder mit dem Ruderboot kleine Kreise zog, legte sie sich beruhigt wieder hin und beschirmte die Augen.

«Wenn ich ihm nicht die Schwimmweste angeschnallt

hätte, würden Sie die ganze Zeit am Ufer hin und her rennen wie ein aufgescheuchtes Huhn.»

«Nein, dann wär ich bei ihm da draußen auf dem Teich.»

«Und ihr wärt wahrscheinlich beide am Ertrinken.» Das Heidekraut stach durch ihre Bluse, und ein undefinierbarer Käfer krabbelte ihr über den Arm. Sie setzte sich auf, wischte den Käfer ab und streckte das Gesicht in die Sonne.

«Das ist doch wirklich nicht zu fassen. Vor zwei Tagen waren Jody und ich noch mitten in einem Schneesturm. Und jetzt das.» Die Oberfläche des kleinen Sees war spiegelglatt und klar und blau wie der Sommer. Hinter dem fernen, schilfbestandenen Ufer erstreckte sich das Moor in sanften Hügeln, mit Felsbrocken auf den Kuppen, von denen manche aussahen wie Vogelschnäbel. Ganz weit weg sah sie eine grasende Schafherde, durch den stillen Vormittag drang das klagende Geblök der Tiere herüber. Der Kahn, von seinem beherzten Rudersmann gesteuert, glitt schwerfällig knarzend über die Wasserfläche. Jodys Haare standen in alle Richtungen vom Kopf ab, und sein Gesicht färbte sich allmählich rosa.

«Es ist wirklich wunderschön hier», sagte sie. «Am Anfang ist mir das gar nicht so aufgefallen.»

«Um die Zeit ist es auch am schönsten. Ab jetzt und noch einen Monat lang, wenn die Buchenblätter aufgehen und die Narzissen herauskommen, und dann ist es auf einmal Sommer. Im Oktober ist es auch wieder schön, wenn die Bäume sich färben, der Himmel tiefblau wird und das Heidekraut dunkellila.»

«Werden Sie das nicht fürchterlich vermissen?»

«Doch. Aber da kann man nichts machen.»

«Sie verkaufen es also?»

«Jawohl.» Er warf den Zigarettenstummel weg und trat ihn mit dem Absatz aus.

«Haben Sie schon einen Käufer gefunden?»

«Ja. Duncan Fraser. Mein Nachbar. Er wohnt auf der anderen Seite vom Tal, Sie können sein Haus gerade nicht sehen, weil es von dem Kiefernwäldchen verdeckt wird, aber er will das Land an seines angliedern. Man braucht ja nur den Grenzzaun abzureißen.»

«Und Ihr Haus?»

«Das wird separat verkauft. Darüber muß ich noch mit den Anwälten sprechen. Heute nachmittag wollte ich zu den beiden nach Relkirk, mal sehen, ob wir da zu einer Lösung kommen.»

«Behalten Sie denn gar nichts von Cairney?»

«Sie können aber ganz schön auf einem Thema herumreiten.»

«Männer sind doch immer sentimental, wenn's um Land und Tradition geht.»

«Das bin ich vielleicht auch.»

«Aber es macht Ihnen nichts aus, in London zu leben?»

«Um Himmels willen, nein. Ich bin sogar ausgesprochen gern dort.»

«Was machen Sie denn beruflich?»

«Ich arbeite bei Bankfoot & Balcarries. Falls Sie mit dem Namen nichts anfangen können: das ist eine der größten Wirtschaftsberatungsfirmen in England, spezialisiert auf Maschinenbau.»

«Und wo wohnen Sie?»

«In einer Wohnung gleich bei der Fulham Road.»

«Nicht weit von uns.» Sie mußte lächeln. Da hatten sie so nahe beieinander gewohnt, ohne sich je getroffen zu haben. «Das ist doch komisch, was? London ist so riesig, aber man fährt nach Schottland und lernt prompt einen Nachbarn kennen. Ist die Wohnung schön?»

«Mir gefällt sie.»

Sie versuchte sich die Wohnung vorzustellen, scheiterte

aber kläglich, denn für sie gehörte Oliver einfach nach Cairney.

«Ist sie klein oder groß?»

«Ziemlich groß. Große Zimmer. Sie geht über das ganze Erdgeschoß in einem alten Haus.»

«Haben Sie einen Garten?»

«Ja. Den die Nachbarkatze mit Beschlag belegt. Außerdem habe ich ein großes Wohnzimmer und eine Küche, in der ich esse, und ein paar Zimmer und ein Bad. Mit sämtlichen Errungenschaften eines modernen Haushalts übrigens, außer daß mein Auto bei Wind und Wetter auf der Straße vor sich hingammeln muß. Was wollen Sie sonst noch wissen?»

«Nichts.»

«Die Vorhangfarben? Elfenbein, gedeckt.» Er legte die Hände an den Mund und brüllte über den See: «He, Jody!»

Jody sah sich um. Die Ruder standen aus dem Wasser und tropften. «Ich glaube, das reicht. Komm zurück.»

«Ist gut.»

«Genau, so. Jetzt mit dem linken Ruder. Nein, mit dem *linken*, du Dussel! Ja, so.» Er sprang auf, ging den Holzsteg hinunter und wartete, bis der Kahn langsam und mit viel Gespritze in Reichweite kam. Strahlend lud Jody die schweren Ruder aus. Oliver nahm sie in Empfang und band das Boot fest, während Jody herauskletterte. Mit durchweichten Turnschuhen, bis zu den Knien durchnäßter Hose und stolzgeschwellter Brust kam er auf seine Schwester zu.

«Das hast du fabelhaft gemacht», sagte Caroline.

«Mit kleineren Rudern wäre es noch viel besser gegangen.» Er kämpfte mit den Knoten an der Schwimmweste und zog sie sich über den Kopf. «Weißt du, was ich mir gedacht habe, Caroline? Es wäre toll, wenn wir einfach hierbleiben könnten. Hier gibt es doch alles, was man sich nur wünschen kann.»

Caroline war an dem Vormittag mehrmals derselbe Gedanke durch den Kopf geschossen, und jedesmal hatte sie sich gefragt, ob sie von allen guten Geistern verlassen sei. Genau das fragte sie jetzt Jody, der von ihrem ungeduldigen Tonfall überrascht war.

Oliver zurrte das Boot ganz fest, lud sich die Ruder auf die Schultern und trug sie in das alte Bootshaus. Jody brachte die Schwimmweste ebenfalls dorthin, während Caroline wartete. Dann schlossen sie die windschiefe Tür und kamen über das weiche Moos wieder auf Caroline zu, der große Mann und der sommersprossige Junge, mit der Sonne und dem funkelnden Wasser als Hintergrund.

«Aufgestanden», sagte Oliver, streckte ihr die Hand hin und zog sie hoch. Lisa erhob sich ebenfalls und wedelte mit dem Schwanz, als freue sie sich auf einen kleinen Spaziergang.

«Das sollte doch eine richtige Abenteuertour werden», sagte Oliver. «Bis jetzt haben wir allerdings bloß in der Sonne gesessen und Jody zugeschaut, der als einziger ein bißchen Sport getrieben hat.»

«Wo gehen wir denn jetzt hin?»

«Ich wollte euch was zeigen... es ist gleich um die Ecke.»

Sie folgten ihm im Gänsemarsch auf einem der schmalen Schafspfade um den See. Nach einer Weile kamen sie auf eine Anhöhe, wo der See eine scharfe Kurve machte, und dort am Ende stand ein kleines, verfallenes Häuschen.

«Ist es das, was Sie uns zeigen wollten?» fragte Jody.

«Genau.»

«Das ist ja kaputt.»

«Stimmt. Da wohnt schon seit Jahren niemand mehr drin. Charles und ich haben früher hier gespielt. Einmal durften wir sogar dort übernachten.»

«Wer hat denn da mal gewohnt?»

«Ich weiß es nicht. Ein Schäfer oder ein Kleinbauer. Der

Anbau ist ein Schafstall, und im Garten steht eine Eberesche. Früher hat man auf dem Land immer Ebereschen vor der Tür gepflanzt, weil die angeblich Glück bringen.»

«Ich weiß gar nicht, wie Ebereschen aussehen.»

«In England nennt man sie Vogelbeerbäume. Sie haben gefiederte Blätter und knallrote Beeren, so ähnlich wie Holunder.»

Aus nächster Nähe sah das Haus gar nicht mehr so verfallen aus wie von weitem. Aus Stein gebaut, machte es nach wie vor einen stabilen Eindruck; wenn auch das Wellblechdach hoffnungslos kaputt war und die Tür schief in den Angeln hing, merkte man doch, daß es einst eine ganz ordentliche Bleibe gewesen sein mußte, gemütlich in die Hügelfalte gekuschelt, mit einem Garten, der noch zwischen den Bruchsteinmauern zu erkennen war. Sie gingen über den zugewachsenen Pfad und traten durch die Tür, wobei Oliver klugerweise den Kopf einzog. Dahinter lag ein einziger großer Raum mit einem rostigen Eisenherd auf der einen Seite, einem kaputten Stuhl davor und den Überbleibseln eines Schwalbennestes auf dem Boden. Der Untergrund war übersät mit Rissen, Löchern und Vogeldungflecken, und die Staubkörner in der Luft tanzten auf den schräg einfallenden Sonnenstrahlen.

In der Ecke führte eine halb vermoderte Leiter nach oben.

«Bildhübsches, freistehendes Haus mit zwei Stockwerken», sagte Oliver. «Wer kommt mit hinauf?»

Jody rümpfte die Nase. «Ich nicht», sagte er. Er hatte Angst vor Spinnen. «Ich gehe lieber wieder in den Garten und schaue mir mal die Eberesche an.»

Also kletterten Caroline und Oliver allein die modrige Leiter hinauf, von der mehr Sprossen zerbrochen als intakt waren. Durch die Löcher im Dach flutete Sonnenlicht. Die Dielenbretter waren morsch, die tragenden Balken darunter jedoch stabil, und Oliver konnte in der Mitte gerade aufrecht stehen, ohne daß er mit dem Kopf an die Firststange stieß.

Caroline steckte vorsichtig den Kopf durch ein Loch im Dach und erspähte Jody, der wie ein Affe an einem Ast der Eberesche schaukelte. Ihr Blick schweifte auf den See mit seinen sanft geschwungenen Ufern, das Grün der ersten Felder, auf grasendes Vieh, braun und weiß wie Spielzeugkühe. Sie zog den Kopf wieder zurück und drehte sich zu Oliver. Er hatte eine Spinnwebe am Kinn und sagte mit einem Cockney-Akzent: «Na wie wär's, gnä Frau? Mit 'n paar Spritzern Farbe erkenn Se das Haus nich wieder!»

«Aber Sie könnten doch nicht wirklich was damit anfangen, oder? Jetzt mal im Ernst.»

«Nun, wenn ich das große Haus verkaufe, kann ich es mir vielleicht leisten, ein bißchen Geld in dieses hier zu stecken.»

«Aber es hat kein fließend Wasser.»

«Das könnte ich schon installieren.»

«Und keine Kanalisation.»

«Klärgrube.»

«Keinen Strom.»

«Petroleumlampen. Kerzen. Sowieso viel schmeichelhafter.»

«Und womit wollen Sie kochen?»

«Butangas.»

«Und wann würden Sie es nutzen?»

«An den Wochenenden. In den Ferien. Ich könnte mit meinen Kindern herkommen.»

«Ich wußte gar nicht, daß Sie welche haben.»

«Bis jetzt hab ich auch keine. Soviel ich weiß. Aber wenn ich mal heirate, dann wäre es doch hübsch, so was im Hintergrund zu haben. Damit würde mir auch immerhin noch ein kleines Stückchen von Cairney gehören – was auch für Ihre sentimentale Seele ein Trost sein sollte.»

«Dann macht es Ihnen also doch was aus.»

«Caroline, das Leben ist zu kurz, als daß man zu lange zurückblicken dürfte. Da kommt man nur vom Weg ab und stolpert und fällt prompt noch auf die Nase. Ich schaue lieber nach vorn.»

«Aber dieses Haus ...»

«Das war nur so eine Idee. Ich dachte, Sie freuen sich vielleicht daran. Kommen Sie, wir müssen zurück, sonst denkt Mrs. Cooper noch, wir sind allesamt ertrunken.»

Er stieg die Leiter als erster wieder hinunter und probierte vorsichtig jede verbliebene Sprosse aus, bevor er sich mit dem ganzen Gewicht darauf stellte. Unten angekommen, hielt er mit beiden Händen die Leiter für Caroline, die jedoch prompt auf halber Strecke steckenblieb und weder vor noch zurück kam. Sie mußte lachen, er sagte, sie solle springen, sie sagte, das könne sie nicht, er sagte, das könne doch jeder, aber da lachte Caroline schon so heftig, daß sie überhaupt nichts Vernünftiges mehr tun konnte, schließlich rutschte sie, wie nicht anders zu erwarten, aus, man hörte morsches Holz knacken, und dann kam sie höchst unelegant heruntergeschlittert, bis Oliver sie in seinen Armen auffing.

Ein Erikazweig hatte sich in ihrem hellblonden Haar verfangen, ihr Pullover war noch warm von der Sonne, und der lange Schlaf der letzten Nacht hatte die dunklen Schatten unter den Augen vertrieben. Ihre Haut war glatt und rosig, sie sah ihn an, hilflos vor Lachen. Ohne zu überlegen, beugte er sich vor und küßte sie. Plötzlich war es ganz still. Einen Augenblick hielt sie inne, dann legte sie ihm die Hände auf die Brust und schubste ihn sanft weg. Das Lachen war aus ihrem Gesicht verschwunden, ihre Augen hatten einen Ausdruck, den er noch nie darin gesehen hatte.

Schließlich sagte sie: «Es war einfach der Tag heute.»

«Was soll das heißen?»

«Es gehörte zu einem schönen Tag. Zur Sonne. Zum Frühling.»

«Ändert das irgendwas?»

«Ich weiß es nicht.»

Sie wich zurück, löste sich aus seinen Armen, drehte sich um und ging zur Tür. Dort lehnte sie sich an den Pfosten, so daß ihre Silhouette sich im Gegenlicht abzeichnete, das zerzauste Haar wie ein Glorienschein um den Kopf.

«Es ist ein wunderbares Häuschen. Ich finde, Sie sollten es behalten.»

Jody war von der Eberesche heruntergesprungen; das Ufer hatte ihn wieder gelockt. Er warf Steine ins Wasser, die eigentlich springen sollten, und brachte Lisa zur Verzweiflung, weil sie nicht wußte, ob sie ins Wasser rennen und sie apportieren sollte oder lieber stehenblieb, wo sie war. Caroline suchte sich einen flachen Kiesel, schleuderte ihn weg, und er plitschte dreimal auf, bevor er versank.

Jody ärgerte sich grün und blau. «Das ist gemein. Zeig mir doch wenigstens mal, wie's geht.»

Caroline drehte sich um, damit er ihr Gesicht nicht sah. Auf einmal wußte sie nämlich, warum sie in Drennan Colefield endgültig nicht mehr verliebt war. Und, was noch viel erschreckender war, sie wußte auch, warum sie Oliver nicht erzählt hatte, daß sie Hugh heiraten würde.

Als Liz auf Cairney ankam, war alles still und offenbar kein Mensch da. Sie hielt vor der Tür, stellte den Motor ab und wartete, daß jemand herauskäme, um sie zu begrüßen. Was aber nicht geschah. Da die Haustür offenstand, stieg sie aus, ging hinein und rief in der Eingangshalle nach Oliver. Keine Antwort, doch aus Richtung Küche hörte man Geklapper, also ging Liz, die sich im Haus gut auskannte, den Gang hinunter, trat durch die Schwingtür und überraschte Mrs. Cooper, die soeben vom Wäscheaufhängen im Garten zurückgekehrt war.

Sie schreckte nach allen Regeln der Kunst zusammen und fuhr sich mit der Hand ans Herz. «Liz!» Sie kannte Liz von klein auf, und es wäre ihr nie eingefallen, sie Miss Fraser zu nennen.

«Tut mir leid. Ich wollte Sie nicht erschrecken. Ich dachte, es ist niemand da.»

«Oliver ist draußen. Er hat die... anderen mitgenommen.» Sie hatte nur ganz kurz gezögert, doch Liz hatte es sofort gemerkt. Sie zog die Augenbrauen hoch.

«Die Überraschungsgäste, meinen Sie? Ich bin schon im Bilde.»

«Na was, das sind doch nur zwei Kinder. Oliver ist mit ihnen zum See, der kleine Junge wollte doch so gern das Boot sehen.» Sie blickte auf die Küchenuhr. «Aber sie müssen jeden Augenblick zurück sein, sie essen heute früh, Oliver muß nach Mittag noch mal nach Relkirk, mit dem Rechtsanwalt was besprechen. Warten Sie so lange? Bleiben Sie zum Essen?»

«Zum Essen bleibe ich nicht, aber ich warte einen Moment, und wenn sie dann nicht kommen, fahre ich wieder. Ich wollte nur einmal nachsehen, wie Oliver zurechtkommt.»

«Er hält sich ganz phantastisch», sagte Mrs. Cooper. «Vielleicht hat dieser Trubel auch sein Gutes gehabt, der lenkt ihn ab von seinem Kummer.»

«Welcher Trubel?» hakte Liz vorsichtig nach.

«Na was, daß diese Kinder so mir nichts, dir nichts aufgetaucht sind, mit ihrem Auto im Schnee und ohne was zum Übernachten.»

«Die beiden sind mit dem Auto gekommen?»

«Tja, sie sind wohl von London hochgefahren. Das Auto

steckte im Graben fest und war nach der Nacht draußen auch noch eingefroren. Aber mein Ian hat es mit dem Traktor in die Werkstatt geschleppt, und die haben heute früh schon angerufen, und da hat er es wieder abgeholt. Jetzt steht es im Schuppen hinterm Haus, und sie können jederzeit damit losfahren.»

«Wann fahren sie denn?» Liz bemühte sich, ganz beiläufig zu klingen.

«Na was, das weiß ich nicht genau. Mir hat keiner was gesagt. Es hat geheißen, daß ihr Bruder in Strathcorrie ist, aber jetzt ist er anscheinend grade weg, und sie möchten wohl warten, bis er wiederkommt. Aber gehen Sie doch zu Oliver», fügte sie hinzu, «dann kann er Ihnen alles selber erzählen. Die drei sind bloß unten am See. Sie könnten ihnen ja ein Stückchen entgegengehen.»

Liz nickte. «Stimmt eigentlich.»

Statt dessen ging sie aber wieder nach draußen, setzte die dunkle Brille auf, zündete sich eine Zigarette an und streckte sich auf der Steinbank vor dem Fenster der Bibliothek in der Sonne aus.

Es war so still, daß sie ihre Stimmen in der reglosen Vormittagsluft schon lange hörte, bevor sie tatsächlich auftauchten. Der Gartenweg machte einen Bogen um die Buchenhecke, und als sie dahinter hervorkamen, waren sie anscheinend ins Gespräch vertieft, denn sie bemerkten Liz nicht gleich. Der kleine Junge ging voran, und ein paar Schritte dahinter zog Oliver, in einer ausgebeulten Tweedjacke und mit einem rotkarierten Tuch um den Hals, das Mädchen an der Hand hinter sich her, als ob sie vom vielen Laufen müde geworden wäre und nicht mehr richtig mitkäme.

Er redete. Liz hörte seine tiefe Stimme, ohne daß sie einzelne Wörter hätte verstehen können. Dann blieb das Mädchen stehen und beugte sich hinunter, anscheinend um einen

Stein aus dem Schuh zu entfernen. Das lange blonde Haar fiel ihr ins Gesicht, und Oliver blieb ebenfalls stehen, um auf sie zu warten, geduldig, den dunklen Kopf gesenkt und ohne ihre Hand loszulassen. Liz beobachtete das und bekam plötzlich Angst. Sie kam sich wie ausgeschlossen vor, als ob die drei sich gegen sie verschworen hätten. Schließlich war der Stein entfernt. Oliver ging weiter, mit dem Mädchen im Schlepptau, und dann fiel sein Blick plötzlich auf den dunkelblauen Triumph, der vor dem Haus geparkt war. Gleich darauf sah er Liz. Sie warf die Zigarette weg, trat sie mit dem Absatz aus, stand auf und wollte ihnen entgegengehen, doch da hatte Oliver die Hand des Mädchens schon losgelassen und kam in großen Schritten den steilen Hang hinauf auf sie zugelaufen.

«Liz.»

«Oliver.»

Sie sah besser aus denn je, in einer engen Lederhose und einer modischen Lederjacke. Er faßte sie an beiden Händen und gab ihr einen Kuß. «Bist du hier, um mir wegen gestern abend den Kopf zu waschen?»

«Nein», sagte Liz wahrheitsgemäß und blickte ihm über die Schulter, wo Caroline und Jody langsam den Weg heraufkamen. «Ich habe dir doch gesagt, daß ich auf deinen urplötzlich aufgetauchten Besuch neugierig bin. Ich wollte mal guten Tag sagen.»

«Wir waren am See unten.» Er drehte sich um. «Caroline, das ist Liz Fraser. Sie und ihr Vater sind meine nächsten Nachbarn, und sie geht auf Cairney praktisch ein und aus, seit sie laufen kann. Ich habe Ihnen vorhin ihr Haus gezeigt, das hinter den Bäumen. Liz, das ist Caroline Cliburn, und das ist Jody.»

«Guten Tag», sagte Caroline. Sie gaben sich die Hand. Liz

nahm ihre Sonnenbrille ab, und Caroline erschrak regelrecht über den Ausdruck in den Augen des anderen Mädchens.

«Hallo», sagte Liz. Und dann: «Hallo, Jody.»

«Guten Tag», sagte Jody.

Oliver fragte sie: «Bist du schon lange da?»

Sie wandte sich wieder ihm zu. «Höchstens zehn Minuten.»

«Bleibst du zum Mittagessen?»

«Mrs. Cooper hat mich schon sehr lieb eingeladen, aber ich werde zu Hause erwartet.»

«Dann komm auf einen Drink mit rein.»

«Nein, ich muß wirklich zurück. Ich wollte nur vorbeischauen.» Sie lächelte Caroline an. «Mrs. Cooper hat mir schon alles über euch erzählt. Ihr habt also einen Bruder, der in Strathcorrie lebt.»

«Noch nicht sehr lange...»

«Vielleicht kenne ich ihn ja. Wie heißt er denn?»

Ohne zu wissen warum, zögerte Caroline, und Jody, der das merkte, antwortete an ihrer Stelle.

«Cliburn, so wie wir», teilte er Liz mit. «Angus Cliburn.»

Nach dem Mittagessen fuhr Oliver in die Stadt, insgeheim fluchend, daß er an einem so schönen Nachmittag in Anzug und Krawatte seine Zeit in einer stickigen Anwaltskanzlei absitzen mußte.

Caroline und Jody begleiteten ihn zum Auto und winkten ihm nach. Als der Wagen außer Sichtweite war, blieben sie noch stehen und horchten. Er bog in die Landstraße ein und brauste über den Hügel davon.

Nun war er fort, und sie wußten nichts Rechtes mit sich anzufangen. Mrs. Cooper war nach dem Abspülen nach Hause gegangen, um sich ihrem eigenen Haushalt zu widmen und einen Schwung Wäsche aufzuhängen, bevor die Sonnenstrahlen wieder ihre Kraft einbüßten. Jody kickte niedergeschlagen im Kies herum. Caroline sah ihm mitfühlend zu; sie wußte genau, wie ihm zumute war.

«Wozu hast du denn jetzt Lust?»

«Weiß nicht.»

«Willst du noch mal zum See runter?»

«Weiß nicht.» Er verhielt sich wie jeder kleine Junge, dem man plötzlich den besten Freund entführt hat.

«Wir könnten noch ein Puzzle legen.»

«Doch nicht im Haus.»

«Wir könnten es ja rausholen und in der Sonne machen.»

«Ich habe aber keine Lust auf Puzzle.»

Caroline gab sich geschlagen und setzte sich auf die Bank, wo am Vormittag Liz Fraser auf sie gewartet hatte. Sie merkte, daß sie instinktiv versuchte, nicht an die Begegnung zu denken. Dennoch fragte sie sich, warum das plötzliche Auftauchen des anderen Mädchens sie so beunruhigt hatte.

Es war schließlich das Natürlichste von der Welt: Sie war offensichtlich eine alte Freundin, eine unmittelbare Nachbarin, die Oliver scheinbar schon von klein auf kannte. Ihr Vater wollte Cairney übernehmen. Was lag da näher, als daß sie mal kurz vorbeikam, um Olivers Gäste kennenzulernen?

Und doch war da etwas. Eine heftige Antipathie, die Caroline in dem Augenblick gespürt hatte, als Liz die Sonnenbrille abgenommen und ihr direkt in die Augen gesehen hatte. Eifersucht womöglich? Aber dazu hatte sie doch wahrlich keinen Grund. Sie war hundertmal attraktiver als Caroline, und Oliver lag ihr offensichtlich zu Füßen. Oder wollte sie ihn einfach für sich haben, so ähnlich wie eine Schwester? Aber das alles erklärte noch nicht, warum Caroline den Eindruck gehabt hatte, daß Liz sie am liebsten in der Luft zerrissen hätte.

Jody hockte auf dem Boden und schaufelte mit staubigen Händen kleine Kieselhaufen auf. Er hob den Kopf.

«Da kommt jemand.»

Sie horchten. Er hatte recht. Ein Auto war unten in die Einfahrt eingebogen und kam nun aufs Haus zu.

«Vielleicht hat Oliver was vergessen.»

Doch es war nicht Oliver, sondern derselbe dunkelblaue Triumph, der am Vormittag vor dem Haus gestanden hatte; das Verdeck war zurückgeklappt, und Liz Fraser mit ihrem schimmernden Haar, der dunklen Brille und einem Seidenschal um den Hals saß am Steuer. Instinktiv standen Caroline und Jody auf, keine zwei Meter vor ihnen bremste der Wagen so scharf, daß eine Staubwolke von den Hinterrädern aufstieg.

«Noch mal hallo», sagte Liz und stellte den Motor ab.

Jody sagte nichts und sah kaum auf. Caroline sagte «Hallo»; Liz stieg aus und kam lächelnd auf sie zu. Als sie die Brille abnahm, fiel Caroline auf, daß ihre Augen nicht mitlachten. «Ist Oliver schon weg?»

«Ja, gerade vor zehn Minuten.»

Liz lächelte Jody zu und griff auf den Rücksitz. «Ich habe dir etwas mitgebracht. Falls du Langeweile hast, dachte ich mir.» Sie holte einen kleinen Golfschläger und einen Golfball heraus. «Früher war da auf dem flachen Stück Rasen ein kleiner Golfplatz zum Üben. Wenn du ein bißchen suchst, findest du sicher noch das Loch und ein paar Markierungen. Spielst du gern Golf?»

Jody strahlte. Er liebte Mitbringsel. «Vielen Dank. Ich weiß gar nicht, ich hab's noch nie probiert.»

«Es macht Spaß. Ist nicht ganz einfach. Lauf doch mal los und üb ein bißchen.»

«Vielen Dank», sagte er noch einmal und rannte los. Auf dem halben Weg drehte er sich um. «Wenn ich es kann, kommen Sie dann, und wir machen ein Spiel?»

«Natürlich. Wir spielen um die Wette, und dann sehen wir mal, wer den Preis kriegt.»

Er rannte weiter den Abhang hinunter, bis auf den flachen Rasen. Als sich Liz Caroline zuwandte, lächelte sie nicht mehr. «Eigentlich wollte ich mit dir reden. Setzen wir uns doch. Das ist so viel gemütlicher.»

Sie setzten sich, Caroline eher mißtrauisch, Liz ganz entspannt; sie nahm eine Zigarette heraus und zündete sie mit einem kleinen goldenen Feuerzeug an. «Meine Mutter hat mich angerufen», sagte sie.

Auf diese großzügige Mitteilung fiel Caroline nichts ein. Liz fuhr fort: «Du weißt nicht, wer ich bin, oder? Ich meine, außer daß ich Liz Fraser heiße und von Rossie Hill komme?» Caroline schüttelte den Kopf. «Aber Elaine und Parker Haldane kennst du doch.» Caroline nickte. «Schau doch nicht so verdutzt, Mädchen. Elaine ist meine Mutter.»

Im nachhinein verstand Caroline nicht mehr, wie sie so begriffsstutzig hatte sein können. Elizabeth. Liz. Schottland. Ihr fiel wieder ein, wie Elaine auf dieser letzten Gesellschaft in London von Elizabeth erzählt hatte. *Nun, weißt du, vor zehn Jahren, als Duncan und ich noch zusammen waren, haben wir dieses Haus in Schottland gekauft.* Duncan, der Vater von Liz, der Cairney von Oliver übernehmen wollte. *Elizabeth hat sich natürlich sofort mit den beiden Jungs angefreundet, die auf dem Nachbargut wohnten... Der ältere Bruder... kam bei einem grauenhaften Autounfall ums Leben.*

Und dann fiel ihr ein, wie Jody erzählt hatte, daß Charles ums Leben gekommen war, und wie sie das unterbewußt an etwas erinnert hatte, ohne daß sie darauf gekommen wäre, woran.

Die einzelnen Teile waren versprengt gewesen, wie Jodys Puzzlestücke, bevor er sie zusammengefügt hatte, aber sie hatten direkt unter ihrer Nase gelegen, nur war sie bisher zu dumm gewesen oder vielleicht zu sehr mit ihren eigenen Problemen beschäftigt, um sie zusammenzusetzen.

«Ich kenne dich nur als Elizabeth.»

«So nennen mich meine Mutter und Parker, aber hier heiße ich schon immer Liz.»

«Ich habe einfach zwei und zwei nicht zusammengezählt.»

«Tja, jetzt weißt du es. So ein Zufall, und wie klein ist die Welt und so. Wie gesagt, heute vormittag hat meine Mutter angerufen.»

Sie ahnte bereits etwas. «Was hat sie dir erzählt?»

«Na ja, alles, nehme ich an. Das mit dir und... Jody heißt er, oder? Daß ihr verschwunden seid. Daß Diana vor lauter Sorge schier verzweifelt, weil sie überhaupt nichts weiß, außer daß ihr in Schottland seid. Und das mit der Riesenhochzeit am Dienstag. Daß du Hugh Rashley heiratest.»

«Ja», sagte Caroline matt. Was sollte man darauf schon sagen?

«Du hast dir ja anscheinend ganz schön was eingebrockt.»

«Ja», sagte Caroline. «Irgendwie schon.»

«Meine Mutter hat gesagt, daß ihr nach Schottland wolltet, um Angus zu suchen. War das nicht von vornherein ein eher hoffnungsloses Unterfangen?»

«Wir haben es einfach versucht. Jody wollte eben unbedingt zu Angus. Weil Diana und Shaun Jody nach Kanada mitnehmen wollen, Jody aber nicht mitwill, und Hugh will nicht, daß Jody bei uns wohnt. Da bleibt nur noch Angus.»

«Ich dachte, Angus ist ein Hippie.»

Instinktiv hätte Caroline ihren Bruder am liebsten mit Zähnen und Klauen verteidigt, aber genaugenommen war es schwierig, dagegen etwas zu sagen. Sie zuckte die Achseln. «Er ist unser Bruder.»

«Und wohnt in Strathcorrie?»

«Er arbeitet dort. Im Hotel.»

«Aber zur Zeit gerade nicht, oder?»

«Nein, aber morgen müßte er eigentlich wieder da sein.»

«Und Jody und du, ihr wollt hier warten, bis er kommt?»

«Ich... ich weiß es nicht.»

«Das klingt aber nicht sehr überzeugt. Vielleicht kann ich dir bei deiner Entscheidung ja helfen. Oliver macht zur Zeit einiges durch; ich weiß nicht, ob dir das klar ist. Er hat Charles sehr geliebt, sie waren ja nur zu zweit. Und jetzt ist Charles tot, Cairney muß verkauft werden, und das ist für Oliver sehr bitter. Meinst du nicht, daß es unter diesen Umständen vielleicht... sehr rücksichtsvoll wäre, wenn ihr nach London zurückfahren würdet? Oliver zuliebe. Und Diana. Und Hugh.»

Caroline ließ sich nicht einwickeln. «Warum willst du uns aus dem Weg haben?»

Liz antwortete seelenruhig. «Vielleicht weil du Oliver in Verlegenheit bringst.»

«Deinetwegen?»

Liz lächelte. «Ach, weißt du, wir kennen uns schon so lang, wir stehen uns sehr nahe. Näher, als du dir vorstellen kannst. Das ist ja einer der Gründe, weshalb mein Vater Cairney kauft.»

«Du willst ihn heiraten?»

«Natürlich.»

«Das hat er uns nicht erzählt.»

«Warum sollte er auch? Hast du ihm denn erzählt, daß du heiratest? Oder ist das vielleicht ein Geheimnis? Du trägst ja überhaupt keinen Verlobungsring.»

«Ich... den habe ich in London gelassen. Er ist mir zu groß, und ich habe immer Angst, daß ich ihn verliere.»

«Aber er weiß es nicht, oder?»

«Nein.»

«Das ist ja komisch, daß du Oliver nichts davon gesagt hast. Nach allem, was meine Mutter so erzählt, muß das doch eine ganz große Sache werden. Für einen wohlhabenden Börsenmakler wie Hugh Rashley gehört so etwas schließlich auch zum Image. Du willst ihn doch nach wie vor heiraten? Aber aus irgendeinem Grund soll Oliver nichts davon erfahren?»

Und als Caroline auf keine dieser Fragen eine Antwort gab, lachte sie auf. «Mein liebes Kind, du hast dich wohl in ihn verliebt. Na, kann man dir ja nicht verdenken. Tut mir sehr leid für dich. Aber ich schlage dir ein kleines Geschäft vor. Du fährst mit Jody nach London zurück, und ich lasse bei Oliver kein Sterbenswort über deine Hochzeit verlauten. Er wird nicht die geringste Ahnung haben, bis er am Mittwoch in der Zeitung davon liest, denn ihr werdet ja sicher in der Zeitung stehen, mit einem ganz süßen Bild von euch vor der Kirche. Wie findest du das? Keine Erklärungen, keine Ausflüchte. Einfach ein sauberer Schlußstrich. Du gehst zurück zu deinem Hugh, der dich offensichtlich anbetet, und den Hippiebruder Angus überlaßt ihr sich selber. Na, klingt das nicht vernünftig?»

«Aber Jody...» erwiderte Caroline hilflos.

«Der ist doch nur ein Kind. Ein kleiner Junge. Kinder gewöhnen sich an alles. Er wird von Kanada begeistert sein, in Null Komma nichts ist er Kapitän in seinem Eishockeyteam. Diana kann sich am allerbesten um ihn kümmern, das wirst du doch einsehen? Ein Mensch wie Angus würde einen ganz schlechten Einfluß auf ihn haben. Ach, Caroline, komm aus deinem siebten Himmel runter und sieh den Tatsachen ins Auge. Vergiß das Ganze und fahr nach London zurück.»

Auf dem Rasen unten ertönte Triumphgeheul, als Jody mit dem Ball endlich ins Loch getroffen hatte. Den neuen Schläger schwingend, kam er den Hang heraufgerannt. «Ich kriege es langsam raus. Man muß ganz langsam draufhauen und nicht zu fest und...» Er stockte. Liz war aufgestanden und zog sich die Handschuhe an. «Spielen Sie denn nicht mit mir?»

«Ein andermal», sagte Liz.

«Aber Sie haben es doch gesagt.»

«Ein andermal.» Sie stieg ins Auto und verstaute anmutig ihre langen Beine. «Jetzt hat nämlich deine Schwester was mit dir zu besprechen.»

Oliver fuhr durch die Dämmerung dieses herrlichen Tages nach Hause, und zwar in ganz anderer Stimmung als am Vortag: entspannt und irgendwie zufrieden. Das lange Gespräch mit dem Anwalt hatte ihn überhaupt nicht erschöpft, sondern ihm einen klaren Kopf und ein viel besseres Gefühl beschert, nun, da er sich einen Ruck gegeben und sich tatsächlich zum Verkauf des Hauses entschlossen hatte. Besprochen wurde auch, daß er das Cottage am See behalten, renovieren und in ein Ferienhäuschen umwandeln wollte, und der Anwalt hatte keinerlei Bedenken gehabt, vorausgesetzt, daß Oliver sich mit Duncan Fraser über eine Zufahrtsstraße über dessen zukünftiges Grundstück einigen konnte.

Oliver konnte sich nicht vorstellen, daß Duncan ihm irgendwelche Steine in den Weg legen würde. Der Gedanke, daß das Häuschen wiederaufgebaut und hergerichtet wurde, erfüllte ihn mit Befriedigung. Er würde den Garten bis zum See hinunterziehen, den alten Ofen flottmachen, den Kamin wieder mauern und auf dem Boden Dachfenster einbauen. Vergnügt pfiff er vor sich hin. Das lederumwickelte Lenkrad lag warm und fest in der Hand, der Wagen glitt dahin und nahm die vertrauten Kurven der Landstraße geschmeidig wie ein Hürdenläufer. Als ob er wüßte, daß es heimwärts ging.

An der Einfahrt bog er ab, donnerte die Allee hinauf und ließ bei den Rhododendren eine Hupfanfare ertönen, um Caroline und Jody mitzuteilen, daß er wohlbehalten wieder zurück sei. Er ließ den Wagen vor der Haustür stehen, ging hinein, legte das Jackett ab und wartete darauf, daß Jody ihm entgegenrannte.

Doch im Haus war alles still. Er legte sein Jackett auf einen Stuhl und rief: «Jody!» Keine Antwort. «Caroline!» Immer noch nichts. Er ging in die Küche, doch die war leer und dunkel. Mrs. Cooper war noch nicht wieder zurück. Verwirrt ließ er die Schwingtür los und ging in die Bibliothek. Dort war es ebenfalls dunkel, das Feuer im Kamin war fast verglommen. Er machte Licht und trat an den Kamin, um nachzulegen. Da sah er den weißen Umschlag auf seinem Schreibtisch, ans Telefon gelehnt. Einer von den schönen Umschlägen aus der obersten Schublade, und vorn stand sein Name drauf.

Als er ihn öffnete, bemerkte er erstaunt, daß seine Hände zitterten. Er klappte das Blatt auf und las Carolines Brief.

Lieber Oliver,
nachdem Sie weg waren, haben Jody und ich noch mal alles besprochen und sind zu dem Schluß gekommen, daß es am besten ist, wenn wir nach London zurückfahren. Es hat keinen Sinn, auf Angus zu warten, wer weiß, wann er wiederkommt, und es ist Diana gegenüber nicht fair, noch länger zu bleiben, wenn sie keine Ahnung hat, wo wir sind.

Bitte machen Sie sich keine Sorgen um uns. Das Auto läuft wunderbar, Ihre Werkstatt hat es netterweise sogar vollgetankt. Schneestürme gibt es jetzt bestimmt nicht mehr, und wir kommen sicher wohlbehalten zu Hause an.

Wir können uns bei Ihnen und Mrs. Cooper gar nicht genug für alles bedanken, was Sie für uns getan haben. Es war herrlich auf Cairney. Wir werden es nie vergessen.

Liebe Grüße von uns beiden,
Caroline

7

Am nächsten Morgen fuhr er nach Rossie Hill. Um noch ein paar Sachen mit Duncan Fraser zu besprechen, wie er sich einredete. Es war wieder ein strahlender Tag, allerdings kälter; über Nacht hatte es ganz leicht gefroren, und die Sonne hatte noch nicht genug Kraft, um alles aufzutauen, doch rechts und links der Auffahrt zu Rossie Hill nickten schon Narzissenköpfe, und als er ins Haus trat, duftete es nach den blauen Hyazinthen, die in einer großen Schale auf dem Tisch in der Eingangshalle standen.

Genauso vertraut mit dem Haus wie Liz mit Cairney, suchte er nach Anwesenden und entdeckte schließlich Liz im Arbeitszimmer ihres Vaters, wo sie am Schreibtisch saß und telefonierte, anscheinend mit dem Metzger. Als er die Tür öffnete, hob sie den Kopf und bedeutete ihm mittels hochgezogener Augenbrauen, er möge warten. Er kam herein, stellte sich vor den Kamin und genoß die Wärme an den Beinen.

Sie beendete ihr Gespräch und legte auf, blieb jedoch am Telefon sitzen und baumelte versonnen mit einem langen Bein. Sie trug einen Faltenrock, einen engen Pullover und ein locker um den Hals geschlungenes Seidentuch. Ihre Haut schimmerte noch von der Sonne in Antigua, und ihre dunklen Augen ruhten einen langen Moment lang in seinen.

«Suchst du jemanden?» fragte sie schließlich.

«Deinen Vater.»

«Der ist weg. Nach Relkirk gefahren, kommt erst mittags wieder.» Sie nahm ein silbernes Zigarettenetui und hielt es Oliver hin. Als er den Kopf schüttelte, nahm sie sich selbst eine und zündete sie an dem schweren Tischfeuerzeug an.

Nachdenklich beobachtete sie ihn durch eine blaue Rauchwolke hindurch. «Du siehst etwas angestrengt aus, Oliver. Ist irgendwas los?»

Er hatte den ganzen Morgen versucht sich einzureden, daß nichts los sei, aber jetzt rutschte ihm einfach heraus: «Caroline und Jody sind weg.»

«Weg?» Sie klang leicht überrascht. «Wohin sind sie denn gefahren?»

«Nach London zurück. Als ich gestern abend nach Hause kam, lag ein Brief von Caroline da.»

«Na, das ist doch das beste.»

«Da haben sie soviel auf sich genommen und dann ihren Bruder nicht mal gesehen.»

«Nach allem, was ich höre, hätte das auch nicht viel genützt.»

«Aber es war ihnen wichtig. Jody vor allem.»

«Sofern sie nur deiner Meinung nach die Rückfahrt nach London schaffen, würde ich mir an deiner Stelle nicht zu viele Gedanken um die beiden machen. Du hast schon genug um die Ohren, ohne daß du für ein paar Jammergestalten, die du überhaupt nicht kennst, das Kindermädchen spielen mußt.» Sie wechselte das Thema, als ob das Ganze nicht besonders wichtig wäre. «Wieso wolltest du denn zu meinem Vater?»

Er hatte es beinahe schon vergessen. «Wegen einer Zufahrtsstraße. Ich möchte das Cottage am See behalten, wenn es ihm recht ist, aber dann brauche ich eine Zufahrtsstraße durchs Tal.»

«Das Cottage behalten? Aber es ist doch völlig verfallen.»

«Im Grunde ist es noch ganz stabil. Man muß es nur ein bißchen in Ordnung bringen, und ein neues Dach braucht es.»

«Und wofür möchtest du das Cottage?»

«Für mich. Vielleicht als Ferienhaus, ich weiß noch nicht. Einfach für mich.»

«Hab ich dir diesen Floh ins Ohr gesetzt?»

«Kann schon sein.»

Sie glitt von ihrem Stuhl und kam auf ihn zu. «Oliver, ich weiß etwas Besseres.»

«Nämlich?»

«Laß meinen Vater das Wohnhaus kaufen.»

Oliver lachte. «Das will er doch gar nicht.»

«Nein, aber ich. Ich hätte es gern. Für... wie hattest du gesagt? Ferien. Und Wochenenden.»

«Und was würdest du damit anfangen?»

Sie warf ihre Zigarette ins Feuer. «Ich würde mit meinem Mann hinfahren. Und mit meinen Kindern.»

«Würde denen das gefallen?»

«Weiß ich nicht. Das mußt du mir sagen.»

Ihre Augen blickten klar, ehrlich, ohne zu blinzeln. Er war verblüfft, fühlte sich aber auch geschmeichelt. Und er staunte. Die kleine Liz, die langbeinige, schlaksige Liz fragte ganz erwachsen und in aller Seelenruhe, ob Oliver...

«Verzeih, wenn ich mich irre, aber bin nicht eigentlich ich derjenige, der mit solchen Vorschlägen aufwarten sollte?»

«Eigentlich schon. Aber wir kennen uns zu lange, als daß wir uns in verschämten Spielchen ergehen müßten. Und ich werde das Gefühl nicht los, daß dieses Wiedersehen, das für beide ganz unerwartet kam, irgendwie vorbestimmt ist. Zu einem Muster gehört. Ich werde das Gefühl nicht los, daß Charles es so gewollt hat.»

«Aber es war doch Charles, der dich immer geliebt hat.»

«Eben. Und Charles ist tot.»

«Hättest du ihn geheiratet, wenn er noch am Leben wäre?»

Statt einer Antwort schlang sie ihm die Arme um den Hals, zog seinen Kopf herunter und küßte ihn auf den Mund. Einen

Augenblick zögerte er, vollkommen überrumpelt, doch nur einen Augenblick. Es war schließlich Liz, eine nach teurem Parfüm duftende, strahlende, hinreißend attraktive Liz. Er nahm sie in die Arme, zog ihren schlanken Körper an sich und sagte sich, daß sie womöglich recht hatte. Vielleicht sollte sein Leben in diese Richtung gehen, und vielleicht war es wirklich das, was Charles immer gewollt hatte.

Er kam, was nur natürlich war, zu spät zum Mittagessen nach Hause. Die Küche war leer – ein stummer Vorwurf –, sein Teller stand verwaist auf dem Tisch, und vom Herd her roch es nach gutem Essen. Er machte sich auf die Suche nach Mrs. Cooper und fand sie im Kinderzimmer, mit dem Aufräumen der Spielsachen beschäftigt, die Jody hatte herumliegen lassen, mit einem Blick wie eine Mutter, der man die Kinder geraubt hat.

Er steckte den Kopf zur Tür hinein. «Ich bin zu spät, tut mir leid.»

Sie sah von dem Baukasten auf, den sie fein säuberlich einräumte. «Ach, das macht nichts.» Es klang matt. «Es gibt bloß Shepherd's Pie. Steht im Rohr, Sie können davon essen, wann Sie wollen.»

Es hatte sie ziemlich mitgenommen, als er ihr am Vorabend erzählt hatte, daß die Cliburns abgefahren waren. Wie sie im Moment aussah, war der Schock wohl immer noch nicht überwunden. Er machte einen schwachen Versuch, sie aufzuheitern: «Sie müssen inzwischen schon ganz schön weit gekommen sein. Heut abend sind sie in London, wenn der Verkehr nicht zu schlimm ist.»

Mrs. Cooper schniefte. «Ich kann das leere Haus kaum aushalten. Kommt mir vor, als hätte der kleine Junge sein Lebtag hier gewohnt. Es war, wie wenn auf einmal wieder Leben nach Cairney gekommen wäre.»

«Stimmt», sagte Oliver mitfühlend. «Aber morgen oder übermorgen wären sie sowieso wieder abgefahren.»

«Und ich hab ihnen noch nicht mal Lebwohl sagen können.» Es klang wie ein Vorwurf.

«Ich weiß.» Etwas anderes fiel ihm nicht ein.

«Und seinen Bruder hat er überhaupt nicht mehr gesehen. Da hat er soviel von seinem Bruder Angus erzählt, und dann sieht er ihn nicht mehr. Bricht einem doch das Herz.»

So etwas kam von Mrs. Cooper nicht alle Tage. Auf einmal war Oliver genauso niedergeschlagen wie sie. «Ich werde jetzt erst mal was essen», sagte er schwach. An der Tür fiel ihm dann wieder ein, warum er sie ursprünglich gesucht hatte. «Übrigens, Sie brauchen heute abend nicht zu kommen, ich bin zum Abendessen auf Rossie Hill eingeladen.»

Sie nickte stumm, als brächte sie vor lauter Kummer kein weiteres Wort heraus. Oliver überließ sie ihrer Aufräumwut und ging wieder hinunter. Das Haus lag stumm und lauernd da, als sei es über den Verlust von Jodys lärmender Gegenwart ebenso betrübt wie Mrs. Cooper.

Rossie Hill, für ein festliches Abendessen hergerichtet, funkelte und glitzerte wie eine Schmuckschatulle. Als Oliver eintrat, duftete es nach Hyazinthen, im Kamin flackerte ein Feuer, Wärme und Gemütlichkeit empfingen ihn. Als er die Jacke auszog und auf einen Stuhl in der Eingangshalle ablegte, tauchte Liz mit einem Kübel Eiswürfel aus der Küche auf. Sie blieb stehen und strahlte ihn an.

«Oliver.»

«Hallo.»

Er faßte sie an den Schultern und küßte sie sacht, sorgfältig darauf bedacht, die perfekten Lippenstiftkonturen nicht zu verwischen. Sie roch genauso köstlich, wie sie schmeckte. Er hielt sie von sich weg, um sie besser bewundern zu können.

Sie trug Rot, ein Seidenkleid mit Stehkragen, und an ihren zierlichen Ohren funkelten Diamanten. Sie kam ihm vor wie ein Paradiesvogel, ganz leuchtende Augen und glänzendes Gefieder.

«Ich bin zu früh dran», sagte er.

«Gar nicht, gerade richtig. Die anderen sind noch nicht da.»

«Welche anderen?»

«Ich habe dir doch gesagt, daß es ein richtiges Dinner wird.» Sie gingen ins Wohnzimmer, wo sie den Eiskübel auf ein sorgfältig vorbereitetes Getränketischchen stellte. «Die Allfords. Kennst du sie? Sie wohnen seit einiger Zeit in Relkirk. Er hat irgendwas mit Whisky zu tun. Sie freuen sich schon sehr darauf, dich kennenzulernen. So. Soll ich einen Drink mixen, oder willst du selber ran? Sei gewarnt – ich mache einen Martini, der es in sich hat.»

«Wo hast du denn das gelernt?»

«Ach, auf meinen Reisen aufgeschnappt.»

«Wäre es sehr unhöflich, wenn ich mich für einen Whisky Soda entscheiden würde?»

«Unhöflich überhaupt nicht, bloß typisch Schotte.»

Sie schenkte ihm den Whisky ein, genau wie er ihn mochte, nicht zu dunkel, sprudelnd und mit viel Eis. Als sie ihm das Glas reichte, küßte er sie noch einmal. Sie löste sich widerwillig von ihm, trat wieder an das Tischchen und begann in einem Krug Martinis zu mixen.

Unterdessen kam Duncan herein und begrüßte Oliver, und dann klingelte es, und Liz ging hinaus, um ihre anderen Gäste zu empfangen.

Als sie aus dem Zimmer war, sagte Duncan: «Liz hat es mir erzählt.»

Das überraschte Oliver. Sie hatten am Vormittag doch nichts Definitives beschlossen, nichts besprochen. Seine

Unterhaltung mit Liz war zwar für beide Seiten überaus angenehm gewesen, hat sich aber mehr um die Vergangenheit, um Erinnerungen gedreht als um die Zukunft. Schließlich hatten sie noch ewig Zeit, um über die Zukunft zu entscheiden.

Vorsichtig fragte er: «Was hat sie denn gesagt?»

«Nicht viel. Ein paar Andeutungen gemacht, sozusagen. Aber du sollst wissen, Oliver, daß mich nichts glücklicher machen würde.»

«Das... das freut mich.»

«Und was Cairney betrifft...» Stimmen kamen durch die halboffene Tür näher, und er brach ab. «Das besprechen wir später.»

Die Allfords waren in den mittleren Jahren, er massiv und beleibt, sie sehr schlank, in Rosa und Weiß und mit jenem duftigen blonden Haar, das so farblos wirkt, wenn es langsam grau wird. Man wurde einander vorgestellt, und dann fand Oliver sich auf dem Sofa neben Mrs. Allford wieder und erfuhr alles über ihre Kinder, die eigentlich zuerst nicht nach Schottland wollten, jetzt aber ganz begeistert seien; die Tochter, die im örtlichen Reitverein praktisch wohne, der Sohn, der gerade sein erstes Jahr in Cambridge absolviere.

«Und Sie... wohnen jetzt nebenan, wenn das der richtige Ausdruck ist.»

«Nein. Ich wohne in London.»

«Aber...»

«Mein Bruder, Charles Cairney, hat auf Cairney gewohnt, aber er ist bei einem Autounfall ums Leben gekommen. Ich bin nur gerade hier, um seine Angelegenheiten zu regeln.»

«Ach so, natürlich.» Mrs. Allford setzte eine Miene respektvoller Betroffenheit auf. «Das hätte ich wissen müssen. Entschuldigen Sie. Es ist so schwierig, jeden richtig einzuordnen, wenn man so viele Leute kennenlernt.»

Seine Aufmerksamkeit wanderte wieder zu Liz. Ihr Vater und Mr. Allford waren offenbar in ein geschäftliches Gespräch vertieft. Sie stand neben ihnen, mit einem Drink und einem Schälchen Erdnüsse in der Hand, aus dem Mr. Allford sich von Zeit zu Zeit geistesabwesend bediente. Sie spürte Olivers Blick und drehte sich um. Verstohlen zwinkerte er ihr zu, und sie lächelte ihn an.

Schließlich begab man sich zum Dinner; im Eßzimmer herrschte gedämpfte Beleuchtung, die Samtvorhänge waren zugezogen und verbannten die Nacht nach draußen. Spitzendeckchen, Kristall und Tafelsilber prangten auf dem dunklen polierten Holz des Tisches, und in der Mitte der Tafel leuchtete ein Meer von roten Tulpen, im selben Ton wie Liz' Kleid. Es gab Räucherlachs, rosa und köstlich, Weißwein, Escalopes de Veau, mit Kastanien gedünsteten Rosenkohl und zum Nachtisch ein Gedicht von einer Zitronencreme. Dann Kaffee und Cognac, der Geruch von Havannazigarren durchzog den Raum. Gesättigt und zufrieden mit den Annehmlichkeiten einer gepflegten Lebensart, schob Oliver seinen Stuhl zurück und widmete sich der After-Dinner-Konversation.

Hinter ihm schlug die Uhr auf dem Kaminsims neun. Irgendwann im Lauf des Tages hatte er den Gedanken an Jody und Caroline beiseite geschoben. Doch mit dem sanften Glockenschlag der Uhr befand sich Oliver plötzlich nicht mehr auf Rossie Hill, sondern bei den Cliburns in London. Inzwischen waren sie zu Hause, matt und müde, und mit dem Versuch beschäftigt, Diana alles zu erklären, was passiert war. Caroline war sicher erschöpft und blaß vom langen Fahren, und Jody merkte man bestimmt noch die Enttäuschung an.

Wir wollten zu Angus. Wir sind den ganzen weiten Weg nach Schottland gefahren, aber er war nicht da. Ich will nämlich nicht nach Kanada.

Diana war wahrscheinlich außer sich, schimpfte, verzieh zu

guter Letzt, machte Milch für Jody warm und brachte ihn ins Bett; und Caroline ging nach oben, langsam, niedergeschlagen, eine Hand am Geländer, das lange Haar im Gesicht.

«... was meinst du, Oliver?»

«Hm?» Alle sahen ihn an. «Entschuldigung, ich habe nicht zugehört.»

«Wir sprachen gerade über die Lachsfischereirechte im Tal, es heißt nämlich inzwischen, daß ...»

Duncan verstummte. Niemand sagte etwas, und in der plötzlichen Stille fiel allen auf, was Duncan mit seinem scharfen Gehör bereits vernommen hatte: Motorenlärm, und zwar nicht von der Landstraße, sondern von der Auffahrt den Hügel hinauf nach Rossie Hill. Ein Lieferwagen oder ein kleiner Lastwagen; krachend wurde heruntergeschaltet, als die Steigung steiler wurde, dann streiften Scheinwerfer über die Vorhänge, und ein uralter Motor leierte vor sich hin.

Duncan blickte zu Liz. «Das hört sich ja an, als ob du den Kohlenmann bestellt hättest», witzelte er.

Sie runzelte die Stirn. «Wahrscheinlich hat sich jemand verfahren. Mrs. Douglas macht schon auf», und dann wandte sie sich gleichmütig wieder Mr. Allford zu, um das Gespräch fortzusetzen. Oliver horchte dagegen gespannt auf jedes Geräusch von draußen. Es klingelte, langsame Schritte gingen zur Tür, und man hörte eine hohe, aufgeregte Stimme, unterbrochen von Mrs. Douglas' schwachem Protest: «... darfst da nicht rein, das ist eine Gesellschaft.» Dann ein Ausruf: «Na was, du kleiner Teufel ...», und im nächsten Augenblick flog die Tür auf, und draußen stand – Jody Cliburn.

Oliver sprang auf und warf seine Serviette auf den Tisch.

«Jody!»

«Ach, *Oliver.*»

Wie eine Rakete kam er durchs Zimmer geschossen und landete direkt in Olivers Armen.

Mit einem Schlag war die weltläufige Förmlichkeit der Abendgesellschaft verpufft. Das darauffolgende Durcheinander hätte komisch gewirkt, wenn es nicht so tragisch gewesen wäre. Jody war nämlich in Tränen aufgelöst, heulte wie ein Kleinkind, bohrte Oliver den Kopf in den Bauch und klammerte sich fest, als wollte er ihn nie wieder loslassen. Mrs. Douglas stand händeringend in der Tür und wußte nicht recht, ob sie ins Eßzimmer gehen und den Eindringling persönlich hinausschleifen sollte oder nicht. Duncan war aufgesprungen, ohne die geringste Ahnung, worum es ging und wer dieses Kind war. Gelegentlich fragte er : «Was zum Teufel geht hier vor?», doch darauf konnte ihm momentan niemand eine Antwort geben. Liz war ebenfalls aufgestanden, sagte aber nichts, sondern starrte nur auf Jodys Hinterkopf, als hätte sie ihn am liebsten an die nächstliegende Wand geschmettert wie eine faule Frucht. Nur die Allfords, der Etikette ergeben bis zum bitteren Ende, blieben sitzen. «Das ist ja ganz außergewöhnlich», murmelte Mr. Allford zwischen einzelnen Zügen an seiner Zigarre, «soll das heißen, er ist mit dem Kohlenlaster gekommen?» Mrs. Allford lächelte liebenswürdig, als sei es keine Frage, daß jede Abendgesellschaft von Rang, die sie mit ihrer Anwesenheit beehrte, durch Auftritte fremder Kinder unterbrochen werden müsse.

Aus den Tiefen von Olivers Weste drangen Schluchzer, Schniefer und gestammelte Sätze, ohne daß er ein Wort gehört, geschweige denn verstanden hätte. So durfte es natürlich nicht weitergehen, doch Jody hatte sich so fest an ihn geklammert, daß Oliver sich nicht rühren konnte.

«Jetzt komm», sagte er schließlich so laut, daß er das Geschluchz übertönte, «laß mal los. Wir gehen hinaus, und dann erzählst du mir, was passiert ist.» Seine Worte drangen irgendwie zu Jody durch, der seinen Klammergriff ein wenig lockerte und sich zur Tür lotsen ließ. «Bedaure», sagte Oliver im Gehen. «Wenn Sie mich bitte einen Augenblick entschuldigen... ganz unerwartet.»

Mit einem Gefühl, als sei ihm eine schwierige Flucht gelungen, stand er dann draußen in der Halle, und Mrs. Douglas, die gute Seele, machte die Tür hinter ihnen zu.

«Kommen Sie zurecht?» flüsterte sie.

«Ja, danke.»

Kopfschüttelnd ging sie in ihre Küche zurück. Oliver setzte sich auf einen geschnitzten Holzstuhl, der nie zum Sitzen gedacht war, und zog Jody zwischen seine Knie. «Hör auf zu weinen. Probier's wenigstens mal. Hier, putz dir die Nase und hör auf zu weinen.» Mit rotem, verquollenem Gesicht bemühte sich Jody tapfer, aber die Tränen flossen immer noch.

«Es g-g-geht nicht.»

«Was ist denn passiert?»

«Caroline ist krank. Richtig krank. Schlecht ist ihr, so wie neulich, und da tut es ihr furchtbar weh.» Er legte sich die verschmierten Hände auf den Bauch. «Und es wird immer schlimmer.»

«Wo ist sie?»

«Im Hotel Strathcorrie.»

«Aber sie hat doch geschrieben, daß ihr nach London zurückfahrt.»

«Ich hab sie nicht gelassen.» Die Tränen schossen ihm wieder in die Augen. «Ich w-wollte doch zu Angus.»

«Ist Angus schon zurück?»

Jody schüttelte den Kopf. «Nein. Es ist überhaupt keiner da, bloß Sie.»

«Hast du einen Arzt gerufen?»

«Ich... ich hab nicht gewußt, was ich machen soll. Ich wollte einfach zu Ihnen.»

«Meinst du, sie hat was Schlimmes?»

Sprachlos vor Tränen nickte Jody abermals. Hinter Oliver ging lautlos die Wohnzimmertür auf und wieder zu. Er drehte sich um, und da stand Liz. «Warum seid ihr denn nicht nach London zurückgefahren?» fragte sie Jody, der ihre wütende Miene sah und lieber schwieg. «Ihr habt doch gesagt, daß ihr abfahrt. Deine Schwester hat gesagt, sie bringt dich wieder zurück.» Ihre Stimme wurde plötzlich schrill. «Sie hat gesagt...»

Oliver stand auf, und Liz verstummte, als hätte er einen Hahn zugedreht. Er drehte sich wieder zu Jody um. «Wer hat dich hergefahren?»

«Ein M-Mann. Mit einem Lastwagen.»

«Geh hin und sag ihm, er soll warten. Ich bin in einer Sekunde draußen.»

«Aber wir müssen uns beeilen.»

Oliver wurde laut. «Ich hab gesagt, ich bin in einer Sekunde draußen.» Er drehte Jody um und gab ihm einen Schubs. «Geh schon, hopp. Sag ihm, daß du mich gefunden hast.»

Niedergeschlagen trottete Jody weg, kämpfte mit dem Knauf an der schweren Tür und schlug sie hinter sich zu. Oliver blickte Liz an. «Sie sind nicht abgereist, weil Jody noch eine letzte Chance haben wollte, seinen Bruder zu finden. Und jetzt ist Caroline krank. Das ist alles. Tut mir leid, ich muß weg.» Er ging auf die Garderobe zu, um seine Jacke zu holen. Hinter ihm sagte Liz: «Geh nicht.»

Stirnrunzelnd drehte er sich um. «Ich muß aber.»

«Du kannst den Arzt in Strathcorrie anrufen, der kümmert sich schon um sie.»

«Liz, ich muß gehen.»

«Bedeutet sie dir so viel?»

Er hätte es beinahe geleugnet, merkte dann aber, daß er überhaupt keine Lust dazu hatte. «Ich weiß es nicht. Vielleicht.» Er schlüpfte in den einen Ärmel.

«Und was ist mit uns? Mit dir und mir?»

Er konnte sich nur wiederholen. «Ich muß gehen, Liz.»

«Wenn du jetzt gehst, brauchst du überhaupt nicht mehr zurückzukommen.»

Das klang nach Herausforderung – oder nach Bluff. Wie auch immer, es kam ihm herzlich unwichtig vor. Er bemühte sich um einen sanften Ton. «Sag doch nicht Dinge, die du später bereust.»

«Wer sagt denn, daß ich das bereue?» Sie verschränkte die Arme und krallte sich so fest in die eigenen Oberarme, daß die Fingerknöchel an ihren braunen Händen weiß wurden. Es sah aus, als wolle sie sich selbst am Auseinanderbrechen hindern. «Wenn du nicht aufpaßt, bist du bald derjenige, der etwas bereut. Sie heiratet nämlich, Oliver.»

Er hatte die Jacke angezogen. «Tatsächlich, Liz?» Er knöpfte sie langsam zu, und seine Ruhe brachte sie endgültig außer Fassung.

«Das hat sie dir nicht erzählt? Wie eigenartig! O doch, sie heiratet am Dienstag in London. Einen aufstrebenden jungen Börsenmakler namens Hugh Rashley. Komisch, daß du da nicht selbst drauf gekommen bist. Aber sie hatte natürlich keinen Verlobungsring an, was? Er sei zu groß und sie hätte Angst, ihn zu verlieren, meinte sie, aber das klingt mir doch ein bißchen weit hergeholt. Möchtest du jetzt nicht wissen, woher ich das alles weiß?»

«Woher denn?» fragte Oliver.

«Von meiner Mutter. Sie hat es mir gestern vormittag am Telefon erzählt. Diana Carpenter ist nämlich eine ihrer Busenfreundinnen, deshalb weiß sie natürlich genau Bescheid.»

«Liz, ich muß gehen.»

«Wenn du nun dein Herz schon mal verloren hast», flötete sie, «dann hör auf mich und verlier nicht auch noch den Kopf. Es hat keine Zukunft. Du machst dich nur lächerlich.»

«Entschuldige mich bitte bei deinem Vater. Erklär ihm, was passiert ist. Sag ihm, wie leid es mir tut.» Er machte die Tür auf. «Leb wohl, Liz.»

Sie konnte nicht glauben, daß er sich nicht umdrehen, zu ihr zurückkommen, sie in die Arme nehmen und sagen würde, daß alles nur ein Traum gewesen sei, daß er sie liebte, wie Charles sie geliebt hatte, und daß Caroline Cliburn sich um sich selbst kümmern konnte.

Er tat es aber nicht. Und dann war er fort.

In dem Laster saß ein großer Mensch mit einem roten Gesicht und einer karierten Schirmmütze. Er sah aus wie ein Farmer, und sein Wagen roch nach Schweinekoben, aber er hatte geduldig gewartet, bis Oliver erschien, und obendrein Jody noch Gesellschaft geleistet.

Oliver steckte seinen Kopf zum Fenster hinein. «Entschuldigen Sie, daß ich Sie habe warten lassen.»

«Macht überhaupt nichts, Sir, ich hab's nicht eilig.»

«Es war sehr nett, daß Sie den Jungen hergefahren haben, ich bin Ihnen wirklich dankbar. Hoffentlich war das nicht ein zu großer Umweg für Sie.»

«Ach was. Ich war sowieso auf dem Weg von Strathcorrie durchs Tal. Hab nur einen kleinen Schlenker gemacht, weil der Junge nach Cairney gefahren werden wollte. Er war ganz aufgeregt, und da wollte ich ihn nicht einfach auf der Straße stehenlassen.» Er drehte sich zu Jody und tätschelte ihm mit einer Hand, so groß wie ein Schinken, das Knie. «Aber jetzt hast du deinen Mr. Cairney ja gefunden, Laddie.»

Jody stieg aus. «Vielen, vielen Dank. Ich weiß nicht, was ich gemacht hätte, wenn Sie nicht gekommen wären und mir geholfen hätten.»

«Na was, keine Ursache. Vielleicht nimmt mich ja auch mal einer mit, wenn ich auf Schusters Rappen daherkomme.

Hoffentlich geht's deiner Schwester bald wieder gut, Laddie. Gute Nacht, Sir.»

«Gute Nacht», sagte Oliver. «Und nochmals danke.» Kaum waren die Schlußlichter des Lastwagens hinter der Biegung verschwunden, nahm er Jody an der Hand. «Jetzt komm. Wir haben keine Zeit mehr zu verlieren.»

Während dann auf der Landstraße, von der er jede Kurve kannte, die Scheinwerfer die vorüberrasende Dunkelheit abtasteten, sagte er zu Jody: «Und jetzt erzähl.»

«Also, Caroline war wieder schlecht, und dann hatte sie so Schmerzen, hat sie gesagt, und sie war ganz blaß und hat geschwitzt, und ich hab... die Telefonnummer nicht gewußt... und dann...»

«Nein. Von Anfang an. Von dem Brief, den Caroline an mich geschrieben hat. Der bei mir auf dem Schreibtisch lag.»

«Sie wollte wieder zurück nach London. Aber ich hab gesagt, daß sie doch versprochen hat, daß wir bis Freitag warten, weil Angus da vielleicht zurückkommt.»

«Heute ist Freitag.»

«Genau. Ich wollte bloß noch bis heute warten. Und sie hat gesagt, es ist besser für alle, wenn wir nach London zurückfahren, und dann hat sie den Brief geschrieben, aber im letzten Moment hat sie doch nachgegeben. Sie hat gesagt, also gut, wir übernachten im Hotel Strathcorrie, bloß einmal, also letzte Nacht, und heute müßten wir dann wieder nach London zurück. Ist gut, hab ich gesagt, und dann sind wir ins Hotel, und Mrs. Henderson hat uns Zimmer gegeben, und alles war in Ordnung, bis zum Frühstück, da war Caroline nicht gut, und sie hat gesagt, sie kann unmöglich fahren. Deshalb ist sie im Bett geblieben, und dann hat sie versucht, was zu Mittag zu essen, aber sie hat schon gesagt, ihr wird schlecht, und dann hat sie sich übergeben, und dann hat ihr der Bauch so furchtbar weh getan.»

«Warum hast du Mrs. Henderson nichts gesagt?»

«Ich hab nicht gewußt, was ich machen soll. Ich hab immer gedacht, vielleicht kommt ja Angus, und alles wird wieder gut. Aber er ist nicht gekommen, und Caroline ist es immer schlechter gegangen. Und dann hab ich ganz allein Abendbrot essen müssen, weil sie nichts wollte, und als ich wieder rauf bin, war sie ganz verschwitzt und hat ausgesehen, als ob sie schläft, aber sie war wach, und ich hab gedacht, sie stirbt gleich...»

Seine Stimme überschlug sich fast. Oliver sagte ruhig: «Du hättest mich anrufen können. Die Nummer steht doch im Telefonbuch.»

«Ich hab aber Angst vorm Telefonieren», sagte Jody, und es sprach Bände über das Ausmaß seiner Verzweiflung, daß er das zugab. «Ich verstehe nie, was die anderen sagen, und das Wählen ist auch so blöd.»

«Was hast du dann gemacht?»

«Ich bin runtergelaufen, und da kam dieser nette Mann aus der Bar, der hat gesagt, er fährt nach Hause, und ist raus, und ich bin ihm nach und hab gesagt, daß meine Schwester krank ist, und dann hab ich von Ihnen erzählt, und er hat gesagt, er fährt mich nach Cairney.»

«Und da war ich dann nicht.»

«Nein. Der nette Mann ist ausgestiegen und hat geklingelt und so, und dann ist mir Mrs. Cooper eingefallen. Da hat er mich zu ihr gefahren, und sie hat mich ganz fest umarmt, als sie mich gesehen hat, und gesagt, daß Sie auf Rossie Hill sind. Und Mr. Cooper hat gesagt, er fährt mich hin, obwohl er schon Hosenträger und Hausschuhe anhatte, aber der nette Mann hat gesagt, nein, nein, er macht das schon, er weiß, wo das ist. Und dann hat er mich hingebracht. Und ich bin rein. Und es tut mir leid, daß ich Ihnen die Gesellschaft verpatzt habe.»

Oliver lächelte. «Das war überhaupt nicht tragisch.»

Mittlerweile hatte Jody aufgehört zu weinen. Er beugte sich vor, als könnten sie dadurch schneller vorankommen. Schließlich sagte er: «Ich weiß nicht, was ich gemacht hätte, wenn Sie nicht dagewesen wären.»

«War ich aber. Und jetzt bin ich auch da.» Er streckte den Arm aus und zog Jody an sich. «Das hast du gut gemacht. Du hast alles ganz richtig gemacht.»

Die Straße sauste unter ihnen dahin. Bald hatten sie den Hügel erklommen und waren über den Kamm. Weit unten glitzerten die Lichter von Strathcorrie zwischen den dunklen, stillen Bergen. *Wir kommen*, sagte er zu Caroline. *Jody und ich. Wir kommen.*

«Oliver.»

«Ja?»

«Was meinst du, was Caroline hat?»

«Ich bin kein Fachmann», sagte Oliver, «aber ich tippe auf einen Blinddarm, der dringend raus muß.»

8

Seine Diagnose stellte sich als völlig zutreffend heraus. Innerhalb von zehn Minuten kam der von Mrs. Henderson eilends herbeizitierte Arzt, bestätigte die Blinddarmentzündung, gab Caroline eine schmerzstillende Spritze und ging wieder nach unten, um vom nahegelegenen Cottage Hospital einen Krankenwagen anzufordern. Jody – womöglich aus einem für sein Alter ungewöhnlichen Anfall von Taktgefühl – folgte ihm. Oliver blieb dagegen bei Caroline, setzte sich auf die Bettkante und hielt mit beiden Händen ihre Hand.

«Ich wußte nicht, wo Jody hin ist», sagte sie, schon leicht benommen. «Ich hatte keine Ahnung, daß er dich holt.»

«Ich war wie vom Donner gerührt, als er plötzlich aufgetaucht ist. Ich dachte, ihr beiden seid längst wieder wohlbehalten in London angekommen.»

«Wir sind gar nicht abgefahren. Im letzten Moment habe ich gemerkt, daß ich einfach nicht fahren kann. Wo ich doch Jody ein Versprechen gegeben hatte.»

«Das war sowieso besser. Ein Blinddarmdurchbruch mitten auf der Autobahn wäre nicht besonders lustig gewesen.»

«Glaube ich auch nicht.» Sie lächelte. «Das war wohl die Ursache dafür, daß mir immer so schlecht war. An einen Blinddarm habe ich wirklich nicht gedacht.» Als wäre es ihr gerade eingefallen, fügte sie hinzu: «Ich soll am Dienstag heiraten.»

«Den Termin wirst du kaum einhalten können.»

«Hat Liz dir davon erzählt?»

«Ja.»

«Ich hätte es dir selbst sagen sollen. Ich weiß nicht, warum ich es nicht getan habe.» Sie verbesserte sich: «Ich habe es nicht gewußt.»

«Aber jetzt weißt du es?»

«Ja», sagte sie, die Waffen streckend.

«Caroline, bevor du noch irgendwas sagst, solltest du eines wissen: Wenn schon, dann heiratest du mich und sonst niemanden.»

«Aber heiratest du denn nicht Liz?»

«Nein.»

Sie überlegte mit ernster Miene. «Alles ein ziemliches Durcheinander, was? Das ist typisch für mich. Sogar die Verlobung mit Hugh gehörte zu dem ganzen Chaos.»

«Das kann ich nicht beurteilen. Ich kenne Hugh ja gar nicht.»

«Er ist nett. Du würdest ihn mögen. Er ist immer da und sehr ordentlich und lieb, und ich mag ihn wirklich. Er ist Dianas jüngerer Bruder. Hat Liz dir das auch erzählt? Er hat uns am Flugplatz abgeholt, als wir von Aphros wiedergekommen sind, und sich um alles gekümmert, und irgendwie hat er das dann auch weiterhin gemacht. Und Diana war natürlich sehr dafür, daß wir heiraten. Das ist was für ihren Ordnungssinn, wenn ich ihren Bruder heirate. Dann bleibt alles schön in der Familie. Aber ich hätte mich trotzdem nie einverstanden erklärt, wenn nicht diese elende Geschichte mit Drennan Colefield passiert wäre. Als er mich verlassen hat, hab ich eben gedacht, ich verliebe mich sowieso nie wieder richtig, deshalb ist es nicht so wichtig, ob ich Hugh nun wirklich liebe oder nicht.» Sie runzelte die Stirn. «Klingt das irgendwie logisch?»

«Absolut.»

«Was soll ich nun machen?»

«Liebst du Hugh?»

«Ich habe ihn lieb, aber ich liebe ihn nicht.»

«Dann ist das doch kein Problem. Wenn er nett ist, und das muß er ja sein, sonst hättest du nie in eine Heirat eingewilligt, dann wäre es doch gemein, wenn man ihn sein Leben lang an eine Frau kettet, die nur mit halbem Herzen dabei ist. Am Dienstag kannst du ihn jedenfalls schon mal nicht heiraten. Da bist du nämlich viel zu sehr damit beschäftigt, im Bett zu sitzen, Trauben zu futtern, an Blumen zu riechen und dicke Zeitschriften zu lesen.»

«Irgend jemand muß Diana verständigen.»

«Das übernehme ich. Sobald sie dich mit dem Krankenwagen abgeholt haben, rufe ich sie an.»

«Du wirst ihr ganz schön viel erklären müssen.»

«Das ist eine meiner Stärken.»

Mit einer Drehung der Hand verschlang sie ihre Finger in die seinen. «Wir haben uns gerade noch rechtzeitig kennengelernt, was?» bemerkte sie zufrieden.

Oliver hatte plötzlich aus unerfindlichen Gründen einen Kloß im Hals. Er beugte sich vor und gab ihr einen Kuß. «Stimmt», sagte er schroff. «Es war ganz schön knapp. Aber wir haben's noch geschafft.»

Als Caroline schließlich in der Obhut der beiden Männer und einer rundlichen, netten Krankenschwester mit dem Krankenwagen abgefahren war, fühlte er sich, als hätte er ein ganzes Leben hinter sich. Er sah dem Krankenwagen nach, bis die Rücklichter hinter dem kleinen Torbogen verschwanden, und schickte ein leises Stoßgebet zum Himmel. Jody, der neben ihm wartete, nahm seine Hand.

«Danach geht's ihr doch wieder gut, oder?»

«Natürlich.»

Sie gingen ins Hotel zurück – zwei Männer, die viel geleistet hatten.

«Was machen wir jetzt?»

«Das weißt du genausogut wie ich.»

«Diana anrufen.»

«Genau.»

Er kaufte Jody eine Cola, setzte den Jungen an einen Tisch vor der Telefonzelle und meldete ein Gespräch nach London an. Zwanzig Minuten später, nach langen und anstrengenden Erklärungen, öffnete er die Tür, rief Jody herein und gab ihm den Hörer in die Hand.

«Deine Stiefmutter möchte dich sprechen.»

«Ist sie böse?» fragte Jody flüsternd.

«Nein. Aber sie will mit dir reden.»

Zaghaft setzte Jody den gefürchteten Apparat ans Ohr. «Hallo? Hallo, Diana.» Langsam breitete sich ein Lächeln über sein Gesicht. «Ja, mir geht's gut.»

Oliver ließ ihn allein und bestellte sich den größten Whisky Soda, den das Hotel aufzubieten hatte. Als er kam, hatte sich Jody schon von Diana verabschiedet und aufgelegt. Strahlend trat er aus der Zelle. «Sie ist überhaupt nicht böse, und morgen fliegt sie nach Edinburgh.»

«Ich weiß.»

«Und bis dahin soll ich bei Ihnen bleiben.»

«Geht das in Ordnung?»

«Ob das in Ordnung geht? Es ist phantastisch!» Sein Blick fiel auf das hohe Glas in Olivers Hand. «Ich habe auf einmal schrecklich Durst. Ob ich wohl noch eine Cola kriege?»

«Aber klar. Bestell dir eine beim Barkeeper.»

Er hatte eigentlich gedacht, daß sie am Ende der Fahnenstange angelangt seien. Daß sie alles erledigt hätten, daß der Tag nicht mit noch mehr Überraschungen aufwarten könnte. Doch da hatte er sich getäuscht. Als Jody sich nämlich auf den Weg in die Bar machte, hörte man ein Auto vorfahren und vor dem Hotel halten. Türen wurden geöffnet und wieder zugeschlagen; man hörte Stimmen, Schritte, und dann sprang die halbverglaste Eingangstür auf, und eine grauhaarige, sehr elegante Dame im rosaweiß gestreiften Kostüm, gewissermaßen im Zuckerstangen-Look, dazu mit glänzenden Krokolederschuhen, trat ein. Unmittelbar dahinter kämpfte sich ein junger, mit Schottenkarokoffern beladener Mann unter Gepolter durch die Schwingtür, da er keine Hand frei hatte, um sie aufzuhalten. Er war groß und blond und hatte ein eigentümlich slawisches Gesicht mit hohen, ausgeprägten Wangenknochen und einem weiten, geschwungenen Mund. Bekleidet war er mit einer blauen Cordhose und einem weiten, zotteligen Mantel. Oliver wandte sich um und sah, wie der junge Mann die Koffer fallen ließ und die Hand nach der Glocke ausstreckte.

Zum Klingeln kam er allerdings nicht mehr. Denn im selben Augenblick kam Jody aus der Bar. Es war wie ein Film, der plötzlich stehenbleibt; ihre Blicke trafen sich, beide standen ganz still und starrten sich an. Und dann machte es klick, und der Film surrte weiter. «Jody!» brüllte der Mann aus Leibeskräften, die nicht unbeträchtlich waren, und bevor man noch bis drei zählen konnte, war Jody quer durch die Hotelhalle geschossen und lag seinem Bruder in den Armen.

Am Abend fuhren alle drei gemeinsam nach Cairney. Tags darauf ließ Oliver die beiden Brüder allein und machte sich auf den Weg nach Edinburgh, um Diana Carpenter vom Flugplatz abzuholen. Von der gläsernen Ankunftshalle im Turnhouse Airport aus beobachtete er die Passagiere, die die Gangways herunterkamen, und erkannte sie sofort, als sie auftauchte: groß und schlank, in einem locker sitzenden Tweedmantel mit einer schmalen Nerzstola um den Hals. Während sie übers Rollfeld ging, stellte er sich nach vorn, um sie gleich empfangen zu können. Er sah die Falte zwischen ihren Augenbrauen, ihren angespannten Blick. Als sie durch die Glastür trat, sagte er: «Diana.»

Sie hatte blondes Haar, das zu einem dicken Knoten am Hinterkopf hochgesteckt war, und sehr blaue Augen. Sofort entspannte sich ihre Miene ein wenig, und sie wirkte erleichtert.

«Sie sind Oliver Cairney.» Sie schüttelten sich die Hand, und dann gab er ihr aus unerfindlichen, aber offensichtlich guten Gründen einen Kuß.

«Caroline?» fragte sie knapp.

«Ich war heute vormittag bei ihr. Sie hat es gut überstanden. Bald ist sie wieder auf dem Damm.»

Er hatte ihr am Vorabend bereits am Telefon alles erzählt, doch nun, während sie Richtung Norden über die Forth Bridge brausten, gab es noch die Geschichte mit Angus zu berichten.

«Er kam genau wie angekündigt gestern abend an, mit dieser Amerikanerin, die er durch die Highlands kutschiert hat. Kaum daß er durch die Tür war, hat Jody ihn entdeckt, und dann gab es ein riesiges Wiedersehen.»

«Ein Wunder, daß sie sich überhaupt erkannten. Sie haben sich jahrelang nicht gesehen.»

«Jody liebt Angus sehr.»

«Das ist mir inzwischen auch klargeworden», sagte Diana etwas kleinlaut.

«War es das vorher nicht?» Er achtete darauf, daß das nicht vorwurfsvoll klang.

«Als Stiefmutter hat man es nicht leicht. Jedenfalls solange die Kinder kleiner sind. Man darf nicht die Mutter spielen, muß aber versuchen, ihnen mehr zu sein als eine Freundin. Und sie waren ja nicht wie andere Kinder. Sie haben sich praktisch selbst erzogen, waren dauernd draußen, liefen barfuß herum und hatten alle Freiheiten. Als ihr Vater noch lebte, funktionierte das auch, doch als er starb, änderte sich alles.»

«Das kann ich verstehen.»

«Ich weiß nicht, ob man das verstehen kann. Ich kam mir vor wie auf Messers Schneide, selbstverständlich wollte ich ihre Natürlichkeit nicht unterdrücken, ihnen aber trotzdem eine solide Basis geben, damit sie auf eigenen Füßen stehen können. Caroline ist so sensibel. Deshalb habe ich ja versucht, ihr die Schauspielschule und eine Karriere am Theater auszureden. Ich hatte einfach Angst, daß sie enttäuscht wird, entmutigt und verletzt. Und als sich alle meine Befürchtungen dann bewahrheitet haben, fügte es sich eben so phantastisch, daß sie Hugh immer mehr liebgewann, denn wenn er auf sie aufpaßt, kann sie nie wieder jemand verletzen, dachte ich. Vielleicht habe ich da... ein wenig nachgeholfen, aber wirklich nur mit den allerbesten Absichten, das versichere ich Ihnen.»

«Haben Sie gestern abend noch Hugh gesprochen?»

«Ja. Ich bin extra mit dem Auto zu ihm gefahren, weil ich es nicht über mich gebracht habe, es ihm am Telefon zu erzählen.»

«Wie hat er es denn aufgenommen?»

«Das weiß man bei ihm nie so genau. Aber irgendwie hatte ich das Gefühl, er hatte so etwas fast erwartet. Nicht, daß er eine Andeutung in dieser Richtung gemacht hätte. Er ist ein sehr beherrschter Mensch, sehr kultiviert. Daß Caroline im Krankenhaus liegt, entschärft die Tatsache, daß die Hochzeit verschoben werden muß, und bis die Verlobung dann offiziell gelöst wird, haben die Leute sich an den Gedanken gewöhnt.»

«Hoffentlich.»

In ganz anderem Tonfall fuhr Diana fort: «Und danach habe ich noch bei Caleb vorbeigeschaut, diesem alten Mondkalb. Was ihm an unverantwortlichen Dummheiten nur einfällt – muß er ausgerechnet den Kindern sein Auto leihen! Ein Wunder, daß es überhaupt bis Bedfordshire gekommen ist, ohne in die Luft zu fliegen. Und kein Wort hat er mir gesagt. Ich hätte ihn erwürgen können.»

«Er hat es mit den allerbesten Absichten getan.»

«Wenigstens hätte er sich drum kümmern können, daß der Wagen erst mal in Ordnung gebracht wird.»

«Er hängt offenbar sehr an Jody und Caroline.»

«Ja. Er hing an der ganzen Familie, an ihrem Vater, Jody, Caroline und Angus. Ich wollte ja, daß Angus bei uns wohnt, nachdem sein Vater gestorben war, aber er lehnte eben meine Art zu leben ab und genauso alles, was ich ihm bieten konnte. Er war damals neunzehn, und ich hätte ja nicht im Traum daran gedacht, ihn von seiner verrückten Indienreise abzubringen, sondern nur gehofft, daß er von solchen Eskapaden irgendwann genug hat und dann zu uns zurückkommt und ein normales Leben anfängt. Was er aber nicht tat. Das hat Ihnen Caroline sicherlich erzählt. Er ist nie zurückgekommen.»

«Er hat es mir gestern abend selbst erzählt», sagte Oliver. «Wir haben uns bis in die frühen Morgenstunden unterhalten. Ich habe ihm gesagt, was Jody am liebsten von ihm möchte... daß er nämlich nach London zieht und Jody zu sich nimmt. Und er hat mir erzählt, was er gern tun würde. Eine Yacht-Chartergesellschaft hat ihm eine Stelle angeboten. Er geht zurück nach Aphros.»

«Weiß Jody das?»

«Ich habe es ihm noch nicht erzählt, weil ich es erst mit Ihnen besprechen wollte.»

«Was gibt es da zu besprechen?»

«Folgendes», sagte Oliver und fügte klick, klick, klick Steinchen zusammen, die zueinander paßten, als hätte jemand alles von vornherein so ausgetüftelt. «Ich heirate Caroline. Sobald sie wieder auf dem Damm ist, feiern wir Hochzeit. Ich arbeite in London, und da habe ich auch eine Wohnung, wo wir leben können. Und wenn Sie und Ihr Mann einverstanden sind, wohnt Jody mit bei uns. Ich habe genügend Platz für uns drei.»

Es dauerte eine Weile, bis das zu Diana durchgedrungen war. Dann sagte sie: «Sie meinen, wir sollten ihn nicht mit nach Kanada nehmen?»

«Er mag seine Schule, er lebt gern in London, er ist gern bei seiner Schwester. Er möchte nicht nach Kanada.»

Diana schüttelte den Kopf. «Ich frage mich bloß, warum ich das nie gemerkt habe.»

«Vielleicht, weil er es sich nicht anmerken lassen wollte. Um Sie nicht zu verletzen.»

«Er wird mir... schrecklich fehlen.»

«Aber er darf hierbleiben?»

«Möchten Sie das denn wirklich?»

«Ich glaube, das möchten wir alle.»

Sie lachte. «Hugh hätte das nie gemacht. Er hätte Jody nicht bei sich aufgenommen.»

«Ich schon», sagte Oliver. «Ich hatte nur einen Bruder, und der fehlt mir sehr. Wenn ich noch mal einen bekomme, dann hätte ich am liebsten Jody.»

Als sie in Cairney die Allee hinaufkamen, saßen Angus und Jody als geduldiges Empfangskomitee auf der Treppe vor dem Eingang. Fast noch bevor das Auto richtig stand, kletterte Diana – nicht im geringsten würdevoll – schon heraus, bückte sich, um den aufgeregten Jody in die Arme zu schließen, und sah dann über seinen Kopf hinweg Angus ins Gesicht. Er blickte argwöhnisch, aber ohne Groll. Sie waren nie einer Meinung gewesen, doch er hatte sich auch ohne sie durchgeschlagen, und jetzt war es ja Gott sei Dank nicht mehr ihre Verantwortung, was er tat.

Lächelnd richtete sie sich auf und ließ sich in die bärenstarken Arme schließen. «Ach Angus», sagte sie, «du unmöglicher Mensch. Wie herrlich, dich wiederzusehen.»

Diana wollte auf dem schnellsten Weg zu Caroline, also lud Oliver ihr Gepäck aus, gab Angus die Autoschlüssel und bat ihn, sie hinzufahren.

«Ich will aber mit», sagte Jody.

«Nein. Wir bleiben hier.»

«Warum denn? Ich will Caroline auch besuchen.»

«Später.»

Sie sahen dem Auto nach. «Warum hast du mich nicht mitfahren lassen?» fragte Jody noch einmal.

«Weil die beiden gern mal allein sein wollen. Sie haben sich doch so lange nicht gesehen. Außerdem möchte ich mit dir reden. Ich hab dir eine ganze Menge zu erzählen.»

«Was Schönes?»

«Das hoffe ich doch.» Er faßte Jody im Nacken und steuerte mit ihm aufs Haus zu. «Also, ich kann mir nichts Schöneres vorstellen.»